U0630944

作者简介

余祖发 1979年5月，文学博士，研究方向为日本近现代文学，任职于上海海事大学外国语学院日语系。

光明社科文库
GUANGMING SOCIAL
SCIENCE LIBRARY

岛村抱月自然主义文艺思想研究

余祖发◎著

光明日报出版社

图书在版编目（CIP）数据

岛村抱月自然主义文艺思想研究 / 余祖发著 . --
北京：光明日报出版社，2018.9
ISBN 978 - 7 - 5194 - 4661 - 1

Ⅰ . ①岛… Ⅱ . ①余… Ⅲ . ①岛村抱月—文艺思想—
研究 Ⅳ . ①I0 - 02

中国版本图书馆 CIP 数据核字（2018）第 225854 号

岛村抱月自然主义文艺思想研究
DAOCUN BAO YUE ZIRAN ZHUYI WENYI SIXIANG YANJIU

著　　著：余祖发

责任编辑：宋　悦　　　　　　责任校对：赵鸣鸣
封面设计：一站出版网设计部　　责任印制：曹　净

出版发行：光明日报出版社
地　　址：北京市西城区永安路 106 号，100050
电　　话：010 - 63131930（邮购）
传　　真：010 - 67078227，67078255
网　　址：http://book. gmw. cn
E - mail：songyue@ gmw. cn
法律顾问：北京德恒律师事务所龚柳方律师

印　　刷：三河市华东印刷有限公司
装　　订：三河市华东印刷有限公司
本书如有破损、缺页、装订错误，请与本社联系调换

开　　本：170mm×240mm
字　　数：350 千字　　　　　　印　张：20
版　　次：2019 年 1 月第 1 版　　印　次：2019 年 1 月第 1 次印刷
书　　号：ISBN 978 - 7 - 5194 - 4661 - 1
定　　价：85. 00 元

版权所有　　翻印必究

前　言

　　长久以来,很多研究者频频转引作为日本自然主义文学理论的主张者——岛村抱月的代表性理论文章,以说明日本自然主义文学的特征与内容,却少有人对抱月的这些理论文章所产生的文艺语境进行还原,以揭示他与当时文坛的互动关系并反观其自然主义文艺思想的实质。因而,造成了对其在日本自然主义文艺思潮史上的定位始终不尽如人意。基于此,本书通过五章展开了具体的考察。

　　“第1章　明治40年代文艺批评第一人的成长之路”　通过对照多本有关岛村抱月的传记、专著、明治文学全集后的附录、年谱,同时代以及后来研究者们的描述以及个人收集的原典文献资料,尽量辨析出存在的舛误之处并经合理勾连,以青少年时代、大学时光、大学毕业不久、三载有余的英德留学、明治40年代、文艺协会与艺术座的时代这六个时期的考察,完成了对岛村抱月在人生轨迹层面的描述,从而走近了研究对象岛村抱月。

　　“第2章　为日本文坛新势力定基调”　在本章,(1)通过对明治30年代小说界的变迁进行原典文献解读与总结,了解了当时文学的描写对象、题材选取、时代气息均已发生比较明显的变化;(2)通过解析官方的“文相训令”与文坛就青年人身上体现出来的烦闷倾向所展开的讨论,发现了前者要“堵”后者要“疏”的不一致之处;(3)通过梳理岛崎藤村的作品中体现出作家在创作上的“认真”、夏目漱石的作品中让人感到的“现实的观照”、国木田独步的作品中散发出前所未有的“平凡”之感,确认了这三位文学家的创作迅速成为当时文坛的新势力。正是在这样的社会及文艺思潮的推衍之中、这些积极的文坛信号的刺激之下,岛村抱月以文艺家的头脑,站在西方文艺、日本文艺与文艺本身这三者之间展开了自己的理论思考。从而，他以《被囚禁的文艺》及其他文章为当时的文坛定下了基调——以真实的情感为基质，发展带有"宗教性的"、"象征性的"新文艺。

"**第3章　有条件地主张日本自然主义**"　在本章，(1)通过考察"自然派"是与写实派和俳谐派相对的名称、彼此间存在诸多联系而非截然对立，和"新自然主义"是承接前期的自然主义而在日本文坛兴起的一股文艺思潮这两点，明确了当时的自然主义是日本文坛以及国民觉醒的标志，与其他文学派别或思潮并非敌对关系；(2)通过探讨因田山花袋的《棉被》而触发的、关于人物原型以及更深层次的"文艺与道德"问题(文坛经历了由解读作品主题到关注文学作品与现实中的人物之间的关系再到思考社会道德是在文艺之内还是在文艺之外)，明确了自然主义者们理解的自然主义并非肤浅，而是关联到文艺与人生的问题。正因如此，岛村抱月所赞成的自然主义才显得是有条件的：①需要承认当前的事实；②自然主义作品不行的道理何在；③应该如何看待自然主义思潮；④砚友社的理想式的文学风气不会复兴；⑤自然主义没有陷入穷途末路。此外，(3)通过解读抱月在文艺理论上不仅阐述了"说理"与"鉴赏"的关系，还描述了生命因文艺中美的实现而能够获得增进与永续。基于上述的认识，抱月认为：从思潮的角度来讲，当时的自然主义是一种得势的、不可忽视的现实存在；从文艺理论的立场来看，自然主义将在文艺批评和生命与文艺之美中得到体现。

"**第4章　阐发理论与接受质疑**"　在本章，(1)通过对自然主义与非自然主义进行分类梳理，确认了自然主义内部、非自然主义内部以及二者之间都存在各自的特征，还原了当时文坛的"图景"，指出自然主义与非自然主义之间并非"自然主义"与"反自然主义"这种截然的、独断的二元对立关系；(2)通过对《新小说》、《太阳》、《早稻田文学》的三个自然主义特集进行考察，认识到前两者都认同自然主义正取得空前发展并建议文坛要保持多样性，而《早稻田文学》要走得更远，从西方文艺文艺史及构成、法国自然主义的流变及与实用主义思潮结合的角度，证明了自然主义自身的丰富内涵、逻辑的发展过程与顺势思潮的当代性；(3)通过撷取四本专著、按照文章发表的时序进行仔细阅读，解读了长谷川天溪强调"现实"、宙外主张自然主义者应亮明立场而不是"蜗居"于"自然主义"的庇护之下、岩野泡鸣呼吁知情意一体的"灵肉合一"一元论文艺思想、岛村抱月论述文艺批评应做到"真情实感与透彻说理"的有机结合,从而在比较之中解析了岛村抱月不偏不倚、不惟理论优先的文艺批评观;(4)通过考察岛村抱月的自然主义文艺理论在"真"、"美"、"观照"这三方面的叙述逻辑——"真"是基质、"美"是目的、"观照"是手段,以显示出其在自然主义内部的位置如何;(5)通过研读《早稻田文学》的岛村抱月、片上天弦、白松南山等人的评论文章,确认他们欲从完整的人生、人格把握文艺的存在意义并给予自然主义积极评价。不仅如此,还对该刊的投稿文章进行了三个层面的划分,既读出了质疑也看到了应和,能够充分体现出该刊对自然主义采取克制、理性的态度;(6)通过仔细梳理众多文艺批评家对抱月的理论文章进行的批评,进而结合抱月的主要观点进行比较分析,确认了抱月的很多观点没有得到正确理解(当然,也有抱月因此而受到启发的地方)。由此,完成了在细致还原文艺语境的基础之上,对岛村抱月自然主义文艺思想及其与当时文坛的其他思想的和声与碰撞,进行了细致的考察。

"第5章 剑指自我内心和放眼文艺与人生" 在本章,(1)通过全面分析《新小说》的"寸铁"栏与文艺革新会,指认了前者存在强烈的印象式批评的痕迹、后者存在没有具体的文艺理论更没有文学创作加以支撑,从而无法对自然主义做出真正意义上的批判这一点。(2)通过进入"大文学"时代之后,就设立文艺院一事,从文学作品"禁止发售"的评判标准不明确、政府忧心忡忡的"学生风纪问题"、社会事件与自然主义的关联发酵、文艺委员会如何协调自身与政府当局、社会大众与文坛的关系等方面展开考察,确认了文艺委员会在成立之前的颇受文坛期待到成立之后的有所微词。再结合岛村抱月的观点,明晰了他出于深切认识到文艺发展的大环境与保护文艺的角度,对设立文艺院始终未变的热情与主张。(3)通过内挖岛村抱月的两篇文章,明晰了他把怀疑的目光投向内心、哲学、宗教等,以呈示纷乱的、真实的内心。继而他把自我的真实与自然主义人生观相接,以达到个人的体验与理论主张相一致的目的。(4)通过梳理"艺术与人生"(包括"观照与实践")论争,确认了"人生派"、"艺术派"、"社会派"三者之间的差异性描述,总结了整个论争所涉及的四个层面的问题,从而较为全面地认识了"文艺与人生"论争的实质。(5)通过结合岛村包月明治42、43年的理论文章,确认了"自然主义人生观"、"怀疑"、"告白"对其文艺理论建构的意义,并进而从其内部文艺思想——"观照"理论及其具体意义、"现实、事实、真实"以及对自然主义运动的总结与回溯,解读出他要把内心与文艺人生两相结合加以思考的考量。由此,以四章(第2章到第5章)的内容,就岛村抱月的自然主义文艺思想进行了"走出"岛村抱月(回到文艺语境)与"走回"岛村抱月(结合他自己的文艺主张)的考察与论述。

因此,在"结语"部分,笔者点明本书主要在以下两方面具有创新性:(1)系统地梳理了明治40年代自然主义文艺思潮的主要内容及内在逻辑,为更好地认识岛村抱月的自然主义文艺思想做出了仔细的语境还原;(2)有效地确认与勾勒了岛村抱月"真实的观照"这一自然主义文艺理论体系,为更完整地认识岛村抱月的文艺思想夯实了基础。

目 录
CONTENTS

图表目录

绪　论

1　明治四十年代

日本的近代文学,在即将迈入明治二十年代时,出现了新气象。坪内逍遥的《小说神髓》(明治 18 年 9 月至次年 4 月)以"小说……是以写世间的人情与风俗为主旨"这一主张确立了文学上的写实精神,二叶亭四迷的《小说总论》(明治 19 年 4 月)以"假借实相描写虚相"开拓了日本近代文学中正统写实主义的可能性。进入二十年代后,文学有了进一步向人的内心深处与世界的真实百态发出呐喊的声音。北村透谷以"人性无贵贱、人情无古今""所谓写实派应该客观地观察内部生命,客观地观察内部生命的种种现象。"(《内部生命论》,明治 26 年 5 月),力陈文艺家需要描写出人皆有之的内部生命,田冈岭云以"心怀大理想以写实,注入燃烧般的同情以暴露"(《小说与社会的隐匿·下层人民与文人》,明治 28 年 9 月)为指导,呼吁文学要摒弃满篇才子佳人、侠客烈妇的陈疴,应把目光投向平凡人。及至三十年代,随着近代文艺的意识觉醒在内容上的呼之欲出与"言文一致运动"在形式上的日益完善,日本的近代文学做好了在理论上与创作上的充分准备。高山樗牛以"幸福即……人生本然的要求"(《论美的生活》,明治 34 年 8 月)凸显了个人主义的生命情怀,藤村操以明治青年的纵身一跃(明治 35 年 5 月 22 日)抗争那个时代给人带来的无解的烦闷。① 田山花袋以"一切皆要露骨,一切皆要真实,

---

① 其时为旧制第一高等学校(即帝国大学预科)学生的藤村操,在日光华严瀑布旁的大树上留下"岩头吟"(日文为"巌頭の感")后自杀。心有郁结且不得排遣的精英学生选择自杀这一行为,给当时以"出人头地"为美德的社会带来极大的震撼。藤村操死后,给当时在一高担任其英文老师的夏目漱石也造成巨大的精神打击。以报纸、杂志为主体的媒体上,纷纷就此事件详加记载并连篇累牍地发表众多知识分子对此的思考与评论。"岩头吟"的内容为:"悠悠哉天壤,辽辽哉古今,祈以五尺微躯求得。赫瑞修之哲学终有权威几何? 万物之真缔只一言可悉,曰:不可解。吾心怀此恨烦闷终至决死。立此岩头,胸中并无些许不安。始知,大悲同于大乐。"

一切皆要自然"(《露骨的描写》,明治 37 年 2 月)发出了文学创作、文艺变革的最强音。

明治四十年代的自然主义文学,便是承载了西方文艺的启蒙与日本文学家的自我觉醒而兴起的一场波澜壮阔的文学思潮。需要说明的有两点:一、出于更好地描述日本自然主义文学与岛村抱月的自然主义文艺思想的关系,本书中所言的明治四十年代确指明治 39 年至明治 43 年之间的这一时期。① 并且,这一期间,集中地呈现了日本自然主义文学的发展演变,在创作与理论上均有大量成果涌现,使日本近代文学由"劝善惩恶"的传统创作模式切实地转变为重视文艺自律性、描写近代"全人意识"这一在当时堪称先进的创作模式。二、采用日本自然主义文艺或后期自然主义的称谓,以与明治 35 年之前的前期自然主义相区别。原因是:这种分法是岛村抱月在《文艺上的自然主义》之中提出的。加之,这种简单明了的称谓也确实能够反映前后两期自然主义的不同,即前期主要体现在题材选取及官能描写上,而后期则集中反映在对内心的写实精神的省察上。②

2 选题缘起

文艺批评家、美学家、小说家、美辞学家、(自然主义文艺批评家)新剧导演,这些是依照岛村抱月的人生轨迹来界定的、其在文艺生涯之中先后扮演的角色。弃学政治而转投文学门下、毕业论文获得最高分、受到恩师坪内逍遥、大西祝等的高度赞扬等等,引导着抱月欲在观念论美学与实证论美学之间走出一条以心理学为内核的生命美学之路,从而成为一名既符合时代文艺的需求又能让自己的文学理念一以贯之的文艺批评家。同样,明治四十年代、以《文艺上的自然主义》为首的自然主义文艺理论三部曲,无论是在对西方文艺思潮的梳理上、还是在对日本自然主义的定位与分析上、抑或是在文章中具体的逻辑性阐析与主题陈述上,又使得抱月无可争议地再次成为"风口浪尖"的文艺批评家。"没理想论争"、《吞吐天地》的笔记、《审美研究的一个方法》等理论文章以及讲义录讲师的经历,又足以让抱月成为一个美学家。当理论大行其道、作品不济之时,抱月又能在恩师的劝诫下"临危受命",一跃而成为小说家。厚达 523 页、探寻"文章之美"的——"在确

---

① 相马御风在一篇文章中明确地指出自然主义思潮的发展经历了五年,即明治 39 年至明治 43 年。可参看:「最近文壇十年史」『新潮』(第 14 卷第 1 号、明治 44 年 1 月)、2 页。

② 成瀬正勝:「前期自然主義文学理論の展開」『文学』(第 7 卷第 11 号)、1939 年 7 月、62 页。

切遗留下来的工作之中、唯一一份完成的事业"①——《新美辞学》足以让抱月博得一顶修辞学的"桂冠"——美辞学家。日本自然主义文艺(本书中专指始于明治39年的后期自然主义)大潮汹涌而过之后的理论乏力,加之与一手栽培、盛极一时但又颇受争议的新剧女演员一起铸就的"文艺座神话",使得抱月成为开创近代戏剧先河的新剧导演。

对上述诸种身份的探究与分析,皆能为客观地描述岛村抱月的文艺功绩增色不少。不过,时至今日,自然主义文艺批评家和(与松井须磨子发生不伦之恋却又能在事业上共进退的)新剧导演这两种身份,成为岛村抱月文艺思想研究方面的重点关注对象。本书将主要关注前者,即岛村抱月作为自然主义文艺批评家的这一身份,以考察由此给他带来的"荣辱"以及成因。

关于岛村抱月在日本自然主义文学思潮中所担任的角色以及主张的自然主义文艺理论,既有人说他不是一个浪漫主义者②,也有人说他是理想主义者③、本身就带着浪漫气质④;既有人说他的《代序 论人生观上的自然主义》和《怀疑与告白》是其自然主义文艺理论迎来的"复杂转化⑤"、"败北"⑥,也有人说从中根本看不到所谓的败北意识⑦,还有人解读为:这样的文章为抱月从自己的个人真实出发⑧;既有人说岛村抱月是在留学回国后对日本文坛现状先是产生错觉转而清醒并随之提倡自然主义⑨,也有人说他虽然主张自然主义,但并未改变自己一贯

---

① 土方定一:「島村抱月と明治美学史——わが国自然主義文学論と狭義の美学との関係の問題」『近代日本文学評論史』、東西書林、昭和 11 年 6 月、170 頁。最初発表于:『早稲田文学』、昭和 9 年 6 月。

② 仲賢礼:「評論家としての島村抱月」『季刊 明治文学』(第 4 号)、昭和 9 年 10 月、55 頁。

③ 鈴木幸夫:「島村抱月」『文学者』(第 31 号)、昭和 28 年 1 月、62 頁。

④ 这种观点是被称为岛村抱月研究第一人川副国基的一贯主张。在其两部著作中,均可看到。详细可看看:『島村抱月——人及び文学者として』(早稲田大学出版部、昭和 28 年 4 月)和『日本自然主義の文学』(誠信書房、昭和 32 年 2 月)。

⑤ 日文原文为"屈折"。该词原本用于指光学上的折射。

⑥ 主要有:土方定一:「島村抱月と明治美学史——わが国自然主義文学論と狭義の美学との関係の問題」『近代日本文学評論史』、東西書林、昭和 11 年 6 月、177 頁;谷沢永一:「自然主義文芸批評の屈折」『近代評論の構造』、和泉書院、1995 年 7 月、198—199 頁。

⑦ 鎌倉芳信:「島村抱月の『芸術と実生活』」『日本文学研究』(第 13 号)、昭和 49 年 1 月、93 頁。

⑧ 吉田精一:「島村抱月」(評論の系譜 63)『国文学 解釈と鑑賞』(第 37 巻第 11 号)、1972 年 9 月、161 頁。

⑨ 川副国基:「抱月と自然主義」(島村抱月五十年忌)『学苑』(第 336 号)、昭和 42 年 12 月、12 頁。

的文艺观。① 以至于我们不得不开始思考,岛村抱月到底是不是浪漫主义者、他的自然主义文艺理论是否发生变节、他的自然主义主张与其更深层面的文艺观究竟是相通还是相悖等等这样的问题。

笔者并无意着力于得出肯定、否定或既不肯定也不否定的答案,而是力图在解释为什么得出这样的答案之前,先回到明治四十年代的文艺语境之中,尽可能就某一主题进行全面的梳理与总结,以求证它在当时究竟是怎样的一种存在以及得到了怎样的讨论,从而最终结合岛村抱月的相关言论,探知他在明治四十年代的自然主义文艺思潮中言说的方式、参与的讨论以及起到的作用。

之所以如此,是因为:在有关岛村抱月自然主义文艺思想的前期研究成果之中,要么限于篇幅或研究主题、要么囿于研究视角或比较对象等方面的因素,使得岛村抱月明治四十年代的自然主义文艺思想不够全面也不够细致。

3 岛村抱月研究史与本书的问题意识

在进入具体构思与大致方法的说明之前,笔者先就岛村抱月及其自然主义文艺思想的研究史作以大致的介绍与相应的梳理。

从有关岛村抱月的文献资料来看,似乎可以把对岛村抱月及其文艺思想的研究史分为以下几个阶段:

众人追忆与研究史料积累期。自 1918 年 11 月岛村抱月病故到 1927 年 6 月《早稻田文学》发行特集"自然主义前后研究号"的这十年里,有关岛村抱月的追悼号、追忆录以及对艺术座的新剧事业进行的回望性文章,在众多媒体上不断涌现(包括《读卖新闻》、《早稻田文学》、《文章世界》、《太阳》、《演艺画报》、《文章俱乐部》等),留下了很多感性材料的同时,也为后来的研究提供了众多基础性资料。严格意义上来说,这一期间只是提供了很多研究史料,而不能算作是正式的岛村抱月研究史的范围。

1930 年代的岛村抱月研究起步期。这一期间,主要有 4 篇代表性文章,为日后的岛村抱月研究开启了多种可能性。仲贤礼(1)否定了大多数人认为岛村抱月自然主义文艺理论的特异性源于浪漫主义运动的不彻底以及他本身是个浪漫主义者以及其个人性格的观点、(2)高度评价了抱月对生命的重新认识、(3)认为抱月身上兼具逍遥与鸥外所开拓出来的注重客观性与内心主观主义的文学评价标准、(4)区分了抱月先后经历由认同早期的理想派美学、到重新探讨现实与自我而

---

① 藪禎子:「批評家抱月の世界」『日本近代文学』(第 15 集)、1971 年 10 月、20 頁。

努力再度确立人生观、再到陷入建立新人生观未果而坠入怀疑与告白的困境这三个时期、(5)认定抱月向艺术寻求的不是个体、而是人的整体命运。① 土方定一(6)肯定岛村抱月在明治美学史上占有重要地位、(7)认为《代序 论人生观上的自然主义》体现了抱月放弃了对自然主义文艺理论继续研究。② 中谷博(8)判断自然主义文学运动就是年轻一代的世界观与生活意识的体现,而不应只把它仅限于文艺,(9)认为看似能够在自然主义上主张理论与实践对抗的岛村抱月,最终在成立艺术座的大正2年开始践行自己的理论。"浪漫主义"、"生命"、"兼具逍遥与鸥外"、"三个时期"、"人的整体命运"、"明治美学史"、"放弃"、"仅限于文艺"、"理论与实践"、"艺术座"等这些词语,既或多或少地与岛村抱月的自然主义文艺理论有关,也成为后来的研究者们所乐于接受的关键词。不过,得出这些观点的过程却不免显得有些粗糙——或是直接引用抱月的理论性文章,或是借用友人对抱月的评价或印象,又或是援引对其文艺思想进行批判的文章的观点,从而缺少了对时代语境的还原,因而感受不到抱月发表文章的具体语境,也看不清批判抱月文艺思想的文章等所持有的具体立场以及可能存在的认识层级上的不同。

1940、50年代的岛村抱月完整形象的建构期。可以说,真正意义上的岛村抱月研究是始于1943年12月、被称为"岛村抱月研究第一人"的川副国基所撰写的《岛村抱月论》一文。③ 在综合并扬弃了此前已有的研究成果的诸多观点与相关史料的基础之上,该文第一次构筑起岛村抱月较为完整的、作为一个个体与文艺家的形象。不过,与此同时,以该文为核心内容的书籍,马上得到了来自井上泰、平野谦和长谷川泉三位学者颇具启发性的书评。④ 他们提出(1)当时抱月的角色到底是怎样的、(2)要理解"美"与"真"的关系,需要考察抱月的美学相关书籍及评论(井上泰)、(3)抱月对家庭的不满以及对文艺协会内部的纷争进行的描述不

① 前3个观点出自:仲賢礼:「島村抱月研究ノートからの覚書」『季刊 明治文学』(第2号)、昭和9年5月、98頁、101頁、102頁。后2两个观点出自:仲賢礼:「評論家としての島村抱月」『季刊 明治文学』(第4号)、昭和9年10月、61頁、66—67頁。
② 土方定一:「島村抱月と明治美学史——わが国自然主義文学論と狭義の美学との関係の問題」『近代日本文学評論史』、東西書林、昭和11年6月、173、177頁。
③ 「島村抱月論」『近代日本文学研究 明治作家論』(下 佐藤春夫他編)、小学館、昭和18年12月。后经大幅修改收录于:「島村抱月」『島村抱月——人及び文学者として』、早稲田大学出版部、昭和28年4月。
④ 井上泰:「川副国基著『島村抱月——人及び文学者として』」『文芸研究』(第13号)、昭和28年6月;平野謙:「川副国基著『島村抱月』」『文学』(第21巻第8号)、昭和28年8月;長谷川泉:「川副国基著『島村抱月——人及び文学者として』」『国語と国文学』(第30巻第11号)、昭和28年11月。

够真实、(4)在"实践与艺术"中,抱月必然败北(平野谦)、(5)作为自然主义文学评论家的岛村抱月,其内心与外在的关系是怎样的、(6)抱月的文艺理念以及文学理论体系尚需深挖(长谷川泉)等等点评。这些具有高度洞察力的真知灼见,不仅指出了川副国基的相关研究成果中存在的舛误与不足,也成为川副国基后来发表的很多文章的有益启发,更为进一步拓宽岛村抱月研究的视域提供了诸多可供参考的路径。此后,尤其是,川副国基更是相继地发掘了有关岛村抱月的新史料、考察了作为小说家的抱月、仔细地研读与分析了抱月留学英德期间的日记并追寻了他切身体验欧洲文明的意义等等,更为细致地开拓了岛村抱月研究的诸多方面,并藉此主要形成了3本著作①,从众多角度对岛村抱月进行了深度挖掘与全面定位。几乎是与此同时,吉田精一用1400余页的文字,以宏大叙事与精细研读相结合的方式,纵览了日本自然主义文学运动中的写实主义、现实主义、西欧自然主义、实用主义等与其的紧密结合,还探析了岛崎藤村、田山花袋、国木田独步、岩野泡鸣、正宗白鸟等人的文学特征以及长谷川天溪、岛村抱月、片上天弦、相马御风等人的自然主义文艺评论的特点,并利用不小的章节,最终认定抱月的自然主义理论发生了"转向"。② 此外,这一期间,作为岛村抱月的学生,本间久雄相继发表了《岛村抱月》等文章,就抱月初期的文艺评论、翻译,以及与恩师坪内逍遥最终分道扬镳携松井须磨子成立艺术座,发表了自己独特的看法。比如,认为抱月认识到在对待整体生活之时,哲学靠知识来观察、宗教由情感来信仰,而艺术则是通过知与情相结合的整体作用来实现。③ 还有,认为在自然主义运动中,抱月主张要在观照的世界之中营造艺术的至高之境这一点与田山花袋所说的"艺术即是再现"、岩野泡鸣所强调的"生活即是艺术"不同,且与他自己前期的艺术理论一脉相承。④ 这些都是与岛村抱月有过亲身接触的文坛后辈所作出的客观且又具有洞察力的说法。

可以看出,在岛村抱月形象建构期内,川副国基的研究功不可没。这些成果为推进岛村抱月文艺思想的内部研究,提供了有益的探索、全面的研读与大胆的

---

① (1)『島村抱月——人及び文学者として』(早稲田大学出版部、昭和28年4月)、(2)『日本自然主義の文学およびその周辺』(誠信書房、昭和32年2月)、(3)『近代日本文学論』(早稲田大学出版部、昭和34年12月)

② 吉田精一:『自然主義の研究』(上・下)、東京堂、昭和30年11月、昭和33年1月。

③ 本間久雄:「島村抱月——その生活の一断面について」(特輯＝自然主義文学)『季刊明治大正文学研究』(第一輯)、昭和24年6月、89頁。

④ 本間久雄:「島村抱月——業績点描」『早稲田大学英文学会 英文学』(第4号)、昭和27年10月、48頁。

体系建构。而来自井上泰等研究者身上特有的挑剔目光与客观批评,适时地指明了岛村抱月形象建构中可能存在的误区与可能。还有,吉田精一把岛村抱月置于日本自然主义文艺思潮之中加以定位与分析,实在是高屋建瓴之举。然而,囿于考察日本自然主义文艺思潮不得不涉及众多内容,而不能说对岛村抱月自然主义文艺思想的探讨就达到了令人满意的程度。尤其是认为岛村抱月的自然主义理论发生了"转向"这一点,以今日已有的研究成果来看,几乎可以说是对岛村抱月文艺思想的一种误读。此外,本间久雄弟子兼研究家的特殊身份,让后来的研究者更多地看到了岛村抱月作为人的一面与作为文艺家的一面,为岛村抱月研究提供了与川副国基有所不同的感性材料与切入点。因此,可以说这一时期是关于岛村抱月的内部与外部研究都得到了有效拓展的时期。

1960、70 年代的岛村抱月研究拓展、深化期。其拓展体现为对有关抱月的生涯、书信等新材料的公开与解读。同时,此前一直被忽视或不被重视的、抱月对诗、新体诗、言文一致等修辞方面的见解,以及新剧的观念、艺术座的存在意义等方面的阐述,都得到了有效的解读。① 其深化体现为对抱月的美学史意义、初期美学与文艺批评、自然主义评论、"艺术与实践""艺术与生活"等都有了更为深入的考察与探讨。关于抱月的美学思想以及初期美学与文艺评论,山本正男在阐释明治美学时,认为当时正处于明治时代的美学反省期,这一时期以美学对于人生有何种价值为旨归,从而判断抱月具备了"美的价值学"这一视角。② 加之,山本昌一通过考察认为抱月的初期美学思想可以归结为一个关键词——"同情"。③这些文章的观点都为后来的研究成果提供了关键而又扎实的研究视角。关于抱月的自然主义评论以及"艺术与实践"等方面的讨论,在这一段时间里,显得集中而深入。相关文章的观点大多都对"人生观上的自然主义"和"怀疑与告白"给出

---

① 代表性文章有:川副国基:「島村抱月の幼少期その他——覚え書」『国文学研究』(第 25 集)、1962 年 3 月;片桐禎子:「島村抱月と新体詩論」『国語・国文研究』(第 23 号)、昭和 37 年 10 月;山本正秀:「島村抱月の言文一致運動」『国語と国文学』(第 39 卷第 6 号)、昭和 41 年 6 月。

② 山本正男:「明治の美学——美学と批判精神」(特集増大号 明治文学史)『国文学 解釈と鑑賞』(第 25 卷第 1 号)、明治 35 年 1 月。

③ 山本昌一:「島村抱月初期の評論と美学」『研究報告』(第 1 号、東京工大附属高校)、昭和 45 年 10 月。

了认定二者是此前的自然主义文艺理论三部曲的"复杂转化"。① 其中，还有以下 6 篇文章在深化或拓展对岛村抱月文艺思想的认识上尤为值得关注。冈田英雄提出抱月的自然主义评论是"独特的、东洋式的——日本自然主义论"，同时分析说：抱月没能说清"不可言说的第一义的真"、写实主义与自然主义的区别，并认为此后的"观照"是自然主义方法及态度的"复杂转化"。② 相马庸郎在对谷泽永一等批评岛村抱月文艺思想表示批判性理解的基础之上，认为抱月旨在"观照"的思想深处其实体现了他对"问题文艺"的关心，从而为认识岛村抱月提供了一种新视角。③ 薮祯子则是在对川副国基、吉田精一、北住敏夫、谷泽永一等对抱月所作出的主要判断进行逻辑叙述的基础之上，发现了对岛村抱月的研究还不够完整，从而决意要"回到抱月自身的文学原点"，以探寻"一位文坛批评家的诞生与其悲剧"，并最终通过考察认为：抱月出国前后的文艺观并未发生根本性改变；是文坛使得抱月屈服，支持自然主义是因为其所处立场的特殊性；抱月的文艺姿态是"与其对他人讲，不如先向自己诚实地发问、讲述"。④ 剑持武彦虽然没有足够说服力的考证过程，但是通过描述但丁的《神曲》在欧洲的评价史，对比解读了田山花袋、国木田独步、岛村抱月与但丁的《神曲》之间存在的文艺思潮方面的关系，从而以此认为抱月的《被囚禁的文艺》一文中鼓吹象征主义文艺是因为他产生了共鸣。⑤ 镰仓芳信指出抱月与松井须磨子的新剧实践与自然主义文艺评论中的"艺术与实践"不是同一个层面的问题，从而否定了人们经常把二者等同来看的错误认识。此外，他认为川副国基、平野谦、薮祯子等认为《怀疑与告白》是抱月自然主义文艺理论败北的结果这种看法不正确。通过引证一系列的文章，得出了抱月并未放弃

---

① 相关文章有：(1) 谷沢永一：「自然主義文芸批評の屈折」『国文学』（関西大学　第 32 号）、1962 年 3 月（后收录于：『近代日本文学史の構想』、昭和 39 年 11 月）；(2) 兵藤正之助：「抱月の自然主義論をめぐる論争」『近代日本思想論争』（宮川透・中村雄二郎・吉田光編）、青木書店、昭 38 年 6 月；(3) 畑実：「抱月『近代文芸之研究』の評価」『国文学解釈と教材の研究』（第 12 巻第 9 号）、昭和 42 年 7 月；(3) 和田謹吾：「島村抱月——その実行と芸術の論」『国語と国文学』（第 45 巻第 4 号）、昭和 43 年 4 月（后收录于：『描写の時代——ひとつの自然主義文学論』、北海道大学図書刊行会、1975 年 11 月）

② 岡田英雄：「抱月の自然主義評論」『自然主義文学』（河内清編）、勁草書房、昭和 37 年 1 月。

③ 相馬庸郎：「抱月論への二、三の視点」『文学』（第 45 巻第 12 号）、昭和 52 年 12 月。后收录于：『日本自然主義再考』、八木書店、昭和 56 年 12 月。

④ 薮祯子：「批評家抱月の世界」『日本近代文学』（第 15 集）、昭和 46 年 10 月。

⑤ 剣持武彦：「花袋・独歩・抱月とダンテ『神曲』」『イタリア学会誌』（第 21 号）、昭和 48 年 3 月。

文艺思考、始终把文学看得很重、很高的结论。① 田村钦一则在否定因为岛村抱月主张具有宗教性文艺就认为其是浪漫主义者的观点、阐明抱月的自然主义只不过是对他自己的内在思想冠以的一个名称而已这两点上做出了很好的说明与论证。②

其实,有关岛村抱月的两部著作在 20 世纪 80 年代的第一年里相继出版,也可以视它们是对 60、70 年代的一种总结。《座谈会 岛村抱月研究》一书是让 12 位岛村抱月的学生或研究者齐聚一堂,就既定话题当场交流,虽然少了论文的科学性与严谨性,但却洋溢着对岛村抱月文艺人生的温情与赞扬,其中不乏真知灼见。③《抱月岛村泷太郎论》一书是在众多前期研究的基础上,囊括了岛村抱月整个人生经历与各种文艺活动的方方面面。可以看作是继川副国基的《岛村抱月——作为一个人与文学家》之后又一部较为完整地勾勒出岛村抱月整体形象的概论性研究书籍。④

随着时代的推移,挖掘书信等新史料,以进一步解读岛村抱月文艺思想的这种研究方法,变得越来越困难。研究者们纷纷把精力放在了对已有的、岛村抱月相关的资料进行重新整理与解读这一方面,从而在一个一个的具体方向上深化着对岛村抱月文艺思想的认识。冈田英雄等研究者们的文章,则是在梳理与指出有关岛村抱月的先行研究之中不够准确的地方,先后令人信服地提炼出抱月的主张是"东洋式日本自然主义论"、"观照"体现了抱月对"问题文艺"的关心、"回到抱月自身的文学原点"确认其文艺思想、抱月的文艺主张与象征主义文艺思潮存在莫大关系、抱月对自然主义文艺与戏剧的"艺术与实践"需要在两种层面上看待等等这些"掷地有声"的观点。从而,使得有关岛村抱月文艺思想的内部研究的观点,既得到的部分修正,又取得了可喜的深化。不过,这些文章大多仍以援引抱月的理论性文章来描述并解读其文艺思想本质居多,却鲜见在对当时的自然主义以及非自然主义文艺思潮进行有效还原之后,以确认岛村抱月自然主义文艺思想的实质及位置的文章。

20 世纪 80 年代至今的岛村抱月研究新时期。在这一时期,可以分为四个部

---

① 鎌倉芳信:「島村抱月の『芸術と実生活』」『日本文学研究』(大東文化大学 第 13 号)、昭和 49 年 1 月。

② 田村欽一:「島村抱月の自然主義」『国文神戸』(第 3 号)、昭和 54 年 3 月。

③ 稲垣達郎・岡保生:『座談会 島村抱月研究』、近代文化研究所、昭和 55 年 7 月。实际上,该书是由一系列座谈会的内容,在《学苑》上先后经过 14 期发表之后集结而成的。具体信息是:昭和 51 年 2、5、8、11 月、昭和 52 年 6、8、11、12 月、昭和 53 年 5、6、8、11 月、昭和 54 年 2、3 月。

④ 佐渡谷重信:『抱月島村瀧太郎論』、明治書院、昭和 55 年 10 月。

分来看:(1)新剧事业中的岛村抱月;(2)文化视域下的岛村抱月;(3)"当代岛村抱月传记研究第一人"岩町功的集大成之作;(4)"当代岛村抱月研究第一人"岩佐壮四郎先生的研究对象=岛村抱月。关于(1),因为不属于本书的考察范围,故而不加赘述。关于(2),主要是指相关的文章不再满足于仅仅只是对岛村抱月的文艺理论本身进行深度解读,而是在时代背景下或特定主题下,与其他文学家等进行比照,以拥有更广阔的视野。比如,与岩野泡鸣、石桥湛山、有美孙、本间久雄、花房柳外、田山花袋、长谷川天溪、上田敏、夏目漱石、国木田独步等人的关系等。① 关于(3),《评传　岛村抱月:铁矿山与艺术座》(上下卷)则是岩町功先生不折不扣的毕生之作②,两本书共厚达 1700 余页。尤其是对岛村抱月的出生地、上大学之前的青少年时期、文艺协会与艺术座的艺术活动、其儿女的人生及他们眼中的父亲形象等几个方面的考察与考证,可谓事无巨细。然而,对岛村抱月的文艺批评以及回国后的自然主义文艺评论,也就是其文艺思想的考察却大多流于表面,且曾经被批在措辞上显得"过于随心所欲"的问题③也没有得到很好的处理。正如书名,传记的成分颇为明显,大有"评述不足、传记有余"之嫌。关于(4),如果加上 1975 年到 1979 年间的 4 篇有关岛村抱月的文章,在 30 余年④的时间里,岩佐壮四郎先生也用将近 30 篇的论文表示了自己对岛村抱月研究的执着。

---

① 代表性文章有:(1)1981·4　吉田精一:『自然主义研究——抱月·泡鸣』(吉田精一著作集·第7卷)、桜楓社;(2)1984·9　岩佐壮四郎:「島村抱月—湛山との関わりにふれて—」『自由思想』(第33号);(3)1988·1　岩町功:「有美孙(伊藤孙一)小伝　鴎外と孙と抱月」『鴎外』(第42号);(4)1993·5　福田秀一:「文人学者の留学日記　明治篇二——鴎外·漱石·矢一の現地滞在と帰路の場合」『国際基督教大学学報キリスト教と文化』(第25号);(5)1998·3　清水義和:「日本に於ける唯美主義移入考　坪内逍遥と島村抱月の弟子——本間久雄」『愛知学院大学教養学部紀要』(第45卷第4号);(6)1999·9　神山彰:「『自然主義』のなかの『江戸』——抱月·柳外·新派の人々」『演劇学論集』(第37号);(7)1999·10　中山昭彦:「"芸術"の成型——<美術>と<文学>の場および抱月·花袋·天溪」『日本近代文学』(第61集　特集　文学の「場」——「受容」と「研究」のはざま);(8)2003·2　加藤禎行:「泉鏡花『霊象』試論——島村抱月による鏡花賞賛についての証言から」『国文学研究資料館』(第29号);(9)2012·2　横田肇:「独步という作家—抱月、ワーズワースとともに」『解釈』(第58卷　通卷664集)
② 该书"后记"中,明确写道:"与抱月一起走过了颇长的时日。自昭和四十二年(1967)十一月初次上演自己编导的《20岁的心灵——青年时分的岛村抱月》以来,业已四十多年。"(下卷,827页)
③ 岩佐壮四郎:「岩町功著『評伝島村抱月』」『日本文学』·第28卷11月、1979年11月,88页。
④ 指的是从1975年到2013年的这一段时间。岩佐先生,于2012年4月以"岛村抱月的文艺批评与美学理论"为题获得早稻田大学(学术)博士学位。2013年5月,经修改后,正式出版。

他发表文章的轨迹十分清晰：沿着初期的文艺批评、诗论、小说、美学，到抱月回国后的"如是文艺"等、自然主义评论、留学英德期间的观看戏剧、西欧生活体验，再到探讨《论审美意识的性质》《新美辞学》、以"情"为本的美学等等，逐步深入，且考据详实。①

---

① 　(1)1975・6　「島村抱月初期文芸批評の展開——明治 30 年代文学状況との関わりを中心として」『国文学研究』(第 56 号)；(2)1976・3　「島村抱月初期の詩論」『学苑』(第435 号)；(3)1976・10　「島村抱月の小説」『日本近代文学』(第 23 集)；(4)1979・11「岩町功著『評伝島村抱月』」『日本文学』(第 28 号)；(5)1980・10　「『夢の女』試論」『国語・国文』(第 49 巻第 10 号)；(6)1980・11　「島村抱月初期の美学(1)——『審美的意識の性質を論ず』」『関東学院女子短期大学短大論叢』(第 64・65 号)；(7)「島村抱月初期の美学(2)——『審美的意識の性質を論ず』」『関東学院女子短期大学短大論叢』(第 66 号)；(8)1982・10　「自然主義前夜の抱月——『思想問題』と『如是文芸』を中心に」『国文学研究』(第 78 号　特集＝早稲田と近代文学)；(9)1984・9　「島村抱月——湛山との関わりにふれて」『自由思想』(第 33 号)；(10)1989・2　「島村抱月の自然主義評論(1)——明治三十九年～明治四十年」『関東学院女子短期大学短大論叢』(第80・81 号)；(11)1991・3　「ウエスト・エンドの抱月——島村抱月の在英観劇体験について」『比較文学年誌』(第 27 号)；(12)1992・6　「『自然』という思想——明治三十年代を中心に」『日本文学史を読む』(第 5 巻　近代Ⅰ)、有精堂；(13)1993・7　「島村抱月の自然主義評論(2)——明治四十一年」『関東学院女子短期大学短大論叢』(第 90 号)；(14)1995・10　「『故郷』上演をめぐって」『日本近代文学』(第 53 集　特集＝〈自然主義〉の可能性)；(15)1997・3　「抱月伯林観劇録——島村抱月のベルリン観劇体験(一九〇四～〇五)について」『比較文学年誌』(第 33 号)；(16)1999・10　「大衆社会と演劇——芸術座の『二元の道』をめぐって」『国文学　解釈と教材の研究』(第 44 巻第 12 号　特集＝新世紀への課題集——未来へのストラテジー)；(17)2002・3　「文芸協会とシラー演劇協会——島村抱月の西欧体験・大衆文化との関わりを中心として」『生活文化研究』(第 9 号)；(18)2007・12　「島村抱月『審美的意識の性質を論ず』の論理構造(一)」『関東学院大学文学部紀要』(第 111 号)；(19)2008・3　「島村抱月『審美的意識の性質を論ず』の論理構造(二)」『関東学院大学文学部紀要』(第 112 号)；(20)2008・7　「没理想論争と島村抱月」『KGU 比較文化論集』(第 1 号)；(21)2008・7　「島村抱月『審美的意識の性質を論ず』の論理構造(三)」『関東学院大学文学部紀要』(第 113 号)；(22)2008・12　「島村抱月『審美的意識の性質を論ず』の論理構造(四)」『関東学院大学文学部紀要』(第 114 号)；(23)2009・3　「島村抱月『新美辞学』の検討(一)」『関東学院大学文学部紀要』(第 115 号)；(24)2009・7　「島村抱月『新美辞学』の検討(二)」『関東学院大学文学部紀要』(第 116 号)；(25)2009・12　「島村抱月『新美辞学』の検討(三)」『関東学院大学文学部紀要』(第 117 号)；(26)2010・3　「島村抱月『情』の美学の構想(一)」『関東学院大学文学部紀要』(第 118 号)；(27)2010・7　「島村抱月『情』の美学の構想(二)」『関東学院大学文学部紀要』(第 119 号)；(28)2010・12　「島村抱月『情』の美学の構想(三)」『関東学院大学文学部紀要』(第 120・121 号)；(29)2011・7　「島村抱月『情』の美学の構想(四)」『関東学院大学文学部紀要』(第 122 号)。

此外,岩佐先生还出版了 4 部专著①,以阐述明治四十年代的自然主义文学、岛村抱月亲身感受到的欧洲文艺的大背景以及他的文艺理论精髓。如果说前述的川副国基、佐渡谷重信花了很长时间来研究岛村抱月,那么,到了岩佐壮四郎这里,他则是用自己近 40 年的学术生涯绘制了一幅迄今最为完整的、岛村抱月文艺思想的研究图谱——《岛村抱月的文艺批评与美学理论》,为岛村抱月文艺思想的内部研究做出了最精细、最深层次的开掘。② 从这一时期的研究成果来看,有关岛村抱月戏剧思想的研究取得了长足的进步。不过,更让人欣喜的是,关于岛村抱月的人生足迹,有岩町功先生坚持不懈的追寻与考察;关于岛村抱月的文艺思想的研究,有岩佐壮四郎先生经年累月的扎实考辨与思考,使得有关岛村抱月的内部研究得到了不断的扩大与深化。

至此,必须承认,关于岛村抱月的自然主义文艺思想乃至其本身的文艺思想以及美学观念,均已在日本众多学者的集体努力下,取得了较为全面的拓展与高度的深化。20 世纪 30 年代,仲贤礼、土方定一、中谷博等人的研究具有启发性;40、50 年代,川副国基的"内挖"与吉田精一的"外拓"相得益彰;60、70 年代,薮祯子、镰仓芳信等的批判性文章,使得岛村抱月具备了一种与此前的研究成果中认定的形象有所不同的可能性;80 年代以后,岩佐壮四郎几乎一手"承包"了岛村抱月文艺思想研究的巨大工程。

虽然如此,在笔者看来,对岛村抱月的文艺思想进行研究之时,始终需要注意两个方面:一是研究贯穿岛村抱月整个文艺人生的文艺思想,一是研究岛村抱月作为文艺批评家,结合明治四十年代这一具体的文艺语境,所传达的文艺主张与思想。前者是要探究岛村抱月文艺思想的内核,后者则是要测定岛村抱月文艺思想所处的时代背景与实际意义。本书便是要取后一种研究路径,以更大程度地还原日本自然主义文学的文化语境,更好地考察与确定作为文艺批评家的岛村抱月的自然主义文艺思想。

---

① (1)『世紀末の自然主義　明治四十年代文学考』(新鋭研究叢書)、有精堂出版、1986 年 8 月;(2)『抱月のベル・エポック　明治文学者と新世紀ヨーロッパ』、大修館書店、1998 年 5 月;(3)『日本近代文学の断面　1890—1920』、彩流社、2009 年 1 月;(4)『島村抱月の文芸批評と美学理論』、早稲田大学出版部、2013 年 5 月。

② 岩佐壮四郎似乎对考察岛村抱月的大学及其此前的时代似乎并不感兴趣。在这一点上,可以说,岩佐壮四郎先生的内容正好与岩町功先生着力的方面形成某种程度上的互补(虽然,后者在行文上不免多有显得主观之处)。

4　总体思路与写作方法

鉴于前文提及的岩町功与岩佐壮四郎二位先生的厚实考据与探究,也结合国内就岛村抱月在日本自然主义文艺思潮发展演变过程中所扮演的重要角色认识不足的实际情况,①笔者认为有必要就岛村抱月的文艺思想与明治四十年代自然主义文艺思潮的时代互动进行深入探讨。这样做,既有利于客观地还原明治四十年代自然主义文艺思潮时代背景,呈现自然主义与反/非自然主义所持有的不同观点,又便于梳理和确定在这样的文艺思潮之下,岛村抱月的自然主义文艺思想与其更本质的文艺思想之间的关系、与自然主义文艺思潮产生的互动关系,以及与代表性自然主义与非自然主义文艺理论家之间的理论阐述,从而立体地勾勒岛村抱月的自然主义文艺思想的实质与意义。

因而,本书总体的思路与目标是,尽量做到把通过内部考察得到的观点与结论,与对明治四十年代这一外部时代背景的考察结果相结合,以避免简单地认定岛村抱月的文艺思想没有发生改变,和随着时间的推移最终发生了“复杂转变”这种在一定程度上带有相反性质的结论。针对岛村抱月来说,不排除在文艺史范围内仅考虑名家的局限性,也不排斥通过整体文坛的考察来确证文坛的丰富性与复杂性,当然,也不否认青年文学家、岩野泡鸣的文学主张在当时的地位与作用,只是,我们还是要力争回到原点,找到观照派对自然主义的叙述逻辑,从而考证抱月的自然主义文艺到底是怎样的存在。不是为了捍卫他的存在,也不是为了片面拔高他的存在,而只是为了在考证明治四十年代自然主义文艺思潮的发展变动之中,抱月的自然主义文艺思想的建构过程。总而言之,本书的大体思路是要沿着(1)岛村抱月是这样的一个人,(2)他主张、回应并调整着自己对明治四十年代自然主义文艺运动的认识与判断这样一条路径来展开论述。由此,要达到这样的目的,本书将主要运用“语境还原”的方法,来探析岛村抱月与其他自然主义主张者们甚至是“非自然派”之间的理论阐述与频繁论争。

----

①　笔者认为,国内有关日本自然主义文艺思潮的研究成果,大多有引用日本文学史著作或教材之嫌,而且参考资料的版本年代也比较集中,故而,在整体观点上具有很强的趋同性。就此,笔者将在今后展开积极探索。而与此同时,就笔者的愚见,国内就岛村抱月的自然主义文艺思想进行专门探讨的先行研究,少之又少。即便把在参考文献里出现“岛村抱月”字样以及一些翻译日本文学理论的书籍算入在内,也不超过100 个。(2015 年 4月 12 日,笔者在 CNKI 在线总库、“高级检索”页面,选定“参考文献”,输入“岛村抱月”之后,得到数据76 条。)

　　由此,本书将要采取的具体做法是:(1)细读岛村抱月的代表性理论文本,并合理地穿插于本书的相应章节之中,以梳理并读取"写实"、"自然"、"自然主义"、"真"、"美"、"人生观"、"怀疑"、"告白"等众多关键词在文中的真实含义,架构岛村抱月的自然主义文艺思想的主干到底是怎样的;(2)考察日本自然主义文艺思潮的言论与主题变迁。循着明治四十年代在多数文艺杂志上对每一年的文坛动态会进行总结、回顾,并提及一些重大事件或讨论的脉络,参照自然主义文学思潮由自然发生到自我反省的阶段性更迭,厘定身处其中的评论家们不断地对自己的理论主张作出了怎样的反映与调整;(3)以通读、比对的方式,在每一具体章节中,凝练并提取出3—5个关键词,作为考察与描述的重点;(4)经过比照,确认各关键词或主题中岛村抱月的参与方式与叙述肌理,以观察当时存在的文坛问题的多样性与实际性。从而,可以对构思方法简单地描述为:在准确地解读岛村抱月自然主义文艺理论文章的主旨思想的基础之上,结合与之有关系的社会评论或文学特集,筛选出典型的主题,从而仔细地梳理、比对,并结合抱月对该问题或讨论的观点或文章,以确立他在此中的位置、作用,进而由点及面、由共时考察到历时通观地考察其自然主义文艺思想的特点与实质。

第 1 章

困苦与执着：明治四十年代文艺批评
第一人的成长之路

随着明治维新的大幕开启,西方的科学技术、政治制度、人文理念便在启蒙者们前仆后继的努力之下,如滚滚洪流般涌入日本。从而让日本全面地具备了世界性视野。在走过了初期的器物、制度层面的西化后,明治文学人毅然地承担起了革新文艺的重任。岛村抱月①便是在痛苦的个人抉择后、在学术启蒙恩师的指导下、在时代文艺的呼声里,逐步成长为一位典型的文艺批评家的。

第 1 节　困苦中不忘刻苦的青少年

岛村抱月原姓佐佐山,名为泷太郎,出生于岛根县石见国那贺郡小国村下土居(现金城町小国)。祖父佐佐山一平②在铁矿炉的经营管理上得到铁矿所有者佐佐田一族的信任,被委任为一个铁矿炉的最高负责人。一平 52 岁终得子,名为半三郎③,即泷太郎的父亲。元治元(1864)年,是年 19 岁的半三郎便不得不从终享天年 70 岁的父亲手中接过经营铁矿炉的重任。其间,由于半三郎外借不少无法收回的钱财而一度收到佐佐田家要求其离开铁矿山的命令。后得到谅解,并在明治 3(1870)年,半三郎继承父辈之名一平欲重整旗鼓。就在明治 4(1871)年 1 月 4 日,一平的长子泷太郎降生。而翌年 2 月 6 日,铁矿炉惨遭滨田地震而不能运转。除此之外,由于西方廉价铁矿的巨大冲击,加之经营管理不善,一平失去了奋斗的舞台,也使得家人们的生活处境每况愈下。

---

① 佐佐山泷太郎为岛村抱月未改姓前的本名,嶋村泷太郎为明治 24(1891)年 6 月 13 日起改姓后的本名,岛村抱月为文艺家嶋村泷太郎的雅名。从他明治 25 年在同人杂志《友垣草纸》以笔名"抱月"发表小说《路途一夜》)开始,笔者将统一采用岛村抱月的称呼。

② 旧姓入泽。生于宽政 7(1795)年,死于元治元(1864)年。天保 6(1835)年,改姓佐佐山。

③ 嘉永元(1848)年——明治 38(1905)年。

　　然而,在岛根县小国村这一偏远的乡村里、在一贫如洗的家庭环境中,却同样也能感受到明治新政府革新教育的新风气——明治5(1872)年8月2日太政官布告第214号《学制》的具体内容之前的《关于鼓励学习的官令》。其旨在说明学校教育的理念及意义,洋溢着给予近代西欧思想的个人主义、实用主义的教育观。该文件劈头就讲道:"人人皆可自立其身、治其产、昌其业以致成就一生的缘由何在,无它。在其修身、启智、精进才艺。而修身、启智、精进才艺非学则不能。此即设立学校之缘由……"①而小国村的教育始于明治6(1873)年1月,教师为医师桑田俊策和正念寺住持藤泽远照。其中,前者给了泷太郎莫大的关怀与帮助,可以说是其学问路上的第一盏明灯。

　　据推算,泷太郎接受的小学教育应为明治10(1877)年到明治16(1883)年。②据其胞弟佐佐山雅一回忆:泷太郎"喜好学问,在上小学等时候都是独占鳌头。"③然而,明治16(1883)年,泷太郎家的现实情景是:父亲一平四处躲债而终日不见人影、母亲忍着病痛背着幼女去铁矿山做买卖以赚取些许收入补贴家用、弟妹们尚还年幼。这种困顿已经无力支持他继续学业。该是泷太郎承担起长子责任的时候了,尽管当时他也只有12岁。

　　怀揣曾经给予自己无尽关怀的医师也是恩师的桑田俊策写好的介绍信,泷太郎只身来到了离家30余里地的滨田,成了一名医院药房的见习生。泷太郎很快就开始了白天工作、晚上上夜校的生活与学习。这一时期,他要当医生的想法很

---

① 内阁官报局:『法令全书』(明治5年)、明治22年1月、146頁。

② 佐渡谷重信:『抱月島村瀧太郎論』、明治書院、昭和55年10月初版、28頁。另,泷太郎应该分别在小国小学和久佐小学仅完成了5年的小学学业。按照明治5年的《学制》规定,小学包括下等小学、上等小学各4年共计8年的修学年限。而明治12年3月10日下达的岛根县的《小学诸则改正》规定,小学为下等3年、上等3年共6年的修学年限。

③ 佐々山雅一・談話:『幼少年時代』『早稲田文学』(第157号 島村抱月追悼号)、大正7(1918)年12月号、26頁。但据岩町功先生考证,泷太郎的成绩似乎也并不是一直第一的。其提供的史料是《岛根县石见国那贺郡久佐村村立小学上等第六级学生定期考试分数表》(具体可看看:岩町功:『評伝 島村抱月——鉄山と芸術座』(上卷)、岩見文化研究所、平成21年6月、175頁。)不过,在笔者看来,因为《早稻田文学》中刊登的是佐佐山雅一的谈话内容,很自然地包含着记录人的综合判断与措辞问题。加之,又是登载于"岛村抱月追悼号"上,难免会有措辞偏向极力赞扬的可能。而岩町功先生的史料考证让我们有机会看到更真实的岛村抱月,但也不至于影响我们勾勒岛村抱月的幼年时期发奋学习的形象。

强烈。① 然而,新法令②的实施,让泷太郎很难看到希望的曙光。或许是出于难以忍受药房诸多杂务带来的精神与肉体的双重痛苦,又或许是实习生的微薄收入实在难以满足照顾家人与自己吃饱肚子的需求,更或许是因为工作的繁重而不能使工作与学习得以兼顾③,根据松江地方法院滨田支部的一本履历书上的信息可以知道,泷太郎于明治 17(1884)年 7 月 18 日成为松江地方法院滨田支厅的勤杂事务员,日薪 8 钱。④ 差不多正好 1 年的时候,这个法院来了一位传奇人物——潮恒太郎,他为 14 岁的泷太郎树立了一个绝好的学习榜样。⑤ 泷太郎开始了白天上班夜晚读私塾的生活。据其私塾学友大岛几太郎的《滨田町史》中记录泷太郎的余白部分所写内容,可以知道他学习的内容包括:德语(师从滨田医院的永田滨太郎)、汉学(师从小岛有邻)、英语(师从松村仁平方、森田利房)、数学(先后师从三井原仙之助、桂田猪熊、大岛方)。⑥ 用功最深的是英语,显示其才华的是小岛私塾布置的作文。英文学、汉文学、日本文学等纷纷成了泷太郎颇有自信的领域。也正是这些构成了他未来的立身之业,把他推上了学问之巅。

明治 19(1886)年 10 月 6 日,泷太郎人生中的另一盏(尽管他不是思想上的、

---

① 佐々山雅一・談話:「幼少年時代」『早稲田文学』(第 157 号　島村抱月追悼号)、大正 7 (1918)年 12 月号、26 頁。

② 《医师执照规定》及《医术开业考试规定》(明治 16 年公布、17 年正式执行)的出台,分明提高了成为医师的门槛。有资格成为医师的人分为 3 个:第 1,毕业于公立医学校者(无需考试);第 2,在私立医学校学习者(需参加考试)。第 3,在医师那里修学 1 年半、自学通过考试者。第 3 种,可视作明治时代一种出人头地的捷径。但《医学开业考试》是以西方医学为考试内容的考试,必须要掌握读懂医学书的德语。这对抱月来说实在难以企及。

③ 在同一时期,泷太郎的表兄弟——村上芳太郎和永见勇吉兄俩——已经在长滨上中学。其中,后者对泷太郎帮助尤多。

④ 具体请参看:岩町功:『評伝　島村抱月——鉄山と芸術座』(上巻)、岩見文化研究所、平成 21 年 6 月、189 頁。另可参看:佐渡谷重信:『抱月島村瀧太郎論』、明治書院、昭和 55 年 10 月初版、30—33 頁。

⑤ 潮恒太郎出生于庆应元(1865)年,入职滨田地方法院时为明治 18(1885)年 7 月 4 日。1 年半后任判任官(下级官吏)认定的法院书记之职。又 9 个月后,自学通过了法官录用考试。因此,23 岁便被任用为判任官(高级官吏,仅次于敕任官与亲任官)认定的"判事试补"(即,实习副法官),转职于广岛治安法院。之后,更是了得。明治 23(1890)年 10 月,升任正法官,明治 27(1894)年 1 月,荣升为东京地方法院法官。之后,作为预审法官审理过幸德秋水等的大逆事件。

⑥ 转引自:岩町功:『評伝　島村抱月——鉄山と芸術座』(上巻)、岩見文化研究所、平成 21 年 6 月、197 頁。

而大多是经济上的）"明灯"——滨田支厅地方法院的新任副检察长嶋村文耕①——出现了。明治21(1888)年,通过考试录用的新雇员②、也是汉学素养颇高的文学人——有美孙一来到法院供职,对泷太郎后半生的戏剧事业给予积极援助的伊势本一郎也被录为勤杂事务员。他们都成了促使并激发泷太郎继续以学问立身的动力来源。同年秋,滨田支厅出现两个雇员职位的空缺。最终,在同年11月14日,泷太郎以优异的成绩被特例录用③,月薪也一跃为5日元。

　　明治22(1889)年春,时任滨田支厅地方法院检察长的嶋村文耕,向逆境中不忘奋斗的佐佐山泷太郎提出可以提供经济支助以帮助其赴东京求学的话题,但有个前提条件是要求他作为养子改姓嶋村。

　　是做人养子获得金钱资助从而助己实现继续学问立身之大志?还是拒绝改姓苦守长子的身份、甘做法院雇员而错过这实难再有的绝好机会?思前想后,泷太郎依然按捺不住自己那颗向往学问世界之心。终于得到父母认可,答复嶋村文耕愿意做养子时,此时已是明治22(1889)年12月。与文耕达成了每月5日元的经费资助之后,泷太郎于明治23(1890)年2月1日辞去工作,6日离开家乡。他要用自己的坚韧毅力与聪颖头脑在东京这一求学地开辟一片全新的天地。

　　难以为继的佐佐山家的经济困境、繁重而收入微薄的药房见习、5年多循规蹈矩的地方法院供职,我们看到奋斗不止但依然难以让家庭摆脱窘境的泷太郎的身影。

　　接受了不完整的小学阶段的教育、拖着疲惫的身躯参加夜校的学习、进入私

---

①　生于安政元(1854)年5月15日。原姓太田。系家中长子。文耕出生时,其父太田圣谛已经57岁,为明渊寺第九代住持。庆应二(1866)年8月,是年13岁的文耕成为吉田藩士樋口南净的养子。同年,11月10日,樋口家降生了一个名为虎若的男孩。文耕作为养子的必要性顿无。于是,他也选择了学问立身之路。明治8(1875)年3月,成为神奈川县中邏卒(即巡逻警察),任职横滨境町警察署。明治12(1879)年10月7日,入赘江户时代富农身份的嶋村(本)家,对方为嶋村树。但,不幸的是,嶋村树翌年春便亡故。尚无男丁的文耕在嶋村本家的地位无形中受到了来自分家嶋村泷藏(后来的岛村抱月的岳父)家的威胁。与此同时,文耕也未放弃后来又结婚生女——文(明治16(1883)年3月23日),但由于文耕的工作调动等,不得不寄养于吉田女卫门家。直到任职滨田支厅地方法院的明治19(1886)年,文耕依然是辗转任职,仅有一女。

②　法院的人员设定由高到低如下:奉任法官(即正法官)、判事补(即副法官)、奉任检、检事补、书记、十等属、等外二等出仕、雇员、勤杂事务员、勤杂工。

③　雇员指的是在司法省录用的正式的书记手下帮助处理事务的人员。当时被称为雇用书记。要求参加雇员录用考试,且必须年满20岁。而泷太郎那时才17岁。幸好有滨田支厅法院院长长塚近义的举荐。举荐信原文可参看:岩町功:『評伝　島村抱月——鉄山と芸術座』(上卷)、岩見文化研究所、平成21年6月、226頁。

塾学校触摸外语及文学的美好世界。我们看到学问立身成了泷太郎的持久召唤与不竭动力。

感激小学时的医师桑田俊策给予的学业启蒙、感受私塾学友间散发的学习热情、满怀周边同事及表兄弟纷纷奔向东京勇攀人生更高起点的向往。我们看到泷太郎身边的人们在明治的时代大潮中对他或投以期待或激情同路或阔步前行。

第 2 节　决意投身文艺的大学生

明治 23(1890)年 2 月 11 日,泷太郎到达东京。① 这引入西方文明正迅速蜕变的日本文明将为他来带来怎样的变化呢? 明治时代的滚滚洪流中,青年们怀揣梦想,受励志名言"男儿立志出乡关,学若无成死不还"②的激励而朝气逢勃。泷太郎也是这样的一位青年。未曾想,在接受正规、系统的学问教育前,他却首先要面临读什么专业的选择。当时,他的选择有三个:将来有望成为高级官吏的专业、医学专业、文学专业。第一个是提供经济支助的嶋村文耕的指定专业③,第二个是泷太郎曾经付出很多努力尚未实现的专业,第三个是受周遭文学气质的人的影响、符合其个人性格、内心又有所向往的专业。

事实是,在泷太郎到东京不到 1 个月的 3 月初,他便考入了东京专门学校④政治科,但 4 月中旬即退学。⑤ 这说明他拒绝了嶋村文耕为其设计的未来之路。至

---

① 到车站接他的是嶋村分家的嶋村泷藏。
② 江户末期尊皇派僧人月性(1817—1858)所作汉诗。后两句是"埋骨岂期坟墓地,人间到处有青山。"月性同时代的政治家,即与大久保利通和木户孝允并称为"维新三杰"的西乡隆盛(1828—1877)把该诗改作"男儿立志出乡关,学不成名死不还。埋骨何须桑梓地,人生无处不青山。"可以看出,除了文字表达有所改动,意思没有发生任何变化。
③ 政治、行政、司法中的某一个。
④ 明治 35(1902)年改称为早稻田大学的前身。
⑤ 这一事实在泷太郎生前以及死后的很长一段时间内,并没有人去努力查明。直到早稻田大学教授川副国基先生文末注明 1953 年 7 月 20 日完稿的论文发表,才为众人所知。因为他找到了一份当时记录有佐佐山泷太郎相关信息的学籍薄。(具体可参看:川副国基:「島村抱月についての新事実——その東京專門學校政治科入学について」『日本自然主義の文学——およびその周辺』、東京:誠信書房、昭和 32 年 2 月、101 － 113 頁)但是,该文中提及的学籍表中的"入学年月"一栏写着"二三・三・一一",通过后来分析与考证,学者们提出应为"二三・三・一"。详细可参看:岩町功:『評伝　島村抱月——鉄山と芸術座』(上巻)、岩見文化研究所、平成 21 年 6 月、250—254 頁;佐渡谷重信:『抱月島村瀧太郎論』、明治書院、昭和 55 年 10 月初版、39—43 頁。

5 月中旬左右,他先后就读于东京物理学校、日本英学院。随后,进入先于泷太郎 1 年来东京、原来的同事伊势本一郎就读的私立商业学校。之后,退学一事为嶋村 文耕所知晓,遂停止了每月 5 日元的经济资助。① 其间,他陷入经济上的绝境,不 得不从上文已经提及的、分别就读于庆应义塾与东京物理学校的村上芳太郎与永 见勇吉兄弟那里借钱度日。他曾一度产生从御茶水桥上跳下投河自杀的念头。 另外,他还曾多次造访过昔日学友兼同事有美孙一②特别推荐的森鸥外并借过 钱。③ 泷太郎一定向同为学过医又对文学有造诣的孙一与鸥外二人谈起过学医 或学文的话题,尽管我们无从知晓他们具体给了怎样的建议,但从泷太郎退学后 在多所学校学习的科目④来看,他应该是有着学医的计划的。

而在泷太郎入读私立商业学校的明治 23(1890)年这一期间,恩师坪内逍遥 为该校附带兼课,讲读查尔斯·兰姆的英文原版《莎士比亚故事集》。泷太郎有生 第一次地接触了英文原文的细读,同时也受到了逍遥的文学启发。而东京专门学 校新设的文学科的目的是:"取和汉洋三文学之长,进行调和统一,以兴明治(我 国⑤伊丽莎白时代的)文学。"⑥他的文学热情以及学问志向逐渐明晰起来。文 学,这一门需要时时叩问心灵、触摸人生的学问;这一个在日本只是由坪内逍遥等 前辈们进行了有意义的探索的世界;这一个方兴未艾的、一片生机勃勃的领域,顺 应了泷太郎既遵循内心又治学立身的诉求,吸引了一个把才华与人生奉献给她的 有为青年。

自嶋村文耕停止提供经济资助,大约至明治 23(1890)年年底的这一段时间, 泷太郎与文耕之间经历了怎样的交涉,至今无从知晓。总之,在明治 24(1891)年

---

① 具体是从几月开始至几月结束未详。

② 文久二(1862)年——昭和 11(1936)年。曾就读于东京医学校(现东京大学医学部),与 森鸥外关系密切。明治 11(1878)年 10 月,因为其提供学习资助的伊藤家遭遇不幸而被 迫退学返乡。但二人依然保持通信并互换汉诗。明治 20(1887)年前后,结识了泷太郎, 并为他做了很好的汉学及文学启蒙。详细可参考:岩町功:「有美孫(伊藤孫一)小伝—— 鴎外と孫一と抱月」『鴎外』(第 42 号)、昭和 63 年 1 月。

③ 中村星湖:「島村抱月論 アイ・アイラッシュ・アネクドート」『中央公論』(第 26 年第 7 号)、明治 44 年 7 月、108 頁。島村抱月的女儿们也表示曾从母亲那里听说过此事。(岩 町功:『評伝 島村抱月——鉄山と芸術座』(上巻)、岩見文化研究所、平成 21 年 6 月、 265 頁。)

④ 在"家史"中,泷太郎自己写着"英语、数学、理科等"。(「島村抱月氏略伝 家史」『早稲 田文学』(島村抱月追悼号)、大正 7(1918)年 12 月号、2 頁。)

⑤ 指日本,笔者注。

⑥ 「時文評論 我専門学校文学科」『早稲田文学』(第 1 号)、明治 24 年 10 月、20 頁。

3月31日,佐佐山家向久佐村村公所提出废除长子的申请。6月13日,泷太郎向神奈川县都田村公所提出养子入籍的申请(同日获准),正式改姓嶋村。

经济上的风波终得平息,内心的学问志向也已明确。9月初,东京专门学校文学科第二批将近50名的新生中,便可以看到文学青年嶋村泷太郎①的身影。他开始了自主选择学校与专业的新生活。

虽然在经济上还是一如既往的拮据,甚至,在同学之间,与中岛半次郎一起被称作“破衣烂衫二先生”②。然而,这三年的大学生活,单从成绩来看,他也是不折不扣的优等生③;从思想成长来看,恩师们的耳提面命、同学之间的观点碰撞、自己的发愤图强与勤思勉学,使得他的文艺修养、思想境界与理论水平有了长足的进步。其中,《吞吐天地》与《同窗纪念录》是最好的见证。

前者其实是泷太郎的读书笔记。目前存留的有《吞吐天地》(二)、(三)④两册。其中,(二)的时间跨度为“明治廿五年二月四日起 全七月五日结”,即第一学年后半期的五个月,内容包括哲学(纯正哲学、逻辑学、心理学、伦理学、美学、教育学)、文学、史学、社会学等,涉及50余册书籍。(三)的时间跨度为“明治廿五年七月六日起 全廿六年七月五日结”,即整个第二学年,内容包括哲学、文学、杂类、史学,涉及30余册书籍。据中桐确太郎的说法:“无论什么时候去看,他(嶋村泷太郎,笔者注)都会在学校的图书室,周日等时间好像大多是在上野的图书馆度过的。……深夜会记下从书上看到的内容,累了就伏案而眠。”⑤这简直就是一种狂热的、对文艺世界的吸纳——“吞”。

从明治24(1891)年9月到明治25(1892)6月的一段时间里,掀起了日本明治

---

① 后来,实际上,“嶋村泷太郎”这一名字大多成了户口簿登记意义上的名字。正式场合,他大多使用“岛村泷太郎”。而发表论文及评论等时,多为“岛村抱月”。下文如无特别需要,统一采用岛村抱月或抱月的称呼。

② 後藤宙外:「島村抱月氏の生涯 学生時代」『早稲田文学』(島村抱月追悼号)、大正7(1918)年12月号、35頁。

③ 中島半次郎:「島村抱月氏の生涯 学生時代」『早稲田文学』(島村抱月追悼号)、大正7(1918)年12月号、29頁。

④ 之后有没有(四)、(五)我们不得而知。但,无论是从编号来说,还是从笔记的时间来说,都应该还存在(一)。时间跨度估计是明治24年9月至明治25年2月,即第一学年的前半期。《吞吐天地》(一)(二)的电子版可从“早稲田文学本間文庫古典籍データベース”检索获得:http://www.wul.waseda.ac.jp/kotenseki/search.php・cndbn = %93%87%91%BA%95%F8%8C%8E&szlmt =30

⑤ 中桐確太郎:「島村抱月氏の生涯 追悼録」『早稲田文学』(島村抱月追悼号)、大正7(1918)年12月号、108頁。

文学史上第一次大规模的文艺论争——在泷太郎的恩师坪内逍遥与恩人森鸥外之间的——"没理想论争"。可以说,这次论争体现了日本文学在经过明治时代前20年后显现出的复杂性与丰富性。对于逍遥与鸥外来说,这是一场重视"写实与归纳"的"实际派"与重视"说理与演绎"的"理想派"之争。然而,对于抱月来说,则从中既看到恩师的暧昧用词、概念含混及消极性态度,又看到鸥外依据西方(尤其是德国的)文艺理论进行的独断性论断。其实,重写实的文学,也能创作出优秀文学。同理,重理想的也是如此。此间,抱月并没有表露自己赞同谁反对谁的言论。到了《吞吐天地》(三)时,抱月在哲学部分的笔记中,开始要部分地"吐"出自己的思考了。这主要分为三个部分:理解哈特曼的美学思想的真意;理出逍遥与鸥外的文艺观及艺术批评的不同点;思考艺术家与其作品的关系。

明治27年7月毕业之际,由岛村抱月动议而制作了文学科第二届毕业生的"青春宣言"——《同窗纪念录》。抱月在简单介绍自己的个人信息后,继续写道①:

（1）平生爱读:陶渊明的采菊诗、归去来辞、苏东坡的赤壁赋、鸭长明的方丈记、山田秋成的雨月物语、新古今集的恋爱部、平家物语、哥尔德·史密斯的荒村、爱默生文集等。

（2）要说希望,余愿修身齐家厚待此生,以学者之身穷究哲学尤其是美学,以著述家之身成就评论性日本文学史,为宣扬真理而献几分力。在诚实处事且不失偏颇此一点上无限景仰如孔子者。只要思想自由不受钳制,纵然身处纷扰,吾亦欲从之。或能耽于静思、或能探察周遭琐事,大致为心之所至、自可得意之处即是可把意志集于一理的,又能分散于多处。

（3）吾信仰之物未可名状。是否为信仰虽不可自知,唯不疑吾心深处存有何物。

（4）若人人皆可协调正确的意志、明智的知性与深切的同情这三者、事事依循理性之所指,则天下自可安宁。此乃吾之主义。

（5）吾喜食点心、年糕、梨、柿子、甜米酒、赤豆茶泡饭、及所有不过于油腻的食物。吾喜好残月、秋山、牵牛花、小孩、某个类型的梦、小狗、诗歌、小说、

---

① 　引文出自:相馬御風:「抱月島村瀧太郎先生小伝」『抱月全集』(第1卷)、天佑社、大正8年6月、4—5頁。文中序号为笔者所加。

音乐、戏剧①。

　　无题

　　时雨浸秋山,红叶一色染,心绪起万千。

　　由此可知,内容涉及五个方面:1. 好读之书籍 = 知识趣味;2. 欲竟之事业 = 个人抱负及学问方向;3. 愿信之事物 = 宗教观;4. 秉持之信条 = 人生观;5. 喜食好物 = 趣味嗜好。可谓,有生活、有信仰、有人生、有思想,告知过去(1)、言及当下(3、4、5)更面向未来(2、4)。三年的大学砥砺,一个融合知情意、协调"一"与"多"、公正且理性的学者形象呼之欲出,一个好诗善赋、反复吟诵苏东坡的《赤壁赋》——"哀吾生之须臾,羡长江之无穷;挟飞仙以遨游,抱明月而长终;知不可乎骤得,托遗响于悲风"——并从中取得雅名的文人"抱月"②,开始坚实地"吞吐"着自己对文学天地的独特认识与学术批评。

　　最能代表抱月初期文艺批评气质、也是奠定了他个人文艺基调的获得,便是当届唯一甲等成绩、赢得恩师坪内逍遥从文学角度、大西祝与大塚保治从哲学角度给予高度评价的毕业论文——《概论觉的性质兼及美感的主要性质》③。

第 3 节　稳健而客观的青年文艺批评家

　　与同窗好友——温厚的中岛半次郎、精力充沛的后藤宙外等一起,度过了难忘而有意义的大学时光之后,岛村抱月便开始在文艺评论界崭露头角。从明治 27(1894)年 7 月开始到明治 35(1902)年 3 月这将近 10 年的时间里,传达他文学主张的舞台有四个:《早稻田文学》(明治 27 年至明治 31 年 10 月停刊)《新著月刊》(明治 30 年 4 月至明治 31 年 5 月停刊)《读卖新闻》(明治 31 年 1 月至明治 35 年

---

① 原引文中为"音乐剧"而不是"音乐、戏剧"。但是,岩町功先生分析说:"明治 21 年,它处未见'音乐剧'这一标记。"且有其它说明。(可参看:岩町功:『評伝　島村抱月——鉄山と芸術座』(上卷)、岩見文化研究所、平成 21 年 6 月、274—277 頁。)笔者以为岩町功先生的说法具有很大的说服力。故译时有所改动。另,抱月的挚友伊原青青园也说:"戏剧也好、音乐也好,岛村君很早就有浓厚的兴趣与聪颖的认识。"(「追悼録　追憶のさまざま」『早稲田文学』(島村抱月追悼号)、大正 7 年 12 月号、32 頁。)

② 后来,抱月在杂志上也介绍了自己雅号的来由。具体可参看:「雅号の由来」『ハガキ文学』、明治 40 年 3 月。

③ 后发表于《早稻田文学》(明治 27 年 9 月—12 月,分 4 期)。题名改为《论审美意识的性质》。

1月①)、东京专门学校(明治31年9月至明治35年3月)。在时间呈先后顺序且有所重叠的四个舞台上,岛村抱月或是通过整合汇编材料同时应和时代发表中肯的文学主张、或是通过主持批评专栏并进行组稿、或是自己直接发表文艺见解、或是借讲台向有志青年们传道授业解惑。

在距离明治27(1894)年7月20日毕业典礼的四五天前,抱月得到恩师坪内逍遥的举荐而谋得了月薪15日元、《早稻田文学》(第一次)②的编辑一职。正是该杂志为岛村抱月提供了继续吸收——"吞"(= 日本文艺的发展动向)与逐渐发表——"吐"(= 自己综合性文艺主张)的大舞台。

先于抱月1年毕业的五十岚力回忆说:

> 当时,早稻田文学的记者有岛村君、后藤君、伊藤③君、我四个人。岛村君相当于编辑主任,上面还有坪内先生负责整体。编辑的工作好像自然而然地分为两个部分。一项工作是收集来自外部的稿件、就算是内部稿件也与编辑的日常工作不同而是个人撰写,即论说、创作。一项工作是时至今日早稻田文学依然保留的"汇报"。它是通过报纸、杂志的报道或通过访问来收集、分类、整理、介绍每个月文坛发生的现象。把这两方面的材料粗略整合交给坪内先生。那好像是岛村君的任务。而且,我觉得岛村君很漂亮地完成了那种任务。④

由此,我们可以得知,岛村抱月对当时的文坛动态(按月收集)是非常熟悉的,而且还具备很好的综合能力(汇总整合后交给坪内逍遥)。此外,他还在《早稻田文学》的《时文月旦》栏,以"T·S"、"ほしづくよ""星月夜""鄭洲生""抱月子"⑤

---

① 这一期间又可分为两段:一为明治31年1月至明治32年5月,即从抱月担任读卖新闻社会部部长到因受砚友社派势力排挤而被迫辞职。二为虽辞职但仍在"周一附录"(日文为"月曜附録")栏执笔直至明治35年1月发表"辞别"。

② 《早稻田文学》(第一次)为明治24(1891)年10月至明治31(1898)年10月。期间,又分为三期:第一期(1891年10月—1895年12月)共102号;第二期(1896年1月—1897年9月)共41号;第三期(1897年10月—1898年10月)共13号。其中,前两期为每月2号,第三期为每月1号。

③ 应为"伊原",即伊原敏郎(1870—1941),笔名青青园。

④ 「島村抱月氏の生涯 前期『早稲田文学』及び『新著月刊』時代」『早稲田文学』(島村抱月追悼号)、大正7(1918)年12月号、39頁。

⑤ "T·S"为"鄭洲生"的前两个汉字的罗马字拼写的首字母。"ほしづくよ"是"星月夜"的假名标记。也就是说,抱月在论文之外的栏目通常选择"鄭洲生"(当时,坪内逍遥的一个笔名为"鄭隈生"、抱月的同级学友奥泰资的笔名为"鄭澳生"。)、"星月夜""抱月子"这三个名字。也有几次是以"島村瀧太郎"署名的。

等的笔名,撰写了文坛、剧坛、美术界等近况及批评。

与此同时,明治 27(1894)年 8 月,在第 69 号《早稻田文学》上发表了第一篇评论《侦探小说》。文中论述说侦探小说是"以探索性快乐为主,以诗性快乐为从",而"探索性快乐"属于智力性的、"诗性快乐"是审美性的。于是,抱月的结论是:因为诗歌、小说以美为主要目的,因此,侦探小说是违背美学的。这样,从一开始,他的文艺主张就是以美学为根基、以审美为最高宗旨的。旋即,他又发表了可以看作是《侦探小说》姊妹篇的论文——《〈新奇〉的快感与美的快乐的关系》。该文纠正了"新奇就是美"的谬误,并先后援引培因(Alexander Bain,1818—1903)、詹姆斯·萨利(James Sully,1842—1923)、爱默生(Ralph Waldo Emerson,1803—1882)的学说,以阐明新奇的快感与美的快乐之不同,并把关注点放在了美的快乐上。

明治 28(1895)年,综合性杂志《太阳》、文艺杂志《文艺俱乐部》以及东京帝国大学的《帝国文学》纷纷创刊。《早稻田文学》对这些繁荣文坛的杂志的出现均表示了欢迎与期待,但同时也开始感到了它们的挑战。在坪内逍遥的指导下,抱月主职的"汇报"栏,更加积极地在描绘文坛全貌上下功夫。与此同时,抱月显示出了旺盛的批评意识与广阔的批评领域。① 主要的论文有:《西鹤的理想》(第 80 号、1 月)《观〈伊达竞阿国剧场〉论梦幻剧》(第 84 号、3 月)《三种厌世观及其主要条件》(第 86 号、4 月)《论悲剧的种类》(第 87 号、5 月)《气韵生动》(第 89 号、6 月)《变化的统一与理想的显现》(第 91 号、7 月)《读〈不言不语〉记所感》(第 93 号、8 月)《关于新体诗的形式》(第 99、100 号、11 月、12 月)。另外,喜得妻室与痛失亲人的序幕也在抱月的生活中依次拉开。同年 6 月,抱月与养父嶋村文耕的侄女、嶋村泷藏的二女儿市子②组建了家庭,开始了在异乡东京有妻室的新生活。但是,11 月,却又从家乡传来了母亲病逝的噩耗。

① 依据《早稻田文学》(第一次)的总目录(第一书房、昭和 54 年 4 月),笔者对明治 28 年共计 24 期(第 79 号至第 102 号)的内容进行计数统计,抱月发表的论文为 17 篇,除了"汇报"栏的内容,还在"时文月旦"栏发表长短不一的评论 48 个。

② 生于明治 8 年(1875)7 月 17 日。抱月与市子的婚姻依然有稳固嶋村家地位的意思,也并非自主的恋爱结婚。这也可以看作是"女性主义者"(本间久雄:「明治文学随筆　冬扇録——抱月の『文士無妻論』」『明治大正文学研究』第 8 号、1952 年 10 月、99 頁。)抱月最终选择放弃家庭与松井须磨子走南闯北、颠沛流离的一个悲剧性开始。

进入明治29(1896)年,《早稻田文学》(第一次)进行了第二期的改版。① 抱月在文艺批评上的地位愈益凸显。他写于当年5月的一段文字,便可读出其广阔的批评视野与不失公允的点评。

时来运转,对弦斋②的日渐看好,/最近流行的是乐评与艺人话题,/报刊文学与花朵一起凋零,/然而,这是文学种类的减少吗? /每天的文学充斥着社会丑闻式的内容、/代之兴起的是日本的时文(当下流行通用的文章),/文坛上说为何不详评(幸田露伴的)《竹叶舟》? 为时尚早,/对(樋口)一叶的评价比浅草寺的塔身还高,这却要当心,/不知(井上哲次郎的)《比沼山之歌》完成后读来有趣与否。③

在这段话里,抱月主要包括两个大方面的内容:一、指出了报界人士的大受好评、报刊的流行内容、报刊文学的衰落及堕落以及当下流行的时文。二、对幸田露伴、樋口一叶、井上哲次郎的文学分别给予时机未到、评价过高、持有一定期待的评语。

这一年,抱月又发表了长短不一的41篇文章。其中主要分为:(1)延续上一年度的新体诗评论(《新体诗形式论》,第4号;《希求写新体诗的青年们》,第6号;《何谓朦胧体?》,第9号);(2)文学杂志的介绍(《文学与杂志》,第3号、5号、6号、7号、8号;《新刊各杂志》,第14号、第16号;《杂志种种》,第20号;《新杂志月旦》,第22号);(3)批评与审美(《批评的批评》,第8号;《审美研究的一种方法》,第10号;《最近的批评界》,第19号);(4)对汉文学的关注(《读〈陶渊明集〉》,第15号;《应研究和汉文学的审美论》,第23号)。

由于是明治30(1897)年4月创刊的《新著月刊》的主要编辑之一,加之,这一

① 主要可分为:(1)本栏——包括评论、史传、诗文(其中,诗文为新增内容,也就是说,《早稻田文学》也在保持传统特点的基础上,开始关注小说、戏剧、诗等方面的文学创作);(2)汇报——包括文学、史学、哲学、戏剧、美术、宗教及教育、杂类(其中,抱月主要负责文学、哲学、杂类这三块);(3)新刊(主要是介绍或评论,基本上没有变化);(4)杂俎(也没有太大变化,但是细分为:词林、月旦、投稿这三类)。可看看:「第一期『早稻田文学』终刊の辞」『早稻田文学』(第102号)、明治28年12月。
② 村井弦斋(1863—1927),明治17年赴美,翌年回国。明治27年,担任《报知新闻》总编辑,并对报纸内容及版面进行大幅更新。明治28年开始连载《旭日樱》《血泪》《小弓御所》等长篇小说。
③ 根据译文意思,标点符号有所改动。村上弦斋的介绍、括号里的内容以及作品的书名号均为笔者所加。原文引自:星月夜:「随笔文学」『早稻田文学』(第一次第二期第10号)、明治29年5月、130页。

时期,抱月开始把主要精力投入到小说创作,到《早稻田文学》(第一次第二期)停刊的明治 30(1897)年 9 月,他仅仅发表了文章 12 篇。主要有:《读〈月草〉》(第 27、第 28 号、第 29 号、第 30 号)《读新体诗集》(第 32 号、第 33 号)《新体诗的韵律》(第 34 号)《美辞学的本义》(第 37 号)等。

从明治 30(1897)年 10 月到明治 31(1898)年 10 月里,《早稻田文学》(第一次第三期)共计发行了 13 号,抱月发表了 9 篇文章和 1 篇小说。文章多以戏剧或小说的合评的形式。另有一篇《新体诗振兴案》值得注意。

由此,我们可以知道,在《早稻田文学》(共 3 期 156 号)这个舞台上,岛村抱月利用短短二三年的时间便迅速奠定了自己青年文艺批评家的地位。其主要成绩与发展走向体现为:(1)把美学作为文学批评的利器;(2)对新体诗进行持续探讨、思考与提议;(3)对汉文学的关注;(4)开始思考修辞与美学的关系。

在《新著月刊》担任编辑的这段时间里,抱月借用这一舞台主要做了两件事:(1)发表了 4 篇小说(《白色风暴》1 卷 1 号、明治 30 年 4 月;《玉葛》1 卷 3 号、明治 30 年 6 月;《夫妇波》1 卷 6 号、明治 30 年 9 月;《月晕日晕》2 卷 1 号、明治 31 年 1 月),从而进入了他较为集中的小说创作时期①;(2)负责"时文"栏。② 当时,"时文"栏主要分为两个部分:一为评论;二为"作家苦心谈"。其中,"作家苦心谈"中因刊登的都是文坛大家的谈话或亲笔撰稿而大受欢迎,③后来集结而成《唾玉集》。④ 虽然,除了"作家苦心谈"之外,"时文"栏的其他文章都没有具体署名,但我们还是能够基本确定那些文章大多出自抱月之手。其一,在《抱月全集》(第一卷)中,相马御风提及"其间,先生在每一号杂志(《新著月刊》,笔者注)上都发表

① 具体有:(1)「笹すべり」(『太陽』、明治 30 年 12 月)、(2)「ながれ星」(『世界の日本』、明治 31 年 1 月)、(3)「佛ぞろえ」(『早稲田文学』、明治 31 年 4 月)、(4)「白蓮華」(『国民之友』、明治 31 年 6 月)、(5)「墨絵草紙」(『国民之友』、明治 31 年 8 月)、(6)「夏の夢」(『中学文壇』、明治 31 年 9 月)、(7)「利根川の一夜」(『読売新聞』、明治 31 年 9 月)、(8)「衆生心」(『新小説』、明治 32 年 1 月)、(9)「花がるた」(『太陽』、明治 32 年 4 月)、(10)「待つ間あはれ」(『新小説』、明治 33 年 6 月)、(11)「後の塩原」(『新小説』、明治 33 年 7 月)、(12)「紅涙賦」(『中学世界』、明治 35 年 1 月)

② 参看:後藤宙外:「『早稲田文学』から『新著月刊』へ」(下)『明治文壇回顧録』、岡倉書房、昭和 11 年 5 月、39 頁。

③ 后藤宙外曾在回忆录中提及"作家苦心谈"是他一手负责的。他说:"只有《作家苦心谈》是我专门负责,四处走动,有时得到青青园君的支援,总算没出什么洋相地丰富了杂志内容。"(後藤宙外:「『早稲田文学』から『新著月刊』へ」(下)『明治文壇回顧録』、東京:岡倉書房、昭和 11 年 5 月、49 頁。)

④ 伊原青々園・後藤宙外共編、春陽堂、明治 39 年 9 月。

有生气的时事评论,向当时逐渐称霸小说界的砚友社、根岸派等前辈宣战……"①
其二,同为该杂志主编的后藤宙外也曾回忆说:"'梨园栏'……作为杂志的特色而
大放异彩。如此前举例,抱月君以青年人的意气风发和犀利而典雅的文笔进行脉
络透彻的文坛时事评论。二者交相辉映,是为该杂志的亮点。"②其三,从大多数
评论文章的观点来看,也大多与抱月在《早稻田文学》上发表的观点相近。③

　　由于《早稻田文学》的陷入疲软、《新著月刊》也不太稳定,为抱月着想,高田
早苗与坪内逍遥便把他举荐给读卖新闻社。从明治31(1898)年1月开始,抱月出
任社会部长负责社会新闻。2月12日,他便发表一篇名为《报纸琐言》④的文章,
内容包括:一、报纸未能成为社会的真实反映,同时读者的阅读兴趣应更广、更多
元化。二、应首先改善新闻采访部门以改变社会新闻报道偏执于猥琐、残酷、轻浮
的倾向。三、应致力于拓宽新闻采访的范围。这是他革新报纸的报道内容的宣
言⑤,但同时也成了传统势力排挤他的起点。⑥ 尽管如此,由他创设(当时主要是
关于文艺信息的内容)且延续至今的"读卖抄"一栏,在彼时是抱月锐意革新的体
现,今日则变成了读卖新闻的一个长久记忆。

　　在这片舞台上,抱月也日益成长为视野开阔、涉猎广泛的文艺批评家。他发
表的文章主要涉及小说、近代诗、美学、国字国语、教育、美术、音乐、戏剧等。其
中,在明治35(1902)年留学之前,他在《读卖新闻》上主要发表了下列文章:结合
自己汉学研究的背景与心理学的原理认为屈原是"把怨愤表露出来的性情中
人"⑦,从而选择自杀 = "私情悲剧"的《屈原论》(共7回,明治31年5月30、31
日,6月1、3、5、6、7日);对屈原自杀的关注与受近松研究启发而成就的《殉情与死
的观念》(共6回,明治32年3月6、20、27日、4月3、10日);分析"黑暗小说"的功
过、劝诫把作品中的罪恶与现实对号入座的《黑暗小说的功过》(共3回,明治32

---

① 相馬昌治:「抱月島村瀧太郎先生小伝」『抱月全集』(第1卷)、天佑社、大正8年6月、
　　7頁。
② 後藤宙外:「『早稻田文学』から『新著月刊』へ」(下)『明治文壇回顧録』、東京:岡倉書房、
　　昭和11年5月、7頁。由此可知,"时文"栏中有关戏剧等方面的文章应为伊原青青园所
　　写,而其它则大多为抱月所写。
③ 『新著月刊』(解説・総目次・索引)、東京:不二出版、1989年4月、13頁。
④ 「新聞瑣言」『読売新聞』、明治31年2月12日。
⑤ 「記念附録　予が在社時代」『読売新聞』、明治43年10月5日。
⑥ 五十嵐力:「島村抱月氏の生涯　前期『早稻田文学』及『新著月刊』時代」『早稻田文学』
　　(島村抱月追悼号)、大正7年12月号。
⑦ 植田彩芳子的硕士论文摘要部分的观点。可参看:http://art－history－ueda.cocolog－nif-
　　ty.com/blog/2007/06/post－f973.html

年 5 月 22、29 日、6 月 5 日);对高山樗牛的《关于月夜的美感》(《太阳》,明治 32 年 11 月)等进行阐析或反驳的《有关月光美的诸评论》(共 8 回,明治 32 年 12 月 18、20、22、23、24、26、27、29 日)、可视为《新美辞学》的粗线条勾勒的《语法学上的疑问》①(共 7 回,明治 34 年 9 月 20 至 26 日)等。另在明治 34(1901)年 1 月至 3 月间,发表了改编翻译小说②《那个女人》③。

　　明治 31(1898)年 2 月 18 日,抱月求学期间的恩师大西祝④踏上留学德国的旅程。而且,他回国后的任职也已敲定——并非早稻田大学——京都帝国大学文科大学首任校长。作为大西祝的继任讲授美学的是东京帝国大学哲学科毕业的高山樗牛。⑤ 同年,岛村抱月受坪内逍遥之邀就任文学科讲师,开始了对母校的反哺。高山樗牛与岛村抱月——一个激情四射、华词丽句,一个理性明晰、感性自制;一个是文艺问题的提出者,一个是文艺问题的说明者、解析者——二人是同事关系,也是熠熠生辉的青年文艺批评家。从明治 31(1898)年 10 月的各科一览表及任课讲师来看,樗牛担任三年级的美学,抱月担任一年级的中国文学史。⑥ 从明治 32(1899)年的年度课程⑦来看,樗牛担任一年级的哲学概论、二年级的济慈的诗及拜伦的《恰尔德·哈罗德游记》及三年级的美学;抱月担任中国文学史(哲学、国学、史学三科同修)、修辞学、八大家文。明治 33(1900)年 6 月,高山樗牛接到作为国立大学少壮教授留学三年(德国、法国、意大利)的任命。⑧ 8 月,东京专

---

① 在 26 日该文的最后一段,抱月说道:"这些均已在不久便能面世的《新美辞学》中详述……"。

② 日文为"翻案小说",指把外国作品的内容及梗概保留,把风俗、地名、人名等换成符合本国国情的翻译小说。

③ 该小说共分为 56 回(明治 34 年 1 月 2 日至 3 月 27 日,并非每天连续发表)进行连载,改编自英国美学家兼小说家格兰特·艾伦(Grant Allen,1848—1899)发表于 1895 年、以女性的自立、自我意识的觉醒为主题的小说《The Woman Who Did》。

④ 留学德国的耶拿大学和莱比锡大学。翌年 9 月因身体原因回国,辗转东京、镰仓、京都等地疗养 1 年有余之后,于明治 33 年 11 月 2 日病逝。是年 36 岁。

⑤ 据说是岛村抱月推荐的。具体可参看:岩町功:『評伝　島村抱月——鉄山と芸術座』(上卷)、岩見文化研究所、平成 21 年 6 月、380 頁;早稻田大学大学史編集所:「三　講師としての漱石·樗牛」(第三編　東京專門学校時代後期)『早稻田大学百年史』(第 1 卷)、早稻田大学出版部、昭和 53 年 3 月、669 頁。

⑥ 日文为"支那文学史"。

⑦ 早稻田大学大学史編集所·編集:「資料 54　各科科目一覧および担任講師」(明治 32—33 年度)『東京專門学校校則·学科配当資料』、早稻田大学出版部、昭和 53 年 3 月。

⑧ 与高山樗牛同期得到文部省选任的有:夏目漱石、藤代祯辅、芳贺矢一等。他回国后内定为京都帝国大学美学教授一职。

门学校文学科第一届毕业生、专攻哲学的金子筑水,被遴选为该校首批留学生(仅2名)。9月,又经逍遥的嘱托,抱月作为早稻田中学教员开始教授英语和伦理。①

恩师、前辈、同事纷纷得到置身真实的欧洲文艺氛围之中的任命,岛村抱月在羡慕的同时,也成了在东京专门学校文学科需要同时教授美学、修辞学、中国文学的人。讲坛这个舞台促使他不断思考修辞、文学与美学的关系,并最终在明治35(1902)年把自己长时间砥砺的《新美辞学》付梓出版。

终于,明治34(1901)年10月21日,东京专门学校又推举出了2名下一年度的海外留学生。其中,岛村抱月的名字便赫然在列。对于虽年轻但已作为文艺批评家而扬名的抱月,文坛对他的留洋尤为关注。几年后,他能为日本文坛带来什么?

毕业后马上成为杂志编辑、进报社、编文学辞典、站讲台,这些都没能彻底改善他的经济状况,因为他肩负着赡养老父亲、回报养父与岳父、支持弟弟学业、养活妻儿等种种责任。《文人与清贫》《文人社交上的一个困难》(《新著月刊》,明治31年2月)两篇文章分别涉及文人的收入问题及外部生活空间,而《文人无妻论》(《大帝国》,明治33年1月)则直接触及其本人及文人的真实活法。

《早稻田文学》《新著月刊》《读卖新闻》、三尺讲坛,这相继中又有重合的四方舞台,积极地促成了岛村抱月青壮年时期的文艺思想形成与逻辑阐述。在恩师大西祝的文艺批评精神的感召下,抱月的文艺批评在同时代的文艺思潮评论与以美学思想为根基的学问立身两个层面上得以展开。前者,如对新体诗的系列探讨、对戏剧的合评、对月光美的批驳等。后者,则以毕业论文与《新美辞学》的分别阐释使其文艺思想得到最综合的体现。

第4节　被寄予厚望并浸淫西方文艺的留学人

在大西祝走下东京专门学校的讲台(明治31年)、金子筑水已在德国(明治33年)、自己日益专注于伦理教育的情况下,尽管有损文学科的金字招牌,但为了东京专门学校文学科的未来,坪内逍遥还是作出了艰难的决定:让早稻田的"希望之星"——岛村抱月赴英德留学。

---

① 明治32年5月,辞去读卖新闻社后,很快他便进入三省堂开始了作为副业的文学辞典词典编撰工作。明治33年8月,又辞去三省堂的编辑工作,成为早稻田中学的教员。

　　明治 35(1902)年 2 月 5 日,东京专门学校文学科同仁及学生等数十人为岛村抱月举行了送别大会,恩师坪内逍遥的送别词题为"留学人的变迁"。他把明治维新以来的留学分为"观光时代"、"引进时代"、"学习时代"、"观察批判时代",并分析说:之前的留学者都或多或少地对西方文化一味地崇拜,而今后留学的人则应站在理解本国文化传统、冷静地观察、批评。① 由此,能看出逍遥对抱月的殷切期许。随后,抱月的答谢词也充分表明他知晓并决意为日本文坛带回"礼物":"最近留学回国的人大都带回些东西。有人带回了'标准语',有人带回了什么什么,有人带回了什么什么。如果可以的话,我愿见闻欧洲文明的背景并把它带回来。"② 很显然,我们会问,抱月最终有没有把"欧洲文明的背景"带回来呢? 答案是肯定的,这也是我们集中考察抱月的自然主义文学思想的原因所在。同月 18 日,在芝公园的红叶馆,日本文坛为岛村抱月举行了盛大的送行会。正宗白鸟是这样描述当天的出席情况的:"……虽然当时是称为赤门稻门牛门(分别指今日的东京大学、早稻田大学、庆应义塾大学,笔者注)、有党派之别、小矛盾不断的时期,但这场送别会上,以砚友社的红叶为首、上田敏、登张竹风等的帝国大学派、天外及独步等都来了。是一场整个文坛少有的、和睦的聚会。"③"岛村抱月的留学有恩师的嘱托与信任,有文坛的祝福与期待,也有他自己的努力与志向,可谓'一大事件'"。④

　　3 月 8 日,岛村抱月乘坐讃岐丸由横滨出发,开始了留学生活。这段经历为他在文字上主要留下了三册笔记与先是发表在杂志后又集结而书的《滞欧文谈》。

　　　　明治卅五年三月八日　　凌晨三点半起床,六点半离开东京牛込甲良町四十一番地的家。乘七点五十五分的火车去横滨。送行的人很多。从家里出来时有六辆车。九点到达横滨。在汽船公司宝菜屋稍作休息。十点乘游船公司的小蒸汽船驶向本船讃岐丸。一行二十九人送行。汽船公司的费用、茶水费为五日元,给女招待二日元,均由田中干事支付。顺便说一下,这次的汽

①　岩佐壮四郎:『抱月のベル・エポック——明治文学者と新世紀ヨーロッパ』、東京:大修館書店、1998 年 5 月初版、5 頁。

②　五十嵐力:「追悼録　我が島村君」『早稲田文学』(島村抱月追悼号)、大正 7 年 12 月号、96 頁。

③　正宗白鳥:『自然主義文学盛衰史』、講談社、2002 年 11 月、15 頁。

④　正宗白鳥:『自然主義文学盛衰史』、講談社、2002 年 11 月、14 頁。

船上,到英国的二等舱(价格,笔者加)是三百三十日元的八五折。① （标点符号有改动,笔者注）

这是出发当天的日记的开头。也是那以后 3 年多时间里抱月的风格,一如他自己在《新美辞学》中对"辞藻论"的要求:"命题完备、叙述通顺正确、用语精确纯正"②。他的三册留学日记中,第一、二册记录了从出发到明治 37(1904)年 5 月的英国时代,第三册则记录了从明治 37(1904)年 6 月开始的德国时代到明治 38(1905)年 9 月 12 日回到东京这一段时间。从这流水账式的日记中,既可以读到他在大英图书馆里伏案读书,又可以了解他旁听的美学及诗文讲解等课程;既有戏剧的观后感、又有对剧场、剧作、剧评等的不断思考;既有参加教会活动的记录,又有漫步田间乡野、拜访名人故居的内容;既有友人往来、国内外文坛互通的文字,又有购置物件、准备礼物的清单。……总体来说,他的留学生活包括四个部分:(1)研究文艺理论、(2)观赏戏剧、(3)关心宗教、(4)广泛交友。③

(1)关于抱月在英德两国的文艺理论学习,主要可分为两个方面:

一是以旁听讲座及参加晚餐会④进行的面对面的学习。其中,聆听教授们的讲座可以是拓展性的,即通过对方的阐述直接了解西方人关于自己的文化的真知灼见,也可以是批判性的,即持有一定的知识储备与个人见解对对方的讲解进行有意识地吸收。拓展性地听可以视为兑现自己的承诺——"见闻欧洲文明的背景",批判性地听可以看作遵循恩师的教诲——"冷静地观察、批评"。据抱月自己的履历书记录:

自明治三十五年十月至三十七年六月,在英国牛津大学旁听了 E. de Selincourt 讲师的英国文学讲义。同期,在 Examination School 旁听 G. J. Stout 教授的心理学讲义。同期,在 Ashenorean Museum 旁听 P. Gardner 教授的希腊雕刻讲义等。

自明治三十七年十月至三十八年六月,进入德国柏林大学,出席了

---

① 『明治文学全集』(第 43 卷　島村抱月・長谷川天渓・片上天弦・相馬御風集)、筑摩書房、昭和 42 年 11 月、84 頁。

② 島村瀧太郎:『新美辞学』、東京専門学校出版部、明治 35 年 6 月、291 頁。

③ 川副国基:「島村抱月の渡英滞英日記について」『島村抱月——人及び文学者として』、昭和 28 年 4 月初版、132 — 160 頁。川副国基先生的文章中提及抱月留学的核心内容为三个:在牛津的学究生活、戏剧观赏与宗教兴趣。(参看本注中文献的第 149 頁。)

④ 参加晚餐会可视作抱月交友圈的一部分,也可以看作是抱月要了解并扩大对欧洲文艺的学术圈子进行积极认识的有效方式。

H. Wolflin 教授的十九世纪艺术史讲义、Max Desoir 教授的美学原理讲义。①

除此之外，根据日记记录，抱月还旁听过 Farquharson 先生的知识学（包括培根等）、Bradley 先生的伊阿古②论、华兹华斯讲义、雪莱讲义、关于"崇高"的讲义、Moore 先生的但丁讲义、E. F. Carritt 先生的美学讲义、McDougall 先生的心理学讲义以及德语讲义、音乐方面的讲义等。③　很显然，其听课内容包括文学、心理学、美学及其他文学专项研究等。

二是书本学习，主要是利用大英图书馆及为母校代购的众多文艺书籍。④　即便无考证他为人代购书籍的先睹为快，然而整整两册的读书笔记——就像抱月大学期间的《吞吐天地》一样——《岛村抱月读书抄录》⑤中列出的书籍的数量就已经超过 200 册。按照岩町功先生的分类考证，这些书遍及哲学、宗教、美学、文学、戏剧、绘画、雕刻、音乐等全方位的艺术。⑥　为人熟知的是，对学习多年的英文专业有种受骗之感的夏目漱石，在整个英国留学期间，其做学问的态度获得了由"以他人为本位"转向了"以自己为本位"的契机，且大多是枯坐一室、遨游书海，并在此基础上构筑自己的"思想城堡"。与他不同，岛村抱月的涉猎书籍、萃取西方文艺思想的方法则是，要"作为理解广域的西欧文艺之人，又作为视野开阔的文艺批评家"⑦，为促进日本的文艺水平提高。

（2）走出书斋、进入剧场、观看由剧本、舞台、演员与观众多因素融合方能产生的一门独特艺术——戏剧也是岛村抱月留学英德的巨大收获。这些为他日后在文艺协会的发光发热，为他率领艺术座足迹遍布日本全国甚至辗转于朝鲜、中国、

① 「島村抱月氏略伝」『早稲田文学』（島村抱月追悼号）、大正 7 年 12 月号、3 頁。
② 莎士比亚四大悲剧之一《奥赛罗》中集羡慕嫉妒恨、阿谀狭隘自私于一身的反面人物旗官。剧中，他一手挑拨并制造了奥赛罗、黛斯德莫娜、卡西欧三人之间的悲剧。
③ 可参看：岩町功：『評伝　島村抱月——鉄山と芸術座』（上卷）、岩見文化研究所、平成 21 年 6 月、468 頁。
④ 在明治 37 年 12 月 20 日的留德日记中，记录有市岛春城（1860—1944）拜托他买"200 日元左右的美学书籍"，类似的还有恩师坪内逍遥等。根据岩町功先生的统计介绍，早稻田大学（明治 35 年 9 月改称）明治 35 年、36 年、37 年的图书购置费分别为 1961 日元、10258 日元、7371 日元，其中，西洋书籍购入超过 2000 册。（岩町功：『評伝　島村抱月——鉄山と芸術座』（上卷）、岩見文化研究所、平成 21 年 6 月、417 頁。）
⑤ 笔记原文的电子版在：「早稲田大学本間文庫　古典籍総合データベース」http://www. wul. waseda. ac. jp/kotenseki/search. php
⑥ 岩町功：『評伝　島村抱月——鉄山と芸術座』（上卷）、岩見文化研究所、平成 21 年 6 月、439 頁。
⑦ 川副国基：「島村抱月の渡英滞英日記について」『島村抱月——人及び文学者として』、昭和 28 年 4 月初版、147 頁。

俄罗斯各地打下了坚实的基础,从而成就了他艺术生涯中的另一个艺术。

据统计,在留学英德的三年多的时间里,抱月在两国先后走进剧场的场次是 111 场①和 54 场②。如果再加上听音乐会、观芭蕾舞表演等,竟不下 180 余次③。另外,他还参观了众多的著名美术馆、博物馆、历史遗址、名人故居等。从这一点上也可以说,他是要充分"见闻欧洲文明的背景"。就抱月在留学期间如此频繁地出入剧场一事,木村毅认为存在坪内逍遥让他这么做的可能性。④

1902 至 1904 年间,英国的戏剧蓬勃发展。演员兼经理人的亨利·欧文(Henry Irving,1838—1905 年)、演员兼剧院艾伦·特里(Ellen Tree,1847—1928)出演的戏剧进入了岛村抱月的视野。他对前者演出的《但丁》(1902 年 6 月 13 日观看)和后者演出的《复活》(1903 年 3 月 14 日观看)写下了细致的观剧后记。⑤ 而且这些后记不仅仅是就戏剧本身进行的记述,还触及了近代戏剧的创作、舞台形象等全方面的考察。从"欧文给剧院带来了商业和(根据他本人和观众的标准)艺术的成功"⑥里,抱月看到了剧场经营、剧本改编、与观众互动等方面的重要性。从特里的形象塑造中,抱月看到了女性的舞台魅力和日益兴起的"妇女问题"。⑦

概而言之,通过观看众多的戏剧、音乐等,他对戏剧的主要认识包括:(1)梳理西欧近代戏剧的形成过程;(2)营造舞台上的真实感;(3)追求整体的戏剧效果;(4)强调女演员的必要性。这些关于戏剧的认识与他回国后参与文艺协会工作、领导艺术座的走南闯北休戚相关。

---

① 岩佐壮四郎:「ウエスト・エンドの抱月——島村抱月の在英観劇体験について」『比較文学年誌』(第 27 号)、1991 年 3 月、69 — 72 頁。
② 岩佐壮四郎:「抱月伯林観劇録——島村抱月のベルリン観劇体験(1904～05)について」『比較文学誌』(第 33 号)、1997 年 3 月、223 — 224 頁。
③ 这与岩町功先生的统计有一定出入。岩町功先生在介绍抱月的观看戏剧次数时为 180 余次,加上音乐会等有 200 余次(岩町功:『評伝　島村抱月——鉄山と芸術座』(上卷)、岩見文化研究所、平成 21 年 6 月、491 頁)。但是,考虑到岩佐先生的数据是以列表的形式,因此,我们采用折中推算的方法,即,111 +54 - (200 - 180) = 185。
④ 稲垣達郎・岡保生編:『座談会　島村抱月研究』、近代文化研究所、昭和 55 年 7 月、101 頁。
⑤ 主要有三篇。还有一篇是皮奈罗(Arthur Wing Pinero,1855—1934)的《谭格瑞的续弦夫人》(1903 年 7 月 15 日观看)。
⑥ (英)西蒙·特拉斯勒:《剑桥插图英国戏剧史》,李振前、李毅等译,济南:山东画报出版社,2006 年 11 月第 1 版,第 177 页。
⑦ (英)西蒙·特拉斯勒:《剑桥插图英国戏剧史》,李振前、李毅等译,济南:山东画报出版社,2006 年 11 月第 1 版,第 186—187 页。其中,有关于女演员、"妇女问题"、妇女选举权在戏剧中的反映的描述。

此外,需要补充说明的是,岛村抱月观看的戏剧中,其作者有很多是当时盛行的剧作家,如易卜生、苏德尔曼、豪普特曼、萧伯纳。这使他充分感受到了戏剧经过自然主义,进而发展到象征主义的进程。但同时,他也不忘欣赏经过改编的或经典保留的剧目,如《浮士德》《但丁》《威尼斯商人》、莎士比亚系列剧等。这促使他去体会并积极思考经典戏剧经久不衰的原因与奥秘。因为有这样的全面视野,才可以说明为什么他在回国之初能够投入文艺协会热衷的西方经典剧目的工作,而后来却与之分道扬镳却又能够如鱼得水般的引领艺术座。

(3)岛村抱月在英国期间频繁参加教会活动,对宗教表示关心。但这似乎并非表明他是要成为基督徒,而是他为了练习英语听力、了解英国民众生活、探求欧洲文明的背景。① 又似乎还不止此。在给挚友中村吉藏②的一封信(落款日期为明治 36 年 2 月 13 日)中,他说道:

> 你感到接近神的启示,你关于心中相信有神的念头不久即是神的说法,虽然详情未知,但倘若就我理解,是与我目前的想法大致相同的。很不幸,我还未达到客观上信神的境界,但却有<u>一种想象人心中的圆满无缺即绝对、赞叹并崇拜它,要沉浸于这种情感的欲念</u>。可以说是一种崇拜欲宗教欲。至少,必须承认宗教作为满足此种欲念的地位。
>
> 然而,这种宗教的生命必然不能是单纯的教条,也不能是单纯的哲理,还不能是单纯的伦理。与它离得最近的应是诗。不用说,<u>宗教不能仅仅是诗,但宗教又必须是诗</u>。
>
> (中略)
>
> 留学英国以来,周日都几乎一次未缺地去某处的教会聆听说教。尤其是在牛津,说教者都是大学相关的学者,因此很感兴趣。但是,还很难说是皈依基督教,<u>应该说是实验性态度</u>。③ (下划线为笔者所加)

原来,抱月的心中也有一种"宗教欲"。这是一种向往、赞叹并要崇拜的"圆满"、"绝对"。而宗教是用来满足他追求欲念得到满足的东西。从这一点来说,宗

---

① 在《座谈会　岛村抱月研究》中,村松定孝先生提及了解英国的生活、川副国基先生谈到练习听力学习和了解欧洲文化背景。参看:稻垣達郎・岡保生编:『座谈会　岛村抱月研究』、近代文化研究所、昭和 55 年 7 月、110 页。

② 虔诚的基督徒。明治 34 年 2 月,以长篇小说《无花果》荣获大阪每日新闻的征文比赛第一名。该小说便是以基督徒的信仰为主题的家庭小说。

③ 『抱月全集』(第 8 卷)、天佑社、大正 9 年 4 月、460 页。

教与诗相似（"是诗"，这里的"诗"指的应是文学），但又必须是宗教自己（"不能仅仅是诗"）。反过来，诗也是既与宗教相似，又必须是诗自己。这种欲求与中村吉藏的是不同的。后者是首先肯定神的存在，并且极力在心里发现它的位置，因此，他希冀"自上而下"的观念性的信仰。而抱月则是明显感觉到自己心里有一种东西无法释怀，因此，他意欲通过"自下而上"的心理学式的探究觅得"一剂药方"。于是，他苦苦渴求一种可以消解它的东西。宗教既然确实能为人带来慰藉，那就可以成为抱月的一种"实验"。

其实，这种"实验"如果能够奏效，就可以消解此前的《同窗纪念录》（明治27年）中的"何物"，可以消解《变化的统一与理想的化现①》（明治28年）中美的艺术与宗教的法悦②之境，可以消解此后《灯下畅想》（明治39年）中的"黑暗、阴冷、庄严之极的"世界，还可以消解《现代的艺术与宿命观》（明治43年）中提到的"被一股宛若钟表里的机械一样推动社会的'黑暗'力量"。因此，极而言之，抱月雷打不动地参加教会活动最终是与他个人的内心现实问题紧密相连的。他的思考、寻找、探索、冥想都是其"实验性态度"的体现。

（4）留学3年多期间，抱月建立了国外的友人圈，并通过书信保持着与日本国内友人的密切关系。虽然他被公认为是个"寂寞的人"③，但并不是说他不善交际。

①与众多外国人及日本留学生的交往。首先是英国留学期间他一直居住的新教牧师Summers一家。从这里，抱月向他们学习英语、接受宗教研究的指导、一同观看戏剧、被带出去参加聚会、相邀出游、结识志趣相投的学生④等。抱月从这

---

① 佛教用语。意为"现身"。指神佛为了拯救苍生而现身人世。

② 佛教用语。意为"心旷神怡、陶醉"。

③ 《岛村抱月追悼号》中，很多友人一致地选择了这个词来概括抱月的一个典型性格。如，中岛孤岛（第55页）、纪淑雄（第79页）、片上伸（第121页）、金子筑水（第128页）等（『早稻田文学』、大正7年12月号）。

④ 明治37年5月1日的日记中，写道："去Berker君的茶会，讨论了易卜生的《咱们死人醒来的时候》。"另外，该日记中提及的Berker，在抱月去德国留学后，因游泳时被海浪吞噬。抱月在回国后还特别撰文悼念。从文章中，可知此人"天资聪颖、主修文学、精通音乐"（「亡友バーカー」『早稻田文学』（第二次）、明治39年3月之卷、112页。）在文章的最后，抱月还附上了Berker的最后来信的全文。其中，主要谈及了乐曲中的对位法与和声法的关系，相当专业。这也为抱月对西方音乐的认识起到了积极作用。当然，也是他在英德两国留学期间除了欣赏戏剧还频频去音乐厅等场所的原因之一。

些活动中感受到了实实在在的西欧的社会现状与文化艺术。其次是好本督。①
明治 36(1903)年 3 月的一天,在牧师 Summers 家,抱月与其初次相遇。此后,交往
频繁。好本除了与 Summers 一样,对抱月的宗教认识有帮助之外,还让他结识了
好友 Dixon②、Berker、Pauling 等。他们对抱月的音乐修养有非常重要的推动作用。
尤其是 Pauling 小姐③及其家人。抱月曾与他们饮茶、赴宴会、听唱片、读诗、泛舟
等。Pauling 家尤为喜好音乐,因此,抱月对西方音乐的认识也得到了加深。最后,
就是众多允许抱月旁听讲义的大学教授。④ 尽管并没有在日记中提及在私下与
众教授之间是否有更深入的交往,但是,抱月通过聆听课堂讲义或教授与聆听者
的评述、讨论,与他们产生了另一种沟通——思想共鸣。可以说,这是外国人带给
抱月的另一种关于西方文化的认识的拓展与深化。

　②与同为海外留学的日本人之间的交往,也是抱月留学期间的重要财富。其
中,与后来的京都大学历史学教授内田银藏和英国文学家平田秃木之间的交往,
最为深厚且受益良多。同时,与后来的京都府立图书馆馆长汤浅半月、后来的早
稻田大学第 4 代总长田中穗积等均有过亲密接触。另外,从迎接金子马治、坂本
三郎的造访、受到副岛义一的多方照顾、应邀出席在柏林的日本有志之士庆贺会
等、与小山温共游欧洲⑤等事物当中,也可以看出抱月的交友甚多。

　③与国内友人之间,虽有大洋阻隔,但频繁的文稿、书信的交流,仍然有效地
维系抱月与他们的互通。其中,抱月最大的贡献在于:向由同学兼挚友后藤宙外
担任编辑主任的《新小说》持续投稿,通过自己的广泛关注,告知国内文艺界关于

---

① 明治 11 年生,患先天性眼疾,弱视,后被尊称为日本盲人之父。明治 33 年从东京高等商
　业学校(现一桥大学)毕业。翌年 1 月,开始在牛津大学耶稣学院学习宗教学、神学。当
　年秋一度回国,但不久又重返英国。后与英国人结婚。昭和 48 年去世。(具体可参看:森
　田昭二:「近代盲人福祉の先覚者好本督——『真英国』と『日英の盲人』を中心に」『人間
　福祉学研究』(第 2 卷第 1 号)、2009 年 11 月、62 — 64 頁。)好本虽然是日本人,笃信英国
　的宗教教义,且与英国人结婚。其妻为 Elsie Margaret Pauling,即后面提及的 Eva Kate
　Pauling 的妹妹。加之,抱月是通过好本而结识了众多外国友人。故,在此将其作为抱月
　的外国友人加以叙述。
② 盲人。
③ 指 Eva Kate Pauling。特别说明,以下提及的 Pauling 与好本督的记述,均出自岩町功先生
　的考证。具体可参看:岩町功:『評伝　島村抱月——鉄山と芸術座』(上卷)、岩見文化研
　究所、平成 21 年 6 月、473 — 490 頁。
④ 参看本节文艺理论学习部分的说明。
⑤ 说欧洲并不准确,只因涉及多处故笼统称之。形成具体包括:6 月 7 日,二人从柏林出发,
　先后经德累斯顿、布拉格、维也纳、布达佩斯、罗马、佛罗伦萨、威尼斯、慕尼黑、苏黎世、巴
　黎(二人作别),最后,抱月回到伦敦。

英国的多个方面。最终,这些在杂志上陆续登载的文字汇集成了《滞欧文谈》①,为文坛人所喜爱。② 当然,与国内友人的通信往来也能达到把欧洲与日本的文坛消息进行双向传递的目的。其间,尤以与伊原青青园的通信最多。这与后者从事戏剧有很大关系。除此之外,还有恩师坪内逍遥、同窗中桐确太郎、后藤宙外、友人长谷川天溪、后辈及学生德田秋江、相马御风、正宗白鸟等。另外,回国前,抱月对需要送礼的友人分 5 批进行了排序。③ 由此也能读出他交友的广泛及考虑的周到。

最后,我们还可以通过抱月自己的文字来看一下,在他留学的近 4 年里,日本文坛与他的家庭发生的变化。

> 文坛上,子规(明治 35 年 9 月)、樗牛(明治 35 年 12 月)、红叶(明治 36 年 10 月)、小泉八云(明治 37 年 9 月)相继离世,梨园里,(第 9 代市川)团(十郎)(明治 36 年 9 月)、(第 5 代尾上)菊(五郎)(明治 36 年 2 月)、(第 1 代市川)左(团次)(明治 37 年 8 月)纷纷陨落。生父与养父也相隔不远而逝世。然而,我却终未能有机会写悼词。此种情景,平素执笔之人却甚恐因文字而害其情之真,倒不如不著文字。④(括号内均为笔者所加)

这段文字言简意赅地说到了三个方面的内容:(1)俳句界、评论界、小说界、未曾谋面但早已名声在外的同事⑤的阖然长逝,让文坛与讲坛大为失色。(2)被称为“团菊左”的三大著名演员的轰然倒下,让日本传统的戏剧——歌舞伎也惋惜不已。而文坛、讲坛、戏剧界正是岛村抱月留学回国后要面对与挑战的三大重地。(3)醉酒的生父在住处惨遭烧死,虽有矛盾但毕竟有恩于自己的养父也不幸谢世。由此,抱月彻底失去了家乡的“根”,成了家中名副其实的长辈。回到东京,等待他

---

① 明治 39 年 7 月由春阳堂发行。内容包括:戏剧界(3 篇)、文坛(2 篇)、杂事(3 篇)、资料收集(1 篇)、文坛杂报(3 篇)、思潮(2 篇)、风光(4 篇)、外加 4 篇(其中 3 篇发表在读卖新闻上,分别为:“基督重返”“英美的同情”“凯歌”。可以视作关于社会气象方面的文章。)
② 近松秋江:「『早稲田文学』再興時代」『早稲田文学』(島村抱月追悼号)、大正 7 年 12 月号、60 頁。另有:正宗白鸟:「自然主義文学盛衰史」、講談社、2002 年 11 月版、16 頁。
③ 第 1 批为恩师及支助留学的恩人;第 2 批为挚友、兄弟及亲戚、出版社春阳堂;第 3、4、5 批为友人、同事或后辈。
④ 原出处:「名優アーヴィングの最後の幕」『東京日々新聞』明治 38 年 12 月 4 日。本文引自:『抱月全集』(第 7 卷)、天佑社、大正 9 年 1 月、104 頁。
⑤ 小泉八云辞去东京帝国大学的工作。明治 37 年 4 月开始,在早稻田大学担任一周 4 学时的英美文学讲义。具体可参看:牧野陽子:「ラフカディオ・ハーン:晩年の結実(一)」『成城大学経済研究』(第 113 号)、1991 年 7 月、41 頁。

的是东京人(而非岛根人)岛村抱月被寄予厚望后的"答谢"。

第 5 节　立于潮头的文艺批评第一人

明治 38(1905)7 月 26 日，从南安普顿出发，岛村抱月踏上了归途。途经热那亚、那不勒斯、科伦坡、新加坡、上海、长崎、神户等地，于 9 月 12 日，在友人及家人的欢笑中，"结束了 3 年半外加 5 日的欧洲留学"①。

正如临行的文坛欢送一样，回国后的抱月依然受到了文艺界的高度礼遇——以高田早苗、坪内逍遥为首的回国欢迎会。② 会上，众人期待他把在对"东西思想进行对照钻研"后的成果用于文坛，为之"赋以文艺上的新阐释、带来新光明"③。文艺杂志《中央公论》也写道："岛村抱月……要进行的活动是在文艺的哪一领域呢？主要是当作家？还是作为批评家？又或是作为早稻田大学的教授？吾等慨叹批评界在樗牛之后是何等寂寥！可以的话，欢迎作为批评家的抱月，而且，相信他的长处也在这里。"④恩师坪内逍遥更是多次以"岛村也快回来了，等到那时候再说"作为理由来压制其他对戏剧改革热情高涨的门生。

很显然，人们记得并认可出国前的抱月业已在多个领域取得的成就。但此时，他们尤为期待抱月在经历东西方文艺的比较后对文坛的新贡献。

从回国到明治 39(1906)年 1 月这短短的 3 个月里，抱月便爆发出了惊人的能量：为新学期的课程备课(《近代英国文学史》《近代欧洲文艺概观》(上)《美学讲义讲》)为《早稻田文学》的复刊做准备、筹备"文艺协会"、每周一为学生开研究会、主持《东京日日新闻》的文艺栏"周一文坛"⑤。岛村抱月作为文艺批评家的大

---

① 抱月在当天的日记内容的下一页所写下的内容。
② (1)文坛有：德田秋江、后藤宙外、长谷川天溪、正宗白鸟、伊原青青园、内田鲁庵、国木田独步、小杉天外、广津柳浪、德田秋声、柳川春叶、高须梅溪、畔柳芥舟等；(2)戏剧界有：土肥春曙、东仪铁笛、水口薇阳、三木竹二、松居松叶、田口掬汀、岩谷小波、竹柴晋吉、山岸荷叶、藤泽浅次郎、田村成义、池内信嘉等；(3)和歌作家、诗人有：佐佐木信纲、野口米次郎；画家有：镝木清方、久保田米僊。具体参看：「時報　抱月君歡迎会」『新小説』、明治 38 年 10 月号、105 頁。
③ 「時報 抱月君歡迎会」『新小説』、明治 38 年 10 月号、105 頁。
④ 「文壇消息、抱月氏帰国」『中央公論』、明治 39 年 10 月号。
⑤ 日文为"月曜文壇"。第一篇评论文章见于报端为 10 月 29 日，名为《如是文艺》

幕就此拉开。本节拟从两个大方面①进行考察,即抱月的个人生活经历与文艺批评及自然主义文艺评论。

就抱月这一时期的个人生活经历,又可以主要从三个角度展开说明:(1)家庭状况、(2)文坛与社会地位、(3)与松井须磨子的关系。

首先,在明治39(1906)年3月,新家建成,戏称"对墓庵"②。当年10月,次子秋人出世。明治41(1908)年4月,三子真弓降生。此后不久,妻子变得神经衰弱。翌年7月,四子夏夫出生。次年2月,由于过度劳累,抱月自己也罹患肋膜炎。赴小田原疗养至4月中旬。7月下旬至9月上旬,又进行了全家首次的避暑旅行。明治44(1911)年4月,大女儿春入读日本女子大学附属女学校。9月,举家迁入丰多摩郡户塚町诹访的新居。③ 11月真弓夭折。12月14日,添新丁(三女儿)俊。大正元(1912)年8月,夏夫夭折。养父与岳父家的关系平衡、三女四男的养育④、妻子的长期神经衰弱、自己原本就不够强大的心脏顽疾⑤等等。这些都或多或少地让抱月倍感压力。

生活压力不断增大的同时,抱月在文坛与社会的名声与地位也日益提升。回国不久,便就任当时的大报纸《东京日日新闻》文艺栏主任之职,11月,担任酝酿已久复刊的《早稻田文学》(第二次)的主笔。次年2月,出任文艺协会的干事长。明治40(1907)年9月,出任早稻田大学英美文学科教务主任,次月,被遴选为校方维持员。明治42(1909)年1月,受时任文部大臣小松原英太郎之邀,与其他8名文坛中人一起为文坛的健康发展慷慨陈词。2月,与森鸥外、幸田露伴一起出任《二六新报》的有奖征集作品的评审。其中,综合杂志《太

---

① 本应从四个方面进行考察,即,文中提及的三个方面再加上抱月的戏剧思想。但,鉴于下一节将集中涉及文艺座,而抱月在文艺协会与在文艺座的两个时期之间的关系呈现明显的继承性,故把本应涉及的文艺协会时期的戏剧思想这一部分后移至第6节。鉴于此,本节的阐述时域集中在明治38年7月的抱月回国至大正2年9月艺术座的第一次公演。特此说明。

② 位于牛込区药王寺前町20番地。因为周围有墓地,故有此称。

③ 之所以能够前后两次迁入新居,一是个人收入确实有较大幅度的提高,二是因为采用分期付款的方式,最重要的是因为有在银行担任要职的表弟永见勇吉的大力支助。

④ 四个儿子中,长子在抱月留学期间曾经因跌倒后的脑震荡而发育得不是十分健全(抱月曾为其入学而奔波);次子是最受抱月宠爱的(可参看:中村星湖:「对墓庵时代の抱月先生」『文艺倶楽部』、昭和2年3月号);三子、四子先后夭折。

⑤ 「早稻田大学教室より」『抱月全集』(第7卷)、大正9年4月、218頁。

阳》的"新进名家二十五人"①(明治42年5月)与文艺杂志《文章世界》的"文界十杰"②的两度入选(明治44年10月号),令岛村抱月成为文艺批评第一人。明治44年5月,成为由17名文人学者组成的文艺委员会委员③之一。同年7月,首次担任获得重生后的文艺协会④的舞台指导。而如果没有后来与松井须磨子的恋爱事件,此前积攒的文坛大名及社会地位甚至有可能让他成为早稻田大学经营管理者之一。⑤

最后,在很大程度上,红颜是祸水还是知己能够左右我们对岛村抱月与松井须磨子⑥的关系进行界定。明治42(1909)年4月,文艺协会进行了招收学员的考试。这应是岛村抱月与松井须磨子的第一次面对面。她是一个未曾接受系统教

---

① 其中,文艺界有四人:夏目漱石(小说家)、中村不折(画家)、幸田延子(音乐家)、岛村抱月(评论家)。具体可参看:『太陽』、第15卷第8号、229页。

② 分别是:岛崎藤村(小说家)、坪内逍遥(戏剧家)、岛村抱月(批评家)、德富苏峰(时文家)、山路爱山(史学家)、森鸥外(翻译家)、小岛乌水(游记散文家)、北原白秋(诗人)、与谢野晶子(和歌家)、内藤鸣雪(俳人)。刊载于:『文章世界』、第6卷第11号、120 — 121页。

③ 官方按照有无官阶、博士称号等的顺序,分别是:森林太郎(鸥外)、上田万年、芳贺矢一、藤代祯辅、上田敏、德富猪一郎(苏峰)、姊崎正治(嘲风)、佐佐政一(醒雪)、幸田成行(露伴)、岩谷季雄(小波)、伊原敏郎(青青园)、大町芳卫(桂月)、塚原靖(涩柿园)、饗庭与三郎(篁村)、足立荒人(北鸥)、岛村泷太郎(抱月)。(依据《东京朝日新闻》明治44年5月18日的记载,有所改动。)

④ 一般来说,把正式起步于明治39年2月止于明治44年2月的文艺协会称为第一次文艺协会,把此后直至大正2年6月协会解散称为第二次文艺协会。但笔者并不十分认同,在第6节叙述艺术座的艺术思想时将特别联系文艺协会作以分析。

⑤ 高田早苗:「島村君について」『早稻田文学』(島村抱月追悼号)、大正7年12月号、50页。

⑥ 本名小林正子,明治19年7月20日出生。明治34年3月,寻常高等小学校高等科毕业。翌年夏天,只身东京,寄居于二姐家。一边为二姐家的点心店帮忙,一边进入户板裁缝学校继续学习。明治36年秋,与鸟饲启藏结婚。不到一年,二人离婚。明治40年秋,她开始担任童话剧的配角。明治41年秋,与前泽诚助结婚。第二年春,丈夫知道文艺协会演剧研究所开始招收学员后,为她提交了申请书。虽然,她考上了,但其实在"学习能力""容貌""声音""天赋""健康""品行"六个方面的考评指标中,按照坪内逍遥的评定,她"作为女演员,可取之处仅有身体结实"。两年后,在文艺协会第6次试演中,她终于获得所有学员中的最高分——85分。同年9月,《玩偶之家》中扮演娜拉,让她在展现觉醒的女性这一点上熠熠生辉。明治45年5月出演《故乡》中的玛古达,大正2年9月艺术座成立后的第一次公演中出演同名剧中的女主人公蒙娜・凡娜,12月出演的同名剧中的女主人公莎乐美释放了她表演近代剧的才华。到了大正3年3月出演的《复活》中的喀秋莎,则更是使她名声大震。之后,她又出演了托尔斯泰的典型作品中的系列女主人公,还扮演了一些日本戏剧中的女性形象。直到岛村抱月死后的第二个月,即大正8年1月5日,她追随抱月而自缢身亡。

育、几乎只是对舞台表演空怀热情、丝毫不具备阅读莎士比亚与易卜生戏剧的英文水平、相貌不出众但身材高大、入文艺协会时已经历两段婚姻的女人。然而,在作为学员的两年多里,她以女性少有的韧性与不妥协,一步步地成长起来。在理论与精神导师岛村抱月的引导下,为文艺协会的舞台塑造了近代典型的女性形象——明治 44 年的娜拉、明治 45 年的玛古达。于是,缘于难以承受家庭的重担与妻子的之间的交流不畅,缘于来自松井须磨子的个人魅力的吸引与保护她不受他人玩弄与欺凌的意识,①也缘于对松井须磨子塑造的舞台形象产生的强烈共鸣,岛村抱月在多种因素的促成下,抛妻离子、退出讲坛、放弃职务,把自己置于仅有微薄经济收入的绝境。从而,与松井须磨子开启了自己人生艺术的另一页——艺术座。最终看来,对于岛村抱月,松井须磨子既是爱慕的对象,又是事业的忠实伙伴,还是艺术的化身。

　　对岛村抱月的自然主义文学评论,其实,需要在研读其自然主义文学评论的内部构造、厘清其自然主义文学评论与文艺观的形成之间的有机联系与比照明治四十年代日本自然主义文艺思潮的多方论调这三大方面做工作。成为文坛中人认可的文艺批评家,得益于他的自然主义文艺评论;成为文艺界大咖挞伐的对象,也归咎于他的自然主义文艺评论。真可谓,"成也自然主义,败也自然主义"。

　　众所周知,被称为岛村抱月"自然主义文艺评论五部曲"②的是:《文艺上的自然主义》(明治 41 年 1 月)《自然主义的价值》(明治 41 年 5 月)《横亘于艺术与生活之间的那条线》③(明治 41 年 9 月)《代序　论人生观上的自然主义》(明治 42 年 6 月)《怀疑与告白》(明治 42 年 9 月)。这些文艺评论是岛村抱月为了日本自

----

①　在大正 2 年 5 月 12 日向坪内逍遥提出的陈情书中,分别提及东仪铁笛与酒井谷平对松井须磨子做出的、在抱月看来不可容忍的行为。具体可参看:河竹繁俊:『逍遥・抱月・须磨子の悲劇』、東京:每日新聞社、昭和 41 年 5 月、120～130 頁。
②　也有把前三篇文章看作岛村抱月"自然主义文艺评论三部曲"的。
③　日文为《芸術と実生活の界に横たはる一線》。国内学者把它译为《艺术与现实生活之间划一线》(叶渭渠:《试论日本自然主义文学思潮》,《日本问题》,1987 年第 5 期)或《艺术与生活之间划一线》(王向远:《日本近代文论的系谱、构造与特色》,《山东社会科学》,2012 年第 6 期)。笔者以为此种译法不尽合理。因为,该文的目的在于阐述艺术之所以为艺术、艺术不同于现实生活的界限在于"观照"——是否能够"脱离局部的我,体味全我的生之意义"(『抱月全集』・第 2 卷、天佑社、大正 9 年 2 月、160 頁)这条线。从全文看来,这条线原本就是存在,而不是通过"划"来界定的。再者,文章名为表示修饰与被修饰关系的偏正短语,因此,核心内容应为"那条线"。这样,读者马上就会思考区别文艺与生活的"那条线"是什么。

然主义文艺思潮而"振臂高呼"的集中体现,还是为了结合时代旋律而发自肺腑的理想文艺观? 不同的视角与定位,会形成大为不同的抱月与自然主义文学之间的关系。

除了以上的理论文章,抱月还在这一时期,先后发表过与文艺、美学、批评、人生、自然主义等相关的评论。其中,(1)关于文艺的有:《被囚禁的文艺》(《早稻田文学》,明治39年1月)《东西新文艺的对比》(《太阳》,明治40年9月)《近代文艺的特色》(《早稻田文学》,明治41年3月)《解放文艺》(《读卖新闻》,明治42年1月10日)《艺术为何而存在》(《文章世界》,明治42年6月)《祝福新文艺的未来吧》(《读卖新闻》,明治43年1月2日)《艺术与国民性》(《新日本》,明治44年5月)《思想问题与艺术》(《雄辩》,明治45年3月)《新文艺》(《大阪朝日新闻》,大正2年1月1日)《近代文艺与妇女问题》(《中央公论》,大正2年7月)等。由此,可以看出,其中涉及了文艺的现状、东西方文艺的异同、文艺存在的意义、对新文艺的期待以及艺术与国民的关系等诸多方面的内容,也说明抱月并没有放弃与中断对文艺的认知与思考。(2)关于美学的有:《动态美学》(《早稻田文学》,明治39年2月)《美学与生命的妙趣》(《早稻田文学》,明治40年9、10月)《美学概论》(《文艺百科全书》,早稻田文学社编纂,明治42年12月)《美学的两大效用》(《教育时论》,明治44年1月)《桑塔耶那、马歇尔、立普斯美学纲要》(《文学科讲义录》,早稻田大学出版部,明治44年)等。从中能看出抱月对西方美学,尤其是当时的美学思想有较为全面的了解。对文艺与美学(主要是审美)的关系非常重视。(3)关于批评的有:《近代批评的意义》(《早稻田文学》,明治39年6月)《理性的批评》(《早稻田文学》,明治40年9月)《全情的批评》(《早稻田文学》,明治41年3月)《特殊批评与统一批评》(《文章世界》,明治42年9月)等。这些文章从时代的角度、知识的角度、情感的角度、个别与普遍的角度阐述了批评的必要性,也表明了抱月的理论文章在当时的理论界占有的重要地位。(4)关于人生的有:《何谓描写人生》(《早稻田文学》,明治41年9月)《实践性的人生与艺术性的人生》(《新潮》,明治42年3月)《观照即是为人生》(《早稻田文学》,明治42年5月)《所谓的描写人生》(《新文坛》,明治44年9月)等。文艺存在的理由、美学存在的价值、文艺批评存在的意义,只有在与人生及生命、而不是普泛的生活发生联系时,方才显示出它们各自独特的魅力。在这一时期,把艺术、美学、批评与人生切实相连,使得抱月作为文艺批评家的理论背景、阐发路径、审美立场等既具说服力又有独特性与丰富性。(5)关于自然主义的有:《如今的文坛与新自然主义》(《早稻田文学》,明治40年6月)《自然主义与一般思潮的关系》(《新潮》,明治41年5月)等,它们与"五部曲"构成相互辉映的关系。此外,还包括《评〈破戒〉》《评〈青春〉》《评〈棉被〉》《评〈面影〉》(均发表于《早稻田文学》,明治39年5月、40年4月、40年10月、40年12月)等与自然主义文学或文学作品有关的合评。当然,还应包括对自然主义文学进行批评或谩骂等的文章的回应。如,《驳论二三》(《读卖新闻》、明治41年6月21日)《第一义与第二义》(《读卖新闻》,明治42年6月6日)《文坛观战记》(《国民新闻》,明治43年3月20、21日)等。

由此,可以知道,在这一时期,岛村抱月的系列文章既阐述文艺、美学、批评,又讨论人生、自然主义思潮,显得立体而丰富。因此,在探讨他的自然主义文艺思想时,仅仅了解或解读其与自然主义文学相关的评论性文章是片面偏颇的也是缺乏深度的。也正是因为他多维度、多元化的关于文艺的阐述与考察,才为自己在文坛上树立了稳健而又情理兼备的文艺批评家的形象。

第6节　兼顾文艺与商业的艺术座运营人

如果说明治39(1906)年至明治42(1909)年是岛村抱月与日本自然主义文学产生密切联系并藉此建立自己文艺批评家地位的时期,那么,大正2(1913)年至大正7(1918)年便是他与松井须磨子和艺术座"形影相随、患难与共"的时期。而在这两者之间不到3年的时间里,对岛村抱月而言,则是才华不能尽展却又因其举动而饱受争议的时期。

本小节将在对三个人物(坪内逍遥、岛村抱月与松井须磨子)与两个组织(文艺协会与艺术座)的关系梳理之中,确认并阐析岛村抱月的文艺家形象。

逍遥、抱月与文艺协会。第一次文艺协会时期,并没有出任会长的逍遥从振兴文艺的角度,对以岛村抱月为首的弟子们欲在此项事业上"大展拳脚"既心存疑虑又抱有一定的期待。① 此后,考虑到可能会给大隈重信和坪内逍遥带来的不必要的麻烦,把随后安排的文艺协会成立仪式的余兴节目定为主要是逍遥创作的相关戏曲曲目。这其中并不能看出抱月对新时代的戏剧的安排。这也是逍遥与抱月的戏剧观及戏剧革新的理念上的最初分歧。而在文艺协会第一回演艺部大会的演出结束后不久,②抱月发表了《新旧戏剧的前途》。文章认为:新剧处于"必须以剥除了旧戏剧中的夸大性元素和舞蹈性元素后剩下的自然性元素为中心的地位。"在文章结束的部分,他写道:"若由旧戏剧的艺术风格而形成舞蹈剧,由新戏剧的艺术风格而形成自然剧,则眼下前者或许仍是旧式演员的舞台,而后者却不得不寄希望于新式演员的前途。"③至此,他非常明确地提出了自己关于戏剧的看法。而反观文艺协会的上演曲目,虽然包括西方和日本的戏剧,也确实包含逍遥的戏剧改良意图,但和抱月上演新剧的愿望还是存在很大不同。在第二回演艺部大会④之后,抱月又在文章写道:"文艺协会的戏剧发展到了古典主义、浪漫主义,

---

① 初期的文艺协会的野心可从"文艺协会会则"的第二条中清晰看出。他们开列的具体举措包括:1"发行杂志"、2 举办"文艺演讲"、3"刷新戏曲"、4"研究传统戏曲"、5"设立俱乐部"、6"建设艺术馆"、7"兴建戏曲学校"、8"制定保护文艺的方案"等八个方面。(参看:『早稻田文学』、明治 39 年 1 月、12—14 页。)而,逍遥在一篇文章中提及:以岛村抱月为主要方案制定者的一帮人来向他汇报。他们已经制定了细则,预计他会悉数同意此中条款,且要推举他为会长。而彼时逍遥正要全力以赴他长久的夙愿——振兴新舞蹈剧而表示为难。遂即,抱月、东仪铁笛等恳请校长高田早苗说情,在逍遥不知情的情况下,拥戴大隈重信为会长。而对此,逍遥的认识是:"既然已经决定,则不能再说什么。我下定决心。一旦陷入僵局,只好负起全部责任。"(参看:坪内逍遥、「文艺协会研究所创立まで」『新演芸』、大正 14 年 1 月)文艺协会的旨趣、会则、组织、会员募集等一经公布,便招致非难(明治 39 年 1 月 7 日的《东京二六新闻》上,刊登了署名"我凡"者撰写的嘲讽辱骂性文章,指责协会推举政治家大隈重信为会长有损"文艺的独立"。)。对此,抱月利用《东京日日新闻》的平台在 1 月 15 日发表了题为《文艺协会与大隈伯爵——解嘲之辩》的文章。文中提及:协会的本义在于为文艺创造时机、开展新活动与促使整个社会对文艺的关注与需求的苏醒。并以深信大隈重信是一位"应受社会尊重的管理者"而出任会长,及他谈及文艺的话语大大超过了许多政治家的水平为由,解释大隈重信出任会长的正当性。最后,又以文艺协会并非单打独斗,而是先向世人公布计划,然后如约地负责到底的方式开展活动,"某种意义上是背水一战"的内容,以师徒关系、众多干事组成的文艺协会来为相关文章把批评的矛头仅指向坪内逍遥而做出解释。(『抱月全集』第 1 卷、天佑社、大正 8 年 6 月、216—221 页。)

② 明治 39 年 11 月 10 日,在歌舞伎座上演了莎士比亚的《威尼斯商人》法庭上的一幕剧、坪内逍遥创作的历史剧《桐一叶》的二幕剧和歌剧式的《常闇》。

③ 原文出自:『趣味』(第 1 卷第 6 号)、明治 39 年 11 月。引文出自:『抱月全集』(第 1 卷)、天佑社、大正 8 年 6 月、352 页。

④ 明治 40 年 11 月 22 日至 25 日,在本乡座上演了杉谷代水的《大极殿》三幕剧、莎士比亚的(坪内逍遥翻译)《哈姆雷特》五幕剧、坪内逍遥的《新曲浦岛》。

但尚未着手自然主义。那是今后的事情。"①至此，已经可以明显地看出，抱月主张戏剧上的自然主义。此后，文艺协会的戏曲虽在艺术性上取得成功，但在经营上却陷入困境。与此同时，日本国内的戏剧进入了一个具有新时代气息的时期——出现了培养演员的机构、新剧团。②　文艺协会也面临不进则退的困境。明治42(1909)年2月，逍遥通盘考虑后③果断地明确了负责文艺协会的意思。3月，文艺协会对外公布了《文艺协会演艺部演剧研究科规程》，开始招募学员，显现出它的独特之处——"两条腿走路"：男女兼招；艺术性与商业性兼顾。而且，文艺协会无意强制学员以后都成为演员。④　由此，可看出文艺协会要做的是全面革新戏剧界。抱月对此也表示了自己的期待。⑤

　　明治44(1911)年2月，坪内逍遥正式出任会长。3月，逍遥制定了(第二次)文艺协会的旨趣及会则，确定了专注于演剧改革的方针，设定了成立新组织、新建私演剧场、启动公演、招募新学生等具体举措，旨在革新日本戏剧界、振兴适应时代要求的新艺术、提高社会风尚。⑥　此后，决定把协会第一届毕业生的毕业公演剧目定为由逍遥翻译并将由其监督指导的《哈姆雷特》五幕剧。公演前不久，抱月发表了《莎翁剧公演所感》。他认为该剧中的"哈姆雷特主义"⑦的体现将伴随两个问题：一是"在古典作品中其深刻含义不会像近代文艺般清楚地显现出来。"二

---

① 「劇壇壁訴訟」(日曜附録)『読売新聞』、明治41年1月5日。
② 明治41年9月，川上音二郎、川上贞奴夫妇开办了"帝国女优养成所"，是为日本最早的女演员培养机构。同年11月，藤泽浅二郎设立了"东京俳优养成所"，是为日本最早的男演员培养机构。同月，被视为近代戏剧开拓者的小山内薰在杂志上发表了题为《创立无形剧场的提议》(《新声》)，旨在成立有别于商业性运作的剧场，以上演有艺术性的剧本。次年，小山内薰便与刚刚从欧洲回来的歌舞伎演员——第二代市川左团次成立了自由剧场。
③ 不能再连累时任早稻田大学校长的大隈重信；消除此前的文艺协会的负债；与年富力强且干劲十足的学生们一起寻求艺术运动的根本对策等。(坪内逍遥：「文芸協会研究所創立まで」『新演芸』、大正14年1月)
④ 「演劇研究所について」『趣味』、明治42年5月、25頁。
⑤ 他说："文士剧协会的诸君采取新旧折中的渐进主义，小山内氏等的自由剧场省了必须要培养新演员的过程而尝试新事业，文艺协会则想从培养新演员开始。路虽有三条，但目的原本就是一个。"(「新批評、新演劇」『抱月全集』・第1卷、天佑社、大正8年6月、434頁。)
⑥ 「文芸消息」『早稲田文学』、明治44年4月、217—219頁。另外，协会干部为：会长坪内雄藏、财务监督市岛谦吉、干事伊原敏郎、池田银次郎、东仪季治、土肥庸元、金子马治、岛村泷太郎、关屋新次。
⑦ 统称哈姆雷特的性格："决断力及行动力不足、偏爱分析、耽于内省、利己主义等"。参看：野村孝夫：「ツルゲーネフとハムレット主義」『ロシア語ロシア文学研究』(第24号)、1992年10月、107頁。

是"对现代人来说,所谓的哈姆雷特主义到底在何种程度是现实的、切身的问题"①。虽然,从文章中读不出任何对恩师坪内逍遥的不满,但是,戏剧应涉及"现实的、切身的问题"——近代剧②正符合这一点——是他一直以来的愿望与诉求。公演的结果并不理想。原因是:"翻译过于典雅"、"演员大多不成熟"、带有强烈的歌舞伎气息等。③ 于是,抱月求之不得的机会来了:逍遥同意由抱月做舞台指导,负责接下来的庆祝文艺协会私演剧场落成的第一回私演会剧目《玩偶之家》④。由此,抱月把自己对欧洲戏剧的"所看"、在报刊杂志上发表的对戏剧的"所思",转化为舞台上的"所演",又呈现出与恩师逍遥的不同,⑤且博得了广泛的掌声。不仅如此,在戏剧理念上,他也做到了使台词显得自然、让演员(尤其是须磨子)表演得真切、促观众产生强烈共鸣。⑥ 之后,文艺协会的第三回公演剧目原定为《奥赛罗》,考虑到演出的因素,改定为苏德尔曼的《故乡》⑦。抱月是提议人,旨在"只让这位女演员发挥其才能"。⑧ 公演的结果是:再次好评如潮。虽然,公演结束后的第 5 天便收到警视厅禁止此后上演该剧的通告,⑨但演出本身的成功却坚定了抱月在日本的舞台继续上演近代剧的决心。

---

① 转引自:岩町功:『評伝　島村抱月——鉄山と芸術座』(下卷)、岩見文化研究所、平成 21 年 6 月、9 頁。

② 对于明治时期来说应称作"现代剧"。因日文中"近代"本就包含近代和现代的意思,而中文里却是分开来的。本书中去日文中笼统的说法,即"现代剧"。可参看:(日)林巨树·主编:《现代日汉例解词典》,张继彤等译,外语教学与研究出版社,2010 年 1 月第 1 版,第 544 页。

③ 河竹繁俊:『逍遥・抱月・須磨子の悲劇』、東京:毎日新聞社、昭和 41 年 5 月、65 頁。另外,土肥春曙扮演的哈姆雷特、东仪铁笛扮演的掘墓人大受好评,须磨子扮演的欧菲莉亚尚可。

④ 在给文艺协会的学员们授课的讲义材料的基础上,于明治 43 年整理后发表在 1 月的《早稻田文学》上。由于演出时间和鉴于松井须磨子可能对第二幕中的舞蹈不能完全适应的考虑,决定私演剧目时只上演第一、第三幕。另外,与《玩偶之家》一起演出的还包括坪内逍遥创作的《寒山拾得》、《阿七吉三》和《顶钵女》(『鉢かづき姫』)。

⑤ 河竹繁俊在对岛村抱月的追悼文中写道:岛村抱月"不像坪内先生那样直接示范台词或动作。如果是自己要提醒的话,也只是解说台词的意思、对于作品的重要程度,其中包含的感情与思想,说明与其他的人物及其他台词的关系,以促发演员去想办法。……我之后良久,恐怕是终身,都深深记得坪内先生与岛村先生的两种完全不同的舞台指导形式。"(「文芸協会時代」『早稲田文学』(島村抱月追悼号)、大正 7 年 12 月号、73 頁。)

⑥ 详细参看:川村花菱:「人形の家」『随筆・松井須磨子』、青蛙房、昭和 43 年 1 月、35—58 頁。

⑦ 又以女主人公的名字译为《玛古达》。

⑧ 「マグダの禁止、選定の理由と立場」『読売新聞』、明治 45 年 5 月 21 日。

⑨ 对结尾部分的台词进行改动后,于 5 月 23 日收到解禁密令。

不过,正如明治45(1912)年与大正元(1912)年①虽是同一年但却又分属两个时代一样,明治45年6月的名古屋公演到大正元年10月的这一段时间里,因为松井须磨子的"遭遇",也因为抱月自己的选择,恩师逍遥与爱徒抱月之间开始产生隔阂。11月5日开始,在逍遥的顾虑与安排下,岛村抱月与高田早苗等来到奈良,开始了名为疗养实为隔离的"旅行"。② 一个月后,在给学生相马御风的回信中,抱月写道:"我也想着通过这次旅行进行精神上的革命,但无论如何都是枉然。……有时受制于内情有时受制于本能,剪不断理还乱的生活依然持续"。而次年2月于《早稻田文学》上发表的文章也能读出抱月的矛盾:"愧对兄长、愧对世人。然而又无法忘怀心里认定的人。在愧疚的自己与无法忘怀的自己进行对抗之中,产生了第三个自己。那个自己只是怔怔地看着二者的对抗。……如果再年长十岁,我也许会倾向于愧疚的自己,充分抑制血管中奔涌的血流使其冷却,如果再年轻十岁,我会当即扑向热血之中。然而,现在的自己却几乎站在正当中。"③在面临于情于理的抉择时,抱月并没有非此即彼,而是既非彼亦非此。这既可看作是他的难以抉择,也可看作是他的消极态度。逍遥的意图很明显:希望抱月顾全协会、大学、家庭、社会评价的大局,放弃对须磨子的"倾心"。抱月的不选择,使得他与逍遥之间的差别更加全面地呈现出来:不仅体现在文艺及戏剧理念上,还体现在了性格及立场上。但旅行也有结束的时候,不选择的选择也要面临必须选择的时候。

大正2(1913)年1月中旬,岛村抱月未与逍遥打招呼,就返回了东京。25日,去文艺协会演剧研究所观看排练。他在给高田早苗的书简中说自己感到在文艺协会受到刻意疏离,并认为不公。④ 于是,他感觉实现自己的艺术理想之路被切断。3月,抱月明确了自己决意必须为松井须磨子做些什么的心意。4月,协会决定中止原本预定由抱月指导上演的《故乡》。5月,文艺协会内部集中出现三个问题:第一届学员大多对土肥春曙和东仪铁笛的演艺指导不满;第二届学员要退出协会组建新剧团;岛村抱月与松井须磨子的关系。最终,在5月16日,抱月向逍

---

① 明治年号截至1912年7月29日,大正年号始于1912年7月30日。

② 可以看做是高田早苗与坪内逍遥精心准备的一种可能解决问题的办法:一可隔开抱月与须磨子的距离(既寄希望于抱月能够冷静处理、综合权衡,又便于逍遥以恩师的身份对须磨子动之以情晓之以理);二可全面了解文艺协会的内部问题(比如,东仪铁笛、土肥春曙与松井须磨子的关系、学员内部的矛盾等)。

③ 「断片」『早稻田文学』(第87号)、大正2年2月、80頁。

④ 转引自:岩町功:『評伝 島村抱月——鉄山と芸術座』(下卷)、岩見文化研究所、平成21年6月、156頁。

遥提交了长长的"陈情书"和辞呈。前者的内容主要包括:(1)表明对恩师逍遥处置的异议,恳请应有的处分态度,并希望陈情书最后仍回到自己手中;(2)声明自己与文艺协会学员的内讧和让须磨子与剧场合作的传言没有干系(即非劝诱亦非唆使);(3)讲明自己示好须磨子是出于保护意识和艺术精神;(4)澄清自己的作品及诗歌等并非全部是事实等。① 这些都与逍遥有直接关系,也是抱月第一次向恩师敞开心扉。陈情书最后如愿地回到了抱月手中。他却以无奈的语调用紫色铅笔加上了如下的话:"然而,最终松井一个人接受了处分。事关我的请求归于徒劳。我第一次、第一次觉察到了人生。血泪写就的这无用文字啊。你的去处只有一个,到松井须磨子的身边!"②6 月 1 日至 10 日,是为了解决抱月与逍遥之间的分歧及隔阂进行最后努力的时间。结果是:逍遥这边"未能与岛村彻底沟通"③(6月 9 日的日记)、抱月这边得到了众多年轻人的极大拥护。④ 于是,对文艺协会、须磨子、奈良·京都之旅、戏剧观念等等的看法——逍遥要道德伦理与艺术调和的思想、抱月甘为维护艺术而不惜付出代价的意志——在二人身上的诸多认识上的不同,最终让他们成了"最熟悉的陌生人"。

抱月、须磨子、文艺协会、艺术座。文艺协会与文艺座,二者作为文艺团体,皆是在众多成员的共同努力下先后为日本明治及大正时期的舞台艺术作出了巨大贡献。岛村抱月与松井须磨子,二人的人生邂逅、彼此欣赏、艺术路上的共进退与这两个团体存在莫大关系。最初,在文艺协会担任英语口语课程的岛村抱月对松井须磨子的印象恐怕只是:文艺协会演剧研究所第一届里仅有的三名女学员⑤之

---

① 河竹繁俊:『逍遥·抱月·須磨子の悲劇』、東京:毎日新聞社、昭和 41 年 5 月、118 — 136 頁。

② 河竹繁俊:『逍遥·抱月·須磨子の悲劇』、東京:毎日新聞社、昭和 41 年 5 月、137 頁。另、5 月 31 日,须磨子被叫去文艺协会,被宣布劝退。

③ 其实,逍遥不是不了解当时抱月的心境。在一本记录与文艺协会相关的心事、题为"真实心境"(「ありのまま」)的笔记里,逍遥认为抱月的本意可归为三点:维持自己作为艺术家的地位;肩负与女演员的责任;顾忌到在年轻人面前的体面。并且,觉得可以全面满足他。(转引自:岩町功:『評伝 島村抱月——鉄山と芸術座』(下卷)、岩見文化研究所、平成 21 年 6 月、215 頁。)

④ 据中村星湖后来的回想说,当时刺激他们拥护抱月的因素有三个:1. 抱月那令人心痛的身影:他一直对思想陈旧的权威保持忍耐;2. 进行强烈斗争的意识:是旧思想、老艺术把抱月逼入绝境;3. 热切憧憬:希冀抱月开创新剧运动——新的舞台艺术。(参见:岩町功:『評伝 島村抱月——鉄山と芸術座』(下卷)、岩見文化研究所、平成 21 年 6 月、219 頁。)

⑤ 5 月份入学的共有 11 人:武田正宪、林和、柳下富司、伊藤理基、掬月晴臣、日高清、久里四郎、志田德三、佐佐木积、小林正子(即松井须磨子)、三田千荣子(即山川浦路)、五十岚吉野。同年 9 月,再次招生入学的有上山草人(后与山川浦路结婚)、河竹繁俊。

一;容貌、学力等方面并不出众;英语基础更是不敢恭维。但须磨子有忍耐高强度工作环境的强健体魄,有争强好胜的性格,有承受刻苦训练的坚韧意志,有博闻强记剧本台词的能力,……这些品质,使得语言功底、表演技巧、舞台经验等皆"贫瘠"的她,在毕业前夕、明治44(1911)年3月的第6次试演会上,以最高分证明了自己。尽管,关于在文艺协会上演什么剧目,抱月与逍遥之间有根本性的文艺理念上的分歧,但就舞台上的须磨子日趋光彩照人这一点,在戏剧人抱月与逍遥之间却是存在高度共识的。须磨子接连饰演莎士比亚《哈姆雷特》中的欧菲利亚(明治44年5月,第1次公演)、易卜生《玩偶之家》中的娜拉(明治44年11月,第2次公演)、苏德尔曼《故乡》中的玛古达(明治45年5月,第3次公演)、萧伯纳《掌握命运的人》①中长相不可思议的老妇人(明治45年6月,第2次私演)、萧伯纳《难以预料》②中的格兰登夫人(大正元年11月,第4次公演)、麦尔·弗斯特的《老海德堡》③中的凯蒂(大正2年2月,第5次公演)。这使得她成了文艺协会的新型女演员。尤其是《玩偶之家》与《故乡》这两部戏,皆由岛村抱月翻译、指导,④并且取得极大成功,在东京、大阪、京都、名古屋等地上演。看完《玩偶之家》之后,同为戏剧中人的川村花菱说:

> 在看松井须磨子扮演的娜拉时,其表演的好坏姑且不说,我首先惊讶的是:在她的举手投足中,发现了岛村先生。
>
> 先生附体于须磨子的娜拉,娜拉成为先生所想的娜拉。须磨子掏空自己,完全作为先生的木偶献身于舞台。⑤

由此,抱月和须磨子之间开始建立起艺术上的默契。在抱月第二次担任舞台指导的《玛古达》接到官方的禁令后,他明确讲明自己选择该剧的立场为三点:1. 让须磨子充分展示自己,"演以女主人公为中心的戏剧";2. 在文艺协会,公演选剧有经济上的考量;3. "以某种形式接触思想问题"从而体现出来是近代艺术。⑥

---

① 即 The Man Of Destiny,日文译为『運命の人』。

② 即 You Never Can Tell,日文译为『二十世紀』。

③ 即 Alt‐Heidelberg,日文译为『アルト・ハイデルベルク』(当时,松居松叶译为『思い出』)。

④ 尽管,此前,他在英德共观看欣赏过180余次戏剧及音乐,但《玩偶之家》是岛村抱月亲自指导的第一部近代戏剧。当时,他邀请了中村吉藏来共同指导。后来,成立艺术座后,中村吉藏依然是他演剧事业上的坚强后盾。

⑤ 川村花菱:『随筆・松井須磨子』、青蛙房、昭和43年1月、39頁。

⑥ 「『マグダ』の禁止問題——附たり脚本検閲　選定の理由と立場」『読売新聞』、明治45年5月21日。

其实,至此,抱月的戏剧文艺观可以概括为三个关键词:女演员、"两条腿走路"①、近代思想。但在文艺协会前前后后总计 6 次公演中,抱月只担任了两次舞台指导。② 虽然,这部分地实现了自己的戏剧文艺观,但随着他与须磨子的恋情曝光戛然而止。后来的三个"铁证",③使得很多人乐意把文艺座时代的抱月与须磨子双双钉在了"耻辱柱"上。第 1 个"铁证"是:抱月家的"书生"④中山晋平写下的手稿——记录了自明治 45(1912)7 月 23 日至大正元(1912)年 8 月 4 日期间,发生在抱月身上及抱月家的事情。⑤ 他与须磨子在外面见面,被妻女强拉回来后,发狂般地(或者说是为了掩饰难为情而发狂般地)酗酒、放声痛哭、不断倾诉。⑥第 2 个"铁证"是:大正元(1912)年 9 月 4 日,抱月写给须磨子的情书。其中,他哀叹"再也没有比自己不幸的婚姻了",还回顾了明治 45 年 6、7 月公演期间与须磨子的亲昵,又谈到珍重须磨子的照片与礼物、告知以后通信的方法等,信的结尾处还出现了"抱紧你、抱紧你、吻你、吻你,一直吻你"的字眼。第 3 个"铁证"是:在文

---

① 即兼顾商业价值与艺术价值:考虑商业价值,并不是指一味地追求收入、利润,还应包括扩大观众群,普及戏剧的考量;考虑艺术价值,并不是指只着眼于经典的与文人之间评价高的剧目,还应包括如何提高观众对戏剧的欣赏水平。

② 第 1 次由坪内逍遥担任,第 4、5、6 次由松居松叶担任。

③ 其实,还包括抱月此间发表过的一些文章。

④ 自从 1872 年,明治政府的新学制公布之后,便涌现出大量从地方来城市求学的学生。但是,因为当时适合单身者居住的地方很少,年轻人大多不会洗衣、做饭、干家务。于是,通常情况下,他们或受亲戚照顾,或支付房租及伙食费寄宿于别人家里。因而,明治时代的"书生"一词,指的是寄宿于别人家里,一边帮忙做家务及杂事,一边继续学习的年轻人。

⑤ 主要记述了 8 月 2 日,在高田马场看到抱月和须磨子在一起后,抱月夫人与女儿阿春把他拖回了家。在晋平送酒给困坐在二楼书房里的抱月时,后者向他倾诉:自己"遇到大事了"、"对不起妻子、对不起坪内(笔者加:逍遥)、对不起学校"。"小林(笔者加,即须磨子)可爱,但妻子也可爱。我原以为爱着两个人。女人做不到这一点,但男人可以爱着两个人。""只要看到女的,妻子就马上和我扯上关系。"第二天,担心会因想不开而寻死的须磨子居然安然无恙地被抱月夫人叫到了家里来。手稿全文可参看:小林キジ:『中山晋平ノートによる　抱月・須磨子の恋愛と芸術』、長野:月刊しなの、昭和 44 年 11 月第 2 版、25—59 頁。

⑥ 对于这件事,在大正 2(1913)年 5 月递交给逍遥的"陈情书"中,抱月对自己与须磨子见面的解释是:从名古屋回来后……也没能深入交谈,就把松井叫出来,想让她也相应地听听我的想法,也要促使她下定决心。(河竹繁俊:『逍遥・抱月・須磨子の悲劇』、東京:每日新聞社、昭和 41 年 5 月、127 頁。)但第 2 个"铁证",让我们认识到也不能一味地相信岛村抱月的"陈情书"中站在个人角度进行辩解的言辞。

艺座正式起步前的大正2(1913)年6月4日,二人写好并盖章的"誓文"。① 其中,规定:只要事业需要,两人将在精神上相互守望;最晚在2、3年内结婚;若一方做出不遵守的行为则另一方可以毁约。

于是,在抱月发表声明与责任见报、逍遥解散文艺协会并迅速善后处理之后,再加上文艺协会第一、二届的部分学员及文艺青年拥戴岛村抱月并积极奔走,一个新的演剧团体——文艺座诞生了。② 在当时以及之后很长一段时间的世人眼里,岛村抱月背叛了恩重如山的文艺协会与坪内逍遥,放弃了早稻田大学的职务与讲台,扔下了无助的病妻与儿女,自私地带着不该爱的人,开始了自己并不擅长的、颠沛流离的苦难之旅。

有一点必须要说明的是,从文艺座诞生的那一刻起,抱月与须磨子便已无声地向世人宣布,他们二人的爱与事业不可分离:因为有爱,所以才有完成艰难事业的觉悟与信心;因为有舞台事业,所以才能见证他们的爱在艺术上的演绎。而在世人及研究者眼里,抱月与须磨子的爱与艺术却往往呈现为"多面体"。以抱月为视点来看,有人为他惋惜,认为他放弃书斋与功名而屈尊于须磨子。此时,二人的爱便是充满身体的欲望、俗不可耐的。从而,他的举动削弱或降低了他的艺术成就;有人为他愤懑,认为须磨子在众多男性中踟蹰不绝而终于委身于抱月。此时,二人的爱便成了贪恋虚荣的须磨子的"消耗品",抱月则是其中的牺牲品。从而,抱月的艺术成就受到极大影响;有人为他高歌,认为他与须磨子在艺术的世界里惊奇地发现彼此,从而共同谱写了一曲爱与艺术的传奇。

自大正2年9月开始,在6年多的时间里,艺术座共进行了12次公演、6次临时演出、3次新剧普及演出和1次特别户外剧演出,还进行了3次(不考虑商业性而只追求艺术性的)研究剧的试演。上演的翻译剧目涉及梅特林克(Maurice Mae-

① 之后,二人之间还有两个"誓文":一是在艺术座第二次公演的《海上夫人》遭遇"滑铁卢"陷入绝境时,于大正3年2月12日写下的。主要内容是:如果艺术座继续存在,则不改变到目前为止的关系,但努力早日成为合法夫妻;如果艺术座没有了,则马上办理结婚手续,之后的任何事业均以夫妻之名。二是在第三次公演的《复活》取得巨大成功后,马上于大正3年4月3日写下的。主要内容是:二人的爱情终生不渝。6月与妻子市子离婚,1年内与须磨子结婚。如果违约,将支付5000日元给须磨子。同时,须磨子也要以与抱月共进退来证明自己的忠诚。参看:岩町功『評伝　島村抱月——鉄山と芸術座』(下卷)、岩見文化研究所、平成21年6月、293頁、326—327頁。

② 干事长为岛村抱月,干事为尾后家省一、片上伸、川村花菱、吉江乔松、相马御风、中村吉藏、仲木贞一、楠山正雄、仓桥仙太郎、前田晃、松井须磨子、秋田雨雀、水谷竹紫、岛村民藏、人见圆吉。

terlinck,1862—1949)、易卜生(Henrik Johan Ibsen,1828—1906)、托尔斯泰(Leo Ni-kolayevich Tolstoy, 1828—1910)、屠格涅夫(Ivan Sergeevich Turgeneve, 1818—1883)、皮奈罗(Arthur Wing Pinero,1855—1934)、豪普特曼(Gerhart Hauptmann, 1862—1946)、邓南遮(Gabriele d´Annunzi, 1863—1938)、王尔德(Oscar Wilde, 1854—1900)、魏德金(Frank Wedekind,1864—1918)、福斯特(E. M. Forster,1879—1970)、梅里美(Prosper Merimee, 1803—1870)、莎士比亚(William Shakespeare, 1564—1616)等的作品。此外,还策划了音乐会、文艺演讲会,成立了艺术座附属演剧学校,①建成了具备戏剧研究、排练、租赁等综合性功能的艺术俱乐部。其演出剧目多达 38 个,所到之处多达 195 个,除了遍布大半个日本,还远途至朝鲜(当时的称呼,也包括现在韩国的部分地区)、中国(主要是东北地区)、台湾、俄罗斯。② 于是,艺术座的功绩首先可以和抱月的个人愿望结合起来来看:1. 完全实现了上演近代剧的理想,在舞台上呈现了近代人的思想问题。这为促进日本国民对近代思想的认识也起到了推动作用。2. 出色地实现了"两条腿"走路。既有纯艺术性的试演,又有艺术与经济兼顾的公演。最后,还利用走南闯北的四处巡演,不依靠外力自建了演出与研究的场所。3. 全面实现了以松井须磨子为主的演出模式。这既兑现了抱月与须磨子的承诺,又在借鉴西方剧场取得成功的模式的同时,为日本的戏剧舞台塑造了一系列的苦闷、抗争与觉醒的女性形象。此外,从演出的场所来看,文艺座把原本在剧场上演的高雅艺术引向地方,更带出国门,对普及艺术起到了积极作用;从与主营演出的团体——松竹会社的合作模式来讲,既给舟车劳顿、忙于巡演的艺术座提供了稳定的经济收入,又为其提供了相对固定的舞台,还为其充分利用文艺俱乐部进行戏剧创作、研究、排演更多的剧目提供了可能;从与其它演出团体相比来看,艺术座有上演新女性的独特优势,有剧场与巡演相结合、把演出舞台不仅仅局限于东京、大阪、京都等为数不多的几个城市的演出模式,有引进西方剧目、创作日本剧目的实力与能力。

　　这样一来,尽管我们对抱月在处理家庭问题上、处理与恩师坪内逍遥关于文艺协会上演剧目及其他事宜的问题上、处理松井须磨子与艺术座其他成员的矛盾上,也不是没有微词。但是,从他和须磨子坚持的戏剧理念上、付出的艰苦努力

---

① 抱月还曾撰文提及有意向成立一所文艺大学。(「今年の劇壇と芸術座の事業」『抱月全集』・第 2 卷、天佑社、大正 9 年 2 月、550 頁)

② 可参看:佐渡谷重信『抱月島村瀧太郎論』、明治書院、昭和 55 年 10 月、399—402 頁;岩町功:『評伝　島村抱月——鉄山と芸術座』、石見文化研究所、平成 21 年 6 月、246 — 248 頁、439 — 440 頁。

上、取得的巨大成就上,我们又不能吝惜赞扬。虽然,由于考察对象的关系,在阐析他的自然主义文艺思想时,我们无法顾及他的戏剧思想,但通过分析他与坪内逍遥(文艺协会)、松井须磨子(艺术座)的关系,也可以在很大程度上了解其文艺思想的丰富性。从而,为我们考察其自然主义文艺思想时,不被一些"定论通说"以及单纯的文本内容所束缚,在更高、更广的层面上考察抱月的自然主义评论提供借鉴意义。

第 2 章

为日本文坛新势力定基调

　　回国不久的岛村抱月,借助复刊并由其整体负责的文学杂志《早稻田文学》,及时地梳理出文学在描写对象、题材选取、时代气息等方面的变化,积极地认定年轻人身上的烦闷是"文明革新期"之中"国民自觉性"的必然体现,敏锐地捕捉到了文坛上显现出来的"认真"、"观照"、"平凡"等新气象,从而以《被囚禁的文艺》及《如是文艺》等文章,表示出对当时的日本文坛持有一种积极认可的态度。

第 1 节　明治 30 年代的小说界变迁

　　重新出发的《早稻田文学》,在执行"汇报是代表早稻田文学社总体意见的阵地"这一"再兴之辞"的承诺时,首当其冲地对日本文坛的评论界(明治 31 年至 34年,第 1 号;明治 35 年至 38 年,第 2 号;明治 38、39 年,第 5 号)和小说界(明治 31年至 34 年,第 1 号;明治 35 年至 38 年,第 2 号;明治 39 年,第 4 号)进行了总结。

　　关于评论界,主张"文艺自律"的声音成为主旋律。明治初期,日本的启蒙思想来自法国的自由思想,继而变成重视德国的国家主义,同时国内又出现了国粹保存主义的声音。及至明治 30 年代,日本人由国民的自觉发展到了个体的觉醒。经过高山樗牛的《作为文明批评家的文学家》(明治 34 年 1 月)一文对尼采的宣扬以及由此引发的关于"美的生活论争"①热闹一番之后,尼采的学说——"极端的个人主义、怀疑主义、非文明、非历史、非道德主义,一言以蔽之,过激的破坏主义"(第 1 号)②,以摧枯拉朽之势俘获了于怀疑烦闷之中却始终找不到出口的青年人

---

① 具体可参看:長谷川泉・編:「美的生活論争」『近代文学論争事典』、至文堂、昭和 37 年 12月、77 — 79 頁。
② 「彙報　評論界」、16 頁。

们。这种主观上的怀疑烦闷,消极地处理则会走向自我毁灭,积极地应对则有可能开拓一条寻求解脱的宗教之路。就在这时,日俄战争爆发。它"使得日本国民更深切地、更明确地意识到日本在世界上的地位与责任。与此同时,也更深刻地、更强烈地思考与国民意识相反的国民本身的意义。"①(第 2 号)到了明治 39 年,日本的文艺依然处于两难境地——是要受制于伦理道德、风俗风气的"文艺他律"还是要提倡绝对独立的"文艺自律"。很显然,《早稻田文学》支持后者。因为,它分别举出了岛村抱月、上田敏、登张竹风三人的文章,并且认为他们都期待"自由、独立、高级的文艺",反对"一切顽固、低级、偏狭的事物"②(第 5 号)。其中,提及岛村抱月的部分就特别涉及了他刚回国时在《东京日日新闻》上发表的《如是文艺》一文中的两个部分——(1)文艺应卓然自立("东西相通、古今皆然。文艺史的一个方面,就是文艺与社会的争斗");(2)文艺人应慨然奋进("少数先进的人,岂有为了多数落后的人而必须放缓脚步的道理?")。

关于小说界,文学成为涉及人生问题、具有积极意义的存在。明治 30 年代,一些老牌文学杂志纷纷停刊,使得原本就不景气的文坛雪上加霜。然而,即便没能得到当时的一流作家尾崎红叶、幸田露伴、广津柳浪等的重视,高山樗牛、内田鲁庵等提倡的"时代精神论"、悲惨小说、黑暗小说、社会小说、政治小说等的创作实践,还是让时代精神、现实社会、文学题材的更新等进入了小说这一文学空间。只是,在表现新旧两种文明的冲突这一方面还不够充分。此后,文坛上出现了德富芦花的《不如归》(明治 31 年至 32 年)、菊池幽芳的《己之罪》(明治 32 年至 33年)、中村春雨的《无花果》(明治 34 年)这种当时非常流行的家庭小说。而且,"道德性的、家庭式的、理想化的、中上阶层的"是三者的共通特征。与此相对出现的则是提倡自然主义的小杉天外。这样,"小说题材与道德"、"题材的转换给文学带来的结果""于作品中寻求有意义的东西"这一"时代精神"③便成为当时亟待解决的问题。(第 1 号)及至高山樗牛、登张竹风等主张的"尼采论——美的生活论——本能满足论"达到高潮,时代精神的呼声变得具象起来,此前蒙受道德责难的自然主义也得到了响应。某种意义上来说,"描写一种被赋予哲学认识的生命欲求"具有了"描写时代精神——有意义的人生"(第 2 号)④之义。从而,小说成为涉及人生问题的、有意义的存在。德田秋声的《春光》(明治 35 年 8 月)与永井

---

① 「彙報　評論界」、16 頁。
② 「彙報　評論界」、10 頁。
③ 「彙報　評論界」、25 頁。
④ 「彙報　小説界」、6—7 頁。

荷风的《地狱之花》(同前 10 月)便是经受尼采主义与欧洲文学思想洗礼、描写了"有意义的人生"的例证。

于是,这标志着文学发生了几大变化:1. 恋爱对象的变化:由描写未受教育的男女转为描写受过相当教育的;2. 恋爱、通奸的场所的变化:由胭脂香粉之地或底层社会的一隅转为有教养的家庭;3. 恋爱、通奸的结果的变化:由殉情自杀的悲剧转为重视自我满足、甚或蔑视道德;4. 时代风貌的变化:由描写德川时代殉情的恋爱文学这一模式转为描写西方的对罪恶持宽容或描写不道德中也存有人性的恋爱文学这一模式。① 这样,文学的描写对象、题材选取、时代气息都在文学作品中得到了较为充分的体现。

其中,还有一个不可忽视的因素是:文学的读者也变为以青年为主体。借鉴山本武利对日本报纸的读者层——工商业者、知识分子、底层人民、家庭成员、农民②——进行的分类,大致可以知道,明治 40 年代的文学读者以知识分子与家庭成员为主体。其中,尤以青年学生居多。

第 2 节　积极肯定年轻人身上的烦闷
——以"文相训令"为例

明治 39(1906)年 3 月 27 日,久任奥地利兼瑞士驻外公使、刚回国不长的牧野伸显出任西园寺公望首相第一次组阁(明治 39 年 1 月 7 日至明治 41 年 7 月 14 日)的文部大臣。两个多月后,先是发表了关于指出教育界时弊的谈话,并进而在 6 月 9 日公布了 800 余字的"文相训令"③(正式名称为"文部省训令第一号"),旨

---

① 「彙報　小説界」、第 9 号。
② 书中更加细致的划分是:(1)工商业者包括商人、富商、店老板、掌柜、商店小工、商店职员、公司职员、银行工作人员、事务员、资本家、企业家、经营业者;(2)知识分子包括官吏、教员、学生(中学以上)、书生、僧侣、神职人员;(3)底层人民包括工人、手艺人、车夫、妓女、低收入劳动者、长期雇佣劳动者、日结劳动者;(4)家庭成员包括主妇、女佣人、孩子、小学生;农民:地主、富农、自耕农、自耕兼佃户、佃户。(『近代日本の新聞読者層』、法政大学出版局、1985 年 4 月、56 頁。)此外,结合明治 20、30 年代先后发生的甲午中日战争、日俄战争这一实际情况,当时应该还存在一种读者,即士兵。(可参看同书的第 199 页)
③ 「学生生徒ノ風紀振粛ニ関スル件」、『文部科学省・学生百年史　資料編』。内容引自日本文部科学省网站:http://www.mext.go.jp/b_menu/hakusho/html/others/detail/1317975.htm。

在让教育界的主事者及学校校长、教员等领会主旨,让家长齐心协力整肃风气、振奋精神,让学生自我克制、完成学业。

该训令的内容主要包括四个方面,即风纪、烦闷、图书、社会主义。具体可概括为:1. 认为当时的青年男女"意志消沉、风纪颓丧";2. 认为学生"或安于小成、流于奢侈,或烦闷于空想而不顾处世之正业",并归因于家庭的监督不力、学校的纪律废弛;3. 认为社会风潮趋于轻薄,对青年男女的诱惑增多,尤其是"近来发行的文书、图画,大放厥词,论述厌世思想,描写低劣丑态",故而禁止对学生不利的图书;4. 认为要留意戒备鼓吹社会主义言论的人,防患于未然。

训令一出,便引发了各种媒体的相关评论。由此,形成了文部省公开承认学生的风纪问题为社会问题、媒体把这种社会问题的各种现象广告天下的局面。①当然,文学杂志也不例外。其中,展开最集中也是最全面讨论的依然是当年 10 月份的《早稻田文学》。②

在"本栏"部分,杂志以"对文相训令的意见"为题,共收录了波多野精一、加藤弘之、金子马治(筑水)、坪内雄藏(逍遥)、浮田和民、植村正久、三宅雄二郎(雪岭)7 人的文章。尽管,他们都几乎无一例外地开篇便在某种程度上承认训令具有一定的积极意义,③但又都具体地阐述了意见。

关于风纪颓丧的问题,有人认为它是"社会风潮趋于现实主义"之后"自然而然的结果"(波多野精一,89 页),是"滥用廉价的娱乐"酿成的"时代风潮"(坪内),是因为"伦理教育几乎只限于形式"(三宅,111 页)。关于社会主义的问题,有人认为它今后会势力大增应"从现在开始便加以留意,尽可能不朝那个方向发展。"(加藤,93 页),有人认为解决它的良策是"让校长及教员中精通此问题的人,公平而科学地演讲社会主义的真相及其利害得失,说明它并非是青年们轻易地心

---

① 久保田英助:「明治後期における学生風紀頹廃問題と徳育振興政策」『早稻田大学大学院教育学研究科紀要』(別冊 12 号—1)、2004 年 9 月、2 頁。

② 不包括"文艺消息"、"报纸杂志文学一览"、"新刊一览"的话,该期杂志共有 173 页。其中,认定岛崎藤村、夏目漱石、国木田独步三人为文坛新势力的部分为 39 页,而对"文相训令"则分为"本栏"(各家观点)和"汇报"(该杂志观点)两个部分展开论述,多达 45 页。另加说明的是,本小节中接下来涉及该杂志的内容,将以引文后加"(姓,页)"的形式进行标注。

③ "文部大臣注意到当今青年的缺点并提醒。这是一件值得庆幸的事。"(波多野,89 页) "关于文部大臣的训令,我大体赞成。"(加藤,92 页)"训令大体上没有异议,倒是应该赞成"(金子,94 页)"作为一种防止时弊的方法,并没有异议。"(坪内,97 页)"一般人几乎都认可训令出现的必要性。"(三宅,109 页)

醉或憎恶的东西"(浮田,105 页)。关于禁止图书的问题,除坪内逍遥提及在家庭这一范围之外无法推行之外,其他人都大多讨论家庭、学校与青年的关系。比如,有的提及"今天的父母,很多都不理解青年人。……不尊重自己儿女的人格"(波多野,91 页),有的提及"学校教育狭隘,真正的教育,没有家庭与社会不行",而现实是"家庭风气、社会风俗都不好"(加藤,92—93 页),有的认为是教育上的"平等时代"带来的后果(坪内,98 页)。

关于烦闷的问题,明确提及者均给出了自己的解释①:长期对伦理教育投入热情的坪内逍遥②,对青年的烦闷作出了"伴随考试失败而生的失望"这种解释。他还进一步认定青年的烦闷是以自我本位为中心,它会发展到自暴自弃,从而成为学生们意志消沉的另一原因。(坪内,98 页)另外 3 人,对烦闷则做出了积极的也是更深层次的评价。波多野精一分析说:"如果到了把所谓的烦闷也看成家庭、学校、警察工作不到位的结果,是极其滑稽的"。他认为"烦闷的呼声是寻求充实、实在的声音"。他还补充道:"烦闷也好,其他的弊病也好,……病根都在内部深处。"(91 页)这里,他把烦闷与青年们在精神内部正发生的巨大变化联系起来。金子筑水的分析是:虽然陷入烦闷存在弊病,需要矫正,但是,这是一种时势处于过渡期时不可避免的现象。最后,他说:烦闷也许是"还不成熟、极其浅薄的",但是"其中一定还是存在认真的东西。"这种东西,可以有助于"发挥新精神"(98 页)于是,他在承认烦闷的消极影响的同时,主张烦闷也有积极的力量。植村正久则直接认为这种烦闷是"人生的烦闷",并分析了"人生烦闷病"的病因:1. 青年的事业心旺盛,不满于当前、追求理想;2. 考试制度;3. 教育上的供需不平衡;4. 没有真正的宗教,没有切实的世界观。从而,他把烦闷进行层级化:从分析青年人在事业上的野心得不到满足,到阐述教育上的制度不够合理,再到发现令人信服的宗教与世界观的缺失。这么一来,从坪内逍遥到植村正久,烦闷一步步地得到了积极的认可。

而这种对烦闷的积极认可,在同一期的"汇报"栏里,成了结论与主张。"汇报"栏的最后,详细地说明了他们是如何得出这种结论的。

　　……我们首先陈述了,就牧野氏的训令得以公布的动机,在于国民性的

---

① 没有明确提及的是加藤弘之、浮田和民与三宅雪岭。

② 自明治 29 年 4 月,开始担任早稻田中学的教头,直接从事中学生的伦理教育,并从事与实践理论相关的研究。著有《国语读本》(卷一　中学修身训)、《文艺与教育》(明治 35 年)等。

自觉。接着在第二部分中,列举了所谓的时弊,明确了它是否确实存在这一点,得出了其确实存在的结论。然后,又仔细论证了文部大臣认为眼下最紧急而加以列举的时弊岂不是弄错了事物的先后顺序这一点,还得出了未必如此的结论。进而,随后追问对于这些弊病的解决办法是怎样的,追溯原因、概述对其因由及解决办法的社会舆论,最后认定其主要原因在于文明的革新期这一点。也就是说,我们断定:个人主义、快乐主义、社会主义等为了把我国的文明变成世界性的,而不断进入。其弊病成为文部大臣所历数的现象。(57 页)

日俄战争后①,日本的青年达到了"国民性的自觉",又身处"文明的革新期"。可以说,他们接受着来自"国民思潮与世界思潮"(58 页)的双重洗礼。因此,产生郁闷既是一种情非得已的必然,又是一种情不自禁的必然。关键是从哪个角度来看。很明显,"文相训令"与《早稻田文学》(第 10 号)"本栏"的金子马治等与"汇报"栏作出了不同的选择。前者是要"堵",因为这是回顾历史后做出的选择,后者则要"疏",因为这是认清当下、展望未来时做出的主张。《早稻田文学的》态度是:"与其采取避开或去除弊端本身的态度,倒不如说把弊端看做文明革新的必然趋势,从而让它在好的方面得到增进。再然后,认为其基础在于青年人人格上的扩充。文部大臣指出的时弊是世界性趋势发展起来后的弊端。文部大臣对此的训令就是对国民性自觉的发现。一个来自要积极发展,一个取自消极回顾。"

第 3 节　日本文坛的新发现——"认真"、"观照"、"平凡"

3.1　认真——岛崎藤村的《破戒》

为文学的"认真"之路,在文学创作上吹响号角的是岛崎藤村。他的《破戒》起稿于明治 37(1904)年春——供职小诸义塾期间(明治 32 年—38 年)的最后一段时间,作为"绿荫丛书"的第一编而自费出版。它完成了藤村奋身离职、意欲重返东京文坛的心愿,也成为明治 39 年的石破天惊之作,得到了文坛的高度赞誉。3 个月(指 4、5、6 月)内,众多报纸、杂志上便有 25 篇相关评论诞生(主要集中在 5

---

① 《早稻田文学》(明治 39 年第 7 号)的"汇报"栏,对明治 31 年至 38 年,日本教育界的发展过程作出了梳理。第 10 号系对当时的教育界做出的评价,故作此表述。

月,共有 14 篇)。① 很快,藤村便成了正统自然主义小说家的代表。

明治后期,出生于"被歧视部落"②的濑川丑松,在自幼接受父亲"要隐瞒自己的秽多的出身和身份而活着"的训诫中长大,并最终通过自己的努力成为一所小学的教员。与此同时,他又羡慕同为出生于"被歧视部落"的解放运动家——猪子莲太郎:羡慕他与世俗作不懈斗争的勇敢,也羡慕他用自己的品行与学识向世人证明"秽多"与他们没有任何不同的姿态。丑松一心想着要把自己的身世告白于他,但其间,父亲的死让他思想动摇,猪子莲太郎又被政客的打手刺死。这让丑松失去了告白的对象。终于,他在学校的爱徒面前告白了自己的身世,并选择去美国德克萨斯州一个友人经营的农场那里开辟自己人生的新天地。

在主题选择("被歧视部落问题")、结构(社会批判与苦闷告白相结合)、文体(言文一致)等方面都作出了突破的《破戒》,为文坛吹来了一股清新之风。当初,文坛对其评价是沿着两条路线进行的:一是进行作品解读的技术性批评:取材(秽多、新平民)、主题(社会问题)、人物塑造(主人公及其他人物)、结构(秽多与普通平民之间的斗争等)、描写(寺庙的样子、地方色彩等)。二是判断作家的创作态度:认真。③ 而时至今日,研究者们对《破戒》是"社会小说"还是"告白小说"又或

---

① 根据平冈敏夫的著作(『日露戦後文学の研究』(上)、有精堂、昭和 60 年 5 月、45—46 頁)中提及的文章而进行有选择的数据统计。另外,此处以篇计算并不十分准确,因为,《早稻田文学》(7 人)和《新潮》(4 人)均采用了"合评"的形式。纷纷撰文的报纸、杂志(按发表时间先后顺序)有:《文章世界》《读卖新闻》《东京日日新闻》《白百合》《二六新报》《早稻田文学》《文库》《艺苑》《明星》《新古文林》《文艺俱乐部》《庆应义熟学报》《新潮》《太阳》《新声》《中央公论》。由此可知,《破戒》给文坛或者说舆论界造成的影响之大。此外,当时另一个权威的文学杂志《帝国文学》虽然没有正式的评论,但也在 4 月的"批评"栏中对《破戒》的内容进行了大约 4 页的概述,并由署名"峙楼"(即,阿部次郎)的作者在 5 月的"杂报"栏中提及"因同仁有意详评藤村氏的《破戒》,余仅就《哥儿》说几句。"然而,此后,并没有看到对《破戒》的具体评述。

② 指日本历史上被称为"秽多"的贱民集中居住的村落或地区。1871 年,明治新政府便颁布内容包括"废除秽多非人等称呼,从此身份职业均视为平民"的"解放令"。然而,制度上的平等并不等于现实中的真正平等。《破戒》就选取了当时这样的问题作为小说的社会背景。

③ 具体分析可参看:平野謙:「明治文学評論史の一齣——『破戒』を繞る問題」『学芸』、昭和 13 年 11 月;平冈敏夫:「第二章 日露戦後文学『破戒』」『日露戦後文学の研究』(上)、有精堂、昭和 60 年 5 月;大東和重:「技術批評を超えて:島崎藤村『破戒』·表層と深層」『比較文学·文化論集』(第 18 巻)、2001 年 3 月。其中,大东和重的论文主要说明了平野谦之前的、关于《破戒》的解读没能处理好透过作品(表层)窥出作家内在精神(深层)这一对关系。

是两者兼有而仍无定论。① 在明治 39 年的文坛，人们可以对《破戒》在多方面的不成熟而"慷慨陈词"，然而，能够预示《破戒》与当时的文艺走向究竟有几人？ 在研究日益精细化的今天，我们可以继续对《破戒》在日本近代文学史上的重大意义而"添砖加瓦"，然而，能够重新思考《破戒》与后期自然主义之间的关系，而不是沿袭"《破戒》是日本自然主义文学的代表作"这种"通论"的又有多少？ 也就是说，我们需要考察当时对《破戒》的近代意义作出评价的声音以及它与之后的自然主义文学之间的内在联系。

对《破戒》作出的积极评价主要有："认真的、有意义的小说"（小川未明）、"通篇洋溢着率真之气"（近松秋江）、"不矫饰、正直、认真地表述作家的情感"（菱花女）、"空前的杰作"（天马生）等。②《新潮》则是站在对比岛崎藤村与小杉天外的角度，对《破戒》评价道："真挚的作品"、读后"为一种严谨的感想所打动"、"确实能看出作家身上认真的敬畏与烦闷"。③ 就连当时以《我是猫》④而在文坛名声大震的夏目漱石也在一篇谈话文章中提及《破戒》时说："读完之后总觉得读到了很充实的东西。……总感觉读了西方的小说。……总之，作为明治文坛的作品，是可以流传下去的。"⑤不过，真正把它放在时代语境里并作出预测性判断的还应是下面这段话：

　　《破戒》确实是近期文坛上的一个新发现。对这部作品，我不禁感到小说界第一次达到了更新的转换期。可以说，欧洲近世自然派的问题作品中流淌的生命，通过这部作品才在创作上第一次得到了对等的发现。还散发着 19世纪末世界苦的芳醇。作为小说界具有开创性的作品，或者是作为综合了曾进行逐步开创的众多先驱者而最鲜明地竖起新机运大旗的作品，我毫不犹豫

---

① 可参看：刘晓芳：《岛崎藤村小说研究》，北京大学出版社，2012 年 10 月第 1 版，第 95—103页。尽管，该书中著者明确提及"笔者无须在此就《破戒》的争论作一个了断"，但之后便令人信服地、富于逻辑地证明了《破戒》与告白的密切关系。（具体论述在该书的第 103—125 页。）在笔者看来，其实，刘晓芳是以不否定社会题材在作品中确实得到体现这一前提，着力阐述"告白"的实现方式与重大意义。

② 前两者出自：「『破戒』を評す」『早稲田文学』、明治 39 年 5 月号、118 頁、121 頁。后两者出自：「作家と作品　『破戒』を評す」『新潮』（第 4 卷第 5 号）、明治 39 年 5 月、8 頁。

③ ××生：「最近の小説壇（一）　藤村と天外」『新潮』（第 4 卷第 6 号）、明治 39 年 6 月、6—7 頁。

④ 共分 11 章发表在文艺杂志《杜鹃》上。发表时间为：明治 38 年 1 月、2 月、4 月、5 月、6 月、10 月、明治 39 年 1 月（第 7、8 章）、3 月、4 月、8 月。

⑤ 「夏目漱石氏文学談」『早稲田文学』、明治 39 年 8 月号、118 頁。

地对它奉上满腔敬意。《破戒》确实是近期的一部大作。("评《破戒》",《早稻田文学》,明治39年第5号,128—129页)

这是在就《破戒》进行的合评中岛村抱月作出的评语。虽然,在这段话之后,他也与其他文学家们一样展开了"技术性批评",但通过上面的这段话,岛村抱月先后指出了它洋溢着文坛的新气息与达到的新境界,它与欧洲文学中存在的共通之处。得出这样的评价很明显是与《被囚禁的文艺》(明治39年1月)中所梳理出的欧洲文艺发展的大背景有很大的关系。

因此,对于岛崎藤村来说,《破戒》承载着重回文坛的自信。对于岛村抱月来说,他则要从文艺批评家的角度,识别《破戒》与日本文坛现状之间的关系并赋予意义。因为,《破戒》成功了,可以说,二者(一个是作者,一个是批评家)的愿望与立场均得到了实现。

3.2　神秘与现实的观照——夏目漱石的《漾虚集》

明治39(1906)年2月,《帝国文学》的"杂报"栏,小山鼎浦发表了一篇文章,名为《神秘派、梦幻派与空灵派》。① 文中讲:"应该说,神秘趣味充溢当代文学是谁都不能拒绝的、明白无误的事实",接着分析说:"当代的神秘趣味自成三个系统。一是来自艺术家的直觉,一是来自哲学家的冥想,一是来自宗教家的实验"。② 之后,文章具体指明了三派的代表性人物及其特征。神秘派有纲岛梁川和木下尚江。前者独步宗教与文坛、堪称神秘派的第一人,但却有两个缺点——偏于内观式冥想、缺乏改革社会的想法,后者则正好弥补。梦幻派有泉镜花和夏目漱石。"与神秘派的道德性相反,梦幻派终究是游戏性的。"泉镜花文学的人物性格有三个特征:"超凡脱俗"、"超自然"与"超现实"。夏目漱石的文学特征:"于现实中观出奇异,于梦幻中显出真实"。③ 空灵派有前田林外、岩野泡鸣、薄田泣董等。该派的特征也有三个:一是过于倚重修饰,让人如读谜语之感。二是有遮

---

① 文中署名为"鼎浦生"。文章名后原本附有"上"的字眼,但在次月的"杂报"栏中,明确写道:"上一期杂报栏的拙稿标题后附有'上'字,系因排版错误,予以删除。"(『帝国文学』、第12卷第3号、88頁。)

② 『帝国文学』、第12卷第2号、105頁。本小节中出自该期杂志的引文仅在其后以(页)的形式标注。

③ 用以例证夏目漱石文学特征的作品是:《伦敦塔》(明治38年1月)《幻影之盾》(4月)《一夜》(9月)《薤露行》(9月)《趣味的遗传》(明治39年1月)。后均收录于明治39年5月出版的《漾虚集》一书中。

蔽真实情感之嫌。三是好用神秘性语言而又并非指示任何实体。鉴于上述说明，该文的作者最后说道："我翘首企盼在不远的将来：神秘派、梦幻派的诗人、文学家更多地涌现，创作出优美作品，为熏陶当代人的心灵做出贡献。"（115页）

虽然，小山鼎浦分别指认了三派及其代表人物，但依据却同为"神秘趣味"。无论是纲岛梁川的"见神实验"（明治37年10月，系列文章集结成书《病间录》）木下尚江的《好人的自白》（明治37年8月15至明治39年6月9日，其间有间断）《火柱》（明治37年1月1日至3月20日），又或是泉镜花的《春昼》（明治39年11月）《春昼后刻》（明治39年12月），抑或是夏目漱石的《伦敦塔》等一系列短篇小说，都确实显露出一种迥异于世事人情的情调。而这种总结性认识，似乎更多地得益于欧洲文艺上日益得势的象征派思潮的影响。比如，该文伊始就写道："日清战争（指甲午中日战争，笔者注）之后的十年思潮史几乎是欧洲最近一个世纪的文明史的缩写"。（105页）然而，其中被认为是"梦幻派"的夏目漱石，在8个月后的另一文学杂志《早稻田文学》上再次得到了大篇幅的评介。

于明治39（1906）年1月复刊的《早稻田文学》，把杂志内容主要分为两大板块："本栏"和"汇报"。在"复刊之辞"中，岛村抱月明确写道：前者是"所有的个人意见交织的阵地"，后者是"代表早稻田文学社总体意见的阵地"。而在"汇报"栏相继对明治31年至38年①的评论界、小说界、戏剧界、新体诗界、宗教界、绘画界、哲学界、教育界进行了一一汇总还原后，便积极地对日俄战争后小说界的新气象展开了考察，并仔细地分析了岛崎藤村、夏目漱石和国木田独步三位文学家的文学特征。② 作为文坛的一股清新之气，该栏分别举出了《破戒》《我是猫》和《漾虚

---

① 第一次《早稻田文学》于明治31年10月停刊。对这一期间的文坛作出梳理，有凸显《早稻田文学》的文学精神首尾贯通之意。

② 「彙報　小説界」『早稻田文学』（第10号）、明治39年10月号、1—38页。具体内容提要为：○小説壇の新気運　○島崎藤村氏の『破戒』　○生活問題　○平凡なる性格の主人公　○脚色取材　無恋愛小説　○地方的特色　○自然主義　○夏目漱石氏　○『我が輩は猫である』　○上品なる諷刺滑稽　○『漾虚集』　○二様の文体　○写実的傾向と伝奇の傾向との二面　○英吉利の風格　○傍観的乃至出世間的な態度　○作品と作者の個性と　○国木田独歩氏　○『運命』　○自棄的な性格　○叙述の技巧　○一種ロマンテイックの機運。另，本小节中出自该期杂志的引文仅在其后以（　页）的形式标注。

集》、以及《命运》①。

关于岛崎藤村,因为此前已经有了对其《破戒》进行的"合评"②,故,除了援引各方关于《破戒》的阐述详加梳理外,依然认为:它"不仅如实地描写了人生,还描写了看不见、听不到的内心必然的痛楚,并意欲在此揭示人的生活至深处的自然"③。关于国木田独步,将在下一部分叙述。故此,我们主要关注夏目漱石在《早稻田文学》这里得到的评价。

《早稻田文学》认为,夏目漱石"明确地与文坛整体的气象相关终至受到认可是在《漾虚集》出版以后"④。对于《我是猫》,他们的结论是:"一方面,由于自如的叙述而带有自身陷入冗长散漫的倾向,同时又因为富于处处清新且奇拔的比喻警句而令人不厌烦"⑤。及至《漾虚集》,则展示出了夏目漱石兼具"写实倾向" ="分析性、究理性""冷静式",与"传奇倾向" ="神秘性、非现实性、空想性"的文风,并认为这与他所偏好的斯威夫特⑥与史蒂文森⑦二者的风格颇为相似。关于这两种倾向何以能在同一个人身上体现的原因,他们具体分析为:前者缘于夏目漱石"不对……一切事物加以理性的解释说明便不满意"这一近代文学的显著特点。后者则是:夏目漱石身上"理性的、怀疑性的倾向,不久便化为悲观厌世性的。结果在意欲寻得些许安心、满足之时,产生的一种离开现实、神游于缥缈、幽玄、神秘之境的倾向。"⑧而统一二者的是"现实观照上的态度"⑨。这是一种怎样的态度呢? 在援引文学杂志《艺苑》的羚羊子评论说夏目漱石的文学"对所有的事物失去兴趣"之后,他们解释道:

> 与其说是"对所有的事物失去兴趣",倒不如说对一切现实感到不满、持有怀疑、心生厌恶。结果,寻求一个可以让那种不满、怀疑、厌恶之情,即一切

---

① 由9篇小说组成的合集。分别是:《命运论者》(明治36年3月)、《巡查》(明治35年2月)、《酒中日记》(明治35年11月)、《马背上的友人》(明治36年5月)、《恶魔》(明治36年5月)、《画画的悲哀》(明治35年8月)、《空知川的河岸》(明治35年11、12月)、《非凡的凡人》(明治36年3月)、《日出》(明治36年1月)。

② 『早稲田文学』(第5号)、明治39年5月、108 — 131 頁。

③ 「彙報　小説界」『早稲田文学』(第10号)、明治39年10月号、9頁。

④ 「彙報 小説界」『早稲田文学』(第10号)、明治39年10月号、16頁。

⑤ 「彙報 小説界」『早稲田文学』(第10号)、明治39年10月号、20頁。

⑥ Jonathan Swift,1667—1745。英国讽刺文学作家,代表作有《格列佛游记》等。

⑦ Robert Louis Stevenson,1850—1894。英国浪漫主义代表作家之一,代表作有《金银岛》等。

⑧ 「彙報　小説界」『早稲田文学』(第10号)、明治39年10月号、27頁。

⑨ 「彙報 小説界」『早稲田文学』(第10号)、明治39年10月号、31頁。

不安的念头安定之处,欲超脱一切现实,即对现实的观照态度。……硬要说的话,这是一种一度离弃现实而由此采取新的观照的态度,复又面对现实的心态。现实是同一个现实,然而站在与我不同的关系之上,终至给人不同的感想。这是厌弃现实文明的人对待现实的一种态度。而且,这种观照的态度是一个头脑冷静、心思缜密的人能够很好地做到的,狂热之徒不能忍受。而,伴随这种冷静的观照态度之感,就是寂寞,就是幽玄。而且,那种寂寞、幽玄的背后,又含有一种沉痛、哀切的追怀之泪、同感之泪。芭蕉是这种意义上的出世之人。漱石又具有近代风格,因此对一切所感怀有一种余裕,能够产生一种不强烈、不极端、从容不迫的心境。……避开一大重要主题也好、顺从也好、高雅的讽刺、滑稽也好、理性的也好、讽刺的也好、神秘的悲哀也好,等等。这部作品的特质,应归于并统一于作者的这种现实观照的态度。……①

因对现实不满,而呈现出摆脱现实的态度;因对现实持一种观照的态度,而能重新返回现实。"现实是同一个现实",然而,经过"观照"的审视,而不再是原来意义上的现实。它与《五灯会元》(十七)中青原惟信禅师的"见山是山,见水是水"这一禅悟三阶段颇为相似,即,经过(知性认识的)肯定——(与概念中寻求意义和联系的)否定——(摒弃语言和心智活动而回归本样的物象的)否定之否定,终至看似回到原点却又已非原点的境界。② 也就是说,他们认定夏目漱石的《我是猫》与《漾虚集》透出的态度是:看似超越于现实,实则是经过现实观照后复归的现实。

至此,我们看到了明治 39 年的两大权威文学杂志对同一文学家的论调:一方冠之以"梦幻派",说他得益于欧洲文艺上日益得势的象征派思潮的影响。一方认其为具有"现实观照的态度",也说他受到了欧洲近代文艺尤其是英国文学的影响,同时还说他与传统文学(上述因为中提及了松尾芭蕉)存在相通之处。《帝国文学》认为夏目漱石的文学特征是"于现实中观出奇异,于梦幻中显出真实",《早稻田文学》认为夏目漱石的文学特质为"一度离弃现实而由此采取新的观照的态度,复又面对现实的心态"、"对一切所感怀有一种余裕,能够产生一种不强烈、不

---

① 「彙報　小説界」『早稲田文学』、明治 39 年 10 月号、30 — 31 頁。

② 参见皮朝纲、董运庭:"第九章　'见山是山,见水是水'——禅与生命感受的充分诞生",《静默的美学》,成都科技大学出版社,1991 年 6 月第 1 版,168—175 页。另,青原惟信的一段话是:"老僧三十年前未参禅时,见山是山,见水是水。及至后来,亲见知识,有个入处,见山不是山见水不是水。而今得个修歇处,依前见山只是山,见水只是水。大众,这三般见解,是同是别? 有人缁素得出,许汝亲见老僧。"(同前书,168 页。)

极端、从容不迫的心境"。二者都提及现实,不否定现实,但又认为漱石的文学高于现实。只是,在措词上,一方使用了"梦幻"、"神秘",另一方使用了"观照"。也就是说,双方对夏目漱石这一时期的文学基调的把握都是准确的。

而《早稻田文学》指出的这种对待现实的态度,与后来的岛村抱月在《横亘于艺术与生活之间的那条线》(明治 41 年 9 月)一文中提出的"观照"旨趣可谓不谋而合。从这里,也可以看出"现实的观照"是《早稻田文学》的文艺主张之一。

3.3　平凡——国木田独步的《命运》

经历著作鲜有问津①的国木田独步,却在明治 39 年 3 月出版第三部短篇集《命运》后名声大噪,迅速受到文坛的礼遇,而被视为日俄战争结束后新文学的代表。甚至可以说,独步借助《命运》真得改变了自己文学人生的"命运":1. 不再是"默默无闻"的二流作家;2. 变身为"自然派的骁将"②。然而,事实上,收录于《命运》的短篇小说都是独步创作发表于日俄战争之前的作品。那么,日俄战争之后的日本文学界及读者从国木田独步的《命运》读出了什么呢?

先看一些作品的主人公:高桥信造(《命运论者》)是个在沙滩掩埋白兰地的怪人,但背后却有着自己与所爱之人系兄妹关系而不能结婚、令人悲叹不已的命运;志村(《画》的悲哀)是个颇有绘画天赋的少年,虽与冈本因一次野外写生而关系迅速拉近,但之后却早逝于青春生命正在绽放的 17 岁;桂正作(不平凡的平凡人)是个自幼爱读《西国立志编》、志在有为的少年,虽无伟业却在平凡世界中演绎着不平凡——存钱上东京、卖报所得当学费、提前两年攒返乡费用、全力投入工作并以所得资助弟弟的学业——"不与他人相比,做只有自己才能做的事,安于命运,且又不断地开拓命运";大岛仁藏(《日出》)是一个出身士族的老者,却在元旦的清晨以势不可挡的日出为寓意,振奋了荡尽家产、无地自容决意自杀的青年——池上权藏的身心,遂成就了大岛小学虽无名却气贯长虹的教育精神。

国木田独步的小说创作,从一开始就显露出真实地反映社会与人生的倾向。他自己也说:"当时,我对创作的意见只有一个,即,不写谎言。在所有罪恶之中,

---

① 白石实三在《自然主义勃兴时代的诸作家》一文中回想道:"独步氏的《独步集》面世是在明治 38 年的夏天。实在是一次落寞的出版。那部封面为粗糙的深紫色的书,摆在神乐坂的书店的显眼处,年轻人却无意拿来翻看。读书界尚处于《不如归》大行其道的时代。"(『早稲田文學』(自然主義前後研究号)、昭和 2 年 6 月号,94 頁。)

② 明治 41 年 6 月 25 日,就独步的死,《读卖新闻》发表标题为《自然派的骁将　国木田独步逝世》的文章。

我最憎恶谎言。""我的小说唯有真实,岂有他哉?"①而他选定的描写对象又并非达官显贵的权力争斗或富贵荣华,也非才子佳人的哀哀切切或琴瑟相和,而是平凡人身上的命运与现实碰撞之后的"乐章"。因为,他早就在明治26(1893)年3月21日的日记中宣称历史需要平民的视角:"许多历史都是虚荣的历史、都是空洞的记录。书写人类真正的历史,要去问问山林海滨的平民。在哲学史、文学史、政权史与文明史之外,加上平民史吧。人类的历史方才完整。"②从前期的《源老伯》(明治30年8月)《难忘的人们》(明治31年4月)到中期的《巡查》(明治35年2月)《富冈老师》(明治35年7月),再到后期的《穷死》(明治40年6月)《竹栅栏》(明治41年1月),可以说他笔下的主人公都是平民的化身、平凡的"代言人"。很多小说的结尾不刻意追求大团圆也不违心炮制不应有的悲惨。他们的平凡让读者觉得离自己不远,亲切而真实。

在《命运》出版的2个月后,也就是明治39年5月,《中央公论》上刊发了沼波琼音③的《独步论》。可以说,这篇文章把文坛对国木田独步的评价推进到一个全新的高度。文中,琼音更像是以一个读者的身份来介绍独步的文学。首先,他讲自己觉得近来的小说之中,有趣的很多,写得巧妙很多,然而,却"只是觉得美中不足,厌烦不已,寂寞难耐"④。也就是说,当时的大多数的文学作品以写得是否有趣、如何巧妙,即文学形式为宗旨,而不能真正博得读者内心的共鸣。接着,他介绍自己碰巧经友人推荐而阅读独步的《独步集》与《命运》并具体地描述了自己所感受到的满足、欣喜与共鸣。

> 熟读,再度,又读。有的反复读了4遍。因此,我感到非常满足。……红叶的小说也很了得,露伴的小说也很了得。但是,读的时候,一直感觉红叶是这么说的,露伴是这么写的。……读独步的小说之时,绝不会觉得是独步的话、独步的文字,……我觉得确实是我自己的话、我自己的文字。很多时候,我脑海中的某种想法如浓烟般并未成形。然而,同种想法在独步的作品中却具有明确的形态。同感为如烟的东西瞬间凝固成相同形式的想法。继续读,浓烟凝固的快意与美妙,令人难以言表。读完才察觉到那是一个叫做独步而

---

① 国木田独步:「文芸観」『病床録』、明治41年7月、95页、108页。
② 国木田独步:『欺かざるの記』、春陽堂、大正11年1月、74页。
③ 本名沼波武夫(1877—1927)。国文学家、俳人。毕业于东京帝国大学国文学专业。后与国木田独步交往甚密。独步死后,撰写了讣告,还参与了编写遗稿集。
④ 沼波武夫:「独步論」『さくら貝』、修文館、明治40年12月、147页。

并非是自己的人的作品。这种明确的事实,有时不能理解、不敢相信。……独步在这个世上、在写小说期间,我就能够承受这世间所有的不快与不平。①

明明是独步的文字,却觉得是"我自己的文字"。盘旋于脑海中却有苦于无法明确化的思绪却能在别人的作品中得到明确的描写。于是,产生一种前所未有的美妙之感。这就是,作者独步、独步的作品、读者琼音三者之间产生的奇妙关联。然后,他又对独步与独步的文学说道:"我没有见过独步,也不知道他的言行,还不知道他的来历。我对独步的了解只是独步集与命运这两本书。我相信,仅以这两本书便能明确知晓他是一个怎样的人。"②(150 页)不仅如此,他继续用更加高昂的语调评价道:"我在此发誓:今后,就算耳闻他偷了东西,犯下强奸罪,放了火,杀了人,对作为独步集、命运的作者独步的崇敬之情也不会变。"③

对此,大东和重认为,琼音的文章缘于"判断文学价值的基准之一"——把文学作品作为作者的自我表现与读者的自我确认这一阅读方法——"自我表现"④,在日俄战争结束后发生了根本性的改变,成为一种新的文学理念。这固然有利于让我们站在由作者—文本—读者共筑的多元空间这一高度发现明治四十年代的文坛整体发生的变动,但未必有利于解释国木田独步的文学中包含的哪些重要因素成为促发读者共鸣的动力。通过此前的说明,我们知道,国木田独步是要以"平民史"的构筑作为自己的文学落脚点与宏愿,并且也一直坚持这样的原则来进行文学创作。

回过头来看琼音的这篇文章:他对当时的文学作品过度追求技巧与谐趣而感到厌烦;他从独步的作品发现了文学人独步与自己;他相信独步是"日本文坛的光荣"⑤。厌倦、惊喜、自豪的过程,就是琼音发现独步文学独特价值的过程。独步的独特性在哪里? 琼音产生共鸣的原因又是什么? 一言以蔽之,对平凡的描写。琼音在读到独步的作品时,说自己有一种妄想:"某一个人被分开,其高大部分成

---

① 沼波武夫:「独歩論」『さくら貝』、修文館、明治 40 年 12 月、148 – 149 頁。
② 沼波武夫:「独歩論」『さくら貝』、修文館、明治 40 年 12 月、150 頁。
③ 沼波武夫:「独歩論」『さくら貝』、修文館、明治 40 年 12 月、161 頁。
④ 作者把内在于每个作品、原本丰富而又矛盾的各种要素统一起来。作品成为作者的一种"自我表现"行为。读者通过阅读作品,对作品的内容及情感表现产生强烈共鸣,发现自我这一表象在作品中的存在。从而,在作者与读者之间实现"同一性与差异性的往反作用",最终,达到作者与读者彼此确认自我的状态。具体论述可看看:大東和重:「第二章 <自己表現>の時代——<国木田独歩>を読む<私>」『文学の誕生　藤村から漱石へ』、講談社、2006 年 12 月、79 — 85 頁。
⑤ 沼波武夫:「独歩論」『さくら貝』、修文館、明治 40 年 12 月、162 頁。

为独步,其矮小部分成为我琼音"①。这"某一个人"很明显就是独步的作品,而作品中既有作家独步又有读者琼音。而独步作品的主人公的一大特征就是平凡人的平凡事(但也不乏伟大之处)。这才是琼音产生强烈共鸣的原因。当然,支撑琼音能与文学作品产生共鸣的基础是文学意识的不断提高与文学价值的判断标准发生了重大变化。

　　而在《早稻田文学》(明治 39 年 10 月)那里,对独步文学的评价,可以总结为:(1)主观倾向(2)现实观照的态度(3)一种深刻的悲哀。不过,这种评价的前提是:小说的主人公都是"平凡的人、单调的人、以及失衡的人……大多并非积极进取之人、对外与社会奋战之人"②。"平凡",这一独步一直以来坚守的原则,在明治 39 年,却受到了读者的格外青睐,这当然是由于社会的文学观或文学态度发生了很大的转变,但同时也意味着独步的"平凡"文学终于进入了人们的视线,成为新文学力量中的一个重要因素。

　　可以说,在明治 39 年,藤村的"认真"、漱石的"现实观照"、独步的"平凡",已然成为日本文坛的新势力。它们既代表了文坛的新动向,又说明了文坛的丰富性。

第 4 节　为日本文坛定基调——考察《被囚禁的文艺》③

　　明治 35(1902)年 2 月,岛村抱月在出国前的文坛送别会上,曾许诺要为日本文坛带来"欧洲文明的背景"。《被囚禁的文艺》便是历经近 3 载有余的英德留学回国之后,他向日本文坛交出的一份"答卷",也是他借助强势复刊的《早稻田文学》发出的第一声。对于当时的日本文坛,该文堪称"概括性西方文艺史"④。不过,限于篇幅的长度及要传达的主旨,它又并非是关于西方文艺史的完整概述。其中,也存在语焉不详及详略不当。比如,关于哲学,只是概述了在古希腊(柏拉

---

① 沼波武夫:「独歩論」『さくら貝』、修文館、明治 40 年 12 月、149 頁。
② 这里的引用为《早稻田文学》对杂志《新声》署名为"街头之人"的论述进行的转引。「彙報欄」『早稻田文学』、明治 39 年 10 月号、33 頁。
③ 本节引用与该文有关的内容出自:『抱月全集』(第 1 卷)、天佑社、大正 8 年 6 月、176 —210 頁。本节引用将以译文后"(第　,　頁)"的形式标注。另,本章中所涉及的其他文章的引文将采用与本节完全相同的标注方法,恕不赘言。
④ 正宗白鳥:「明治文壇総評」『文壇人物評論』、中央公論社、昭和 7 年 7 月、3 頁。

图、亚里士多德)、中世纪(基督教)、近世(笛卡尔)的哲学的大致流变,随后,便大谈当时抱月自身的文艺观——康德的判断力(审美 - 趣味判断)与叔本华的意志(内心体验的情感)的结合体。此外,对华兹华斯、叶芝等的论述也是极为简略。当然,从叙述逻辑及侧重的内容来看,因为包含了抱月的文艺理念,它又不能简单地被一概而论为"西方文艺史"。

于是,我们可以把整篇文章分为四个部分:(1)生命中的"情"(与"知")(第一、二节);(2)19 世纪初之前,"知"与"情"的变幻及但丁、拉斐尔、莎士比亚三人各自的伟大(第三至九节);(3)在知识大肆盛行的 19 世纪末如何以发展"象征性的"文艺来实现反拨(第十至十五节);(4)关于东西方文艺如何结合的简单阐述(附记)。而我们把岛村抱月的自然主义文艺思想也纳入视野,还需要考察抱月是如何阐释"写实"与"自然主义"的。

当踏上归途的抱月乘船途经意大利,在如五彩光环般的太阳西沉至维苏威火山的背后,目睹了山顶喷薄而出的、仿佛可以融化岩石、烧焦天空的烈焰。此时,他有了两个灵感:一是把这四周漆黑却蒸腾不已的火山火与人们心中炙热不熄的情感之火作比;二是把意大利文艺复兴前夜的但丁"雇为"向导。①

每一个人为了保持这内心的炙热、这可贵的生命,都会受"仁义之缚、博爱之捆"。深知无法斩断这些羁绊的人们,却也分明感到一股生生不息的胸中之火。

> 啊,这全能的上帝,赐予我等生命,却又何故把前方分为两条路。左侧为感情的下坡路,右侧为知识之坡、道德之峰。倘若不攀爬便不得遂愿是正道,不体味下坡之易的造化岂不无情;又倘若下坡是为正途,则希望一开始便省去攀爬之苦。(第一,177 页。)

人生而便受"知"(道德、知识的束缚),却又不失"情"(感情的自由)。可谓是一个"矛盾统一体"。这个道理,放在哲学家那里也是如此。站在陷入沉思的抱月面前,为他一一"解说"的,便是写就历经地狱、炼狱、天堂三界的《神曲》而占据艺术制高点的但丁。

"但丁"手指天水相接处由一道白光而分出蓝色之路与红色之路。两条路上

---

① 其实,《被囚禁的文艺》以"但丁"与"东瀛来客"的对话形式的叙述方式,使得"东瀛来客"具备了两个层面的形象:一为同于"但丁",即担任陈述西方文艺史的角色;二为游离于"但丁",即让"东瀛来客"带上反映岛村抱月本人文艺思想的烙印,为最后一则附记也打下了埋伏。

各自有一群人缓缓走来。就哲学来说,古希腊的柏拉图因柏拉图式精神恋爱而与红色之路上的人趋近,但又不忘绝对理念而最终不免坠入"知"的大网;亚里士多德虽有净化说,却仍摆脱不了以知识、理性烛照一切的哲学式做法。及至中世纪,哲学则成了基督教的注脚。笛卡尔以理性疾呼"我是谁"而开启近世哲学,却终未能叩开"心门"。到了康德,则在纯理性和实践理性之上,承认有判断力——审美鉴赏判断,从而几乎让理性与情感之路相汇合。再后来,出现了叔本华的生命意志说。"但丁"认为康德的"判断力"与叔本华的"意志说"合而代表人生的伟力。最后,19世纪的某一时期,虽然兴起了科学万能的时代潮流,到世纪末,却由人们中间纷纷发出失望的呐喊。阐明物我关系的知识已经发展到了一个顶峰,人心却还是不尽满意。原来,哲学仅仅作为知识还不够,它在让人揣度如何平息情感时才有意义、有生命。只有这时,哲学才成为科学与情感之间的"点睛之笔"。

这么一来,我们可以知道:该文的第一节是要说明无论已经筑起了多么庞大的"知"之墙,但它却依然挡不住炽烈的"情"之光。而第二节是在梳理出知识、理性于哲学历史上挥之不去之后,说明要想让哲学获得活力,最好能有康德与叔本华身上分别带有的不乏情感因素的"判断力"与不可遏制的生命"意志"。

不过,有一处需要说明:为什么康德的"判断力"和叔本华的生命"意志"合起来才构成"但丁"所要说的生命力呢?关于后者,文中提及,"我讨厌意志这一名称",但"我与叔本华等所压抑的是同样的实际行动",愿意把它称为"激情"(第二,180—181页)。关于前者,康德的"判断力"是能把"感性"与"理性"相统一和可以"过渡"的桥梁,是"无功利性之愉快"的审美判断,①而抱月文章中提及"这判断力的主要发现在于快与不快等感觉"(第二,180页)。这说明,他对康德的判断力的解读是准确的。因此,抱月看重"情",但不唯"情";指出"知"的有限性,但也不是一味地否定"知"。笔者以为,他始终积极地思考如何调和"知"与"情",而非刻意强调"知"与"情"的对立。② 这样理解,我们才能更准确地看待抱月"并不是要诅咒自然主义"(第十二,202页),即也不排斥把科学的"知"发展到极致的自然主义。只是其后,人会再次投入情感的怀抱。

---

① 叶秀山:"康德《判断力批判》的主要思想及其历史意义",《浙江学刊》,2003年第3期,第6—8页。

② "知"与"情"的对立这一说法,在日本研究者(岩佐壮四郎)等的相关论文(包括其最新的专著《岛村抱月的》)中多被提及,但暗含把抱月的文艺观理解为"知"发展到极致则用"情"的危险。就连原文中,也有"天地间,非知识的存在是情绪,非情绪的存在是知识"(第九,196页)这样的字句。

　　准确地说,"知"与"情"应是调和关系,是相互交织,互为促进的,而不应简单地描述为对立关系。

　　有了上一部分对哲学中"知"的大行其道进行的阐释,进入对文艺的叙述后,抱月进而开始具体地说明受制于知识及道德的文艺,经历了怎样的一条情感受困之路。他以欧洲文艺复兴前夕和期间为时间轴,选取了但丁、拉斐尔、莎士比亚作为主要叙述对象。

　　担任抱月"向导"的"但丁"在讲到过去的自己时,说:"我生而具有两种倾向。一是趋于理,一是奔向情。年轻的时候,任难以抑制的情感游荡,情致高涨时,环顾周遭而生不平,欲我行我素而起冲突。……虽说如此,我却不能只盲从于情感这一方。……在穿过中世纪笼罩的黑暗后,我……用知对照过去与现在,用情推想未来。"(第三,182—183页)。由此,可以明了但丁也是不唯"情",而是"知"与"情"并用。但同时,但丁明确提及要"用情推想未来"。那么,对他来说,"未来"是怎样的呢?《神曲》里作为"引路人"的古罗马诗人维吉尔引导"但丁"朝向"精神的自由"。穿过地狱、炼狱,但丁永远的精神恋人、已成为天使的贝阿特丽齐出现,引领他进入了天堂。现实中的贝阿特丽齐虽已香消玉殒,但恋慕她的但丁却依然心怀一片"真诚之情"。可以说,"但丁"用自己的"现身说法"验证了精神的高贵与情感的真诚对人来说是多么的弥足珍贵。

　　进入文艺复兴期后,拉斐尔的画风转换颇为典型地代表了人们是如何穿越中世纪的重重迷雾的。"第一期是仍追随恩师佩鲁基诺等的足迹、受制于陈旧画风的时期。第二期是来到佛罗伦萨受到莱昂纳多·达芬奇及米开朗基罗等影响的时代。第三期可以说是拉斐尔自己的时代。"(第六,188页)最终,拉斐尔在第二期的知识、聪明的内容之上,又添加了具有人性化的东西,使得笔下的人物具有了人以及近世思潮的意义。于是,在"但丁"=抱月看来,"知性的,而又人性的。这不就是标榜近世的根本精神吗。"(第七,191页)这里,我们也可以充分明白拉斐尔的代表性在于他的画作融合了"知"与"情"(即"人性的")。

　　莎士比亚的文艺成就在一个方面与拉斐尔相似:集近世与中世的精神与一身——如果说拉斐尔是始终未脱离宗教的渊薮而使自己的画作兼具人与神的气质,那么,莎士比亚则是以《哈姆雷特》与《仲夏夜之梦》等成功诠释了人与超人(中世的传说、妖怪、骑士、巡礼等)。然而,莎士比亚身上还有一种可能性:"一方面,把他的作品中的浪漫主义上溯至中世,则可以确认到中世与近世的会合。与此同时,另一方面,把它下探至十八世纪末,则可以看到学问复兴的近世与两百年后向它发起的反扑倾向的会合。"(第八,195页)也就是说,莎士比亚的文学中可以看到中世的宗教性、传奇性浪漫主义,也可以看到近世的人的身影,又可以看到偏重于抒发个人的主观理想及情感的浪漫主义。

《神曲》中透出的"精神的自由"与"真实的情感"、画像中圣母形象的逐步人化、文学作品中洋溢的浪漫倾向与人性的刻画,让但丁、拉斐尔、莎士比亚在他们各自的时代里显得与众不同,同时,也能看到他们对"知"与"情"的有效融合。

至此,《被囚禁的文艺》在把十七、十八世纪的艺术特征简述为"形式的、理智的、寻常的、嘲笑的"(第九,196 页),一言以蔽之,即"知识的"(第九,196 页)之后,便把西方文艺史的时间坐标推进到了十九世纪初的浪漫主义。其代表特征是"感情的或是情绪的"(第九,196 页)而此后,便有了综合各种"自然"因素的自然主义。

自第十节开始,抱月把我们的视线带入到十九世纪末。那时,"众多潮流会合":自然主义、新浪漫主义、拉斐尔前派、印象派、象征派等。(197 页)然而,这看似繁复的流派现象,在抱月看来,最终还是归结为自然主义与对抗自然主义,即"知"与"情"。因此,把新浪漫主义、拉斐尔前派、印象派、象征派等各种流派的特征总括为一个词:"象征性的(symbolic)"。所谓的象征,其目的在于:把超出能看见、能听见的某一存在,即看不见、听不见的存在拉过来,寓于能看见能听见的存在之中。(第十,199 页)而对学理上的象征主义,抱月则举出了当时欧洲最具代表性的三位美学家:鲍桑葵(Bernard Bosanquet,1848—1923)、里普斯(Theodor Lipps,1851—1914)、伏尔盖特(Johannes Volkelt,1848—1930)。并且,他还援引伏尔盖特于 1905 年春天刚刚完成的《美学体系》第一卷中关于象征论的内容,把象征分为:一、明确可感的象征;二、部分寓整体的象征;三、无可名状的情趣性象征。① 由此,抱月再次确认他的象征主义或"象征性的"是一个总称后,把它又按照共时与历时的方法,分别叫做"情趣性的"与"宗教性的"。

　　"情趣性的"一词,我已屡次重复。当所谓的自然主义沦为知识的技巧、知识的辅助之时,悍然反抗它的东西,不管其主义、信念如何,必须在某处以情感为生命。比如,像理想这样的东西,在它厌恶知识的跋扈欲与之对抗时,其形态也就必然是模糊的情感。因为,明确的理想已经是进入知识的存在。其它,诸如"快乐的""女性的""神秘的""初级的",全部都可以看作是要超出明确的知识界限、奔赴自由的情感世界这种倾向的变形。进而,在此之上,多

―――――――――――

① 日文原文分别对应为"有相的標象"、"全化的標象"、"情趣的標象"。此处为结合抱月的解释与举例而进行的意译。

愁善感的倾向可以加进来,超自然性的倾向也可以火速发展,复古性的倾向也来者不拒。统括这一切的是<u>情趣主义</u>。

进而赘言,思量这个情趣主义的<u>文艺被囚禁了</u>。在十九世纪后半期,它终因势头颇大的知识被囚禁、被超越。我要在缪斯的神坛前点燃圣火,为被囚禁的文艺兴起义军。

现今的文艺应一度从知识的制约中抽身。接下来,其投身之处应为情感的海洋。由情感的海洋翻滚而来的惊涛骇浪,虽不断地令我的胸膛这道海岸躁动不安,彼岸却不可知晓。<u>现今的文艺首先要进入这片海洋获得自由、荡涤污垢</u>。(注:下划线为笔者所加。)(第十一,201 页)

以上是共由三段组成的第十一节的全文。用来解释"情趣性的"这一关键词的内容,逻辑十分清晰,是典型的抱月式的批评方式。第一段主要阐明何谓"情趣主义"。指出它的关键在于以"情感为生命",它的内容宽泛到几乎是只要有利于情感表达而百无禁忌的地步。第二段则以"文艺被囚禁"的表达明确点明该文的标题——被囚禁的文艺。第三段则是抱月对当时的文艺现状作出的判断——首先让文艺进入情感的海洋"获得自由、荡涤污垢"。

于是,在接下来内容里,抱月又有条理地对"哲理性的"(第十二)、"神秘性的"(第十三)、"超自然性的"(第十三　注:文中提及它是"神秘性的"下位概念)、"宗教性的"(第十四)依次展开说明。(1)"哲理性的"。易卜生开创了"问题剧"。它触及的道德问题更为本质,具有哲学性以及人生观的意义。《玩偶之家》中的娜拉离家出走就是超越夫妻之情、母子之情的范围而追问作为一个个体的人的自由。然而,在抱月看来,这样的寓意"过于明了",终有"被知识收编"之嫌。(2)"神秘性的"和"超自然性的"。这类文艺作品,"试图包裹或消除一切应成为知识的线索的东西"(第十三,204 页),竭力回避知识,"不需要理性,也不具备理性",能够直奔"某种深奥、不可思议的情感"。而"超自然性的"主要体现为取材超出自然、超出人类。(3)"宗教性的"。抱月把这类文艺定位为"接下来应该到来的顶点",并特别说明这一点与普通意义上理解的托尔斯泰的文艺不同。他认为托尔斯泰的文艺是"基督教性的",被传统的宗教囚禁,而他要宣扬的"情感的海洋是无边无际的"(第十四,207 页),意义更深。文章继续说道:"在文艺的喜悦、快乐上,没有等级高下之别,一切绝对、唯一、平等。"(第十四,207 页)这样一来,选取的事物虽小,但它能"马上回响至整个人,不,我的全部体验,即难抑对人生、命运等猛然回顾的情感。"(同前,208 页)从而,能达到由"哲理性的"到"神秘性的"再到"宗教性的"发展。

　　然而,至此,虽然以共时的方式讲明了文艺的发展现状,以历时的阐述理清了当下或未来文艺的发展阶段性,抱月却未能通过"但丁"之口对最高形态的、"宗教性的"文艺作出明确答复。不管怎样,这一部分是该书的论述核心这一点是毋庸置疑的。

　　与森鸥外 22 岁血气方刚、朝气蓬勃的赴德留学不同,与夏目漱石 33 岁仍未能在文坛留名的赴英留学也不同,在岛村抱月 31 岁赴英德留学之时,他便誓要把"欧洲文明的背景"带回来。因为,他留学之前,便已经以毕业论文《论审美意识的性质》以及发表在《早稻田文学》(第一次)《读卖新闻》文艺栏中的一系列论文树立起自己青年文艺批评家的地位。① 教授《中国文学史》、好读陶渊明、苏东坡等的诗赋、熟知屈原②、熟练援引中国古典文献佐证修辞手法③等等,足以说明抱月的汉学修养。对鸭长明、上田秋成、《新古今集》《平家物语》的喜爱,对近松门左卫门、井原西鹤等进行的"合评",又可见他对日本文学颇有见地。因此,从明治 35 年开始的英德留学生涯,不仅给了他亲身感受西方文艺的绝佳机会,更给了他对东西方文艺进行思考的视角。

　　抱月回国后不久,《读卖新闻》上刊登了以《欢迎岛村抱月》为题的文章:"今日留学之辈不充分玩味本国文艺便奔赴异邦,因此,都是崇洋媚外地归来。抱月则了解日本传统的文明,具有本国文艺的趣味,故认为其对西方的观察、东西方的比较研究也很有趣。"④由此,对当时抱月身上的一大特性作出了准确的定位。而在抱月回国欢迎会上,发言代表畔柳芥舟认为:"作为把东西思想进行对照、钻研的结果,相信能获得新光明的地方必定很多"。对此,抱月的回答是:"去国外从大体上远观本国的文艺,对包括十九世纪以后新思想的众多潮流,以及活动进步的显著变化大为吃惊,……比起……英国,尤其是日本文坛的活动进步足以让人刮目相看。也许有各种缺点、不满意的地方也很多,……从大势来看,无疑在继续这种旺盛的意气前进之中将来大有可为。"⑤

　　《被囚禁的文艺》在正文结束后有一则附记。内容虽然不多,但颇具启发性。

――――――――――――

① 详细可参看第 1 章第 3 节的"稳健而客观的青年文艺批评家"。
② 《屈原论》(共 7 回,明治 31 年 5 月 30、31 日、6 月 1、3、5、6、7 日)一文中得到充分反映。
③ 明治 35 年 5 月出版的《新美辞学》一书中有大量的用例。
④ 明治 38(1905)年 9 月 14 日。
⑤ 转引自:川副国基:「帰朝時の島村抱月」『島村抱月　人及び文学者として』(近代作家研究叢書 54)、日本図書センター、1987 年 10 月、177 頁。

该附记可分为3个部分。

1. 对整篇文章主要观点的概述。通过本节第二部分的读解，我们可以知道，在对西方文艺进行以"知"和"情"为关键词的梳理后，"但丁"详述了"情趣性的"和"宗教性的"这两个词的具体内涵，并举例说明。对当时的文艺作出的判断是："自知识之桩将文艺之舟松开，放归情趣之海，到达宗教之岸。"发展这种文艺的路径是："哲理性的，可；神秘性的，可；象征性的，可；或者，自然性的，可；写实性的，可。"关键在于："让人怦然心动"（附记，210页）。依此，我们可以明确读出：即便是"自然性的"、"写实性的"方法，只要能营造出一种非凡的境地就行。必须提前说明的是：这就是岛村抱月关于自然主义文学一贯的立场与观点。

2. 东西方文艺观有别。尽管梳理出西方文艺已经或将要朝着"情趣性的"、"宗教性的"方向发展，抱月也没有忽视"日本的现代"这一现实语境。他认为：东西方的情感有所不同，终究不可相混；东西方的文艺各具风采是理所当然的；"首先要充分地让自己得到发展。"（附记，210页）这样看来，抱月的阐释路径是：由积极利用"西方文艺为参照或背景"，到明确具有"东西方文艺同中有异的视角"，再及正确呼吁若要本土文明不"被征服、被消灭""需要首先确立日本乃至东方的文明"。由此，需要补充的是：在解释后来抱月挺身而出为自然主义欢呼的时候，应该遵循这样的思路，而不是简单地把它定义为抱月思想的"转向"或"受挫"。

3. 承诺要写《被解放的文艺》。"还应有阐述'情趣性的'、'宗教性的'、'东洋式的'之间的关系论的《被解放的文艺》以进一步追寻我的想法。"诚然，从这样的论文没有出现来看，《被解放的文艺》最终成为了一句"承诺"。但是，抱月后来的理论文章大多都是，与其他文坛中人使用着相同的名称却似乎在述说着别样的文艺。总体来看，可以说是他在另一种意义上不断地陈述着自己的"被解放的文艺"。

考察了整篇文章的宏旨，我们再来看一看抱月是如何论述"写实"、"自然"、"自然主义"这三者之间的关系的。从而，为考察日本自然主义文学在使用它们的时候是否存在不同做个铺垫。

"写实"出现在第六节，即具体论述拉斐尔三个时期的画风之前。抱月首先认定"写实"是在形式上"应伴随知识的勃兴而发生的文艺上的变动"（第六节，188页）。接着，他批驳了有批评家认为"与米开朗基罗的写实性相反，拉斐尔是理想性"的论断，说这是在"滥用写实理想"。他明确指出："拉斐尔的写实未必是如手持标尺旁置解剖学书籍那般。……在背景上，在远近排列上，在明暗权衡上，有一种逐步褪去前人稚气的一面，是一种整体上的写实精神的发展。"对写实与理想，他认为"理想作为目的,并不妨碍写实的存在。"(同前,188 页)从而可知,"写实"并非是对对象力求精细的刻画,也不排斥"理想"。它伴随着知识的增长,符合近世文艺的发展趋向。

"自然"集中地出现在第九节。为了反对技术理性当道,开始一次新的人性启蒙,卢梭(Jean-Jacques Rousseau,1712—1778)宣扬"返回自然",华兹华斯(William Wordsworth,1770—1850)主张"感情的自然流露",歌德(Johann Wolfgang Von Goethe,1749—1832)咏叹"可望而不可及"的自然等等。形态虽多,但他们都在"回归感情之本"这一点上得以统一。"自然"一词如此广泛地存在着!在抱月的论述中,"自然一词业已存在,当把它推而广之时,成为所谓的自然主义不也是难以遏止的吗?"就这样,"自然"与"自然主义"在抱月的文字里汇合了。他接着说:"自然主义吞并了近世的一大潮流——写实,渐入险途,最终甚至坠入科学主义。法国的左拉等是其代表。"(第九,197 页)原来,"自然主义"是在收编了"写实"、"自然"等因素、与科学结合之后的产物。

"自然主义"主要出现在第十至十二节①。在十九世纪末各种流派"聚居"的状态下,尤其显著的是"自然主义和道德问题"这两支。甚至可以说,十九世纪后半期是"自然主义、写实主义的时代"。不过,抱月很快补充说:"自然主义之中,隐藏着种种波澜"。但这样的补充改变不了"文艺再次被自然主义囚禁"(第十,198页)的结论。于是,出现了:作为对十八世纪末古典主义的策反而有了浪漫主义;作为汇聚写实潮流、结合科技发展继浪漫主义之后而于十九世纪后半期风靡欧洲的自然主义;作为对抗自然主义而概称的二十世纪初的象征主义。这样看来,自然主义处于西方文艺史的发展序列上。

然而,"文艺再次被自然主义囚禁",并不代表着就是要"诅咒自然主义"。抱月厌恶的只是自然主义的极端、受知识奴役之后的自然主义。他说:"倘若这个主义(笔者注:自然主义)再度回归自然,做到贯穿不加修饰、不加歪曲的自然情感之根基,它也会再次在情感之海的旅程中与其他潮流并肩前行。"(第十二,202 页)此外,文中还强调,随着知识的进步、普及,它已经为近代人所接受,并在他们的心目中建立起牢固的基础。因此,"自然主义"的出现也是时代的产物。而易卜生就是让作品成为"知识的自然流露"(同前,202 页),成为"哲理性的"代表人物。

至此,我们可以看到,"写实"、"自然"、"自然主义"都并不是在一般意义上、

---

① 据前述可知,其实在第九节里已经出现。但主要是为了叙述"自然"与"自然主义"的结合。故,这里采用此种表述方式。

饱受指责的那种概念。它们各自的意义都很宽泛。"写实"也可以包含理想,"自然"与浪漫主义对接,"自然主义"也并非一无是处。这样的视野既说明了西方文艺的复杂性,也表示出岛村抱月文艺思想的丰富性。

其实,《被囚禁的文艺》,并不仅仅是简单地阐述文艺被知识、理性、道德囚禁的这个道理。它更旨在逻辑叙述被"知"囚禁的"情'"文艺史以及由史的梳理中发现问题进而做出归纳与展望。

有人说,该文是"空疏的议论"。① 有人说,它是"与当时的日本文学动向没有交叉"、只是"广博的国外文艺介绍"。② 有人说,它仅是"从文艺思潮史的角度对《如是文艺》③的主张进行更加精密的展开"。④ 有人说,它就是"岛村抱月的全部"。⑤ 还有人说,它"不单单是欧洲文艺史,也纯然地表明了抱月的美学批评精神。"⑥通过本节的考察,我们知道,它是一部以"知"与"情"的交织得以考察的欧洲文艺简史,是一次横向考察"情绪性的"众多思潮的特征、纵向阐析"宗教性的"文艺发展趋向的理论探讨,是一个具有综合性文艺视野的文坛评论家载誉而归时以文艺的发展为基准为文坛定下的"基调",是一个为接下来的自然主义文艺评论预留下巨大理论空间的理论名篇。

第5节　文艺、西方文艺与日本文艺的"三位一体"

明治39(1906)年,岛村抱月的言论不仅包括文学,还涉及政治、思想、宗教、社会、教育、美术、戏剧等。⑦ 为他的言论提供言说舞台的主要有四个:《新小说》《趣味》《东京日日新闻》和《早稻田文学》。

---

① 正宗白鳥:『自然主義盛衰史』、講談社、2002 年 11 月版、18 頁。
② 谷沢永一:『近代評論の構造』、和泉書院、1995 年 7 月初版、185 頁。
③ 担任东京日日新闻主笔记者之初,于明治 35 年 10 月 29 日至 11 月 11 日之间,发表的系列文章。包括:《代开栏之辞》、《文艺的绝对价值》、《文艺与宗教》、《〈病间录〉中观文艺》、《秋夜放谈》(一)(二)等。
④ 瀬沼茂樹:「作品解説」『日本現代文学全集 27　島村抱月・長谷川天渓・片上伸・相馬御風集』(伊藤整、亀井勝一郎他編集)、講談社、昭和 55 年 5 月増補改訂版、412 頁。
⑤ 木村毅:「帰朝直後」『座談会　島村抱月研究』(稲垣達郎、岡保生編)、近代文化研究所、昭和 55 年 7 月、137 頁。
⑥ 佐渡谷重信:『抱月島村瀧太郎論』、明治書院、昭和 55 年 10 月初版、275 頁。
⑦ 主要包括哪些文章具体可参看:岩佐壮四郎:「島村抱月の自然主義評論(1)——明治三十九年~明治四十年」『関東学院女子短期大学短大論叢』(第 80・81 集)、13—14 頁。

具体地说,《新小说》①为抱月设置了专栏——"欧洲文艺见闻录"(明治 38 年 11 月至 39 年 12 月)。发表的内容以戏剧、美术、音乐为主。不过,这些文章都可以看作是抱月先前在该杂志上发表的系列文章②的一种延续,即对欧洲文艺的积极认识。在创刊于明治 39 年 6 月的文艺杂志《趣味》上发表的文章只有 2 篇,涉及的是绘画及演剧③,也都是对西方文艺的认知。这些文章之中,当然不乏抱月对文艺的个人见解,但更加直观且又逻辑地叙述了自己的文艺及文坛认知的文章,主要还是在后两者。

在《东京日日新闻》上开设的专栏——"周一文坛"④,抱月发表的文章大致可以分为:一般性的文化论(《欧洲的墓地及庙堂》,明治 38 年 12 月 25 日;《房屋哲学》,明治 39 年 8 月 27 日)、日本人论(《纪念雕像与神社》,明治 38 年 12 月 11 日;《我国国民性与伟人的纪念方式》,12 月 18 日)、教育时论(《新精神的倾向与及教育》,明治 39 年 4 月 9 日;《精力的强弱与国民趣味》,5 月 7 日;《教育与精神革新》,6 月 11 日;《再论新精神与教育》,6 月 18 日)和文艺批评(《如是文艺》,明治 38 年 10 月 29 日、11 月 1 日、2 日、6 日、7 日、14 日、18 日;《问题性文艺》,明治 39 年 2 月 12 日;《文艺与党派》,3 月 19 日;《易卜生与社会哀怜》,5 月 28 日;《俳句式象征》,10 月 1 日)等。

在《早稻田文学》的文章,也显得多元化。有散文式文章(《断片》,第 3 号;《追风》,第 8 号),有剧本翻译(《娜拉》(易卜生《玩偶之家》),第 11 号)、建筑美术(《记拜谒莎士比亚之墓》,第 4 号;《波旁王朝的遗迹》,第 9 号),有文艺批评

---

① 当时,该杂志由抱月的大学同窗好友后藤宙外主持。于明治 33 年 4 月,他开始担任该杂志的编辑,并相继与神谷鹤伴(明治 33 年 1 月至 35 年 1 月)、田代晓舟(明治 33 年 2 月至 36 年 9 月)、中村春雨(明治 35 年春开始)、鳍崎英朋(明治 36 年 10 月开始)、山岸荷叶(明治 37 年 1 月开始)组成编辑部。从明治 39 年 1 月至明治 43 年 12 月,他的身份则是该杂志的编辑兼发行人。

② 后集结为《滞欧文谈》一书,由春阳堂于明治 39 年 7 月出版。内容包括:戏剧界(3 篇)、文坛(2 篇)、杂事(3 篇)、资料收集(1 篇)、文坛杂报(3 篇)、思潮(2 篇)、风光(4 篇)、外加 4 篇。

③ 「ロセッチが画ける顔」(第 1 卷第三号、明治 39 年 8 月)和「新旧演劇の前途」(第 1 卷第六号、明治 39 年 11 月)。

④ 始于明治 38 年 12 月 4 日止于明治 39 年 10 月 1 日。至于为何不到 1 年就离开《东京日日新闻》,木村毅给出了受时任该报社长(抱月留学英国时,身为驻英公使的)加藤高明的照顾这一解释。参看:「帰朝直後」『座談会 島村抱月研究』、近代文化研究所、昭和 55 年 7 月、132 頁。

(《被囚禁的文艺》,第 1 号;《动态美学》①,第 2 号;《评〈破戒〉》,第 5 号;《评西鹤的〈五人女〉——〈五人女〉中看出的思想》,第 12 号),还有由抱月主持的"汇报"栏中对文艺思潮的阐析。

　　岛村抱月是以一个已经成名的文艺批评家②、阔别 3 载有余的身份而回归日本文坛的。因此,他向国内文坛介绍自己亲身感受过的"欧洲文艺背景"③是对自己出国留学前的约定进行的兑现,也是他一如既往地对待文艺的叙述方式——述评结合。

　　明治 39 年 1 月在《早稻田文学》发表的刊首文章《被囚禁的文艺》便是极好的例证。如果对上一节的文本细读再次进行总结的话,可以知道,该文主要涉及了:(1)文艺的生命是什么? 一个字,"情"。(2)"知"(知识、道德)与"情"(情感)的关系是什么? 二者矛盾地存在于每一个真实的生命体之中,看似截然对立但又存在融合的可能性。(3)欧洲的文艺史是怎样的? 在以但丁、拉斐尔、莎士比亚为主要叙述对象的阐析中,看到了"知"与"情"的融合在人身上体现出的人性。而放眼文艺大潮的话:十七、十八世纪,文艺的特征是"知识的";十九世纪,其特征是"感情的或情绪的";十九世纪后半期,自然主义风靡欧洲;十九世纪末,"众多潮流会合"。(4)文艺的发展趋势如何? 在以象征主义为代表的"众多潮流会合"之中,横向来看,文艺将坚持以"情感为生命"的"情趣主义";纵向来看,文艺将再次投向情感的海洋,迎来由"哲理性的"到"神秘性的"再到"宗教性的"发展历程。(5)日本的文艺会怎样? 抱月的文艺观为:只要是"一种非凡的存在、让人怦然心动的存在",实现它的手法就无须限定为是"写实性的"还是"象征性的"。因此,对于日本的文艺来说,做如下解释恐怕也未尝不可吧:只要立足于日本文坛的实际状况,有利于日本文学的发展,就没有理由拒绝。

　　其实,这篇文章又可进一步明确为三个方面的问题,即,一、文艺是什么? 二、西方的文艺怎样了? 三、日本的文艺该如何? 结合岛村抱月来看,考察他对"文艺是什么"的理解,就是明了他的文艺观;考察他对"西方的文艺怎样了"的观点,就是明确他对亲身感受过的西方文化的认知;考察他对"日本的文艺该如何"的看法,就是确认他在明治 40 年代的日本文艺史上的位置。接下来,我们把顺序倒过

---

①　文中明确说明,该文系对德国人西奥多·达门(Theodor Dahmen)于 1903 年出版的著述《美的原理》进行的概述。然而,其实,抱月认为书中的动态应视为"新的形式论"。只是没有展开具体的批评。参看:『早稻田文学』,明治 39 年第 2 号、146—152 页。

②　参看第 1 章第 3 节"稳健而客观的青年文艺批评家"。

③　参看第 1 章第 4 节"被寄予厚望并浸淫西方文艺的留学人"。

来逐一考察岛村抱月在三个方面的论述。

首先,来看看他对当时的日本文艺的看法。"明治 39 年春,我日本揭开沉睡两千年的大幕,立于东方的巨浪翻卷之岸,显示出自豪于亚洲五亿民众的身姿"①,从而具备一种"王者之气"。而代表最容易发生思想变化的青年身上涌现出一种"呼唤情感的声音",一种渴求近似于宗教的文艺精神的倾向。② 文坛的现实是:"文坛的部分倾向是日益由西方样式转化为日本样式"③;"不免有眼高手低之嫌。尽管在议论、见识方面全力前进,在实践即创作方面却落后(西方的问题小说,笔者注)2、3 步。"④新文艺的特色是:"新一代的人,与其说他们喜好现象在客观中全部呈现,倒不如说是喜好在现象背后深藏的东西。希望自己得到什么东西的刺激后自行思索。客观只是一个暗号。实际上,是要据此感受、历数、体味无限的、内心的主观生活。"⑤他还说:"现今的文坛最需要的是情感的真挚与诚实"⑥。此外,他还提出了个人与社会发生冲突的现实以及该如何理解的见解:"该如何解释我等的个人理想与现实社会束缚个人理想的制约这一状况?"要调和二者的冲突,便会遇到两个问题:一、"理想的社会问题"——理想的社会如何实现,理想的人生如何获得? 二、"个体的寂寥"——存在于社会问题、道德问题、人生问题背后的是什么? 后者是一种"宗教性要求"、"精神性要求"、"一种新社会的要求"。⑦

由此可知,抱月认为日本的文艺有了新气象,呈现出一种积极的精神。同时,他提及"议论、见识方面全力前进"而"创作方面却落后"很多。这既是日本文艺的真实状况,也说明他在批评与创作的不同步上是有充分认识的。再者,他把文学中要反映、应该反映的问题看得很透彻:理想社会的达成并不等于理想人生的

---

① 「王気」『東京日々新聞』、明治 39 年 1 月 1 日。引文出自:『抱月全集』(第 1 卷)、天佑社、大正 8 年 6 月、213 頁。

② 「近時の宗教の傾向」『東京日々新聞』、明治 39 年 1 月 29 日。引文出自:『抱月全集』(第 1 卷)、天佑社、大正 8 年 6 月、226 頁。

③ 「秋夜放談(二)」『東京日々新聞』、明治 38 年 11 月 29 日。引文出自:『抱月全集』(第 1 卷)、天佑社、大正 8 年 6 月、173 頁。

④ 「問題の文芸」『東京日々新聞』、明治 39 年 2 月 12 日。引文出自:『抱月全集』(第 1 卷)、天佑社、大正 8 年 6 月、231 頁。

⑤ 「俳句的標象」『東京日々新聞』、明治 39 年 10 月 1 日。引文出自:『抱月全集』(第 1 卷)、天佑社、大正 8 年 6 月、313 頁。

⑥ 「新宗教家は実感情小説を作るべし」『東京日々新聞』、明治 39 年 5 月 14 日。引文出自:『抱月全集』(第 1 卷)、天佑社、大正 8 年 6 月、260 頁。

⑦ 「精神的社会問題、個人の寂寥」『東京日々新聞』、明治 39 年 3 月 26 日。引文出自:『抱月全集』(第 1 卷)、天佑社、大正 8 年 6 月、244 — 245 頁。

实现,个人的寂寥也不等于悲观失望,而是能够体现人生背后更本质的东西。

　　即便出现了新气象,然而,《早稻田文学》还是在 4 月号上发出了感叹:"新作家没有出现,小说界的主权依然掌握在广津柳浪、小杉天外、后藤宙外、泉镜花、小栗风叶、柳川春叶、中村春雨等人的手中"[1]。岛崎藤村的《破戒》便是在文坛感觉到新气象但小说创作又没能及时体现的状况下,得到文坛中人追捧的。因而,岛村抱月称赞它为"近期文坛上的一个新发现",还说"欧洲近世自然派的问题作品中流淌的生命,通过这部作品才在创作上第一次得到了对等的发现。"[2]岛村抱月似乎由此开始了主张自然主义的理论之路。但实则并非如此。有人便明确指出:"……在三十九年,探寻《早稻田文学》杂志上的自然主义色彩,似乎鲜见其影。换句话说,……抱月,……对自然主义也是持消极态度的。"[3]那么,如果他后来说"我赞成自然主义"(评《棉被》语)是不是说明他的文艺观出现了倒退、文艺理论遭受重创呢? 似乎也不能轻易下这样的论断。《早稻田文学》对明治 35 年至 38 年的日本文坛进行梳理的结论是:"把事实作为事实来描写的自然派与描写事实的同时置入一种理想的一派之间消长变化应如何发展。这是时至今日尚未解决的问题。"而岛村抱月自己也在论述文艺的理想时说:"文艺上的写实派也好,理想派也好,区别只是:一个是通过宛如现实的现象径直探索,另一个是通过存于现实之间的阶段性现象探索最深奥的东西。在探索这一真谛上,没有任何不同。所谓理想派的理想,需要与文艺视为生命的理想截然区分开来。……"[4]也就是说,只要有利于达到文艺的理想、捕捉文艺的生命、发挥探索现象背后的奥秘,就无须拘泥于写实派、理想派等这样的区分方式。对于需要清理本国劝善惩恶的传统文学模式、西方文艺思潮亟需反映时代精神的新文艺这一日本文坛的现状,更是无须抱有写实派或理想派的偏见。

　　接着,来看看岛村抱月对西方文艺的认知。他认为问题文艺已经走过全盛期,现正追求一种"更具神秘性、更有超越性的东西"。欧洲的"问题剧"、"问题小说"是"低则从所谓的贫富问题、劳动问题等社会问题,高则达到人生问题、根本性道德问题,把作者感受的此种问题最痛切地让读者、观众看到,或是把作者对此种

---

① 「彙報　小説界」、明治 39 年第 4 号、1 页。

② 「『破戒』を評す」『早稲田文学』、明治 39 年 5 月号、128 页。

③ 成瀬正勝:「後期自然主義文學理論の展開——その第一期について(続)」『文学』第 8 卷第 1 号、1940 年 1 月、54 页。

④ 「文芸的理想」『東京日々新聞』、明治 39 年 4 月 2 日。引文出自:『抱月全集』(第 1 卷)、天佑社、大正 8 年 6 月、294 页。

问题所持有的解决办法告诉读者、观众。"①继之而起的将是"象征式的"文艺。这是对"20 世纪初要取代 19 世纪末的自然主义的各种思潮"进行的一种总称。② 这种"象征式的"文艺最终又会走向更具有积极意义的"宗教性的"文艺。③ 鉴于本书已经仔细考察过《被囚禁的文艺》,个中缘由已无须赘述。不仅如此,抱月还在正确认识西方文艺的基础之上,积极地论述西方文艺与日本文艺结合的可能性。在《秋夜放谈》(二)中,他认为把西方的象征主义可称作"东洋式的"。因为,二者在根本上是"要降低相对性的内容而归于绝对"④。

最后,来看看抱月对文艺的认知。在回国不久于报纸上发表的文章中,抱月便开宗明义地亮明了自己坚信文艺的权威与文艺自律的观点。对文艺与社会、道德的关系,他作出了阐释:社会是"一个大组织"、"一个共同体",道德是"满足共同体存在"的方法,文艺面对俗世则会"在某一点上,会打破常规,呈现一种卓然之气。"于是,有人视文艺为堕落,有人视文艺为冒进。"堕落者姑且不论,脱离大众挺近者是否应该受到指责呢? 换句话说,少数先进的人,岂有为了多数落后的人而必须放缓脚步的道理?"⑤对文艺与知识,他作出了界定:文艺是绝对的。"无需比较、无须权衡、无须盘算。比较、权衡、盘算皆为知识。文艺之心无疑应超乎知识。知识式微之时,层层波涛汇成情感的大海。恍惚间飘荡其中的便是一叶文艺之舟。且舟中人与岸边的纷纷扰扰无关。"

真正的文艺与道德无关、与知识相对,从而具有绝对价值。然而,抱月并没有把文艺极端理想化。他承认文艺也有相对价值:当带有善恶利害意识的道德、持有真假虚实标准的科学(= 知识)进入它,文艺便难免沦为寄生文学,相对价值也就最低。当"现象中存在倾向、思想中含有根源之时",文艺便带有"哲理性的、冥想性的"特征。此时,其相对价值较高。当现象的背后存在超越哲学、知识,能以情感捕捉的东西之时,文艺便带上了宗教意识。⑥ 这样,文艺又具备了摆脱相对价值——道德、知识、哲理——的束缚,实现绝对价值的可能。"科学、道德→哲理

---

① 「問題的文芸」『東京日々新聞』、明治 39 年 2 月 12 日。引文出自:『抱月全集』(第 1 卷)、天佑社、大正 8 年 6 月、230 頁。

② 「囚はれたる文芸」『抱月全集』(第 1 卷)、天佑社、大正 8 年 6 月、198 頁。

③ 详细可参看《被囚禁的文艺》一文的第 11 至 14 节。

④ 『抱月全集』(第 1 卷)、天佑社、大正 8 年 6 月、174 頁。

⑤ 「如是文芸——開欄の辞に代えて」『東京日々新聞』、明治 38 年 10 月 29 日。引文出自:『抱月全集』(第 1 卷)、天佑社、大正 8 年 6 月、160 — 162 頁。

⑥ 「如是文芸——文芸と宗教」『東京日々新聞』、明治 39 年 11 月 16 日。引文出自:『抱月全集』(第 1 卷)、天佑社、大正 8 年 6 月、163 — 165 頁。

→宗教"这样的叙述路径与《被囚禁的文艺》中"知"与"情"、"哲理性的、神秘性的、宗教性的"论证逻辑保持高度一致。

由是,从抱月对日本文坛的现状来看,他认为出现新的积极的现象,年轻人身上也透露出一种渴求真实情感的愿望。这与《破戒》《漾虚集》《命运》所表达的文坛新动向相吻合。而烦闷的青年身上感受到"个体的寂寥"之后,会产生一种宗教性的需求。从抱月对西方文艺的认识来看,他认为正要或已经进入"象征性的"文艺时期。从抱月对文艺的内涵来看,他认为文艺应以实现把情感作为基质、带有"宗教性"的存在为目标与理想。因此,可以说,在明治 39 年,抱月对日本文坛、西方文艺与文艺这三者的认识,达到了高度的一致。

回过头来,再看"后期自然主义"。其实,明治 39 年,更多被提及的是"自然派"这一说法。文坛统一地使用"自然主义"一词是在进入明治 41 年之后。[①] 仍以《早稻田文学》为考察对象的话,就可以知道文坛当时对"自然派"的理解是非常宽泛的。田山花袋的一篇文章似乎对"自然派"与"自然主义"作了一个最简单易懂的说明:"自然派的作者由写实主义进入自然主义、由自然主义奔向带有象征性的例子不一而足。易卜生如此,于斯曼如此,邓南遮如此,豪普特曼如此,赫尔曼·巴尔如此,……比如莫泊桑——自然派的泰斗,虽然其取材、描写颇以明快、奔放为主,但其整体的倾向是渐渐地朝主观方向发展,进而终于成为象征性的。"[②]也就是说,一个"自然派"的作者身上可以阶段性地体现写实主义、自然主义、象征主义的特质。对当时的文学家来说,二者是存在很大差异的。岛村抱月在《评〈破戒〉》(明治 39 年第 5 号)中也只是说《破戒》体现了"欧洲近世自然派的问题作品中流淌的生命"。在第 10 号的"汇报"栏中再次论及《破戒》之时,撰稿者评价这部作品:"不粗杂、不轻浮,平淡而又细密的写作态度,一方面,很少给人强烈、尖锐的印象,另一方面,又让人产生一种不是轻易地一读而过,而是慢慢地玩味、深化的情致。"[③]到了夏目漱石这里,则认为连"自然派、某某派"这种名称都不需要。他的解释是:在某种意义上,文学越发展就越是显得个人化。而如果标

---

① 稲垣達郎・岡保生/編:「自然主義の評論(一)——自然派と自然主義」『座談会　島村抱月研究』、近代文化研究所、昭和 55 年 7 月、162 — 163 頁。也有日本学者盐田良平认为"自然主义"广泛使用的事件应定格在田山花袋发表《棉被》,即明治 40 年 9 月之后。(可参看:『明治文学史』(第三篇　近代写实主义文学——後期)、慶應通信、昭和 29 年 6 月、125 頁。)但其实,《棉被》之后,日本文坛的真实状况是自然派与自然主义并用。

② 「小説に於ける象徴諸派」『早稲田文学』、明治 39 年第 3 号、117 頁。

③ 「彙報　小説界」『早稲田文学』、明治 39 年 10 月号、14 頁。

榜某某派的话,就难以体现作者的人格、个性,从而带有一种"平均主义"的倾向。① 这样,似乎可以说明夏目漱石的文学从一开始就带有超越派别的特征。而在片上天弦的一篇文章中,他更明确地对"自然派"做了说明:"应视为近代自然派的未必仅限于以上两派(指法国左拉等代表的、具有写实倾向的一派和挪威易卜生等代表的、具有社会性或问题性倾向的一派,笔者注),……毋宁说,华兹华斯与其他湖畔诗人、以及济慈,雪莱、拜伦一派也可一并称为自然派。""所有自然派共通的核心特征是诚实、敏锐地对待人生、自然的感觉。"②

因此,从《早稻田文学》(第二次)的主张来看,进入明治39年以后的后期自然主义,在论说倾向、发展态势上,日本文坛均持有一种积极的、宽泛的态度,并没有今天的我们一般意义上所说的、仅仅局限于以左拉等为代表的那一派自然主义的印象。

小　结

日俄战争结束,明治四十年代的文艺大幕旋即开启。《早稻田文学》以及《帝国文学》的及时梳理与总结,使人们看到了明治三十年代在描写对象、题材选取、时代气息等方面已出现了不小的变化。而这些变化,在岛崎藤村、夏目漱石、国木田独步的各自文学作品里,以最新颖的方式得到了最直接的呈现。与此同时,当文坛新人或有志于迈向文坛的年轻人因个体觉醒而产生烦闷之感的时候,政府与文坛对此去给出了消极抑制与积极肯定的态度。凡此种种,岛村抱月以《被囚禁的文艺》和一系列文章,为文坛的新气象"把脉",积极认可它,并给出"一剂药方"——"现今的文艺首先要进入这片(情感的,笔者加)海洋获得自由、荡涤污垢。"无论是从文艺本身的发展方向来说,还是从西方文艺的发展脉络来看,又或是从日本文艺的发展现状来想,岛村抱月主张,只要是有利于发展"情趣性的"、"宗教性的"文艺,"哲理性的,可;神秘性的,可;象征性的,可;或者,自然性的,可;写实性的,可。"因而可以说,他为文艺及日本文坛的发展定下了一大基调:最高的文艺莫过于"让人怦然心动",而后来逐渐得势的自然主义只是抱月眼中认为有利于推动文艺发展的一个分支。

---

① 「夏目漱氏文学談」『早稻田文学』、明治 39 年 8 月号、119 — 120 頁。
② 「英吉利自然派の官能主義」『早稻田文学』、明治 39 年 11 月号、68 頁、69 頁。

第 3 章

有条件地主张日本自然主义

通过上一章的叙述可知：明治 39 年，集中出现了日本文坛的新气象，呈现了透过事物表象探索内在奥秘这一总体的文艺思潮中的"象征性倾向"。岛村抱月的《被囚禁的文艺》(《早稻田文学》，明治 39 年 1 月)、岩野泡鸣的著作《神秘的半兽主义》(明治 39 年 6 月)、长谷川天溪的《幻灭时代的艺术》(《太阳》，明治 39 年 10 月)等文章中的主旨便是具体的体现。时至明治 40 年，在岛村抱月设定的开放性文艺发展路径之上，日本文坛选择了循着"新自然主义"的指引审视文艺的道路。此时，岛村抱月在"新自然主义"、"批评论"、"作品论"及其涉及的人物原型与道德问题上，亮明了自己作为文艺批评家的立场与观点，为之后的日本自然主义文艺理论大讨论夯实了理论基础。

第 1 节　阐明自然派与首倡"新自然主义"

明治 39 年，作家、作品、文学读者、文艺思潮呈现出积极态势，再加上明治 40 年头的一场关于文学批评的多元化声音，已经足以说明文坛也正经历着一次全面的觉醒。虽然，我们非常清楚，要考察当时的文坛态势应秉持更宏大的、更多元的视野。然而，纵观日本文坛的总趋势以及主要文学杂志的评论文章，可以发现，文坛气氛悄然地从明治 39 年各种新气象的"齐头并进"开始显现出自然派与非自然派这一"二元对立"模式的痕迹。

《早稻田文学》对自然派的发展以致高涨起到了主要推动作用。单看明治 40

年便知,包含"自然派"或"自然主义"字眼的文章已然频频现身。①

　　在第 15 号(1907 年 3 月)的"汇报"栏中,该杂志以"小说界的俯瞰图"为题,把当时的小说界分为六派:自然派、写实派、俳谐派、外加家庭小说派、游星派与新作家。② 本小节,我们将就成为文坛主流的前三派进行说明。其中,自然派是"对此前的写实派的倾向业已厌烦,从而在此之上更进一步"(1 页)。它又可分为三个方向:一、以岛崎藤村为代表,他们"意欲从正面审视人生的一大事件,经过充分展开并详尽描写"(1 页);二、以正宗白鸟、国木田独步为代表,他们"虽同为意欲描写人生的一大事件"但旨在"捕捉暗示无限宽广的人生的一点,毫不粉饰地进行描写"(1—2 页);三、以新作家小川未明、水野叶舟、窪田空穗、吉江孤雁为代表,他们"意欲更多地描写自然风光"以期"寄托、显现未必有暗示性的率性人生的一个片段或是自我的情怀、感想"(2 页)。最后,该栏还特别说明:就算自然派"在技巧的形式上可以区分为客观的、主观的",但是"在这种倾向的底层却明显地流淌着主观倾向"(3 页)。写实派的代表是小栗风叶、小杉天外二人。他们"以表面的事实本身为主加以描写,故根本上是客观的,且有回避深入事实核心之嫌",因此,这与自然派的"主观性抒情性倾向相距甚远,在其根本上没有弃绝客观叙事性的

---

①　据笔者统计有:(1)抱月:「思ひより」・明治 40 年 3 月;(2)「彙報　小説界の俯瞰図」・同前;(3)片上天弦:「英国の自然派」・5 月;(4)抱月:「今の文壇と新自然主義」・6 月;(5)天弦:「事象当体の感味と俳諧派の新領域」・7 月;(6)御風:「自然主義論に因みて」・同前;(7)桜井政隆:「独逸自然派諸家の戯曲」・同前;(8)天弦・抱月:「評論界　自然派と技巧、作家と主義主張との関係」・9 月;(9)御風:「文芸上主客両体の融会」・10 月;(10)星湖:「文壇の新傾向に対する二種の批評」・同前;(11)諸家:「『蒲団』合評」・同前;(12)御風:「上田・田山二氏の自然主義論」・11 月;(13)星湖・抱月:「モデル問題の意味及び其の解決」・同前;(14)「彙報　文芸界・「自然派とモデル」」・同前;(15)天弦:「人生観上の自然主義」・12 月;(16)南山:「プラグマティズムと新自然主義」・同前。有一点需要特别说明的是:这一期间,单从文章名称也可看出,《早稻田文学》对自然派以及自然主义的认识、理解及论说是很宽泛的,既有对欧洲自然主义的介绍性文章,又有对日本自然主义倾向的作品及评论进行的阐析,当然,还有以岛村抱月、片上天弦、相马御风、中村星湖、白松南山等代表的杂志同人对自然派及自然主义的集中阐释。

②　「彙報　小説界の俯瞰図」『早稲田文学』、明治 40 年 3 月、1—6 页。其中,"家庭小说派"(田口掬汀、草村北星、菊池幽芳、柳川春叶、中村春雨、德富芦花、木下尚江)、"游星派"(指不好归入某一派别的人,如二叶亭四迷、后藤宙外、幸田露伴、川上眉山、广津柳浪、江见水荫、泉镜花、德田秋声、大塚楠绪子)和"新作家"(指崭露头角但尚未成气候的人,如三岛霜川、生田葵山、西村醉梦、佐藤红绿、小川未明、吉江孤雁、水野叶舟、窪田空穗、铃木三重吉、小山内八千代、小山内薫等)的分类很明显是为了尽量客观呈现文坛的状况,而同时表明这些作家并非文坛主流。

态度。"(3页)虽然,他们也做出了"在描写方法上稍带主观性"、"触碰一些内心生活",但比起自然派来说,还是"没有达到苦闷的、认真的现代人生的深处"(4页)。俳谐派则又可分为写生文派与以超现实的、梦幻的兴趣为主的浪漫派。"多对纯洁之物、美好之物"有兴致是二者的相同之处。这一派以夏目漱石为代表。他"在面对人生的一大事件或对此思量之前,首先会快速地回避那一大事件,而在另一种境界中悠然自适"(4页)。原因在于"现实的痛苦动摇了这一派人,驱使他们远离现实或背对现实"。

在这样的说明之后,文章就这三派的差异,以把人生比作家的方式解释道:

> 写实派说明家的构造、庭园、泉水石头的布置,进而描述家人的悲喜,却不想更进一步。与此相反,自然派是马上去看那个家的厨房、垃圾桶、后院的杂草,而且,要好好了解一个家的真相。无论在哪个家里,玄关大体都是被收拾得洁净,但是,日常生活的真相兴许反而能从后门的垃圾桶中得知。而俳谐派则走出这家的大门,或是回头嗤笑筑起高墙、忙忙碌碌地生活着的人,或是来到远离尘土的花海、耽于享受逍遥的乐趣。不满足于写实派的人,而成了自然派,而成了俳谐派。这两派(自然派、俳谐派,笔者加)将如何发展、怎样变化,只能有待今后了。(5页)

由此,我们可以总结出:一、自然派本身已包含多个方向,且内容丰富。二、《早稻田文学》力挺与人生相关的自然派。因为,该派作家能够不失主观地或直视人生或捕捉人生中有暗示性的一个片段。但同时,对自然派、俳谐派的发展都持有一定的期待。三、埋下了自然派与俳谐派对立的种子。因为,自然派由写实派更进一步发展而来,可以把它们看做处于不同层级的一派。而前者又与俳谐派回避人生的重大事件、远离或背对现实这种态度不同。

事实上,《早稻田文学》还补充说:"以上三派在现今小说界最有势力且又存在彼此关联的倾向。那么,以上三派是如何不同、如何彼此关联的呢,不久会对三派在艺术上的人生态度进行说明。"(5页)"不久会对三派在艺术上的人生态度进行说明"这句话最终未能以专题评论文章的形式得以兑现。然而,通过该文的评述以及上面的一段引文,三派在艺术上的人生态度不同似乎可理解为:写实派仅触及现实的表象,自然派勇于触及现实的本质,而俳谐派则力图不触及现实。从而,最终演变出"有余裕的"、"无余裕的"、"有所触及的"、"无所触及的"、"从容不迫的""逼仄的"这种对文学进行二元对立式的定义。① 尽管,在不少文章中能看到以自然派与理想派、自然主义与反自然主义等表述,对一些创作理念不尽相同的作家或评论家进行界定。然而,不得不指出的是,明治40年代的文坛中人似乎并没有把自然派与俳谐派截然对立起来。

《早稻田文学》声明:"不满足于写实派的人,而成了自然派,而成了俳谐派。这两派将如何发展、怎样变化,只能有待今后了。"他们认为自然派也好、俳谐派也好都是在写实派的基础上发展起来的,二者都是明治40年的日本文坛的合理存在。夏目漱石也在公众演讲中明确提及文学家的理想中包括自然派所认定的"真"。在《高滨虚子著〈鸡冠花〉序》,他又说:"小说因分类方法而形形色色。……只要今后的作品不满足于重复已有的倾向,只要根据时间、场合、作家脾性、发展的可能性而不断别开生面加以推演,当然会不断地出现想也想不到的某个派、某个主义"②,并且就算是分作"有余裕的""无余裕的",但二者的关系是:"不仅有同样存在的权利,还能取得同样的成功"③。从而可以说,这一段时期,自然派与俳谐派之间还是处于能够相对客观地看到对方优点并给予认可的阶段。简单地说,自然派把主要精力放在建构理论上,不断地甚至是变换措辞地频频表示并加强自己被贴上肤浅的自然派或自然主义的标签;俳谐派(或者说写生文派、余裕派)则主要在于表达自己对自然派"唯我独尊舍我其谁"的这种"来势汹汹"的气势不满。恰恰是这种拼命要证明自然派代表先进文学的想法,在俳谐派那里显得包容性不够;而俳谐派代表极力要说明文学可以是多姿多彩的存在,在自然派那里显得先进性不足。不过,我们不应忘记二者都是明治39年以来迅速崛起的文坛新势力这一大前提。

关于俳谐派的演变过程,不属于本节的考察范围。下面,我们主要来看一下自然派在以派别的形式得到阐述后,在评论家那里得到了怎样的探讨与言说。

片上天弦在考察英国的自然派时,对浪漫主义、写实主义、自然主义做了平等对待,说"自由开放是文艺无穷的欣悦。浪漫主义也好,写实主义也好,又或自然主义也好,终究是斩断捆绑我等身上的古典主义准绳,是文艺道路迥异、一致地奔

---

① 这些词语集中出现在夏目漱石的《高滨虚子著〈鸡冠花〉序》一文(初出为:『東京朝日新聞』、明治40年12月23)。具体可参看:『漱石全集』(第14卷　評論雑篇)、漱石全集刊行会、昭和4年、435—443頁。与文中对应的日语表达分别为:"余裕ある""余裕なき"、"触れた""触れぬ"、"逼らない""セッパ詰った"。

② 『漱石全集』(第14卷　評論雑篇)、漱石全集刊行会、昭和4年2月、435頁。

③ 『漱石全集』(第14卷 評論雑篇)、漱石全集刊行会、昭和4年2月、436頁。

向前方的存在"①,而且,在分析英国的自然派趋向主观性时说:"浪漫主义与自然派的情感,虽然在双方各自运动的方向上有所不同,但只要这两派是出自注重情感的自由这一精神,英国的自然派首先偏向主观性、情绪性的倾向也是自然而然的。"②岛村抱月则把自然主义与当时的日本文坛进行直接对接,基于文学家的创作态度而提出了"新自然主义"这一全新的说法。③ 在《现今的文坛与新自然主义》一文中,抱月先是叙述了创作构思阶段与具体的文章表达阶段会产生的技巧主义和为了情绪而牺牲现实的表象与为了达到情致浓烈而大量使用夸大的辞藻而产生的情绪主义,并且不否认它们各自也能创造出一流的艺术。接着,他具体解释了与技巧主义、情绪主义相对立的自然主义究竟是什么:

> 与前者以表象之前之后的技巧或者情绪作为参照基准相反,后者只以表象本身为参照基准。而以表象本身为参照基准之中,进而可以分三段展开论述:第一、尽可能把表象贴近现实的经验,强化现实中可能存在这一性质。也可称之为写实性自然主义;第二、彰显表象中的道理,于其中看出所要表达的主张与蕴含的哲理。也可称之为哲理性自然主义;第三、即是在表象中看到物我合一。至此,自然在表象中展示其全貌。事物不再是冰冷的客观现实的表象,而是心灵之眼洞开、生命之树苏醒的、一刹那的表象,是一种活动起来的、一瞬间的自然。我等姑且称之为纯粹性自然主义。总而言之,写实性的东西总是怀有一种念头:把表象的构造以及它在描写之中做到如现实般;哲理性的东西也同样总是怀有一种念头:在单个事物中使道理得到深化;纯自然的东西同样怀有一种念头:捕捉物我合一的微妙瞬间。而且,这些都同样执着于客观的表象,同样抱着不损害表象的现实性这种写实态度。把这全部称为自然主义,无非是这个道理。④（30—31 页）

然而,岛村抱月的这篇文章并不是要了说明自然主义具体地包含哪些形态。当然,"写实性自然主义"、"哲理性自然主义"、"纯粹性自然主义"三者的存在都是必要的,也是合理的。但是,他有自己的文学认知及理论思考上的逻辑。

---

① 「英国の自然派」『早稲田文学』、明治 40 年 5 月、1 頁。

② 「英国の自然派」『早稲田文学』、明治 40 年 5 月、12 頁。

③ 権藤愛順:「明治期における感情移入美学の受容と展開——『新自然主義』から象徴主義まで」『日本研究』(第 43 巻)、2011 年 3 月、147 頁。

④ 初出于:「今の文壇と新自然主義」『早稲田文学』、明治 40 年 6 月。引文出自:『抱月全集』(第 2 巻)、天佑社、大正 9 年 2 月、30—31 頁。

正如抱月在《被囚禁的文艺》一文中为文艺梳理的发展路线——呈"哲理性的"→"神秘性的"→"宗教性的"这一螺旋式上升的方式——一样,《现今的文坛与新自然主义》也同样为自然主义"量身定做"了不同层级的存在形态。要问哪个才是岛村抱月所谓的"新自然主义"? 答案是唯一的:纯粹性自然主义。据此,文中还对"纯粹性自然主义"应有的理想状态做了规定:作家的态度应是"消极的"。唯有如此,才能做到"无思无念"("去除私心杂念"、"消除个人独断意志"),做到"湛然如水"。从而达到自然主义的三昧境界:物我融合。这样,"心灵"、"生命"与"表象"的结合,便构成了"新自然主义"。

作为岛村抱月的得意门生,相马御风也发表文章认为,按照"纯粹性自然主义"这种结论,至少存在两种解释的可能性:一种是像岩野泡鸣那样,把纯粹的自然看作是一种外延性存在而带有半古典倾向的性质,另一种是"把存在归结于自我这一元,展开不完整的自我活动,进入完整自我的觉醒,并于其中营造一个有生命的自然整体"①。其实,这篇文章可以看作是对岩野泡鸣的文章②的一种反驳,也可以看作是对岛村抱月的"新自然主义"进行的再次确认。

明治40年10月,中村星湖则撰文对幸田露伴与长谷川天溪各自的言论③做出旧思想与新观念的判定,然后,指出日本文坛的文学创作不够理想,并提出日本文学要通过努力获得自然。他说:"看吧,作为新生艺术而应该得到讴歌的自然主义,虽然作为一种倾向惹人瞩目,但是,看看单个的作品,真实的自然主义结晶又有几个呢? ……我们必须走我们自己的路。……如果能抵达自然的境界,如果是自然而然地涌现的作品,象征的殿堂也行,神秘的境界也行。"④

因此,无论是自然派,还是新自然主义,在片上天弦、岛村抱月、相马御风、中村星湖这里,都早已经过了遭受西方自然主义文学影响及洗礼的阶段,借着他们

---

① 「自然主義論に因みて」『早稲田文学』、明治40年7月、18頁。

② 具体文章可参看:「早稲田文学並に時事新報の記者に答ふ」『読売新聞』、明治40年6月3日。文章甚至说本节中出现的抱月的文章与坪内逍遥的没理想论争相同,老套而了无新意。而且,在数月之后,又在文章中说抱月的"新自然主义"这一说法是"极其老式的古典派见解"。可参看:「諸評家の自然主義を評す」『読売新聞』、明治40年10月9日。

③ 这里指的是二人发表在综合杂志《太阳》同一期上(明治40年9月)的文章——『現時の小説に就きて』和『人生の側面観察』。前者讲最近的小说中存在着很明显的轻视文章技巧的倾向;总体上,文坛的作品乏善可陈,人物也都是畸形人。后者讲现代小说的一大特色便是捕捉内心失去平衡;告知研究人生的真正意义就在于从一个侧面或是病理上的观察。

④ 星湖:「文壇の二傾向に対する二種の批評」『早稲田文学』、20—21頁。

对日本文坛以及国民觉醒的现代性认识,在以岛村抱月为首的《早稻田文学》这一文学阵营,树立起一面"新自然主义"旗帜:它积极看待文学中的主观性及情绪性倾向;它不排斥任何能够为文坛带来新意的文学势力;它主张以现实的表象为基础,结合内在的情感以滋养生命,使人在文艺的感召下体味瞬间的圆满、完整的自我。

第2节　有条件的"我赞成自然主义"

明治 38(1905)年,《我是猫》让年近不惑之年的夏目漱石成为文坛新势力。明治 39(1906)年,同月问世的《破戒》与短篇集《命运》让偏居一隅良久的岛崎藤村与虽身处文坛却始终不入主流的国木田独步霎时成为文坛中坚。而曾经发表过《重右卫门的结局》的田山花袋却依然看不到成功的希望。自从明治 40(1907)年 7 月初收到预定发表于 9 月的约稿之后,他便产生了"这次必须用尽全力",在文学上"必须打破此前的常规,开辟一条新路"的心情。① 最终,从砚友社派的"领袖"——尾崎红叶的死这一象征性事件中产生一种"自由之感"②的田山花袋,在一般认为是反自然主义的杂志《新小说》上,为文坛献上了"应景的礼物"——被人称为是日本自然主义文学代表作的《棉被》。

人将中年的竹中时雄,一边供职于杂志社一边写着小说。与妻子和 3 个孩子,过着单调乏味的生活。此时,一个给人新鲜感、光彩夺目的女学生——横山芳子写信恳请收其入门。起初并无兴致的时雄在与她的书信来往中,开始慢慢肯定她的才华。二人遂建立师生关系。于是,芳子来到东京。未曾想,时雄原本倦怠不已的生活为之一变。然而,因病一时返乡的芳子再度回到东京之后,终止学业也立志文学的青年——田中秀夫旋即尾随而至。二人的关系发展得超乎时雄的想象。一怒之下,他把芳子逐出师门,让她父亲领回了家。伊人不再的空虚感瞬间来袭。跌跌撞撞回到家中,时雄将脸庞深埋留有芳子香气的棉被痛哭不已。

面对师徒关系间应有的界限、面对社会道德的牢不可破、面对妻儿的夫与父的家庭职责、……这层层束缚让人倍感压抑。对心灵自由的极力渴望与呼唤,通

---

① 田山花袋:「私のアンナ・マアル」『東京の三十年』、博文館、大正 6 年 6 月、339—347 頁。
② 花袋具体写道:"红叶罹患不治之症一事,既让当时的文学书生悲痛欲绝,又让人在新运动的受压抑中感到了某种自由。文坛在悄然地变换。"(「紅葉の病死」『東京の三十年』、博文館、大正 6 年 6 月、270 頁。)

过小说结尾的一句"性欲、悲哀与绝望骤然掠过心间"而得到了最集中的体现。于
是,后来的研究者们"你方唱罢我登场"般地先后论证了作品的主题为"近代自
我"、"性欲""忏悔""告白"、"主客观融合"等等。①

　　其实,《棉被》发表不久,就迅速地引起了评论家们的注意。② 正如上一章关
于《破戒》的叙述一样,当时,文坛的评价依然主要是沿着两条路线进行的:一、进
行作品解读的技术性批评;一、判断作家的创作态度。就前者来说,大多都是赞叹
之余也不忘加上美中不足的评语。9 月 15 日《读卖新闻》上的文章关注主人公与
其他人物的描写:"主人公的性格不在话下,根据内心要求与外部冲动而随之起伏
不定的情绪变化也被细致地描绘出来。……但是,主人公之外的人物、其妻子、女
主人公的恋人、其父亲、其性格等,却看不出任何特殊之处。"③《帝国文学》也对
《棉被》的技巧给予了高度评价:"乍一看,似乎技巧上没有花费任何心思,仔细看,
文章有生气,人物的举手投足都跃入眼帘。……所谓的'不用技巧的技巧',风靡
了近来的海外文坛,这股风潮也渐次进入我国文坛来了。而《棉被》便是其中最典
型的例子之一。"④《早稻田文学》组成的 9 人庞大合评团在技术批评路线上,可谓

① 南景姬:第二章第三節「日本自然主義時代」の「『蒲団』をめぐる諸問題」『田山花袋にお
　　ける「伝統性」と「革新性」』、(国立国会図書館所蔵、1995 年度博士論文)、83—94 頁。此
　　外,还可参照三卷本的《田山花袋〈棉被〉作品论集成》(加藤秀爾・编、大空社、1998 年 7
　　月)。如果不是仅仅以作品的主题为标准,该套书中众多论文的观点显得更加多元化。
　　还有,仅十年来,从叙事学、性别差异、文化学等角度进行的考察逐渐增多。具有代表性的
　　有:(1)「『蒲団』における告白言説——語りの視点と内面」(安英姫:『比較文学・文化
　　論集』(第 20 集)、2003 年)、(2)「田山花袋『蒲団』試論——語りの構造を手がかりに」
　　(王梅:『近代文学試論』(第 44 号)、2006 年)、(3)「岡田美知代と花袋『蒲団』について」
　　(小谷野敦:『日本研究』(第 38 巻)、2008 年)、(4)「田山花袋『蒲団』にみる日本の近代
　　化とジェンダー」(生駒夏美:『ジェンダー＆セクシュアリティ』(第 7 号)、2012 年)、(5)
　　「〈作者〉をめぐる攻防:田山花袋「蒲団」と岡田美知代の小説」(有元伸子:『日本近代文
　　学』(第 88 集)、2013 年)等。
② 在典型文学杂志及报刊发表文章有近 30 人次(《明星》及《早稻田文学》的合评均以复数
　　记)。具体可参看:大東和重:「読むことの規制——田山花袋『蒲団』と作者をめぐる思
　　考の磁場」『比較文学・文化論集』(第 17 号)、2000 年 2 月、27—28 頁。该文显示为 27
　　日,但是,本节中提及的《读卖新闻》的文章,并没有出现在该论文的统计数据之中,故本
　　注采用了"近 30 人次"的说法。
③ 白雲子:「日曜附録　出岫録」。
④ 衣水:「時評＝自然主義派の作物——花袋氏の『蒲団』」、104—105 頁。

面面俱到,好坏皆有。① 小栗风叶认为:《棉被》"充分地表达了自我的烦闷、情感的阅历",但是文中的"妻子如摆设","嗅闻棉被的味道"让人感到夸张、滑稽,"题目不好"(38—41 页);正宗白鸟说:"情节简单……非常引读者同情,直白而不做作"、"几乎没有美文调"(41 页);片上天弦说:描写了想摆脱身上的责任却又不能"居于其间的苦闷",但形式上的"客观不充分"、"自我剔除不够"(43—45 页);水野叶舟则说:"女主人公的父亲"写得最好、"描写主人公的心理过于繁杂"因而描写方法可以更简单些、"把事实作为事实来写,而不加丝毫技巧"(45—47 页);相马御风说:"巧妙地把一直用于自叙文体的描写手法用在客观描写上,给人一种清新之风",但"大量使用'绝望'、'性欲'、'悲哀'、'烦闷'等既抽象又不细致的词语,降低了不少这部作品的价值。"(50—52 页)对于后者来说,中村星湖则称:"我等脑海中留下强烈印象的就只是这种'性欲'"(49 页);小栗风叶读出了作者"率真的态度"(39 页),"全篇之中,有家庭、有妻子、有社会,还有一些道义之心。烦闷、痛切的感受之中,给人一种与普通的恋爱故事不同、与生活充分接触之感"(40 页);松原至文从中发现了一种新倾向:历史地来看也好,时代地看也好,它都"内外双向地描写了一个最有意味的、呼吸着那个时代的空气、活动于那个时代思潮及流行的人"(47 页),甚至说读过该部作品的读者"能发现自己与身处的时代以及来自时代的影响";片上天弦则认同:"作者花袋持有一种包含所谓大主观的客观态度,即一旦进入作品中的人物事件,就让他们作为任务及事件自行发展,作者便不再过度接近、干涉"(44 页);相马御风则看到:人过中年却又苦恋之心不死的悲哀不仅是个体的心理上或生理上的客观存在,它还与"现今疲劳倦怠的、自我意识强烈病态的、世纪末式的青年人的心灵存在某些相通之处"(51 页)。可以说,"性欲"、"与生活充分接触"、"大主观"、"客观态度"、"悲哀"等等,这无疑不为后来的《棉被》以及日本自然主义文学的研究者们提供了诸多研究方向与课题。虽然一向专注诗歌的文学杂志《明星》竟然以"合评"的形式给了《棉被》这部作品以否定意见居多的有限肯定,②就连田山花袋自己后来在回忆的文章里也说:那次

---

① 小栗風葉・正宗白鳥・德田秋江・片上天弦・水野葉舟・松原至文・中村星湖・相馬御風・星月夜(＝島村抱月):「本欄＝『蒲団』合評」、明治 40 年 10 月、38—54 页。另外,德田秋江(＝近松秋江)的文章虽然提及《棉被》,但实则是在阐述自己对自然主义的不满。

② 太田正雄・平出修・天野逸人・与謝野寬:「田山花袋氏の『蒲団』」、100—104 页。其中,天野逸人持明确的反对意见。

的合评是"半嘲笑半反对性质的"①,但是,有了《早稻田文学》如此方方面面的评说与盛赞,田山花袋的文坛地位稳固下来。

然而,《棉被》之所以能够受到如此高度认可,除了以上的两种批评路线之外,还离不开自然主义的蓬勃发展与在评论界占据越来越重要位置的岛村抱月的理论文章。

《明星》与《早稻田文学》的合评文章里,都屡屡提及自然主义。太田正雄提出了"自然观照",即通过给予读者以印象而让人心生一种"约莫可见威严的自然法则的崇拜与敬畏之情"(101 页),体现了他对自然主义持有的较为客观的态度。但与此同时,他也评价说:"我等十分诅咒主义这个东西。为了主义、为了一个自然主义,并非构成人的艺术生活的全部。……毕竟,比起自然主义之中最好的,我等更期待艺术品中最优的"(101 页)。与谢野宽(铁干)说:"我虽不认为自然主义是万能的,但承认它确实有长处。""自然地写,无人对此有意见。尤其是标榜自然主义的人们的作品。希望他们最严格地、自然地写。一边谩骂陷入其他形式的文学,自己却已早早地日益陷入一种不自然的形式。这没意思。"(104 页)天野逸人也说:"我等不问主义。但凡有趣的就说有趣。因为是个趣味主义者,所以不想为主义费神"(103 页)。而《早稻田文学》的德田秋江也说:"眼下,自然派是文坛的最新流行。几乎呈现出一种如果不讴歌自然派,最终就不配当作家的态势。文艺终究是除此之外无他吗?"(42 页)从而,太田、与谢野、天野、德田四人都与当时的其他非自然派的作家或批评家一致的看法:不否认自然主义的存在价值,但期待更丰富多彩的文艺形式。也就是说,自然主义已经成为文坛的一股切实存在的力量,尽管指责它的力量也同步出现。与此相反,《早稻田文学》的合评中则有对正在文坛高涨的自然主义表示了积极肯定的意愿。小栗风叶就说:"《棉被》不仅是田山君的一部杰作,还是自去年所谓的自然派小说勃兴以来,第一部代表作。"(38 页)相马御风则更是从中捕捉到了新自然主义的气息:"这部作品发挥了以知识分体以情感合体这一自然主义的特质……也应视为新自然主义特色的是,对客观表象隐没主客二体的界限,持有一种并非观察而是自我意识的态度。"(51 页)

最后,集中来看岛村抱月关于《棉被》的评论文章。他与小栗风叶采用了完全相同的批评路线——先议论自然派或自然主义,再谈作家的态度或作品的内容。对于后者,小栗风叶读出了作品中不自然的地方,也读出了作者花袋"率真的态

---

① 「私のアンナ・マアル」『東京の三十年』、博文館、大正 6 年 6 月、345 頁。

度"，并因自己也是作家的立场而"极为羡慕"。而岛村抱月则读出了：(1)作品与评论之间的联系。他认为《棉被》"明确地说明了所谓的自然派的特色之处"，仿佛是"作为一幅插画而镌刻于自然主义评论之中"。(2)作品的整体感觉。他评价说"不是一个像样的艺术品"。(3)作品的不足。除了"说明式""抒情性"的作品风格及人物性格等之外，主要是对作品中主人公的妻子的描写不满意："妻子的出现只不过是串联故事的道具。……家庭的另一面在主人公心里的投影本应更加浓厚些。因为这种投影不浓厚，心中的苦闷不能达到充分具体化"。(4)作品的新意。他主要从两个方面进行了说明。而且，这两个方面也一直被作为对《棉被》最具代表性的评价而常被提及：

> 这是一篇肉体之人、赤裸裸之人的、大胆的忏悔录。在这一方面的新意是：到这部作品为止，最明确且有意识地呈现了，自明治出现小说以来，早已在二叶亭、风叶、藤村等各位身上看出的端倪。这部作品无疑代表了自然派的一个方面——对美丑毫无矫饰的描写进而倾向于只描写丑。虽说丑，但那是人身上难以抑制的野性的声音。通过把它与理性这一面相比照，从而甚至让人不忍直视地把自我意识性的现代性格的特征赤裸裸地公诸于众。这是这部作品的生命，也是它的价值。即便如此，若是往常，现在应该是响起来自道德派的责骂声了，但至今未见那种迹象，是时势发生改变了呢，还是另有缘由呢？

> 当然，迄今，除了刚才列举的各家之外，近来的新作家中也不是没有把这一方面诉诸于笔端的。但是，大多都描写了丑陋的事而不是丑陋的心。与此相反，《棉被》的作者描写了丑陋的心而不是丑陋的事。(54页，下划线为笔者所加)

很多情况下，"这是一篇肉体之人、赤裸裸之人的、大胆的忏悔录"，"是人身上难以抑制的野性的声音。""《棉被》的作者描写了丑陋的心而不是丑陋的事。"这样的话语都被田山花袋(主人公竹中时雄)的阅读及评价模式所牢牢束缚，甚至出现了日本学者大东和重把岛村抱月的这段话认为是判定《棉被》为"告白小说"的声音。在大东的论文中，把同为合评人的岛村抱月与片上天弦的文章内容分别定义为"告白小说"和"客观小说"，认为前者的做法是"由作家读作品"、后者的是

"由作品读作家"。① 笔者认为,这样做是对合评者的意见做出的一种强制性的归类处理,不利于很好地理解或解释他们对文学的更全面的认知。原因在于:对于当时能从作家身上看到"认真"的创作态度,从而判断其文学作品是否具有新意,这本无可厚非。与此同时,对作品进行形式及内容上的分析,探讨作家的创作也是合情合理的。对于师徒关系的岛村抱月与片上天弦对文学及《棉被》的认识做出两极化的处理,确实不免有以偏概全之嫌。也正缘于此,我们认为,"肉体之人、赤裸裸之人的、大胆的忏悔录"应指的是整部作品给人的感觉,需要关注文学材料及主题的选择与叙述技巧上的安排,而"描写了丑陋的心而不是丑陋的事"则代表的是岛村抱月对作家田山花袋在创作态度上的认定。如此一来,才符合抱月对文艺的期待与认定:作家以认真、客观的态度对待真实、客观的材料,然后,以了无痕迹的技巧来客观地叙述人生的某一部分,营造一个充满真实感的作品,从而发人深省地让人感受整体的人生。

再来看岛村抱月对自然派及自然主义的态度。其实,在《棉被》的合评之中,小栗风叶与岛村抱月二人的评论确实形成了很好的对照。就自然派或自然主义,作为作家的前者,并没有提出什么清晰的认识,但却发出了一种呼声:

(1)有个评论家说因为自然派的兴起,连外行也都写小说了。我明白这一方面是个真理,同时,也造成了当今的所谓自然派的小说受一般人的误解。(2)而且,在自称为自然派、一直在写作的作家那里,也没能充分理解其意义。从我自身来说,被人问到也说不明白。不,这个那个什么的,在脑海里是清楚的,却没法把它有逻辑地说出来解释给别人。这时,真希望一位适当的批评家能明确它的意义与价值。(3)就算在西方已经不时兴了、灭亡了,对现今日本的自然派也没有任何妨碍。确实,日本的自然派一定是受了西方自然主义的影响,但受其影响的背后也一定有些缘由。而且,不是一两个人,很多年轻的作家都一起朝向它。至少现在形成了日本文坛的一大势力。就此,也有应该对其做些研究的意义。(4)虽说自然派在西方不时兴了,但一概地贬低在日本文坛勃兴的这场新运动,我觉得很奇怪。尤其期待批评家的慎重研究。

---

① 大東和重:「読むことの規制——田山花袋『蒲団』と作者をめぐる思考の磁場」『比較文学・文化論集』(第 17 号)、2000 年 2 月、28—30 頁。文中,把同为合评人的岛村抱月与片上天弦的文章内容定义为"告白小说"和"客观小说",认为前者的做法是"由作家读作品"、后者的是"由作品读作家"。我们认为,这样做是对合评者的意见做出的一种强制性的归类处理,不利于很好地理解或解释他们对文学的更全面的认知。

无论西方怎样,目前,这一派在日本日益兴起。关于它的倾向,不论好坏,想听听能让作家首肯的批判。作家都盲目于自己喜好之处。"(38—39页,带括号的数字为笔者所加)

虽然引文很长,但这代表了当时日本文坛来自作家的一种声音:(1)自然派的创作兴起,但却遭致众人的误解;(2)作家心中明白自然派是怎样的却不能科学地言表,因而希望有批评家能进行有效的说明;(3)在西方过时的自然主义并不表示它不能在日本兴起,而只要确实存在就应该得到相应的研究;(4)对日本兴起的自然派应客观、公允地进行批判,以使拘泥于自己个人喜好的作家肯定这种存在。也就是说,小栗风叶肯定自然派的兴起、认识到自然派受到误解、怀有一种自己对自然派的清晰认识却无法正确传达,从而大声疾呼关于日本自然派的研究及批评家的出现。虽然,我们不能说岛村抱月一定是受到小栗风叶的这篇文章的启发或刺激,而开始展开了自己对自然派的思考,但至少小栗风叶与他在合评中形成了一首一尾、一呼一应的形式。而且,此后,岛村抱月在自己的"自然主义五部曲"中始终能够做到自成一体又不失公允。

"我赞成自然主义。至少,现在,在日本文坛这是最新的趋势。"这是岛村抱月在合评中开头的两句话。很多研究者以此尤其是以第一句话来界定或论证抱月的文艺立场。毫无疑问,抱月是赞成自然主义的。不过,正如本章第一小节中考察的一样,他赞成的是经过写实主义、前期自然主义发展到明治40年并还将会发展下去的"新自然主义"。因此,似乎可以把"我赞成自然主义"这句话之后的关于自然派或自然主义的叙述看做是岛村抱月表示赞成的几大条件:(1)主张要承认事实、珍惜前进。文中说:"日本知识分子达到切身体味自然主义与西方人所称呼的兴趣,这是眼前的事实","我国文坛还有一条很长的路途要走,哪怕是能前进一步——所谓的前进就是经历未曾有过的新的事物——就会收获前进带来的好处。"(52页)既然自然主义已经来了,那就把它作为新的事物、新的经历,为推动文坛前进而努力。(2)批评自然主义行而自然主义作品却不行的观点。文中说:"不行是立意错误,还是质量不好? 如果说立意错误,倒值得一听。而如果说质量不好,所谓的自然主义本身就是另一回事了。质量好不好,哪里都有。"(52页)也就是说,既然承认自然主义可以,那就没有必要因为自然主义作品的质量不好而横加指责。(3)解释如何看待作为思潮的自然主义。文中有这样一段话:

> 思潮这个东西,在任何国家都会不断发生变化。不变就不是思潮。如今的自然派也好,或者是理想主义也好,写实主义也好,既然变成一种倾向、一

种思潮,那就不可能以始终如一的形态而显现。也许,几年之后,追寻法国的足迹,自然主义会变成神秘主义或象征主义。然而,却没有道理说:单单因为预想到将来会发生变化,现在的东西就失去了价值。也许有人认为在法国已经进入下一个阶段,所以应该把自然主义作为过去的事物来看待。在日本,自然主义正好是现在时,还兴许是将来时。真正的理解、感受其意义是在将来。好的自然派作品多多出现,特色能够充分辨识,之后,自然派让位于下一个思潮也无妨。让位变得理所当然的时候也会到来吧。把一个还没有完全变成现在的东西,却说它是新的,群起而要把变成过去的东西。这是很轻率的行为。(53 页)

也就是说,抱月认为:在日本文坛正日益兴起的自然主义,不管它是否落后于法国文艺思潮的脚步,也不论它接下来会被哪一个思潮所取代,它都应该好好地为现阶段的发展而努力。既然存在了,就应该得到好好发展它。(4)否定复兴砚友社式的理想派这一说法。文中说:"有人梦想:自然主义之后理想派兴起,那就是旧砚友社风气的复兴。……岂不是非常奇怪的想法吗? ……即便如今的自然派后退 1 年半,统括由红叶至风叶创作前半期的、那种不甚清晰的一派人的特色,也不会变成可以支配其后的主潮。流水无情。"(53 页)抱月觉得否定自然主义而要寄希望于曾经的理想派无异于"开倒车"。(5)声称自然主义并没有走入末路。文中说:"就在全新的、开始明朗的现在,让一切感受……新鲜的气息。"(53 页)至此,岛村抱月主张要承认自然主义兴盛的事实、批评对自然主义作品抱有的成见、解释作为思潮的自然主义应如何看待、否定旧派文艺思潮复兴的观点、声称自然主义是一种新势力。由此,他便积极承担起小栗风叶呼唤的、那种解释自然主义的评论家的角色与重任。然而,我们又必须再次确认的是:岛村抱月对待当时的自然主义是站在"昨日像那东流水,离我远去不可留"、"明日复明日,明日何其多;我生待明日,万事成蹉跎"的时间认知上,主张把握当下、顺应潮流。因此,可以把他文章开头的那句"我赞成自然主义"改成"我赞成当前的新自然主义"。当然,也正是站在这个大前提下,他读出了田山花袋《棉被》的新意与历史意义,说出了《棉被》是"作为一幅插画而镌刻于自然主义评论之中"的话语。

第3节 人物原型问题①和"文艺与道德"②

在明治40年的后期自然主义渐渐兴盛起来之后,文坛上开始出现了不同的声音。③ 众所周知,自然主义追求材料上的真实、形式上的无技巧、主题上的无禁区。如果说《破戒》中受歧视的部落民还不够真实的话,《棉被》中身为老师却又饱受压抑的复杂情感却让人备感真实——通过描写普通人平淡的日常生活而令人感觉主人公仿佛就是自家的邻居,通过描写"性欲、悲哀与绝望"涌上心头而令人感受内心情感的复杂多样。然而,如果这种"真实感"直接让人产生"这就是现实生活的翻版"这种意识的话,文艺的价值就要接受考问了。加之,如果选择的材料与主题是与现行的道德体系有所龃龉的话,文艺与道德的关系就得接受重新审视了。于是,后期的自然主义便面临要如何发展下去的第一次困惑——人物原型问题。

或许可以把文学的生产过程简单化地理解为素材→作家→作品→媒体→读者:通过选择创作素材(包括作家作为描写对象的人物原型)或确定主题,透过作家的心灵这一神奇的化合装置,再通过作家有机地运用独特的技巧和丰富的感情融合之后诉诸笔端而成作品,接着把作品通过报纸、杂志或书籍等媒体呈现于读者(包括作家作为描写对象的人物原型)面前。而后期自然主义遇到的"人物原型问题"就是素材=作品=读者,即自认为被当作作品中描写对象的人物原型这一特定读者,也选择媒体发表文章,说真实的自己并非如作家的作品所述。

按照日比嘉高的考察,明治30年代开始,不仅仅作品,就连关于作家自身的信息,在媒体上也开始具有了传播价值。与此相对,涉及作家与作品中相关的人

---

① 日文表达为"モデル問題"。

② 这一时期均习惯性地称为"文艺",但由于比起诗歌、戏剧、绘画等其他艺术形态,"文学",具体地说是"小说"处于最发达的阶段。因此,称"文学与道德"似乎更合适。不过,鉴于当时的评论大多都使用"文艺与道德"的方式,笔者出于翻译时尊重原文及表述相对统一的考虑,在本小节中均统一使用"文艺与道德"的表述。

③ 当然,也有像夏目漱石、森鸥外、上田敏等熟知欧洲自然主义文学及欧洲文学背景的文学家。

物原型问题这类文章及探讨却几乎不成为问题。① 进入明治40年代以后,关于作家的消息及人物原型开始增多起来。比如,有《中央公论》(明治39年1月开始杂志改版)的"我爱读的书"(同年1—4月)、《新潮》的"诸家创作谈"(明治39年10月)、《文章世界》(明治39年3月创刊)的"对我写文章有裨益的书"(同年3—10月,11月为"作家与著作")、"《不如归》物语"(明治39年5月)、"《哥儿》物语"(同年12月)、"《青春》物语"(明治40年1月)、《新小说》的"时报"栏(明治39年2月—大正4年12月)等。伴随着后期自然主义这一股来势汹汹的文学思潮,从明治40年9月开始,在日本文坛终于发酵为一场"人物原型问题"且涉及"文艺与道德"的讨论。关于这场讨论的主要文章列表如下。

图表1　"人物原型问题"和"文艺与道德"的相关文章②

3月	(1)白松孝次郎:「昨今の文芸対道徳論に因みて」『早稲田文学』
5月	(2)長谷川天渓:「文芸と道徳」『太陽』
6月	(3)島崎藤村:「並木」『文芸倶楽部』(臨時増刊『ふた昔』所収)
9月	(4)馬場孤蝶:「藤村氏の『並木』」『趣味』、(5)『並木』の副主人公原某:小説「金魚」『中央公論』、(6)国木田独歩:「予が作品と事実」、徳田秋声:「画のモデルと小説のモデル」、柳川春葉:「事実と人物」、小栗風葉:「『青春』と『天才』」『文章世界』
10月	(7)宙外:「自然派とモデル」『新小説』、(8)丸山晩霞:「島崎藤村の著『水彩画家』※1の主人公について」『中央公論』、(9)2・9日　鶴鵠子:「小説の材料」(上・下)『東京二六新聞』、(10)9・10・13・15・22日　桜芳:「主人公問題」(1~5)『やまと新聞』、(11)14日　素堂:「モデル事件」『万朝報』、(12)14日　天壇:「所謂自然主義の道義的価値」『東京日々新聞』、(13)15日　河漢子:「文芸時評」『日本及日本人』、(14)20日　白雲子:「無題録」『読売新聞』(日曜附録)

① 具体内容可看:日比嘉高:「作品・作家情報・モデル情報の相関——明治三〇年代」『〈自己表象〉の文学史——自分を書く小説の登場——』、翰林書房、2002年5月、36—52頁。

② 根据以下材料做出的统计:(1)星湖・抱月共同执笔:「モデル問題の意味及其の解決」『早稲田文学』、明治41年11月;(2)高橋新太郎:「モデル問題論議」『近代文学論争事典』(長谷川泉・編)、東京:至文堂、昭和37年12月;(3)日比嘉高:「『モデル問題』とメディア空間の変動——明治四〇年代」『〈自己表象〉の文学史——自分を書く小説の登場——』、翰林書房、2002年5月。

续表

11 月	(15)山本柳葉:「作家と材料問題」『文芸倶楽部』、(16)星湖・抱月共同執筆:「モデル問題の意味及其の解決」『早稲田文学』、(17)星湖:「文芸上の人格問題」『早稲田文学』
12 月	(18)孤蝶:「モデル問題」『中央公論』

※1　明治 37 年 1 月,发表于《新小说》上。明治 40 月 1 月,以收录于岛崎藤村的第一短篇集《绿叶集》的形式而出版。

这场讨论围绕的是同一位作家岛崎藤村的两部作品。一部是为了纪念博文馆开业 20 周年,发表在文学杂志《文艺俱乐部》的临时增刊号《回首二十载》(恰好收录了 20 位作家的作品)①上的短篇小说《行道树》。另一部则是明治 37 年发表、明治 40 年收录于短篇集《绿叶集》中的《水彩画家》。

文艺杂志《趣味》6 月号上的一则消息可以看作对《行道树》的最早叙述:"听说此次藤村以文坛知名之士为主人公写了一部小说,所以二位文人要就此大发个人意见。真是绝无仅有的稀罕事。"②7 月 3 日的《读卖新闻》是这样报道的:"听说《回首二十载》上刊登的藤村的《行道树》中,主人公相川最露骨地描写的是马场孤蝶,第二主人公原是户川秋骨,青木是生田长江,高濑是藤村自己。"两则消息均采用了"听说"的表述方式。

果不其然,进入 9 月,马场孤蝶在《趣味》上发表了《藤村的〈行道树〉》一文,澄清了直到《行道树》发表之前的背后故事,叙述了自己成为人物原型的不满,并逐条指出事实与作品之间的不同。同时,户川秋骨也以"《行道树》的第二主人公・原某"的署名在《中央公论》上发表了可以认为是《行道树》续篇的小说《金鱼》。作品以与《行道树》中相对照的方式,对原的性格遭遇进行描述,从而意欲向读者展示事实与作品的不同。就这样,"听说"变成了完完全全的事实。其实,此前,关于人物造型的话题都是以考察某作品中出场人物的出处、由来为内容,而以马场孤蝶、户川秋骨的文章为标志,作为人物原型的人也被文坛赋予了发出自己声音的权利。同月发表并引起文坛轰动的《棉被》也在次月就迎来了来自人物原

---

① 岛崎藤村:「並木」、饗庭篁村:「二筋川」、田山花袋:「八年前」、徳田秋声:「夜叉」、柳川春葉:「妥協」、山田美妙:「姫百合」、泉鏡花:「廊下の君」、宮崎三昧:「敵艦砕筑紫神風」、塚原渋柿:「新粧法」、川上眉山:「明眸」、幸田露伴:「横鑵」、渡邊霞亭:「浪花潟」、巌谷小波:「石薔薇」、国木田独歩:「窮死」、遅塚麗水:「老嬢」、石橋思案:「蓋痛快」、江見水蔭:「蛇窪の踏切」、須藤南翠:「行春」、広津柳浪:「見合ひ」、幸堂得知:「觀劇の還暦」
② 午臼:「文芸界消息」(第 2 卷第 6 号),49 頁。

型的声音①（现实中的女性冈田美知代以《棉被》的女主人公"横山芳子"为名，在《新潮》上发表了《关于〈棉被〉》一文）。9 月 15 日发行的《文章世界》，更是在第一时间里以"事实与作品"为主题收集了国木田独步、德田秋声、柳川春叶、小栗风叶四人就自己作品中的人物原型进行的谈话。《读卖新闻》则更是"火上浇油"，9 月 15 日的《文艺思潮的消息》一文里又预告说："这次，据说在藤村与丸山晚霞之间又出现了不好的事情。原因是藤村的《水彩画家》……而且，丸山极为愤慨，要向世人控诉，以揭发事实与作品之间的不同与矛盾。"到了 10 月，这场议论达到沸腾。此前预告的话题也再次成真：丸山晚霞发表了《关于岛崎藤村著〈水彩画家〉的主人公》以示抗议。其理由在于：藤村的文坛名声大振，自己则饱受来自家庭、社会的指责。据说，藤村对丸山晚霞的抗议性文章曾说作品的主人公是自己，并提及作品中的一封信的内容来自与妻子曾有过誓约的男子的来信，且无一字一句的增删。而对此，丸山晚霞则回应说：明明是忏悔自己的实际经历，却转嫁到一个无辜的画家身上。倘若这就是自然派的立场，那这世上再也没有比自然派小说家更坏的恶人了。② 来到 11 月，这场争论终于在《早稻田文学》的理性评论中趋于平息。

明治 40 年 11 月，《早稻田文学》中援引《日本及日本人》中的一段话，历数了以往文学家使用人物原型的例子。

经常因人物原型问题而引人七嘴八舌的是广津柳浪。……坪内逍遥……森鸥外……尾崎红叶……内田鲁庵……小杉天外、菊池幽芳……夏目漱石……的人物中都有原型。在以上所有的人物原型中，每每都有声称人物原型遭受恶意处理而受到攻击，但只要作品总体不是故意为之，也并没有引起什么问题。（32—33 页）

"只要作品总体不是故意为之"，便没有什么特别严重的问题。为什么到了自然主义兴盛之时，就变得严重起来了呢？自然派主张"原原本本地描写"、"露骨地描写"……这些很自然地会让人觉得是要如实地描写现实中的真人真事。而真

---

① 作为某一作品中人物原型的人以写文章的形式站出来解释或说明自己与作品的异同，逐渐形成一股潮流。截至明治 41 年年底，就不下 13 例。（可看看：日比嘉高：「『モデル問題』とメディア空間の変動——明治四〇年代」『〈自己表象〉の文学史——自分を書く小説の登場——』、翰林書房、2002 年 5 月、92—93 頁、103 頁。）
② 高橋新太郎：「モデル問題論議」『近代文学論争事典』（長谷川泉・編）、東京：至文堂、昭和 37 年 12、90 頁。

人＝人物原型读到作品觉得自己并非如作品中描写(尤其是被丑化)的那般,站出来表示抗议也是再自然不过的。这样,就会出现两种声音:一种是以道德为准绳的批判之声。后藤宙外说:"本来,作家具有选择材料的自由。……然而,要明确地指明是某个人、如实描写时,尤其是那个人是社会名人,要透过作品中的人物直接议论其人格如何,至少需要考虑一下。……在暗示或明示是某个人这一点,纵然不把他朝坏里写,却甚至要公开过于不名誉的弱点及癖好。从挚友的立场来看,这看得下去吗? 从人情来看,也不得不怀疑。……我等是作家,同时也必须是一个人。我认为,作为一个作家取得了巨大成功,作为一个人却有失偏颇的话,那可是了不得的大事。"①也就是说,这种声音主张:把明确有所指的人物原型不要写得暴露,否则从朋友和人情上都说不过去;对于一个作家,则要做职业与做人都要不失偏颇。另一种是来自文艺家的声音。《文章世界》组稿的"事实与作品"特集中,四位作家一一发表了自己对人物原型的认识。国木田独步认为:"无论觉得现实的人物、真实的事件多么有趣……都必然要把它藏于心底最深处等待它的发酵。"德田秋声则说:"选取友人等未必是打算写友人本人,因为是对他的兴趣、思想、人生等感兴趣而进行批判性的描写(比如《行道树》),所以也无妨。"柳川春叶说:"结果,把真实的人物、事实引到作品中来是必然的趋势。"小栗风叶则强调:"就算如实选择那个人,但我也不会选取全部事实。"他们都不约而同地并没有把现实中的人、真实的事与作品中的描写相提并论。因为,从作家的角度来看,把现实与作品的内容对等化,无异于是对自己的亵渎,作家的主体性——对材料的"发酵"、"选择"是不可或缺的。

那么,这场大讨论在《早稻田文学》这里得到了怎样的断案呢? 由星湖、抱月共同执笔②的《人物原型问题的意义及其解决(参照汇报栏)》,从作家的写作动机、描写方法,到社会舆论、解决办法,再到人物原型问题的意义等,层层推进,非常具有说服力。

首先,对取材于事实的作品与作者持有怎样的动机进行分类。"一、要写作者

---

① 「時文　自然派とモデル」『新小説』、明治40年10月、148—150頁。

② 中村星湖是一名于明治40年7月刚刚毕业的学生。因受岛村抱月的照顾而成为《早稻田文学》的一名记者。在《早稻田文学》上发表的《对文坛新倾向的两种批评》(「文壇の新傾向に対する二種の批評」,10月)、《文艺上的人格问题》(11月)、《不虚伪就活不下去吗?》(「偽らざれば生き得ざるか」,12月)与以岛村抱月为首的《早稻田文学》的集体观点保持高度一致。因此,笔者愿意把该文的主旨看作岛村抱月的观点或者说其观点的体现。

的内心实验。二、要让作品与实际兴趣相结合。三、怀着个人目的而触及事实。"（25—26 页）第一种动机是要切实地描写真，从而与自然派的主张相关，而第二种与第三种因为分别是投机性与带有人身攻击的性质而根本不可能被列为文艺批评的对象。接着，看描写的方法。"一、尽量如实地描写人物原型或事实。二、积极地在人物原型或事实上添加人为痕迹。"（26 页）而后者又可分为两种：为隐藏事实而添加人为痕迹和源自艺术上的要求而添加人为痕迹。于是，前者因为其照相般如实描写的写作方式而类似于报纸上具有揭发性质的报道，会给人物原型带来影响，后者因为其改头换面的描写而与具有捏造性质的报道相似，同样会给人物原型造成影响。此时，作者的创作动机尤为关键。只要不是投机性或带有人身攻击性质的动机就不会是单纯的道德问题。如果作者怀有忠于艺术而使用别无他法的描写方法，从而在结果上给人物原型及事件带来困扰，那么，其触及的文艺与道德的问题将是更深层次的、更本质性的："不伤道德文艺将不立。"而明治 40 年出现的这场有关"人物原型问题"的喧嚣，便是深层次的文艺与道德的问题，从中能看出"思潮的影子、时势的痕迹"。

对于"人物原型问题"应该采取什么办法呢？ 首先，"希望作家要做好尽量不让人物原型是某某人的这种实话流传到社会上"（30 页）。其次，"对于成为人物原型的人，至少是如果知道作家身上没有恶意的动机，把作家的描写视为不可遏制的社会时态，从而体谅作家的志向"（30 页）。此外，"如果有人误以为文艺作品中体现的东西皆为事实，那是误解者的责任"。总之，"在动机与顾虑上，作者与人物原型应交换面对的道德责任，别无他法"（31 页）。而且，文章还特别就丸山晚霞与马场孤蝶的具体事情进行分析，认为：前者有把自己的不伦之恋告诉藤村的不谨慎之处，而藤村有把不必要的事情同晚霞商量反而刺激了对方神经的过失；后者与前者不同，除了有一两处挖苦说的过分，让人可能会产生种种臆测之外，文章本身带有文艺批评的性质，而藤村那里也同样存在刺激了对方神经的过失。

那么，"人物原型问题"到底意味着什么呢？ 中村星湖、岛村抱月认为：这是对"文艺与道德的根本性问题的发现"，是"时势、思潮使然"，是"作家身上写实精神的觉醒与人们身上道德意识的觉醒"之间正面对垒产生的结果。这样，"人物原型问题"也就成为"文艺与道德问题"的表象。它蕴藏着"觉醒的生命"，代表着"时代思潮逐渐临近真正的精神革命"，意味着"接下来我等要一一切身地体验仅仅从书本上听闻的东西"。

其实，关于"文艺与道德"的文章，在这场讨论之前已经存在了。明治 40 年 3 月，白松孝次郎（南山）以对高岛平三郎、宫田脩（主要是前者）的文章表示"同中有异"的方式表达了自己对于文艺独立的看法。高岛平三郎的文章《文艺与教育》的主旨是：文艺是广义的，指具有美学价值的活动或由那种活动而产生的结果。道德是普通意义上的，指非冲动、非本能的动作，即思虑性行动，与人的行为相关的事项。于是，二者的关系又可以看成美与善、理想与实际的关系。二者的共同背景是社会活动，是人生。由此，从西方的文艺历史来说，关于二者，就有"道德至上说"（柏拉图）或"文艺至上说"（康德、席勒、歌德、施莱格尔、雨果、拜伦、谢林、费希特等）、"文艺道德并存说"（黑格尔、哈特曼）、"文艺道德同一说"（亚里士多德、苏格拉底）。日本则是处于以上种种思想皆有的状况。于是，自己持有文艺道德相统一的理想，认为：如果是站在教育的角度从文艺中选取材料，应做到宽容一些；如果文艺与道德极端偏离的话，应仅在专家之间公开、寻求批评、加以研究。①去掉高岛谈教育的内容，会发现他对文艺与道德关系便是：二者相统一。反观白松南山的文章②，他也持二者相统一的观点，但天平更自然地倾向于文艺。就文艺，他首先通过对比把它定义为："科学及历史，是使人知性地感觉到人生、自然，总之是对存在世界的描写、说明；文艺是让人感性地体味人生、自然，也就是对价值世界的描写、说明。"（79页）"文艺的使命在于为事实赋予意义，为存在赋以价值，把现实化为理想。"（79—80页）就文艺中的真实，他认为："文艺绝非写实性的。……文艺本来的意义在于超越现实、描写理想生活的可能。……文艺一方面如此地与善相同，同时又与真相同。其真并非如照镜子般的事实之真，而必须是直接与主观相感应的理想之真。"（81页）就文艺中现实与理想的关系，他说："虽说理想会超越现实，然而隔绝现实的东西不是理想……理想也好、现实也好，实际上，是一元发展，而不是二元对立……从因果来说，现实的化身即理想，理想的前身即现实。"（81页）在这种叙述的基础之上，他才开始就文艺与道德进行评说：（1）批评文艺模仿说的论断。"柏拉图认为现实是对理想的模仿，文艺是对现实的模仿。他诅咒艺术是理所当然的。当文艺沦为模仿之时，就是它被人生弃绝之时，就是它与道德必须断绝之时。"（82页）（2）反对文艺应以道德影响来评价。"只能歌颂善的时候，诗人也就丧失了歌颂人生理想的权利。……如果不是善恶均描写，善恶的意义不能体现这一点就不用说了，没有描写人生本身的决心，人生中善恶的意义又如何能够体现。"（84页）（3）人生的理想只有一个，文艺与道德是

---

① 原文出自：『丁酉倫理會倫理講演集』（第53輯）、明治40年2月。引文出自：高島平三郎：「文芸と教育」『心理と人生』、不老閣書房、大正7年10月増補四版、223—254頁。

② 「昨今の文芸対道徳論に因みて」『早稲田文学』、明治40年3月、78—85頁。

实现这个理想的不同方式。文艺（＝情）与道德（＝知）在最终促人产生执行的意志（＝意）这一点是统一的。这种"意志，并非理性的、故而始终克己的意志，也非感性的、故而始终自我的意志，而是理性明晰、感性浓厚的意志"，可以称为"理想性人格"、"宗教性人格"。

两个月后，长谷川天溪同样在提及了白松南山文章中质疑的两位伦理学家之后，把视线转向了与其他二人同期发表文章的中岛健藏。文章中①，天溪也是首先承认文艺与道德二者相统一的说法，之后主要是围绕批评中岛健藏的文章——比喻方法奇特，对美与善的考察很抽象，最后则批判了"倘若善与美不能并存之时，我等必须弃美而从善"这一论断，认为中岛健藏混淆了美与美的产物之间的区别。于是，文章最后，他说："美的价值是天然性的，善的价值是附带性的。监督文艺世界者，要始终让其美；支配道德世界者，要始终使其善。"（160 页）

此外，与《人物原型问题的意义及其解决（参照汇报栏）》同期发表的《文艺上的人格问题》②（明治 40 年 11 月）也是对文艺与道德问题的探讨。只是，该文作者中村星湖选择的角度是作家的人格。在当时，"为了艺术而艺术"这一主义把艺术本身从作家和现实社会割裂开来，因为故弄技巧，结果是陷入"非人情"、"不道德"、"没有必要"。一个真正的人应该在"举目观日、抬头望天"之时不忘"脚踩大地"。如何才能做到"脚踩大地"？那就是破除习俗等第二义的道德而实现更本质性的"第一义的道德、第一义的自我、第一义的人生"。而要做到这一点，对于艺术来说，在实现美之前，必须达到真，从而才能消除艺术中游戏、功利性的因素。这样的艺术，只有具备相应人格的作家才能创造出来。这种人格体现为：以"生命"为目的，以"诚实"为态度。作家的"生命＋诚实"，就能实现"第一义的道德"，方能成就"为了真的艺术"。也就是说，如果要评价岛崎藤村、田山花袋的人格是指向"生命＋诚实"的话，那就没有理由指责他们在文艺与道德上存在问题。而且，如果有问题，也只是有关"第二义的道德"这种问题。

其实，就"人物原型问题"和"文艺与道德"的关系，在思考及考察时应注意两点。一、当文艺与道德是作为传统的美与善、理想与现实等两个门类来考察时。这时，我们应该看到文艺与道德之间存在的多种关系。因为，文艺的发展与道德的嬗变往往处于复杂的关系之中，并不能通过文艺或道德至上、文艺与道德并存、文艺与道德统一来简单地处理。从文艺的角度来说，有时文学的存在对某种落后

---

① 「文芸と道徳」『太陽』（第 13 卷第 6 号）、明治 40 年 5 月、158—160 頁。
② 『早稲田文学』、6—11 頁。

的道德理念、原则、体系进行极力维护,对先进的道德理念、原则、体系进行嘲讽乃至诅咒;有时文学的发展对旧道德的理念、原则和道德体系会起巨大的解体作用,同时又对新的道德理念、原则、体系形成起巨大的促进作用;有时文学理念的更新与道德观念的变化处于一种互补共进的和谐关系。如果结合日本文坛来看的话,主张劝善惩恶的文学是对旧道德的极力维护;主张"第一义道德"的新自然主义是对新道德的期待与促进;主张注重伦理的文学(如后藤宙外等)是力求与道德的和谐共处。从道德的角度来看,特定的道德理念、道德原则与道德体系对特定时期的文学发展起着阻碍或促进作用。如果结合当时的日本现状来说,明治 40 年代的道德主张是对文艺发展、文学青年的烦闷等的阻碍还是促进呢? 答案很明显,是阻碍。以政府发布的禁止销售的禁令数量(包括图书、杂志、报纸三大类)来看,明治元年至 38 年里,共计是 245 个,而明治 39 至 43 年这短短的 5 年间,竟多达248 个。① 其中,文学作品也不占少数:明治 41 年,12 篇;明治 42 年,23 篇;明治43 年,25 篇。② 二、当文艺与道德是涉及要考察文学家创作以及文艺作品中包含的道德要素时。这时,我们应该看到文学家的道德(中村星湖所说的人格问题)与文学作品中的道德(涉及本节重点讨论的道德材料或人物原型问题)。卡西尔在《人论》中说过:"艺术并不是对一个现成的给予的实在的单纯复写。它是导向对事物和人类生活得出客观见解的途径之一。它不是对实在的模仿,而是对实在的发现。"③如果人们认为岛崎藤村、田山花袋的创作态度是"生命 + 诚实"的,是一种经过主体对"实在的发现",那么,作为审美创造主体的道德就是认真的。如果人们从审美的角度来看待作家的艺术作品,那么,就应该以艺术审美的角度,而不是以社会道德的标准来衡量或评判。这是因为,此时,文学作品中涉及的道德仅仅是为了表达文艺之美的材料而已。也许,人们期待文学作品既能给自己带来审美感受,又能加深自己对人生和社会的认识,还能坚定自己对未来和美好事物进行毕生追求的信念。然而,日本的文学在走到明治 40 年代的时候,却正是由自然主义来挑战道德这堵高墙之际。

最后,结合对《早稻田文学》的文章进行的梳理和"文艺与道德"的分析,我们可以知晓:作者的动机端正不端正,事实与作品的材料处理之间妥不妥当,关乎的是文艺与道德之间的不同层面的关系。

---

① 数据来源于:図書週報編輯部编:『明治大正発売禁止書目』、古典社、昭和 7 年 7 月。需要补充说明的是,该资料本身无标准页码。

② 臼井吉見:「自然主義論争」『近代文学論争』(上)、筑摩書房、1975 年 10 月、102 頁。

③ (德)恩斯特·卡西尔:《人论》,甘阳译,上海译文出版社,1985 年 11 月,182 页。

第4节　重视"说理"又不忘"鉴赏"的文艺批评论①

明治39年,后期自然主义理论仍处于零散的萌芽状态。进入明治40年后,虽然没有显著的进展,然而,却展开了一场关于文学评论(准确地说是评论本身)的论争。

发出的第一声是夏目漱石发表在《读卖新闻》上的《作品的批评》(1月1日)②。该文是作为文学家的他对当时的评论家们的言论颇感不快而写下的。文章的主要内容包括文学批评的态度与方法。关于文学批评的态度,漱石希望评论家对作家的文学保持变通,做到"变换种种立场,汲取作家的精神"③。关于文学批评的方法,他认为要成为评论家就得知道批判的条目与法则。评论家要明确批判的条目,就"必须以过去的文学作为材料"④,而且"要在内心同时积蓄相反的趣味"。即便掌握了批判的法则,也不是一劳永逸,只能当成尺度。批评家应常把尺度灵活自如地放在心里。此外,漱石还提及"作家也会突然写出破天荒的作品"⑤,从而再次明确自己对作品批评不能采用唯一标准的态度。在这篇文章中,他旨在批判两方面:一、作家接受评论家的评定(二者的关系,有如学生只能接受老师给出的成绩);二、批评家不知道批评的条目与法则便做出狭隘的批评。为了说明评论家们的狭隘性,文中写道:

> 有人说,如果不描写烦闷便不是文学;有人说,即便有可取之处但如果描写的事件稍微有些不自然就不是文学;有人说,人际交往时,如果没有突然发生、非常紧迫的真实感,就不是文学;有人说,看到平淡的写生文中没有故事的发展就不是文学。于是,评论家只在看到此前的读书及前辈的熏陶,或者

---

① 在本小节中"评论家"和"批评家"意思相同。只是因为日语原文中分别表述为"評家"和"批評家",在翻译时才做了尊重原文的处理。特此说明。

② 引文引自:「作物の批評」『漱石全集』(第14卷　評論・雜篇)、漱石全集刊行会、1929年2月,9—16頁。

③ 「作物の批評」『漱石全集』(第14卷　評論・雜篇)、漱石全集刊行会、1929年2月、12頁。

④ 「作物の批評」『漱石全集』(第14卷　評論・雜篇)、漱石全集刊行会、1929年2月、13頁。

⑤ 引文引自:「作物の批評」『漱石全集』(第14卷　評論・雜篇)、漱石全集刊行会、1929年2月、15頁。

是由自己狭隘的经验而生的一些趣味中包含的东西时,说"这是真的文学"、"这是真的文学"。①

"烦闷"、"自然"、"真实感"、"写生文",这四者中无一不与后期自然主义有关。在漱石的文章里,它们都成了确证文学评论存在狭隘性的内容。然而,必须说明的是:漱石批判当时文学评论的狭隘性,并不等于说他完全否认它存在的合理性与相应的价值。明治40年4月在东京美术学校的演讲稿——《文艺的哲学基础》②一文的叙述逻辑便是例证。该文对文艺家的理想、使命、文艺的性质及特点等多个问题进行了充分的阐述。尤其是在解释文艺家的理想时,认为他们是要追求"美、真、善、庄严"③。具体地说,四者皆"彼此拥有平等权利,是不应相互侵犯的标准",存在此消彼长的可能。而当前文艺理想便是正在得势的"真"。不过,漱石也不忘说:承认"真"的存在价值的条件是"不伤及美、不损坏善、不糟蹋庄严"④。

如果说身为文学家的夏目漱石的撰文是旨在要求评论家对文学家的创作要有客观、灵活的态度,不要陷入狭隘的话,身为评论家的中岛孤岛则以同在《读卖新闻》(1月13日)上的一篇文章——《作为创作的评论》——指责漱石"没有批评标准"之后——指出批评家的批评是另一种意义上的创作,并明确说道:"批评的根本在于文明批评、人生批评。只要是批评作品且未达到这一点,就不会是达到极致的批评。"

很明显,夏目漱石与中岛孤岛两个人分别站在作家与评论家的角度主张各自的合理性。对此,在《新小说》的"杂录"栏开设"我观录"专栏的登张竹风,借用德国诗人夏克(Adolf Friedrich von Schack,1815—1894)痛骂批评家的文章中的主要内容,总括了批评家会有失公允的五方面:厚古薄今、随波逐流、身心不调、事务繁忙、党同伐异。于是,登张竹风给批评家定出了标准:"诗文之中有无""卓越的诗美"⑤。然而,文章并没有具体讲明何谓"卓越的诗美"。不过,他却分外明确地讲

---

① 「作物の批評」『漱石全集』(第14卷 評論・雑篇)、漱石全集刊行会、1929年2月、15頁。

② 后由漱石统稿,于5月4日至6月4日间,发表在《东京朝日新闻》上。

③ 引文引自:「文芸の哲学的基礎」『漱石全集』(第14卷 評論・雑篇)、漱石全集刊行会、1929年2月、50頁。

④ 「文芸の哲学的基礎」『漱石全集』(第14卷 評論・雑篇)、漱石全集刊行会、1929年2月、52—57頁。

⑤ 「批評難」『新小説』、第12年第2卷、明治40年2月、72頁。

明:夏目漱石的文章"道破时弊"并文如其题,批判的是"评论作家的评论家、批评作品的批评家"。而中岛孤岛的文章却讲的是文明批评家,对漱石的文章来说,可谓是"无的放矢"①。而在该杂志下一期的"时文"栏里,后藤宙外也发表了力挺作家的立场,说"作家没有盲从评论家论断的理由。徒然的顺从根本不是美德"、"安心于自己的特长、以作品本身来回答评论家的态度,才是从事艺术之人的真实心态"②。

紧接着,作为后期自然主义理论代表的长谷川天溪又对此前的批评论进行了批评。对登张竹风的文章中提及批评的标准应如何确定的问题,他虽然指出不妥但并没有给出自己的答案。天溪是要为批评与文艺的关系、批评的作用来说话的。他的答案是:(1)批评不是文艺的附庸。"批评是附庸的思维难道不是极其陈腐、极其狭义地解释了批评本身的意义吗?"③(2)批评也可以研究人生、阐述艺术的生命。因为:"所谓的文艺终究无非是人生的现象。而把人生的现象作为材料、发现蕴藏于艺术以及人生之中的法则不就是近代的批评吗?"④此外,虽然他认为批评本没有法则可言,但倘若硬要说的话,上乘的文艺便是"能让人产生宛如真实般幻象的东西"。不过,长谷川天溪在文章的最后并没有刻意地要凸显批评家的重要意义,而是灵活地对评论家与做家的关系做出折中的说明:"因为评论家、作家都是研究人生的,所以,相互交换意见、促使文艺发展是我等所愿望的。"⑤

《趣味》的4月号,给批评论定下了基调:批评论"是个应该更深入、更详细讨论的问题。……是现今文坛的认真而又重要的问题"⑥。批评论是必须作为作品的批评而处于附属地位呢,还是,必须发展到文明批评,终至独创境地呢?

对前期的批评论进行仔细评述的是《帝国文学》与《早稻田文学》。

前者的4月号里,署名"真多楼"的论者,发表了主要包含以下几方面的内容⑦:第一,对夏目漱石和登张竹风的文章进行了评析,认为:漱石的文章提出了"文学究竟是什么"和"文艺批评是什么"的问题;竹风的文章中提及批评家有失公允的五方面是在于有意识(随波逐流、事务繁忙、党同伐异)与无意识(厚古薄

---

① 「批評難」『新小説』、第 12 年第 2 卷、明治 40 年 2 月、77 頁。

② 「文芸の士の対評家態度」『新小説』、第 12 年第 3 卷、明治 40 年 3 月、124 頁、126 頁。

③ 「文芸時評　近時の批評論」『太陽』、第 14 卷第 4 号、明治 40 年 3 月、159 頁。

④ 「文芸時評　近時の批評論」『太陽』、第 14 卷第 4 号、明治 40 年 3 月、159 頁。

⑤ 「文芸時評　近時の批評論」『太陽』、第 14 卷第 4 号、明治 40 年 3 月、160 頁。

⑥ 「時報　文学界 ＝ 最近の論壇」『趣味』、第 2 卷第 4 号、明治 40 年 4 月、3—4 頁。

⑦ 「雑報　批評論管見」『帝国文学』、第 13 卷第 4 号、明治 40 年 4 月、113—126 頁。

今、身心不调）而造成的。由此，批评家有失公允的背后"有着评论家的情感让人无意识地犯错之时与评论家有意识地蓄积自己的情感之别"①。从而，论者指出作为批评家的第一条件就是"必须忠实于自己的情感"。第二，文章给出了论者认为判断文艺好坏的根本标准：给人以"某种感觉"的"自己的情感状态"。第三，论者说批评家有两大任务："面对作者，要评价其（作品——笔者加）提出的答案。同时，面对读者即普通人，要介绍作者的作品。"②第四，主张文艺批评终究是形式批评，是归结为对作家的才能进行的批评。从而，指出登张竹风评价中岛孤岛的论说无异于"无的放矢"固然正确，但批评论的范围却因此而得以扩展，还指出长谷川天溪的批评已超出了对文艺作品进行批评的界限，而扩大为文明批评。如此一来，该文的观点便可总结为：一、明确说明了文艺的标准。只要能让人心生"某种感觉"，便是好的文艺。二、讨论了批评的必要性。它是批评家与作家站在相同立场，以作家的作品为基础进行评价，同时又对读者进行介绍的产物。

　　后者 5 月号的"汇报"栏③，再次对夏目漱石与中岛孤岛做了梳理并确认：漱石要求根据不同的作品而灵活地批评因而很难明确地规定某种批评的标准，孤岛认为人生与文明的存在与否是文艺批评的标准。《早稻田文学》的思考路径是：弄清楚何谓文艺的问题才能明了作品本身的批评与文明批评这两者是怎样的关系；弄清楚这两者的关系，才能明白批评的标准是什么。也就是说，该文列出了三个议题——何谓文艺、文艺批评和人生与文明的批评、批评的标准。关于何谓文艺，文中说道："上乘的文艺必须是能够冠以所谓'没我'、'幻象'（均为长谷川天溪《近来的批评论》中出现的词语，'没我'即隐去自我——笔者注）及其他名称，令人产生一种玄妙的审美意识，且使其得以最强烈、最长久地维持。这是区分文艺与非文艺的原理。"④关于文艺批评和人生与文明的批评，文中说道："文艺批评，一方面可以说成终究会是人生与文明的批评，与此同时，另一方面，也存在未必终究要达到人生与文明的批评的情况。……必须达到人生批评这一点，尚需大量论证。"⑤因为，文艺批评还"与作品应表现什么、如何表现的问题相关"。关于批评的标准，有两个：一、鉴赏并判断是否为文艺；二、比较哪一方含有更多的文艺价

---

①　「雑報　批評論管見」『帝国文学』、第 13 卷第 4 号、明治 40 年 4 月、116 頁。

②　「雑報　批評論管見」『帝国文学』、第 13 卷第 4 号、明治 40 年 4 月、124 頁。

③　「彙報　評論界」『早稲田文学』、明治 40 年 5 月、1—6 頁。

④　「彙報　評論界」『早稲田文学』、明治 40 年 5 月、5 頁。

⑤　「彙報　評論界」『早稲田文学』、明治 40 年 5 月、3 頁。

值。而最根本的标准又在于后者。因为,"文明也好,真理也好,都归于一个问题:作为构成审美境界的必然要素的价值如何"。由此可知,文艺必须伴有审美意识;文艺批评可以进行内部研究,即研究作品本身的内容(表现什么)与形式(怎么表现),也可以进行外部研究,即研究作品与人生、与文明的关系;批评的标准也并非唯一。① 而同为《早稻田文学》撰稿人之一的金子筑水,在标题为《批评的标准》一文中明确写道:"真正的批评家,要是一个文艺批评家,同时又要是一个文明的大批评家。"②想必,把它看作《早稻田文学》观点的一种延伸或更明确的表述也未尝不可。

　　基于以上的综述可知,发端于夏目漱石的批评论,经过中岛孤岛从另一立场的阐述,从 3 月开始便有了相对客观的讨论与定义。长谷川天溪主张的文艺就是"能让人产生宛如真实般幻象的东西";真多楼提倡的好文艺就是"让人心生'某种感觉'";《早稻田文学》总结的文艺就是"令人产生一种玄妙的审美意识,且使其得以最强烈、最长久地维持"的存在。在何谓文艺这一点上,一句话,文艺应以运用情感、调动情感为宗旨。在文艺的标准这一点上,除了天溪没有给出具体说明以外,真多楼的文章认为"给人以'某种感觉'的'自己的情感状态'",从而判断是否是好文艺;《早稻田文学》的标准则更进一步,认为除了鉴赏与判断之外,还应"比较哪一方含有更多的文艺价值",并且认为后者才是最根本的标准。在文艺批评和人生与文明的批评这一点上,天溪的观点与中岛孤岛的相同,认为文艺批评应该最终到达人生与文明的批评这一层次;真多楼的观点则与夏目漱石、登张竹风的相近,认为文艺批评还是应该与人生批评有所不同;《早稻田文学》的观点则更具灵活性与客观性:既肯定文艺批评的内部研究的意义,也不否认文艺批评可以与人生批评找到契合点(但"尚需大量论证")。其实,我们可以由此看到后期自然主义与后来人们通称的"反自然主义"或"非自然主义"之间的一大差别:夏目漱石、《新小说》(登张竹风、后藤宙外等人)、《帝国文学》(真多楼等人)等都不约而同地主张要实实在在的文艺批评,即以文学家和文学作品为核心的文艺评价

---

① 不过,需要特别补充说明的是:该文在叙述了主要内容后,还以人生、文明、真理中的"真"与文艺的目的"美"之间的关系为例进行了阐释。因为,这里的论述可以读出岛村抱月明治41 年 5 月发表的文章《自然主义的价值》。文中的具体叙述是:"比如,在因为最真才最美的情况下,纵然以美为文艺的目的,作为其必要条件,也还是不能拒绝真吧。于是,这种思想是一种有根据的看法。另外,与此同时,未必需要真便能最美也是一种看法。"而且,在文章的最后,还说:"姑且把这两种相反的看法留作问题,以待他日研究讨论。"(「彙報　評論界」『早稻田文学』、明治 40 年 5 月、6 頁。)

② 「時文　批評の標準」『趣味』、第 2 巻第 6 号、明治 40 年 6 月、98 頁。

体系;《读卖新闻》①《早稻田文学》《太阳》(以及后来的《文章世界》等)等则是在既承认文艺批评存在其必要性的前提下,更期待它和人生与文明的批评相结合。关于这一点,我们可以从上一节的论述中获得启示。我们在上一节总结了作家的"认真"的创作态度、"现实的关照"这样的创作理念、描写"平凡"人的不平凡之处,还梳理了明治40年代年轻人身上的那种真实的内心"烦闷"。于是,文学家要描写真实的人,文学作品要能令人动情,读者要能感同身受、产生共鸣。这样,由文学家、文学作品、文学读者三者共构的文坛才会显得既切合时代的呼唤,又真切地反映实际人生。夏目漱石站在作家的角度,说出了一个颠扑不破的真理:"作家向评论家呈现的答案是如此的多种多样。"他以此拒绝评论界对文学家的作品做出"标签化"的处理方式。而《早稻田文学》的撰稿者们则站在评论家的角度,做出了把文艺批评与人生批评相结合的尝试。

《早稻田文学》的这种尝试,在岛村抱月这里,其实早就已经开始了。明治39年6月,《近代批评的意义》便已经就批评的功能、西方近代批评的历史、新批评的展望以及文艺上的快乐与真理做出了说明。首先,抱月明确地提及:"不用说,本书是以西方的批评为中心展开立论。"②在西方,批评发挥的巨大功能不言而喻:"文艺的真正价值得以发现,文艺的生命得以常存,文艺的内容得以拓展、增加。"(266页)具体地说,它的功能有两个。一是说明,即"或拆分或综合地解释形式及内容的生命"。二是评价,即"参照某种标准、尺度判定某部作品的价值大小"(266页)。其次,从历史来看,古典批评以"评价性批评"为主,其评价标准"大体狭隘、俗套,且大多拘泥于形式上的法则"(270—272页)。然后,有了温克尔曼(Johan Joachin Winckelmann, 1717—1768)与莱辛(Gotthold Ephraim Lessing,

---

① 明治40年之后,由正宗白鸟(明治36年入读卖新闻社,明治43年辞去职务)担任文学栏编辑的该报,多刊登与自然主义有关的评论性文章。而正宗白鸟在回想录中就这一时期进行了如下的说明:"在我编辑的读卖的文学附录号里,根本没想过要鼓吹自然主义。近松秋江的《文坛杂谈》(『文壇無駄話』)会每周刊载,岩野泡鸣的评论也基本每周发表,但并非我佩服他们的言论。只因惰性,才不停地采用他们拿来的稿件。还经常拿雷同地赞美自然主义的论文来填充。……那时候读卖的文艺栏在文坛似乎很有势力,所以,很不可思议。但是,那时的我并没有像抱月及花袋那样论述自然主义。"(正宗白鳥:『自然主義盛衰史』、講談社、2002年11月、45页。)

② 「近代批評の意義」『抱月全集』(第1卷)、大正8年6月、266页。接下来,仅以引文后加页码的方式进行标注。

1729—1781)之间那场经典的"拉奥孔之争"①。二者的评价则代表了"说明性批评"。因为,他们采取的方法是"夹杂推理地说明拉奥孔像所蕴含的生命"(269页)。19世纪上半期,欧洲进入了新批评的阶段,"说明性批评"日益兴盛起来。相对于此前的推理性说明,宽容、自由、感情、印象、发现、同情、鉴赏,不约而同地成为新批评的口号。与旧批评的客观陈列判断标准不同,新批评则把判断标准置于评论家的内心而极力避免明确标准。从而,旧批评(=古典批评)可以说成是客观的、先天的,新批评(=近代批评)可以看成是主观的、后天的。虽然这么说,也并不是说旧批评就彻底灭亡了。新旧批评的不同,只是看待问题的方式转换了而已:"以前说'先学法则,并以此评价作品',现在颠倒为说'先鉴赏作品,并于其中找出法则'"(276页)。也可以说成是"由演绎到归纳变成了由归纳到演绎"。那么,近代批评的新标准是什么呢? 英国的卡莱尔(Thomas Carlyle,1795—1881)和马修·阿诺德(Matthew Arnold,1822—1888)就各自代表了一种倾向:前者"欲以实际人生作为批评的最后标准",后者"要从实际人生独立出来于文艺本身之中寻

---

① (1)古希腊的传说:拉奥孔,特洛伊战争中的神话人物,是特洛伊城的祭司。由雅典娜诸神庇护的希腊军与特洛伊人进行了十年的战争,但希腊人仍然攻不下特洛伊城。最后想出了一条木马计:把一只巨大的木马放在城外,让奥德赛率领英雄们藏入马肚,然后叫全体希腊将士假装撤退,乘船隐避到附近的海湾里。特洛伊人以为希腊人撤走了,就打开城门,见到一只巨大的木马,想把它拖进城去。祭司拉奥孔出来警告特洛伊人,不要把木马拉进城,以免中计。这触怒了雅典娜和众神,因为拉奥孔破坏了众神要毁灭特洛伊城的计划。于是雅典娜从海中调来两条巨蟒把拉奥孔和他的两个儿子活活缠死。(2)古罗马诗人维吉尔的史诗《伊尼特》中只寥寥数语描写了拉奥孔受伤后的反应:拉奥孔想用双手拉开它们的束缚/但他的头巾已浸透毒液和瘀血/这时他向着天发出可怕的哀号/正像一头公牛受了伤,要逃开祭坛/挣脱颈上的利斧,放声狂叫。(3)雕像《拉奥孔》:拉奥孔在祭坛的石级前做殊死搏斗。蟒蛇已缠绕住他的肋腹,欲咬噬他。为此,他的身躯急剧地躲闪而形成激烈的扭曲。全身肌肉紧张,胸部高拱,腹部紧缩。他的两个儿子表现迥异:一个正想抽出左腿用力摆脱,同时扭头关切地注视着父亲;另一个正举起左手似在呼号。(4)"拉奥孔之争":温克尔曼在他的《论希腊绘画和雕塑作品的模仿》(1755)中谈到了这座雕塑,并以此作为范例,阐述了古典艺术的理想应该是"高贵的单纯,静穆的伟大"这一理论。莱辛则在《拉奥孔》(1766)一书中就拉奥孔在史诗和雕刻两种不同艺术中的形象表现,展开深入细致的探讨和论述,认定了诗和画有时间和空间的不同延续性,在二者的模仿对象和方式上也各有不同的范畴和规律。

求它。"(276 页)又可以说,前者代表"文艺是为了人生",后者代表"文艺是为了文艺"。① 再次,抱月认为新批评的理想状态是:卡莱尔和阿诺德代表的两种倾向、思潮"绝不该急于判断一方为真实一方为虚妄","应在两者相交融之处寻求文艺的极致"(279 页)。最后,关于文艺上的快乐与真理应该站在抱月对新批评的理想状态进行阐述的基础上来辨析。其实,该文的第一句话便是:"真理与快乐是徘徊于我等黑暗的人生荒野之中的一对姐妹。"(265 页)那么,二者在文艺上到底应该怎样来看待呢? 抱月有这样一段解释:

> "文艺是为了文艺"这句话里存在内容上的变化。现在,当把后半部分的"为了文艺"这一意思理解为"为了美"之时,标准也理应随着美本身的学说而变化。于是,在其变化为近代的各种意义之中,最显著的便是快乐倾向。若遵从此种倾向,文艺最终就是为了快乐。……同时,"文艺是为了人生"这句话里也存在变化。现在,为了功利或者为了训诫、劝善惩恶这种思想,已属于过去式。近代的意义就是与人生中最后的真理相接触。文艺在快乐之外能寻求的最伟大的东西不外于此。……文艺上的快乐是万般皆同,只存在有无这两种判断,没有评价、没有大小高低之分,是绝对的。与此相反,人的真理是循着无止境的阶梯而发展,与文明的程度相呼应而变化不止,是相对的。(279 页)

可以说,这段话明确解释了"文艺是为了文艺"与"快乐"、"文艺是为了人生"与"真理"的关系。换句话说,文艺如果只是为了文艺,停留于内部的话,最终将流于快乐;文艺如果是为了人生,则可以无限地接近人的真理。但是,抱月并无意于把文艺极端化为"为了人生",因此,他以文章的最后一句话再次强调了自己的观点:"什么时候,所谓的文艺的绝对快乐与人生中最后的真理,会相互融合?"(280 页)由此,我们可以看出作为文艺批评家的岛村抱月,关于近代批评,做出了自己的判断与选择:在承认文艺是"为了文艺"的前提之下,更倾向于"为了人生"。再结合此前对明治 40 年前半年里关于批评论的考察,可以明白:如果说夏目漱石与中岛孤岛等人之间展开的是要不要批评、批评家与文学家之间谁主谁次、批评的

---

① "文艺是为了人生"与"文艺是为了文艺"是为了对应原文的"文芸は人生の為めなり"与"文芸は人生の為めなり"而做出的翻译。这两种说法,与后来的"人生派"与"艺术派"、"为人生而艺术"与"为艺术而艺术"、"为人生的艺术"与"为艺术的艺术"应该说是所指的意思相同。就笔者阅读范围来说,"为人生而艺术"(人生のための文芸)与"为艺术而艺术"(文芸のための文芸)的说法最为多见。

标准是什么的话,在抱月这里,早已经不把这些视为问题。他肯定批评的地位与意义,通晓批评的历史,熟知批评进入了新时期,还对批评抱以期待。

实际上,在批评论的论争刚开始不久,岛村抱月便在《早稻田文学》上发表的一篇随笔(明治40年2月)中,发表了自己关于文艺的看法。其中的内容涉及了后期自然主义文学理论先行者——长谷川天溪的《幻灭时代的艺术》(《太阳》,明治39年10月)①。故而先对后者做个总体性说明:"如今,一切幻象业已被破坏"(1页)——社会的幻像不分善恶美丑地显露出真实状态;人类的幻象因进化论而褪去了身为万物灵长的光环;人们的幻象因为阶级造成的尊卑贵贱的消失而万众皆同;宗教里的佛祖、基督、圣母所代表的幻象变得神性皆无;历史上的英雄、伟人身上带有的超人般的幻象日益显露出普通人的一面;自然界的诗情画意的幻象也都威力不再。"幻象的消失绝不可悲,倒不如说应当举杯称庆。幻象的消失,即是人类理性的进步、精神的纯化。人类弃绝妄想,同时也一步一步地接近本体。"(8页)代表着迷妄②的幻象的消失固然不足惜,倘若"真正的幻象也失去光彩则属可悲"(9页)。现实的情况是:"革命者虽然破坏了虚妄、不正,但同时也抛却了真正的幻象"(9页),"徒留露骨的实物"(10页)。人类需要真正的幻象。谁能担当重建被科学破坏的、真正的幻象这一重任?其实,诚实的宗教、哲学、文艺都可以办到。但是,现今的宗教极力抱残守缺、哲学陷入穷究哲理,因此,艺术具有比较容易建立真正的幻象的力量。如何才能重建真实的幻象呢?未来的艺术应该是"排除艺术里的游戏成分,把根基确定在真实本身之上"(12页)。而在这个"幻灭时代",人们寻求"描写真实的、无修饰的艺术"(12页)。比如,阅读"一则使用各种形容、譬喻的报道与一封不知修辞法的士兵的书信"(15页)相比,后者因为没有游戏成分,而令人动容。因技艺而生的形式让人看到美丽幻象,但崇尚真实的人并不会有任何感动。于是,写实主义先给了游戏文学迎头一击。然而,读者看到了真实,结果如何呢?"徒有现实的世界,只剩一片荒废的花园。"(16页)然而,人们明明接近了真实却不喜好真实,原因何在呢?那是因为:写实主义只是表现了外在的事实。不要旧文学的游戏成分,不满足于仅仅描写表面的事实,而要捕捉宇宙万物表象之后的实体与真相。这样做才能重塑真正的幻象,即"人身上、自然界之中,皆有固定结构,皆有隐性实质。可以称其为脉,也可称其为轴。抓住它加

---

① 关于该文的引文出自:長谷川誠也(天溪):「幻滅時代の芸術」『自然主義』、博文館、明治41年7月、1—18页。

② 该词为佛学词汇。不明事理为迷,虚而无实称妄。《幻灭时代的艺术》一文中,日语原文也为"迷妄"。故而,翻译时并没有通俗地处理。

以表现的话,由此便可产生无限美好的幻象。无须任何装饰,也无须任何技巧。如果把这个真实的结构具体化,即可产生清新的艺术来"(18页)。如此一来,天溪的这篇文论可理解为:前半部分主要讲虚妄与真实的幻象被摧毁后的"幻灭时代",后半部分主要讲处于"幻灭时代"之中需要并重建以真正的幻象所代表的"文艺"。抱月对"幻灭时代"透出的问题做出了初步的思考:

> 长谷川天溪所谓的幻灭时代这一说法,如果放在文艺范围内来说,可归结为:仅与内容相符、回到最自然的形式,或者,内容最贴近人生之中的最后真理。然而,若再进一步,也含有从文艺之中去除材料的空想与结果的快乐之意的话,文艺便走到了终止文艺得以存在的地步。也就是说,问题转而变成文艺与文艺之外的社会现象之间的关系。一言以蔽之,即非文艺时代。如今的(德富——笔者注)芦花等的处境不就是如此吗——在文艺有梦幻般存在之意这一点上,渐渐褪去其装饰的外衣的结果是,它将会变得接近赤裸裸,但与此同时又会超越文艺的界限而踏入宗教之门。总之,一说需要真实、自然的文艺,一说抛弃文艺而奔赴宗教,哪个才是天溪所谓的幻灭时代的19世纪呢?①

文艺之内是指包括内容与最自然的形式相符或是"最贴近人生之中的最后真理"。这分别可以对应于"文艺是为了文艺"和"文艺是为了人生"。文艺之外是指文艺的材料与社会现象等同或不能让人产生文艺的快乐。于是,人会追求另一种给人慰藉的存在——比如德富芦花②——宗教。"哪个才是天溪所谓的幻灭时代"——这一发问,其实,就是指应把文艺置于文艺的范围之内还是之外加以考虑的问题。结合此前的分析,可以知道,《近代批评的意义》中的观点在这里得到再次确认:应放在文艺的范围之内,但又要上升到人生的层面,而不是引申到文艺之外。

---

① 「文芸以内と以外」『抱月全集』(第2卷)、天佑社、大正9年2月、22頁。

② 明治39年1月21日,与托尔斯泰第一次通信。6月30日,经长途跋涉造访亚斯纳亚－博利尔纳(通常称为托尔斯泰庄园)。在二人会面的短短五天里,可谓无所不谈。在思想上,芦花受到极大的刺激和影响。翌年2月,舍弃繁华的都市生活,迁居市郊的千岁村粕谷,开始了晴耕雨读的田园生活,尝试做一个"美丽的百姓"。可参看:专著『改訂増補徳富蘆花とトルストイ―日露文学交流の足跡』(阿部軍治、「第五章　徳富蘆花におけるトルストイの影響」、彩流社、2008年4月、107—151頁。)和论文『四十年代の蘆花』(大塚達也、『語学・文学』(第39号)、2001年)。

　　而在批评论的一阵热闹之后,岛村抱月以《理性的批评》①为题阐述了自己对批评的见解。全文是按照下图的内容展开的。

图表 2　《理性的批评》的说理过程

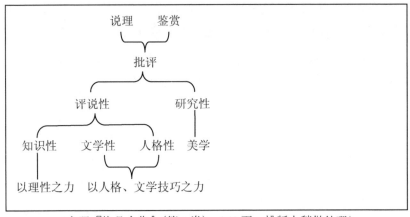

（参照『抱月全集』(第 1 卷)、365 頁。排版上稍做处理）

　　"如今的评论界过于忘记知识(的力量——笔者注)了。"这是该文的最后一句话。很明显,抱月是把在文坛掀起的批评论作为纳入视线并要强调对于日本文坛来说运用知识的理性批评是当务之急。如果说之前的《近代批评的意义》等文章代表了他认定的批评应具有的发展方向,那么,《理性的批评》则是站在更大、更高的层面,对(文艺)批评本身进行全面的说明。

　　批评的内容是什么? 答案就是:"对一个文艺所做出的价值判断以及关于该判断的理性说明。"(366 页)"价值判断"就是鉴赏,而鉴赏一个文艺好不好、美不美均为个人自由。因此,一般人会认为:一、作家不需要批评;二、批评只是在创作之后才会出现,因而它从属于创作。其实,作品与批评是两个门类,"两者没有任何等级、差别"。"理性说明"带有一种目的意识。它要讲明文艺的价值有无与高低这一判断得以成立的意义。现实情况在于:很多人会贸然判断鉴赏就是批评的全部。事实上,"不在鉴赏之上加上说理,批评就不完整"(368 页)。

　　"知识上的要求是什么? 就是怀疑,就是要知道。"(368 页)于是,在文艺鉴赏之中,有两个地方需要知识:一是想知道道理;二是想在鉴赏结果不同时,判定孰真孰伪。对于前者,越是头脑发达的人越是会产生哲学倾向,而普通人则是一种

_____

①　「知識ある批評」『抱月全集』(第 1 卷)、天佑社、大正 8 年 6 月、365—372 頁。此外,需要说明的是:图中的"批评"所包括的两个内容——鉴赏与说理,可分别对应于《近代批评的意义》之中的"评价性批评"与"说明性批评"的说法。

莫名的好奇心或者说求知欲。这种批评发展到最后就是"期待到达文艺的最后真理",即美学。而美学"与其说它是为了批评而做出的不足挂齿的尺度,毋宁说它是要弄清文艺在宇宙、人生中的位置"(369页)。故而,可称之为"研究性批评"。对于后者,则含有一种"更加实际的目的":当鉴赏的双方不一致或要把他人的鉴赏与自己的鉴赏相统一时,进行说明,然后确定鉴赏的真伪。因此,可称之为"评说性批评"。两种批评均要有某种目的意识,才能构成"完美批评"。但是,"评说性批评"的目的之中有直接、间接之别,故而又可进一步以进行批评的人的人格魅力与文学技巧而分为"人格性"和"文学性"。然而,这种"评说性批评"并非依靠道理上的是非,而是以批评家本人的人格力量来评定文艺。当然,还存在一种以知识为依据说服他人——"我看这个美,其理由如下"(370页)——的"评说性批评"。

于是,抱月的总体认识就是:批评应兼顾"鉴赏"=价值判断与"说理"=理性说明。要做到这样,可以进行美学研究,也可以进行人格性、文学性或知识性的说明性评论。多方结合是上策,但当前来说还是应该多多进行理性批评。

至此,抱月转而对当时的评论界现状表示了不满:

> 想来,如今的评论界不是痛苦于由人格批评,以人格、文学技巧之力的批评造成的弊病吗? 一时的风潮是:仅注重那种(人格、文学技巧的——笔者加)力量,那种结论、判断,而忘记了那种力量之所为力量、判断之所为判断的背后应该有知识做保证的威严。这股风潮驱使青年人一味地轻视理性,取一时大放厥词之快。如今的批评,背后没有丝毫的理性,也没有可以取代它的力量,剩下的大多都只不过是不明所以的鉴赏性意见。……(371页)

因为有这样的现实,所以批评界急需理性批评。不过,作为文艺批评家的岛村抱月,断然不会提出批评中只要有理性批评就够了的武断观点。无论是在《被囚禁的文艺》(明治39年1月)之中大呼文艺的归宿是"情感的海洋",还是在《现今的文坛与新自然主义》(明治40年6月)之中提倡以"全新的、清澈的情感而更加温润地""物我相融并显现出来的整体自然",抱月都提及了情感在文艺中的重大作用。《理性的批评》一文也不例外。在阐明了当时的批评界需要理性批评之后,他还不忘给情感依然保留在文艺中的最高位置:"无论怎样的知识,所谓的最后的决断、因此而满足的都是情感。这最后的满足,总是超越知识一步。……在这种意义上,正确的知识必须与正确的鉴赏相一致。"(371页)

在文艺的世界里,夏目漱石、登张竹风、后藤宙外主要站在文学家的立场,表明的态度是：文学作品无意接受批评界居高临下般的指导。中岛孤岛、真多楼、长谷川天溪等站在批评家的角度，讨论了文艺是什么、文艺的批评标准是什么等相关问题。岛村抱月则以文艺之中作品与批评这二者对人生皆具阐幽发微之功而不应有优劣、高低、主从之分为立论依据，既不同意创作不需要批评的观点，也不赞成批评指导创作的说法。并且，他从批评的意义及发展的角度，分析了当时文艺界已经逐渐摆脱了给出印象判断＝"鉴赏性批评"的阶段，而势必要进入"说明性批评"占主导地位的阶段。即便如此，他依然不忘以"情"为本体的文艺规律，从而可以知晓他对文艺批评的认识应该是"鉴赏性批评"与"说明性批评"的两相结合，"情感"与"理性"的有机统一。也许正是因为有这般公允的文艺批评家的姿态，即便时至明治 42 年，对自然主义开始频频发难的《帝国文学》，却还是认可岛村抱月以美学为根底的批评而说道："吾辈并非把当今的整个自然派称为排斥美学的一派、骂称观月桥的乞丐。其中，也有像岛村抱月、片上天弦的评论家，以认真的研究性态度，不断地给自然主义以强有力的美学依据。"①

第 5 节　绽放生命之美

对于明治 39 年的岛村抱月，他承认作家身上的"认真"、"现实观照"、"平凡"的新倾向；他积极认可年轻人身上透露出近代人具有的烦闷气质，同时对来自政府的训令持否定态度；他还以《被囚禁的文艺》全面阐述自己对日本文艺的走向、西方文艺的脉搏以及文艺本身的认知，并确认了三者在即将迈入"象征性的"文艺这一阶段的特质。

而明治 40 年的岛村抱月，在日本文艺、西方文艺以及文艺自身这三者之间，他开始更多地关注日本国内正在蓬勃发展的及西方文艺参照下的日本文艺与文艺自身这两者。从发表文章的舞台来看，《早稻田文学》几乎成了他的唯一选择。②

关于抱月对日本文艺的认识，具体地说，我们可以从三方面来说明。（1）对待正在发展壮大的自然主义文艺思潮、其他文坛势力及文学作品的态度。如本章第

---

① 「時評　排美学流の結論主義」、第 15 巻第 5 号、明治 42 年 5 月、116 頁。

② 另有为数不多的几篇发表在《文章世界》（3 月，《如今的写生文》；6 月，《趣味的变化》）、《中央公论》（4 月，《文艺节奏的翻译》）、《读卖新闻》（8 月 25 日，《论文体的自然主义》）与《太阳》（9 月，《东西方新文艺的对比》）上。

一节中的考察,岛村抱月与学生兼《早稻田文学》记者的相马御风、片上天弦、中村星湖等一起发表了对新自然主义的看法。其中,岛村抱月更是以《现今的文坛与新自然主义》一文提出了"写实性自然主义"、"哲理性自然主义"与"纯粹性自然主义"这种既有共通性又有层级区别的概念,从而确认了自己主张的"新自然主义"是追求表象与生命的结合、物我融合。这充分体现了他在明治39年对日本文坛现状及西方文艺思潮发展的综合性认识。与此同时,这种表述及主张把他推到了后期自然主义的理论潮头。此外,对待自然派之外的文坛中人,他也并非持排斥的态度。他认为写生派的写生文分为两种。一种是"未完成的、无形式的","适合作为他日创作完整的文艺做准备而练笔"。另一种是具有表达内心某种情感、统一文章的内在生命。① 写生派在这两点上功不可没。他认为在夏目漱石的小说中能听出浪漫的回响,而在"这种回响的背后存在一种偌大的浪漫情绪",从而希望看到漱石创作出这样的作品。② 再者,抱月还通过文章表示对文学作品的不满。例如,除了《〈棉被〉合评》之外,他也进行了《〈青春〉合评》(明治40年4月)③、《〈面影〉合评》(明治40年12月)④。然而,比起《棉被》,他对两部发表在明治39年的作品,似乎并没有从中读出与当时逐渐兴起的自然主义文艺思潮有关的东西。对《青春》的解读是:"文章极尽绚烂的技巧"、描写主人公的性格缺点时"未能很好地调和描写时代的弱点与描写时代的牺牲者这两种意识"⑤。从而,从技巧与内容两方面指出不足。对《面影》的解读是:该作品的特色"在于调和了描写广阔且又圆滑的世态温情与解剖深刻而又偏狭的性格上的冷酷"。相比于"近来的青年作家的短篇作品",它"在主人公的性格及其对烦闷的自我意识的内容等方面",与它们"是同一系列的"。同时,比起前者"由于理性过度而流露出的、无可奈何的近代忧愁",它带着一种"由高处俯瞰近代生活的意味"⑥。从而,指出了二叶亭四迷在描写技巧上的胜人一筹,也读出了与同时代作品的相似性,

① 「今の写生文」『文章世界』(特集 写生と写生文)、第2巻第3号、明治40年3月、22—24頁。
② 「思ひより」『早稲田文学』、明治40年3月、85—86頁。
③ 小栗风叶的《青春》这部作品分三期——《春之卷》(明治38年3月5日—7月15日)、《夏之卷》(明治38年7月16日—明治39年1月1日)、《秋之卷》(明治39年1月10日—11月12日)——在《读卖新闻》上发表。
④ 二叶亭四迷的《面影》这部作品于明治39年10月10日至12月31日期间,在《东京朝日新闻》上发表。
⑤ 『早稲田文学』、明治40年4月、91—92頁。
⑥ 星月夜:「『面影』合評」『早稲田文学』、明治40年12月、91頁。

但也不忘点明四迷的文学带着一种俯瞰的味道,以显示它与人生没有正面的接触。(2)关注日本文坛的发展演变。正如上一章中,岛村抱月也与很多文学家、批评家一样,认同文坛正经历着全方位的变革。他看到当时的批评界在经历了高山樗牛等受尼采思想的启发而兴起的个人主义、本能主义的喧嚣之后,又出现了一种以纲岛梁川的"见神实验"①、伊藤证信的"无我之爱"②等为代表的宗教倾向,认为:要由个人主义、本能主义马上沉醉于宗教性的感受之中,跳跃过大。因此,二者之间存在一个复杂的中间过程。于是,在个人主义不能得到满足而生烦闷、能够畅通无阻而生征服的快感。与此同时,在文学上,能不能得到满足都将产生一种悲哀之感。因而,"现在,不是应该大谈个人主义、本能主义的欢喜之时,同时,大谈解脱之道也非易事。如今,倒不如说不正是应该大谈悲哀、寂寞之时吗"。所以,抱月的判断是:"个人的寂寞、胜利的悲哀",即"让在个人战中胜利的人,触及横亘其间的悲哀"③。同样,在11月的一篇文章中,对纲岛梁川、高山樗牛及时势梳理之后,抱月提出了"新自我"的说法。他说:"回顾我国文坛近来发生的事……可喜的是终于有了从一开始的建设性态度。……也就是说,开始变得认真了。我国思想界如今的水平线在于看文学上的自然主义、宗教上的梁川的见神论、哲学上的以人为本的实用主义,看它们身上新自然的发展或努力。……今后,所有的努力都集中于如何建设、发展新自我这一个主题。"④可以说,此时,岛村抱月眼中的日本文坛已走过了明治39年的破坏期,开始进入明治40年的建设期。(3)提倡进行东西方文艺比较的思维。在《东西方新文艺的对比》⑤一文中,抱月说:"地理支配生理、生理支配心理",故而,"人作为生理、心理的组合体受地理左右"。地理上的不同是最难改变的,因而能够形成截然不同的东西方文明。然而,

---

① 代表这种学说的最典型的话是:"神出现在眼前,我隐没于神之中,而且,我尚能不失作为我的个人人格。"(「予は見神の実験によりて何を学びたる乎」『新人』、第 6 巻第 11 号、1905 年 11 月、11 頁。)其实,其重点在于"发挥个性"(可参看:西悠哉:「綱島梁川の宗教観」『佛教大学大学院紀要』第 35 号、2007 年 3 月、30 頁)。

② 代表这种学说的最典型的话是:"我等并非因其是佛教而信,并非因其是基督教而信,也并非因其是儒教而信,而只因其是绝对真理而信之。何谓绝对真理? 难以言说。姑且以'无我之爱'称之。"(『無我の愛』第 1 号、明治 38 年 6 月。此处转引自:鈴木美南子:「明治後期の佛教社会思想」『フェリス女学院大学紀要』第 9 号、1974 年 3 月、22 頁。)而且,据铃木的这篇文章介绍,"无我之爱"受到社会主义者、文学家、基督教徒、进步佛教人士等的称赞。

③ 「対墓庵漫筆＝個人の寂寞、勝利の悲哀」『早稲田文学』、明治 40 年 2 月、89—92 頁。

④ 「梁川、樗牛、時勢、新自我」『早稲田文学』、明治 40 年 11 月、5 頁。

⑤ 「東西新文芸の対比」『太陽』、第 13 巻第 12 号、明治 40 年 9 月、53—56 頁。

在彼此文明不相同这一大前提下,却也存在着二者融合的可能性。作为具体的例子,西方印象派画家对日本画家葛饰北斋(1760—1849)、喜多川歌麿(1753?—1806)、尾形光琳(1658—1716)、桥本雅邦(1835—1908)等的作品中透露的三大特质——"装饰性"、"暗示性"、"单一性"赞不绝口并加以模仿。而若要反观西欧文艺对日本文艺的影响,很自然地会发现其中"缺乏现实、自然的因子"。日本文艺应该学习西方的也主要有三点:"写实"、"复杂的思想"、"强烈的情感"。即便如此,也要知道:"在更深的地方蕴藏着可视为不变的民族文明。"由是,我们知道,他明确知晓东西方文艺存在显著差异,了解二者之间存在融合的可能性,从而为日本文艺做出写实、思想、情感的要求,但又不忘日本也有自己传统的文明,可谓"知己知彼"。

下面来看抱月对文艺本身的认识。明治39年1月的《被囚禁的文艺》是回国不久的抱月按照"知"与"情"的关系,对庞大的西方文艺史进行的"全景式"梳理(虽然有些遗漏),明确了"情"是文艺之所以为文艺,区别于宗教、哲学的原理。明治39年6月的《近代批评的意义》与明治40年9月的《理性的批评》是在确认近代批评及批评自身的方法与位置,也是对日本当前文艺中需要怎样的文艺批评做出的判断,同时又不忘在文艺中给"情"保留了最高位置。对于立志"以学者之身穷究哲学尤其是美学,以著述家之身成就评论性日本文学史"(《同窗纪念录》,明治27年7月)的岛村抱月,访学英德之后,虽然积极投身为日本文坛及文艺思潮把脉,但仍对自己的美学志向"矢志不渝"。明治40年10月①,与《〈棉被〉合评》同期在《早稻田文学》上发表的《美学与生命的妙趣》②便是这样的一篇文章。

该文分为三个部分:"上　生命哲学"、"中　游戏说"、"下　生命的增进与美"。

在第一部分中,围绕生命共探讨了五方面的内容。(1)给予人的生命以无上的地位。"生命就是统括了诸如存在、意识、我的诸多事实。宇宙之间,再也没有比生命更重大的事实了。"(165页)文中把宇宙之中一切现象比作一个由地上架至天上的梯子:"若由上至下依次观察它,会达到只有'存在'这个基石。又若从下往上攀升的话,会达到生命或有意识的生活这一顶点。"而连接这种"存在"与"有意识的生活"的就是人。人为生命赋以价值而使其变得最为高贵。可以说,"没有比生命更令人满意的存在状态了。"(166页)(2)换一种视角看待宗教与道德来理

---

① 在9月发表了"上　生命哲学"这一部分,10月,该文完结。
② 「美学と生の興味」『抱月全集』(第3卷)、大正8年8月、天佑社、165—183頁。

解人应该怎样活着。要考虑人的生命缘何有意义就得先弄清楚"人应该怎样活着"中的"怎样"。宗教主张要"神性地活着",道德宣扬要"善良地活着"。二者都在生命之外另设一个称为神和善的理想性存在。抱月认为若要遵循"认识而后企盼理想"的心理学式认知方式就会存在一个根本性难题:善或者神这种理想,自古以来就未曾得到明确认识。如果采用颠倒过来的方式——"企盼理想而后认识",就会是:"先有某种企盼,总括起来,再让企盼本身接受认识的作用。"(167页)这样一来,就无须再像传统的道德、宗教那样,在生命之外另设神与善这样的理想了。因为,生命就是理想,就是神与善,就需要先企盼后认识的考察。出于这样的观点,抱月才说:"当把神、善这样的理想置于生命之外时,它与现实生活相融合的路径变得让人弄不明白。难道所谓的神、善终究不是存在于生命之内的某种东西的另一名称吗?若能在生命之中求得,生命的价值则有万钧之重。"(168页)(3)生命的不可解与可解。真(=知识)能够丰富、守卫、引导、装扮我们的内心生活,善(=道德)以增益生命为直接目的,神(=宗教)把生命的完整视为至高。于是,"所有的价值、兴趣、企盼的标准全都汇聚于生命之时,生命的哲理便成立了"(168页)。人生的价值与意义全在于生命,然而古往今来却无人能够完全掌握解开生命的密钥。抱月说:"人生确实不可解,永远不可解。把这种不可解化为可解的方法在于把它拉回到生命的范围之内。"(169页)如此,生命的哲理就变成"在知识可触及的范围内寻求最终的说明,让知识上的疑惑终止于此。"这种解决办法也就是抱月所主张的"先企盼后认识"的生命认知方式——生命本就是不可解的,故而要把它本身视为理想加以企盼;生命又是可解的,故而要尽可能地认识它。(4)实现生命的无限的条件。文中说:"一是增进,一是永续。"有了这二者,才能让人感受到生命的无限。"生命在空间上、在时间上都希望达到绝对无限。生命的理想就显现于自我的无限。增进、永续这二者合而为一成无限,生命的无限就成了人最高的企盼。"(170页)然而,相对于生命的无限,却是无处不在的现实社会的有限。二者之间产生了不可调和的矛盾。于是,为了调和矛盾,道德选择让生命的无限让步而趋于中庸,宗教选择让人产生一种被引入一个超现实世界的精神状态之中。(5)说明生命的增进与快感的关系。生命的内容,在客观上就是宇宙间的一切现象,在主观上就是对待这些现象时我的态度。于是,生命的增进就是"来自企盼得到满足的快感这样一种心理现象。"而这种快感也绝不肤浅,"当把它的真意隐没于根本性问题之中,看到因生命的满足、生命的喜悦而迸发出的火花之时,便能体味到高贵无比的意义"(173页)。

也就是说,抱月的论述过程是:人生之中,人的生命具有无可比拟的重要性。

就连传统的道德说教与宗教信仰都应置于生命这一宏旨之下来加以重新看待。因为,生命本身就是不可解的,就可以视作一种理想存在。而要正确认识生命,就要了解通过增进与永续可以实现生命的无限。同时,在现实等众多因素的影响之下,生命的增进是与带给我们的心理快感休戚相关的。

在这篇文章中,生命被赋予如此的意义与价值,是因为西方在19世纪末20世纪初经历的范式转换——思想史上,取代自康德以来的观念论式理想主义,目的论式的观念论抬头;美学研究上,由观念论式的结构转向经验式、实证式方法、由抽象理想说转向具象理想说、由"自上而下的"美学转向"自下而上的"美学①——给包括抱月在内的日本文学家等带来的巨大影响。它与价值哲学和生命哲学的思潮也密不可分。② 众所周知,自洛采提出以探寻人在宇宙中的位置及其生活意义这一价值问题之后,尼采便把它归根结底为一个生命问题,从而建构起一种"生命价值观"。"当我们谈论价值,我们是在生命的鼓舞下,在生命的光芒下谈论的;生命本身迫使我们建立价值,当我们建立价值,生命本身通过我们进行评价。"③不过,若论论述路径,居友(Guyau,1854—1888)对生命的描述似乎与抱月的文章更为接近:"我们要系统地抛弃任何先于事实或超于事实,因而是先验的和绝对的法则,就必须从事实本身出发去推演法则,从现实出发去建立理想……我们自然本性的主要和基本的事实是,我们是活生生的、富有情感并能进行思维的生命。我们曾不得不从中求得行为之原理的正是生命。"④摒弃"先验和绝对",尊重"事实本身"认识一个"活生生的"、真实的生命。

那么,生命的哲理、快乐(或快感)是如何与美产生联系的呢? 抱月解释说:"把这些生命如一幅图画般在我等眼前展开,把局部化为整体,让所有的满足与不满足都如实地化为快乐,让我等获得边努力边体味之妙处的是美学。"(173—174页)联通生命的增进、无限与美学的是能否让人感觉满足的快乐。

于是,在文章的第二部分里,抱月主要讲的是美学上席勒与斯宾塞的"游戏说",意在阐明美是否是实用性的、功利性的。关于席勒的"游戏说",众所周知,主要内容是说:人身上有两种自然要求或冲动,一为"感性冲动",一为"形式冲动"。

---

① 岩佐壮四郎:『島村抱月の文芸批評と美学理論』、早稲田大学出版部、2013年5月、4頁。
② 具体考证可参看:岩佐壮四郎:「第三部第一章 美学理論の変容」『島村抱月の文芸批評と美学理論』、早稲田大学出版部、2013年5月、395—408頁。
③ (德)尼采:《偶像的黄昏》,周国平译,湖南人民出版社,1987年11月,36页。
④ (法)居友:《无义务无制裁的道德概论》,余涌译,中国社会科学出版社,1994年5月,201页。

居于二者之间起调和作用的是"游戏冲动"。"正是游戏而且只有游戏才使人成为完整的人,使人的双重本性("感性冲动"与"形式冲动"——笔者加)一下子发挥出来"①,从而,让人进入一种审美状态,助人实现精神主体的自由。抱月确认说:席勒的"游戏"能让人处于本性得以完成的自由状态,具有与人生理想相接的重要意义。关于斯宾塞的"游戏说",我们知道,其主张是:游戏是生物体在剩余精力的推动下发生的、对于谋生任务这种"真正活动"的"模仿",是一种"多余的无用活动","不以任何直接方式推动有利于生活的进程"②。审美注重感受过程与进行想象,在是否怀有目的和现实感上与游戏有所区别。对二人的"游戏说",抱月解释说:"与席勒不同,斯宾塞不说游戏是自由活动,而说是多余的活动。""在席勒那里与人生密切相关的游戏本能,在斯宾塞这里却成了搁置人生根本性要求的存在,因此……美也会在席勒那里成为人生的紧要事宜,在斯宾塞这里则不得不变成悠闲活动。"(177页)很显然,在第一部分中把生命已经置于无比重要的抱月,不会认同斯宾塞的"游戏"是"多余的无用活动"、"悠闲活动"这种看法,而与席勒的立场相一致。从而,可以看出,对待"游戏说",抱月持有美并非"实用性的"、"功利性的"的立场与态度。

进入第三部分,抱月在援引西方最新研究成果的基础之上,道出了自己对于生命增进与美学之间的立场。

对于西方新近的美学研究,抱月从中看到了两种思潮:功利性的"美与生命相融合"的倾向和唯美性的"美与生命相剥离"的倾向。在文艺上,受孔德实证哲学所影响的左拉等的小说是前者的代表,唯美主义的王尔德是后者的代表。

在支持功利性的"美与生命相融合"的学说中,抱月主要总结了四点:(1)野蛮民族的艺术出于实用而非美[赫恩(Yrj Hirn,1870—1952)的《艺术起源》];(2)古代学者不约而同地主张美不应与实用或道德这种功利性相分离(希腊的柏拉图、中国的孔子);(3)人类本性便是不想把任何东西与生命的要求相分离(很多理想派美学思想家);(4)美的某个部分是从生活中独立出来的(居友的实感说)。其实,在古代[(1)(2)]与现代[(3)(4)]均支持功利性的"美与生命相融合"之间,美学经历了一个变化过程。在援引里博(Théodule-Armand Ribot,1839—1916)《情绪心理学》的内容,说美与功利之间经过了三个时代——贴合时代、半分离时代、全分立时代——之后,抱月又加了一个"再聚合时代"。然而,在达尔文的

---

① (德)席勒:《审美教育书简》,张玉能译,译林出版社,2009年7月,47页。
② 蒋孔阳主编:《十九世纪西方美学名著选》(英法美卷),复旦大学出版社,124页。

生物进化论所宣扬的"优胜劣汰、适者生存"这一功利性原则之下,美却逆流而上,开始走一条与功利性相分离的道路。抱月继续引述里博的观点说:美与功利性相分离的原因在于"附属性实用"和"生命的根本功能"。前者是指在直接的实用目的之外、具有辅助功效的实用。然而,倘若再度遭遇进化论这样的直接目的侵袭,"附属性实用"能带来的美便会随之荡然无存。从这一点上说,美,严格地说,人的一切都终不能与实用、功利相分离。然而,抱月高度评价里博提出的"生命的根本功能"这一说法。他说:"这是打开美的进化这一难关的唯一钥匙。"(181 页)因为,"美与生命的根本活力相连"(181—182 页)。但是,抱月并没有就此展开详细的说明。

在对第二部分的分析中,可以知晓:对"游戏说",抱月对美持非"实用性的"、"功利性的"的立场与态度。而从此前的分析,又可以知道:美与实用、功利又终究是不相分离的。是否就此可以说明抱月的观点存在前后矛盾之处呢? 似乎不是这样的。抱月的思路是:不否认美中存在实用、功利,但又不能停留于这种简单的实用、功利,而是要朝着"非功利性"迈进。只不过这种"非功利性"是建立在功利性因素确实存在的前提之下的。由是,文章中,抱月对功利拿出了"第一义"、"第二义"这种带有表示深浅意义的解释。他说:当舞蹈的目的是排练、雕刻的目的是署名、诗歌的目的是劝善惩恶之时,这便是文艺上的第二义的功利。当在维持生命之上还能有助于生命的增进之时,这便是文艺上的第一义的功利。就此,抱月说了下面这段话:

> (贴合时代)美始于第二义的功利,然而随着社会变化(半分离时代),其功利的一面终于归于无用而发生蜕变,就会让人一时间想到与它正相反的非功利。(全分离时代)美由此就会让人想象是从生命中获得了独立。唯美的思想就代表了这个阶段。然而,仅仅如此还是不能令人满意。就如断线的风筝,总让人惴惴不安。极尽掩饰,却总也美中不足。(再聚合时代)于是,要把断了的线再接起来。这次,不是接在衣食住行这种表面的东西上,而是要紧紧地捆绑在深层的生命之桩(第一义的功利)上。这才是要把美重新与生命相接的思想。(182 页,括号内的内容为笔者所加)

可以知道,这段话明确描述了美要经历始于"第二义的功利"但指向"第一义的功利"的过程,还可以对照前述的美与功利二者之间存在的"四个时代"。所以,需要再次强调的是,美中存在"第二义的功利",但又无限向往"第一义的功利"。接着,抱月就"第一义的功利"分析说:"托尔斯泰的宗教问题、左拉的社会问题、易卜生的道德问题或者理想呀、真理呀……我等所谓的第一义不是这些。这些依然是第二义的功利。"(182 页)因此,文艺上的"第二义的功利"就是抱月已经提及的"生命的增进"。表明立场后,抱月说道:"美是生命的增进。再也没有比这更功利的了。"(183 页)

于是,整篇文章的思路是:首先,为人的"有意识的生活"赋予价值,把宗教、道德置于生命之内来反观,从而以心理学的方式为生命的增进与永续赋以最高意义。接着,围绕生命有没有得到满足、获得快感,是否是功利性的而着重考察了美学上的游戏说,并对席勒以"游戏冲动"调和"物质冲动"与"形式冲动"促人达至完整表示认同。最后,以美的出发点是功利,但又要在"无功利"中使生命得以增进。如此一来,整篇文章先后出现了"生活"与"生命"、"宗教"与"道德"、"增进"与"永续"、"实用"与"功利"、"快感"与"游戏"、"第一义"与"第二义"等表达。这些几乎都出现在明治 41 年以后岛村抱月的系列理论性文章中。结合文中的表述,我们有必要对它们集中地重复说明一下。(1)"生活"与"生命"是上下位概念的关系,即"生命"不排斥"生活",前者包括后者。(2)"宗教"与"道德"是双重并列关系。一层是二者居于生命之外。它们为人预设了神与善人的理想型存在,成为知识最终难以追问到底的对象。另一层则是二者居于生命之中。它们成为人用知识不断求索的心理学意义上的绝对存在。前者让人服从无限,后者让人服从有限。(3)"增进"与"永续"是一与多的关系。二者统一于生命的无限之中。生命的增进是文艺、美学每一次的追求,生命的永续是文艺、美学一次又一次的渴盼。(4)"实用"与"功利"是同位关系。二者均指生命中浅层次的需求,处于经常变动之中。它们不可避免地要进入文艺、参与美感的建构,但又得与深层次的生命需求相通,否则将无法实现生命的增进与永续。(5)"快感"与"游戏"是原因与手段的关系。二者都指向生命的增进。生命因获得快感而得以助益,因"无利害"、"无功利"的游戏而得以促进。(6)"第一义"与"第二义"是本质与表象的关系。二者在共有现实这一点上不矛盾。然而,前者具有深意,能助益生命,后者流于表面,不能传达近代文艺的真谛。

从这种意义上来说,这篇文章既是抱月的美学主张的体现,也是他的日本自然主义文艺批评的前奏。①

小　结

　　经历了为日本文艺定下一个朝着"象征性的"、"宗教性的"方向发展的基调之后,岛村抱月以及《早稻田文学》把小说界分为多个派别,也看到了它们之间彼此的联系与不同,从而得出了能提倡融合"生命"与"表象"的"新自然主义"。而就文艺批评来说,因为已然经历了近代文艺的洗礼,故而提出这种文艺理论的时候,还需要明晰的说理过程,以便"情感"与"理性"有机统一。正是在此基础之上,在对田山花袋的《棉被》进行评论之时,岛村抱月既读出了促人产生真切感的可能,又点明了自然主义作为当时的新势力而具有存在的意义和价值。不仅如此,这种讨论还跳出了单单作品论的范围,而在岛崎藤村等的文章中引出了"人物原型问题"以及具有根本意义的"文艺与道德"的思考。如此一来,在文艺批评这一大框架下,较为全面地涉及了作品论、作家论、读者论(道德论)方面的解读。与此同时,岛村抱月还用旁征博引的文章,论述了把宗教、道德与文艺置于生命之内加以考察的"生命之美"。

---

①　其实,对岛村抱月的这篇文章,安倍能成曾在《读〈近代文艺的研究〉》(「『近代文芸之研究』を読む」『ホトトギス』(第 12 卷第 11 号)、明治 42 年 8 月 6—16 页)一文中,对第二、第三部分的多处提出了质疑。(1)文章是不是混淆了狭义和广义的"实用的、功利性的"一词? (2)以米勒(Jean-Francois Millet,1814—1875 年)的《晚祷》(*L'Angélus*)为例说明的"第一义的功利"与席勒的游戏说在本质上有何区别? (3)"第二义的功利"是否是美? (4)如果易卜生、左拉、托尔斯泰等描写的都是"第二义功利"的话,那么,文艺中所剩的功利不就只有"第一义的功利"了吗? 如果文艺的极致是只有一种境界,那么基于生命哲理的美学特质又如何特别呢? (5)美与功利的"贴合时代"与"再聚合时代"有何差异?

第 4 章

阐发理论与接受质疑

经过近两年的蓄势发展之后,在明治 41 年(1908),后期自然主义开始"建设新天地"①,步入"阐明主张的时代"②。不过,这种"建设"、"主张"是在自然主义与非自然主义(往好处说)共同"发声"或者(往坏处说)一片"混战"的环境下造就的。通过第 2、第 3 章的考察可知,岛村抱月对当时的自然主义文学给出了文艺思潮史意义上的、宽泛的认识与解释,对日本自然主义文学的代表性作品《破戒》与《棉被》的评价,也成为当时的文艺批评中的"标杆"。然而,时至明治 41 年,岛村抱月一方面要用一系列文章系统地为自己认同的自然主义做出严谨的定位与阐释,另一方面要用理性的声音来回应其他文艺批评家对他的言论做出的质疑。

第 1 节　自然主义与非自然主义之辨

在进入具体考察之前,我们先结合当时的批评家以及后来的研究者们的解释③,对明治 41 年日本文坛关于自然派与非自然派的理论主张大致分类如下。

---

① 「明治史　第七編　文芸史」『太陽』(増刊)第 15 巻第 3 号、明治 42 年 2 月、92 頁。
② 相馬御風:「自然主義論最後の試練」『新潮』(第 12 巻第 1 号)、明治 42 年 7 月、2 頁。
③ 主要参考了以下文章:(1)浩々歌客:「文壇の自然主義を評して超絶的の自己発展に及ぶ」『明星』、明治 40 年 12 月;(2)生田長江:「自然主義論」『趣味』(第 3 巻第 3 号)、明治 41 年 3 月;(3)後藤宙外:「自然主義比較論」『新小説』(第 13 年第 4 巻)、明治 41 年 4 月;(4)高田瑞穂:「反自然主義文学観の成立」、田中保隆:「非自然主義の動向」『国文学解釈と鑑賞』(特集　自然主義と反自然主義)、昭和 43 年 9 月;(5)吉田精一:「非自然主義の諸傾向」『自然主義の研究』(下巻)、東京堂、昭和 51 年 6 月 13 版発行。另外,就派别名称来说,有的沿用了传统的说法,有的是笔者根据其主张的主要特点自行添加的。

图表3　日本文坛自然主义与非自然主义理论主张的分类图①

自然主义	新早稻田派	岛村抱月、相马御风、片上天弦、中村星湖、白松南山
	直视现实派	田山花袋、长谷川天溪
	灵肉一致派	岩野泡鸣
非自然主义	呼吁理想文学派	后藤宙外、登张竹风及其他《文艺革新会》成员
	援引西方学理派	《帝国文学》的片山孤村、《明星》的角田浩浩歌客、樋口龙峡、田中王堂等
	余裕派、高踏派	夏目漱石、森鸥外
	反对自然主义派	安倍能成、小宫丰隆、森田草平（均为夏目漱石的门生，已经经过自然主义的洗礼）
	耽美派、白桦派	永井荷风、谷崎润一郎、武者小路实笃、志贺直哉等（已经经过自然主义的洗礼）
	冲破时代闭塞派	石川啄木（已经经过自然主义的洗礼）

　　首先，需要说明的是，笔者并没有采用自然主义与反自然主义这种传统的表示二元对立的说法。原因在于，日本文坛的真实情境并非先有自然主义、后有反自然主义这样的单向发展，而是多元的。如果使用自然主义与反自然主义的说法，就会把夏目漱石、森鸥外这种始终并不反对自然主义的、把樋口龙峡等这种对西方自然主义有准确理解的、把后藤宙外这种从最初的不反对转而强烈反对的诸多复杂因素，进行过于简单化的甚至是粗暴的处理。而采用自然主义与非自然主义的说法，也是考虑到当时文坛的一种实际状况而做出的一种无奈的选择。（明治40年之前，多使用"自然派"这一说法。明治40年，则是"自然派"与"自然主义"并置。进入明治41年，文坛开始比较统一地使用"自然主义"。）其实，当时除了对自然派②有比较明确的所指之外，对于自然派之外的各派并没有明确的名称。其中，后藤宙外较早地使用了"自然派与非自然派（包括各种流派）"、"现在所谓的自然派和所谓的非自然派（自然派之外的各派）"③的说法。但这里的"非"自然主义指的是"并非"自然主义的意思，而不是后来很长一段时间内大多数人所

---

① 图中下画线所涉及的文学家或评论家（森鸥外为再次回归文坛）发出自己声音的时间在明治42、43年及其之后。

② 另有写生文派、传奇派的说法。但前者主要指高滨虚子等，后者主要指夏目漱石。

③ 「文界雑観」『新小説』（第12年第9卷）、明治40年9月、126、127页。

认为的那样:自然主义处于鼎盛之后,出现了"非难"、"反对"自然主义的"非自然主义"、"反自然主义"。① 从总体来说,"自然主义"与"非自然主义"确实可以笼统地看作当时日本文坛的两种主张、"主义"。

接下来,要弄明白具体涉及哪些人提出了怎样的主张时,我们则统一采用"××派"的形式。先说自然主义。明治 39、40 年里,虽然他们各自主张不同,但都积极地提及自然派或自然主义的说法,自然主义内部的理论主张有多么不同并没有很多人去关注。而进入明治 41 年之后,岛村抱月、长谷川天溪、岩野泡鸣等人之间在主张上的差异开始显现出来。抱月携众弟子以《早稻田文学》为根据地继续宣扬并结合时代回应他们所主张的新自然主义。长谷川天溪则在《幻灭时代的艺术》(明治 39 年 10 月)、《排斥逻辑的游戏——论自然主义的立足点》(明治 40 年 10 月)、《暴露现实的悲哀》(明治 41 年 1 月)等文中极力主张"重视现实"、"破理显实"、"原原本本的现实"之后后继乏力。岩野泡鸣则继《神秘的半兽主义》(明治 39 年 6 月)中提出"半兽半灵主义"、"意志的客观化"之后提出"一元描写"、"灵肉一致"、"艺术与实行"的问题。从而与前两者构成了在艺术内探讨自然主义还是在实际中探讨自然主义的根本性区别。② 再来看非自然主义。后藤宙外、登张竹风均在《新小说》设置专栏(前者还是该杂志的主编),频频表示对自然主义在部分理解基础上的不满,而大声吁求理想、英雄。登张竹风在论述文艺的过去与现在时说:"往日的文艺拥有高于科学的权威、品位与领域。……如今的文艺是科学的努力。诗人反而要向科学家叩头。……往日的文艺变秽土为天国。如今的文艺则不把天国变成秽土就不罢休。……往日的诗人喜好歌颂国民英雄。如今的诗人则描写平凡的现代人,而不去歌颂英雄。"③到了明治 42 年 4 月的"文艺革新会"之时,众人则提出了"我等的文艺必须是以光明的新时代精神为基础的、为人生的文艺。现代英雄式日本的要求在于鼓吹刚健的思想与清新的趣味,在于建设醇厚的新理想,在于发挥具有生命力的新技巧,在于认可真挚的人生中的新价值。"④《帝国文学》与《明星》这两本杂志,则为一大批文论家提供了发表站

---

① 此处参考了:田中保隆:「非自然主義の動向」『国文学 解釈と鑑賞』(特集 自然主義と反自然主義)、昭和 43 年 9 月、62 頁。

② 虽然三派都主张并注重自然主义文学必须起步于现实,但"新早稻田派"、"直视现实派"二者与"灵肉一致派"之间,对待应该在怎样的范围内讨论自然主义是截然不同的。因此,上图中用黑色加粗的线条以示区别。

③ 「綠蔭放言」『新小説』(第 13 年第 6 卷)、明治 40 年 6 月、144—145 頁。

④ 宙外:「文芸革新会起る 主張」『新小説』(第 14 年第 4 卷)、明治 42 年 4 月、317 頁。

在认真清理并比照西方文艺从而认识日本的文学思潮的舞台。樋口龙峡的《自然主义论》(《明星》、明治 41 年 5 月)与田中喜一的《论我国的自然主义》(《明星》、同年 41 年 8 月)这两篇长篇大论便是其中的代表。虽然，西方的文艺视角给他们提供了很好的参照标准，但是，这些文章中也存在一个问题就是：很多时候，把日本的自然主义要素及内容直接等同于照搬了西方的自然主义，而不能很好地确认在日本文坛已经发展并伴有自觉意识的日本后期自然主义。夏目漱石则在继《文艺的哲学基础》(明治 40 年 4 月东京美术学校演讲)、《创作家的态度》(明治 41 年 2 月东京青年会馆演讲)先后阐述自己对自然主义的客观理解之后，又在《〈坑夫〉的创作意图与自然派、传奇派的关系》(《文章世界》，明治 41 年 4 月)说道："最近，随着自然派的议论日趋热烈，我被视为与这一派怎么也不相容的存在。……我并不讨厌自然派。我认为那一派的小说也有趣。""(通过以上的结论——笔者加)可以破除自然主义与浪漫主义是水火不相容的这种思想了吧。此外，我想这也可以稍微清除被纷乱的自然主义、浪漫主义之名所束缚、所限制的弊端。"①由此，可以看出，他并没有改变自己对自然主义站在正确理解与认识上的认同。与夏目漱石有所不同，森鸥外则是在经历长期的蛰伏之后，从明治 42 年开始回归文坛。他对自然主义的批评意见是以创作的形式来体现的。比如，《性欲史》(明治 42 年 7 月)、*Le Parnasse Ambulant*(意译:《文坛漫步》，明治 43 年 6 月)、《沉默之塔》(同年 11 月)、《青年》(同年 3 月至次年 8 月)、《不可思议的镜子》(明治 45 年 1 月)。安倍能成、小宫丰隆、森田草平(还包括太田善男、宫本和吉等)之所以被称为"反对自然主义派"，一是因为他们借恩师夏目漱石主持的《东京朝日新闻》的"文艺栏"(明治 42 年 11 月 25 日至 44 年 10 月 12 日)，直言不讳地发表了与日本自然主义文学针锋相对(批评的对象主要是《早稻田文学》与《读卖新闻》)的文章就不下 40 篇②，二是为了把它与具有更广意义的"反自然主义"这一称谓加以区别。到了耽美派的永井荷风、谷崎润一郎与白桦派的武者小路实笃、志贺直哉等这里，他们大多是从明治 42、43 年开始，以创作的形式来对抗逐渐陷

---

① 「『坑夫』の作意と自然派伝奇派の交渉」『文章世界』(第 3 卷第 5 号)、明治 41 年 4 月、17、21 頁。

② 笔者根据远藤祐的文章进行的统计:「漱石主宰の『朝日文芸欄』(資料)」『岩手大学学芸学部研究年報』(第 22 卷第 2 部)、1964 年 3 月。

入发展困境的自然主义创作模式。① 石川啄木经历的自然主义洗礼是：在明治 41
年 5 月便已预感到后期自然主义的时代已经过去大半，但仍要积极地投身于其
中；在明治 42 年 3 月的日记中说自己相信的积极自然主义就是新理想主义；进而
在明治 43 年 1 月的时候致信友人，说自己认识到自然主义没能成为自己思想破
产后的救赎者；再到明治 43 年 8 月底，受鱼住折芦的《作为自我主张思想的自然
主义》(《东京朝日新闻》，同年 8 月 22、23 日) 的刺激，写就了《时代闭塞的现
状——强权、纯粹自然主义的最后以及明日的考察》，以指出折芦文章中认为日本
的青年积极地以自然主义作为自我思想的主张对抗国家这一强权存在的说法是
谬论；最后，在明治 44 年 1 月与友人的书信中发出自己作为社会主义者的宣
言——"我已不再踌躇地称自己为社会主义者"②。

　　需要说明的是：这里，我们无意对"自然主义"与"非自然主义"做出孰是孰非
的裁定，而是着意于描述当时的文坛现状，以便认识一场更真实的日本文学思潮
运动，确认以《早稻田文学》为阵地的自然主义主张以及岛村抱月的理论主张。

第 2 节　自然主义观点的对垒

　　自然主义该往哪里走？ 截至明治 40 年年底，这个问题已经不再是自然派自
己的问题，而成为文坛中人都在思考、议论的话题。作为当时两大出版巨头——
春阳堂与博文馆的"拳头产品"——文学杂志《新小说》与综合杂志《太阳》对自然
主义专门进行了组稿。二者提出的问题与建议，马上引起了《早稻田文学》的反思
与总结。

---

① 其中，永井荷风于明治 36 年 9 月至明治 41 年 7 月逗留在美、法两国，并没有直接感受到
　日本国内自然主义文学的蓬勃发展。然而，他回国后不久出版的短篇小说集《欢乐》便成
　为《早稻田文学》的"推赞之辞"中的内容。这一方面说明《早稻田文学》主张的自然主义
　并非固步自封，另一方面也说明用某一派别去衡量或判断一个人也是不全面的。
② 详细考证可看：大西好弘「啄木と自然主義」『徳島文理大学研究紀要』(第 60 号)、平
　成 12 年 9 月。

图表4　《新小说》《太阳》《早稻田文学》的自然主义特集①

『新小説』40・11	『太陽』40・11	『早稲田文学』41・1
1. 谷本梨庵:文芸上に於ける自然派及び自然主義の意義 2. 片山正雄:自然主義の理論及技巧 3. 金子筑水:自然主義論 4. 上田敏:自然主義② 5. 馬場孤蝶:文学上の自然主義	1. 内田不知庵:近時の小説に就いて 2. 宮崎三昧:自然派と趣向 3. 須藤南翠:自然派と新聞小説 4. 塚原澁柿:自然派に対する注文 5. 内藤鳴雪:自然派作物中の人間に対する疑問	1. 島村抱月:文芸上の自然主義 2. 相馬御風:モウパッサンの自然主義 3. 中村星湖:ゾラの自然主義 4. 片上天弦:フローベールの自然主義 5. 白松南山:哲学上の自然主義

　　《新小说》③的特集由五人的稿件组成。谷本梨庵(教育家)的文章对自然主义提出了要求也给出了解释。他认为首先要说明的问题是:"所谓'自然的'倾向是一种呢,还是多种呢?"于是,他按照把日语中的"自然的"等同于西方的"natural"一词的方法,给出了六个条目的解释:1."物质的";2."客观的";3."现实的";4."生而有之的";5."非人为的";6."合乎常理的"。进而,他提出了一个"自然派"与"自然主义"不同的说法。文中说道:"在带有所谓'自然的'倾向之中,本身就有两种。其一是 realism,这里译作自然派,其二是 naturalism,这里译作自然主义。"(2页)他接着说:"Realism 的名称在哲学史上早已有之。……Naturalism 的称呼也同样早已用在哲学及神学之中。……哲学上、神学上的 naturalism 与文艺上的 naturalism 原本并非相似,只是缘于某些因由,才把它们通称为自然主义。"就这样,根据之前的描述,他认为文艺上的自然派及自然主义就是"所谓的不受任何技巧上的规则的约束",因此,其"自然的"也就是六个条目中的第五条:"非人为的"。然后,谷本继续以比较的口吻论述说当今的心理小说几乎都是自然派的:"理想派以美为是,传奇派不择丑与美,而到了自然主义,丑却成了美……实际上,

---

①　后藤宙外(《新小说》)与长谷川天溪(《太阳》)在同期的杂志上也发表了自己关于自然主义的文章。鉴于二人是分别是两本杂志的主编,且设有专栏,因此,解读他们二人在一段时间内连续发表的各文章之间的脉络更有意义,故将把他们的文章作为本章下一节考察内容的一部分。

②　具体论述中还将涉及他先于该文一个月发表的另一篇文章:「欧州に於ける自然主義」『趣味』(第2卷第10号)、明治40年10月。

③　『新小説』(第12年第11卷)、明治40年11月、1—38页。

如今成为心理小说的大抵皆为自然派,或又可以说没有不是自然主义的。两者几乎是内容相同名称不同罢了。"最后,他总结说文坛上兴起了象征派,但自己并不认为它会称霸,因为人的思想发展的方向是六个条目中的第三条:"现实的"。于是,谷本说:期待将来的文艺"是自然的,而且是与此前的自然派、自然主义在取材上、目的上截然不同,真实、高尚而又寻常、合理的"(6 页)。整篇文章除了在最后告诉我们谷本本人期待的自然派或自然主义文学是怎样的之外,主要是在叙述应如何借助西方文艺的背景来认识"自然的"、"自然派"与"自然主义"。片山正雄(孤村,评论家,主攻德国文学)也看到文坛在发生着变化:"根据'自然'这个词的解释与如何模仿自然的方法不同,自然主义的意义也无限地变化起来。……若要解释文艺上的自然主义,首先必须在文艺史上探寻它。"(6—7 页)于是,他对始于卢梭经过司汤达、巴尔扎克再到左拉、龚古尔兄弟的自然主义进行了考察。随后,片山利用自己德国文学的背景,指出德国的自然主义不仅包括法国自然主义在审美概念上和人生观上的自然主义,还包括当时的所谓"现代派"①的各种倾向。"既有法国自然主义那样的,更有把它极端化的'彻底自然主义',还有统括了神秘主义、主观主义、象征主义、新浪漫主义等各种倾向的新自然主义。此外,还有加进了社会主义、个人主义(自尼采以来)、无政府主义的。"(16 页)按照他的说法,德国的自然主义无所不包。他敏锐地指出:"(德国——笔者加)现代派这些人与我日本的自然派相同……随其所私淑的对象的种类、人们的心态、性格、学识而千人千面。相同的只是现代 modern 这一目的。"(16 页)确实,当时日本的后期自然主义也面临着既各有不同但又都觉得自己能代表最先进的思想观念。金子筑水(哲学家、评论家)的文章显得对自然主义认识得比较准确而全面。他对日本文坛的自然主义评价说:"近来勃兴起来的所谓新自然主义小说的价值及其命运,是一个尚待解决的问题。毕竟,新自然主义的小说还没有具体成形。"(19 页)他也认为应以欧洲自然主义文学为参照系,并且,和片山孤村一样,指出日本的后期自然主义文学在"处于过渡期"、"是由外国传入的思想"、"思想界处于混沌状态"这三点上与德国文坛的自然主义存在共通之处。紧接着,金子筑水谈到自然主义对于文艺来说意味着什么:"从一方面来看,自然主义又或一般所说的现实主义,是构成文艺的一个主要因素。离开现实主义,文艺的本质简直无法想象。……理想主义与现实主义(包括自然主义)是文艺得以成立的两个形式……虽然把现实与理想的巧妙结合视为杰作,但偏于理想还是偏于现实,并无碍于它是文艺。"对文艺

---

①　日文原文为"輓近派"。

中现实的重要性,他讲道:"现实世界是文艺的根基……自然主义的优点在于它把重心放在现实世界这一点上。自然主义与文艺具有深厚关系也正是因为如此。"(23 页)但他也不忘强调说自然主义只是文艺中所必需的一个形式,而并非文艺的全部。于是,他对日本的后期自然主义的现在与未来判断说:"只要时局是无理想、无信仰、无主张的状态,自然主义就将长时间称霸文坛。但是,一旦一个时期已明确,自然主义也自然而然地背负了应该要发展到别的倾向的命运。"(25 页)因此,金子筑水在文章的最后,给日本的后期自然主义下了两个论断:(1)"自然主义带着文艺革新期引领者的使命"(25 页);(2)"最高级的文艺必须是以现实主义为基础的理想主义",因而"自然主义充满新兴的生机……希望发展自然主义"(26 页)。应该说,他对自然主义以及日本的后期自然主义认识得都非常精准,也对后者给予了最积极的评价。这或许是因为他也同为早稻田大学教师、经常在《早稻田文学》发表文章、非常了解岛村抱月等的思想动向有关。上田敏(翻译家、文学评论家)其实是在先于《新小说》的这篇文章中,已经对自然主义做出了表态。在那篇文章中,他对西方自然主义的演变做了粗线条的描述之后,希望日本的后期自然主义能够做好澄清:"日本先进文坛的自然主义,与我上述的西方自然主义似乎大异其趣,因此,想尽快知道明确的自然主义概念,很想知道与此相关的宣言或者怎样的作品最充分地展示了自然主义,西洋文学中怎样的作家、作品是他们所奉行的主义。如果还是引用了西洋的东西的话,会让人觉得是不是哪里有误解,又或是在说与我等所了解的不一样的东西。"①于是,上田敏在《自然主义》一文里说:"树立'自然主义'这面艺术大旗的是谁? 那是法国的小说家爱弥儿·左拉。无论把自然主义的意思看得多么广,也绝不能忘记这一事实。"虽然,他也承认 19 世纪后半期的文艺都受到自然而逼真的这种自然主义新技巧的影响,但是,他还是认为:"艺术不是靠议论,而是靠创作,因此,即便不弄清主义、方针,也没什么不好的……艺术的事不用那么急性子。"(30 页)可以看出,他对日本的自然主义持一种消极的肯定态度。马场孤蝶(翻译家、评论家)的文章正确地看到自然主义者的目的在于:"描写俗世应然的事件,让实际上应然的人物采取实际上应然的行动。还有,在技巧上看,描写的笔致要直截了当,印象要明晰可辨。"(31 页)此外,他还说:"所谓的自然主义文学,可以说成是站在平民一边的人对平民的生活抱以同情而创作出来的文学"(32 页),其"真是美化的真"(33 页)。最后,他还不忘提出要求说:"自然派的小说家,必须是个思虑缜密、从容不迫的人。"(36 页)

---

①　「欧州に於ける自然主義」『趣味』(第 2 卷第 10 号)、明治 40 年 10 月、48—49 页。

由此，可以知道，《新小说》的五篇无一例外地以西方自然主义文学作为参考坐标，对日本的后期自然主义或是积极肯定或是消极肯定或是持观望态度。也就是说，五位论者都认识到了在当时的日本文坛出现自然主义还是有一定道理的，看到了自然主义的意义、长处、技巧、题材等。

《太阳》的五篇文章与《新小说》的大为不同。除了内田鲁庵，其他四人均为文学家，因此，都倾向于从创作的角度来谈自己对自然派的看法。内田不知庵（鲁庵，评论家、翻译家）首先讲到自己听说文坛大家之中也有人攻击自然派。于是，他把这样的大家分为三类。（1）文坛老大家。比如，尾崎红叶、幸田露伴等人。（2）文坛大家。比如，取代元老们居于文坛中心的后藤宙外、小杉天外等。（3）文坛新大家。也就是后藤宙外、小杉天外之后的，具有近代气质的大家们。他认为：像后藤宙外这样的大家，并不是去研究自然派本身而加以指责，而是以当时的年轻作家为对象来评头论足。这样，就看不清年轻作家中也有不是自然派的事实。其次，内田对有人说"描写污秽是自然派不好的原因"进行批评。他认为："写什么不写什么不是问题，问题是写法。"（120页）接着，他明确地肯定自然派说："自然派的兴起，是大势使然，是踏入了发展途中理当进入的领域。……应该得到更进一步的发展……现今年轻作家的作品绝非都是清新的、了不起的，但是，其中，确实存在着前所未有的、新的东西。所以，难道不是意识到发展至自然主义这种程度，方才让人看到了日本小说界与世界最新潮流稍稍有些并行的倾向吗？"（121页）最后，他对当时小说中的人物满篇恋爱、不食人间烟火感到不可思议。他说："人生并非仅仅柏拉图式精神恋爱就能一路畅通的。如果不充分注意经济方面，恐怕就不是接触了真正的人生。"（123页）就《棉被》的描写，内田在承认自己还没有读过的同时，说："妻子死去，自己与那个年轻女孩一起生活，想必很开心吧。但是，如果作品中没有出现孩子怎么办、经济问题怎么解决这样的冲突，那个男的岂不是变得很浅薄？或者说，他就没考虑过吗？"（123页）因此，他最后的建议是："一边恋爱一边奔波。只有描写这些，人生的真相才会现象，在现实社会中生存的人的切身的烦闷才能体现出来。我们希望描写吃饭、拉大便的人的内心纠葛。"（124页）这样看来，内田的文章既肯定了自然派在文坛上得势是一个客观现象，又对自然派的描写做出了进一步的要求。宫崎三昧（小说家、随笔家）则是从四方面来说明自己对自然派的理解的（1）岛崎藤村的《行道树》和国木田独步的《穷死》（均发表在《文艺俱乐部》的临时增刊《回首二十载》上）非常有趣。（2）对某一事物直接就写，不在技巧上下功夫。（3）年轻人的文章粗糙。（4）对如今文坛的喧嚣表示担忧。"自然派到底是谁起的名字？……派别一多，就复杂了，让人头痛。……日本的文人……不可能说理想派流行了、自然派兴起了就马上掉转笔头吧。"（126页）由此，他虽然对自然派表示了一定程度的肯定，但是，也表达了对包括自然派在内的年轻作家们在文章构思上的不满。同时，他也对文坛上一会儿理想派、一会儿自然派的派别、主义之争表示了担忧。须藤南翠（小说家、报社记者）则在承认自然派与夏目漱石代表的技巧派都呈现出一种文学的进步之后，着重说明了两方面。（1）几乎所有的自然派作家都无视润色。他举例说："听说国木田独步等说过：'如果被问到后来会怎样，就很麻烦了。因为从一开始就没那么确定，甚至连自己都不知道后来如何。'"（126页）他还说，从报刊小说的读者这一角度来看，"当前……如果是极其纯粹的自然派的写法，尚未取得读者的欢心"（127—128页）。因此，他给出的建议是："即便报刊小说没有必要像龙泽马琴那样明显地劝善惩恶①，但作家脑海中至少要有个伦理观念。"（2）梳理出文坛的三足鼎立之势。也就是"自然派"、"漱石一派"和"传统派"。他具体说："在当今是自然派的天下。""与自然派对抗而起的漱石一派也有一定势力，不能断言它能否消灭对方荣膺桂冠。""保持传统写法的幽芳、菊汀有些时日没写了，芦花、不知庵等也不会就此被埋没吧。另一方面，还有纯然写实派的二叶亭。"（128页）这说明，他既指出了自然派在写作技巧上的欠缺，又承认了其为文坛一股不容忽视的新势力。塚原涩柿（小说家）的文章最直接地表达了自己对自然派的喜爱："我认为自然派的作品极好"（129页）、"我大大地欢迎自然派"（130页）。他对自然派提出的要求是：（1）惯用第一人称来写的话，有些大问题是写不好的（比如，日俄战争、政治大事件等）；（2）树立大主观、提升作者自身的品格、加深哲学素养；（3）人物原型还是使用虚构的人物比较好；（4）要考虑到社会上的忠孝、仁义、廉耻等第二义的道德问题，不要写得太露骨。在塚原这里，自然派并不浅薄，能描写真实的社会，只是缺少描写技巧上的雕琢，显得太露骨。内藤鸣雪（俳人）则对自然派作品中描写的人物给出了自己的判断："有些不可理解。"具体是："自然派作家看到的人与我看到的人相隔甚远。"（131页）一是因为自然派没有很好地处理个人与社会、部分与整体。按照内藤的理解来说："在社会上能够看到个人的价值，在个人身上能够看到社会的价值。两者的价值在个人与社会朝着同一方向发展时才能体现，冲突的时候绝对看不出来。"（132页）简单地说，他是要在个人与社会之间找到交集进行描写。二是因为自然派盛行描写变态的人。内藤认为：个人违背社会之时就

---

① 日文原文为"講釈をする"，字面义为"给人讲评、讲解（事物的道理等）"。结合上下文，做出文中翻译更通顺。

是变态之时。"个人的真在变态之中是无法发现的。"（132页）这样看来,他对自然派描写的人物是根本不认同的。不过,他在文章的"附言"部分还是做了一个补充说明:"因为以前不太描写违背（社会——笔者注）的人以及时间的极限,也就是所谓的阴暗面,所以致力于描写它们。如果说这是自然派的主旨,那也可以。然而,倘若到了说人的真相、人生的真正意义只在于这样的描写之中的话,就实在不恰当了。"（133页）很明显,当时的自然派是按照前者来要求自己的。恐怕即便如此,内藤也未必会尽然赞同自然派。

这么看来,《太阳》的五篇文章之中,除了内藤鸣雪的文章对自然派没有强烈共鸣之外,其他四人均对自然派表示支持或极力赞同,并认为它是文学取得发展的标志,对自然派的进一步发展也给予期待。不过,他们又多为作家,文章也多从某一个角度对自然派提出要求:内田主张既要写恋爱又要写经济状况,宫崎希望多在构思、写文章的技巧上下功夫,须藤与宫崎的意见差不多,塚原则摆出了人称、大主观、人物原型与第二义的道德这四个涉及创作技巧、选材的方面,内藤强调描写的重点要放在个人与社会的重合部分。

因此,《太阳》的五篇文章与《新小说》的不同在于:首先,前者多以评论家的身份,站在西方文学的背景之上,认识日本的后期自然主义。后者多以作家的口吻,立足于自己的创作经验及个人感想,谈论对日本的后期自然主义创作的看法。其次,前者虽然"自然派"与"自然主义"并用,但使用"自然主义"的次数更多。后者则均不约而同地使用了"自然派"而不是自然主义这样的说法。正如我们在之前提及的一样,直到明治41年年初,"自然派"与"自然主义"还处于混用的阶段。而笔者要强调的是,"自然派"这个称呼是从明治39年开始就一直使用下来的。它的含义应该是很宽泛的。《太阳》的五位撰稿人也应该都是站在广义的角度来看待自然派的。

当然,二者也有相同之处:第一,都承认后期自然主义正取得空前的发展。对它持明确反对意见的几乎没有。第二,无论是以西方文学的考察为背景还是以个人的创作经验为支撑,无论是批评后期自然主义的"一手遮天"之势还是提出让它在技巧、形式、题材、内容等方面要多下功夫的意见,他们都是积极地在为后期自然主义的后续发展制造理论与创作的生长点。第三,都主张文坛应保持丰富性。"文坛老大家"、"文坛大家"、"文坛新大家","传统派"、"技巧派"、"自然派"都应该给予发展的空间,不应囿于主义、派别的狭小空间。这也可以看作对后期自然主义的一种变相批判。

正是在这种权威文学杂志上发表的系列文章中,后期自然主义的主张者们既备受鼓舞,又大受刺激。他们决意要响应文坛中人的呼声,把自己的理论主张一步一步地解释清楚。作为后期自然主义文学理论的根据地,《早稻田文学》义不容辞地在明治 41 年 1 月号上刊登了五篇文章。①

《〈棉被〉合评》(明治 40 年 10 月)中,小栗风叶就已经发出希望有适当的批评家来明确、研究、批判自然主义的意义与价值这种呼声。《趣味》(同年 10 月)的上田敏,《新小说》(同年 11 月)的谷本梨庵、片山孤村等也都在自己发表关于自然主义评论的同时,要求来自主张后期自然主义之人的解释与说明。

从《早稻田文学》的五篇文章来看,他们选择了从三个角度对自己主张的后期自然主义进行解释:(1)从日本文坛现状与西方文艺史的角度;(2)从解读法国自然主义作家(莫泊桑、左拉、福楼拜)的角度;(3)从哲学(实用主义)的角度。

首当其冲的是《文艺上的自然主义》一文。简述一下该文的主旨内容,便是:(1)"后期自然主义"是对日本文坛上能够"促进时代的风潮觉醒、革新、繁荣"的各种倾向的总称。(2)欧洲文艺史上的自然主义经历了相当长而复杂的过程。它以"自然"这一利器斩断了与放任、夸张的"情绪派",对事实进行有意选择的"理想派",突出个人欲念的"自我派",穿越时空的"中古派"、"神秘派"这五者之间的"同胞"关系,从而踏上了身上既流淌着浪漫主义血液又充满着反叛浪漫主义因子的自我成长之路。更幸运的是,它并非一路寂寞,而是结识了实验科学、进化论、社会问题、新自我、新理想这些"志同道合者"。虽然,19 世纪后半期以法国为中心而崛起的自然主义业已式微,但文艺史还没有对它真正做出"裁断"。(3)自然主义之所以为自然主义的四要素:描写的方法、描写的态度、描写的目的与描写的题材。最终要做到:在方法上,可以插入主观;在态度上,可以消极或积极地分别使用也可以综合使用;在目的上,要不拘泥于外形;在题材上,不仅要"真",而且要把"真"寓于理想之中。结合上一节的叙述,我们可以知道:该文先后回答了日本的后期自然主义是什么、欧洲的自然主义文艺史是怎样的、自然主义的结构是什么这三大问题,从而回应了日本文坛的吁求。

紧接着,抱月的三个学生片上天弦、中村星湖、相马御风分别对福楼拜、左拉、莫泊桑进行了自然主义方面的考察。② 对于福楼拜,天弦说他"应是一位属于前期自然主义的作家"(161 页)。其理由是:"即便同为法国自然主义,也是居于之

---

① 其实,该杂志在明治 40 年 12 月号上就已经打出了"自然主义论"的预告。由此,也能看出他们是在读了《新小说》与《太阳》等杂志的自然主义讨论之后,就已经开始筹划思考如何表达自己的自然主义观了。

② 按照这三位法国作家成名的先后顺序进行介绍。与杂志的组稿顺序有所不同。

前的写实主义与之后的象征主义之间,自然而然地就会有前后两期之分。"(161页)由此可知,《早稻田文学》对法国自然主义的共同认识是它经历了写实主义、自然主义、象征主义的过程。那么,天弦所说的前期自然主义就是写实主义了。对于左拉,中村星湖说:"左拉树立了在粉饰性文艺之外的、不伪装自己的文艺,赤裸裸的文艺。他不是一个美好的作家,但是一位大作家。"(159页)肯定左拉的同时,中村却对左拉做出了这样的结论:"目的与手段相背离。"他的解释是:"他(左拉——笔者注)的'通过气质(主观)看到本性(客体)即为艺术'这一定义,因他自身依靠科学的方法而被否定。它是作为结果而显现出来的左拉的自然主义所达不到的。怀有敌意地看,这就是他的自然主义。怀有善意地看,最公平地回溯到他所做出的艺术定义时,我等能在其中看到最近的真正的自然主义萌芽。于是,达到了主客相融、灵肉相关的观点。"(161—162页)众所周知,左拉在《实验小说论》一文中毫不掩饰自己对克洛德·贝尔纳(Claude Bernard,1813—1878)的《实验医学研究导论》的溢美之词,以说明科学中的实验方法也适用于文学创作。很明显,中村星湖从左拉的文章中读出了他的自然主义创作的局限性。不过,与此同时,又从左拉对文艺的定义中,读出了他的自然主义理论的可能性——"主客相融"、"灵肉相关"。对于莫泊桑,相马御风则通过与左拉进行比较后说道:"左拉是一个彻头彻尾地要在文艺上传达'真'的福音之人,是一个彻头彻尾地致力于描写人的兽性之人……是一个求'真'却被科学所困,要探寻露骨的人生却受一种观念所困的人,是一个主张自然主义却没能遵从自然主义的人。……莫泊桑追求的'真',与左拉的相异,完完全全就是人生,就是真相。也就是说,不是'人生的真',而是'真正的人生'。"(121—123页)很明显,相马从莫泊桑的文学中看到了法国自然主义的进步(即便不能说是进步,那也应该是发展),觉得莫泊桑描写了更为真实的人生。于是,把这三个人的论述连起来的话,他们就分别从福楼拜身上看到了写实主义(前期自然主义)、从左拉身上看到了自然主义及其积极的可能性、从莫泊桑身上看到了"更为真实的人生"(后期自然主义)。因此,从三篇文章的成熟度来说,确实并不高。虽然给人印象批评的感觉,但对于当时日本自然主义的动向是耐人寻味的。笔者相当认同吉田精一的评价:"与其说(三篇文章——笔者注)是对法国自然主义的正确解释,倒不如看作要把它生拉硬拽到日本自然主义的努力。"[1]最后来看白松南山的文章。他首先对自己文章的题目进行解释

---

[1] 「第七部　自然主義の評論——島村抱月」『自然主義の研究』(下巻)、東京堂、昭和33年1月初版、昭和51年6月13版、365頁。

说："这里我要表示的自然主义,并非遵循哲学用语的自然主义,而是与当下日本文坛的一部分人所主张的自然主义及其主流趋向最相似的哲学主张。于是,毋庸置疑,实用主义(或者说人本主义)就是其代表性主张。"(183 页)因此,他从日本的后期自然主义之中看到了与当时西方正在盛行的实用主义思潮相结合的可能。按照文中的归纳,将会是:"综合了前期以神灵为本位的纯理想主义与传统以物质为本位的纯经验主义"(189 页)之后的"哲学上的自然主义"＝"实用主义"＝"新理想主义"＝"经验性理想主义"。

总体来看,《早稻田文学》的五篇文章之中,抱月意在于梳理之中发现日本后期自然主义发展的方向并且阐明其内容的丰富性,片上、中村、相马三人则意在找出三位法国自然主义作家身上带有处于自然主义不同阶段的特征,白松则意在指出后期自然主义与当时的哲学思潮之间存在一种密切的联系。由是,他们不仅说明了自然主义的丰富性,还梳理了日本自然主义的发展过程,又解释了自然主义的当代性。以此,他们对当时的日本文坛做出了自己的回应。虽然内容显得庞杂,观点却都是非常明确的。

其实,文学上的自然主义应该是很宽泛的,而不应把它拘泥或限制于某些特定的范围之内,因为就连左拉自己也说：

> 我一再说过,自然主义并不是一个流派,比如说,它并不像浪漫主义那样体现为一个人的天才和一群人的狂热行为。它只是运用实验方法来研究自然和人。对自然主义来说,只有广泛的发展和向前进,大家不论才华大小,都是劳动者。任何理论都是容许的,但占上风的是能够解释最多事物的理论。再没有比这更宽广更坦直的科学的文学道路。所有的人,不论是伟大的或普通的,都可以在其中自由驰骋,致力于共同的研究,每个人都可以发挥自己的特长,不承认别的权威,只承认由实验证实的事实的权威。因而,对自然主义来说,既无所谓革新者,也没有学派领袖,只有劳作者,不过某些人比其他人能力更强而已。①

左拉主张自然主义应用"实验方法来研究自然和人",是"更宽广更坦直的科学的文学道路",而且自然主义者的态度应是只承认"由实验证实的事实的权威"。如果借用左拉这段话的内容来理解日本后期自然主义,则应注意到明治 41 年的

---

① 柳鸣九主编：《自然主义》(西方文艺思潮论丛),中国社会科学出版社,1988 年 8 月版,492 页。

自然主义:需要"广泛的发展和向前进",容许"任何理论","无所谓革新者,也没有学派领袖"。

通过考察对自然主义进行的集中讨论可知,《新小说》《太阳》《早稻田文学》均对自然主义的发展表示了不同程度的肯定,做出了相应的思考与判断。其中,《新小说》的言论多以欧洲自然主义为判断标准,《太阳》的论调多是站在"自然派"这种广义的角度来得到展开的,而《早稻田文学》的论述则是较为综合的:岛村抱月的弟子们积极归纳西方自然主义与日本自然主义的发展过程之中存在的相似之处,而他自己则也是在对西方自然主义的梳理之中,开始积极思考架构能够解释日本自然主义的理论体系,以解释自然主义何以成为自然主义。

第3节　自然主义思想的碰撞①

要考察明治41年的自然主义与非自然主义,单从名称来看,就非相继在三个月里相继面世的《自然主义》《非自然主义》《新自然主义》莫属。同时,在明治41年才终于挺身而出为《早稻田文学》而战的岛村抱月,虽然是在次年发表巨制——《近代文艺研究》,但与后期自然主义密切相关的文章却集中出现在《文艺上的自然主义》等诞生的那一时期。因此,本节讲主要选择四本著作中明治41年的部分进行对比解读。

---

① 本小节中将涉及前三册书中的内容均参照以下资料:長谷川誠也(天渓):『自然主義』、博文館、明治41年7月;後藤寅之助(宙外):『非自然主義』、春陽堂、明治41年9月;岩野美衛(泡鳴):『新自然主義』、日高有倫堂、明治41年10月;而岛村抱月的著作信息是:島村瀧太郎(抱月):『近代文芸之研究』、早稲田大学出版部、明治42年6月。

图表 5　《自然主义》《非自然主义》《新自然主义》《近代文艺的研究》目录①

	長谷川天渓	後藤宙外	岩野泡鳴②	島村抱月③
明治 39年 以前	38・10　近世 の独逸戯曲 38・12　表象 主義の文学	34・3より連載 関西瞥見記		38・12　英国最近の絵画に 就て 38・11　オペラ雑感
明治 39年	4　メーテルリ ンクの神秘道 徳論 7　裸体哲学 9　日本画の 将来 10　幻滅時代 の芸術		7　メレジコウスキのト ルストイ論を読む	39・?　（談話筆記）問題文 芸と其材料 1　囚はれたる文芸 2　動的美学 2　英国劇と道徳問題 3　舞踏とオペラ 4　絵画談 4　沙翁の墓に詣づるの記 5　『破戒』を評す 5　新修飾美術 6　近代批評の意義 6　英国の尚美主義 7　イブセンの伝 7　独逸現代の音楽家 9と10　ピネロ作『二度目の タンカレー夫人』 11　新旧演劇の前途 11　欧文学中の日本 12　『五人女』に見えたる 思想 12　劇場問題 12　演劇雑談

①　对书中文章的发表时间做了梳理之后进行重新排列。
②　明确标明年月日的文章如无标注，均为发表在《读卖新闻》上的内容。
③　该书分为三大部分"研究"（表中加框）、"时评"、"讲话"（表中下画线）。

	長谷川天渓	後藤宙外	岩野泡鳴	島村抱月
明治40年	4　芸術界の懐疑時代 4　イブセン新論を読む 5　反基督教的精神 5　文芸と道徳 6　教育家の文芸観 6　現実主義の諸相 9　人生の側面観察 10　論理的遊戯を排す 12　再び自然主義の立脚地に就て	8　自然派と技巧派 9　文界雑観 10　自然派とモデル 10　随感録 11　文壇涓滴録	2　日本古代思想より近代の表象主義を論ず 2　仏蘭西の表象詩派 2　藤岡博士の『新体詩論』 3　自然主義的表象詩論 5・6　イブセン論私見 6・3　早稲田文学並に時事新報の記者に答ふ 6・25　駁論 7・?　駁駁々論 9・5　自然主義雑言 10・9　諸評家の自然主義を評す 10・?　文界私議（一） 11・?　文界私議（二） 11・7　国家人生論（加藤博士を論ず） 11・27　文界私議（三）	2　個人の寂寞、勝利の悲哀 2　文芸以内と以外 3　思ひより 4　『青春』を評す 5　『ミカド』オペラの事 6　今の文壇と新自然主義 7　情緒主観の文学 7　禁閲覧の文学 9　知識ある批評 9　東西新文芸の対比 9と10　美学と生の興味 10　脚本をして先づ読物たらしめよ 10　『蒲団』を評す 11　欧州近代の彫刻を論ずる書 11　ドイツ近代の銅像彫刻 ルイ王家の夢の跡 11　梁川、樗牛、時勢、新自我 12　演劇の第二種第三種 12　『其面影』を評す
明治41年	1　現実暴露の悲哀 2　近時小説壇の傾向 3　所謂余裕派小説の価値 3　無脚色小説 4　自然主義に対する誤解 4　自然主義と本能満足主義との別 5　無解決と解決 5　自然と不自然	2　小説と世論 3　文芸の自力門と他力門 3　自然派短評八則 3と4　二炷三炷 4　自然主義比較論 5　現実観と自然主義 6　真面目なれ 7　自然主義の無特色	1・20　文界私議（四） 1・31　文界私議（五） 2・17　文界私議（六） 2・20　彫金界の過去及現在 3・8　文界私議（七） 3・10　『基督の自然主義』を評す 3・10　文界私議（八） 4・22　中島氏の『自然主義の理論的根拠』 4・26　刹那主義と性欲 4・28　早稲田文学の詩論 5・10　肉霊合致の事実 5・17　肉霊合致＝自我独存（長谷川天渓氏に答ふ） 5・28　自殺論（二六新聞） 6・9　文界私議（九） 6・15　新審美学の建設──田中喜一氏に与ふ	1　文芸上の自然主義 3　情を尽したる批評 3　主観の謙遜、現実修飾の悲哀 4　イブセンの解決劇 5　自然主義の価値 8　充実を欲する社会 9　芸術と実生活との間に横はる一線 10　オペラは亡ぶべきか 11　英国の俳優教育、新作脚本 11　文学入門者に

续表

	長谷川天渓	後藤宙外	岩野泡鳴	島村抱月
			6・21　文界私議（十） 7・19　新聞記者並に法律家に注意す 8・24　表象と暗示——新自然主義の結論 9・21　附言＝島村抱月氏に答ふ	
明治42 年				1　欧州近代の絵画を論ず 6　序に代へて人生観上の自然主義を論ず

　　四位与自然主义或非自然主义均具有莫大关系的文坛中人,都在书的序言（或凡例）中以自己的视角表达了自己对自然主义文学的态度。长谷川天溪一如既往地主张文艺要注视为哲学、宗教、人类的幻象破灭后徒留无比真实的现实,说道:"活在幻象中的人是幸福的。叙述连自己都无法实行的理想言论之人需要勇气。一边兜售宗教、学问,一边教化社会的人是一种商人。我没有那种诗性想象力,没有勇气,也没有商业策略。"①后藤宙外则明显地带有要清楚地刈除自然主义文学中不良成分的责任感,说道:"现在的自然主义还是一种含有毒素、发出恶臭的粗矿石。假设其中含有若干贵金属,为了得到它们,首先必须进行粉碎、焙烤、冶炼而化为无形。"②岩野泡鸣则直接说把《新自然主义》"可以视为'半兽主义'的续篇'。只是,想要把前一部著作中'神秘的'这一叙述去掉"③,以体现自己的自然主义主张进入了一个新阶段。岛村抱月则是在凡例中说明自己要"以自然主义论为中心"的著作"给自己经历了最为复杂、曲折的艺术论告一段落"④,而随之附以一篇有关自然主义人生观的论文——《代序　论人生观上的自然主义》。

　　先来看长谷川天溪的《自然主义》。正如畑实对天溪的文艺主张进行的总结:"他在《幻灭时代的艺术》（明治 39 年 10 月）之后的步调是……理想、权威的破灭,

---

① 「はしがき」『自然主義』。
② 「序」『非自然主義』。
③ 「はしがき」『新自然主義』。引文中提及的是《神秘的半兽主义》（明治 39 年 6 月）一书。
④ 「凡例」『近代文芸之研究』。

肯定现实,主张自我……文学即人生研究……"①而到了明治40年10月,天溪又进一步提出了"破理显实"——通过文艺上的自然主义,破除宗教家、哲学家、文学家身上的"理想"这一遮羞布,显现牢牢地立足于赤裸裸的现实世界和鲜活的人生——这种说法。而要创造有生命的文艺,就需要"无念无想"的态度。紧接着,同年12月的《文章世界》里,他把来自不仅包括文学界还有教育界、哲学界、政界的批判声视为"自然派的胜利",说自然主义"不设善恶之别",揭露"人生的各方面",其根据地是"现实"②。长谷川天溪在各种论文中始终紧紧抓住一个关键词——"现实"。他的批评之路,从明治39年的"幻象的破灭",发展到明治40年的"破理显实",又进入了明治41年的"现实暴露的悲哀",简而言之,即"破—显—哀"。

《现实暴露的悲哀》这篇文章使得天溪成为日本文坛内外、尽人皆知的文艺批评家,也让他的批评进入"现实主义时代"③。由他创造的这一文章标题也遂即成为当时风靡天下的流行语。在宗教、哲学代表的幻象、理想均已失去权威之后,只剩下原原本本的现实,而在这排斥理想与虚伪的现实背后,却潜藏着近代文艺的生命——"有增无减的悲哀"(108页)="现实暴露的悲哀"。中村长之助则对天溪"现实与理想隔绝"的观点提出质疑,说:"现实与理想并非如论者所相信的那样是没有关系的,相反,具有密切的、不可分割的缘分。""正是为了对照现实而拿出理想,才会产生疑问、出现不满、涌现悲哀。倘若把现实当作现实、安于现实,就不会有任何不安、悲哀……难道不是吗?"④从叙述来看,中村的这种指责之声确实戳到了天溪的理论文章的"痛处":暴露现实不等于就会产生悲哀,反倒是因为有理想作为参照,才会心生悲哀之感。只是,在笔者看来,之所以有这样的不同,其实,应该缘于二人对"理想"在理解上的不同。天溪认为理想是宗教、哲学等的化身,代表幻象、虚假,中村则认为理想是高于现实的存在,能烛照现实中的不圆满。前者看重真实与否,后者着眼令人满意与否。因此,这篇文章代表的是天溪一贯的自然主义文艺主张。接下来的《所谓的余裕派小说的价值》一文,是对夏目漱石

① 『自然主義文学断章——天渓・花袋・春雨・宙外』,公論社,昭和54年4月,70頁。
② 「明治四十年文壇の回顧 特集=自然派の勝利」(第2巻第14号),明治40年12月。
③ 柳田泉把长谷川天溪在明治30年代至明治41、42年这一期间的文艺批评活动分为三个时期:"写实主义时代"、"自然主义时代"、"现实主义时代"。这第三个时期指的是"把自然主义思想的客观化更加推进的"(312页)阶段。可参看:柳田泉:「自然主義文学の先駆——長谷川天渓」『柳田泉の文学遺産』(第3巻),右文書院,2009年6月。
④ 「現実暴露に悲哀なし」『新人』,明治41年3月。转引自:畑実:『自然主義文学断章——天渓・花袋・春雨・宙外』,公論社,昭和54年4月,78頁。

的《高滨虚子著〈鸡冠花〉序》①(明治40年11月)中对小说进行"有余裕"="有所触及"与"无余裕"="无所触及"的这种分类法提出的质疑并给出了自己的思考与解释。(1)质疑漱石关于"余裕"与"非余裕"②的表述。文中说:"'余裕'及'非余裕'是根据什么来确定的? 换句话说,是主观的区别,即以作者的心态为本而加以区别,还是客观的,即以作品中所使用的题材来加以区别呢? ……即便使用的材料是所谓的生死问题、人生的重大问题,作家对此所采取的态度也可以是从容而有余裕的。与此同时,也有虽然以似乎很悠闲的东西作为主要题材,但作者的内心里却一点余裕也没有的时候。"(126—127页)由此,天溪认定余裕与否应以主观即作者的心态进行判断。(2)"余裕"本身可以分为两种:物质上得到满足后的余裕与精神上感到安身立命之后的余裕。前者在生活之中处处可见,后者则存在于包括漱石、虚子在内的文学家、一休禅师等具有精神上的余裕之人身上。(3)自然主义本来的态度也是一种"余裕"。漱石说"余裕"在于超越生死的禅味,

---

① 漱石的文章主要可以从四方面来看。(1)立意全面、观点不绝对。他认为无论小说"余裕"与否都有其相应的价值:"'无所触及'的小说有叙述和描写,也有读者阅读,与'有所触及'的小说一样具有存在的价值。"(679页)他承认娱乐在小说中也有存在的必要:"否定小说以娱乐为目的的论点不成立,娱乐应该能够成为小说存在的目的之一。"(680页)(2)高滨虚子与易卜生的作品就是"有余裕"与"无余裕"的代表。对于易卜生的戏剧,他说:"易卜生写的东西热衷于表现关乎我们一生盛衰荣辱的大问题,并企图解决这样的问题。他的解决方式不是像我辈认同的那种和平方式,而是采取让问题通过冲突对抗得到解决的方式。……可是……通过作品向读者展示人内心深处潜藏的那种不寻常的东西,这样势必要将篇中人物置于特殊境地,必然使其没有余裕、必然窘迫。"(680页)而对于高滨虚子,他说:"在我看来,虚子的小说中便有很多由余裕产生的'低徊趣味'。"(681页)(3)并非全面否定易卜生。他明确地说:"我将小说区分为'余裕派'和'非余裕派',易卜生的剧作可以视为后者的例证。如前所述,这种小说的特点是摆出人生中的生死问题,描写人生中切实关乎命运的极致。读者举出这一点来讴歌此类作品。就这一点,我也佩服此类作品。然而……如果有人问我,这是否是小说描写的极致? 我不得不表示怀疑。"(682页)(4)"余裕"的第一义缘于其超越生死的禅味。"诚然,这些(指易卜生的——笔者注)作品也许触及了被视为文学第一要义的道德理念,但这里所说的第一义是存在于生死之间的第一义,是无论怎样也摆脱不了的生死烦恼的第一义。人生观如果没有在此基础上的超越,这也许是绝对性的第一义。如果能形成超越生死界限、不以现实得失为终极的人生价值观,那么现在所说的第一义也许反而会下降为第二义,俳味、禅味之论由此应运而生。"(682页)译文引自:王向远译:《日本古典文论选译》(近代卷 下),中央编译出版社,2012年8月。(引文中的表述有所改动。)

② 这里,应理解为"有余裕"="余裕"、"无余裕"="非余裕"。只是因为四者在日语中的表达各不相同,故而未做通约化处理。它们分别对应为:"余裕のある"、"余裕"、"余裕のなき"(或"余裕のない"、"余裕がない")、"非余裕"。

而自然派文学过于贴近人生问题等没有了"余裕"。天溪却援引加藤咄堂①在《新公论》上发表的《自然主义与禅》一文中提及的禅宗"四料简"之说——夺境不夺人、夺人不夺境、人境俱夺、人境俱不夺②，说："进入人境俱不夺之境，就成为有花、有月、有楼台，现实生活中必须有禅的活动。这是大乘禅的极致。关键在于现实。"(140页)从而，天溪宣称："自然主义的态度确实与回到现实的禅师相同，即作为旁观者而站立于现实世界。……如果作为人生的旁观者而没有明镜之心、从容不迫的话，怎样才能处理关乎生死的大问题呢!"(140—141页)这样一来，漱石没有断然否定"非余裕"地主张"余裕"，天溪不承认自然主义是"非余裕"文学地谈论"余裕"。前者强调了"余裕"的存在价值、小说中娱乐也是目的之一、承认人生、生死等根本性问题的存在意义却又极力指出这些未必能体现真正意义上带有禅宗意味的"余裕"，从而间接地否定了代表"非余裕"、"无余裕"的自然派的文学，而后者强调了"余裕"本身会因作者的主观心态而成为真正意义上的"余裕"和仅仅是物质层面得到满足的"余裕"，从而否定了漱石认为小说的目的也包括娱乐这种"余裕派"的主张，同时又强调了描写生死等根本性问题时也可以做到"余裕"而并非"无余裕"的观点。因此，这篇文章代表的是自然派与非自然派的一个典型代表之间的言论之争——"余裕"。然而，从天溪该文的最后阐述来看，他依然主张文学家要"站立于现实世界"、做人生中根本性问题的"旁观者"。进入4月，《对自然派的误解》是天溪对"自然主义的根本思想是什么?"的说明。但他的理论基础却依然是"现实"二字。(1)自然主义是以现实为根基的虚无主义。他说："把自然派的根本思想称作虚无主义，恐怕是最明确的了。"(150页)但是，"虚无主义如果被视为……虚无党的话就令人困惑了。……一言以蔽之，它就是一种不服从任何理论权威、只承认现实的思想"(151页)。(2)自然主义作品中"无润饰"③。"以描写现实本身为目的"，因此，通过"无润饰"，作品中能够体现出"前人、理想家或道德学家所谓的丑的、非美的、反道德的、反宗教的、非艺术的东西"(156页)。(3)现实、理想、价值三者的关系。自然主义的现实并非哲学家的真

---

① 本名加藤熊一郎(1870—1949)，提倡以佛教、儒学等东洋思想为基础的修养，作为修养思想的启蒙家而在明治时代后期受人关注。
② 它们指的是中国临济宗引导学人悟入的四种方法。其中，"人"指主观存在，"境"指客观存在。"夺"意指运用禅机消除人、境等对象的实有性。夺与不夺，根据对象的实际情况而定。"四料简"的目的，是消除人对我(支配人与事物的内部主宰者)、法(泛指一切事物和现象)这二者的执着。而"人境俱不夺"方为彻悟之境。
③ 日文为"無脚色"。

理,可分为外在的现实(＝五官可感知的现象)和内在的现实(＝头脑中的观念、情感或理想等)。二者都是自然主义的材料。因此,要做到不对现实进行价值判断。"自然派的特色在于对任何事物都不附带价值。即便描写现实,也并非因为认为现实是有价值的。只因现实是无可改变的才选择它的。"(160 页)现实与理想的关系是:理想并不是现实的发展,而是对现实的自由支配,"只不过是一种要自如地把眼前的现实变成自己的东西的空想","是在现实生活中失败之人的一种慰藉。从在现实之中生存这一方面来看,没有任何价值"(162 页)。从而,否定了理想的存在价值。(4)现实并不丑恶。"原本,将现实视为丑恶,是从一种理想出发得出的结论。"(163 页)天溪说了这样一段有力的话:对于以挑起肉欲为目的并加以描写的行为,"从自然派的立场看……都是应该排斥的。自然派既然把肉欲本身作为一种人生的现实,那就不认为它是丑恶的,也不认为它是不善的,只是摆脱一切价值判断而单纯描写它而已"(163 页)。对于天溪来说,如果说现实中存在丑恶,那只会存在于基督教牧师、佛教僧侣、道德家之辈带着价值判断的这些伪善者的身上。(5)自然派的作品不对现实世界做出哲学解释。因此,其描写"停留于自己一个人的内心真实者有之","仅限于自己所知道的一个小范围的现实者亦有之"(166 页)。由此可以看出,天溪依然从头至尾地围绕"现实"来批判对文学进行价值判断与理想化。之后,书中的三篇文章分别以"自然主义"与"本能满足主义"(《自然主义与本能满足主义的区别》)、"无解决"与"解决"(《无解决与解决》)、"自然"与"不自然"(《自然与不自然》)的对立性表述阐明了自然主义的三方面。(1)"自然主义是文艺上的问题,本能满足主义是人生之中的实践问题。"(209 页)具体来说,"自然主义的做法是描写本能满足主义之徒的同时,也描写节欲主义之人("以法则、教理或思想为真理、正义,把与之不相符的现实判定为丑陋、不义、邪恶、有罪"——笔者注)"(213 页)。(2)"无解决"是文艺范围内的自然主义的特色。如果走上解决之路的话,那就远离了现实,必定发生了抽象作用。而自然派要描写的状态是:"物质主义之徒、理想派、本能满足主义之人以及其他众多人各自对现实做出解释,并逐步实行。"自然派描写这些,但并不会偏袒某一方,也不寻求解决,从而体现其"无解决"的特色。(3)"自然"就是现实。而指责自然主义声称自己描写自然却陷入不自然的人,在天溪看来,是因为这些人不明白他们所认定的自然与自然派的自然究竟区别在哪里。其实,二者的区别就在于:前者是要理想化的自然,后者则着眼于现实。即便是进入 6 月,天溪依然是大声疾呼一切要从现实出发:"我等……必须依靠自己的力量向前进发。那么,出发点在哪里? 一句话,就是现实。并非抽象而再抽象的理想,而是以展现在眼前的现实本身作为基础。总是把现实置于脑海,不陷入抽象的世界,举手投足间,皆以现实为标准。"①

于是,天溪的《自然主义》在"破—显—哀"的叙述之后,处处着眼于正视现实,主张不对现实做任何价值判断,高呼自然主义的现实观受到误解。可以说,考察整本书有关明治41年的部分,处处都能感受到长谷川天溪以现实为出发点的自然主义文艺观。

接下来看后藤宙外的《非自然主义》。关于后藤宙外的非自然主义主张,田中保隆曾撰文进行了十分明晰的说明。②（1）缘于对岛村抱月的抵触情绪。田中援引《现代日本文学大事典》的话:"宙外的自然主义论并非从文学的角度反对自然主义,而是出于对岛村抱月的一种感情上的抗拒。在这一点上,拘泥于无关紧要的词句,有吹毛求疵的一面。因此,虽高调展开批判却得不到高度评价。"③（2）刚开始对自然主义持一种旁观者的姿态。（3）开始积极地批判自然主义也只是指出自然主义文学作品把重点放在人的性欲本能这一点上。（4）进而指出自然派的一部分作品之中有局限于描写作家自身的直接经验、实际感受的倾向。（5）批判自然主义引以为生命的"真"这一艺术价值。在笔者看来,以上五点结论,其实就是田中保隆对后藤宙外明治40年的言论进行总结后得出的。它们分别对应于《于某友人劝诫其做党首的野心》（5月）、《岁末偶言》（12月）、《自然派与技巧派》（8月）、《文界杂观》（9月）、《自然派与人物原型》（10月）、《随感录》（10月）④、《文坛涓滴录》（11月）。进入明治41年之后,宙外虽然在措辞上还是对自然主义持有一定的肯定,但在个人态度上可以说是进入了全面批判的状态。⑤ 在2月的《小说与舆论》一文中,宙外以引用《太阳》上大家们关于教育与小说的论说以及

---

① 「現実主義の諸相」『太陽』（第14卷第8号）、明治41年6月、154頁。

② 「非自然主義の動向」『国文学解釈と鑑賞』（特集 自然主義と反自然主義）（第33卷第11号）、昭和43年9月号、63—65頁。

③ 转引自:「非自然主義の動向」『国文学解釈と鑑賞』（特集 自然主義と反自然主義）（第33卷第11号）、昭和43年9月号、63頁。

④ 对应于上述的（3）和（4）。

⑤ 到了明治42年2月,《新小说》则特设"寸铁"栏开始了对自然主义极尽所能的嘲讽甚至可以说是谩骂。因为撰文者均采用笔名,故无从知晓分别对应的是谁。但是,从《新小说》允许这个专栏存在将近两年来看,该栏的观点应该是与时任该杂志主编后藤宙外对自然主义的态度存在相通之处的。

坪内逍遥的公众演讲的内容①这种形式,指出在"以自然主义之名,不自然的作品,即令人产生只有描写偏狭、恶劣的方面才是完整的人这种作品频出"(164 页)的现实之下,这些文章是令人鼓舞的。由此,以正面肯定教育、伦理的方式来否定自然派及自然主义。3 月的《文艺的自力门与他力门》一文里,他引用佛教用语"自力"与"他力",指出:写实派、自然派以及注重描写现实现象的作品是"自力门的文艺",坪内逍遥的舞蹈剧②,幸田露伴、泉镜花、夏目漱石的文学作品,儿玉花外、小川未明的诗作是能远离、净化现实,让观众或读者跟随作者的引导于一片美好天地中自在遨游的"他力门的文艺"。然而,前者"对人生问题的解决给予刺激、提供助益,为人生问题的开悟提供间接资料"(108—109 页),或者"为人生问题的解脱开启端绪"(109 页),即便是这方面的优秀作品也只能"等待读者的努力、发现"。后者"为倦怠者赋以新精神,为疲惫者提供休憩,为烦恼者缓和心绪",是"让人暂时忘却世间苦痛的镇痛剂、安慰疲惫之心的回春药"(114 页)。可以说,这样的表述代表了当时"非自然主义派"的典型观点与态度:承认自然主义文学身上存在积极之处,但认为它正走向偏激;主张自然主义文学之外还存在别的可能性,但又往往不去区分与传统文学之间的不同,甚至带着浓厚的道德教化意味。具体地说,宙外并不否认写实派、自然派文学具有促使读者进行自我救赎、人生开启的积极意义,却又认为由作者直接在文学作品中指明方向的他者救赎是一剂良方。关于与上一篇文章同期发表的《自然派短评八则》,可以看作从四方面对日本后期自然主义的指责:(1)要求自然派解释其所谓的"根本问题"与"第一义";(2)指出长谷川天溪的"现实暴露"这种说法要朝着更广、更深的方向发展;(3)批评自然派作家的"肉欲描写"、"性格描写"与党同伐异;(4)批评自然派其实"无主见"并"谄媚且侮辱青年"。在笔者看来,不管宙外的这篇文章对自然派的指责是否恰当,至少有一点做法是值得赞扬的:从评论与创作两个方向(主要是前者),对自然派进行阐述。而这一点恰恰是当时的文坛中人(只顾对自然派的某一点发表自己的看法)与日后的自然主义研究者们(力图把本应内容丰富的自然主义压缩为日本文学史上的自然主义或"自然主义"与"反自然主义"论争中的一极)所容

---

① 前者是指《太阳》(第 14 卷第 1 号)"教育と小説(青年男女に小説を読ましむる可否)"的特集,文章撰写者分别为中岛德藏、小栗风叶、岩谷小波、新渡户稻造;后者是指《趣味》上发表的、于大阪公会堂的演讲笔记:「今の小説を読む普通の人のために」(第 3 卷第 1 号)、明治 41 年 3 月。

② 日文为"振事劇",指的是相对于以动作或台词为主的"科白剧"、以舞蹈为主要元素而展开叙事的戏剧。

易忽视的。进入 4 月的《自然主义比较论》一文,则沿着此前的论述路径,对自然派的评论家们进行了分类①:(1)以田山花袋、长谷川天溪为代表的"安于现状无理想派"(或者"排斥理想寻求悲痛派");(2)以岩野泡鸣为典型的"排斥理想描写刹那盲动派";(3)以《早稻田文学》的岛村抱月、片上天弦等为代表的"希冀人生解决主张人生悲哀派";(4)以生田长江照搬大塚保治的大学讲义而成的长篇言论②为代表的"折中宽容派"。宙外的这种分类法建立在"称为自然主义或自然派的人,实际上是终究互不相容的多种思想杂乱地苟合于同一名目之下"(2 页)这一认识的基础之上。也就是说,当时的非自然派也认识到了自然派在思想上的复杂性与内容上的多样性。只是,他们更关注并反感各种思想聚居的自然派让人产生的极为"桀骜不驯"与"舍我其谁"的态度。5 月的《现实观与自然主义》一文,则是对之前自然派四大派别的分类之后,做出的进一步的思考:"这四派之中,哪一个最好地具备了自然主义本来的面目、能发挥其特质③? 哪一个是最真实的、哪一个是假的?"(33 页)于是,宙外详细地考察了长谷川天溪与片上天弦的观点,做出梳理并认为:前者的特质是坚持一种观点,即"现实不是善与美、丑与恶、真与伪。要排除、超越一切价值判断,审视现实、描写现实"。而事实上,这种现实观已经是一种理想主义。因为"离开现实伪善生活无以成立。伪善生活也是现实之中的一个现象"(48 页)。后者的特质是体现出一种观点之间的矛盾,即人生的现实到底是悲哀还是喜悦? ——以《未解决的人生与自然主义》主张"人生的根本体现(与现实同义)是悲哀、痛苦、丑恶、疑惑。人们热切寻求超脱它们的解决办法"(55 页),而又以《新兴文学的意义》④主张"文学的真意是……一种喜悦"(59 页)、自然派文学的真正旨趣是"于文学之中寻求安心与安慰"(62 页)。宙外以这种思路与叙述否定了长谷川天溪与片上天弦各自在文学评论中涉及的现实观。

---

① 从该文涉及的主要内容来看,具体指向的文章分别是:田山花袋:「自然主義の前途」『新潮』(第 8 卷第 3 号)、明治 41 年 3 月;岩野泡鸣:「日曜附録　文界私議」『読売新聞』1 月 26 日、2 月 23 日、3 月 8 日;岛村抱月:「文芸上の自然主義」『早稲田文学』、明治 41 年 1 月;「現実修飾の悲哀」「随感二つ」『早稲田文学』、明治 41 年 3 月;片上天弦:「未解決の人生と自然主義」『早稲田文学』、明治 41 年 2 月;生田長江:「自然主義論」『趣味』(第 3 卷第 3 号)、明治 41 年 3 月。
② 稲垣達郎・岡保生/編:『座談会　島村抱月研究』、近代文化研究所、昭和 55 年 7 月、144 頁。
③ 日文原文为"本領"。
④ 该文的具体信息是:片上天弦:「新興文学の意義」(文芸欄)『太陽』(第 14 卷第 4 号)、明治 41 年 3 月、97—104 頁。

紧接着,6月的《要认真》一文,则是又一次对当时自然派的总体态势做出了一种呼吁。(1)应该拿出自然派当初热情而又认真的诚意来。文中说,以前,自然派的人们共通的思想是:"要从根本上推翻原有的思想,建立与既有的文艺全然不同的、具有一种新面貌的文艺","要进行一场在人生观及文艺观上开启一个新纪元的思想革命"(65页)。而如今的自然派负责人们,在面对来自各方的批评与指责时,多以"挑毛病"、"误解"等词加以搪塞,却不见其陈述自家理由。(2)应该旗帜鲜明地摆出各家的主义、主张,摒弃游移不定的态度。其实,这可以看作对《自然主义比较论》一文中观点的继承。文中认为主张自然主义的人是"随机应变党"、"火鸡派①"、"变色龙派"。(3)应该建立不以新旧论高低的批评标准和评价标准。文中具体说:"我等一方面要求立足于现实的文艺,另一方面要求高于现实的文艺。"要在给自然派那些忘恩负义之人"当头棒喝的同时,对(坪内逍遥——笔者注)博士的作品,怀有充分的敬意,试着慎重地介绍及批评,向世人公开其真正的价值"(75—76页)。同时还说:"对所谓的旧时代的人们也必须予以同情,体察他们的内心,还要倾听他们的解释。"(82—83页)从而,对自然派的主张者们提出了"要认真"的总体要求。最后,在7月,宙外以《自然主义的无特色》(副标题为"红叶、柳浪对青果、白鸟")一文把对日本后期自然主义的矛头直接指向了岛村抱月及其评论文章《自然主义的价值》。通过该文,宙外明确评价岛村抱月是自然主义及自然派的"总参谋长",评判《自然主义的价值》"要把当时自然派的混杂思想悉皆囊括于自家药笼之中,统括、整合它于一个系统之下"(91页)。具体地说,该文主要是从三方面对抱月的文章进行了批评:(1)绪论中选定的论述对象;(2)自然主义的形式论;(3)自然主义的内容论。关于(1),宙外认为:①选取尾崎红叶的作品作为前期文学的代表与真山青果、正宗白鸟的作品进行对比并不利于凸显作品风格及内容上的相异之处。②抱月仅仅选取作品的一小部分便开始评价作品风格且谈论体味人生的做法是不当的。关于(2),宙外指出:"抱月君在自然主义外形论中主张的排主观说,即纯客观说没有任何权威"(97页),大有以偏概全或者说理论脱离实际之嫌。关于(3),宙外则认为:抱月说"一般文艺的目的在于快乐与实际意义的结合,即美"是有缺陷的,抱月特意把社会问题、科学、现实等作为自然主义的内容是会引发诸多非议的。于是,宙外以自己的理解方式指出了抱月文章在三大方面的不足,认为"《自然主义的价值》的议论没有展示自然

---

①　日文原文为"七面鳥派"。取火鸡身体可变色这一特征,日语的"七面鸟"有"性格易变"之意。

主义之真的价值。反倒不如说,在逻辑上强烈地宣布了自然主义的无特色"
(104—105 页)。

如此看来,后藤宙外的《非自然主义》一书较为全面又由浅入深地呈现了他对
自然主义进行的批评与思考。说它全面,是因为宙外的评论内容既涉及日本自然
主义文学的代表作家与代表作品,又顾及后期自然主义文艺批评家及其言论;说
它由浅入深,是因为他的评论从肯定自然主义的积极作用与意义,到特别指出它
的立场不明与消极影响,又到不断以自己一贯的主张指出后期自然主义文艺理论
的缺陷。① 不过,要总括后藤宙外的非自然主义立场似乎也不难:针对自然主义
时,呼吁也要肯定自然主义之外的文学存在;针对自然主义的现实观时,强调现实
不应仅仅是丑陋、肉欲的方面,哲学、宗教等也是现实;针对自然主义理论时,要求
主张自然派的人们——主要包括田山花袋、长谷川天溪、岩野泡鸣、片上天弦、岛
村抱月等——亮明立场而不是共同"蜗居"在"自然主义"这把"大伞"之下。

再来看岩野泡鸣的《新自然主义》。要谈这部被泡鸣自称为"《半兽主义》"的
续篇"②、被研究者视为"前一部著作(指《神秘的半兽主义》——笔者注)的补
遗"③、内容多达 400 余页的评论集,还得先从《神秘的半兽主义》④(明治 39 年 2
月)说起。因为,它"构筑了他的思想内核。本质上,之后的发展都能看作由此生
发的推衍、扩大"⑤。该书首先考察了神秘说。泡鸣详细介绍了西方发于斯威登
堡(Emanuel Swedborg,1688—1722)、继于爱默生(Waldo Emerson,1803—1882)、及
至梅特林克(Bernard Maeterlinck,1862—1949)的神秘说,并就心灵在宇宙的存在
这一点上,认为三人分别是"宗教家"、"哲学家"、"诗人"。由此,指出三者在各自
的神秘学说中存在或宗教的或道德的或理性的制约,从而有时显得伪善、有时陷
于妥协、有时带来理性游离。总之,不能产生一种发自内心的满足。于是,在介绍

---

① 进入明治 42 年之后(具体地说,是从明治 42 年 2 月开始至明治 43 年 12 月),在《新小说》
  上为众多不留真实姓名也不是笔名的撰稿人,开辟专栏"寸铁",登载了大量破口大骂自
  然派或自然主义的言论。
② 岩野美衛(泡鳴):「はしがき」『新自然主義』、日高有倫堂、明治 41 年 10 月。
③ 谷沢永一:「岩野泡鳴の文学思考」『明治期の文芸評論』、八木書店、昭和 46 年 5 月、
  148 頁。
④ 关于该文的文章引自:岩野泡鳴:「神秘的半獣主義」『岩野泡鳴集』(明治文学全集 71)、
  筑摩書房、昭和 40 年 3 月、324—364 頁。
⑤ 吉田精一:「第八章 岩野泡鳴(二)」『自然主義の研究』(下卷)、東京堂、昭和 51 年 6 月
  13 版(昭和 33 年 1 月初版)、284 頁。

了东方哲学、佛教思想后,泡鸣提出了自己关于神秘的思考——"自然即心灵"①。接着,以这样的方法,推演出"表象"、"刹那"与"生命"的关系:一切现象都是心灵的表象、一切表象都是刹那间的流变、一切流转都与生命直接相关。并且认为:苦痛、要活着的本能、肉欲等皆是生而有之的,而不应像道德家、宗教家、伪善者那样,把它们排除在生命之外。之后,泡鸣又用同样的逻辑推导出"爱情与万物一样是刹那间的表现"②这一结论。最后,他以荷马史诗中歌颂的、人首马身的肯陶洛斯族人(Centaurus)引出了书名《神秘的半兽主义》所包含的具体内容——"半兽主义的神体"。对它的形象与认识是:"前面自胸部起是透明的,肉眼虽不可见,但至面部是灵……后部则是野兽的形态,十分刚健、强壮……不能把前后部的连接之处明确分开,要做到不知从哪里区分……这种神秘的灵兽主义是生命,而那种生命又直接是实行。"③先用泡鸣自己的话来看文艺的地位,那就是:"哲学易老,宗教易枯,唯有文艺万古长青。"④而反推泡鸣的论述路径来看:对于明治40年代的文艺家来说,(1)要抓住新文艺的深奥之处,就要膜拜"半兽主义的神体"。(2)要膜拜它,就要正确认识它:不主张灵与兽的二元存在,而是二者的浑融一体。(3)要正确认识它,就得知道兽与灵的各自意义:兽的意义可由表象、刹那与生命的关系得以阐明——表象代表的是一个个的刹那,每一个刹那又与生命休戚相关,而兽无非是生命的承载体。灵的意义可由"自然即心灵"得以说明——从自然到(官能、知觉、思想、洞察、理法)心灵,并非一个逐渐提升的过程,而是一个彼此融通、循环往复的过程。(4)要确认灵的内涵,就得遍求东西方关于神秘的认识。

　　带着对《神秘的半兽主义》的认识,再来看《新自然主义》一书的庞杂内容。我们可以将收录其中的文章简单地按照明治40、41年这两个年份加以区分。

　　明治40年,泡鸣的论述主要可分为:集中地阐释"自然主义式象征主义"以及对当时的自然主义代表人物的言论进行个人定性。就前者来说,"自然主义式象

---

① 　关于这种说法,文中典型的论述逻辑是:"以我的现象即实在论来看,因为,自然的事物成为官能,官能又成为知觉,知觉成为思想,思想成为洞察,洞察成为理法,理法又成为心灵——这并非一种提升……而只是呈现了事物当时的状态,心灵也就是自然。也就是说,我主张'自然即心灵'。"(342 页)

② 　岩野泡鳴:「神秘的半獣主義」『岩野泡鳴集』(明治文学全集 71)、筑摩書房、昭和 40 年 3月、351 页。

③ 　岩野泡鳴:「神秘的半獣主義」『岩野泡鳴集』(明治文学全集 71)、筑摩書房、昭和 40 年 3月、352 页。

④ 　岩野泡鳴:「神秘的半獣主義」『岩野泡鳴集』(明治文学全集 71)、筑摩書房、昭和 40 年 3月、357 页。

征主义"主要是以围绕新体诗的讨论展开的。通过讨论,无论是对接日本古代思想,还是探查西方文艺思潮,泡鸣都在让"自然主义式象征主义"与生命相结合这一点上,为文艺赋予了"新"的意义。就后者来说,泡鸣在 10 月的《评诸位评论家的自然主义》一文中认为:对于日本的自然主义,上田敏(《欧洲的自然主义》,《趣味》10 月号)不应照搬西方的文艺思潮而报以冷笑;户川秋骨(《平凡论》,《明星》10 月号)的观点有些旧派;登张竹风(《随想》,《新小说》9 月号)不解自然主义真髓且又错误地把抱月作为新自然主义的代表;岛村抱月(《现今的文坛与新自然主义》,《早稻田文学》6 月号)是极为旧式的古典派见解①;长谷川天溪(《排斥逻辑性游戏》,《太阳》10 月号)与自己的思想是同中有异;花袋(《文坛近事》,《文章世界》10 月增刊)要毫不留情地揭露不自然中的自然却仍有空想外延性自然之嫌。从而,泡鸣把他们的思想认为是二元性思维——"在物质之上设置精神、个人之上主张神灵、肉体之上增加灵魂、刹那之上平添永恒、自然之上赋以理想"②,统统加以否定,而继续主张自己的"新自然主义"说:"在把自我的知情意合一的奋斗、痛苦、懊恼、烦恼等状态,即心热③的生活、生命视为自然之外,不容许任何假想、臆说。我国的新自然主义必须以最极端的个人主义贯彻下去。"④这样,他既宣扬了自己对其他自然派的看法,又再次把"知情意合一"、"烦恼"、"内心热切"、"生命"等关键词悉数亮明。

明治 41 年,泡鸣一方面用《文界私议》(四—十)以及评述性文章发表自己对

① 这种看法,早在 6 月的《答早稻田文学及时事新报记者》一文中就已经形成。文中认为,岛村抱月的新自然主义解释"与坪内博士此前的没理想论是同一个东西……我等讨厌那种主义,而采用让自然处于刹那觉醒的自然主义式象征主义"。从而,把岛村抱月的文艺观视为"古典式"的"自然派",而非"自然主义派"。(岩野美衛(泡鸣):「はしがき」『新自然主義』、日高有倫堂、明治 41 年 10 月、161 頁。)而且,此后,泡鸣对抱月的文艺观的认识也没有太大改变。

② 岩野美衛(泡鸣):「はしがき」『新自然主義』、日高有倫堂、明治 41 年 10 月、199 頁。

③ "心热"一词的日文原文是"心熱",系岩野泡鸣的造词,意指:承受在知情意这三种力量不加区别的相互融合之中,实现真正的人格统一的生命体。可参看:《文界私议》(八)一文,306 頁。

④ 岩野美衛(泡鸣):「はしがき」『新自然主義』、日高有倫堂、明治 41 年 10 月、200 頁。

当时兴盛的自然主义的个人见解①,另一方面又在此前的理论基础之上,提出了新的说法。针对前一方面,除了涉及的批评对象更多之外,泡鸣的见解并没有超出《评诸位评论家的自然主义》一文中所涉及的大致范围。针对后一方面,则有必要来考察一下《刹那主义与生命欲望》、《灵肉合一的事实》与《灵肉合一 = 自我独存》这三篇文章。《神秘的半兽主义》一书中"自然即心灵"的这种描述奠定了泡鸣主张肉体与精神融合统一的一元论文艺观,明治 40 年的系列文章凸显了试图打通古今文艺思想、融通东西方文艺思潮的"自然主义式象征主义"文艺理念,上述的三篇文章则是在此前的基础上,以"刹那主义"和"灵肉合一"为关键词对自己的文艺主张进行的强调。《刹那主义与生命欲望》说自己不同意金子筑水的文章观点——存在三种无理想:"苦于无理想"、"无所谓的无理想"、"绝望的无理想"——而认为真正的"无理想"就体现在"除了自我觉醒之外不承认存在任何外来的实在或自然的东西"且又不寻求解决、解脱的"刹那主义"之中。从而,针对田山花袋与长谷川天溪的自然主义主张,说道:"通过二位的作品或议论来观察,花袋氏的作品背后有命运,天溪氏的眼前有现实",是一种"塑造双重人格"的行为。在这里,泡鸣以"刹那主义"的阐述呼吁艺术上的自然主义"与实际问题,即人生观不可分离"、"必须是同一个东西"。《灵肉合一的事实》则是以针对岛村抱月的《自然主义的价值》一文的形式论与内容论进行批驳的形式再次阐明自己对生命的认识。文中认定:在形式论上,主观情感反应四段论坠入了长谷川天溪所谓的"逻辑性游戏"、自然主义所排斥的主观是抒情性的和情绪性的则隐藏了理性与夸张。在内容论上,(1)没有必要制造"美"这一观念来界定艺术,因为这无异于说"人是人类,人类是人",不能说明任何问题;(2)批评抱月对文艺在具有实际意义与令人感到快乐这两种功能上做了折中处理;(3)反对抱月把自然主义之中美的材料视作物质现实而把它与精神理想对立起来,而认为"就在现实本身之中看出灵肉合一的自然"。最终,泡鸣对岛村抱月评价道:"事实上,他似乎并非自然主义

---

① 先后对当时文坛的自然主义、非自然主义者的观点或文章进行了议论。具体包括:《文界私议》的涉及——夏目漱石的《高滨虚子著〈鸡冠花〉序》、坪内逍遥的《为了读当今小说的普通人》、岛村抱月的《文艺上的自然主义》、《帝国文学》1 月号刊登的《靡菲斯特式文学》等(四),写生文批判(五),生田长江的《自然主义论》(七),青木健作的《批评家的资格——与泡鸣氏》,后藤宙外的《动苦静苦》(八),岛村抱月的《驳论二三》(十)。其他的文章涉及——海老名弹正的《基督教的自然主义》、木下尚江的《自然主义与神》、加藤咄堂的《自然主义与禅》(《评〈基督教的自然主义〉》),中岛健藏的《自然主义的理论根据》(《评〈自然主义的理论根据〉(中岛健藏氏)》),田中喜一(王堂)的《艺术的真》(《新审美学的建设——与田中喜一氏》)。

或新自然主义的提倡者。其态度,说好听些,是批判性的,说不好听些,是旁观性的。即便他不是分类艺术——当然包括自然主义——把其视为人们的玩偶,但也是认为(自然主义——笔者加)是导向某个对象的桥梁。"①从这种意义上,泡鸣完整地批驳了抱月的《自然主义的意义》一文。随之,他引出了自己的"灵肉合一"之说。该说包括:(1)凸显刹那间的自我存在。"灵肉合一并非断定、并非理想,而是刹那间自我感受到的事实。"②这种灵肉合一"直接呈现弃绝抽象性解决的整个人生"。(2)主张艺术与人生的统一。"体现刹那主义的艺术并非人生的一部分或手段,而是灵肉合一的人生的整体或内容。"③在《灵肉合一 = 自我独存——答长谷川天溪氏》一文中,该说的内容又拓展补充为:(3)认为人生即艺术。"我不仅不主张与人生相区别的复制式艺术,还不相信另外存在所谓的艺术式的人生。"④(4)灵肉合一是身心合一的、充盈的实体。"灵与肉不说成一物的两面,也不说二物的合一,而说灵即肉、肉即灵……如果能意识到灵肉合一不二的状态——不是说在这之上'加入种种内容',而是本身已经是一个充实的内容——的话,具有社会常识、通俗想法的人的理想或旧思想就自然而然地被破坏,人生的真实状态被暴露。暴露的现实并非……'身心两面的纠结',而是得到进一步发展的身心(灵肉)合一的充盈的实体,即对自我无可奈何的——无解决的——孤独与寂寞的实际感受与想法。"⑤

通过上述的考察来看,《神秘的半兽主义》一书始于神秘及至肉身后又强调二者融合的"自然即心灵"之说,体现了泡鸣身上强烈的一元论文艺思想。到了主张"自然主义式象征主义"的系列文章之时,则结合时势,在为当时的文艺找到与"古典发源"——日本古代思想相通的同时,还比照了与当下流行——西方文艺思潮相接的可能性。而这种可能性就存在于知情意相统一而非各自独立的生命之中。最后,从收录于《新自然主义》、发表于明治41年的文章中,又能看到泡鸣着力于主张生命的"刹那主义"与遵循《神秘的半兽主义》的叙述逻辑、"换汤不换药"的"灵肉合一"之说。其实,被同时代的人称作"伟大的傻瓜"⑥的泡鸣,紧紧抓住了

① 岩野美衛(泡鳴):「はしがき」『新自然主義』、日高有倫堂、明治41年10月、336頁。
② 岩野美衛(泡鳴):「はしがき」『新自然主義』、日高有倫堂、明治41年10月、333頁。
③ 岩野美衛(泡鳴):「はしがき」『新自然主義』、日高有倫堂、明治41年10月、337頁。
④ 岩野美衛(泡鳴):「はしがき」『新自然主義』、日高有倫堂、明治41年10月、341頁。
⑤ 岩野美衛(泡鳴):「はしがき」『新自然主義』、日高有倫堂、明治41年10月、343—344頁。
⑥ 大杉栄:「岩野泡鳴氏を論ず」『明治文学全集71 岩野泡鳴集』、筑摩書房、昭和40年3月、387頁。

一种作为人最真实的存在——生命，认识到了生命就是物质与精神、肉体与灵魂的有机统一体，又阐述并宣扬了人的每一个刹那都体现了生命的圆融这一观点，由此确立了建立于"自我的整体存在"这一认识论的基础之上的、不分彼此的人生观以及文艺观。他批评其他评论家的文章与观点，都基于他自己对自我、生命的真切感受。因此，泡鸣才会一方面被认为带有"违反常规的自负、不入流的暴露恶俗、露骨的自我宣传、自甘堕落的放荡根性"①等特质，又一方面被视作具备"只有泡鸣才有、常人难以理解的自我肯定与……毫不退却、直言不讳的待人态度"②等特征。总之，泡鸣的《新自然主义》一书继承了源自《神秘的半兽主义》之中阐述的观点——有机地结合于生命之中的灵与肉——"灵肉合一"。

最后，来看岛村抱月的《近代文艺的研究》。通过该书对收录文章的分类——研究、时评、讲话——可知：明治 39 年的文章以讲话内容为主、明治 40 年的文章以时评居多，而明治 41、42 年的文章，研究与时评的文章则是各占一半。这里，仅以明治 41 年的时评来加以说明。具体将涉及《全情的批评》、《主观的谦逊、粉饰现实的悲哀》、《想要充实的社会》、《为文学入门者》这四篇文章。③ 3 月的《全情的批评》一文可直接对接上一年 9 月发表的《理性的批评》以及再上一年 6 月的《近代批评的意义》。通过此前的考察，我们业已知道：《近代批评的意义》对批评的历史、地位与意义进行了梳理，对批评进入新时代抱以期许；《理性的批评》则可以看作对当时盛行的印象批评进行的一种反驳，从而为当时的批评给出了理应要对其进行综合研究而又亟须进行理性批评的意见与结论。到了《全情的批评》，则是对上一篇文章中提及的、文学批评的两个维度——"鉴赏" = 价值判断与"说理" = 理性说明——之中的另一极，即"鉴赏"的重要性进行的简要阐述。文章主要内容可概括为：(1)说理之中不能没有鉴赏。抱月说道："没有鉴赏的说理就如僵死的尸骨，无论为其披上几层衣裳，也不会产生灵魂。"④(2)鉴赏是批评的核心。只有以情感加以调节的批评才能让人"读来有趣听来做参考。"(3)鉴赏与说理之间有着最理想的结合方式——先情感后理性。文章中明确说："若是真正的

① 谷沢永一：「岩野泡鳴の文学思考」『明治期の文芸評論』、八木書店、昭和 46 年 5 月、141 頁。
② 谷沢永一：「岩野泡鳴の文学思考」『明治期の文芸評論』、八木書店、昭和 46 年 5 月、142 頁。
③ 关于前三篇文章的引文出自：『抱月全集』（第 2 卷）、天佑社、大正 9 年 2 月、80—87 頁。后一篇文章的引文出自：『抱月全集』（第 8 卷）、天佑社、大正 9 年 4 月、189—198 頁。
④ 『抱月全集』（第 2 卷）、80 頁。

全情的批评,无论他人说什么,它都是一个确定的事实,卓然屹立而又产生一种面对所有反对的威严。基于其上的争论将自然而然地进入说理性批评,从而归于理论的成败。"①不仅如此,还特别提及:"现今的批评大多都过于仅仅关注鉴赏。"这样,抱月对待文艺批评的态度,可以说是一贯的:(1)文艺批评自有其存在的意义与价值。(2)构成批评的鉴赏与说理的关系应该是:二者皆不可偏废,偏于说理则批评会变得冰冷,偏于鉴赏则会陷于印象批评,能够打动人心的、全情的批评辅以逻辑性的说理是文艺批评的理想境界。由此,也能够看出,沿袭《被囚禁的文艺》一文的叙述逻辑,抱月对情感在文艺世界中占有绝对位置的认识没有发生变动。同为3月的《主观的谦逊、粉饰现实的悲哀》,是在结合自己对当时的文艺态势的认知之下,就田山花袋的"主观的严肃"(明治40年12月)与长谷川天溪的"暴露现实的悲哀"(明治41年1月)②这种说法进行认可的同时做出的阐述。对前者,抱月在认同当时的艺术之中带有"主观的严肃"的同时,还注意到了这种严肃不是要让任何事物臣服于自我之下,而是带着一种很谦逊的态度。而有了这种谦逊,才能产生一种"在主观情调之中铺陈开来的自然"与文艺的新生命。文中说:"毋庸置疑,'主观的严肃'是又必须是近来文艺的一大特色。然而,与此同时,我等也承认主观谦逊是近代性倾向的一大特征。……每当接触现在的新文艺之时,都会让人对产生它们的主观浮想联翩。这些作品多是摄取了主观的客观艺术……但是其主观……让人感到是极其谦逊的。……因此,这种文艺又是失败者的文艺、弱者的文艺。心怀打击、败北的伤痕,充分感受泪水的滋味,才会在心中油然而生一种感应的情致。它甘甜、温暖但又悲哀。"③对后者,抱月明确了现实的意义及面对现实的本来面目时的两种情况。文中说:"不用说,现实就是矛盾、缺陷、无解决。……及至自我意识到现实的本来面目之时,人会产生惊愕然后为命运的艰险而哭泣。"于是,文学分为两种。(1)"把对命运的艰险、现世的不安产生的感想诉诸文字。"(2)"掩盖艰险、不安的现实,静坐其上,以求暂时的安宁。"因而,暴露存在矛盾、缺陷的现实是一种悲哀,而粉饰现实也是一种悲哀。这样,在抱月看来,"主观的严肃"与"主观的谦逊",即"严肃而谦逊的主观",共同构成了当时的文艺主流;"暴露现实的悲哀"与"粉饰现实的悲哀",即"暴露或粉饰现实的悲哀"同时构筑了当时的文坛景象。8月的《想要充实的社会》一文,则是抱月以平行比对的

---

① 『抱月全集』(第2卷)、81頁。

② 分别出自:「多事なりし明治四十年(明治四十年文壇の回顧)」『文章世界』(第2卷第14号),「現時暴露の悲哀」『太陽』(第14卷第1号)。

③ 『抱月全集』(第2卷)、82—83頁。

方式对文艺及社会做出的叙述。文章中提及"厌恶空虚、形式与定型"的打破因袭这股潮流呈现滔滔之势,而下一站便是充实。就文艺来说,"所谓的自然主义就代表了这种精神(充实——笔者注)。无须赘述降低文章技巧的色彩,厌弃定型、因袭的负累,喜好全新真实、直截了当、赤裸裸的事实。这种风气原本并非仅仅发端于文艺之上,而是基于一般思想界的自觉"①。在文章中,这一般思想界包括报纸杂志、交友、道德、政治、家庭、从事的职业。把《主观的谦逊、粉饰现实的悲哀》与《想要充实的社会》结合来看,"主观""悲哀""充实"便产生了某种联系:近代人的态度变得严肃而谦逊,以这种态度面对矛盾异常的现实会让人心生悲哀之感,这种悲哀就是人心及社会呼唤充实的体现。最后,11月的《为文学入门者》一文,则是抱月以面向年轻人的口吻提出了问题并逐步给出自己对如何成为文学家(作家)的看法。文章主要分成三方面。首先,面对如何活着的问题,抱月主张:要有在现实生活中浮浮沉沉,即"实验无限曲折的人生情致",甚至还要有忍饥挨饿的决心。其次,面对具体该怎么做的问题,抱月认为:要研究自己,发现自己的个性。"作为文学家而获得最后胜利的人,具有自己明确的特色、无人能够模仿。"而这种个性就是不受世俗观念左右、顺乎自己内心诉求的东西。"人是不断地受先入为主的观念所支配的存在……会把别人所说的事情、习惯当作真的,反而想着要把自己心底频频呼之欲出的东西视作罪恶而加以消灭。然而,绝不应消灭它,毋宁说,应意识到它并作为特性而加强它。有必要以大胆而认真的态度使其得到发展。虽说如此,绝非是要发展兽性,而是要把它作为在更广的意义上生而具有的特性加以珍惜、保护。"②与此同时,抱月还指出,存在与作家一样具有注重情感却又往往不适合当作家的人——"没有偏向于某一方面的特征而是在所有方面都发达、脑力均衡、人格完整、不做错事、无论要商量什么都有寻求他的价值、值得信赖"③——文艺批评家。文末,抱月还秉承了自己一贯的观点,说:批评家应具备两种特性——说明能力与理解能力——"感而证明"。最后,面对要成为文学家的人应具备怎样的修养这一问题时,抱月认为:既要多读同时代的作品、具备整体的文学认识,又要"深刻认识、思考事物"、具有洞见无穷人生与自然奥秘的能力。由此可知,抱月在四篇时评中主要阐明了三个内容:(1)处理好鉴赏与说明的文艺批评自有其存在的意义;(2)进入明治40年代的日本文学尤其是自然主义文学体现

---

① 『抱月全集』(第2卷)、85页。
② 『抱月全集』(第8卷)、天佑社、大正9年4月、192—193页。
③ 『抱月全集』(第8卷)、天佑社、大正9年4月、193页。

了近代文学应有的"主观"、"悲哀"与"充实";(3)面对有志于以文学为事业的人,主张要有体验无限人生、发展自我个性、掌握整体文学背景的能力。进一步来看,抱月主张了:文艺批评应遵循先情感后理性的模式,日本文坛的现状是已然显现追求情感充沛的态势,文学家的自我个性中应充分体现情感的真实、文艺批评家则应充分体味到文学中包含的这种情感。从而,以此沿袭了自己注重文学中情感至上的一贯主张。与此同时,以上三方面也恰好对应了抱月在明治 41 年的日本文坛的形象——一个要求文艺要做到情理得当的批评家、一个对日本文学现状有自己明确认识的理论家、一个对文学新生代抱有要求与期许的文坛中人——文艺批评家。

至此,长谷川天溪的论述关注"现实"、后藤宙外的文章虽没有理论体系但却在宣扬自然主义之外还有很多文学形式上不遗余力、岩野泡鸣的言论统括于"灵肉合一"这一主要概念之下,岛村抱月则在系列理论性文章与时评中阐发了文艺批评需要情与理——真实情感与透彻说理——的思考。其实,需要指出的是,天溪、宙外、泡鸣三人又何尝不承认文学中需要真情实感这一点呢。在这一层面上,应该说他们与抱月的主张是一致的。不过,抱月与其他三人又是非常不同的。前述三人都是以各自的统一论调以不同的论述形式及角度加以分析,而后者则是以何谓文艺(《文艺上的自然主义》)、何谓日本文艺(《自然主义的价值》)以及何谓艺术与人生(《横亘于艺术与生活之间的那条线》)的方式,富有层次感地探讨了自己对于文艺本质与日本文艺的发展现状及趋势做出的理性思考。

综上所述,通过对岛村抱月等的四本专著进行探讨,发现虽然他们对当时的自然主义持有总体的认同,但是,又以专著的形式,各自系统地发表了对以自然主义为中心的文艺思潮的综合性认识,从而呈现出在主张上的不同层面或不同特质。其中,岛村抱月的目光则是紧紧围绕文艺、日本文艺以及艺术与人生等理论层面,做出了自己以"美"为尊的批评性解读。

第 4 节　岛村抱月自然主义文学理论的三维:"真"、"美"与"观照"

明治 41 年,岛村抱月以"文艺理论三部曲"的形式,相继阐述了文艺史与日本文坛上的自然主义应如何看待,自然主义文学之中"真"与"美"的关系如何构建,以及文艺人生如何理解。

4.1 自然主义为何要"真"?

对于经历明治 39、40 年两年的酝酿与总结认识、自然主义"呼之欲出"的日本文坛,尤其是对自然主义的兴起持有同感的文坛中人来说,《文艺上的自然主义》的出现,无异于是一针"强心剂"。

豪普特曼的一部戏剧——《日出之前》(1889),"虽然描写了黯淡悲痛的人生",却"向未来寄予极大的希望"①(一,56 页)。岛村抱月同时借用了这一名称的象征意义与面向未来的积极倾向,展开了对日本的自然主义文学的认识。对刺激文坛、触动文坛新人的"自然主义",抱月确实也觉得它"清新",存在一种"暗示"的力量,需要考察且又令人期待。

他的考察从对自然主义的分期开始:前期自然主义与后期自然主义。前者的代表是小杉天外。但是,同时他也说"天外时代的自然主义,有时被写实主义的阴影所笼罩,有时被浪漫主义的反拨所压制"(57 页),与后期的自然主义还是有所不同的。抱月选择对自然主义进行分期,是因为自然主义不再是小杉天外时期那样的"势单力薄"、"不成气候",而是在经过明治 39 年的蓄势、明治 40 年的发展之后,于明治 41 年呈现出昂扬之势。虽然,抱月也明确地承认说:因短篇集《命运》(明治 39 年 3 月)而大受好评的国木田独步"即便是在今日还在报纸等公开声称自己并非什么主义",写出《破戒》(明治 39 年 3 月)的岛崎藤村也"未曾亲自宣称是自然主义"(57 页)。但他认为把他们称为自然主义者也未尝不可。理由是:

> 文艺上的名目,无论是出于作家,还是出于评论家,均可在促进时代风潮的觉醒、革新、繁荣上产生诸多便利。毕竟,所谓的主义不就是统括某种倾向、风格的总名称吗? 把某种倾向、风格推广到未来的努力就是主义的努力。

---

① 『抱月全集』(第 2 卷)、天佑社、大正 9 年 6 月、56 — 79 頁。只是,文章当初发表于《早稻田文学》时,在题目之后,附有众多小标题。借此,可以清晰看出抱月的写作思路。故抄录如下:⊙日本的自然主义⊙其前期后期⊙欧洲的自然主义⊙古典主义⊙浪漫主义⊙自然主义⊙十九世纪初的自然主义⊙英国自然主义⊙浪漫主义和自然主义的统一⊙十九世纪后半期的自然主义⊙自然主义的分家⊙绘画上的自然主义⊙(笔者加:世相画)体裁与自然主义⊙拉斐尔前派的证明⊙分家后的自然主义与其支持者⊙写实主义与自然主义⊙三种观点⊙写实主义的意思⊙法国的自然主义⊙自然主义时期⊙何谓对自然主义的反扑⊙自然主义研究的诸多要点⊙描写的方法、态度⊙正统自然主义与印象派自然主义⊙消极态度与积极态度⊙自然主义的统一目的⊙自然之真⊙描写的目的、题材⊙真的变形⊙社会问题⊙科学⊙现实⊙赤裸裸⊙兽性⊙肉欲的⊙日常⊙自然物⊙左拉⊙印象派的画⊙易卜生⊙德国自然主义⊙自然主义的美学价值

> 只要在自己要做之处持有信念与自我意识,无论是以何种形式,是在怎样的
> 名目下,又是于多么明确的程度上,标榜主义的诞生着实是难以遏止的近代
> 思想的特征。(一,57—58 页)

也就是说,虽然国木田独步、岛崎藤村自己不认为是自然主义,但是他们的创作倾向、风格等对促进新时代的诞生有利,符合近代思想的特征,所以,由别人来定义他们为自然主义者也无妨。于是,以《面影》(明治 39 年 10 月)为代表的二叶亭四迷、以《棉被》(明治 40 年 10 月)为代表的田山花袋、以短篇集《红尘》(明治 40 年 9 月)为代表的正宗白鸟、小栗风叶、德田秋声,以及其他新作家都逐渐对自己的倾向、主义有了一种觉醒。故此,把他们的倾向、主义统括起来,统一取了一个最方便的名字——自然主义。很明显,这个名称是利弊皆有的——利在这种文坛名目能整体"促进时代的风潮觉醒、革新、繁荣";弊在一旦给这些作家或评论家以自然主义之名他们就会"为这种名目所束缚",而难以让人再看到他们的多样性。

至此,我们可以知道,抱月在这里所称的"后期自然主义"是一种思潮性质的东西,内容丰富、杂多且宽泛。但是,他的目的也非常明确,只要对促进"时代风潮的觉醒、革新、繁荣"有利,那就大力宣扬。很显然,在此,他的论述旨在取"自然主义"之利。

抱月对自然主义分为二期,还有一个原因,即为了在其中加入浪漫主义,从而形成前期自然主义→浪漫主义→后期自然主义的"链条",以便与接下来对欧洲文艺思潮的发展演变的考察相吻合。于是,抱月展开了对欧洲自然主义的考察。17、18 世纪的古典主义的特征可总结为三个:"智巧"、"形式"和"现实"。而 19 世纪初的浪漫主义则可视为在全面意义上对古典主义的反动。其特征又可总结为六个:"情绪"、"自然"、"理想"、"自我"、"中古"、"神秘"。古典主义的三大特征分别为浪漫主义的六大特征以二对一的方式全面地得到克服。这样的说理不得不承认非常清晰。然而,抱月对此用了二元对立的图式——浪漫主义全面取代古典主义。这与他在论述浪漫主义与自然主义的关系时大不相同。对于后两者的关系,抱月采用的方法是更强调它们的内在联系而不是对抗关系。

那么,浪漫主义与自然主义的关系又是怎样的呢? 岛村抱月是要证明自然主义指涉得非常宽泛,他更想说明自然主义与浪漫主义并非截然对立。这样一来,19 世纪后半期的自然主义可视为对"浪漫主义的反动"和"浪漫主义的延续"。乍

看,这是完全矛盾的两种观点,但实则是既看到明显区别又寻出内在联系的做法。自然主义在延续中制造了反动。为此,抱月以明白易懂的比喻对浪漫主义和自然主义的关系进行了具体说明。

> 倘若把浪漫主义看作一个家庭,"自然""情绪"等五六个弟兄生活在同一屋檐下。但是,这些弟兄中叫"自然"的与其他兄弟生性不同。他们关系不合。于是,"自然"自己分家出来,得到别处的支援,最终像模像样地挂起了自己"自然主义"的招牌,直至蚕食了本家。(三,64页)

于是,抱月把"自然"特别凸显出来,认为它把其他的"同路人"都视为敌人排挤掉了:"情绪派因为放任狂热、夸张事实而损害自然,理想派因为对事实经过有意的选择、改变原形而损害自然。自我派通过把一己之欲念前置、中古派神秘派通过隔断时空失去事实的确凿性而损害自然。"(五,67页,下画线为笔者加)于是,"自然"要"抖落所有累赘",站在一个新的地方出发。

至此,关于自然主义的"前世"考察已经明了。(1)自然主义在日本也有一个产生的过程。一经产生,便有利有弊。(2)文艺史上古典主义与浪漫主义的关系,同样适用于浪漫主义与自然主义、自然主义与象征主义之间的阐释。① 这是文艺发展史序列上传统与反动的轮番演绎。(3)自然主义本身的源头何在? 它的核心特征是什么? 它的"盟友"有哪些? 它与写实主义之间的不同又分别是什么? 一个在文艺史上有着明确发展轨迹的艺术形式——自然主义,裹挟着历史序列上的传统血液,又被多种时代因素簇拥着,带着自己的特制武器——整体的自然,朝它应该出现的时代,向着它自己的舞台坚定地走来。

自然主义在历史序列上走来,那它也将在这个序列上被定格,当然也理应在这个序列上成为过去(但不是消亡,其要素变成了文艺史上的潜沉物)。抱月再次重复了自己通过考察勾勒出的欧洲自然主义的"始终":"19世纪后半期的自然主义以法国为中心而起。但是,其始于何年又止于何年,并不明了。尤其是关于其终结时间,有人认为已经进入反动期,自然主义已然成了过去式,也有人在事实上

---

① 不过,通过前文的分析可知,抱月在分析古典主义与浪漫主义时,只关注了二者之间的对抗关系,并没有提及继承关系,即便通过抱月给出的图式也能清楚看出。然而,在论述浪漫主义与自然主义的关系时,他则特别看重二者之间的继承关系。

仍视其为欧洲文艺的生命。"①(八,71 页)

那我们该如何看待自然主义的"现在时"呢? 抱月的答案是:"重要的是,说起自然主义,不陷入立即认为它消除了所有兴趣的弊端就好。"我们又该怎样看待自然主义的"将来时"呢? 抱月语焉不详,只有一句:"自然主义之真的命运,就连在欧洲也应该是在将来得以决断。"(73 页)至此,我们可以知道,岛村抱月在论述自然主义时按照欧洲文艺的发展路线,并且试图依此指导国内文坛认识现状、肯定自然主义的可取之处。

不过,既然是关于"自然主义本身的研究"(九,73 页),那它的内部结构是怎样的? 这是必须条分缕析地加以阐释的内容。若能讲明这一点,就可以说抱月完成了两项任务:(1)回答自然主义与写实主义在程度及性质上的不同,即说明自然主义的优越性;(2)展示他理想的自然主义是什么,即日本到底需要什么样的自然主义。

其实,抱月已经在解析自然主义和写实主义之时,亮明了观点,给出了答案。

> 摹写整体的自然,用主观情趣摹写大致情形,不必细致描写。这就是自然主义和写实主义的不同之处。加上整体,加上情趣,这不就改变性质了吗? (七,71 页)

也就是说,判断是不是岛村抱月主张的自然主义:一看是整体描写还是局部描写,二看有无情趣的参与,三看是面面俱到还是点到为止。

那么,抱月具体是怎样架构自然主义的呢? 他从两大方面做工作:(1)结构上的自然主义,即阐述自然主义是什么;(2)价值上的自然主义②,即确定有了自然主义会起到怎样的功效。从第九节到第十一节,他细致地在结构上从两大条目、四个角度——描写的方法、态度,用于体现描写的目的、题材——对自然主义的"真"做了论证。

从自然主义的描写方法上来说,有纯客观和插入主观两种。抱月援引《大不列颠百科全书》第九版中巴林(Baring)的解释,认为它们分别对应的是:前者"是

---

① 如果按照他在第八节中的叙述顺序,我们可以知道:15 世纪头十年是自然主义的起点;19 世纪 70 年代,由左拉、福楼拜、都德、龚古尔兄弟、屠格涅夫等兴起自然主义会,而绘画界中被视为自然主义的印象派也始于此时;19 世纪 80 年代,自然主义达到鼎盛,并引起了对此的策反;19 世纪 80 年代到 20 世纪头十年,可视为对自然主义的策反期。

② 限于篇幅没能展开论述。但在明治 41 年 5 月的《早稻田文学》上以《自然主义的价值》为题做了与《文艺上的自然主义》篇幅相近的详细论述。

正统自然主义（Naturalism Proper），以获得绝对客观的事实为目的"，后者"是印象派（Impressionists），以说明自然为目的，以从自然感受到的印象表达自己的人格为手段"（九，74 页），并且补充说明：左拉①、莫泊桑等的作品是纯客观的，而龚古尔兄弟等的作品是插入主观的。从描写态度来看，对于正统自然主义与印象派自然主义，岛村抱月说二者由"如作者湿笔、蘸墨、临纸时的态度，即觉悟、心情所统一"。前者"因不歪曲地描写出外在的自然，故其态度、心情是消极的"，后者"以无念无想全然谦虚之心面对并描写事物……是积极态度。消极态度取胜时，产生纯客观的自然主义；积极态度取胜时，产生插入主观的自然主义。然而，其极致在于二者的调和"（75 页）。要调和、统一"积极态度"和"消极态度"这两者，其目的是什么呢？一个字："真"。自然主义为何要把"真"作为它的最高目的呢？因为，"真"是"自然主义与写实主义或理想主义不同之根本所在"。比起"真"来说，理想、现实都是"第二义"的、次要的。而要达到自然主义的统一目的"真"，就必须：认真、真实、任何时候都用占据人的心灵的力量。既然，"真"成了自然主义第一要义的目的。那么，它将通过怎样的具体形式被体现出来呢？对此的回答，自然而然地涉及了自然主义的描写题材。虽然大致可分为社会问题、科学、现实三大类，但它们各自又包括更加具体的部分，而且为了达到"真"这一目的，这诸多题材可以单独使用也可以交错运用。不过，有一点要特别说明，抱月明确指出：题材之"真"是第二义的，但它也要指向第一义的"真"——自然主义的统一目的。

对以上四方面进行分述后，虽然岛村抱月没有对自然主义和写实主义在程度

---

① 如果按照国内左拉自然主义研究专家曾繁亭教授的论文观点，左拉的自然主义其实也不简单。曾教授认为，左拉的自然主义把文学的"真实感"与人对生活、生命的"感觉体验"，与拒绝作家"议论"、"说教"、"抒情"的"非个人化"创作手法，与不否定"个性表现"充分联系了起来。也就是说，左拉不曾排斥过情感、想象力等主观因素。与今人曾繁亭教授掷地有声的研究方法及呼吁——"准确解读左拉自然主义文学思想在具体语境中的意义，必须弄明白其表述的具体语境，尤其应注意从总体上把握其思想的本意"，不是简单的"罗列"、"梳理"而是要认真"辨析"——相比，当时的岛村抱月直接援引当时权威的文献资料中的说法，把左拉文学的描写方法定义为"纯客观的"、描写态度定格为"消极"的，虽然，在对左拉文学的题材选择上赞誉有加，但总体仍不免显得武断。（关于曾教授的论文详述请参看：曾繁亭：《"真实感"——重新读解左拉的自然主义文论》，《外国文学评论》（2009 年第 4 期），33—45 页。）正是以曾教授对左拉的更加客观、全面的研究成果为背景，我们对抱月在当时的这种做法可以做出如下定位：（1）出于对欧洲文艺史的梳理这一立场，对于当时的日本文坛更好地认识自然主义是有相当帮助的；（2）出于对自然主义描写态度的分类，对于重点阐述"印象派自然主义"也是有利的；（3）出于对"真"的阐述这一角度，对于主观客观的方法、积极消极的态度均平等对待，虽显得折中但同时也说明抱月所认定的自然主义是较为整体、全面的。

与性质上的不同做出逐一的点明,我们仍然可以明确地说:在方法上,自然主义可以插入主观;在态度上,自然主义可以消极积极分别使用也可以综合使用;在目的上,自然主义不拘泥于外形;在题材上,自然主义不仅要"真",而且要把"真"寓于理想之中(参看稍后的分析)。这些都是写实主义无法比拟的。因此,才有了程度说的不同——"理想主义的人为之处最多,随着人为的程度渐次降低,而有写实主义,有自然主义"(七,70页),和性质说的不同——"写实主义是摹写自然"的、"自然主义以单纯摹写之上的某种方法,描写在单纯自然之上加入某种条件"的。

在文章结尾处,岛村抱月援引柯尔(Coar)《十九世纪德国文学研究》一书中关于自然主义的精要:

> 灵魂之人,不相信如照相或机械般直接写实就是文学。而且,就连看到事实便主张直接写实的人,也不忘令我们感动的那个部分的重要性。在他们(1890年前后的年轻文学家们——笔者注)的说法里,终究包含了一个希望。那就是:由描写事实的深处,让那个事实的超越意义即理想得以发掘。……换句话,社会性的个人得以全面显现这一要求隐身于背景之中。自然主义的两大努力就是定义社会、解放个人。所谓的理想,指的就是它。自然主义的目的就存在于理想之中。社会主义、个人主义的极端性的东西出自自然主义也是这个缘故。(十一,78—79页)

其实,这一段话,再明显不过地告诉了我们:自然主义并不是单纯地描述现实、描绘自然。为了它自己以"真"为最终目的的那份"自然",它不排斥令"我们感动的那部分"。此外,它还需要"希望"、"超越"。而且,这"真"就包含在这"理想"、"定义社会、解放个人"之中的。

明治39、40年日本文坛出现新气象,这是不争的事实。岛村抱月把它视为"日出之前"、"鲜明的一道光"(一,56页)。他把这整个气象取名为自然主义,希望这一势头能够发展下去。其实,这"自然主义"是很宽泛的。即使以欧洲文艺史为参照系,也不难证明这一点。抱月在此基础上,又做了两件事:(1)把写实主义和自然主义的关系道明,并为自然主义确立"新高度"(高于写实主义,更高于理想主义);(2)从方法、态度、目的、题材上把自然主义的内部研究(形式上和内容上①)做到了透彻,紧紧抓住了一个"真"字。从四方面的考察,其实就是在阐述文学家的创作技巧("无技巧的技巧")、创作态度("认真"与否)、创作旨归(摒弃

---

① 在《自然主义的价值》一文的第一节中提及的说法。

"人为"的理想和"形式"的束缚）和创作材料（第二义的"真"）。

这篇文章既说明了自然主义的来龙去脉，也证明了自然主义的根基颇深，还有了"水到渠成"的结论："自然主义绝不简单。"（79 页）

对于日本文学界来说，明治 41 年，已经不再是要不要自然主义，而是要论证如何发展自然主义的时期。因为，它既有前期的文学作品（《破戒》、《棉被》等）为证，又有文学杂志及文艺栏（《早稻田文学》、《太阳》、《读卖新闻》等）的系统总结为据。《文艺上的自然主义》把讨论范围限定在文学的范围内，充分讨论了自然主义在文学界应该是怎样的存在，认定了"真"是自然主义的最终目的。在这一点上，它比《被囚禁的文艺》讨论的问题更接近日本文学的现状。

4.2　"真"的"美"吗？

《自然主义的价值》一文，是自《文艺上的自然主义》发表时隔四个月之后，对因受篇幅限制未能展开阐述的自然主义的价值，进行的详细说明，也是岛村抱月对"自家的根本文艺理念"（一，106 页）进行的集中呈现。一时间，它被当时的自然主义者奉为"自然主义宝典"。但与此同时，也成为反自然主义者"狂轰滥炸"的"制高点"。①

岛村抱月在文章的第一节说：文坛上，对自然主义这一论题的"复杂深邃"性有充分认识者不多见，以自然主义的某一方面马上与"文艺得以存在的根本性问题或者人生道德"相关联并寻求得到解决者不少。为了扭转这一虽有一定意义但又不尽妥当的做法，他认为"自然主义论必须作为一个责任重大的问题加以看待"（一，106 页）。因此，整篇文章先后围绕自然主义的特点（以比较它与写实主义在形式与内容上的差异）、情感反应机制（"全我的"、"半我的"、"他者的"②）、审美特性（强调自然之真与文艺之美）、意义功能（暗示人生、指向生命本体）展开了

---

① 代表性文章有：後藤宙外：「矛盾せる自然主義の論議」『新潮』（明治 41 年 5 月号）、岩野泡鳴：「霊肉合致の事実」『読売新聞』（明治 41 年 5 月 10 日）、川合貞一：「自然主義」『時事新報文芸週報』（明治 41 年 5 月 20 日）、後藤宙外：「自然主義の無特色」『新小説』（明治 41 年 7 月）、樋口龍峡：「醒めたる自然主義」『新小説』（明治 41 年 7 月）、田中王堂：「我国に於ける自然主義を論ず」『明星』（明治 41 年 8 月）。
② 其中，"他者的"又可分为两个阶段。本节为了更具体地阐述，以"四段论"进行说明。

说明。①

　　虽然是理论性文章,《自然主义的价值》一文却并非采取一开始就亮出观点、逻辑阐述的方式,而是运用全文中最长的篇幅来分析两个时期、四部文学作品在形式与内容两个层面上的差异,以引出自然主义"排斥技巧"+"自然地描写"与"排斥游戏"+"暗示人生的意义"的结论。

　　如果说关于自然主义文学的形式与内容的评析是在作品解读层面上对《文艺上的自然主义》的补充说明,那么,为人的主观情感赋予"四段论"则是对《文艺上的自然主义》受到的批判(由对形式上的纯客观产生质疑,而延伸至是否能从作者的"无念无想"中获得纯客观,以及是否存在完全无主观的作品②)进行的回答。于是,抱月要说明主客观和无念无想在自己的自然主义文学理论中到底是怎样的。只有这样,他才能对别人的批判释疑。同时,他才能给接下来的自然主义之"真"与文艺之"美"的论证夯实基础。总结来看,第一、第二阶段的情感附有功利性、道德性,带有强烈的抒情性、主观性,故无法得到客观化;第三阶段的情感是情绪化的,虽然有真实的情绪,但往往因为作者的任意性而偏向浪漫,很难做到客观化;第四阶段的情感是情趣性的,是客观化的情绪发展而来的印象的集合,由此而形成印象派艺术。反之,由诸多复合的情趣出发而最终与某种心情、情绪结合可发展为"神秘主义、象征主义"(四,117 页)。解释了审美性的主客观,再来看岛村抱月提倡的"无念无想"。原来,它就是要弃绝第一、第二阶段中纯粹的或过于粉饰的主观与技巧,以及第三阶段中尤其执着于情感这一方面的主观及由此而产生的技巧。剩下的便是:"一步一步地尽量把那种理性意象近似于实验,让它以自然的方式得以展开,逐一产生相应的情绪反应,以期与意象相符。从而,要如实描写出上述的情理融合的第三段境界。"(117 页)尽管抱月没有明确说明,我们却可以通过"实验"、"自然的方式"、"相应的情绪反应"这样的自然以及"情理融合"的过程,大致确定这是在阐述以"纯客观"为方法、以"消极"为描写态度的"正统自然主义"。因为,只有这样理解,我们才能清晰地梳理出抱月的自然主义文学观念到

---

①　当然,在文章中,抱月还间接或直接地回应了来自文坛中人的批评以及指出了对自然主义的认识误区。如,自然主义在形式上是否能够实现"纯客观"(第三节)、是否存在"无念无想"(第三节)、混淆审美上的丑与道德上的丑(第七节)、谬论:自然主义以专写男女的兽性为主旨(第十节)、谬论:把自然主义视为道德上的满足本能(第十节)。

②　具体有:中島徳蔵:「自然主義の理論の根拠」『中央公論』(明治 41 年 4 月)、後藤宙外:「自然主義比較論」『新小説』(明治 41 年 4 月)、樋口龍峡:「自然主義論」『明星』(明治 41 年 4、5 月)。

底是在反对什么以及主张什么。

他反对"劝善惩恶"的传统文学观念(因为其中包含了明显的功利倾向、道德说教)与浪漫主义,主张要摈弃其形式上的技巧与内容上的主观。他肯定正统自然主义,认为它是"纯客观的",而且"排斥主观"、"排斥技巧"、"无思念"、"描写的自然"都是把客观意象与情绪生动结合的有效方式。他积极宣扬印象派自然主义,认为它是"插入主观的"。在第四节,抱月明确说道:"在自然主义这里,双方(正统自然主义与印象派自然主义——笔者注)能够相互融合。"(117 页)至此,我们可以知道,这一部分的说明与《文艺上的自然主义》中自然主义的描写方法与描写态度的结论高度一致。由此可知,岛村抱月以划分主观情感反应的"四段论",阐明了审美上的主客观,明确了"无念无想"的范围。但实际上,他也顺利地亮明了自己的文学主张——反传统文学、反浪漫主义、提倡广义的自然主义(正统自然主义、印象派自然主义、象征主义等)。

有了对形式与内容和审美情感反应"四段论"的考辨,抱月才真正开始了对自然主义的"真"与"美"的关系进行说明。对于自然主义来说,自然之"真"是什么?抱月认为要弄懂自然主义内容中的描写目的——真,就得由这自然之"真"开始。

在《文艺上的自然主义》一文中,抱月把自然主义的描写目的之"真"与描写题材之"真"分别称为"第一义"的与"第二义"的。他进而把描写题材之"真"分为社会问题、科学、现实三方面。这三方面又分别包含更具体的内容。这些是我们在论述前需要重提一下的。

真实的社会问题(包括个人问题)进入文艺是顺应当时的道德潮流;传达真实的科学是受当时科学界的风潮影响;深入挖掘并暴露真实的现实则既是受科学的影响,又体现了一种人生观上的意义——"展现一个无遮蔽的人生"(五,118 页)。三者都有自己的实际目的与存在意义。由此,抱月说:"自然主义的动机或目的,在(广义的)道德上,而不是在文艺上。"(118 页)也就是说,自然之"真"并不直接与文艺挂钩。

那么,文艺到底是怎样的一种存在呢?那要先看文艺的目的何在。抱月认为其目的有二——快乐实际意义,而且它处于这两极之间摇摆不定的状态。紧接着,他几乎直接认定"文艺的趋向只是在于美",并明确地说"快乐也好,实际意义也好,终究是作为美的成分而进入文艺"。在文艺中,美必须是"包含一种意义"的"快乐",又必须是"本身就快乐、令人难以忘怀"的"实际意义"(六,119 页)。而这种"实际意义"就是一种广义的道德,也就是自然主义的目的,即自然之"真"。

自然之"真"具有一种"实际意义"。"实际意义"与"快乐"处于文艺目的的两极。检验文艺的标准为"美"。因此,抱月说:自然主义"终究是背负实际意义之名,与快乐相拥,以此实现美的要求"(六,120 页)。这自然之"真"进入文艺有何意义呢?原来,它不仅是为了对此前因片面追求"快乐"致使文艺坠入"空想的游戏、形似的游戏"发动策反,而要为文艺加上自己所具有的"实际意义"这一极,更是为了发现文艺的严肃之处,"呈现人生的真相"。

至此,自然之"真"与文艺之"美"的关系被抱月解释为:"真只是实现美的一个材料。在使得美具有最大价值这一范围内,真在文艺上产生价值。"(六,120页)从而,给了"美"在文艺上的最大肯定。

然而,抱月深知自然主义的"真"是具有两个层面的——描写目的之"真"与描写题材之"真"。因此,他马上补充道:"倘若把此前的观点反过来考虑:不是为了使文艺具有价值、变得严肃而加入真,相反,这些真不可抑制地要发挥出来。"也就是说,之前论述的结论是文艺中美是主体、真是辅助,但还有一种可能是文艺中"美变成辅助,真占据主体"。于是,他的解释也就"兵分二路":"就算作为美的材料来描写真,其真也不能浅薄、不成熟,必须在心中充分发酵……而且,就算把美作为真的权宜之策,只要是真诚的艺术家,不管最初的动机如何,从提笔临纸的一瞬间开始,就必须具有艺术的态度。换言之,只能以文艺服从于文艺的目的来处理它(美作为真的权宜之策——笔者注)。"(七,121 页)抱月的总结是:"无论是出于何种动机而产生的文艺,无一例外地,结果都会统一到美这一点。只是美的内容有所变化而已。……美是能够包容人类一切现象的文艺的最高称号。破坏美就不再是文艺。"(121 页)

至此,结合"四段论"中抱月的反对与主张、上述的自然之"真"与文艺之"美"的关系以及该文最后提及的文艺与人生的关系,笔者作图如下。

图表6　自然之"真"、文艺之"美"与完整人生

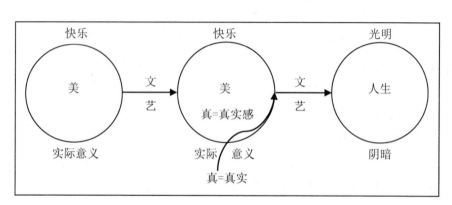

通过对"四段论"的考察,我们明白了抱月反对传统文学、浪漫主义文学因过多的形式技巧与过度的主观而导致文艺滑向"快乐"这一极的道理。此前的论述,则让我们看到了以"实际意义" = 自然之"真"实现文艺"美"的途径。其实,对于牢牢占据文艺中心的"美"来说,"实际意义"所代表的"真"包含两个层面,这是我们数次提及的。没有进入文艺空间的"真"是"真实"的,进入之后的"真"是充满"真实感"的。很明显地,抱月是要讨论文艺上的自然主义所带来的"真实感"。

那么,如何理解他的"美是主体、真是辅助"、"美变成辅助,真占据主体"这种分类与"无论是出于何种动机而产生的文艺,无一例外地,结果都会统一到美这一点"的结论之间的关系呢? 笔者以为,还是应该把这种说法与印象派自然主义和正统自然主义对应起来看。"真是辅助"时,"真"是实现美的材料,要达到"真实感",就需要作者"内心的充分发酵",发挥作者的真情实感,形成鲜明的印象,终而成为印象派自然主义,自然而然地体现"美";"真占据主体"时,要达到"真实感",就需要作者集中意念思考如何面对自己"选好的现成的材料"并写活它,从而以最大程度地维持材料给人带来的"真实感",达到正统自然主义,并最终看似不注重美地体现"美"。这就是岛村抱月以"真"为旨、以"美"为尊的自然主义文艺思想。

至此,把抱月对自然主义文学的见地凝练为下面的文字,也似乎不可:自然主义对消除理想主义、写实主义的弊端有效,而能够代替它的新主义"尚未出现"(八,122 页)。这是当时岛村抱月的文艺判断与立场。自然主义旨在通过纠正此前描写人生的偏误之处,让文艺体现人的"真实的完整人生"。这是岛村抱月眼中的自然主义的价值。自然主义不是向壁虚构,也不要非真实的解决及理想。它的含义很广泛。

也就是说,虽然自然主义以"实际意义"为出发点,会不可避免地触及人生的黑暗面,但它并不是要止步于此。自然主义通过对只描写人生光明面的文艺形式的"祛魅",实现文艺之"美"与生命本体的圆满。

《自然主义的价值》一文,被后藤宙外形容为是一篇"自然派的人们若大旱望云霓、辙鲋求水般欣喜若狂,不吝赞美之词的名篇"①,与《文艺上的自然主义》也堪称姊妹篇。这样的自然主义在文艺上到底有什么用处——价值何在呢? 笔者以为,通过整体的阐述,《自然主义的价值》发现了自然主义文艺:(1)时代的必然性——弃绝了旧的文学观念、抨击了形式与内容的夸张与主观之后,新的文学理想未出现、新的主义未出现,而描绘完整人生的另一面——现实、阴暗面就是当下

---

① 「自然主義の無特色」『新小説』(時文)、明治 41 年 7 月、158 頁。

的"实际意义"。(2)感情的阶段性——若要真正地审美,便要通晓情感的"曲径通幽"之妙。情感要经功利性,至道德性,再达审美性。真诚的作家、认真的读者,面对自然主义文学时就得秉持这个态度。(3)美学的合法性——无论任何内容要进入文艺就必须奔向"美"的境界。自然主义选择的是与"快乐"相对的"实际意义"一极,以此作为坚实的基石而通向美学之途。(4)人生的完整性——人虽然抛弃了被宗教赋予的神性,却永远也不拒斥理想性与新光明。与此同时,经过科学浪潮的洗礼,他也要承认自己的肉身以及那些被可以遮蔽的黑暗面。光明与黑暗合体,方能成就完整意义上的人。自然主义是要在描绘"真实感"的同时,促人冥想和感受完整人生的积极意义,而绝非是要描写肉欲与丑恶。

于是,"真"的"美"吗? 只要是破除旧文艺的"真"、绝不要虚构理想的"真"、能够感受"宗教性情趣"的"真",在进入文艺后,它就不会不"美"。

4.3 "观照"联接人生与艺术

了解了文艺上的自然主义是什么,读懂了它的价值几何之后,紧接着,岛村抱月便细致地亮出了自己的文艺观。他说:既然已经阐释了"于实际人生中寻求憧憬的本体"这一思想,那么,考察"生活与艺术的关系"以及进而言之的"人生为何得有艺术",即生活与艺术、艺术与人生之间的关系。不仅如此,他还循序渐进地给出了艺术之所以为艺术的理由。

生活怎样才能化身为艺术? 生活就是人生? 艺术为何、怎样区别于生活与人生? 通读全文,鉴于其中出现"小乘"、"权大乘"、"大乘"、"观照"等佛教或文学术语,笔者先就此对全文中涉及的主要关键词及其关系作图如下。

图表7　生活、艺术、人生三者关系兼及"艺术三境"图

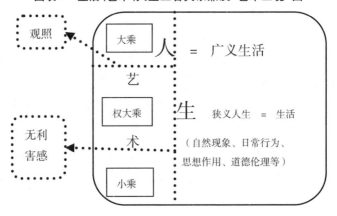

关于"生活",抱月说:它"当然包括我等人生之中进行的一切活动"(一,145页),"是从人生的诸多活动中特别剔除了艺术活动的名称"(一,146页),"是为了达成自己所欲求的东西"(六,156页)的实际行动。他还以托尔斯泰的中篇小说《克莱采奏鸣曲》①中男主人公波兹德内谢夫满怀苦闷、猜忌、妒恨等情感,刺死妻子后的复仇性快感为例,说主人公的一系列行为"一步一步全都是以己所欲、己所不欲为中心,一个接一个地发生。其每一个阶段、每一步都能明确感受到相应的快感、痛苦以及无快感无痛苦"(六,156页)。这就是抱月在本书中要说的实际生活——小说描写的真实而自然。

关于"艺术",他说:"广而言之,艺术也无非是吾等一生中的一种活动。因此,艺术也同为生活。"只是人类有了语言,而把它们区分开来,产生了研究的意义。那么,"艺术"单独被划分出来的理由何在,即艺术的独特性体现在哪里?这就是该文要回答的问题。而区别"生活"与"艺术"的就是"那条线"——"观照"②。于是,借助它,阅读《克莱采奏鸣曲》时,读者便能感受到波兹德内谢夫本人的那份真实情感——小说的审美便成为"他者的"(七,157页)。

关于"人生",他指出:"广义的生活可以马上以惯用的'人生'一词""一言以蔽之"。"人生之中既有艺术还有道德,甚至从衣食住到思想上的各种作用或山川、动植物的现象存在,都是人生。"(一,146页)于是,"广义的生活"就是"人生","狭义的人生"就是生活。这样,读者就可以通过阅读小说,了解波兹德内谢夫的生活,感受他的真实情感,从而达到以艺术体味人生的奥妙——以艺术观照人生。

这样,从"生活"中抽取出"艺术"、从"艺术"活动中看出其源于生活又不同于生活的独特性、从博大的"人生"中看出"艺术"的意义,就应该是该文的方法与诉求。

---

① 荒淫无度的贵族波兹德内谢夫,自以为爱上了一个破落的地主家的小姐。并且,很快地便结了婚。他们的婚姻,从一开始就不和谐。二人靠宣泄欲望来解决问题,彼此仇视却又共同生育了三个子女。然而,夫妻之间却似乎已无任何共同语言。其间,丈夫还是为妻子假意热情地邀请了一位助其提高钢琴技艺的小提琴师。起先,他为妻子也有了解闷的方式而甚感欣喜。后来,从妻子与小提琴师演奏的贝多芬《克莱采奏鸣曲》中,他知道生米将煮成熟饭,灵魂遂展开了激烈搏斗。终于,一个夜晚,丈夫从贵族会议上赶回,冲进客厅,把正在与小提琴师进餐的妻子杀死。

② 然而,如图中虚线所示,艺术与生活可以以"无利害感"、"无功利性"区别,也可以以是否取"观照"的态度区分。在抱月的文章中明确说明的"那条线"——"观照",既可以区分艺术与生活,又可以区分艺术层级中的"大乘"与"权大乘"、"小乘"。

为了弄懂艺术的意义,该文把出发点设在了分析视艺术近似于"闲暇工作、无用之物、业余爱好、不认真"、相像于一般意义上的游戏这种错误观点上。

西方文艺中著名的"游戏说"主要指康德、席勒的美学思想。其中,康德在三大哲学批判的《判断力批判》中首倡:"艺术甚至也和手艺不同;前者叫作自由的艺术……我们把前者看作好像它只能作为游戏,即一种本身就使人快适的事情而得出合乎目的的结果……"①(标点为原文所加——笔者注),从而道出艺术与游戏的相似性。席勒在《审美教育书简》中则明确地提出了"游戏冲动"的学说。他说:"美是两个冲动(感性冲动和形式冲动——笔者注)的共同对象,也就是游戏冲动的对象"、"只有当人是完全意义上的人,他才游戏;只有当人游戏时,他才完全是人"②,从而把"游戏"提高到了艺术的审美这一理论层面。很显然,在康德和席勒这里,前者是在哲学、后者是在审美心理学的层面上讨论"游戏"。他们意识到"游戏"能让人产生一种"自由"、"完全"之感,处于自由状态。而岛村抱月的文章却提及的是赫伯特·斯宾塞、卡尔·谷鲁斯一派从生物心理学层面③探讨的"游戏说"。我们知道,斯宾塞对艺术和游戏进行了"过剩精力的宣泄"的解释。二者不同之处在于:前者为人类的高级机能提供消遣,后者要为人类的低级机能寻找一条出路。谷鲁斯则认为,艺术和游戏都能给人带来一种无利害的快乐,但反对游戏是"过剩精力的宣泄"这种说法,而把游戏认为是一种必要的学习。④ 抱月在这里关注的主要是斯宾塞认为文艺与游戏是"过剩精力的宣泄"这样的解释。于是,他梳理出了认为"文艺如游戏"的这一方面。尽管如此,无论是哪一派的"游戏说",考察艺术中的"游戏"时,共通之处在于它们都主张"无功利性",旨在发现"无用之用"。

由是,抱月分析了艺术与游戏相似的一面、给人不积极印象的一面。他也承认文艺中确实存在这样的迹象,但同时以对 19 世纪英国文艺变迁的考察和近代艺术的积极与努力的肯定,现今的文艺并非"游戏",也不"消极"。其实,抱月在此前的一篇文章里已经说明,文艺开始进入需要一种充实感的阶段:文艺上的自然主义便是这种需要充实感的精神的代表。它"鄙视堆砌修辞的文章所具有的趣

---

① (德)康德:《判断力批判》,邓晓芒译,北京:人民出版社,2002 年 12 月第 2 版,第 147 页。
② (德)弗里德里希·席勒:《审美教育书简》,冯至、范大灿译,上海人民出版社,2009 年 7 月,120—121、124 页。
③ 森田信博:「近代遊戯理論の変遷——教育学の視点から」(上)、『秋田大学教育学部研究紀要 教育科学』(第 36 集)、1986 年 2 月、116 — 117 页。
④ 易中天等:《人的确证——人类学艺术原理》,上海文艺出版社,2001 年 2 月,23—24 页。

味,厌恶受形式、因袭所累,喜好新颖、真实、直接、赤裸裸"①。

如果说从事艺术的人、欣赏艺术的人到了近代都是很努力的,那么,他们努力的目的是什么? 为了稿费吗? 为了名声吗? 为了道德、社会、政治、法律吗? 答案是否定的。因为,它们都是外在目的。这些目的不应该用来评定艺术的高低,也不是文艺的本来目的。那么,文艺的本来目的或者说内在目的是什么,即"艺术为何而存在"?

抱月再次搬出了"知"与"情"、"第一义"的概念。

> ……能找到深奥艺术的本来目的吗? 到此疑问时,很多的研究者会迷失于两条路,使问题变得一团糟。在此,不要忘了无论何时都是分成两个方向来前进的。一个是哲学、美的哲学。(笔者加)事后考虑而附加上去的结论。哲学扮演的角色是:获得知识上的满足,或以这种令人满意的知识不断地收紧艺术的松弛、懈怠。此外,另一个是进行创作时作者当下的心情。这并非后来的研究附加上去的结论性目的。而且,这两条路上,前者无疑依然是外在的。在此种情境下,那种"艺术是为了艺术"的模糊提倡不攻自破。不过,它又并非一般地为了功利、为了道德这种第二义的外在目的,而是达到了第一义的外在目的。……(四,151 页)

由此可知,抱月认为,虽然作为"知"的哲学对于文艺扮演着"第一义的外在目的"的角色。而研究"情"、"创作时作者当下的心情"才是"为了艺术而艺术"的内在目的。那么,作者的眼中、心中只剩艺术,可谓心无旁骛地创作时,便可谓"为了艺术而艺术"。抱月补充说:如果觉得"过于抽象","具体地说成'为了那个作品的作品'也行"。之所以如此,因为,它的目的是内在的。抱月认为这种创作状态和心理应称为"艺术本能"。其特征在于"让一切的标准、尺度、目的都包含在自我主观这一称谓之中"(四,152 页),如果以文艺思潮来加以做证的话,那就是 19 世纪的浪漫主义。而抱月反对浪漫主义过度的主观、过剩的修辞,这是我们考察前几篇理论性文章时早已知晓的。

以"自我主观"统摄一切的标准进行创作的浪漫主义文学,处于抱月考察的西方文艺史的发展序列上,创作目的也是内在的,但由于它不是抱月所要提倡的文

---

① 「充実を欲する社会」『抱月全集』(第 2 卷)、天佑社、大正 9 年 2 月、85 頁。原文刊载于『太陽』(明治 41 年 8 月),但全集中错误标记为 3 月。该文除了对文艺上的寻求充实之感展开论述外,还提及报纸杂志的文章、交友、道德、政治、家庭、职业等方面所体现的相似现象。(85—87 页)

艺样式,故被称为"艺术论的小乘之境"①。于是,对于艺术的考察,还得再进一步:同样由内在目的所发展而来的"权大乘之境"。

在罗列《文学批评的方法和材料》中提及的艺术本能或艺术冲动②后,抱月把它称为"自我表现本能"。此时,"艺术的目的由纯内在性的,进一步开始转为外在性的。艺术的形成不是为了艺术自身,而是作家为了表现自我"(五,154 页)。如此一来,"小乘之境"着意于"自我满足",而"权大乘之境"则致力于"自我表现"。对于作家来说,前者是"为了写而写",后者是"为了写自己"。对这种文艺的评判,其标准是"作者的个性是否被写出来"。不过,抱月又对这种文艺的境界明确地下判断说:"以此仍不能视为极致。"原因是:"把它(权大乘之境)放到观众、读者身上来考虑时,别人的自我表现因何对我产生价值呢? 另外,即便从作者这一边来说,只要表现自我,果真就能把它作为艺术而满足吗? ……表现之后成为艺术的自我,与现实的自我就没有什么不同吗?"对此做出的回答,抱月说它是"大乘之境"。不过,我们也分明感到了熟悉:"现实的自我"与"艺术的自我"是不同的,因为存在审美上的"四段论"。这是《自然主义的价值》中的核心思想。

进入"大乘之境"的解释,抱月马上抛出了该文的最大疑问:艺术与生活的界限在哪里呢? 一句话,"是否取观照的心境"。这种"站在作者及读者的立场上均已化为纯艺术性的、刹那间的心境,可以从表里或消极积极两方面来加以说明"(六,155 页)。

从消极方面来讲,艺术要做到"无关心"、"无利害感",即要脱离个人的利害关系、脱离局部带来的痛苦、快乐。众所周知,"无利害感"是自康德以来形成的典型的审美思想。抱月也在文章中提及康德。这种"无利害感"的论述结合"全我

---

①　这里的"小乘",以及后文要出现的"权大乘"、"大乘",原本均为佛教用语。"大乘"是"大乘佛教"、"大乘教"的简称。因自称能运载无量众生从生死大河之此岸达到菩提涅槃之彼岸,成就佛果,故名。它贬称原始佛教和部派佛教为"小乘"。从历史上说,"大乘"宣传大慈大悲、普度众生,"小乘"追求个人自我解脱。另有,"大乘"之中,又分权实。立一切皆成佛之宗,为实大乘,不然者为权大乘。主要参考:任继愈主编:《佛教大辞典》,凤凰出版社、江苏古籍出版社,2002 年 12 月,138—139 页。抱月的文章对文艺的境界以"小乘"、"权大乘"、"大乘"分而称之,笔者以为,这一方面可看作文艺的形态,另一方面也可视为文艺由低到高的发展阶段。

②　Gayler 和 Scott 合著。共列举书中八种说法:(1)模仿本能(Imitative Instinct);(2)自我表现本能(Instinct for Self-expression);(3)游戏冲动(Play – impulse);(4)秩序本能(Instinct for Order);(5)吸引本能(Instinct to Attract others);(6)威吓本能(Attempt to Repel or Terrify);(7)交流冲动(Impulse to Communicate);(8)心灵具体化本能(Desire to Obtain An Image of The Intangible or Spiritual Part of Man)。

的"、"半我的"、"他者的"的审美"四段论"中对"他者的"强调,导出了抱月所谓的"客观的""观照"艺术。① 从积极方面来讲,艺术则要做到:脱离生活的同时,纷纷扰扰之声、执着烦劳之情渐渐朦胧,进入一种静静的观照的态度。抱月依然用一种充满情感的文字来说明自己的文艺审美方式——观照。

也就是,由行动的态度变成玩味的态度。兴许会从手足的活动中抽身出来,却会相应地深入内心的活动中去。在生活中无法体验的另一种意识的气息扑面而来。也就是,达到所谓的体味生命。广义地说,是一种快感。狭义地说,是对一件事产生一种心情:似看到一种从未知晓的不可思议、似确实有那么回事地令人怀念令人难忘。从反面进行说明的话,它是这样一种意识:此前四处撞击个人利害之岩石而激荡的情感之浪,远离岩石后方才意识到,在包含过去全部经验的自我人生之海中获得了平衡。也就是说,拘泥于一个局部的各种内心生活,进入一种如实地、全方位地畅达的境地。也就是说,感受到了生命律动的味道或意义。它包含此前受那种局部的欣喜、悲哀的情绪所蒙蔽而未曾意识到的、心里的各种观念、各种情感的活动,即宇宙的一切,是一种甚至感觉到生命本身的味道的生活。至此,艺术活动完成了与生活相异的条件。(八,160 页)

由这一段文字可知,在文艺中"体味生命"就是发现一种"不可思议",产生一种"怀念",感受"宇宙的一切"。简而言之,生活中的我是"局部的我",艺术中的我是"整体的我"。要体验这"整体的我"就得脱离"局部的我"这道厚重的藩篱。要越过这"藩篱",就得取"观照"这种态度。取"观照"的态度,便能达到"大乘之境"。而这种态度就是"横亘于艺术与生活的那条线"。

于是,结合文中所述的顺序、整篇文章举出的一个文学作品实例——托尔斯泰创作的《克莱采奏鸣曲》以及在《自然主义的价值》一文中已经得到详细叙述、本书中也再次提及的情感反应"四段论",我们可制表如下:

---

① 抱月还利用这种考证,回应了来自岩野泡鸣(「肉霊合致の事実」『読売新聞』、明治 41 年 5 月 3 日)与樋口龙峡(「醒めたる自然主義——抱月君の自然主義を評す」『新小説』、明治 41 年 7 月)的质疑。

图表 8　艺术世界里的作品、作者、读者

作品	作者	读者	艺术的使命
波兹德内谢夫因妻子和小提琴师私通而嫉妒、愤怒、痛苦,后杀妻复仇为快	为了稿费、名声等	卧读把玩	为功利的艺术
	意识到自己是在文学创作	眼中只有艺术	为艺术的艺术
	为了表现自己的文学个性	感受作者个性	为自己的艺术
	进行了写作上的观照	观照完整人生	为人生的艺术

对于作者托尔斯泰来说,他是算计稿费、文坛留名,还是满意于自己在创作文学这件事,是通过文学彰显个性,抑或是透过笔端倾诉主人公的况味人生,这代表着他的文学处于何种层面。对于读者,以游戏的态度、以只专注艺术品本身的态度、以读出作者的文学品性的态度、以文学关照人生的态度,也能说明艺术在他生活中的地位。对于作品,读者(其实,这里的"读者"这一称呼也适用于托尔斯泰。他也能成为自己的文学作品的读者)读还是不读、开始读后是选择继续还是停下来,这是读者的认知;读了之后对主人公的杀妻行为批判说是愚蠢的、不道德的;读的过程中,感受到了主人公的悲痛、苦闷;读过后,推己及人地细细思量、认真地体味主人公的内心争斗、杀妻的真实心境,从而进入"整体自我"、"完整人生"、"充沛生命"的文学至高境界。

艺术进入近代,虽然依然不能完全摆脱把它视为"游戏"的消极影响,但毕竟它变得越来越认真了。这一点在艺术与人生之中得到了最好的诠释。当艺术踏过认真的门槛,它至少还有三段路要走:(1)为了完成一个作品;(2)为了体现作者的文学特性;(3)为了体味深远的人生。经过文艺世界里"观照"这种态度的积极引导,也许现实生活还是那个"剪不断理还乱"的生活,但艺术却已不是那个艺术。因为,它用一次"完整的体验"改变了人生,以一个"完整的我"促使我们进入澄明。

笔者以为,抱月的这篇理论文章,顾及到了几大方面。(1)既肯定了生活与文艺之间存在着的、不可否认的关系,又分析了艺术来自生活却又高于生活的性质。(2)既正确地认识到了近代文艺的认真、努力,又依据其认真、努力的程度进行了逐层阐析。(3)"观照"态度的有无,成为作者、作品、读者这三位的有效检验标尺:既可以解释作者创作时的心境,又可以保证每个人都认真地、客观地对待文学成果,还可以提高读者的阅读境界与鉴赏水平。(4)为当时的明治文坛"订立"了一种审美标准——"观照"。

历经自然主义需要"真"、一切"真"均需以"美"为尊、要实现"美"应以"观照"勾连起艺术与人生这样的各自论证,岛村抱月一步步地筑起了自己对于明治 40 年代日本自然主义文学的"理论之塔"。与此同时,他的理论也必将迎来当时文坛人的拥护或质疑。

第 5 节　岛村抱月与《早稻田文学》的整体回应

《早稻田文学》在明治 42 年 2 月对过去一年的文艺史进行回望时,说道:

> 明治 41 年是建设新文艺的第一年。自然主义潮流,从 39 年后半期开始,渐渐成为文坛上的局部问题。在翌年(明治 40 年——笔者注),成为文坛的中心问题。在所有方面都迸发出论战的火花之后,终于,从根本上破坏了旧文艺的地位、奠定了建设新文艺的基础,也可以说是明治 41 年的文坛。与此前的一年相比,前一年是主张破坏的一年,后一年是实现建设的一年;前者是要以冒进的主张破坏旧文艺上大显势力,后者则是要奠定巍然不可动摇的新文艺基础上大显神通;前者是在怒号、破坏上,后者则是在考察、建设上显示特色。①

而就明治 41 年的文艺评论来说,该文则继续总结道:

> 虽然没有上一年(明治 40 年——笔者注)那么热闹,但它是认真的、考察性的、不是破坏性而是建设性的。一时的好奇性的言论消失,只有真正坚实的研究、议论切实存在,甚至步入了文艺的根本性问题。因此,在前一年大都悬而未决、遗留下来的各种问题也都几乎得到了解决,达到了让新兴思想的基础得以稳定的地步。比如,人物原型问题、性欲描写问题,更甚至自然主义与道德的问题。总之,获得了大体的解决,进而要发展到穷究艺术与人生的根本性问题。如此一来……日本文坛能够在过去的一年(明治 41 年——笔者注)里,清除旧有的一切,安心地立于新地基之上,筑起了新文艺的基础。在此,有一种感觉:自然主义本身的议论姑且完成了其责任,把舞台让给了作家的努力。②

---

① 「彙報　明治四十一年文芸史料」『早稻田文学』、明治 42 年 2 月、65—66 頁。
② 「彙報　明治四十一年文芸史料」『早稻田文学』、明治 42 年 2 月、66 頁。

众所周知,"汇报"栏是《早稻田文学》首开先河并持之以恒开设的权威内容。① 明治42年的日本文艺史的回顾,其实,也就是《早稻田文学》向文坛发出的声音以及对文坛的认识与总结。这种回顾中至少包含了三个重要信息:一是日本文坛上的自然主义潮流在时间上的演变过程——明治39年后半年开始萌芽、明治40年沸腾发酵、明治41年大力建设。二是自然主义潮流在探讨问题上的发展过程——由"人物原型问题"、"性欲描写问题"到"自然主义与道德问题"再到"艺术与人生的根本性问题"。三是关于自然主义的评论已经很充分,从而开始寄希望于创作。其中,第一点中提及的前两年,笔者已经通过第2、3章分别按照时间的顺序做出了相应的考察。而第三点则带着一种预测性的口吻。因此,接下来,我们主要考察第二点在明治41年的《早稻田文学》之中是如何得以体现的。

从明治41年《早稻田文学》的栏目设置来看,主要是分为"本栏"与"汇报"两大部分。② 而这两个部分又恰好分别体现了其文艺立场与对其他同时代评论家的文章做出的解读与回应。现把主要的文章标题摘录制表如下。

图表9 《早稻田文学》的主要理论文章与对当时评论界的评述文章

発　行	本　欄	彙　報
1月1日	●島村抱月:文芸上の自然主義●相馬御風:モウパッサンの自然主義●中村星湖:ゾラの自然主義●片上天弦:フローベールの自然主義●白松南山:哲学上の自然主義	
2月1日	●推讃之辞●天弦:未解決の人生と自然主義●天弦:性欲描写の問題に就いて●明治四十年文芸史料●明治四十年文芸界一覧●藤井健次郎:人生に於ける芸術の意義●社同人:時言●国木田独歩:不可思議なる大自然	

① 最早可追溯至明治25年9月,称作"文界汇报"。明治26年1月,分成"文界现象·国内"与"文界现象·国外"。到明治27年9月,始称"汇报"。通过本书第1章的"第3节 稳健而客观的青年文艺批评家"可知,岛村抱月主要负责"汇报"的相关信息收集与整理工作。

② 从9月开始,把原本混编了评论、思潮与小说等的"本栏"分成了"论说"与"创作"两个部分。从而,在一段时间里,相对稳定地保持了"论说"、"汇报"、"创作"的形式。

续表

発　行	本　　欄	彙　報
3 月 1 日	●抱月：情を尽くしたる批評 ●抱月：主観の謙遜、現実修飾の悲哀 ●天弦：文壇の批評的精神 ●中村星湖：ウイスマンの象徴主義	
4 月 1 日	●片上天弦：田山花袋氏の自然主義 ●南山生：新文芸の重大なる一任務 ●昇曙夢：露国の自然主義 ●文芸と法律	
5 月 1 日	●島村抱月：自然主義の価値	評論界＝〇創作家の態度〇自然派に対する誤解〇文芸と肉情〇自然主義比較論
6 月 1 日	●桜井天壇：独逸の抒情詩に於ける印象的自然主義 ●坪内逍遥：文芸に対する三の異った標準 ●紀星峯：現代の日本画	評論界＝〇無解決と解決〇現実観と自然主義〇自然主義論〇田山花袋論
7 月 1 日	●片上天弦：印象派の小説 ●坪内逍遥：半意識しつつ見る夢 ●馬場孤蝶：文芸作品の検閲	評論界＝〇現実主義の諸相〇文芸審査院の必要〇生活の味い〇芸術の真
8 月 1 日	●田山花袋：国木田独歩論 ●南山生：不可思議力のみなもと	評論界＝〇生活の悲哀〇天渓氏の所論〇生活の情味〇筑水氏の所論〇生活の情味の価値〇最後の疑問〇二面の境地
	論説	彙報
9 月 1 日	●島村抱月：芸術と実生活の界に横たわる一線 ●田山花袋：『生』に於ける試み ●徳田秋声・小栗風葉：紅葉をして今の文壇に在らしめば	
10 月 1 日		文芸界＝〇文壇の近況〇自然主義論〇口語詩問題〇最近の新聞小説〇文学教育問題 教学界＝〇新旧思想の対照〇相互了解の闕如〇人生の味いかたの上に存する根本的区別〇深浅の差〇気分を尊重せんとするの態度〇心理的乃至人生的新価値の経験〇革新的天才の要求

　　接下来,笔者将按照明治41年《早稻田文学》介绍的自然主义、主张的日本自然主义与评述的自然主义与非·反自然主义进行评述,以确认该杂志的自然主义主张到底是怎样的。

　　应该说,经过前期的发展,日本后期自然主义已经逐渐脱掉了前期在主张上集中于对以法国左拉为首的自然主义加以模仿与肯定的"稚气",带有了明显的自我特色。但是,与此同时,它也没有忘记介绍国外的自然主义与文学思潮的发展。具体涉及的有:福楼拜(片上天弦,1月)、左拉(中村星湖,1月)、莫泊桑(相马御风,1月)、于斯曼(中村星湖,3月)、果戈里(升曙梦,4月)、德国抒情诗(樱井天坛,6月)、印象派(片上天弦,7月)。就前三者,在本章第三节中已经做出了解读,认为三人的文章是要叙述三位法国自然主义作家身上带有处于自然主义不同阶段——前期自然主义=写实主义、自然主义、后期自然主义=象征主义——的特征。同样,中村星湖从于斯曼的后期文学作品《大教堂》(1898年)中也看出了象征主义。6月,樱井天坛从德国抒情诗中找出了印象式自然主义,并且发现了它与"伏尔盖特所谓的后期自然主义、威尔登·布鲁赫所谓的新自然主义与抱月所谓的插入主观的自然主义"①之间存在内在联系:"主观、情趣文学"。7月,片上天弦在认定印象主义是"自然主义文学的描写方法或者态度的一个方面"之后,援引巴林在《大英百科全书》第九版第二十八卷中的解释,对法国自然派作出了正统自然主义派与印象派的区分并表示了对后者的赞同。因为它体现了"立体性的、暗示性的、积极的、主观上的统一"。此外,升曙梦从以果戈里为代表的俄国自然主义文学中发现了日本文坛与其相通之处:"俄国文学自古就富含抒情诗式的要素与空想性的成分。但是,与此同时,又富含如实地、平静地、淡泊地描写事物之真的写实倾向、叙事性成分与心理性因素。在近代文学中,尤其如此。这种客观态度与心理描写确实是在我国正喧嚣的自然主义态度……我认为似乎日本的自然主义……正延续着俄国自然主义的传统。至少,无可置疑的事实是接受着它的影响。"②并且,在对果戈里的自然主义文学特质进行三个方面(1. 在恶俗的现实生活中尚能感受伟大的文学、在丑恶的社会之中尚能发现使主人公重生的人类情感;2. 得讽刺之妙;3. 富于表现有活力的国民性)的说明时,升曙梦特别就第三点的国民性进一步总结出6个特点:(1)"近代作家多以现实社会为背景,让主人公

----

① 「独逸の抒情詩に於ける印象的自然主義」『早稲田文学』、明治41年6月、2頁。
② 「露国の自然主義」『早稲田文学』、明治41年4月、56頁。

在其前方圆满地展开性格"；（2）"作家人道上的情感显著放大，……对沉沦于社会下层的庶民也能报以深切的同情，对以前人们心里会生发出轻侮、憎恶与恐怖的黑暗世界仍然辨识出一道光明"；（3）"对困扰于压制、屈辱的人们，抱有深厚的同情，却又不以偏于情感的态度极力探究这种行为的伦理性动机"；（4）"深入到作品中人物的精神状态，细致地观察、解剖每一处，进而对其进行心理探究、病理描写"；（5）"描写上的完全客观性"；（6）"俄国的社会公众……天生得就有一种自然主义倾向，……对待自然主义的态度与日本大为不同。"①由此，可以知道，无论是对自然主义发展阶段进行的认定，还是对当时流行的西方思潮进行的解读，抑或是对正统自然主义派与印象派的描述，又或者是对社会背景、个人的伦理动机、心理描写等方面所作出的认识，《早稻田文学》都以于真实、客观的基础之上融入主观情趣的象征主义为旨归。

《早稻田文学》主张的自然主义是怎样的呢？首先来看岛村抱月。在本章，笔者已经就明治41年1月、5月和9月的三篇理论文章进行了细致的文本研读，从而厘清了抱月论述的主要内容与强调之处：《文艺上的自然主义》是在梳理欧洲文艺史的过程中，确认自然主义所包含的新旧元素，并从结构的角度阐述了自然主义在描写方法与态度上和在描写目的与题材上的求"真"这一终极目的；《自然主义的价值》是在形式与内容、主观情感反应四段论的论述之后，说明了源自自然之"真"、实现文艺之"美"与触及完整人生的文艺审美路径；《横亘于艺术与生活之间的那条线》则是在廓清生活、艺术与人生三者之间的范围及关系、对"为功利的艺术"、"为艺术的艺术"、"为自己的艺术"与"为人生的艺术"四者之间逐层深入的关系之后，阐明了"观照"的有无能够区分生活与艺术、能够通过作品带领人们（艺术家、读者）进入包含自我、人生、生命的文艺至高境界。由是，在明治41年里，抱月进行了自然主义是什么、艺术之美如何达到、艺术如何观照完整人生的深入探讨。接着来看片上天弦。《未解决的人生与自然主义》一文是基于当时的文学被评论为"没有理想、没有切实的人生、而且没有宏大的社会性讨论"这种认识作为前提而展开的理论主张。天弦就近代文学与近代人的特性进行解释说："近代文学是……苦闷的文学。归根到底，现今日本文坛的自然主义无外乎是要求痛切地表白这种苦闷。"②而"苦闷"就是"一颗寻求之心、一种求而未得之心。"于是，近代人不求"暂避一时、苟且偷安的一生"，而是要非游戏的、认真的生命。因为，

---

① 「露国の自然主義」『早稲田文学』、明治41年4月、61—62頁。

② 「未解決の人生と自然主義」『早稲田文学』、明治41年2月、15頁。

前者虚构一种一切都能够得到解决、神话般的人生,后者呈现一个触及根本、无所解决的人生。正是在无所解决这一层意义上,天弦又道出了日本文坛的自然主义是怎样的:"自然主义文学是无解决。"只因"原本就没有人生的根本性解决。只能诚实、大胆地表白那种彻底观照的结果。"①那么,应该如何正确地理解自然主义文学中的"无解决"呢?

> 所谓的无解决,并不是绝望地把人生视为是无解决的、把无解决当成解决了的。为了其中有一些解决,而未能得到解决的状态,才是所谓的无解决。所谓的无解决绝非绝望。最终要定义无解决的话,就是并非无解决的解决。而那种解决同时就是死亡,是灭亡。我等的生命是一个事实,只要生命继续,要解决人生疑惑的要求就不会熄灭。……自然主义文学描写现实生活的阴暗或者丑陋的方面,无非是意味着要让人知道并非玲珑剔透的、未解决的人生是未解决的。……一句话,自然主义是悲哀的文学……绝非世人所谓的萎靡、颓废的文学。②(下划线系笔者所加)

"人生是一场不绝望的无解决"似乎能够总结以上这段引文所包含的自然主义论调的精髓。其实,同为主张自然主义文学的长谷川天溪也认同"无解决"是自然主义文学的一大特征。他在一篇文章中说:"以一种无解决的态度审视现实世界中的种种状况是一种痛苦",但却不折不扣地是"是一种'艺术性的'态度。"③不过,与此同时,这种论调在非自然主义者、反自然主义者那里,却往往会遭到质疑、诟病。④ 再来看白松南山对自然主义的认识。他沿着《早稻田文学》对自然主义的一贯主张,认为:"展露现实的真相"是自然派文艺的条件,"暗示人生的命运或价值"是其核心意义。要暗示人生,就需要一种"不可思议的力量"。它需要作家具有"客观的"、"认真的"、"无理想的、无解决的"、"主张完整自我、完整人格"的态度。然而,南山的论述主旨并没有停留于此:"作为要成就自然派文艺本身之人的觉悟,需要在理想性地选取题材上下功夫,也要在理想性地磨炼技巧上下功夫,

---

① 「未解決の人生と自然主義」『早稲田文学』、明治 41 年 2 月、20 頁。
② 「未解決の人生と自然主義」『早稲田文学』、明治 41 年 2 月、20-23 頁。
③ 長谷川天渓:「無解決と解決——芸術家の態度と実際の態度」『自然主義』、明治 41 年 7月、184—185 頁。
④ 后藤宙外批评说:"自然派的各位……把重点放在现实的威严、价值上,然而,听听他们的议论,却是玩弄这样的空论妄语。……刚想着无解决的解决是真理,却立即又软化为未解决。不得不惊讶于其无主义、无主见。"(「時文 = 文芸上の自力門と他力門」『新小説』第 13 年第 3 卷、明治 41 年 3 月、151 頁)

……要在理想性地实现自我人格上下功夫为第一要义。自然派文艺家的态度，
……在根本意义上，不是清除一切价值、意识的无理想、无解决的态度，而是要实
现一切价值、意识的有理想、有解决的态度。"①确实，该文至此似乎成了一种从
"无理想、无解决的态度"到"有理想、有解决的态度"的转变。其实，这代表的是
南山对于自然主义文艺处于不同阶段的发展任务与要求作出的个人判断。因为，
前者适用于当时的现状，后者却面向未来的自然主义文学。更何况，他还特别说
明，这种寻求解决却是"高于解决"、憧憬理想却是"高于理想"。② 这么一来，他们
都不约而同地从完整的人生、人格这种角度来阐述文艺的存在意义，并认同自然
或自然主义的积极意义。

　　最后，《早稻田文学》对自然主义与非自然主义或反自然主义进行的评述显得
多元而庞杂。第一个层面是刊载置身《早稻田文学》之外的人对自然主义发表议
论的文章。单从撰稿者（或谈话者）的身份来看就比较多元。有文学家（马场孤
蝶·7 月、德田秋声、小栗风叶·9 月、德富芦花·10 月）、伦理学家（藤井健治郎
·2 月）、法官（今村恭太郎、渡边雨山·4 月）、画家（纪星峰·6 月）等。他们对自
然主义持大加赞赏或大体认同的观点。例如，纪星峰极力同意美术界需要自然主
义："在现代美术界，尤其是日本画方面，应该倾听现在文学上日益喧嚣的自然主
义之中的某种思想"、"自然派的人们所宣称的东西……不妨看作是一部分时代精
神、思潮的体现。"③马场孤蝶认为自然主义因为媒体的原因而遭到世人的误解：
"报纸的社会新闻记者等把自然主义这种字眼用在了毫无道理的方面之后的结果
是，一般人都误解了高尚思想意义上的自然主义，视艺术上的自然主义者是要自
己做且煽动他人去做道德上或风俗上不合常理之事的人"。④ 藤井健治郎则在看
到自然主义被攻击为是"赤裸裸地描写肉欲"还是"道德是否应该宽恕赤裸裸地描
写肉欲的文艺"二者之间，给出了人生与艺术、文艺与道德的解释："事实上，今日
的艺术尤其是文学之中，在自然主义的名义之下，运用世人无法直视的丑的材料
加以描写，把它暴露在公众面前。……倘若文学具有把潜藏于人生内部的某种东
西暴露、抽取出来，让它触及人生的玄妙之处的功用，但凡文学都必须是这种自然
主义。""艺术家创作的某个艺术品……要挑起读者或观众的低劣情感或鼓吹奇异
思想的时候，可以从道德的角度进行指责。与此相反，当道德家、教育家等仅仅是

---

① 南山生:「不可思議力のみなもと」『早稲田文学』、明治 41 年 8 月、69 頁。
② 南山生:「不可思議力のみなもと」『早稲田文学』、明治 41 年 8 月、69 頁。
③ 「現代の日本画」『早稲田文学』、明治 41 年 6 月、44 頁、46 頁。
④ 「文芸作品の検閲」『早稲田文学』、明治 41 年 7 月、43 頁。

使用对他们自身教育上、道德上的理想生活相符合的东西,哪怕其他东西作为艺术作品确实是优秀的东西也要加以压制或消灭之时,我们就不能从某个角度进行指责吗? ……这么解释的问题,一是艺术家的品德问题,一是社会政策的一个方面的问题"。① 第二个层面是不可能置身事外的撰稿者。有的被视为日本自然主义文学代表性作家(国木田独步·2月、田山花袋·9月),有的是《早稻田文学》的一大支柱(坪内逍遥·6/7/9月)。比如,独步说:"虽然被评论界视为自然主义者,自己却浑然不知此前的作品是自然主义的,只是根据自己所看到、所相信的进行的创作。"若要说起自己文学创作的根源则是在华兹华斯。② 同时,独步也不忘指出华兹华斯的自然主义与当时文坛盛行的自然主义是相当不同的:前者是对"不可思议的大自然与人生"不作区分,后者则是在社会之中而不是在自然之中观察人、人生。从而,他给出了在大宇宙、大自然中描写其不可思议的观点。以此体现出与当时的日本自然主义思潮同中有异的立场。田山花袋则围绕自己的长篇作品《生》大谈"平面描写"道:"不仅不加入作者的主观,对于客观表象也丝毫不进入其内部,也不踏入人物的内部精神世界,只是如实地描写所见、所闻、所接触的现象。……要把现实中自我的经验……如此描写,很自然地,就不得不变的印象式。……总之,我着眼于的是,只是平面地描写现实中的自我经验,而且仅仅以平面描写的表象本身,促使读者自然而然地深入地思考某种东西"。③ 当然,他也不忘把自己的观念与西方文艺进行对接,找到了由龚古尔到左拉再到都德、莫泊桑的自然派的发展,从而显示出与1月的《早稻田文学》上相似的认识。坪内逍遥身为《早稻田文学》发展壮大的见证人之一,却并没有对日本自然主义投来赞许的目光。他为当时的文学艺术的标准进行了分类:"大致来看有三个标准:……普通的鉴赏者(即俗众)有意无意之间奉行的标准是为一,还有,……文部、司法及警察等的官员、或者教育当事人、或者从事熏陶年少子女的父母及监督者有意无意之间奉行的标准是为二,接着,第三个是从事文学艺术创作的人们或者即便自己不创作专门从事研究批判的人们的标准。"④而这三个标准分别对应为"娱乐本位"、"功利本位"、"个人本位"。然而,坪内逍遥主张"作品的价值是问题的根本",关注"对社会的利害以及对于他人的利害",以此相对地否定了纯粹玩弄文艺的娱乐倾向与注重自我个性发挥的个人倾向。他还以描述做梦为例,讲了三种梦的情

---

① 「人生に於ける芸術の意義」『早稲田文学』、明治41年2月、51頁、69頁。
② 国木田独步:「不可思議なる大自然」『早稲田文学』、明治41年2月、89頁。
③ 「『生』に於ける試み」『早稲田文学』、明治41年9月、32頁。
④ 「文芸に対する三の異った標準」『早稲田文学』、明治41年6月、41頁。

境:一、"可以以半有意识半无意识的方式营造开始是以无意识而做的事";二、"乍
一看不可思议的事在经过调查大体是可想而知的事";三、"自我意识逐渐敏锐起
来、不能做全然如儿时般的梦而瞬间清醒之事"。从而联系当时的文艺现状认为:
"对于现今自我意识强烈的人们,神游于浪漫主义式乐园"已不再可能,作家的创
作头脑也会大为改变。于是,逍遥提醒在看待莎士比亚、近松门左卫门等的作品
时,不应过于运用具有推理性、分析性思考方式的近代批评家模式,而应考虑到时
代性。① 由此,我们既看到了逍遥对自我意识日益变得强烈这一现象持有正确认
识的形象,又听到了他对抛弃时代性的考量、仅用近代模式批评文学持有怀疑的
声音。但不管怎么说,看不到逍遥对自然主义的盛赞哪怕是明确的肯定,这一点
是毋庸说的。第三个层面是"汇报"栏的"评论界"、"教学界"及"文艺界"。在
"评论界"中,《早稻田文学》主要是对同时代的代表性理论文章进行导读与简单
评述,并没有特别指出孰优孰劣,更没有大声呵斥、是我非他,而大多使用理性、克
制的措辞以体现他们的理论视野与解读水准。从所选取文章的作者来看,主要包
括:夏目漱石、长谷川天溪、片山孤村、后藤宙外(5 月);长谷川天溪、后藤宙外、樋
口龙峡、《趣味》与《中央公论》的田山花袋论(6 月);长谷川天溪、田中喜一(7
月);长谷川天溪、金子筑水(8 月)等。在数期的"创作界"与"评论界"的介绍之
后,《早稻田文学》展开了对"教学界"与"文艺界"的考察。就前者的"教学界"来
说,《早稻田文学》总结的是:在与自然主义相关的学者言论中,并没有出现对其持
赞成态度的倾向。虽然这些学者的态度各异,但究其根本,有两点可以指出:一、
没有搞清楚要把学者、批评家与政治家、教育家的观点要区分开来;二、因为拘泥
于当前表象而让讨论与生命、人生没有交集并归于细枝末节。应该采取的做法就
是:"必须在常识判断之上寻求学者的研究"、进行实际问题的研究、"一面……亲
近产业文明,而另一面要深深地感受富有情感的生命。"②不仅如此,还特别举出
六篇文章③,认为它们的立意在于说明文学作品之中应包含一种暗示基于现实之
上的力量(前三篇)和更为本质的怀疑的力量(后三篇)。于是,《早稻田文学》认

---

① 「半意識しつつ見る夢」『早稻田文学』、明治 41 年 7 月、37—38 頁。
② 「彙報　教学界」『早稻田文学』、明治 41 年 9 月、13—15 頁。
③ 同上,15—16 頁。具体有:(1)金子筑水:「生活の情味」『中央公論』、明治 41 年 7 月;(2)
福来友吉:「本能を利用せよ」『東亜の光』、明治 41 年 6 月;(3)島村抱月:「自然主義の価
値」『早稻田文学』、明治 41 年 5 月;(4)有賀長雄:「日本国民の精神上の疑問」『哲学雑
誌』、明治 41 年 5 月;(5)藤井健治郎:「ソークラテースの使命」『倫理講演集』、明治 41
年 6 月;朝永三十郎:「懐疑思潮に就いて」『教育学術界』、明治 41 年 6 月。

为这个时代充分体现了新旧两种思想激烈交锋但又相持不下的状态。不仅如此，持有这两种思想的人之间缺乏相互了解的耐心与真诚，从而体现出在体味人生的方法、程度以及尊重情感的态度与觉悟这三点上的不同。最终，该栏的呼吁是："对此（体验心理乃至人生的新价值，笔者注），有志于世道、人心的人们，无所避讳地陈述自己的感想，或者诚实地致力劝诫、指导人们去体验它"①。很显然，该栏的内容在说明了自然主义没有得到教育界学者们的积极响应之后、在认为新旧思想交锋中应顺应时代潮流之后，呼吁学者们真诚的声音，同时也表明了自己支持新思想的立场。就后者的"文艺界"来说，其实是在对明治41年文坛上的自然主义文艺进行的总结与定位。文章主要做了五个方面的阐述：（1）指出文艺界的讨论得到了逐步加深，发展到了对文艺及人生的根本性问题进行考察的阶段；（2）认为自然主义运动由当初的极力鼓吹发展至现今的全面实现；（3）选定三位对自然主义持续且忠实并又有系统论述的代表性人物：长谷川天溪（代表作《自然主义》）、岩野泡鸣（代表性文章《象征与暗示》）和岛村抱月（代表性文章《文艺上的自然主义》《自然主义的价值》《横亘于艺术与生活之间的那条线》）；（4）确认两位明确反对或否认自然主义的代表性人物：后藤宙外（代表作《非自然主义》）、田中喜一（代表性文章《论我国的自然主义》）；（5）主张作为一种倾向应视自然主义为"文艺界乃至思想界的一场伟大革命中收获的果实"。

通过考察可以知道，《早稻田文学》介绍及评述的欧洲自然主义是经过了写实主义、自然主义再到象征主义的存在，已然不再是一般理解的、以左拉为首的欧洲自然主义文学兴盛时的文艺形式了。而以岛村抱月、片上天弦、白松南山为代表的《早稻田文学》的杂志编辑们，虽然选择了不同的论述路径以及考察重点，但都意在从完整的人生、人格这种角度来把握文艺的存在意义并藉此而认同自然主义的积极意义。最后，通过对《早稻田文学》的文章撰稿人进行三个层面的分类，认识到了《早稻田文学》集结了不少文艺界内外的人士投稿，以阐述他们各自对自然主义的理性认识。总体来说，虽然也有坪内逍遥撰写的真意反对但又未明确点明的文章，但认可自然主义还是主流。而"汇报"栏所包括的"评论界"、"教学界"、"文艺界"的内容则大多对反对自然主义的文章保持克制、理性的态度，没有无理谩骂与无端指责，而对明治41年自然主义本身的积极发展与意义做出了坚信不疑的姿态。

----

① 「彙報　教学界」『早稻田文学』、明治41年10月、105頁。

第 6 节　岛村抱月回应文坛的质疑

至此,通过本章对《文艺上的自然主义》《自然主义的价值》与《横亘于文艺与生活之间的那条线》这三篇文章各自的内部脉络以及在岛村抱月的"观照"理论之中处于怎样的位置,进行了相应的梳理与考察。不仅如此,还对收录于包括上述三篇文章在内的《近代文艺的研究》一书中的多篇时评进行解读,认识了岛村抱月——一位对文艺有主张、对日本文学有认识、对文学青年有期许的文艺批评家。接下来,本节将从两个方面对岛村抱月在明治 41 年的自然主义文艺思想进行继续解读:一、对来自文坛的批评之声作出回应;二、对艺术与人生作出的深刻思考。

客观地说,明治 41 年,是岛村抱月(以三篇文章)在文艺理论阐述上大放异彩的一年。《早稻田文学》上发表的文章对他的言论屡屡提及:国木田独步坦言自己有话要说是因为看到了《文艺上的自然主义》一文中提及的广义的自然主义。[①]樱井天坛把抱月《自然主义的价值》一文中论及的"插入主观式自然主义"视为"印象式自然主义"的范畴并赞同后者《全情的批评》一文中的观点。[②]"汇报"栏对文艺界关于自然主义的考察,更是整体地看到了从文艺上的自然主义的渊源到自然主义的价值何在再到艺术与生活的关系这种脉络,并透露了抱月将会发表有关人生观上的自然主义这种文章的信息。[③]就连对自然主义大家反对的《新小说》在涉及他的文章时也不得不承认是"精细、渊博、有趣"。[④]与此同时,他也饱受了各方的责难。比如,《文艺上的自然主义》被中岛德藏的《"自然主义"的理论根据》(《中央公论》,明治 41 年 4 月)、樋口龙峡的《自然主义论》(《明星》,明治41 年第 4 · 5 号)等文的指责,《自然主义的价值》被川合贞一的《自然主义》(《时事新报》,明治 41 年 5 月 20 日)、后藤宙外的《自然主义的无特色》(《新小说》,明治 41 年 7 月)、田中喜一的《论我国的自然主义》(《明星》,明治 41 年 8 月)等文章的非议,而《横亘于艺术与生活之间的那条线》则被岩野泡鸣的《附言——答岛

---

① 「本欄　不可思議なる大自然——ワーズワースの自然主義と余」『早稻田文学』、明治 41 年 2 月、89 頁。

② 「本欄　独逸の抒情詩に於ける印象的自然主義」『早稻田文学』、明治 41 年 6 月、3 · 4 頁、34 頁。

③ 「彙報　文芸界」『早稻田文学』、明治 41 年 10 月、94 頁。

④ 宙外:「自然主義比較論」『新小説』(第 13 年第 4 卷)、明治 41 年 4 月、140 頁。

村抱月氏》等所批评。

如果说文坛对他的肯定体现了抱月的思想与见解受到接纳，那么，对他的否定则体现了文坛的多样性与开放性。而抱月也并没有固步自封。他自己也坦言文坛上的有些言论是有深度的。其中，他在一篇文章①中特别提及了中岛德藏、樋口龙峡、黑岩泪香和川合贞一等，认为他们属于思想者，立论比其他的文章要高远得多。另外，他还对一些文章做出了解释或回应。② 那么，我们来具体地看看将要涉及的这些文坛学者们的文章对抱月的文章中的观点做出了怎样的评判，并援引抱月的回应，以更好地确认抱月的思考与文艺观。

首先，来看中岛德藏的《"自然主义"的理论根据》。其实，这篇文章主要是为了批驳抱月在《文艺上的自然主义》一文中的一段描述而展开的。具体指的是：

> 为了把现实作为现实而进行最真实的描写，需要排除一切人工、矫饰的内容。赤裸裸的人、野性、丑。描写至此，最接近真实，最痛切。……肉体感受③，实际上也就是经哲学验证的、最可靠的知识。诉诸于它的现实就应该是最真实的。越接近肉体感受，其刺激便越真实，因而就越痛切。日常的境况是人们体验的最多的现实。自然物是最明确且无虚伪的、朴素的现实。自然主义如此思考现实。④

这是一段从描写题材的目的来叙述自然主义结构的文字。意在说明现实的题材包括赤裸裸的人、兽性、丑、肉体感受、日常平凡、自然物。自然主义围绕它们展开最朴素的思考。就这些现实，有两点必须说明：1. 在该文中被定义为第二义的真。2. 文学并非是要直接描写它们，而是不忘令人感动的部分，"希望从描写事实的根基出发，去发现这种事实的超越意义，即理想。"⑤而中岛德藏对抱月该文的总结与评述确是这样的："岛村似乎把真分为客观之真与主观之真，又接着说真是可靠知识的对象，即肉体感觉、兽性、丑，把它们作为最真实的。这样就成了最真实的即肉体感觉。他的自然主义似乎属于最猛烈、最极端的一类。""我认为：既然身为学者，在提出这种一眼就能看出危险、有害的言论之前，有义务充分表明

---

① 「駁論二三」『読売新聞』、明治 41 年 6 月。
② 「冷めた自己」『二六新聞』、明治 41 年 8 月 28、29 日；「論議一二」『新潮』、明治 42 年 1 月。
③ 日文原文为"肉感"。
④ 「文芸上の自然主義」『抱月全集』（第 2 巻）、天佑社、大正 9 年 2 月、78 頁。
⑤ 『抱月全集』（第 2 巻）、天佑社、大正 9 年 2 月、79 頁。

其理论基础。"①同时,他还提到了两个比较重要的意见:1. 主张应知情意统一。文中说:"人一开始只是具有感觉、感情的存在,……然而,……人的真正兴趣是必须受限于理性与意志的。"②2. 个人与社会构成表里关系。文中提及:"在个人性这一表象之中,必定存在公共性这一内核。……趣味绝非是远离他人、社会的一己之物。"③当然,该文还承认自然主义也自有其功劳:看重经验、尊崇实感、亲近当今的社会、由平凡丑陋之中窥出真正的非凡与优秀、讴歌自由、发挥个人性。对此,抱月对中岛德藏的文章只提出了两点疑问:1. 后者把前者尝试说明欧洲自然主义的历史与理论的文章直接误认为是前者的主张;2. 即便如此,从历史来看,后者的理论文章也不能攻破肉体感觉是真实、是一切现实的价值来源这种思想。这两点虽然不是对中岛德藏的文章内容直接进行的反驳,但其实最明白无误地在说自己的文艺主张并没有被正确、全面地得到认识。

其次,来看樋口龙峡的《自然主义论》④。这是一篇多处提及甚至可以说是以抱月的自然主义文艺思想为主要对象而阐述龙峡对自然主义全面认识的长篇大论。全文大致可以分为五个部分来看:1. 三个方面六种形态的自然。面对"学者仰天大谈理论、作家俯首专写肉欲、评论家为了领悟自然而赋以高远的意义"(164页)的局面,先把自然分为三类:(1)"作为存在或本质的自然"、(2)"作为事物关系的自然"、(3)"作为事物本来属性即本性的自然"。三者又可各自分为:与主观的精神世界相对的"物质世界的自然"和与理性、灵魂相对的"官能性自然"、与理想相对的"现实"和与技巧相对的"赤裸裸的表象"、与人为相对的"物之本性""人之天性"和与奇怪、变异、残障相对的人之"正常"。2. 欧洲自然主义的两大倾向:以当代的世相作为题材和以作家自身的病态观察得来的异常性格当作现代人物的典型。而就前者又可以分为社会主义、个人主义、神秘象征主义、本能主义的四种倾向。于是,龙峡认定欧洲的自然主义涉及自然的三个方面中的五种形态。3. 日本自然主义文学之中模仿自然的态度与构建第二自然的意义以及具体对应的抱月的三个理论观点与龙峡的质疑。必须要说的是,龙峡认为日本自然主义也涉

① 吉田精一·和田謹吾編:『近代文学評論大系』(第3卷 明治期Ⅲ)、角川書店、昭和57年5月三版(昭和47年7月初版)、143、147頁。
② 吉田精一·和田謹吾編:『近代文学評論大系』(第3卷 明治期Ⅲ)、角川書店、昭和57年5月三版(昭和47年7月初版)、148頁。
③ 吉田精一·和田謹吾編:『近代文学評論大系』(第3卷 明治期Ⅲ)、角川書店、昭和57年5月三版(昭和47年7月初版)、149頁。
④ 吉田精一·和田謹吾編:『近代文学評論大系』(第3卷 明治期Ⅲ)、角川書店、昭和57年5月三版(明治47年7月初版)、163—191頁。

及自然的三个方面。然后,具体分析抱月的理论观点与龙峡的总结是:抱月主张对待人生中的自然的态度应是"消极性的",在于"排斥个人杂念与意志,在无念无想之境之中观察事物的表象。"①龙峡对抱月的分析是:抱月的新自然主义只是在相对于润色上的技巧主义,而并非排斥理想,因而只是在描写态度上有消极、积极之分。(1)自然主义是否无技巧。龙峡对自然主义的分析是:抱月主张自然主义应排斥润饰上的技巧,但田山花袋等则是既排斥润饰上又排斥文章上的技巧,然而到头来却又难免在作品中使用了修辞上的技巧。(2)自然主义是否排斥理想。面对相马御风主张从传统思想即理想的束缚中摆脱出来方能看到赤裸裸的人生之中的自然、长谷川天溪主张破除一切理想在直面现实之中看出人生之中的自然,龙峡的分析是:自然主义并非无理想而是建立了新理想——真——科学的理想。因此,认为自然派是说一套做一套"。②(3)自然主义的主客交融、物我合一的意义及契机是什么。龙峡解释抱月这里是"去除个人杂念与意志,在尽可能抑制一切发动自我的消极性态度之中发现事物表象的自然",相马御风那里是"舍弃具有个人杂念与意志的、分裂的自我,通过调动终极的、完全的自我而在事物的表象之中看到活生生的自然"(174 页)。然而,到头来,他们都是要调动情感以见生命。于是,一错错在拘泥于由知情意构筑的心理活动的一个方面而把人性片面化,二错错在把一个人的情感之真等同于所有人的,三错错在只看到人生之中的情感生活这一侧面而不见现实之外的理想等。由此,龙峡认为相马御风的于理性和情感的融合之中确认个体生命这种主张能够为自然主义别开生面。③ 4. 自然主义的七宗罪。龙峡以"七擒七纵"的说法分析了自然主义的缺陷并给出了自己

---

① 观点源自抱月的理论文章:「今の文壇と新自然主義」『早稲田文学』、明治 40 年 6 月。

② 原文如下:自然派の主張は、同じく朝に呉客を送り夕に越人を迎ふれども、露骨に示さざるが故に歌妓を以て卑しとなし、手取り早く本能の要求に応ずるが故に自ら貴しとする、娼婦の陋に似たらずや。(意为:自然派的主张当非与娼妇之丑陋行径相似——同为朝送吴客夕迎越人,却以不露骨的歌妓为卑、以立即回应本能的呼求而自贵。)

③ 樋口龙峡这里指的是相马御风的《文艺上的主客观融合》一文中的观点。该文的大意是:从心理上来说,文艺思想的变迁是一次次的理性与情感的争斗。近代的文艺便是任情感汹涌澎湃的浪漫主义与以不可抵挡之势发展起来的科学文明之间相争而发出的悲痛之音。自然主义就是这种具有新意的文艺。它不是写实主义的延续、继承,也不是浪漫主义的对立面,而是在写实主义与浪漫主义之间的争斗中诞生的新流派,是在理性与情感的争斗、客观与主观的背离之间虽然没有得到明确解决,但却出现极度疲劳之时产生的一个新事物,是一种面对自然事物的表象以一种理性的态度达到内省并最终主客观不分的状态。一句话,"觉醒后的自然主义的最高境界是,由理性与情感之间长时间对峙而产生的疲劳而偶然间得到主客观的融合之境的自觉。"(10 页)具体可参看:「文芸上主客両体の融会」『早稲田文学』、明治 40 年 10 月、6—12 頁。

的解释:(1)直接描写自然不可能,应该是直接描写第二自然;(2)主张无念无想是空想,应该是舍弃人为技巧、破除虚伪理想、不拘泥于传统观念地观察事物的表象以捕捉自然的真相;(3)不是排斥技巧,应该是舍去不自然的技巧;(4)排斥善恶、美丑的二元解释,却又怀有真假的二元见解,应该是明白真假的判断确定而善恶、美丑的标准不确定;(5)不应是排斥道德、主张艺术的理想是真即美,应该是抛弃旧理想、追求新理想而把真即美视为自然派的新理想;(6)不应是情感即自我、割裂知情意,而应是认识到艺术本就是情感的世界;(7)并非是于个我的主观与事物表象的融合之中求真,而应是在理性与情感的结合之中观察生命。这七宗罪实际上就第3点展开的更为具体的阐述。5. 新自然主义的四大历史及学理上的意义及价值。它反映了(1)混乱、动摇、烦闷的现代思想(2)怀疑思想(3)科学思想(4)自我实现的思想。可以看出,龙峡的这篇文章的脉络是从对自然一词较为全面的理解,到援引西方自然主义的权威解释,到对以抱月的理论观点为首的日本自然主义在无技巧、无念无想、主客交融这三点上的理解与疑问,到剖析日本自然主义七个方面的不足并给出相应的解释,最后到给新自然主义赋予积极意义。尤其需要注意的是:在把抱月的理论观点提出之后,并没有明确的抨击性语言,而往往是把矛头指向他人,从而体现出了对抱月的论调的正确理解与相当认同。此外,龙峡对文艺的总体认知也与抱月在很大程度上是相通的。比如,"一切艺术皆在于创造第二自然"(190页)、"文艺的世界是情感的世界"(191页)、新自然主义的主张有四大意义(188—189页)、自然主义需要的是非矫饰的技巧、自然主义也有自己的理想等。实际上,龙峡的文章内容涉及了抱月的三篇文章:《现今的文坛与新自然主义》(明治40年6月)《美学与生命的妙趣》(明治40年10月)与《文艺上的自然主义》(明治41年1月)。他分别抽取了"新自然主义""无念无想的消极态度""美学与人生""真"等关键词,以代称抱月的自然主义文艺观,并把这些直接等同于日本自然主义文学的主张。关于"新自然主义",龙峡虽然表示赞同,但前提是应该让理性与情感得到融合而不应是片面地注重情感。而我们知道,即便是在《被囚禁的文艺》一文中,抱月也没有否认要做到理性与情感的结合。关于"无念无想的消极态度",龙峡认为抱月是消极的、相马御风是积极的。然而,在《文艺上的自然主义》一文里,抱月其实已经对自然主义的描写态度非常明确地进行了说明:"消极态度取胜时,产生纯客观的自然主义;积极态度取胜时,产生插入主观的自然主义。然而,其极致在于二者的调和。"①关于"美学与人生",龙峡

---

① 『抱月全集』(第2卷)、天佑社、大正9年2月、75頁。

明确说:"即便抱月自身不主张反道德,然而只要不抛弃《美学与生命的妙趣》的讨论中体现的意见,对其门下的青年以及自然派的作家所极力提倡的反道德倾向,岂非不断地具有启蒙之功?"(188页)很明显,龙峡与抱月就道德在文艺中的探讨是处于不同层面的。在对《美学与生命的妙趣》进行考察时,我们已经知道,抱月认为把道德是可以置于生命之外与生命之中来考察,而且他的文章是从后者的角度来立意的。① 而龙峡恰恰是站在前者的角度来阐述的。关于"真",龙峡把"现实即真与真即美"视为自然主义的缺陷之一而加以否定。然而,即便这真的是自然主义者的主张,也未必马上就能说它是抱月的观点:在《文艺上的自然主义》一文里,"真"是作为两个层面,即第一义(描写的方法与态度)与第二义(描写的目的与题材)的东西存在于文艺之中的。在《自然主义的价值》一文里,"真"不等于美已被明确阐明:"真只是实现美的一个材料。在使得美具有最大价值这一范围内,真在文艺上产生价值。"②

接着,来看黑岩泪香的《评自然主义》(《万朝报》,明治41年5月)。③ 这其实是一篇从一开始就明确表示自己反对自然主义的文章:"最近,有一派小说家,欲以'自然主义'之名描写与人的肉欲——性欲即色情——相关的言行以及心理状态。其势尤盛,竟已变成文坛一角的一大倾向。诸如肉欲、色情,在任何一个国家都被视作人的秘而不宣之事,……原本不应在他人面前言说、一般把与之相关的言行斥为猥亵的事宜,却缘何能以'自然主义'之名容忍此种猥亵。今天看来,不单单得到容忍,在小说家那里,却似乎如艺术的本来面目般得到主张,在一部分读者那里,大多似乎如美术之美般加以欣赏者。我等不得不视此为道德教化上的一大危险。"④同时,在文章进入尾声之时也明确不赞成自然主义。泪香说:"时代倾向于自然主义的要求,只不过是:一种无视高尚之美、自身没有经过相当的修养而又想要体味经过相当的修养之人所体味过的东西。""理想派或自然派的问题是作为人向前进还是退回禽兽的问题。"抱月却视黑岩泪香为思想家。后者提供的有益视角是什么呢? 1. 小说是虚构而不可能描写科学意义上的真。2. 为文艺上的自然主义所不可避免的"如自然般地描写自然"做出了两个很好的说理与辨析。

---

① 参看第3章第5节"绽放生命之美"。
② 『抱月全集』(第2卷)、天佑社、大正9年2月、120页。
③ 于5月16、17、18、19日,分别以"科学的自然主义"、"艺术的自然主义"、"时代的要求与归结点"、"艺术与理想"在该报分为4次连载。有关的引文出自:黑岩泪香:「第六 自然主義を評す」『人尊主義』、明治43年4月、33—58页。
④ 黑岩泪香:「第六 自然主義を評す」『人尊主義』、明治43年4月、33—34页。

文中说:(1)倘若"如自然般地描写自然"是以自然为题材,要描写真。那么,自然主义者就要么主张"真即是美"、要么主张"艺术的目的在真而不在美"。而这恰恰是自然主义思想的混乱之处。(2)倘若"如自然般地描写自然"是毫无增减地描写自然、不以技巧进行夸张或抑制。那么,排斥技巧就是自然主义的逻辑结果。然而,艺术不可能没有技巧。于是,自然主义一边立足于艺术一边却又排斥艺术。这也是思想混乱的体现。3. 自然主义体现了科学带来的影响。时代的思想由"轻信式"发展至"批评式"。4. 陈述人尊主义思想。泪香说:"克服自然的主义要求:征服自然、战胜自然、在黑暗的自然荒原之中建立具有光辉的人类领地。不是人类视为自然的奴隶,而是把自然视为人类的奴隶"[1]。但是,他又不是完全地否认自然主义:"我等的理想是承认具有肉欲的个人身上的自然,承认限制、调和个人肉欲的社会也同样自然……即承认人类的真之真。真之真即是善之真、美之真。其真并非自然之真而是理想之真,其美并非自然之美而是理想之美。"[2]很显然,抱月也不会简单地把文艺与科学的真相混淆、不会把描写自然肤浅地理解为题材与技巧上的自然、不会否认科学给近代人思想上带来的巨大影响、不会否认个人与社会的自然。

　　下面,来看川合贞一的《自然主义》。这是一篇把抱月作为自然主义运动的中心、对与近代思潮相通的自然主义表示肯定、对《自然主义的价值》一文进行逻辑质疑的文章。作者的质疑为:1."即便大胆地暴露了隐藏的一面,就能马上让这一面与真实的整体人生相接触吗?……与隐藏的一面是现实相同,显露的一面不也是现实吗?"[3]就此,文章分析说:"就人生,自然主义的主张者……似乎只看到了两极,而没有看到两极的接触。……而真实的人生,并非处于两极,而是处于两者相交之处。这才是真实的人生,才是现实本身。"[4]2. 以无解决、无理想的态度,从自然主义者眼中的现实来看,"如何能够获得人生之真的本体呢"[5]? 就此,文章没有展开具体的叙述。不过,很显然,与第一点是相通的。也就是说,对自然主义者所看重的现实都已表示怀疑,那又如何能够相信从自然主义者的现实之眼看到

---

① 黑岩泪香:「第六　自然主義を評す」『人尊主義』、明治 43 年 4 月、54 頁。

② 黑岩泪香:「第六 自然主義を評す」『人尊主義』、明治 43 年 4 月、55 頁。

③ 引文出自:吉田精一・和田謹吾編:『近代文学評論大系』(第 3 卷　明治期Ⅲ)、角川書店、昭和 57 年 5 月三版(昭和 47 年 7 月初版)、218 頁。

④ 吉田精一・和田謹吾編:『近代文学評論大系』(第 3 卷 明治期Ⅲ)、角川書店、昭和 57 年 5 月三版(昭和 47 年 7 月初版)、218 頁。

⑤ 吉田精一・和田謹吾編:『近代文学評論大系』(第 3 卷 明治期Ⅲ)、角川書店、昭和 57 年 5 月三版(昭和 47 年 7 月初版)、219 頁。

人生的真正本体?! 对此,抱月认为川合贞一的文章是"最得要领。"①抱月在对后者的文章之中的质疑进行逐一解答之前,进行了六个方面的说明②:1. 自己的自然主义论述代表的是自己的自然主义观,与片上天弦、相马御风等有所不同;2. 文艺思潮及流派的倾向历来没有能够包罗万象的统一名称;3. 自然主义排斥的是艺术中的游戏、娱乐、技巧、理想;4. 世人把娱乐与快感搞混;5. 人们对当时的美学研究知之不多;6. 艺术与人生的关系:"实践性的人生是闭着眼睛过活,艺术性的人生是睁着眼睛经营。……一个是挣扎,一个是体味。"③继而,抱月才对川合贞一的文章总结道:"川合贞一的论点……大约有二。一是现实并非如自然主义所说的那样,仅限于物质的一面,而在于物质与精神的交融。二是从现实马上便能接触到终极的某种东西难道不是不可能的吗?"④对此,抱月先对"何为现实"做了解释:"当把现实与理想相对时,……具有已然性、平常性、无期待性、无规范性。"对于"物质与精神的交融",前期自然主义重视感觉性的、肉体性的现实,而后期自然主义认为还需要再加上另一面,从而,"一切现实均归于'自我的生命'这一元。"现实指的不是一切物质性的存在,而包括"感觉、概念、肉体、精神的各种要素,在相应的场合而进行的种种结合"。对于现实之中有无终极的存在,抱月认为从现实之中直接观察即可,不可藉由理想这一中介手段:"我相信只有通过直接痛感现实,才能显现终极的东西。我是把它归于艺术功用的。"由此看来,抱月认为川合贞一的文章最得要领的理由应该在于第一点:"即便大胆地暴露了隐藏的一面,就能马上让这一面与真实的整体人生相接触吗?"若问隐藏的一面、显露的一面、隐藏与显露的两面哪个才是完整的人生? 无论是明治时代的人们,还是一个多世纪后的今天的我们,都应会认为是两面皆有才是吧。然而,若问隐藏的一面之中是否包含或是否有可能存在完整的人生,应该也不会有人断然否定。因此,若说自然主义意在暴露隐藏的一面而不存在体现完整人生的可能性,似乎不妥。于是,说只有兼顾隐藏与显露的两面才能体现完整的人生,虽然不错,但也未必全然正确。

然后来看后藤宙外的《自然主义的无特色》一文。其实,本书已在本章第 3 节就宙外认为抱月的文章在三大方面——选定的论述对象及论述人生的做法不妥、形式论中的纯客观说没有任何权威,以及其内容论中把社会问题、科学、现实等纳

---

① 「駁論二三」『抱月全集』(第 2 卷)、天佑社、大正 9 年 2 月、134 頁。
② 其中的大部分内容,就是《横亘于艺术与生活之间的那条线》一文中的主要思想。
③ 「駁論二三」『抱月全集』(第 2 卷)、天佑社、大正 9 年 2 月、136 頁。
④ 「駁論二三」『抱月全集』(第 2 卷)、天佑社、大正 9 年 2 月、137 頁。

为自然主义特有会引发非议——流于无特色进行了梳理与解读。就此,抱月也以文章进行了回应。他认为:1. 把尾崎红叶视为前期文学的代表而没有加入广津柳浪是出于自己的个人判断。文中还说:"即便今日,我仍认为红叶对白鸟、青果之中,最典型地代表了时代的推移。"①2. 不能认同被宙外评论说内容上的自然主义是无条件主义的这种主张是无特色的。但是,抱月并没有直接进行说明,而是预告说自己接下来的撰文会对此作出回答:"一半与接下来在《早稻田文学》上刊载的艺术论相关,另一半会写进《人生观与自然主义》之中"②。结合后来的两篇文章来看,抱月是要通过《横亘于艺术与生活之间的那条线》一文中的证明——生活中的我是"局部的我",艺术中的我是"整体的我"——来说明任何内容都能进入自然主义,而只有通过了"观照"的度量,才能体现出其特点来。后来的《代序 论人生观上的自然主义》一文意在阐释一个人的人生观应做到:"宁要眼前的'真实',也不要再进一步可能带来的'虚假'。"然而,这种人生观上的自然主义与文艺上的自然主义又是大为不同的。抱月以《清醒的自己》中提及的作家与作品的人生观而从一个角度回答了自然主义文学形式上的纯客观论是如何做到的:"作品与作家的人生观有着千丝万缕的联系。然而,以发挥该作家的个性作为作品的主要目的与以发挥该作家的个性只是自然而然的结果而作品的主要目的另在他处之间,立场是全然不同的。需要区分的就是这里。"③也就是说,抱月明确意识到作家与作品这文艺的二维是十分不同的。④ 作家的人生观虽与作品的人生观有关系,但却不等于作品的人生观。结合《自然主义的价值》与《横亘于艺术与生活之间的那条线》可以知道,抱月站在后一种立场,即说明发挥作家的个性是理所当然,而创作作品的主要目的却非仅仅是为了发挥作家的个性。此时,便需要作家尽量做到创作态度上的客观、作品力求做到内容与形式上的自然。从而,以此说明了自然主义在形式上的纯客观是存在的。

---

① 「冷めた自己」『抱月全集』(第2卷)、天佑社、大正9年2月、140頁。
② 同上。需要补充说明的是:"《早稻田文学》上刊载的艺术论"指的就是明治41年9月的《横亘于艺术与生活之间的一条线》,"《人生观与自然主义》"指的就是明治42年6月的《代序 论人生观上的自然主义》。
③ 「冷めた自己」『抱月全集』(第2卷)、天佑社、大正9年2月、140頁。
④ 其实,《横亘于艺术与生活之间的那条线》中的说明已经涉及了文艺的三维:作家、作品与读者。

继宙外之后批评《自然主义的价值》一文的是田中喜一的《论我国的自然主义》。① 从该文的结论来看，他是要以自己提倡的、所谓的"实验观念论＝具体理想说"来批驳五位自然主义的"鼓吹者"、"辩护者"。对岛村抱月，田中承认其是"好对手"，认为其理论是"旗帜鲜明"。从而，田中采取了先亮明自己的立场再批驳对方再详述自己主张的叙述策略，展开了对抱月的自然主义理论文章的评述。
1. 阐述了自己对人生、人生与艺术、艺术这三者的个人看法。"不管怎样，人的活动都是以在获得一时性的满足的同时保持永久性的幸福为目的而活着"，"而艺术就是其中的一大体现"，"无论从属于艺术的流派有多少，其根本都在调和普遍与特殊、获得一时性的满足的同时保持永久性的幸福这一点是一致的"。② 2. 批判了抱月的客观描写、美、现实主义、自然主义与新宗教或新道德的关系这四个方面的论述。田中喜一对人的行为——知情意以及所对应的真善美——这三个阶段的说明是："人的所有感想、思索与行动可综合为三个阶段，即吾等称之为的认识、实行、成美。……这三个阶段，只不过是单一的性格在为了达到单一目的的活动而在不同时期所呈现的变形而已"③。也就是说，他认为三者同在，呈现的是人的行为的不同侧面。因而，他虽然认同抱月把理性现象视为客观的、把情感现象视为主观的这种说法，但却对后者认为客观认识首先在意识内产生而后主观情感对此作出反应而体现——情感反应"四段论"——这种意见表示异议。田中的解释是："观念一开始就具有客观性……开始是主观性的，后而转为客观性的只不过是一个空想"，"如抱月在这里所讲的，所谓的客观化就是摆脱个人的限制、与他人的经验融合……可以说这确实是美学上的迷信"、"客观化的主观，终究只不过是被放置于鉴赏这一立场的主观。"④从而，以此否认了抱月的客观描写。对抱月述及的艺术之美由实际意义与快乐的结合而来，田中认为：这种说法"作为美的定义十分薄弱"。而且还说，"抱月没有明确真善美是如何不同且又相关。……我（田中喜一，译者加）认为真与善要化作美需要三重醇化。（一）延展其关系；（二）加深

---

① 该文是一篇长达 113 页的皇皇巨论，系署名"黑川太郎"之人的笔记，共分为"序论"、"本论"与"结论"三个部分。"本论"分别对二叶亭四迷、生田长江、片上天弦、长谷川天溪、岛村抱月的自然主义进行了论述。其中，对岛村抱月的评述内容占全文近三分之一。

② 田中喜一：「我国に於ける自然主義を論ず」（夏季附録号）『明星』、明治 41 年 8 月、64 頁。

③ 田中喜一：「我国に於ける自然主義を論ず」（夏季附録号）『明星』、明治 41 年 8 月、61 頁。

④ 田中喜一：「我国に於ける自然主義を論ず」（夏季附録号）『明星』、明治 41 年 8 月、72、73、74 頁。

其意义;(三)净化其形式。"①因此,他质疑说:"在把科学事实及道德问题作为艺术的对象之时,自然主义究竟是否感觉到美化它们的必要、领悟到美化它们的方法?"②从而,认为抱月没有很深地理解真善美之间的关系,因而对真与美并没有做出令人信服的定义。对于暴露现实的说法,田中质疑说:"在自然主义者所理解的意义上,暴露现实究竟可能与否"。他认为:"现实会衰退,但绝不会被遮蔽。现实是能被改造的,但绝不能被暴露。"而就现实,他质问抱月的文章:"抱月把现实视为何物、认为现实如何被遮蔽、怎样被暴露?"田中判定抱月对现实的说法显得不可思议并给出了自己说法:"身为史学研究者又是哲学研究者,抱月竟如此没有历史感地、没有反省地思考现实,难道不是极为不可思议吗? 现实只是通过人的努力,有关系且又有过程地形成的状态,而决非靠独自的力量就会绝对、永久地存在的事物。"③对于自然主义者如何看待艺术与宗教的关系,田中认为他们走入了邪路,理由在于:"一是自然主义不理解现代社会所要求宗教的程度……二是自然主义弄错了信赖宗教的方法"④。因而,在田中喜一那里,对人生、宗教与艺术的认识是:"人类的生活,在初期是建立二元论的基础之上的,而现在则是建立一元论的根基之上"、"宗教要把理想与权宜相分以寻求生活的方针,艺术要把理想与权宜相合而寻觅生活的意义。宗教认为如果精神不从肉体剥离就不能真正地遵奉精神,艺术认为要真正地遵奉精神就必须通过肉体。在宗教里被一分为二的肉体与精神,在艺术里第一次被合而为一。"⑤如此一来,田中对抱月的理论文章进行批驳后做出的定性是:"在网罗缺乏统一、矛盾不少、凌乱而又疏漏的自然主义主张要对其进行调和与统一上煞费苦心","然而,在观察自然主义的意义、评判它的价值时,虽然抱月比一般的自然主义者站在了更高的层面上,却没能在其表面价值之外发现真正价值"。⑥ 有一点需要说明的是,田中喜一并不像后藤宙外等

---

① 田中喜一:「我国に於ける自然主義を論ず」(夏季附録号)『明星』、明治 41 年 8 月、80 頁。

② 田中喜一:「我国に於ける自然主義を論ず」(夏季附録号)『明星』、明治 41 年 8 月、80 頁。

③ 田中喜一:「我国に於ける自然主義を論ず」(夏季附録号)『明星』、明治 41 年 8 月、82 - 83 頁。

④ 田中喜一:「我国に於ける自然主義を論ず」(夏季附録号)『明星』、明治 41 年 8 月、90 頁。

⑤ 田中喜一:「我国に於ける自然主義を論ず」(夏季附録号)『明星』、明治 41 年 8 月、90、92 頁。

⑥ 田中喜一:「我国に於ける自然主義を論ず」(夏季附録号)『明星』、明治 41 年 8 月、94 頁。

痛斥自然主义的文章——多有指责却疏于理论构想,而是有自己明确的个人主张:"实验观念论＝具体理想说"。田中明确地说:以"敏锐的历史观察、广博的科学观察与深奥的哲学见地"来看,现代社会的特征体现为六大方面:"一、合乎事理的。二、社会性的。三、精神性的。四、历史性的。五、国民性的。六、个性化的。"①由此,他认为要整体地描写"有情感、有理智、有欲望、有理想的人"。② 从而,他把写实主义及自然主义归为一类地与自己主张的具体理想说进行比较说:

> 前者要描写个性的表象,后者要与个性的表象相结合地描写本质……前者只要描写个性事件,后者要与之相结合地描写意义……前者只要描写情欲,后者要描写与之相结合的理性……前者只要描写个性的状态,后者要描写与之相结合的倾向……写实主义者及自然主义者所描写的个性是静止的、固定的、物质的。具体理想论者所描写的个性是动态的、变化的、精神性的。③

对此,需要指出的是,田中喜一主张的具体理想说总有一个"与之相结合的"前提。也就是说,它结合了作为比较对象的写实主义或自然主义所包含的"个性的表象"、"个性事件"、"情欲"、"个性倾向"等,但又高于写实主义或自然主义。从而,田中喜一为自己的理论赋予了"真理性",因为它总是包含对方,而具有上位概念的意味。还有一点需要补充的是,田中自问自答地说:"时至今日为何不存在足以代表现代社会的具体理想主义者呢? 一言以蔽之,因为今天的文艺家都不伟大。即便在哲学上体认具体理想主义都不容易,在艺术上就更难了。"④很明显,这是一种以对未来的文艺("并非写实主义、并非自然主义、并非象征主义"⑤)进

---

① 田中喜一:「我国に於ける自然主義を論ず」(夏季附録号)『明星』、明治 41 年 8 月、97 頁。
② 田中喜一:「我国に於ける自然主義を論ず」(夏季附録号)『明星』、明治 41 年 8 月、110 頁。
③ 田中喜一:「我国に於ける自然主義を論ず」(夏季附録号)『明星』、明治 41 年 8 月、110 頁。
④ 田中喜一:「我国に於ける自然主義を論ず」(夏季附録号)『明星』、明治 41 年 8 月、111 頁。原文表达中句意存在不通之处,译者对后附的日文原文划线处的翻译做出了相应的改动。日文原文为:"今日に於て何故に現代の社会を代表するに足る具体理想主義者が存在せぬか。一口に言ったならば今日の文芸家は皆な偉大でないからと云ふことで盡せると思ふ。哲学に於ても具体理想主義を體認することは容易ではない。併し芸術に於ては猶更困難である。何故に芸術に於て具体理想主義者たることはさう困難であるかと云ふに、是れは全く文芸の性質から来たって居るのである。"
⑤ 田中喜一:「我国に於ける自然主義を論ず」(夏季附録号)『明星』、明治 41 年 8 月、113 頁。

行理想化的展望来否定当下文艺思潮的视角。即便可以说在创作方法及描写题材上都大大创新的岛崎藤村、田山花袋、正宗白鸟等不是伟大作家,却也不能否认他们就是文坛的真实存在。作为一支推动文坛向前发展的力量,是绝不应该轻易绕过与被否认的。

最后,来看岩野泡鸣的《附言——答岛村抱月》①。这是一篇主要为了质疑岛村抱月的《清醒的自己》与《横亘于艺术与生活之间的那条线》之中的相关观点的文章。就前一篇文章来说,泡鸣采用一贯的口吻认定抱月的观点是古典式的,说后者"只不过是要把浪漫主义拉回到古典主义。"②从而,就思想与现实的关系,泡鸣对抱月作出了"安于浅薄的人生观或艺术观"的解释,认为后者是与自己以积极态度融合统一思想与现实相反,采取了消极态度而未能区分理想与空想。就后一篇文章来说,泡鸣也认为并非是新思想、新现实观,而是与"一般的美学家的定论相同,要定位为古典式的"。而且还说:"区别局部的我与整体的我等,……是在艺术上一味地要尊重艺术、'为了艺术而艺术'的癖好仍然残存的证据。"③由此,泡鸣评判其"哲学、美学以及艺术观在思想上是古典式的、在做法上是浪漫式的",从而,对抱月的文艺理论持过时的或不屑一顾的感觉。

通过上述的读解与归纳,可以把以上理论家的文章所主要谈及的部分整合为以下几大方面的问题:1. 在描写方法与态度上,自然主义排斥技巧(樋口龙峡、黑岩泪香)、不可能做到纯客观(后藤宙外、田中喜一);2. 在描写目的与题材上,自然主义主张肉体即真、现实即真、真即美是不对的(中岛健藏、樋口龙峡、黑岩泪香、田中喜一);3. 文艺上应做到知情意相统一(中岛健藏、樋口龙峡、田中喜一、

---

① 原文出自岩野泡鸣:「附言 島村抱月氏に答ふ」『読売新聞』、明治 41 年 9 月 21 日。引文出自:岩野美衛:『新自然主義』、日高有倫堂、明治 41 年 10 月、401—404 頁。

② 岩野美衛:『新自然主義』、日高有倫堂、明治 41 年 10 月、401 頁。其实,这种观点是岩野泡鸣对岛村抱月文艺思想的一贯评价。在《新自然主义》一书中,相似的判断曾数次出现:1. 在《答〈早稻田文学〉及〈时事新报〉记者》中,泡鸣说抱月的"新自然主义"一说"也变得与坪内博士之前的没理想论相同起来,兴许是把神、命运以及自然看作外延性存在的古典思想发挥了一半的作用。"(161—162 页)2. 在《评各位评论家的自然主义》一文中,泡鸣说:"骨子里是古典派的抱月,曾经打出被知识囚禁的文艺。即便他常说不久要谈被解放的文艺,似乎也只不过是要鼓吹夸张了古典派形式的情感主义。"(200 页)3. 在《文界私议》(二)一文中,泡鸣把角田浩浩歌客、素堂等讨论的自然主义与抱月相提并论地说:"他所看到的自然主义,与素堂的相同。因为是旧式的,便以抱月的最为醇正。"(222—223 页)

③ 岩野美衛:『新自然主義』、日高有倫堂、明治 41 年 10 月、402 頁。

岩野泡鸣①);4. 什么才是真实的人生?（中岛健藏、川合贞一、田中喜一、岩野泡鸣）

在此,先把本章就《文艺上的自然主义》《自然主义的价值》与《横亘于艺术与生活之间的那条线》三篇文章中业已解读的几大主要内容抄录如下:1. 在描写方法上,自然主义可以插入主观;在描写态度上,自然主义可以消极积极分别使用也可以综合运用;在描写目的上,自然主义不拘泥于外形;在描写题材上,自然主义不仅要"真",而且要把"真"寓于理想之中。2. 反对劝善惩恶的传统文学观念与浪漫主义、主张摒弃形式上的技巧与内容上的主观。3. 无论真是辅助还是占据主体,都以实现文艺之美为终极目标。4. 文艺上的自然主义是要在描绘真实感的同时,促人冥想与感受完整人生的积极意义。5. 艺术非功利、不停留于自我满足与自我表现而为了与生命相接。

对于认为自然主义排斥技巧、主张纯客观的说法,因为抱月的主张是摒弃形式上的技巧而非一切技巧、倡导主客观的调和而非强调哲学或物理意义上的客观,而不攻自破。

对于认为自然主义主张肉体即真、现实即真、真即美的说法,抱月是不否认"肉体即真、现实即真",而又必然不会同意"真即美"的。就"肉体即真",抱月已经在回应中岛德藏的文章时说过:"即便单从历史来看,仅以泡鸣的论述也不能攻破肉体感觉是真实、是一切现实的价值来源这种思想。"②而"真即美"显然也不符合抱月的文艺主张。在《自然主义的价值》一文中,抱月明确地说:"真只是实现美的一个材料。在使得美具有最大价值的这一范围内,真在文艺上产生价值。"③那么,抱月是如何看待"现实即真"的呢? 这要首先来看他对现实的解释。抱月的解释分为三步走:第一步是说明"清醒了的自己"。19 世纪的文艺处于浪漫主义时期。"伴随着自我的觉醒,情感升腾、燃烧","发挥热情、个性乃至代表自我的理想以及主义、主张"成为其核心内容。然而,"倘若一度火热的自己清醒下来该怎么办呢?"在抱月眼中,文艺上的自我清醒下来之时随之而兴起的便是自然主义。这一时期,"以自我为中心的意识依然强烈",但是它却不像浪漫主义时期那样——一味地盲目、执着、热情,乘着新觉醒的势头而要冲向前方,而是"热情冷却、眼睛睁开、知识觉醒、开始环顾周遭。这里有怀疑、有悲哀、有绝望,也有批评、冷笑、讽

---

① 岩野泡鸣主张知情意融合统一的想法可以通过本书中对他的专著《新自然主义》的论文考察得知。

② 「駁論二三」『抱月全集』(第 2 卷)、天佑社、大正 9 年 2 月、135 頁。

③ 『抱月全集』(第 2 卷)、天佑社、大正 9 年 2 月、120 頁。

刺的从容。"①也就是说,自然主义存在于清醒的自我之中。第二步是阐述"清醒的自己"与文艺上的自然主义如何相关。当清醒了的自己置身文坛,便不会如浪漫主义者们那般自我崇拜,而是"自己批评、怀疑、客观化自己。……把自我与他人置于同一位置,平等对待,自我也好、他人也好,看上去都有社会的身影。自然派的文艺带着一丝冷意就是基于这一点。如此一来,只要是把一切现实感受为现实,自我就要平等地描写。"②文坛上的"清醒的自己"能够冷静地看待他人与自我而不是热烈地鼓吹自我之时,便是自然主义兴起之时。从而,就连自我也成了无可争议的现实。第三步是解释"现实即真"。抱月这样解释道:

> 所谓的现实,就是造化赋予的存在。也就是说,对于我们,就是 given subject、业已给定的存在。对此,人能够轻易地就判定其真假的程度吗? 对于人来说,造化赋予的存在皆为真。现实即真的思想由此而来。自己所倾向的、所喜好的是真的,与此同时,实际上,自己所反对的、所厌恶的也是事实,因而也是真的。由是,既然现实之中同时存在着矛盾的事物,最好就如实地描写这个。艺术的真谛就在于此。要描写现实、要描写真。自然主义文艺的态度就是这样的。③

既然是切实存在的,那么,无论自我是喜欢它还是厌弃它,就是现实的、真的。要正确地描写现实即真,就要秉持一种清醒、平等的态度。而持有这种态度的人就是"清醒的自己"。"清醒的自己"持有客观化一切的态度成就的便是自然主义文艺。然而,有了三步走的解释,来认识抱月的现实即真的观点还是不充分的。因为,就现实与理想的关系还需要说明一下。以前述的三步走为前提,对现实与理想辨析说:

> 如果自我是一个现实,他人就也是一个现实。每个现实铺陈开来就构成了理想、善恶等事物。作为现实来看待它们也没问题,但是必须如其形成那般。……不能有所偏袒。……尽量不附带主观,客观地、第三人称化……混入第一人称的话则不合规则④。理想也好,光明也罢,都是空想那种事。因为其也是一个事实,故而可以作为一个现实而进入文艺。然而,当其第一人

---

① 「冷めた自己」『抱月全集』(第 2 卷)、天佑社、大正 9 年 2 月、141 頁。
② 「冷めた自己」『抱月全集』(第 2 卷)、天佑社、大正 9 年 2 月、142 頁。
③ 「冷めた自己」『抱月全集』(第 2 卷)、天佑社、大正 9 年 2 月、142－143 頁。
④ 日文原文为"外道"。原为佛教用语,指不了解佛教教义及思想。因而有"心外求法是为外道,心内求法是为内道"的说法。此处,笔者作了意译处理。

称化之时,就有"排斥理想"这道关口。社会上的好议论者之中,倘若常常认为理想也是现实的一部分而要体现出来,因为这是离开作家而被第三人称化了,当然,没有任何异议。就如人物甲的五官可以进入自然主义艺术一样,他的理想也能用于其中。只是,若作为作家即第一人称的理想,以有所取舍、权威示人的态度而体现出来的话,就会有"排斥理想"的说法产生了。从这种意义上来说,理想不是现实的一部分,而是意欲成为现实的全部而又尚未成为的东西,是一种由造化业已给定、尚未作出评判的状态,是一种只是想要未给定的事物或让人给予未给定的状态。①

这段话是说:文艺之中,当不偏袒地、第三人称化地描写之时,理想、光明也能作为现实而进入文艺,因而可以说理想是现实的一部分;当作家以第一人称的身份要把理想置入文艺之中,将受到文艺的"排斥理想"这个屏障的有效阻拦,因而由作家强加的理想不是现实的一部分。其实,理想应看作是一个未来会全部化作现实而当下又尚未化作现实的存在。因此,"肉体即真"是毋庸置疑的;"现实即真"是应站在"清醒的自己"在可以包括理想但又不包括作家强加于作品之中的理想这一种理解之下,能客观化地对待包括自己在内的一切这一立场上加以理解;"真即美"并非以真为美,而是在真的基础之上才能实现文艺之美。因为,若"以真为美",就会有按照"真善美"的逻辑,"真不可能是美"的、把科学之真与文艺之美对峙来看的可能,也会有"真若是美,善应如何看待"的、把道德与文艺相关联的可能。而若承认"在真的基础之上才能实现文艺之美",就会有"莫非在善的基础上就不能实现文艺之美"的质疑,也会有"难道抛却真与善,文艺自身就不能创造美"的提问。其实,就真善美,无论怎么提问、质疑与看待,对今天的我们来说,都无可厚非,也都必然存在各自相应的合理性。然而,通过对明治39年、40年的日本文坛的考察可知,文坛兴起了一股"认真"的新气象、刮起了自然主义的"旋风",人们对文艺的认识得到深化、态度发生了积极变化,显现出与前期自然主义、砚友社文学截然不同的发展趋向。其中,有个核心的问题便是如何看待现实:是一如既往地粉饰? 还是一心一意地如实描写? 站在现实这一最为真实的且又坚实的基础上,来完成文艺之美的构筑,是当时的自然主义文艺理论主张者以及自然主义文学作品创作者们做出的选择。因此,"真即美"可以说是一种文坛对自然主义的理论观点的误读。

---

① 「冷めた自己」『抱月全集』(第2卷)、天佑社、大正9年2月、143頁。

对于主张文艺上要做到知情意统一的说法,抱月的美学主张应该说是不同意的,或者说与其他理论家理解的层面是有所不同的。陈宝云先生对知情意做出了简单明了的归纳:"'知'就是人对世界的理性认识,'情'是使主体内在结构具有两面性的因素,'意'则如方向盘一样调节他们在人的各种现实活动中发挥作用"①。也就是说,在人的身上,知情意这三者之中,分别发挥着认识世界、感受世界与改造世界的功能。如前所述,中岛健藏、樋口龙峡、田中喜一均在文章里明确提及文艺上应做到知情意的统一。而岛村抱月则是一直主张要在认识世界的基础之上把握情感的脉搏。其实,这种不同关系到并体现为对文艺内外、文艺与道德以及后来的文艺与人生的问题。因此,可以说,抱月是紧紧围绕"知"与"情"这二者的关系来思考与考察文艺内部、文艺本身的特性、规律与价值。

对于什么才是真实的人生这一问题,川合贞一的质疑——"即便大胆地暴露了隐藏的一面,就能马上让这一面与真实的整体人生相接触吗?"②、田中喜一的认识——"不管怎样,人的活动都是以在获得一时性的满足的同时保持永久性的幸福为目的而活着"③等,都是文艺理论家们道出的掷地有声的见解。抱月对此恐怕也不会有什么异议。也就是说,视人生为不是只有隐藏的一面而应是丰富而立体的,他们的认识是共通的。然而,我们所要关注的却是如何通过文艺来描写人生以及体现完整人生何以可能。

首先,在抱月看来,日本的自然主义文艺是什么呢?1.自然主义是文坛上的一种新的、重大的现象,是根本性的变动。"一派人视其为只不过是表面上的小变化,另一派视其为一大重大现象。毋宁说,我属于后者。""二十年代的小说,在三十年代引发了小波澜,取得了一些进步。然而,大体上却以相同的倾向而到了明治四十年。于是,至此产生了根本性变动。"④2.描写丑恶不过是自然派的一个方面。也就是说,"描写丑并非自然派的全部。"3.文艺小说的读者可分为五类。"(1)爱读讲谈类作品;(2)好读浪六、弦斋诸家的作品,如《日出岛等》;(3)喜读家庭小说,如幽芳等的作品;(4)推崇红叶、露伴诸家的作品;(5)爱读代表最新趣味

---

① 陈宝云:"个人化:知情意的解放与异化",《江淮论坛》,2005年第4期,89页。

② 吉田精一・和田謹吾編:『近代文学評論大系』(第3巻　明治期Ⅲ)、角川書店、昭和57年5月三版(昭和47年7月初版)、218頁。

③ 田中喜一:「我国に於ける自然主義を論ず」(夏季附録号)『明星』、明治41年8月、64頁。

④ 「近代文芸の特色一二」『文章世界』(第3巻第4号)、明治41年3月、53頁、54頁。

的作品,即藤村、独步、花袋、白鸟等的……"①这样一来,自然主义便被定义为文艺的最新潮流、虽然描写丑但描写丑又并非其全部的文艺形态、正代表或将要代表文坛的新趣味。尽管有这样的理性分析与建议,抱月的文艺思想却仍然遭到文坛众多人的指责与批驳。其实,无论人们对自然主义文艺抱有怎样的非议,抱月对文艺一直都是毫不吝惜地给予它崇高的位置,并不忘与最本质意义上的人生相关联。这一点可以从他对文艺与社会或道德之间存在怎样的关系这一说明之中看出:

> 少数先行的人与多数后进的人,也就是说,文艺与社会的冲突,……将作为永久的矛盾、冲突而持续。……
>
> 文艺是竭尽全力的存在,不能把本应达到100分的程度以50分来完成。因为作家是全力——不遗余力地向前冲的人,无论如何都容易变得极端。然而,道德却正好相反,其根基在于把原本应该达到100分程度以50分来忍受。……有时,在社会多数的人之中,也存在误用了激烈的文艺而自己受伤者。有时,也存在优秀的文艺因为法律而消亡的事。双方各有牺牲者,而穿行其间的便是人生。二元的争斗之中,只能看到难以遏止的世态。只希望争斗是聪明而理解到此种程度。②

抱月的观点非常明确:文艺没有必要为了适应社会道德的要求而采取保守的态度。他明确表明:只要有正确的认识,哪怕是描写丑陋的肉欲,也能让人产生一种观照整体人生。同理,在《自然主义与一般思想的关系》一文中,也有这样的一段话:"不歪曲、不隐瞒、大胆、公平、露骨地描写现实,痛切地让其呈现人生的一切要求之中最后的某种存在。倘若这是自然主义的价值得以产生之处,对于了解它的人们来说,无论描写的是多么丑陋的姿态、肉欲,只要该作品是成功的,那些人们就不会为一部分的丑恶所动,读完之后,才会产生一种第一次从作品整体上观照人生的心情。"③结合抱月对文艺以及自然主义文艺的认识来看,应该可以说:文艺不向向社会或道德妥协。同理,自然主义文艺作为文艺发展的一个当前状态,作为文艺的新现象,也没有向当前的社会或道德要求做出妥协的必要。

接着,来看抱月参与的一次关于文艺与事业的讨论。刊载于明治41年11月

---

① 「近代文芸の特色一二」『文章世界』(第3卷第4号)、明治41年3月、53頁、55頁。

② 「自然主義と一般思想との関係」『抱月全集』(第2卷)、天佑社、大正9年2月、130頁。

③ 原文出自:『新潮』(第8卷第5号)、明治41年5月。引文出自:『抱月全集』(第2卷)、天佑社、大正9年2月、129頁。

的《新潮》、题为"文艺不值得作为男人一生的事业吗?"这场讨论,是文坛受到二叶亭四迷《我半生的忏悔》一文的刺激并发酵而生的。《我半生的忏悔》主要告白:1. 自己为什么喜爱文学;2. 人生处于大苦闷而出现人生危机;3. 自己通过从事很多职业而切实地溶入人生而不再为人生问题苦恼。① 该文的结尾部分说道:"出于报社的工作,我写了《面影》及《平凡》等,大体上又接近文坛了。纵然如此,却不是要成为文学家的意思。"②作为继《浮云》之后重新吸引文坛目光③的大文学家却声称自己不要成为文学家,这怎能不引起文学家的思考——文艺能作为一项安身立命的事业吗? 前文提及的讨论由内田鲁庵、小杉天外、岛村抱月、夏目漱石的各自言论构成。鲁庵认为文学因有利于增进人类的福祉而堪称一份高贵的职业。天外深信文艺"应作为男子的事业,是最高尚、且最适合人生意义的存在",是"倾尽一生的力量也在所不惜"的事业。漱石以讨论之前应明确文艺是什么、职业优劣的标准是什么为由进行说明,但结论也是认为文艺"是一项吾等可以终生从事的、了不起的事业"。抱月则从"文艺不值得作为男人一生的事业吗?"这一命题中,生发出谁都会有一段时期对自己的职业持有值不值得的怀疑。而这种怀疑则是受到近代思想影响的结果。因此,抱月说:"之所以会产生文艺究竟值不值得作为男人一生的事业等的怀疑,原因在于两种心情:一种是认为文艺就是不认真的传统想法,另一种是认为文艺是关乎各个方面的自觉"④。很明显,四位文学家虽论述方式有所不同却都得出了一致的意见:文艺值得作为一生的事业。其中,鲁庵、天外、漱石以抽象的、主观的、论标准的方式,相应地论述了自己的观点。而抱月则以为论题找原因的方式,道出了近代思想所带来的怀疑精神与自觉意识使得文艺与其他职业一样带着人生问题的意味。

最后,来看抱月如何看待文艺与人生。这里要涉及的抱月的论述其实也是出自一个专题讨论。分别由内田鲁庵、金子筑水、三宅雪岭和岛村抱月以"触及"、

---

① 原文内容可参看:「予が半生の懺悔」『文章世界』(第3卷第8号)、明治41年6月、2—13頁。

② 「予が半生の懺悔」『文章世界』(第3卷第8号)、明治41年6月、13頁。此外,引文中提及的两部作品均刊登于东京朝日新闻上,分别发表于明治39年10月10日至同年12月31年、明治40年10月30日至同年12月31日。

③ 《早稻田文学》在明治40年12月号上刊登了由六人的文章组成的《〈面影〉合评》。

④ 「文芸は男子一生の事業とするに足らざる乎」『新潮』(第9卷第5号)、明治41年11月、17頁。具体涉及:内田鲁庵:「人類の福利を増進する職業は高貴なり」、小杉天外:「一生の全力を捧げて些の悔なし」、島村抱月:「職業に対する懐疑は近代思想の影響なり」、夏目漱石:「標準の立てかたに在り」

"品味"、"讲述"与"描写"为主旨地展开各自看待人生的观点。① 鲁庵的文章可概括为两句话：人生就是一部人不停地对抗这偌大的宇宙而又不断重复惨败的历史；"如今的作家必须以严肃的态度描写这种人生的悲剧式奋斗"②。顺便要提及的是，该文的字里行间都体现了对自然主义的无解决、性欲、纯客观的态度、描写人生的整体等方面进行的质疑。筑水的文章则是承袭了之前的《生活的情致》（《中央公论》，明治41年7月）中的观点——"近代的实际生活的情致——与浪漫主义的迥异的近代生活的情致，并非更清晰地苦乐一边倒，而是具有一种更复杂、更庄重、难以形容的、不可思议的意味"③，而否认人生只是简简单单的悲哀这一极。雪岭的文章是以"讲述人生呀、触及人生呀的意义原本就不明确"为结语，主张要打破习惯给人在形式上的束缚、道德上的羁绊，还应明白形式是如何形成、打破形式又会怎样。可以知道，这三人都并没有对各自被给定的命题进行充分展开讨论，倒是在有意无意间涉及了一些有关自然主义狭隘的话题。那么，反观抱月的文章会怎样呢？他首先对描写人生与品味人生进行了说明与界定。"描写人生与品味人生具有相同含义"。并且，抱月限定性地说这仅指艺术上的，而不适用于现实世界。因而，他认为"品味人生"与被喜怒哀乐之情所困的心情是不同的。它是一种"总觉得过去的人生是一种让人觉得怀念、羡慕、美妙的心情"。这才是真正的文学。他具体定义说：

> 真正的文学，并非是因为痛苦而彻底发泄的姿态，而是产生了一种余裕。它足以让人稍许从自身脱离开来，批评或审视这若不彻底发泄甚至难以忍受痛苦的、灼热着的情感。那一瞬间，心生有趣啦、想要描写啦的感觉。这就变成了真正有价值的文学。……至此，描写人生与品味人生，就是相同作用的两面。④

由此来看，"从自身离开"就是自我客观化，"批评或审视……灼热着的情感"

---

① 内田魯庵:「人生に触るるとは何ぞや」、金子筑水:「人生を味ふとは何ぞや」、三宅雪嶺:「人生を語るとは何ぞや」、島村抱月:「人生を描くとは何ぞや」『文章世界』（第3卷第12号）、明治41年9月、2—15頁。

② 内田魯庵:「人生に触るるとは何ぞや」『文章世界』（第3卷第12号）、明治41年9月、6頁。

③ 引文出自:高須芳次郎編著:「生活の情味」『名文鑑賞読本』（明治後期）、厚生閣、昭和12年5月、280頁。

④ 島村抱月:「人生を描くとは何ぞや」『文章世界』（第3卷第12号）、明治41年9月、14—15頁。

就是客观地看待人的主观情感,"描写人生"就是把真实、客观化的人生熔铸为文艺品,"品味人生"就是用文艺品再次引燃人的真情实感,以助益人生。然而,这描写的人生毕竟与现实人生是不同的。抱月说"被描写出来的人生,在精神上有深度。"而被充分描写出来的人生,"会让人产生一种直接体验了作为人生现象的生命与人生的感觉。"从而,构筑起"主客一体的形式"。文章的最后,抱月仍对"品味人生"特别说明道:"只有站在第三者的位置上来观察时,才能品味人生的滋味。"①可以说,这种艺术与人生的叙述,充分体现了《自然主义的价值》与《横亘于艺术与生活之间的那条线》之中的主要思想:主观情感反应"四段论"中的"'他者'的情"、"无念无想"就是以自我客观化的眼光看待对象;艺术与生活、人生之间的"小同大异"、艺术世界里的作品、作者、读者三者之间的关系就体现在作者把人生描写为作品、读者把作品品味成人生;"完整的人生"、"局部的我"、"整体的我"等表述则道出了现实的人生与文艺的人生之截然不同——"被描写出来的人生,在精神上有深度。"如果说,"无利害感"与"观照"分别把人生与艺术、艺术的第一、二阶段("小乘"、"权大乘")与第三阶段("大乘")区分开来。那么,"描写人生"与"品味人生"则是针对人生中的文艺与文艺中的"人生"而言。

每个个体都是一个个真实的人、有血有肉的存在。每个人的全部就是其广义的生活(人生)。而现实生活中的人们,以"活着"为基本特征。这种"活着"由日常起居、生理需求、科学技术、道德伦理、宗教信仰、文艺怡情等得以支撑。文学家(作者)以认真的态度、现实的视野、客观的手法、冷静的头脑"描写"一种始于情但却一度离于情终又归于情的文艺"人生"(作品的世界)。面对文艺的世界,读者同样以严肃的态度,从"描写"的"人生"片段中"品味""人生",终至"完整"、"整体"。因此,对于抱月来说,人生有两个:一是现实的人生,一是艺术的"人生"。两者所体现的不同,既是"活着"与"描写"的不同,又是"活着"与"品味"的不同。很显然,抱月从自然主义文艺的思潮之中、从艺术与事业的讨论之中、从文艺与人生的关系之中,看到了他在文艺世界能够更深刻、更真实地体现人生这一点上的坚信与主张。

在对明治41年的文坛进行回顾时,抱月自己总结说:"新兴文学的脚步大胆而明确。可以说,事实上,那些纷乱的反对之声没有对其发展态势造成任何妨碍。

---

① 島村抱月:「人生を描くとは何ぞや」『文章世界』(第 3 卷第 12 号)、明治 41 年 9 月、15 頁。

不可否认,这是进步的一年。"①就连一直很少对自然主义发出"和谐"之音的后藤宙外都说:"即便(自然主义,笔者注)主张本身是错误的,但是,如果可以振奋人心、醒人耳目,就是一场革命。……果然,自然主义正成为文坛的中心。"②长谷川天溪则认为自然主义是一种"比起传统的、定型化了的人生及理想化、诗化的人生,要接触赤裸裸人生的倾向"③。

小　结

　　本章首先对自然主义与非自然主义进行了分类说明,以便于更准确地认识及把握自然主义文学在什么时期、什么观点甚至是什么人受到了他人何种视角、何种观点的质疑。紧接着,笔者循着岛村抱月的理论文章的轨迹,逐步解读了其对西方文艺总体背景的认识、对日本文坛现状的认识、对自然主义文学之中"真"、"美"、"观照"这三个维度各自应怎样加以认识以及彼此之间存在怎样的关系。然后,通过对三个文艺杂志的自然主义特集与四本专著的考察,立体地呈现了不同身份的评论家以及同为文艺批评家的众人对自然主义的不同认识与见解,而于其中分别确认了岛村抱月的自然主义文艺主张的引导性与一致性。进而,笔者仔细比对并考察了岛村抱月对来自文坛中人的批评与质疑,结合抱月的"自然主义三部曲"及其他理论主张,从"自然主义是否排斥技巧、主张的纯客观到底是什么"、"肉体即真、现实即真、真即美的理解正确与否"、"文艺上要做知情意统一到底应怎样理解"与"真实的人生是什么"四个方面,一一分析了抱月的回应与立场。

---

① 島村抱月:「明治四十一年文壇の回顧——紛々たる反対論の如きは」『文章世界』(第3卷第16号)、明治41年12月、4頁。
② 後藤宙外:「明治四十一年文壇の回顧——各方面とも活動の年」『文章世界』(第3卷第16号)、明治41年12月、6頁。
③ 長谷川天渓:「明治四十一年文壇の回顧——現実の人生に触れた文壇」『文章世界』(第3卷第16号)、明治41年12月、16頁。

第 5 章

剑指自我内心和放眼文艺与人生

在自信、赞美与争议的声音之中,后期自然主义走入了明治 42 年。"勇敢无畏的今天、令人向往的明天、大有可为的明治四十二年"①是文艺杂志《新潮》在年头写下的激情文字。岛村抱月也是在系列理论文章的基础上与众多理论质疑声中,把自己对文艺的思考进一步深化,从而做到了:既表达了与当时的文艺潮流的呼应,又始终忠实地坚持了自己对文艺的理解与阐述。

第 1 节 声势日渐的质疑

要谈明治 42 年的自然主义,最好从以《新小说》为根据地的两个方面——"寸铁"栏与文艺革新会——说起。"寸铁"是一个《新小说》上开辟的、整整持续了两年的栏目。② 而文艺革新会是以明治 42 年 4 月在《新小说》上公开主张与发起人为标志,并由此发出了迥异于自然主义的声音。其中,挑战以岛村抱月为首的《早稻田文学》阵营所发出的声音,便是二者不二的选择。

1.1 《新小说》"寸铁"栏的指责与批判

汉语里有"手无寸铁"之说,意为手里没有任何武器。而《新小说》的"寸铁"

---

① 「大勢の推移と明治四十二年」『新潮』(第 10 卷第 1 号)、明治 42 年 1 月,7 页。
② 始于明治 42 年 2 月,止于明治 43 年 12 月,共 22 回。其中,明治 42 年 1 月与明治 43 年 1 月,都是新年的第一期,刊载了大量的小说而没有专设"寸铁"的内容。此外,根据笔者点数,该栏共涉及具体内容 838 则。笔者的计数原则比较简单,是以该栏内容的段首标志性符号"·"为准。还有,因为内容多为印象式批评,因此,文章内部本身并不能感到这些人在"寸铁"栏中观点存在、明确的发展与变化。

栏,却由众多"隐姓埋名"①的文坛中人,挥舞"寸铁",一时间大有与近松秋江的"文坛琐碎谈"②等在当时颇受好评的八卦类印象批评相媲美之势。该栏所涉及的内容庞杂而丰富,主要包括小说、评论、美术、戏剧、音乐、报刊、社会问题等。但是,总体来说,还是以声明自己的主张合理、批驳自然主义的文章为主。就此,笔者把其分为四个方面来看:1. 评价"寸铁"的意义以及文艺革新会的影响力;2. 援引或介绍批判自然主义的文章;3. 直接批驳自然主义或被认为是自然主义的某个作家、某个理论家、某部作品或某个期刊;4. 批驳岛村抱月及其理论文章。

就1来看,宣扬"寸铁"栏与文艺革新会的有:

1)文艺革新会的目的在于革新思想界。(明治42年5月,221页)

2)(引用《趣味》5月文章内容)"由我等看来,此次成立的文艺革新会的会员均为值得崇敬的先生、前辈。任何一位都是可以托付重任的大人物"。(同上,6月,230页)

3)有人说因为"寸铁"在文艺革新会起内讧了、……由下个月开始要废了什么的,散播毫无头绪的捏造论调。(同上,8月,228页)

4)一个崇尚任何事都要早知道的时代。最好是八卦、八卦。"寸铁"全面兴盛的时代到来了。(同上,12月,244页)

5)革新会一、两年所主张的意见,如今终于变成了社会公众的舆论。(明治43年7月,145页)

"寸铁"栏不仅高度肯定文艺革新会的存在,而且还认定后者终于发展到进入公众视线的程度。而对自己短篇评述的方式也是大家赞扬,认为其兴盛的时代业已来临。

就2来看,以援引或介绍批评自然主义的文章及阵地来增强反对自然主义的声音与力量。比如,

6)《日日》(指"东京日日新闻",笔者加)的太痴君,挥舞丈八蛇矛,由正前方把自然派一辈击得粉碎(明治42年8月,226页);

7)杂志《新公论》上……有很有趣的东西。……抱有健全思想的国民对自然主义小说不讨厌吗?……国民新闻的德富氏、……长野新闻的山本

---

① 比如,"革新儿"、"长髯翁"、"乱脉子"、"偃月刀"、"长陆坊"、"户塚人"、"问责子"、"笔砚"、"自杀赞美者"、"父与子"、"真善美"、"非颓废"、"公平先生"、"野兽崇拜家"等等,不一而足。

② 日文原文为"文壇無駄話"。

氏、……河北新闻的铃木氏、……北海道新闻的伊东氏……①（同上，10月，218—219页）

8）名叫次郎、写出《不自知的自然主义者》一文的是谁？……我认为，确实具有踢破早稻田文学社一帮人的肚皮、建造一条隧道、为其放去愚钝之毒的力量。（明治43年3月，234页）

9）《东京朝日》对文坛的态度很明确：对一般的、年轻的自然主义文士们的浮躁、浅薄还有不谨慎的行为抱有反感。（明治43年11月，252页）

通过"寸铁"栏的援引可以知道，在明治42、43年期间，自然主义受到报刊、杂志等媒体的诸多质疑与声讨。当然，"寸铁"栏的反自然主义倾向也就不言而喻了。

就3来说，可罗列如下：

10）自然主义终于被封存于艺术之中，停留于描写方法的问题。（明治42年3月，265页）

11）自然派的好论者集体把前辈用作挡箭牌，是何等卑怯＋滑稽之至?!（同上，6月，232页）

12）自然主义运动的结果给现代青年的脑海中深深印刻的是什么呢？就是为了拥有与现实至上相关的生活可以牺牲一切的思想。功乎？罪乎？这是一个很明确的事实。（同上，9月，237页）

13）自然派的人们说立足于现实、理想及空想是与我等无关的东西。……难道不是必须要倾向于应如何改造人生、何以进入更道德、更美好、更满意的生活这种问题吗？这才是头等问题。其余的一切都只不过是悠闲的问题。（同上，12月，241页）

14）自然主义开始勃兴之时，就连不是自然派的人也摆出一幅自然派的面孔……然而，冷静下来一看，似乎有人觉察到自己也并非自然派吧。（明治43年2月，217页）

15）自然主义兴起以来，文学家就变成了一个卑贱职业——与娼妇及艺人一样，为了金钱甚至出卖灵魂而不顾。（同上，7月，142页）当今为自然主义所囚禁的思想界已经不再是自然主义。如果还是要冠以自然主义，恐怕也只能说是被囚禁的自然主义。（同前，147页）

---

① 　一次性地罗列出对自然主义持批评态度的报刊、杂志等不下50个。

16）以漱石为大将的、《东京朝日新闻》文艺栏为据点的东大一派，与以抱月为中心的、《读卖新闻》、《早稻田文学》、《趣味》等为据点的早稻田一派之间的战争刚刚开始。无论何时，对培育自己的大学都有一种执着。（明治43年3月,235页）

17）业已失去《读卖新闻》、又要失去《太阳》的早稻田一派,在不久的将来,主营《早稻田文学》也将被攻陷……恐怕,最后看不到大将抱月的自裁是不会收场吧。（同上,6月,217页）

18）《文章世界》终于占据了当今文学杂志代表的地位,可以说是它广泛地谄媚于少年文人的意愿,同时又不断地用尽各种手段试图左右少年文坛动向的结果。（同上,7月,142页）

19）岩野泡鸣驳斥鸥外在《新潮》上说自然主义人生观的内容是虚无主义、社会主义、个人主义,声称只有正宗白鸟是虚无主义之人、自然主义者无人宣扬社会主义等。泡鸣是得了健忘症,还是开始痴呆了？（同上,8月,229页）

20）《文章世界》是自然主义的杂志,是热心鼓吹自然主义、小说《棉被》的作者、又在文坛上开创"龅牙宗"①的田山花袋编辑的杂志。因此,该杂志是一份一直作为培养文坛上不良少年的基地,仅在破坏善良的教学成果上不遗余力的杂志。（同上,12月,262页）

通过以上的材料,可以知道,"寸铁"栏对自然主义的否定是全方面的,既涉及流派、理论,又不放过作家、作品,还会攻击杂志。其实,还可以通过(13)读出该栏撰稿人理解的理想(更道德、更美好、更满意)与人生问题(如何改造人生)是怎样的。很明显,这与自然主义的主张相去甚远。

就4来看,"寸铁"栏对抱月及其理论文章的批驳毫不留情,言辞激烈。

21）抱月的《解放文艺》是"脱化文艺"、"湮灭文艺"。（明治42年2月,318页）

22）抱月先生的神经质并非始于现在。前一段时间,以学生秋江的"琐碎谈"为对象而龅牙相对。那种事,对于大家来说无疑是很奇怪的。既然已经身为大家,就要拿出大家的气量来。（同上,4月,252页）

---

① 源于由当时的社会事件引发的、与文坛的自然主义相关联之后同义于自然主义的说法——"龅牙龟事件"（日文为"出齿龟事件"）。

23)抱月说:"尽管时过境迁,然而不要忘了今日的自然主义的排斥理想就是二十年前的没理想说。"短短的一句,却极其意味深长。也就是说,一定是想着要把逍遥先生拉倒敌人面前来作为挡箭牌。残忍、冷酷竟然已经到了这种地步……(同上,5月,222页)

24)谨劝抱月先生服用一剂健脑丸。(同上,6月,228页)

25)《新潮》的现状是被抱月一派中的无名小辈光脚玷污了门面。(同上,11月,185页)

26)抱月先生依然讲话可笑。……倘若觉得动嘴麻烦,那就顺便停止教职如何。不觉得利己主义的传道对青年有益处。(同上,12月,244页)

27)抱月党的青年一帮频频齐声大呼自然派文学压倒其他一切得势而高奏凯歌。……文艺上的事情不应该那么轻率地作出判断。(明治43年2月,216页)

28)最近,抱月派的自然主义变得就像是乞丐的讨饭口袋,变成了搜罗一切的主义。……他们卖弄狡猾的高超手法让人称叹。(同上,3月,233页)正因为抱月这个男人比东大毕业的年轻一帮们付出了更多的辛劳,故而是不可小觑的。他甚至开始马上要做好退路了。(同前,235页)

29)抱月及御风最终是个不负责任的大放厥词之人。……总之,抱月也好,御风也好,都是把己所不欲之处强加于人。(同上,4月,220页)

30)从第一义的真之中追求最高意义的灵的抱月一派,已经寻求最高意义的灵并安于其中。抱月一派的自然主义……只不过是徒留一块招牌。(同上,7月,147页)

31)岛村抱月要破坏一直以来的空想性的人生观,以之后的强烈的自我意识为中心,从感觉、物质的方面重新建设新文明。(同上,9月,274页)

32)打算对当今文坛的不良少年干什么呀?倘若岛村抱月是个日本人,应该知道以身作则、痛快自裁。(同上,11月,254页)

33)留下悲哀于此的是岛村抱月。……如今,一个人背负着自然主义的恶果,无处可逃,学校慢慢有了微词、部下终于猛烈攻击、一群不良少年也见死不救。现在,其本人也蜷缩一处,在《备忘录》等之中发出小小的气焰。(同上,12月,264页)

很显然,"寸铁"栏自始至终也没有放过对抱月的指责与批判。从他的文章到他的主张,从他的部下到他的学生,从他的职业到他的为人,无一幸免。总体来看,讽刺、谩骂、否定不绝于耳。从而,建立了一个抱月→抱月党或抱月派→自然主义的批判路径。

由此,我们可以对"寸铁"栏的特征进行大致的总结:(1)执笔者众多。一是因为其批评的对象及种类繁多,为数不多的执笔者难以胜任,一是因为批评的声音显得不够统一,有谩骂者,有调侃者,有劝谏者,有抒发己见者。(2)印象式批评的倾向浓厚。鉴于大多都是短小的批评性文章,并不能看出其固定的理论主张与立场。因此,在措辞上不免显得随意,甚至有些过于主观、极端。(3)对自然主义持有明确的反感。否定自然主义的言论,指责自然主义作家或作品的不好,批判发表自然主义言论的文学杂志等。(4)对岛村抱月充满批判。虽然,在明治 42 年 5 月,岛村抱月成功当选"新进名家二十五人"(综合性杂志《太阳》评选)。但是,在"寸铁"栏这里,抱月却一直是被置于极力声讨的第一人这种位置的。需要补充的一点是,"寸铁"栏这种偏向于印象式批评、对自然主义高唱反调的生存土壤是《新小说》,而执行主编则是抱月的大学同窗后藤宙外。宙外能够让"寸铁"栏这种充满主观意味、甚至偶有谩骂成分的栏目存在两年,也从一个侧面说明了宙外本人以及《新小说》对待当时的自然主义以及《太阳》《文章世界》等文坛杂志的立场。

1.2　文艺革新会的"雷声大雨点小"

有了对"寸铁"栏的认识,再来看看同样起步于《新小说》的文艺革新会。这是一个正式成立于明治 42 年 4 月、由 11 位文坛中人①发起、以"光明的新时代"、"刚健的思想与清新的趣味"、"醇厚的新理想"与"真挚的新价值"为口号的组织:"我等的文艺必须是以光明的新时代精神为基础的、为人生的文艺。现代英雄式日本的要求在于鼓吹刚健的思想与清新的趣味,在于建设醇厚的新理想,在于发挥具有生命力的新技巧,在于认可真挚的人生中的新价值。"②文艺革新会的存在是自明治 42 年 3 月③起草组织的主张至明治 43 年 10 月的文艺革新会干事梁田

---

① 林田春潮(美术评论家)、登张竹风(评论家)、小山鼎浦(教育家)、中岛孤岛(评论家)、栗原古城(评论家)、后藤宙外(评论家)、姊崎嘲风(评论家)、斋藤野人(斋藤信策,评论家)、佐佐醒雪(俳人)、笹川临风(评论家)、樋口龙峡(评论家)。

② 宙外:「文芸革新会起る　主張」『新小説』(第 14 年第 4 卷)、明治 42 年 4 月、317 頁。

③ 4 月号的《新小说》发表文艺革新会宣言之时,在"主张"的落款处写着"明治四十二年三月"。这说明,最晚在 3 月时,各成员已就成立一事达成了共识。而该组织召开正式的成立大会是在 4 月 24 日。

晴岚赴任札幌,成员共有二十几人。① 期间,进行了 5 次例会和 5 次地方演讲会。笔者无意追寻文艺革新会的脚步,去确认该组织具体做了些什么,而是要通过对相关文章的仔细阅读与辨析,认识并总结该组织在文坛的存在以及所受到评价。②

在文艺革新会公布主张后的第 3 天——4 月 4 日,樋口龙峡便在《东京日日新闻》上撰写了《关于文艺革新会》一文。该文主旨可归结为四点:1. 文艺革新会是一个促人觉醒的团体。认为它的成立是为了反对自然派这种观点是错的。因为,革新会的成员中也有人对自然主义的理论本身表示赞同。2. 艺术也好、人生也好,都是有了某种理想才会向前发展。就连自然主义也不例外。3. 但凡是文艺都需要技巧。如今的自然主义作品之所以大大地优于当初,就是因为其技巧变得圆熟。4. 追求新理想、新光明、新生命。因为文艺不是为了文艺本身、也不是为了自己,而是为了人生。对此,马上有人提出了质疑。田山花袋在《文章世界》上发表《评论的评论》一文对龙峡的文章的第 2 点进行了批判:若说自然主义文艺上也要有新理想,那么,"树立这种新理想,一、是说作为艺术而表现出来的形式吗? 二、是说艺术家的平时的实际行动方面吗? 三、又或是二者合一吗?"③就此,花袋也给出了自己的答案:自然主义是作者看待人生的方法,而非以前的作者带着理想或解决来观察人生,因而无理想、无解决在自然主义文艺中具有重大意义。随之而来的长谷川天溪对龙峡的反驳也颇有道理:1. 质问革新文艺的目的到底是什么。就龙峡说自己与假的自然主义为敌,并不排斥自然主义,甚至还可以赞成真正的自然主义,从而认为"刚健的思想"与"清新的趣味"是革新文艺的目的,天溪说:"足下一指责起他人便甚是急切,而到了发表自己的阶段,又极其暧昧。""'刚健'、'清新'等终究只是空洞的文字、词典上的称谓,若不赋以内容,不得不说它们几乎是无用的东西。"④2. 判定龙峡是没有真正理解自然主义的自制自然主义论者。比如,就理想而言,"何曾有论者说过人生无理想?! ……只是说人生并非如理想般发展,应以此种幻灭的心理状态来描写人生。……人的大脑各异,理应会

---

① 除了前述的 11 人之外,还有国府犀东、高濑火海、若月紫兰、大野洒竹、泷村斐雄、山田枯柳、田口掬汀、泉镜花、升曙梦、守田有秋、木村丰二郎、坂井义三郎等。

② 关于文艺革新会的发展演变,具体可参看:手塚昌行:「文芸革新会をめぐる反自然主義思潮——孤島・宙外・竜峡」『明治大正文学研究』(第 24 号)、昭和 33 年 6 月、86—88 頁。

③ 「評論の評論」『文章世界』(第 4 巻第 5 号)、明治 42 年 4 月、58 頁。

④ 「文芸時評——諸論客に一言を呈す」『太陽』(第 15 巻第 6 号)、明治 42 年 5 月、156 頁。

有很多人耽于空想、憧憬理想、梦想净土。于是，明白无误的是，艺术家也会以这些为材料。只是，在描写时，固守不做理想判断的状态，尽可能地把空想、理想、净土加以分解。所谓的无解决、所谓的无理想，就是这个意思。而足下却不解这个意思，痛骂你自己自制的自然主义论。"①其实，这段说明非常清晰地说出了主张自然主义者与非议自然主义者之间理解上的错位：前者看重文艺的态度，不否认人生中的理想，但是要求在作者创作时不要加入个人理想；后者看重人生的态度，呼吁人生中不仅要有理想，而且还应是新理想。此外，署名"昔鸟生"的文章对文艺革新会一时间在媒体间大受追捧进行确认后，指出："诸位要从根本上行动起来。如果不是从中心发动，一切空谈。""文艺是否得到革新，不是日本国民的善恶问题，而是诸位个性的新旧问题。"②其实，就在田山花袋发表评论的同期，他还为文艺革新会的二位成员后藤宙外与笹川临风提供了在《文章世界》上发表文艺革新会见解的空间。③ 宙外的文章主要包括：1. 小说及评论的态度应该是为了人生。而现实却是"脱离社会、为了文学而文学"。"脱离现实社会，文学便不得成立。因此，必须把现实社会置于视线之中。也就是说，是为了人生的文学，而非为了文学的文学、为了主义及议论的文学。"④2. 无益于社会生活的文学是无意义的。倘若按照自然主义主张的要传达无虚伪的真，极端地说，"必须暴露人的社会生活中理应隐藏的东西"。"从为人生的艺术这一立场来看，没有必要描写对人的社会生活有害无益的事情。描写就是与原本的目的相反了。……艺术也只不过是人的社会生活中的一个工具、要素、材料而已。……如果是让我等的社会生活变得不愉快、而且又是对它没有益处的东西，就必须视其为极其不合时宜的麻烦。"⑤3. 主张对待艺术要慎重考虑、周到选择。文中说"我绝非保守主义"、"一个劲儿地搞西方崇拜不好"，从而希望"在思想的转换期、代谢期，尤其是，我们必须要十分慎重地加以考虑、必须周到地进行取舍"。但是，不得不说的是，"为了人生的文学"与"无益于社会生活的文学无意义"这种说法与自然派的观点之间存在

① 「文芸時評——諸論客に一言を呈す」『太陽』（第 15 巻第 6 号）、明治 42 年 5 月、157 頁。
② 「根柢より動け——文芸革新会に言ふ」『新潮』（第 10 巻第 5 号）、明治 42 年 5 月、21、23 頁。
③ 後藤宙外：「社会に対する文学者の覚悟」、笹川臨風：「文芸革新会の事業」『文章世界』（第 4 巻第 5 号）、明治 42 年 4 月、50—56 頁。
④ 後藤宙外：「社会に対する文学者の覚悟」、笹川臨風：「文芸革新会の事業」『文章世界』（第 4 巻第 5 号）、明治 42 年 4 月、50 頁。
⑤ 後藤宙外：「社会に対する文学者の覚悟」、笹川臨風：「文芸革新会の事業」『文章世界』（第 4 巻第 5 号）、明治 42 年 4 月、51—52 頁。

着很大的分歧。① 紧接着的笹川临风则集中于要说:1. 文艺革新会是要"打破当今消极的文坛氛围,营造积极的、新的风气。"2. 文艺革新会并非如社会上传言的是"一场对自然派发动打击的运动"、"一个官僚派或非官僚派"。3. 认为自然派在东京已经没有多大势力、在地方则大多数人都是抱有很单纯的想法。4. 希望在文艺的各个方面创造出一个符合英雄式日本,豪情、壮美、健全的局面。除了文艺革新会以上3位成员的文章,三宅雪岭(不是成员,但作为特别来宾出席了文艺革新会的成立大会)呼吁两点:一、应该欢迎有看点的东西。二、或会员自己亲力亲为或奖励会员之外的人参与创作或评论而不是畏缩不前。② 姊崎嘲风则强调文艺革新会要求新:"总之,必须努力在所有方面、用所有方法来创造新的东西。……我等所讲的'新'字不是今日新明日旧的这种浅薄的意思,而是真正的新。"③虽然,不能绝对地说文艺革新会的内容就是以上所提及的这些,但后来的文章确实乏善可陈也是不争的事实。因此,7月,《帝国文学》的"时评"栏撰稿人便开始评述文艺革新会的停滞不前与流于抽象:"总之,观察自然派各位的议论,我认为这很好地体现了今年确实是日本文坛的一个转折期。文艺革新会也确乎变得虎头蛇尾。但我想不等革新会的诸位尽力,文坛已经逐步由内部开始变化。"④"对文艺革新会,希望不是仅仅停留于抽象的议论,在另一方面还要有具体的论述。……具体告知诸位所非议的作品是怎样的作品,这比起仅仅是抽象的结论、动不动会归于空论里的结果来说,效果不是好的多吗?"⑤内田鲁庵也在对明治42年进行回顾时,在部分肯定的基础上带有不满地说道:"谈到文艺革新会诸位的运动,我深深地感谢其辛劳。然而,我不明白文艺革新会诸位……的目的。……还有,诸位希望的健全文学是什么也令人怀疑。此外,诸位诅咒当今文坛的自然主义,但是,你们是如何看待欧洲现代思潮的呢? ……我觉得革新会的诸位与其同室操戈,不如促使内务省及警视厅反省他们对文艺粗暴的、不明事理的做法。"⑥

---

① 就"为了人生的文学",在后文中将有论述。就"无益于社会生活的文学无意义",自然主义者则是站在觉醒的个体这一层面来看待的。宙外侧重说明在人与人构筑起来的现实社会中,描写符合公共原则与道德的文学才有意义,而自然主义侧重说明在观察不虚伪的现实这一基础之上,通过严肃的态度描写出发人深省的文学才有意义。

② 「文芸革新会に就て」『新小説』(第14卷第7号)、明治42年7月、139—142页。

③ 「新の意義」『新小説』(第14卷第7号)、明治42年7月、145页。

④ 「時評＝最近文芸概観・評論」『帝国文学』(第15卷第7号)、明治42年7月、128页。

⑤ 「時評＝最近文芸概観・評論」『帝国文学』(第15卷第8号)、明治42年8月、114页。

⑥ 「四十二年文壇の回顧——今年の特徴三つ」『文章世界』(第4卷第16号)、明治42年12月、4—6页。

至此,就连后藤宙外自己也意识到了文艺革新会存在的问题:"只是有个遗憾,在革新会之中,创作者很少。"

终于,在明治43年1月,综合杂志《太阳》又给了文艺革新会主张自己的机会。① 在主题为"文艺革新的意义如何"的一期里,三宅雄二郎(雪岭)在叙述文坛单调、自然主义文学范围非常狭窄的情况下,认为文艺革新会是个可喜的现象,希望创作也好、评论也罢都能够"出现更多种类的东西,以供所有社会、所有阶级的人们各取所需"②。登张竹风则疾呼需要天才的出现:"人们经常得意地说触及现代、了解现代。但是,他们只是紧贴现代,一步也不能超越于此,因而接触不到自古以来东西方的天才。……当然,我等组织的文艺革新会也不是要通过革新会本身实现文艺革新,而是必须等待天才的出现。"③在主题为"自然主义与革新说"的一期里,笹川临风认为文艺革新会的革新体现于2点:"在今日的文艺之外开创一个新机会。""在欢迎新生事物的同时,也不应忘却就有的存在。"④后藤宙外则明确地表示文艺革新会的目的就是要"让被蛊惑的人走上正道。"⑤也就是说,他们主要主张文艺不应单一化、文艺需要天才来推动、文艺不可厚今薄古、文艺要重回正道。虽然,他们都声称不排斥自然主义,但是结合当时自然主义依然盛行的现实状况来看,至少可以说,他们是要避开自然主义为当时的文艺找寻另一条"生路"。

其实,以其他文坛中人的文章作以比照,会有从另一个角度看待文艺革新会的认识。在《无名通信》中,德田秋声对革新会表示了厌恶之情。文中说:"文艺革新会的工作吗? 为何会那么拼命地滔滔不绝呢? 文艺可不是结党提出不同意见

---

① 全部内容共涉及3期。其实,在第1期的5篇文章之后,编辑补充注释道:"除了以上方家,尚有笹川临风、马场孤蝶、小杉天外、广津柳浪、蒲原有明、小林爱雄、后藤宙外诸君的意见。很遗憾,限于篇幅将在下期刊载。"因此,笔者视其为《太阳》就文艺革新、自然主义与当今文坛等进行的一次整体策划。

② 「文芸革新の意義如何——雑多の種類を欲す」『太陽』(第16卷第1号)、明治43年1月、101頁。

③ 「文芸革新の意義如何——天才の出現を待つ」『太陽』(第16卷第1号)、明治43年1月、106—107頁。

④ 「自然主義と革新説——新旧を両立せしめよ」『太陽』(第16卷第3号)、明治43年2月、106、107頁。

⑤ 「自然主義と革新説——革新会の目的」『太陽』(第16卷第3号)、明治43年2月、113頁。

就能做好的差事。"①与谢野宽则在认定明治42年内的自然主义运动具有意义之后,以强烈否定的口吻说道:"无论是否成立文艺革新会,社会都不会感受到任何影响。……由文坛看来,就是无意义的轻率行为,真是可怜。"②中泽临川认为在古典主义、浪漫主义、自然主义、神秘主义、象征主义、新浪漫主义的文艺思潮的轨道上,"虽说是自然主义,但并非与神秘主义、象征主义截然不同,没有关系。倒不如说,新神秘主义、新象征主义是自然主义的一个分支。"③于是,认为文艺革新会是"仍然在沿袭旧浪漫主义,没有任何价值。"小杉天外则跳出自然主义的束缚,以文艺要回归自然为依据,认为"大呼'革命'、'革新',可能是小艺术家耍小聪明过活的权宜之计。"④蒲原有明则认为把自然主义运动限定在艺术的范围内是十分妥当,从而显示出与抱月等一致的文艺态度,并最后认为革新会"尚未在文坛成为一大势力,业绩也未见一个"⑤。马场孤蝶则是承认自然主义是日本文坛最先进的思想、运动的基础之上,建议文艺革新会"再聚集些有实力的人",并且与后藤宙外不谋而合地发现其缺少作家及翻译家。这些直接反对或部分赞同文艺革新会的文坛中人,几乎都有一个共同特征:承认自然主义存在的合理性。而在樋口龙峡、后藤宙外、笹川临风等文艺革新会成员那里,则虽然声称自己并不反对自然主义,但却很难觅得他们肯定自然主义、承认日本文坛经过了自然主义洗礼的言辞。再加上,他们也并没有提出什么具体的文艺理论,因而显得"雷声大雨点小",并不能切实地推进人们对自然主义的新文学的正确认识。

总之,无论是"寸铁"栏,还是文艺革新会,二者都声称自己的视野不狭隘,不针对自然主义。然而,从实际的文章内容、文学杂志等纸媒的特集组稿、撰稿人的文艺认识等来看,二者又都始终让人感到他们是以自然主义为攻击对象的。

---

① 转引自:手塚昌行:「文芸革新会をめぐる反自然主義思潮——孤島・宙外・竜峡」『明治大正文学研究』(第24号)、昭和33年6月、91頁。

② 「文芸革新の意義如何——老後の思い出」『太陽』(第16巻第1号)、明治43年1月、105頁。

③ 「文芸革新の意義如何——無意義の革新」『太陽』(第16巻第1号)、明治43年1月、102頁。

④ 「自然主義と革新説——自然の見方」『太陽』(第16巻第3号)、明治43年2月、107頁。

⑤ 「自然主義と革新説——自然主義の二派」『太陽』(第16巻第3号)、明治43年2月、110頁。

第 2 节　坚守自己作为文艺批评家的信念
——考察设立文艺院的始末

　　进入明治四十年代,无论是读者的教育程度、文化修养,还是以报纸为首的纸质媒体以及相应的产业链,甚或是国民国家对文学的认识与期待,均已今非昔比。日本的近代文学已然进入了"大文学"时代。小森阳一就此说:"何谓大文学? 它是指:业已形成了报纸这一纸质媒体为大多数国民所阅读的文化水平与作为传播文字商品的生产、销售、流通、消费系统,养成了可以家常便饭般地享受以小说为中心的近代'文学'的习惯,从而在由语言构筑的表象之中,构建了近代国民国家作为想象的存在。也就是说,它是指:国家这一方发现了通过'文学'可以把近代国民国家作为一个统一体而加以表象的可能性,而创作'文学'的一方又力图自发地响应内在于国家这一发现的期待(或者命令),从而建立起一种也可称之为'互补性'的关系。"①相应地,文艺家们的社会地位也得到了极大的提高。典型的例子有三个:1. 官方抛出"橄榄枝"。明治 40(1907)年 6 月,举行了由时任内阁总理大臣的西园寺公望邀请 20 位文人的"雨声会"。② 一时间,成为媒体热议的话题,也代表了政府对文艺的一种姿态,甚至被后人评论为"私立艺术院"③。2. 官方举行的"试探会"。明治 42(1909)年 1 月,举行了由森鸥外提议、文部大臣小松原英太郎发出邀请的文人招待会。④ 文坛再次热烈响应,从而对设立文艺院与否、文艺与政治的关系以及与当时愈演愈烈的文艺取缔等言论结合起来展开了长时间的讨论。3. 官方发布"认定仪式"。明治 44(1911)年 5 月,文艺委员会(报刊也有

---

① 小森阳一解说:「近代国家の形成と文壇ジャーナリズム」『日本文壇史』(第 11 卷　自然主義の勃興期)、伊藤整著、講談社、1996 年 8 月。

② 从明治 40 年 6 月至大正 5 年 4 月,前后共举行了 7 次。因第 1 天聚会时,雨声阵阵,而后来冠以"雨声会"。其中,第 1 次雨声会之时,夏目漱石直接拒绝、二叶亭四迷、坪内逍遥婉言拒绝出席。除了以上 3 位,被邀请的还有:川上眉山、广津柳浪、田山花袋、小栗风叶、柳川春叶(6 月 17 日出席);森鸥外、岩谷小波、后藤宙外、小杉天外、泉镜花、德田秋声(6 月 18 日出席);大町桂月、幸田露伴、岛崎藤村、塚原涩柿园、内田鲁庵、国木田独步(6 月 19 日出席)。

③ 和田利夫:『明治文芸院始末記』、筑摩書房、1989 年 12 月、35 頁。

④ 共有 9 人:森鸥外、夏目漱石、幸田露伴、上田敏、岩谷小波、岛村抱月、塚原涩柿园、芳贺矢一、上田万年。除此之外,还有文部省的 5 人、内务省的 3 人出席。原本拟定警保局、警视厅的 2 名官员也会出席,但最终并没有出现。

称"文艺调查会")终于以官方通告的形式最终成立。① 从而,在"千呼万唤"中,"公立艺术院"正式进入人们的视线。由此,"以语言艺术为中心的近代'文学'概念固定下来"②,文艺家正式得到了整个社会的认可。

尽管文艺家们的社会地位日益得到认可,然而,他们呕心沥血的文艺作品却未必都能够得到应有的尊重与回报。其中,最典型的就是接受官方"禁止发售"③的制裁。根据图书周报编辑部的统计:明治元年至38年间,被勒令停止发行、销售的图书、杂志与报刊文章的数量为245个。而到了明治39年至43年的五年间,这一数量高达247个。④ 也就是说,明治四十年代受到官方禁令的数量超出了此前将近40年的总和。尤其是,就文艺作品被取缔或禁止发售,更是在报刊、杂志上引起了轩然大波。

明治41年4月,时任众议院议员的泽来太郎便结合当时的实际状况,从八个方面撰文就艺术作品受到取缔而向政府发出质疑之声:1. 取缔艺术作品的方针以及检查作品的标准是什么? 2. 就取缔裸体画或裸体雕像上前后的尺度有异是为什么? 3. 先有在报纸上刊登后又作为单行本发售时却遭到禁止的理由是什么? 4. 先是禁止在报纸上登载发行后又对发行单行本不予过问的理由是什么? 5. 在同等程度或超出相应程度的作品,对取缔古典作品宽松而简慢却对现代作品格外严格的理由是什么? 6. 仅对国外作品格外严格而对程度更深的外国作品却宽松而简慢的理由是什么? 7. 当局如何限定描写以及表现人生黑暗面的程度、描写的自由与取缔的程度之间的关系是怎样的? 8. 当局在检查艺术作品是否特别让艺术专家来鉴定?⑤ 其实,如何把握作品的度、如何判断作品本身、如何看待作品的

---

① 除却委员长冈田良平、干事福原镣二郎之外,文艺委员共有15人:上田万年(东京大学教授、文学博士)、芳贺矢一(东京大学教授、文学博士)、森林太郎(陆军军医总监、文学博士)、饗庭与三郎(=篁村,《东京朝日新闻》记者)、幸田成行(=露伴,文学博士)、上田敏(京都大学教授、文学博士)、岛村泷太郎(=抱月,早稻田大学教授)、姊崎正治(=嘲风,东京大学教授、文学博士)、足立荒人(=北鸥,《读卖新闻》主笔)、德富猪一郎(=苏峰,《国民新闻》主笔)、岩谷正治(=小波,《少年世界》主笔)、塚原靖(=涩柿园,《东京日日新闻》记者)、大町芳卫(=桂月,《学生》主笔)、佐佐政一(=醒雪,东京高等师范学校教授)、伊原敏郎(=青青园,《都新闻》记者)、藤代祯辅(=素人,京都大学教授、文学博士)。

② 铃木贞美:《文学的概念》,王成译,中央编译出版社,2011年8月,220页。

③ 日文原文为:"発売禁止"。还有一种说法叫"発禁"。但是,这并不是"発売禁止"的缩写,而表示"受到禁止发售处分"的意思,日文为"発行禁止处分"。

④ 图书週报編集部编:『明治大正発売禁止書目』,古典社,昭和7年7月,5—25頁。

⑤ 澤来太郎:「芸術作品取締に関し敢て当局者に質す」『太陽』(第14卷第5号)、133—138頁。

不同发表形式以及国内外作品的待遇,都可归于一个核心观念:评判标准是什么?

　　紧接着,就文学作品被禁止发售,由法官出身的今村恭太郎(判定生田葵山的小说《都会》有伤风化的审判长)给出了自己的评判标准:(1)时限——只注重当下而不管过去怎样、今后如何;(2)地域——仅依据本国国民的状况而不论国外怎样;(3)道义——只取社会的一般道德观念而不管专家或宗教家、道德家的意见怎样。今村循此思路,还给出了更具体的说明:1. 只看文章本身而不关注具体事实怎样。2. 不看文章的体例如何。3. 不看作者的态度与动机。4. 判断的标准是动态变化的。5. 文艺家深信那样描写没问题的话,大展身手就好。法律并非万能,因而触及法律者是文艺进步的牺牲品。6. 不仅要熟悉法规,还要懂得文艺。① 虽然今村的观点全面而具有说服力,并在个人层面贯彻了很长时间②,但却迟迟没有成为政府评判禁止发售文艺作品的标准。

　　与此同时,站在文艺家的角度,又是如何看待文艺作品的被取缔或禁止发售的呢? 先来看看几位作品受到禁售处分的文学当事人的说法。在名为"接到禁售命令时的感想"这一杂志特集③的栏目里,就自己的作品以"有伤风化"、"破坏社会和谐"为由而遭到处分,六位作家虽有言辞上的激烈与否的差别,但是在不约而同地表示自己的创作态度认真、自己的不满与无辜这两点上相同的:内田鲁庵回忆说作品被禁的当时感到愕然、耻辱,而写感想的当时,则因看到作品被禁反而会得到更多的阅读这一现实,感到被禁是一种对作者的荣誉;小杉天外则认为文艺是一个独立王国,希望政府能持以十分慎重的态度;永井荷风则以无所谓的言辞表示了反讽般的反抗:"我在写作时,脑海中丝毫没有作品是否有可能被禁止销售的念头。……作为文学家,只写我们自己坚信的,而当局执行自己感受到的,也无妨"④。佐藤红绿则把文艺比喻为孩子、把道德、伦理比喻为汽车,从而形象地作

---

① 今村恭太郎:「発売禁止の標準」『太陽』(第14卷第8号)、明治41年6月、140—143頁。

② 他分别在明治41年4月(「文芸と法律との接触点」『早稲田文学』、64—66頁)和明治43年8月(「官憲と文芸」『太陽』、第16卷第11号、99—103頁)发表过观点大同小异的文章。

③ 「発売禁止の命を受けたる時の感想」『太陽』(第15卷第11号)、明治42年8月、135—144頁。各自受到禁售处分的作品及时间是:内田鲁庵『破垣』(明治34年1月)、小杉天外『魔風恋風』(明治36年2月)、宫崎湖处子『細君の自白』(明治42年1月)、永井荷风『ふらんす物語』(明治42年3月)、德田秋声『媒介者』(明治42年4月)、佐藤红绿「復讐」『楜』(明治41年4月)。其中,《魔风恋风》并没有受到官方处分。只是,在帝国图书馆被作为禁止阅读的图书。之后,在根据小说情节改编为戏剧时,警视厅禁止其上演。

④ 「発売禁止の命を受けたる時の感想」『太陽』(第15卷第11号)、明治42年8月、138—139頁。

品被禁说成文艺这个孩子撞上了道德、伦理这辆成人的汽车,并期待有一天文艺能长大成人去摧毁道德、伦理。宫崎湖处子则声称将会在自己的觉悟与信念之下,写不感到任何束缚、掣肘的东西。德田秋声则以自己法庭辩护人的原话为例,谈及不明白政府禁止作品的标准是什么。

再来看看评论家们的评论。内田鲁庵认为根本问题在于教育家以及学者与文艺家之间的缺少沟通:"警视厅倒没什么。搞文艺的人固然对禁止发售说着说那,然而,以教育家为首、称快之辈也相当多。不如说,警视厅也是因为这一点而变得神经紧绷。因此,与其向警视厅说着说那,倒不如说是必须要解开与社会上的教育家以及学者之间没有化解的问题。"①长谷川天溪则指出政府与文学家之间也存在很大差异:"有时,负责检阅的官员与作家或文学界之间的意见也会产生很大分歧。《都会》这部作品便是如此。"②岛村抱月则给出了自己更为全面的认识与见解。1. 就政府当局认为文学作品有伤风化、刺激年轻人的说法,抱月说:"人是那么脆弱的存在吗? 我的回答是否。"2. 就文学会破坏既有的道德心这种担心,抱月说:"倘若,此前的道德心由于一种罕见的、真正的文学而从根本上得以破坏,它一度消失进而得到新的事物,那就绝非是一般意义上有可能构成罪恶的东西,而是一种相当高尚的东西。认为新道德就是旧道德中罪恶的延续的这种想法是非常错误的。也许,这是并非有伤风化,而是改良。如果能发展到这一点,文学也是伟大的。"③3. 就国家与文艺之间不可调和的矛盾——一方主张应禁止,一方高呼不应取缔,抱月认为应做到三点:"第一是避免把真正的文学错认为虚假的文学;第二是避免因为错误的鉴赏而连累了真正的判断;第三是避免把高层次的文明错认为低层次的文明。"④也就是说,在抱月这里,严肃、认真的文学、正确、明了的鉴赏与高度、先进的文明得到充分肯定。由此,可以看出,讨论文学时,必须认识到作者的态度如何与作品要传达什么。

如果文学作品只是在认真的作者与高层次的文明之人之间流通,政府应该也不会那么神经敏锐。既然身处"大文学"的时代,认真的作家、充满时代气息的作品,就注定要迎来不同层次的读者。而文学的广大读者,又恰恰是以年轻的知识分子为主体。对于教育规模不断扩大、内部结构不断升级、受教育水平不断提高、

---

① 内田鲁庵:「発売禁止の根本問題」『太陽』(第14卷第8号)、明治41年6月、144頁。
② 長谷川天溪:「文芸の取締に就いて——文芸院の設立を望む」『太陽』(第14卷第14号)、明治41年11月、153—154頁。
③ 「文芸取締問題と芸術院」『太陽』(第15卷第1号)、明治42年1月、137頁。
④ 「文芸取締問題と芸術院」『太陽』(第15卷第1号)、明治42年1月、138頁。

社会教育也开始起步,正处于"近代教育体制扩充期"①的政府,如何利用教育有效地引导青年学生便成了一项刻不容缓而又具有重大意义的事情。因此,政府当局对当时日益凸显的"学生风纪问题"凡心不已。

其实,早在明治35年,井田竹治便对这种问题探究了原因并给出了相应的对策。首先,他把学生的年龄锁定在13、4岁至18、9岁,学历定为中等程度,认为这些学生处于最危险的时期。接着,他分析学生风纪不好的原因有:(1)间接内因:"长久的因袭之弊"、"不合情理的侥幸心理"、"上流人士的风纪紊乱"、"社会制裁的力度不够";(2)直接内因:"轻率的休学计划"、"失败体验"、"肤浅、轻浮的学风";(3)外因:"学校的不负责任"、"不良朋友"、"报纸、杂志上的小说之害"、"演剧、曲艺场等娱乐场所"、"饮食店等的不良服务"、"花街柳巷"、"出租屋的不良风气"。从而,给出了四个方面的对策:1. 学生的住处最好是自己家里,否则应是教师、亲戚、熟人等家里或校方特约出租屋。2. 政府应尽到职责的是:"监督学校"、"禁酒"、"取缔演剧、曲艺场以及花街柳巷"、"取缔出租屋、当铺、高利贷等"、"新建有益的游乐场"。3. 学校要尽到的职责是:"选择校区所在地"、"鼓励勤学"、"树立校风"、"及时联系学生"。4. 学生及监护人要尽到的职责是:"不要随意到东京"、"要节制与异性交往"等。②(下划线为笔者所加,下同)而关于女学生风纪问题的文章则说:"决不可让子女住到出租屋或非亲非故的普通家庭"、"外出"、"男女交往"。还不忘提及"对于小说家,禁止他们去写描写青年男女思想的小说是难以办到的。……但是,……家庭暂且让子女远离它不是理所当然的义务吗?"③进而,到了哲学家井上哲次郎这里,"学生风纪问题"的原因被归结为五个方面。④ 1. 明治维新的余波;2. 日俄战争后社会上的骄奢淫逸之风;3. 甲午战争之后文学上的淫靡之风;4. 教育机构的不健全;5. 教育上的取缔之法。就第5个方面,井上就特别提及说可以禁止学习去读小说:"为了教授国文或什么,教员特别允许的则另当别论。随意地读社会上的小说之类的是少数专业的事。除此之外,禁止读也是一种方法。"⑤在明治42、43年,文部大臣小松原英太郎也在多个

---

① 可参看臧佩红《日本近现代教育史》(世界知识出版社,2010年12月第一版)一书的"第5章 近代教育体制的扩充"。

② 井田竹治:『学生風紀問題』、弘文館・六合館、明治35年5月、25—146頁。

③ 東基吉:「女學生風紀問題」『婦人と子ども』(第6卷第6号)、明治39年6月、9—11頁。

④ 井上哲次郎:「学生の風紀問題に就いて」『倫理と教育』、弘道館、明治41年5月、179—202頁。

⑤ 井上哲次郎:「学生の風紀問題に就いて」『倫理と教育』、弘道館、明治41年5月、202頁。

场合接连向教育者们发出强化取缔学生读文学作品的讲话。① 文学作品就这样成了一个需要政府加以引导、教育者有限选择的存在,也成了一个存在有伤风化、扰乱秩序的存在,又何谈它要面对自己的读者呢。

此外,在这种讨论之中,还有一系列社会事件起到了推波助澜的作用。明治41 年 2 月,小栗风叶的《恋心已凉》与生田葵山的《都会》双双遭受禁止发售的处分。3 月,东大毕业生森田草平与修禅开悟兼女校学生平冢雷鸟上演了殉情未遂事件——"煤烟事件"(或"盐原事件")。从而"让自然主义是告白性欲及肉欲的形象之上,又加上了具有驱使青年男女奔向性欲行为的危险思想这一形象。"②在此之上,3 月 22 日又发生了"龅牙龟事件":东京大久保村西大久保 309 番地、下谷电话局长幸田恭的美貌妻子在澡堂洗澡归来的路上被人尾随奸杀。嫌疑犯很快被锁定为因口生龅牙而在工友间被戏称"龅牙龟"的植树工兼建筑工池田龟太郎。森鸥外的小说《Vita Sexualis》(明治 42 年 7 月,受到禁止发售的处分)中描述了由此事件发酵而为自然主义赋予的另一种意义。

> ……一时间,很多作者写相同的事情。批评认为那就是人生。若是让精神病学者来说,那种所谓的人生,似乎可以说是在一个个的表象上带着性欲的色调,因而金井的疑惑变得比以前更深起来。
>
> 就在那时,"龅牙龟"事件出现了。一个称为龅牙龟的工人,有一种时常偷窥女澡堂的癖好。有一次,尾随一个从澡堂归来的女子的身后,实施了强奸。这是一桩在任何一个国家都存在、极其普通的事情。若是西方的报纸,也就是在某个版面的一个角落、两三行的报道而已。然而,却一时间发酵为社会的大问题,与所谓的自然主义联系起来。"龅牙龟主义"成了自然主义的别名。由此而产生的动词"搞色情"③也大为流行。……④

因此,斋藤光指出:"'自然主义',在由文学到'性'的范围扩大之中,带上了与'色魔'相结合的可能性。"⑤其实,再经过报刊等的频繁使用,"自然主义"、"龅

---

① 久保田英助:「明治後期における学生風紀頹廃問題と徳育振興政策」『早稲田大学大学院教育学研究科紀要』(別冊 12 号—1)、2004 年 9 月、4—6 頁。
② 光石亜由美:「自然主義」『性の用語集』、関西性欲研究会編、講談社、2004 年 12 月、251 頁。
③ 笔者注:日文原文为"出歯る"。
④ 森鴎外:『ヰタ・セクスアリス』、新潮社、昭和 39 年 2 月、7—8 頁。
⑤ 斎藤光:「人々の世間の気分・出歯亀前夜」『京都精華大学紀要』(第 14 号)、1998 年 3 月、71 頁。

牙龟"、"搞色情"等带上了更为宽泛的意义。① 对于一开始就与"肉欲"、"道德""纠缠不清"的自然主义,可以说,在明治41年,因为"性欲"、"色情"这些负面形象的叠加,经受"灭顶之灾"。进入明治42年,自然主义的发展显得举步维艰也就可想而知了。

一边是文艺家的社会地位得到切实提高、文学创作者对自己的创作态度及作品的认真坚信不疑,另一边是文学作品的主要读者——青少年切实存在烦闷、堕落、颓废的倾向、社会事件与文学空间的相互勾连与发酵。政府就如站在正当中的裁判。但是,出于有伤风化、破坏稳定的考虑,政府又频频对文学作品作出禁止发售的处分,从而显得自己没有明确的标准,也时常被文艺家声讨。正是在这一大背景下,人们迫切需要一个公正的声音。于是,才有了就文艺院的热议。

就文艺院的讨论,发出第一声当属综合杂志《太阳》的长谷川天溪。他看到生田葵山的《都会》、小栗风叶的《恋心已凉》、左拉的《巴黎》《莫里哀全集》(中卷)相继遭受当局禁止发售的命令,而以文艺批评家的身份发出了显得甚为克制的声音。首先,天溪的文章指出文艺与政府之间出现了意见上的冲突:文艺家"要自由地发表对复杂人生的观察"、"努力地要暴露人生的整体。"政府则"确定了维持风纪、改善道德、革新人心的目的,要把人生引到该方向"。于是,"前者是超越宗教或道德之境,观察复杂的人生。后者是抓住这纷繁复杂的人生之中的某一现象,把它称为真正、高雅的人生,希望所有的人生皆如此。"②接着,天溪质疑政府的检阅官、道德家、教育家等以道德为标准是否正确。在"我等并非向当局讨问审美性判断是怎样的,而是要问判断文艺的道德性价值的看法是什么","我等终究相信当局者的判断"这种铺垫性说明之后,才委婉地说出了"人原本就是缺陷很多的存在,因而也就不能断言总是能够做出无纰漏的解释、判断",以表达政府也不会总是正确的意思。最后,天溪提出了需要文艺院的话题,并给予具体意见:1. 推荐列举专家。文章说:"专攻文艺的优秀学者绝不少。以坪内逍遥、森鸥外、大塚保治、芳贺矢一、上田万年为首的各位博士,以及其他十几位专家,都被社会上视为权威而加以尊敬。"③2. 因为是真正的研究文艺的大家,绝不会有同情以卑劣为目的的文学的可能。3. 希望检阅官与作家之间不要争吵、误解,而是双方尽量接近、彼此

---

① 真杉侑里:「明治末期『上毛新聞』にみる私的売春イメージ——自然主義、出歯亀、出歯る人々」(小特集＝近現代日本の公権力と社会風俗)『立命館大学人文科学研究所紀要』(第103号)、2014年2月、79頁。

② 長谷川天渓:「文芸審査院の必要」『太陽』(第14巻第8号)、明治41年6月、159頁。

③ 長谷川天渓:「文芸審査院の必要」『太陽』(第14巻第8号)、明治41年6月、160頁。

交换意见。可以说,这为后来的讨论定下了大致的方向与话题。

进入明治 42 年 2 月,《文章世界》以"需要设立文艺院吗"为主题,制作了一个集结 15 名文艺界知名人士观点的特集。① 在是否需要设立文艺院上,总体来说,各位大家的答案比较一致,只是在需要的迫切程度以及有条件的需要上的不同而已。在具体围绕设立文艺院应该怎么做以及注意什么上,各家观点颇为不同。总体来说,他们的思路都在于积极思考怎样才是真正意义上的文艺院。为此,笔者把各位撰稿人的态度与叙述的主要内容做表如下:

图表 10　《文章世界》大特集的各家态度与主要内容

执笔人	文章名	执笔人的态度与文章的主要内容
德富蘇峰	私立小文芸院で沢山	态度:不赞成也不反对 主要内容:①有助于政府提高文艺鉴赏力;②希望选与现代文艺相关的人
福本日南	俗吏の検閲に勝る	态度:有必要 主要内容:①检阅官不懂文艺,一般的记者也不懂;②为了文艺的发展,也为了统一日语而需要
広津柳浪	文芸の発展とは別問題	有无不重要,关键是看它的内容及方法 主要内容:①为会员发年薪,则是养老院;②为作品发奖金,则会奖励文艺,刺激文坛
山路愛山	喧嘩の相手が出来る	态度:很好 主要内容:①文艺院的内容如何、会员是哪些? ②会形成一个中心,集聚成文坛新气象;③保护文学家,发工资;④选人要尽量公平;⑤其设立是为了文学,与警察是全然不同的

① 在明治 42 年 1 月,《太阳》便有了由 6 个人的文章组成、题为"文艺取缔问题与艺术院"的小特集。其中,三宅雪岭、广津柳浪、小杉天外的论述与《文章世界》的高度重合,且在后者的内容更为详尽,内田鲁庵与岛村抱月的观点在前面已有所涉及,故略去不讲。上田万年的观点将在介绍《帝国文学》3 月号的时候特别涉及。因此,《太阳》的特集内容在此不加涉及。详细可看:「文芸取締問題と芸術院」『太陽』(第 15 卷第 1 号)、明治 42 年 1月、128—138 頁。

续表

执笔人	文章名	执笔人的态度与文章的主要内容
井上哲次郎	帝国学士院の一部の事業	态度:需要文艺院 主要内容:①文部省是否有此意? 若有此意,方法及内容是什么? ②文艺并非多数人认为它好它就好;③不认为文士招待会与设立文艺院之间有莫大关系①;④希望不要全是老人,要有新人进来
小栗風葉	委員は何人? 事業は何?	态度:相信有些效果 主要内容:①人数不可太少;②在少壮作家与政府之间,是温和的调停者;③不仅小说,剧本也应包括在内;④由作品入手、由文艺批判的角度,充分地认识及主张其价值;⑤人选;⑥不可能会对新作家、新作品施以援手
岩野泡鳴	文芸院派と非文芸院派	态度:需要也不需要 主要内容:①不要像学士院一样,老朽者众多;②成立了文艺院,就会刺激出现非文艺院。若是这样,则不需要
竹越三叉	あがり鳥の入る所	态度:应该有 主要内容:①法国学士院偏保守,压迫新思想,阻碍文艺发展;②日本的学士院也是老朽者众多;③倘若成立了,却去考虑取缔文学、改革社会思想、阻止自然主义思想什么的,那就是一大失败
徳田秋声	先ず文芸趣味の普及	态度:看方法如何 主要内容:①没有文艺院,文艺也会发展;②并非悬赏就一定会有杰作诞生;③优秀作品只要在更广阔的范围内销售就好,因为普及文学是第一位;④文部省有一种不让青年读小说的倾向;⑤文艺院能否解决有伤风化的问题

---

① 对哲次郎的说法,笔者持怀疑态度。因为,在《帝国文学》3月号的一篇有关设立文艺院的文章里,作为应邀参加文人招待会的上田万年,明确提及了当天的情形与文艺会的关系。文中说:"实际上,此次会面是成为一种具体的会面而永续呢,还是这种永续的会面将在文艺院的名称之下而存在呢? 目前,这些很难预测。只是,就我所闻,文本大臣与内务大臣对此次会面似乎非常关注。因此,我想至少会在明年之前,以某种方式成立文人会吧。姑且把它称为文艺院,以与学士院相对。"(上田萬年:「文芸院の設立に就て」『帝国文学』·第15卷第3号、明治42年3月、18—19頁。)

执笔人	文章名	执笔人的态度与文章的主要内容
内藤鸣雪	文芸院の為すべき三大事業	态度:举双手赞成 主要内容:①关键是做什么工作、结果如何？②会成为文学趣味、流行的发源地；③选出有权威的指导者；④培育国民文学；⑤打破当下年轻人抱有的谬见；⑥西方传来的未必就一切都好
樋口龍峡	その組織その権能	态度:赞成 主要内容:①保护、奖励文艺以及制定批判文艺的标准；②人选；③设定任期；④文艺院应听取各方意见；⑤文艺取缔问题；⑥保护、奖励文艺的方法；⑦要提高一般人的鉴赏力、判断标准
長谷川天渓	政府側の開発が主	态度:希望尽早成立 主要内容:①认为文艺院是保护文人的观点是错误的,因为真正的文艺是自立自为的；②能够教政府并向其解释说明；③可以革新政府在文艺取缔问题的思想；④人选；⑤任期制；⑥成员无报酬而只有名誉；⑦范围不仅限于小说,还应包括演剧、教科书方面；⑧没必要发奖金；⑨派遣文士出国
小杉天外	文芸院は元老院	态度:有比没有好 主要内容:①文艺并非得到保护就能优秀；②若是老朽作家群集,则没必要
柳田国男	我々は繰延説だ	态度:最好能延后 主要内容:①政府没钱；②如果确实是为了打压自然派小说,则成立的目的很奇怪；③美术审查会已成为党派斗争的机构,因而还是延后的好；④最多10—15人；⑤也许对文坛有好处,但仅以要受到保护为目的而希望成立则是没有见识的；⑥若说非得成立一个中央组织,那文人们自我集结不就可以吗？⑦先公平地展开工作,得到社会认可,然后政府出资；⑧把禁止发售、文艺院与警视厅三者统一起来,在事实上是不可能的
三宅雄二郎	利と弊と	态度:有比没有好 主要内容:①终究不能保护全部,只是一部分文人受益；②有助于反省社会趣味的低劣；③国家的保护有利于文艺；④设定奖金不好；⑤若是官方文艺院就会受其支配。若感到后悔,那就文人自己组成一个团体

由此可知,这些文坛大家中,就设立文艺院的态度,有明确表示赞成的(7人,

日南、爱山、哲次郎、风叶、鸣雪、龙峡、天溪）、有不反对但有条件赞成的（7 人,苏峰、柳浪、泡鸣、三叉、秋声、天外、雄二郎）、有虽不反对但表示需要延迟设立的（1人,国男）。总之,在对待设立文艺院一事上,没有人明确反对,充分承认文艺院的存在有积极意义或一定的意义。就这些文章涉及的主要内容来说,我们可以大致分类如下:1. 强调是否需要设立艺术院,主要看艺术院的内容与方法如何（5 人,柳浪、爱山、哲次郎、秋声、鸣雪）。2. 在设置艺术院的具体内容与方法上,共涉及:（1）钱——是否需要给文学家发工资以及给作品评奖;（2）人——选人标准、人数多少、任期长短、新人有无、出国可否;（3）范围——是仅限于小说,还是会扩展到演剧、教科书等;（4）一定要与养老院式的帝国学士院不同。① 可以说,在用钱、选人用人、管辖范围以及警戒不要被官方收编成为养老机构等这些具体方法上,他们都给出了比较具体且可行的意见。3. 文艺院与政府（包括文部省、警视厅、内务省等）、一般民众之间的关系:（1）文艺院有助于提高政府的文艺鉴赏力（苏峰）;（2）文艺院胜过不懂文艺的政府检阅官及一般记者（日南）;（3）文艺院是否能够处理好政府担心文学作品影响青年及有伤风化的问题（秋声）;（4）文艺院能够听取包括政府在内的各方意见（龙峡）;（5）能够教会政府、向其解释说明并革新政府在文艺取缔问题上的思想（天溪）;（6）有可能沦为受官方支配的文艺院（雄二郎）;（7）要提高一般人的文艺鉴赏力与判断标准（龙峡）;（8）有助于去反省社会趣味的不高（雄二郎）。也就是说,很多人对文艺院的独立性以及先进性抱有期待。其实,同时,也说明他们眼中的政府与一般民众在思想上还是不够高、不够现代。当然,不容忽视的是,在抱有期待的同时,也有人担心文艺院会成为一个纯粹官方的组织而不能有效促进文艺。4. 文艺院与文艺的关系:（1）前者可以保护、引导后者;（2）通过奖励文艺家有助于文坛形成新气象（爱山、柳浪）。这么说来,只要文艺院不沦为政府的附庸,文艺便会大大受益。5. 文艺院在政府、文艺之

---

① 日本的帝国学士院始于明治 11（1879）年 1 月。明治 39（1906）年 6 月,公布《帝国学士院规程》。大正 14（1925）年 5 月,对《帝国学士院规程》进行部分修订。昭和 22（1947）年 12月,改称日本学士院。之后,名称延续至今。相关资料参照:「日本学士院　设置目的・沿革・予算」,http://www.japan-acad.go.jp/japanese/about/purpose.html。此外,关于帝国学士院,从明治 42 年在职的学士院会员来看,确实存在年龄大、研究方向与新文学、新作家相去甚远的倾向。当时会员中的文学博士有 15 人,分别是加藤弘之、细川润次郎、重野安绎、三岛毅、木村正辞、井上哲次郎、平井九马三、本居风颖、星野恒、南条文雄、中岛力造、元良勇次郎、末松谦澄、上田万年、三上参次。（可参看:『帝国学士院一览』,明治 43年 12 月。）其中,从时任会员的井上哲次郎特别提及希望不全是老人,也要有新人补充进来这一点可以看出,当时关于设立文艺院的讨论,众人是持有积极态度的。

间的角色:既要做好调停者(风叶),又要成为好听众(龙峡)。这也能体现出呼吁设立文艺院的价值所在。6. 文艺本身应该是怎样的:(1)文艺并非大多数认为好就是真的好(哲次郎);(2)优秀作品不是靠奖励产生的(秋声);(3)真正的文艺是自立自为而不是被保护出来的(天溪、天外)。这里讲的是文艺的自律性。就算不被保护、得不到奖励,好的文艺、真正的文艺依然会冲破层层束缚而出现,只是要艰难得多而已。7. 文艺院与当时的一些社会议题的关系:(1)设立它是为了文艺,不是为了监督,从而与警视厅不同(爱山);(2)设立它与文人招待会没有太大关系(哲次郎);(3)设立它不应是为了对付文学、社会思想、自然主义思潮(三叉、国男);(4)设立它不应成为官方取缔文艺的代办机构(龙峡、天溪)。因而,设立文艺院应有更高远的目标,而不是为了应付当前棘手的问题。总之,可以知道:一、无论是从设立文艺院的诸多具体方法来讲,还是它与政府、国民、文艺以及社会议题之间的关系来看,文艺院要保持独立性。只要文艺院能有效地与政府沟通、提高政府人员的鉴赏力,不与政府"同一个鼻孔出气"、被征服"收编",其设立就有莫大的积极意义。二、无论文艺院有多大的意义,有一点不能忘的是:它只能是保护并有助于文艺的发展与新气象的形成,而文艺还有自己冲破一切的内在自律性。

　　接着来看看身为帝国学士院会员且又受邀出席文人招待会的上田万年,在《帝国文学》上发表的文章之中,就文艺院又提及了哪些内容。① 文章的主要内容在于:1. 应该大范围选人——小说家、戏曲家、诗人、批评家、学者、哲学家、等等,对文艺有兴趣的人就有资格;2. 注意到会员人数——年龄层上、学术经历上、趣味上应尽量代表各阶层、各类型;3. 考虑干什么——奖掖过去五年或十年里最优秀的著作、征集并奖励诗歌、小说、向国内翻译优秀的外国文学、向国外翻译优秀的日本文学、刊行日本古典文学的定本;4. 强调文艺的双重功能——不仅在于它做了该做的事业,还在于文艺的神圣藉此得以维持,从而能够独立、自由地讨论文艺;5. 对于很多并非按部就班地接受过学校教育而取得成功的文艺人才,可以给予大学教授的同等待遇。应该说,上田万年就设立文艺院的想法更具体,尤其是1、2、3,几乎都在后来的文艺委员会上得到了实现。

　　至此,可以知道,就设立文艺院的讨论来说,文坛名家之间达成了高度的共

---

① 上田萬年:「文芸院の設立に就て」『帝国文学』(第15卷第3号)、明治42年3月、18—19頁。在该文的最后,错误地把撰稿时间标记为"明治41年2月20日"。因为文章一开头就提及了在明治42年1月19日举行、由文部大臣发出邀请的文人招待会。

识,所持态度也大多积极,总体体现出很高的期待感,而且有关文艺院的主要内容及实施办法也都逐步变得具体而细微。

　　然而,曾经受到文坛如此期待的文艺院,当它最终以文艺委员会的形式"呱呱坠地"(明治44年5月17日)后的第二天,便受到了一直拒绝国家及文坛给自己作出评价的夏目漱石①投来的质疑性言论。文章以上、中、下三篇的形式,就文艺委员的工作讲了三个方面的问题:1.因为官办化而难以做到政府、文艺家与社会的三方公平。漱石解释说:"本应责以一家之言的文艺家或文学家,在代表国家的政府的威信之下,突然化身为代表国家的文艺家。结果是让社会误解为他们的批判就是最后、最高的权威。正因为它起因于与文艺本身没有任何关系的政府的势力,而可能对一般社会——尤其是有志于文艺的青年——造成更坏的影响。可以说,这与文艺的堕落相关联。"②从而,对文艺委员要开展的工作会于无形中服从并代表政府意志、对一般社会不公、对文艺本身也不利的可能性做出了分析。2.文艺无需曲意迎合,它有自己的规律。漱石接着解释说:"政府会把文艺委员视如与文艺相关的终审裁判,通过这个机构,在谋求文艺的健康发展这一模糊的名义之下,以令人最为不快的方法,只奖励对行政有利的作品而打压其它。这是显而易见的道理。……纵然日本没有文艺院,还是会有好作品出现……直到今天,政府对文艺也没有给予任何保护,倒不如说徒留干涉的痕迹。纵然如此,文学在过去的几年里还是取得了显著的发展。……即便从我们文人来讲,在被挑挑拣拣的基础之上,再被不负责任地保护起来也并非什么值得庆幸的事。"③漱石充分地肯定文艺按照自己的规律、再没有政府保护的状态也切实取得了进步。3.文坛不是靠政府奖掖出来的天才造就,而是由众多文人的一致努力成就。文章说:"倘若面对文艺委员要做的选拔、奖赏的实际问题,真正要公平地为文界前途着想的人,都应感到这种工作所伴随的危险与困难。这是因为:以代表国家的权威与自信,对于那些没有必要设置优劣等级的作品,无所顾忌地向天下宣告其优劣的等级,而

① 明治40年6月,拒绝首相西园寺公望的文人邀请。明治42年1月,虽勉强出席文部大臣的文人招待会,确是唯一一对设立文艺院的话题抱有反对意见的文人。明治42年6月,拒绝接受《太阳》评出的"新进二十五名家"奖杯。明治44年2月,婉拒政府授予的文学博士称号。

② 「文芸委員は何をするか」『漱石全集』(第9卷　小品・評論・雜篇)、漱石全集刊行会、大正7年8月、836頁。原本分别发表于明治44年5月18、19、20日的《东京朝日新闻》上。

③ 「文芸委員は何をするか」『漱石全集』(第9卷 小品・評論・雜篇)、漱石全集刊行会、大正7年8月、837-838頁。

无视由文明的发展与教化的普惠所产生的集体努力。要把原本应该给予全体的报酬强行赋予个人头上,这几乎是与恶意取舍一样的做法。"①从而,漱石从文坛整体的角度考虑而表达了自己对只奖励少数作品的这一做法的不满。总之,漱石的视角也涉及了政府、文艺委员会、文艺的思潮与全体文艺家的合力。他与当时文坛上整体讨论的倾向所得出的结论有所不同,看出了文艺委员会将受制于政府的问题,而且道出了文坛的发展需要时代的思潮与文坛中人共同发力才能实现的道理。此外,从金子筑水的文章来看,夏目漱石看出的问题也确实存在并体现出来。"文艺委员会,在动机上也好,在策划上也罢,都确实不能说是了不起的。""与高等教育会及学士会等的无能一样,这次的文艺会也没什么大不了……文艺委员会过于官僚化"、"文艺院必须是一个能摆脱政府的直接干涉、保持独立、真正地能为了文艺而议论文艺的团体。"②此外,在《中央公论》的特集中,更是能够看出人们对文艺委员会的存在已经普遍持反对或质疑的态度:赞成的只有上司小剑和后藤宙外。③

从对文艺院充满期待到对其表示反对或质疑的过程中,却也坚守自己的文艺信念并极力主张文艺院应保护好文艺的文艺家。至少,我们可以举出发起人森鸥外和始终与其一起"并肩作战"、高呼文艺独立的岛村抱月。在《中央公论》的"岛村抱月论"特集中,森鸥外就特别在文章的最后写道:"文艺委员会尚不明朗。不过,在这个委员会里有抱月君这样的人,我就感到有望。"④森鸥外何处此言呢?杂志《日本及日本人》的特集对文艺委员招待会(5 月 22 日)上谈话内容的还原是一个很好的佐证。当姊崎嘲风说出"文艺院只是刚刚产生,一切都不好说,故而只能逐渐地加以批评与修正"的一席话后,抱月紧接着说了一番话:

> 关于设立文艺院,我是从一开始就赞成的。在长久以来的习惯及制度
> 上,日本的现状是,全然没有把它作为国家或是社会组织的一个方面而加以
> 承认。然而,此番以这种事业作为开端,成为公共的社会组织的一部分,并且

---

① 「文芸委員は何をするか」『漱石全集』(第 9 卷　小品・評論・雜篇)、漱石全集刊行会、大正 7 年 8 月、840 頁。

② 金子筑水:「文芸院の設置」『太陽』(第 17 卷第 8 号)、明治 44 年 6 月、24、25 頁。

③ 特集的名称为"文艺委员会的真正价值是什么?"。各抒己见的共有 11 人:户川秋骨、正宗白鸟、岛崎藤村、上司小剑、水野叶舟、德田秋声、佐藤红绿、森田草平、马场孤蝶、田山花袋、后藤宙外。可参看:「説苑——文芸委員会の真価如何」『中央公論』(第 26 年第 6 号)、明治 44 年 6 月、86—111 頁。

④ 森林太郎:「島村君について」(説苑——島村抱月論)『中央公論』(第 26 年第 7 号)、明治 44 年 7 月、107 頁。

达到了把文艺作为国家层面的存在这一程度,我认为,这对于文艺的发展来说,是一个值得庆贺的倾向,而且也是一个最好的刺激。……一定会出现文艺院把内务省及警视厅理所当然地认为是不当的作品,也必须作为优秀的作品来加以承认的情况。但是,既然成立了文艺院,那就必须尽全力挣脱这种行政以及其他方面的束缚。①

抱月的这段话包含了以下几个内容:1. 对文艺委员会(通称"文艺院")的态度:赞成。2. 认识到文艺的地位发生了变化:发展到了国家的层面,对于文艺来说,是"值得庆贺"的事、"最好的刺激"。3. 当政府与文艺委员会在认识上发生分歧时,要选择站在文艺的一边:"尽全力挣脱这种行政以及其他方面的束缚"。

如果说,夏目漱石反对文艺委员会与岛村抱月赞成它的观点各自最具有代表性,那么,我们来看二者到底是全然矛盾的两种观点,还是存在趋同性而只是着重点不同呢? 笔者以为,可以从以下几个方面来看:1. 如何看待文艺委员会与政府的关系。如果把夏目漱石的观点再重复一下的话,其涉及了政府、文艺委员会、文艺的思潮与全体文学家的合力。漱石之所以批判文艺委员会是因为他看出文艺委员会会被政府"收编"而带上政府的色彩。与此相对,岛村抱月则也看到了文艺委员会受制于政府的可能性,但他更强调该委员会成为一个官方公布的公共组织是文艺在更大范围内获得认可、其地位得到极大提高的体现。可以说,前者看到了官方机构的消极性,后者则在承认消极性的同时,更主张积极性。2. 如何看待文艺。漱石认为文艺离开官方,也能自由存在,并且说明了明治四十年代(指文艺委员会成立之前)的文艺在没有得到官方支持的情况下也发展得很好这一事实。也就是说,漱石认同文艺的发展需要符合自身规律。对此,抱月恐怕也是没有任何异议的,与漱石是完全相同的。

其实,以上两点,讲的就是文艺的一个重要外因与根本性内因这两个方面。业已走过40余年的明治时代,无论是物质文化层面,还是精神文明层面,均已发生了翻天覆地的变化。文艺也早已由坪内逍遥高声疾呼"小说的主脑是人情,世态、风俗次之"这种排斥劝善惩恶的道德主义、功利主义的文学时代,发展至作家认真地描写以现实为基础的对象、作品为人提供人生的一个断面、读者积极感知并借此体味完整人生的"大文学时代"。从这种意义上来说,文学的内因必将继续发挥作用,并在很大程度上引导或制约着文学的发展方向。然而,国家、社会机

---

① 转引自:和田利夫:『明治文芸院始末記』、筑摩书房、1989 年 12 月、241 頁。

构、文学市场、读者等这些文学的外部因素也开始积极地加入新文艺时代的建构，并发挥着作用。因此，只要文艺委员会不彻底地沦落为政府的"代言人"，保持自己向政府解释说明的功能、为文艺和文艺家提供切实的保护和有益的刺激与激励、为提高社会民众的鉴赏力发表意见，就算不能面面俱到，哪怕只能发挥部分的作用，那也应该得到充分的认可。如此说来，关于文艺院、关于文艺的讨论本身，便能很好地刺激文坛在很多问题上达成共识，当然也有助于人们发现其利弊或者说积极性与消极性。

如果再讲一个夏目漱石与岛村抱月因为个人层面的情况而导致二者对文艺委员会在认识上有所不同的原因的话，应该可以说：前者是以作家的心态，后者则是以文艺批评家的眼光。署名"红荳生"的文章告诉我们："官僚的眼睛与纯文艺家的眼睛，总是发出异样的光芒。……若说以政治为本位的人容易陷入'世上没有一个好人'，而文艺家则容易陷入'世上总有好人在'，那么，在对作品进行审查后，进而要作出是否允许其向社会发表时，又会如何呢？前者会倾向于低看作品，而后者会偏于高看。"①虽然这同为质疑文艺委员会的存在合理与否的文章，但笔者更看重它点明的一个道理：政府与文艺家竟有如此差异！那么当政府倾向于低看作品价值而有了"禁止发售"、"文艺取缔"的时候，作为生产文艺作品的文艺家，是"千磨万击还坚劲，任尔东西南北风"，还是"穷则变、变则通、通则久"？设立文艺委员会的理想不就是在于尽量弥合政府与文艺家之间的这道"鸿沟"吗？因而，在关于文艺院的讨论中，应看到它可能起到的积极作用，同时又要坚守文艺需要时代思潮与文艺家通力合作的内因。

由此可知，关于设立文艺院，虽然经过众多讨论，也为文坛人所极力期待，从最终的实际效果来看，似乎也没有一切如人所愿，但是，岛村抱月对它的期待、认可与定位却是没有多少变化。他始终抱着文艺批评家的态度，既认同在文艺家的地位得到提高的同时，需要注意作者的创作态度与作品想要传达什么，以保护真正的文学、避免错误的判断、分清高层次的文明，又在讨论文艺院一旦成为官方组织而可能产生的消极作用之中，不否认存在这种可能性，而对文艺院在政府与文艺家之间将起到积极作用而抱有期待和想法。

---

① 紅荳生：「文芸委員会に対する疑問」『中央公論』（第 26 年第 6 号）、明治 44 年 6 月、228 - 229 頁。

第3节　呈示内心的无限怀疑

面对那么多对自然主义的质疑之声,岛村抱月没有选择继续用文艺理论来武装自己,而是把理性而深邃的目光,投向了自己的内心,以寻找与自然主义文艺理论相符合的部分。接下来要集中论述的两篇文章中,《代序　论人生观上的自然主义》是《近代文艺研究》①一书的序言,《怀疑与告白》为前者发表3个月之后的续篇。②

3.1　宁要真实的内心

作为置于一本沉甸甸的学术著作最前面的前言,《代序　论人生观上的自然主义》的使命是:"正值总括自己近两三年的艺术论、要为思想告一段落之际,感到对此证明人生观论的必要。"(一,167页)然而,本应马上开始讨论自己的"人生观"具体包括什么内容的抱月,却直接怀疑"人生观"起来。

> 然而所谓的人生观论究竟是什么呢? 不用说,人生的核心意义是实践。人生观不就是意识到可视为实践人生的目的与总指挥的观念吗,不就是标榜所谓实践人生的理想或归结吗? 倘若如此,我还没有论述人生观的资格。为什么呢? 因为,眼下,我对实践人生的实际情况是:还不能承认有任何明确的理想与归结。人生目的是什么? 我等应树立的人生理想是什么? 我毫无所知。(一,167页)

要讨论人生观,结果却发现自己根本没有明确的人生目的与理想。这是基于抱月反观自我内心的真实情境后所给出的判断。他形容自己的内心"依然如一栋空荡荡的旧宅,以挖东墙补西墙的修葺,防止地板脱落及屋顶漏雨",深感"Armer

---

① 该书日文名为:『近代文芸之研究』。共收录52篇文章(包括《代序　论人生观上的自然主义》一文),分为三大部分:"研究"(共15篇)、"时评"(24篇)、"讲话"(12篇)。发表文章所涉及的时间跨度为明治39年1月(《被囚禁的文艺》)至明治42年6月(本文)。

② 文章伊始,抱月便明确写道:现在,我打算把此文作为此前发表的"论人生观上的自然主义"(《近代文艺的研究》序)一文的续篇来写。

Thor 的哀叹①才是真实"。(一,168 页)他接着考察自己的生活,发现自己在"陈旧的一般道德"中度日。对此,他"有不满,有反抗,有冷笑,有疑惑,有绝望",然而却又"没有索性摧毁它的勇气。"(168 页)于是,他把无可奈何的"放弃"作为自己日常生活中的最后手段。

　　进而,他思索了是"什么使得自己放弃?"答案很明确:"知识"。运用知识进行思考,便可以发现"一般道德没有任何崇高的意义,只不过是一种权宜之策",发现易动情的自己陷入矛盾之中,发现人的机械化服从一般道德倾向与内心不满足之间的对立。(三,169—170 页)。这样一来,服从一般道德,又遵循自己的内心成了"积极目标"。不过,一般道德多为盲目的、未觉醒的,故而,人生理想便理所当然地是"自爱"、"自己的生命"。

　　经过这一番知识的考察与叩问,似乎得出了令人信服的人生目标、人生理想。然而,抱月却说:那"只不过是在自己的知识所及的范围内,构造起来的暂时的人生观。"他继续追问:"'自己'的内容是什么? 追寻自己人生的尽头是怎样的?"他困惑的是:"事实上,运用知识可以想得通的自我道德,无论如何在内心也无法催生一种崇高庄严、仰望观之的情感。"于是,此前得来的积极的人生目的与理想便不再美好,"一片灰暗天地一望无垠"。这就是他的真实心境的独白。不过,他依然"渴望一种推动道德的力量","渴望那种力量是一种马上能够通达内心深处,同时充分具备用于景仰、膜拜这种情趣的存在。"如果说这种描述过于繁冗,抱月又用了"调动第一义的欲望或宗教欲望"来表述。

　　岛村抱月对一般道德的训诫没有崇高之感,但在现实生活中却因循守旧;对自己的人生感到灰暗,却又渴求穿透心灵的"曙光"——"第一义的欲望"。用他自己的话形容自己的矛盾境地,就是:"渴望鲜红色与蔚蓝色"、"一方面期待着某种意义上的宗教,同时,另一方面注视着极其散文式的、权宜性的人生。"于是,他觉得"所谓的已有的人生观在我的知识面前,都失去了其信仰的价值。"(四,172页)事实上,新与旧、光明与黑暗、感性与理性、心灵宗教的崇高与实际人生的平

---

①　"Armer Thor"意为"可怜的愚人"、"可怜的傻瓜"。这里"可怜的愚人的哀叹"取自歌德的《浮士德》。抱月的心境与《浮士德》中的描述何其相似! 甘愿出卖灵魂为赌注的老学究浮士德哀叹道:"唉! 我到而今已把哲学,/医学和法律,/可惜还有神学,/都彻底地发奋攻读,/到头来还是个可怜的愚人! /不见得比从前聪明进步! /……你还要问,为什么你的心/在胸中忧闷无比? /为什么一种无名的苦痛/窒息你一切生机? /上天创造生动的自然,/原始让人在其中栖息,/你反舍此就彼,/而甘受烟熏霉腐与人骸兽骨寸步不离。"译文引自:(德)歌德:《浮士德》,董问樵译,复旦大学出版社,1983 年 7 月,21—24 页。

凡,均可视作两极,每一个人都身处其中并有所抉择。我们必须承认:抱月观察并意识到人们在矛盾境地中摇摆不定,在不稳定、不安中过活,在心灵得不到永恒满足中度过人生,这是真实的。这其实也是抱月所有理论文章中一以贯之的态度与立场。

他并非没有人生观。其实,他明确地说自己是没有"彻底的人生观"。也就是说,他思考的不是"人为什么活着"这一求而无解或求而有多解的人生观,而是要敞开自己的真实内心,示人以诸多因素错综复杂、浑然交织的人生观。在这里,我们称之为"自然主义人生观"。它是怎样的呢?

> 这么一来,当下的我不足以树立一定的人生观论。倒不如说,现在,适合忏悔原原本本的犹疑不定。到那种程度是真实,再朝前走恐会成为虚假存在。而且,如果以自己为标准环顾周遭,可猜度论述一般人生观的人们岂非皆与我相差无几?倘若如此,兴许整个社会都是忏悔的时代。摒弃虚伪、忘却矫饰,深切地注视自己的现状。注视且真挚地告白它。在如今的社会,还有比它更适当的言辞吗?在这种意义上,现今是忏悔的时代。或许,人永远也不能超越忏悔的时代。(五,173页)

宁要眼前的"真实",也不要再进一步可能带来的"虚假"。"忘却矫饰",进入"忏悔"、"告白"。抱月道出了他可以接受的、以"真实"为基石的、自然主义式"人生观"。我们可以说这种人生观是未经提升的、片面的、不明确的、实践性的,同时也可以说它是未经遮蔽的、真实的、可视的、现实性的。

此外,抱月还不忘对已有的自然主义人生观进行补充说明并结合自己的境况给予判断:有人视卢梭的"重返自然""自然人""反文明""反人为"等为自然主义人生观,这只是自己怀疑范围内的一个事实;有人认尼采显露出本能这一面的思想为自然主义人生观,这也只不过是提示了自己怀疑范围内的一个事实;有人引屠格涅夫、托尔斯泰那里体现的虚无思想为自然主义人生观,由于其"不相信不盲从"的态度不会发展到单纯的现状告白,而只会成为自己怀疑范围内的一个要素。(六,174页)

对人生观上的自然主义与艺术上的自然主义,抱月简单地说明了二者的关系:(1)承认它们之间有不少联系。简言之,人生观上的自然主义能够保证人的活动真实,而艺术上的自然主义则努力追求营造真实感。因此,在这一大前提下,二者之间有联系。(2)艺术上的自然主义范围更广,而且艺术未必直接指导我们的生活。在《自然主义的价值》和《横亘于文艺与生活之间的那条线》中,我们分别知道了选取"实际意义"这一路径进入文艺世界达至"美"这一终极目的的意义和阐释"观照"这一文艺态度进入艺术审美的独特境界的方法。从这一点上,说明艺术上的自然主义的范围之广、内容之丰,也阐明了艺术与人生的关系,同时又看出了人生观上的自然主义与艺术上的自然主义之间的差异。

3.2 彻底的内心怀疑

如果说在《代序 人生观上的自然主义》中,抱月把怀疑的矛头仅指向了自己的人生观这一点上,那么,在《怀疑与告白》一文中,"怀疑"这把"利刃"则在内心、哲学、宗教三个维度上发挥了作用。

此前,因为现实生活经不起知识的怀疑而不得不放弃,因为怀疑再进一步会造成虚假而无以建立彻底的人生观,抱月仿佛成了一个彻彻底底的怀疑论者。然而,我们认为应该充分认识他的这种怀疑。原因在于:一,这是研究者的怀疑,是带着问题意识的怀疑,而并非怀疑一切,无端怀疑。他明确说明"我的态度依然不免在于一个研究者的范围内"(上,183页)。二,这是为了满足自我的根本要求的怀疑。他解释说"古代的怀疑者们,想要拒绝判断,同时,还想拒绝研究、知识、思考等",而"在今天的我们眼中",则既有此前众多的哲学事实在一旁言说,同时,又有自我的根本要求做后盾。缘于此,我们认为抱月并非是沿用哲学史上的怀疑论或怀疑主义:既不是古希腊的皮浪(Pyrrōn,公元前365或360年—前275或270年),要说事物是不可认识的;也不是近代的休谟(David Hume,1711年—1776年8月25日),主张建立在因果关系上的关于事实的知识没有确定性。[①] 抱月的怀疑应被视作:现在的理性认识不能透彻解释众多现象,要求人们在尊重真实的基础上,再朝前走。

而且,抱月所怀疑的对象,除了一般道德,还有知识本身,最后是神性渐无、人性愈显的人的心理作用。他说:"最终不能以一种单一的动机进行说明是心理作用的特色。即便是看上去再单纯的人,心中的色彩也绝非简单。我相信对待行动可以马虎,对待心灵则不可懈怠。把人视为以单一的动机采取行动的存在,是一种陈腐的人类观。"(上,185页)

于是,他又以自己为例,谈到写《怀疑与告白》这篇文章的多个层次的动机:1. 为了完成杂志的约稿。2. 为了写些像样的东西以越发巩固自己的评论界地

---

① 坚毅:"怀疑并不等于怀疑主义",《抚州师专学报》(2003年3月,第22卷第1期),第14页。

位。3. 为了对此前已发表论文的主旨遭人误解或阐述得不够充分之处进行补充说明。4. 为了抒发已然酝酿成熟总想告知于人的、不吐不快的心情。5. 为了纠正他人的错误认识、维护真理、宣扬自我主张。抱月认为这些"动机以多种比例相结合",因而不纯粹的动机是难以抑制的本性。反倒是,需要怀疑极力把它们朝着一个方向归拢,说它们是"为了真理、为了国家的这一动机"这种做法。因此,抱月说写这篇文章时"既有为真理、为社会的心理,又有与此相对的、仅仅为了自己的心理。"这种缺乏统一的状态是真实的。虽然他也渴望在诸多动机的背后有一个能让一切都认可、放心的统一目的或统一动机,但求而不得就是抱月的真实心境。于是,他在人的内心里发现了怀疑这把"利器"。

接着,他把视线投向了哲学与宗教。而在具体的说明之前,他又讲了以下这段话作为铺垫:

> 　　无论怎么思索,都觉得今日的我等能够真正处理的人生问题只有<u>怀疑与告白</u>。迄今之人,相信过头了。过于相信别人的思想,过于相信自己的思想。兴许有一种值得相信、可以依靠的思想,对一生的安稳是幸福的,然而,现实是,那已经变得不再可能了。简言之,单就近代报纸的发达,不是早已经具备把人平凡化、平等化的力量了吗? 实际上,平凡化、平等化,就是让人成为真正的人,把众人引向一种自觉。圣人也好,英雄也罢,单看人格这一方面,与路边待客的车夫、与脚缚锁链的囚犯没有任何不同。有隐私,也有矫饰,还有流露天真之处的美好。偶像崇拜、英雄崇拜的时代已去,世间变得人皆平等。就是所谓的<u>现实暴露</u>。把当今的报纸读上一周,天底下已没有圣人、英雄的身影。当然,虽有擅长某种才艺之人。然而,那不是整体人格上的英雄、圣人。因此,崇拜等也是无法想象的。身为政治家的伊藤(博文,笔者加,下同)氏、相扑选手的常陆山氏、(歌舞伎)演员的(市川)羽左卫门氏,一方面有他人不及的特殊才艺,另一方面最明白不过地表现出与人相同之处。这就是人的真相。古代,因为没有报纸等,基督教也好,孔子也好,都几乎荒唐地被尊奉为非人的偶像。在现代,那是不可能的。(中,189 页。下划线为笔者所加。)

如此长的一段引文,主要包含了两个内容:一、抱月言简意赅且开宗明义的结论:"只有怀疑与告白"。二、由于人的平凡化、平等化所造成的"现实暴露"。从抱月的论述可以知道,他认识到真正的人(即"人的真相")应该是众生平等(作为当时大众传媒典型代表的报纸具有引导众人觉醒的力量)、俗圣相通(圣人、英雄身上也有凡人的人格;具有一技之长的人也与普通人有共通之处)的。

于是,他说:"哪里会有一个足以让我们全部服从的思想呢? 回顾当下的自己的内心,我们只会惊讶于那种纷乱。要开口讲述真实,就只能如实地告白这杂乱的内心状况。在此之上的所有思想,对贯彻自我这一真髓是一种有距离的存在。虽然肯定是自我的一部分,却是有裂缝的自我。我觉得充实的自我只能到怀疑、未解决这种程度。"(中,190页)这就是岛村抱月所要强调的"怀疑"。从认识领域①来讲,他坚称的"怀疑"指的是对已知的怀疑。从而,高山樗牛《论美的生活》(明治34年8月)一文所提出的、由本能的觉醒而带来内心烦闷与矛盾、纲岛梁川《我的见神实验》②(明治38年5月)一文所提出的、由内心体验而带来的新的心理认知,都成为能与抱月的真实心境产生共鸣的存在。

由此,他认为很多思想家善于筑起智慧之塔,却不能示人一种充满现实感的基础。对在当时代表哲学界最新思想的(威廉·詹姆士的)实用主义,抱月虽然也明确指出,它"是与这生动的现实最贴近而建立起来的哲学"(中,191页),认可其随着经验变化而不断整合的做法。然而,"那种整合是否令人满意地进行了才是首要问题。"在他看来,"对以往生活的悔恨、反省,还有,对今后生活的不安、担心"同样汇聚在现实之中。要横跨过去、现在与未来,把这生活中的诸多矛盾整合一体,谈何容易?! 因此,他觉得实用主义要整合经验并加以解决的愿望与做法给人空疏之感,宣称在不解决中才有真正的生命。于是,他在哲学中找到了怀疑的"踪影"。

最后,抱月简单地考察了宗教。他说:"现如今,与其说信仰,倒不如说是疑惑成了宗教的妙处。……总之,宗教作为现代的存在,看上去还活着、吐纳温暖气息的,就只有这一部分。"在当时,对于生活丧失秩序、急于向神祈求寄托的人们,一种怀疑的烦闷,在宗教面前散发着诉说内心真实的味道。然而,如果有人说自己看到了神、大彻大悟、于信仰中找到了归宿,那又是成为抱月不愿意承认的内容。因为,他觉得那时的内心真实就是彻底怀疑、倾诉烦闷、把握真实。其实,他在《宗

---

① 简单地可以分为:已知、应知和未知。已知指的是认识的主体已经拥有的认识、经验、知识及其结构、模式。未知指的是对于认识的主体来说属于尚未认识的广大领域中的认识客体。应知指的是对于认识的主体来说属于当前应该和需要获得的认识、知识。(坚毅:"怀疑并不等于怀疑主义",《抚州师专学报》·第22卷第1期,2003年3月,第15页。)

② 此处是为了叙述之便。其实,该文发表后的第3个月,梁川便把包括该文在内的众多文章集结而成《病间录》,从而兴起了一阵"梁川热"。(详述可参看:西悠哉「綱島梁川の宗教観」『佛教大学大学院紀要』(第35号)、2007年3月)

教的三分化与文艺》①(明治42年6月)一文中指出,现代的宗教在情致上通过观照而散发出文艺的芳香;在形态上由于信仰的失落、坠入迷信而失去威严;在效果上因为道德本体的衰亡、委身于伦理而不得不面对时代的批判与修正。于是,他在宗教中指认出怀疑的"色彩"。

通过对内心、哲学、宗教进行的考察,确认了怀疑的存在。对抱月来说,他说明怀疑是为了证明以往的圣人与英雄、曾经的理性系统、昔日的道德信仰都因过于理想而失之公允。认识真实的人、正视内心的纷乱、承认现实的真实,就是怀疑的精神与价值。但是,他继续说:

> 任何时候,怀疑都并不意味着终点。因此,只要身处怀疑,就必定在某种形式上、某种程度上留有想要知道终点的努力或愿望。其实,终点未必可知。这是经验告诉我们的。即便如此,欲知并为之焦躁的心情,古今没有任何减少。而且,不得不焦躁贯穿于人世之根本。欲知不可知。这种悖论不久便是造化的神秘。近代经验派的各种哲学,竭力不去触碰这种悖论。然而,不去触碰并不会使其不存在。悖论依然是悖论,存在于人世。第一义的欲望难以消除是我们的真实,绝非是梦。哲学也好,宗教也好,都无非是为这种核心引力所吸引而环绕着它。(下,193页)

怀疑是坚实的基础。发现内心纷乱如麻让人觉得抱月似乎是个经验主义者。但是,指出近代经验派哲学不愿触碰"欲知不可知"这一亘古不变的悖论,说明抱月的认识又已超出了经验主义者的阈限。然后,说悖论之后将出现"神秘"、真实之中包含"第一义的欲望"。按照这样的叙述顺序,抱月的文艺理论是要在已知的基础上积极地进行探求不可知。这种"知其不可得却欲罢不能"的状态就是人的精神不断得到丰富,就是哲学、宗教、文艺存在的永续动力。而在抱月这里,"并观哲学、宗教、哲学三姐妹,在现代,最有活力的是文艺"(下,194页)。而且,他把文

---

① 作为当选综合性杂志《太阳》评选出的"新进二十五名家 文艺界泰斗"之一而撰写的文章。参看:『太陽』(創業記念増刊)、第15卷第9号、202—208页。

艺的实现方法定义为"真实的观照"①(下,194页)。

很多时候,本节提及的两篇文章均被视为岛村抱月文艺思想走向末路、走向自我暴露的标志。然而,其实,"真实的观照"这一词语就是对之前众多自然主义理论文章的高度概括。只不过,抱月选择了看似"自戕"——以考察自我内心的纷乱为开端——的方式。他首先承认自己面对的纷扰,简直是"才下眉头,却上心头"。在这种生活的真实中,他只得选择放弃。先是任知识给自己带来的理性对一般道德等投去质疑的"眼神",后来竟是连知识本身也成了被怀疑的对象。接着,抱月继续心存怀疑的精神,发出了"人永远也不能超越忏悔的时代"这一声音,以示自己不背离真实的自然主义人生观。这种人生观虽与卢梭、尼采、托尔斯泰等的人生观不乏相通之处,但终究只是岛村抱月心中怀疑的对象或要素。最后,继《代序 人生观上的自然主义》一文中,坦承自己的内心并非秩序井然后,《怀疑与告白》一文中,则以撰写此文的各种复杂动机以不同比例重叠交织为例说明了人内心的纷繁复杂,并随之阐明了哲学、宗教之中也是"危机四伏"。从而,由不同的角度说明了"怀疑才是真道理"、"怀疑无处不在"的道理。

第4节 "艺术与人生"的多元论争

如果说后期自然主义,在明治39年主要是看作家的创作态度认真与否、在明治40年主要看重作品之中文艺与道德的问题、在明治41年主要讨论自然主义与非自然主义、自然主义内部的异质性,那么,到了明治42年,问题则变得更综合、

---

① 这里需要说明的是,日文原文是"現実の観照"。因此,本应直译为"现实的观照"或"现实观照"。然而,在抱月的理论文章中,"现实"一词准确地应被理解为"真实"。这是因为,很多时候,"现实"被习惯地理解为客观存在的或符合客观情况的事物。而"真实"的范围则要大得多。某种程度上,可以说,只要不虚假就能被看作真实的。对于岛村抱月来说,现实固然是一个方面,但是,由真实的材料经过真实情感的酝酿——"观照",创造艺术的"美",感受人生的"完整",才是他要强调的理论实质。故作出文中译法。另外需要说明的是,其他文中若出现"现实"、"现实主義"、"现实暴露"等字眼,本书仍采用直译的方法。本部分采用"真实的观照"的译法主要是为了确保对其文艺理论理解的正确性及阐述其理论体系的准确性。

更立体。其中,最典型的就是在自然主义这一大背景下所展开的"艺术与人生"①论争。不过,需要说明的是:这一场持续较长时间的论争主要包括两个方面——如何认识艺术与人生之间的关系、如何看待艺术(是观照还是实践)。

　　其实,有关"艺术与人生"论争的起点问题,最早可追溯至明治41年4月长谷川天溪的《自然主义与本能满足主义之别》一文。因为它最明白无误地亮明了论争一方中的观点:自然主义属于文艺范畴内的问题。文中说:"自然主义是文艺上的问题,本能满足主义则是人生之中的实践问题。"②不过,也可以说,"艺术与人生"论争的"祸根"也就此种下。因为,文章紧接着还说了:"进而从另一个方面来说,自然主义是在人生观上标榜无解决,本能满足主义则是要得到一种解决并实践它。"③很显然,天溪上面的话,讲了两个方面的问题:1. 范围不同。即,从文艺上与人生之中的层面来看,自然主义与本能满足主义不同。前者是文艺上的自然主义,后者是人生之中的本能满足主义。2. 方法不同。即,从对待人生的方法来看,自然主义着意于"无解决"、本能满足主义则寻求"一种解决并实践它"。然而,后来的讨论文章则大多沿着范围这一层面展开。紧接着,4月26日岩野泡鸣发表于《读卖新闻》上的《中岛氏的〈自然主义的立论依据〉》则表明了论争的另一种观点:自然主义不在人生与艺术上作区别。文中说:"我等的新自然主义是人生观,同时又是艺术观。人生与艺术理应是不作任何区别地切实存在着。然而,以花袋为首,天溪也好、抱月也好,好像都只在被区分出来的艺术这一范围内来加

---

①　"艺术与人生"论争这一称呼只不过是对当时的文坛在探讨该问题时出现的各种称呼进行的一个统称而已。就笔者粗略统计就不下10个:"艺术与生活"(岛村抱月,明治41年9月)、"生活与文艺""文艺与现实人生"(金子筑水,明治42年2月、5月)、"现实人生与艺术"(黑田鹏心,4月)、"观照与实践"(6月)、"旁观与实践"(松原至文,7月)"文艺与实践"(德田秋声,7月)、"艺术的世界与现实世界""艺术与人生""为人生的艺术"(樋口龙峡,9月)等。需要注意的是,这里的称呼主要是从文章题目来看的,而不是指某一名称是某个人最早提出或唯一使用的。在后来的学者的研究成果中,大多使用"实践与艺术"或"艺术与实践"(唐木顺三,昭和7年;小林秀雄,昭和10年;窪川鹤次郎,昭和25年;平野谦,昭和28年;长谷川泉,昭和37年;森山重雄,昭和42年;今井泰子,昭和52年;田口道昭,平成16年;王忆云,平成21年)。也有称呼为"文艺与人生"(日比嘉高,平成13年)。本书采用"文艺与人生"的说法,主要是因为它更有概括性。关于二者的探讨,既有方法与态度的问题(是以"观照"来看,还是以"实践"来看),又有对象的问题(是以文艺对对象,还是以现实人生为对象,又或是以文艺中的人生为对象)。

②　長谷川天溪:「自然主義と本能満足主義との別」『文章世界』(第3巻第5号)、明治41年4月、87頁。

③　長谷川天溪:「自然主義と本能満足主義との別」『文章世界』(第3巻第5号)、明治41年4月、87頁。

以考虑。倘若这一主义与一般的艺术相冲突，我等不仅会抛弃那种艺术，又倘若与社会及国家相冲突，我等也绝不畏惧。"①于是，以 5 月 3 日《读卖新闻》上同时刊登天溪与泡鸣的文章，且文中各自都提及对方此前文章的观点并做出判断为标志，"艺术与人生"论争的大幕就此拉开。② 天溪（以及抱月、花袋等）与泡鸣之间，遵循着各自对艺术与人生的认识逻辑——前者强调自然主义应限定在文艺上，以"无解决"的方法与态度创作艺术作品，后者主张（新）自然主义"并非人生的一部分或手段"，而是"人生的全部或内容"（《灵肉一致的事实》）。

　　进入明治 42 年，这场本已在明治 41 年、以两位文艺批评家为主要代表而展开的论争，又因田山花袋的《评论的评论》而"战火重燃"。不仅如此，论争很快就蔓延开来。最后，竟然发展演变成了文坛的中心议题。进入正式的叙述之前，先就论争中涉及的代表性文章制表如下：

图表 11　"艺术与人生"论争一览表③

明治 41 年

4 月	15 日	長谷川天渓:「自然主義と本能満足主義の別」（文章世界）
	24 · 25 日	長谷川天渓:「芸術即自然主義」（東京二六新聞）
	26 日	岩野泡鳴:「文界私議　中島氏の「自然主義の理論的根拠」」（読売新聞）

①　该处引文出自:岩野泡鳴:『新自然主義』、日高有倫堂、明治 41 年 10 月、316 頁。

②　具体过程可参看:王憶雲:「『芸術と実行』論争の発端——明治四十一年の長谷川天渓と岩野泡鳴との論争を中心に」『京都大学国文学論叢』（第 20 号）、2009 年 2 月、82—85 頁。

③　明治 41 年的论争一览表转引自:王憶雲:「『芸術と実行』論争の発端——明治四十一年の長谷川天渓と岩野泡鳴との論争を中心に」『京都大学国文学論叢』（第 20 号）、2009 年 2 月、95 頁。明治 42 年的论争一览表则以日比嘉高（「第 3 章　〈文芸と人生〉論議と青年層の動向」「第 4 章　〈自己〉を語る枠組み」『〈自己表象〉の文学史——自分を書く小説の登場——』、翰林書房、2002 年 5 月、107—126、146—160 頁）与王忆云（「明治四二年の『芸術と実行』論争——岩野泡鳴の位置づけを再考する」『国語国文』（第 80 巻第 10 号）、2011 年 10 月、39—56 頁）的为基础，又参照了《文章世界》、《太阳》等多种杂志的目录与文章之后制作而成。此外，笔者对岛村抱月的一些重要文章均做出了加框处理，以便行文。

明治 41 年

5 月	1 日	長谷川天渓:「無解決と解決」（太陽）
		島村抱月:「自然主義の価値」（早稲田文学）
	1・2 日	岩野泡鳴:「刹那主義と性慾」（東京二六新聞）
	3 日	長谷川天渓:「我観雑景」（読売新聞）
		岩野泡鳴:「文界私議　早稲田文学の詩論」（読売新聞）
	5 日	島村抱月:「文芸上の自然主義」（教育時論）
	10 日	岩野泡鳴:「霊肉合致の事実」（読売新聞）
	17 日	長谷川天渓:「霊肉合致の意義如何」（読売新聞）
	24 日	岩野泡鳴:「霊肉合致──自我独存（長谷川天渓氏に答ふ）」（読売新聞）
	31 日	長谷川天渓:「自我の範囲（岩野泡鳴氏に与ふ）」（読売新聞）
6 月	14 日	岩野泡鳴:「文界私議」（読売新聞）
	21 日	島村抱月:「駁論二三」（読売新聞）
8 月	28・29 日	島村抱月:「冷めた自己」（東京二六新聞）
9 月	1 日	島村抱月:「芸術と実生活に横たわる一線」（早稲田文学）
	27 日	岩野泡鳴:「島村抱月氏に答ふ」（読売新聞）

明治 42 年

1 月	1 日	島村抱月:「行わせる芸術と考えさせる芸術」（秀才文壇）
	15 日	田山花袋:「評論の評論」（文章世界）
	24 日	徳田秋江:「文壇無駄話」（読売新聞）
2 月	1 日	田山花袋:「評論の評論」（文章世界）
		金子筑水:「実生活と文芸」『中央公論』
3 月	1 日	島村抱月:「実行的人生と芸術的人生」『新潮』
	15 日	田山花袋:「評論の評論」（文章世界）
	21 日	岩野泡鳴:「実行文芸、外数件」、徳田秋江:「文壇無駄話」『読売新聞』

续表

明治42年

4月	1日	内田夕闇：「岩野泡鳴氏に与ふ」、黒田鵬心：「実人生と芸術の内容」『帝国文学』
	15日	田山花袋：「評論の評論」（文章世界）
5月	1日	金子筑水：「文芸と実人生」（中央公論） 島村抱月：「観照即人生の為也」（早稲田文学）
	15日	田山花袋：「評論の評論」、泉鏡花・徳田秋江等：「特集＝予は芸術を如何に観ずるか」（文章世界）
6月	1日	金子筑水：「芸術と実人生の接触点」（新潮）
	5日	島村抱月：「序に代えて　人生観上の自然主義を論ず」『近代文芸之研究』
	6日	島村抱月：「第一義と第二義」（読売新聞）
	15日	島村抱月：「芸術は何の為めに存在するか」、金子筑水：「芸術観の一面」（文章世界）
	10—15、17・18、20・21日	石橋湛山：「観照と実行」（東京毎日新聞）
7月	1日	相馬御風：「自然主義論最後の試練」、松原至文：「傍観と実行」（新潮） 徳田秋声：「文芸と実行」（早稲田文学）
	11日	徳田秋江：「島村抱月氏の『観照即人生の為也』を是正す（一～五）——何故に芸術の内容は実人生と一致するか」『読売新聞』（5・16、6・13、6・20、7・4、7・11）
8月	1日	長谷川天渓：「芸術と実行」『太陽』
9月	1日	樋口龍峡：「芸術の世界と実世界」『新小説』 島村抱月：「懐疑と告白」（早稲田文学）
12月	1日	相馬御風：「文芸講話＝芸術と人生」『新潮』
44・4	1日	金子筑水：「観照と実行」「観照の背景」『太陽』

　其实，在花袋的《评论的评论》之前，岛村抱月已经发表了文章——《促人实践

的艺术与促人思考的艺术》(《秀才文坛》,42 年 1 月)。该文对"实践"与"观照"
(文中使用的是"静观"一词)做了很清晰的解释说明。

　　若看浪漫主义以来文艺变迁的足迹,会发现其中有两个显著的对照。一
个是实践或促人实践的艺术,一个是思考或促人思考的艺术。前者总体来说
属于浪漫主义的艺术,后者则主要属于自然主义的艺术。说起实践或促人实
践的艺术,……它是一种认为文艺只不过是实现自己热切愿望的方法的艺
术。而思考或促人思考的艺术,则会在一旦要实践上述的实际想法之际,就
稍许间隔开来,接着会浮现于其上,回头来看地加以描写。结果是,虽然是自
己也怀有极大热心而思考的事物,却把它重新推至对面,仔细端详,深入沉思
自己是这个样子、现实社会是这样的吗。此外,促使现实社会上的人在读了
这样的作品之后,对那种事情也与自己一样地深入思考、冥想。总之,对于作
者或读者来说,这两种艺术都是极为痛切且又认真而真实的,因而是深切地
撞击心灵的东西。但又在最后的一瞬间,一方径直地实践或促人实践它、热
心地执着于此,而另一方则会放弃实践、冥想或静观它。①

从这一段很长的引文中,我们足以读出浪漫主义与自然主义、实践与静观的
关系。前者是作者急于抒发个人情怀而自己去积极用文艺加以实践或促使读者
实践自己的文艺作品中所描写的情怀,感情热烈而直接,特点是任感情宣泄而"实
践"。后者是作者把要描写的对象置于对面、仔细揣摩,沉思自己、冥想他人且又
促发读者一同思考,感情痛切而真实,特点是置感情于对面而"静观"。就浪漫主
义与自然主义,如果借用《横亘于文艺与生活之间的那条线》(明治 41 年 9 月)的
解释,二者会分别对应"权大乘之境",即"为自己的艺术"和"大乘之境",即"为人
生的艺术"。就"实践"与"静观",则具体地解释了二者分别存在于哪个阶段以及
应如何理解。到了花袋这里,他则是以判断性的口吻说道:"我认为实践上的自然
主义没有意义。从一开始,自然主义的旁观式态度便已是艺术性学问。而且,自
然主义正是在那一点上才具有真正的意义。"②不管怎么说,天溪、抱月、花袋均主
张在文艺上考察与看待自然主义是无疑的了。

　　于是,近松秋江马上站出来就抱月与花袋的文章表达了自己的不同立场:"倘
若把现在提倡自然主义的人分为实践派与反实践派,岛村抱月、田山花袋、长谷川

---

① 引文源自:「行わせる芸術と考えさせる芸術」『抱月全集』(第 1 巻)、大正 8 年 6 月、
　408 - 409 頁。
② 田山花袋:「評論の評論」『文章世界』(第 4 巻第 1 号)、明治 42 年 1 月、176 頁。

天溪等便是否定实践派,岩野泡鸣则是实践论派。明确地说,我大体赞成岩野泡鸣的说法。"①不过,他也不忘补充说明作品的内容并非要求必须是作家所作出的个人实践:"无论是如何主张实践上的自然主义之人,恐怕也不会有人作出愚蠢透顶的要求:为了描写通奸,就必须实验通奸者的心理;为了描写纵火犯,又必须做纵火的实验。因此,主张区别说(这里指实践与艺术是不同的,笔者注)的人也不用做那种孩子气的议论。"②

紧接着,金子筑水以多篇文章加入了这场讨论。就"生活与文艺",他说:文艺是"为了生活的手段"、"促进社会改善"的手段、反映现实的手段、"为了救赎现代的必然方法",应以其实用性、社会性来判断其价值的高低。③ 在《艺术观的一个方面》一文中,他进一步明确地说明了以生活为本位的思想、对作家的具体要求以及文艺与实践的关系:"比较艺术与现实人生,正确地讲也就是生活与艺术来看,我等当然以现实人生为本位。艺术绝非现实人生的对手。""文艺的真正意义应该是怎样的呢? ……作家必须是:在真正的意义上感受到想把自己的真情实感传达给他人,同时又感觉到具有把自己的感想传递给他人的价值。""作品的大小、优劣毕竟由作家的人格来决定……没有实践,就没有人格的发展"。"感受过……新的人生况味之人,最终发展到实践它是必然趋势。……从这种意义上说,文艺最终是实践性的,也可正确地解释为具有被实践的命运。"④就"人生观",筑水总结出三个:前两个之中,文艺与人生有关系,只是一个低看现实人生而视艺术高于人生,一个重心在现实人生而认为艺术最终会对人生抱有某种目的。第三种是则是不清楚文艺与人生之间存在怎样的关系。因而,认为最好不要把艺术与现实人生生拉硬拽在一起。⑤ 显然,筑水所支持的人生观是第二种。

这样一来,似乎就形成了长谷川天溪、岛村抱月、田山花袋等的一派与岩野泡鸣、近松秋江、金子筑水等的一派,也就是通常人们所称的"艺术派"或"艺术非实践派"与"人生派"或"艺术即实践派"。然而,通过以上的总结,我们又不能说"艺术派"眼中无人生,"人生派"眼中无艺术。尤其是通过考察"艺术即实践派"的观点可知,岩野泡鸣主张艺术就是人生的实践、近松秋江虽在措辞上同意但特别指

---

① 德田秋江:「文壇無駄話」『読売新聞』、明治 42 年 1 月 24 日。
② 德田秋江:「文壇無駄話」『読売新聞』、明治 42 年 1 月 24 日。
③ 金子筑水:「実生活と文芸」『中央公論』(第 24 年第 2 号)、明治 42 年 2 月、51—55 頁。
④ 金子筑水:「芸術観の一面」『文章世界』(第 4 卷第 8 号)、明治 41 年 6 月、6 頁、7 頁、9 頁。
⑤ 金子筑水:「芸術と実人生の接触点」『新潮』(第 10 卷第 6 号)、明治 42 年 6 月、17—18 頁。

出这种实践并非是指作家的个人身体力行的实践、金子筑水则是主张艺术最终服务于人生的实践。① 对于双方来说,他们的分歧,无非是在彼此的眼中或描述中,捕捉了不同层面、不同侧面的艺术和人生而已。

日比嘉高的先行研究已经令人信服地考察了"艺术即实践派"代表人物的在时代风潮与青年人的思想上已然理论占优。② 不过,其考察结果是与他的考察范围——文艺媒体与读者、小说类型、"自我"观以及"自我"论、青年文学家及投稿青年的动向等——紧密相关。③ 而笔者却恰恰相反,本书是为了在文坛的主潮以及代表性文艺批评家的言论中把捉论争的实质,以更好地认识岛村抱月的自然主义文艺思想。

因而,笔者要在考察了"艺术派"与"人生派"的观点对垒后,看一下当时的文坛作家由此而促发的、对艺术的认识。在题为"我如何看艺术"的特集④中,六位作家分别给出了自己对于艺术的认识与解释。泉镜花认为:"写小说是人类最好的职业",文学作品"并非是促人产生宗教性思考、或者看到现代思潮、或者解决社会问题等的某种目的而写就"、"作品中的事实不是所谓的事实也行"。从而能看出他执着于艺术却又不强求艺术与人生之间存在明确的某种目的与关系。近松秋江说:"艺术就是基于对人生的兴趣",虽然每个作家的兴趣各不相同,但创作的作品至少要有从个人与社会万象两个方向出发加以描写的态度,并且对田山花袋等与岛崎藤村的作品做了区分,认为前者倾向于个人以及人生的断片来透视人生,后者带有时代精神。可以看出,秋江充分认可艺术与人生的关系,但要否定的是花袋等局限于个人的方法以及"旁观性的"态度。德田秋声与永井荷风二人对文艺与人生的关系则均表示不置可否。前者主要是表达了自己对创作以及文艺表达的看法,对"自己所能看到的人生……在何种程度上触及且又思考人生"不置

---

① 对金子筑水的观点,相马御风说它是功利主义性的"社会论观点"。可参看:吉田精一·和田謹吾編:『近代文学評論大系』(第3卷　明治期Ⅲ)、角川書店、昭和57年4月3版、267—268頁。(相馬御風:「自然主義最後の試練」『新潮』(第11卷第1号)、明治42年7月)

② 日比嘉高:「〈文芸と人生〉論議と青年層の動向」『〈自己表象〉の文学史——自分を書く小説の登場——』、翰林書房、2002年5月、114—119頁。

③ 日比嘉高:「〈文芸と人生〉論議と青年層の動向」『〈自己表象〉の文学史——自分を書く小説の登場——』、翰林書房、2002年5月、25—27頁。

④ 泉鏡花:「芸術は予が最良の仕事也」、德田秋江:「芸術は人生に対する興味に本づく」、德田秋声:「疑惑の裡に在りて云うて可也」、田山花袋:「芸術は現象の再現也」、永井荷風:「芸術は智識の樹に咲く花也」、小杉天外:「自己の為めの芸術也」(特集＝予は芸術を如何に観ずるか)『文章世界』(第4卷第7号)、明治42年5月、2—17頁。

可否,后者则以"艺术式人类智慧之树开出的花朵"为比喻,说文艺作品"有反道德的,也有反抗整个人生的,还有全然无益于整个人生的。"因此,应把二者看作是作家对文艺的一般性看法的表达而已。田山花袋则明确地说:"我等从事新艺术的人,……只要努力地擦亮心灵的眼睛,与周遭发生的各种自然现象保持距离、明确地观察它们。进而,要努力地把那种现象再现于读者的面前。""在作品的表面只表现为现象本身,但在背后确实浮动着难以消除的作者的影子。"①不仅如此,还特别提及了"实践上的问题":"一旦成为艺术品,小说就全然与实践上的问题分离。既然作者是以自己的人生来观察人,那么,无论描写的是多么丑陋的事物,它就与实际的实践活动(道德伦理)没有任何的关系。"②由此可知,对于艺术创作的过程,花袋也持有"静观"、"观照"的态度,也依然没有改变艺术与现实人生中的实践(即伦理道德)没有关系的观点。小杉天外则谈及从事创作给自己带来的感受:"我不得不去想回顾自己、玩味人生与自然、思索艺术的余裕——在这种观照自得之中可能存在的幸福。"③从而,天外道出了对文艺秉持观照的态度会产生让自己满足,并最终达到为了人生的道理。很显然,他对"艺术派"的观照这一态度深有体会。综合来看,虽然不能说仅仅通过这种收集大家之谈的特集便能够指导世人对"文艺与人生"进行客观而正确的认识,但足以看出,文学家大多对自己所从事的艺术抱有信心与自豪感,对待艺术与人生的关系也都有较为客观与理性的认识——不强求二者之间存在直接、必然的联系,而强调艺术的多样性。这样一来,在文学家那里,从事艺术是一种职业,创作中涉及人生是理所当然,只是程度不同、形式各异罢了。因而,某种程度上可以说,在作家身上,"文艺与人生"论争的议题虽有推动人们正确认识自然主义的可能性,但并不说有利于他们自身加深对文艺的认知。

进入明治42年的后半年,以"艺术与实践"的题目对"文艺与人生"论争的前一阶段进行辨析与总结的文章开始多起来,同时,又有了探讨"观照与实践"之间具体应如何认识的文章。这里,我们先来看两篇直接以"观照与实践"为题的文章。

---

① 田山花袋:「芸術は現象の再現也」(特集＝予は芸術を如何に観ずるか)『文章世界』(第4巻第7号)、明治42年5月、10頁、12頁。
② 田山花袋:「芸術は現象の再現也」(特集＝予は芸術を如何に観ずるか)『文章世界』(第4巻第7号)、明治42年5月、12頁。
③ 田山花袋:「芸術は現象の再現也」(特集＝予は芸術を如何に観ずるか)『文章世界』(第4巻第7号)、明治42年5月、17頁。

首当其冲向"观照"发难的就是曾师从岛村抱月并认其为"人生之中四大恩人"①之一的青年文艺批评家石桥湛山。他选择批判的对象也恰恰就是恩师岛村抱月的文章《第一义与第二义》。后者的文章主要包括以下几个方面的内容:1.艺术必然是为了人生,但关键是要看它如何为了人生。2. 近代人的理性使得人们没有一个可以让自己心悦诚服的人生观。因而,"如今并非一个在人生观上责问别人、教诲他人的时代。除了观察自己、达到那种真实的努力之外,其他的一切都是无益的。"②3. 批判岩野泡鸣的"刹那心热主义"在人生观上显得极其平凡、无意义,在艺术观上则与抱月等对事实的解释有异。前者是"实践性的",后者是"艺术性的"。4."实践"一词的多义性。(1)一般意义上的"实践",即,对眼前的问题作出决定并付诸行动。因而,其目的是"第二义的"、"部分的"、"偏执的"。刹那的心热主义即属于此类。(2)同为一般意义上的"实践",但倘若目的是"第一义的",即"视内心挣扎的这种意识状态为实践"之时,则艺术观与主张"观照"的人趋近。(3)文艺层面需要"观照",而不是"实践"。即便在心情上怀有"第一义的目的",但其中必然还包括哲学、宗教、伦理道德。因而,还要排除其中可能包含"第二义实践"的非艺术理念。如此一来,便需要艺术上的"观照",而不是"实践"。这种"观照"也就是"艺术的客观化"。再回过头来看看石桥湛山的文章。该文主要针对的是岛村抱月上述文章的第 2 点中提及的人生观与第 4 点中提及的"第一义"与"第二义"这种二元论。在亮明"观照与实践"是任何一个时代都会存在的现象之后,湛山为自己设计的论述逻辑是:"为何如今的时代需要关注这种问题起来? 就观照或实践是什么发表自己的意见,而且试着对当代的我国文艺家的见解进行批判。"③就为何需要关注"观照与实践",湛山只是笼统地解释说:"这是如今的一切问题——不仅限于文艺,还有宗教、哲学、教育、政治等所有方面——都要碰到或必须碰到的核心问题。"④就他自己的意见,湛山的说理过程是:世间的真理没有一成不变的存在;人活着没有任何不同,区别仅在于各自的活法;文艺等都只是人为了活着而顺应环境的方法;顺应环境就是调整过去与现在,而非抛弃往昔的一切;人的生活就是从特殊(过去的每一个经验)中发现普遍(生

---

① 福泽谕吉、板垣退助、坪内逍遥、岛村抱月。可参看:「本欄＝四恩人の一人」『早稲田文学』(島村抱月追悼号)、大正 7 年 12 月号、58 頁。
② 「第一義と第二義」『抱月全集』(第 2 巻)、天佑社、大正 9 年 2 月、177 頁。
③ 石橋湛山:「文壇の中心題目」『東京毎日新聞』、明治 42 年 6 月 10 日。
④ 石橋湛山:「文壇の中心題目」『東京毎日新聞』、明治 42 年 6 月 10 日。

活的方针）。从而,指出"所谓的人生,终究无非是以生存为目的的、顺应环境的过程。"①与此同时,"文艺便是根据某种特殊的事实,显示普遍,即暗示人生的某个部分或整体的存在。"②就他的批判来说,湛山认为:(1)"第一义"的说法是错误的。它是要在把人的生活、道德等一分为二之后,认为存在一种确乎不变的真实存在。实际上,这种"第一义"指的就是"顺应新环境（要求）的、新的生活方法"。(2)对现有的生活需要进行改造、持有无理想、无解决③即观照、旁观的态度。因为,当今的时代是一个没有能够顺应环境、统一生活的存在,而处于自相矛盾之中。过去的理想不再起作用、新的理想又尚未发现。(3)抽象出"观照"这一功能而忘了它是实践的一个侧面这一点是一种谬误。具体地说,抱月没有讲明"观照"是如何为人生的,泡鸣则只关注刹那的心热,而不允许人生中存在"观照"。因而,在"观照与实践"的关系中,泡鸣"只看到二者一致的一面,而陷入一味的平等,抱月则与之相反,只看到了二者对立的一面,而坠入一味的差别"④。总之,湛山是要以"哲学家的态度"⑤,主张以动态发展、一元论的视角,去顺应环境、由特殊中观出普遍,从而参照并改造过去的理想与方法使之适应人的现实人生与要活下去的目的。也就是说,他主张有必要把由现实生活发展出来的"第一义"再重新回到现实生活,而不是剥离为第一义与第二义、本体与现象、真与伪这种二元对立、非此即彼的立场。值得注意的是,湛山的文章是对岩野泡鸣与岛村抱月的"观照与实践"认识同时做出了批判。诚然,这是一篇"理论有根据、推演得体、不突兀、不散漫"⑥的文章,然而,是否一一对应地驳倒了岛村抱月的观点,实属可疑。不过,从其论点的主旨来说,他不同于"艺术派"与"人生派",这一点是毫无疑问的。可

---

① 石橋湛山:「特殊と普遍、真と偽」『東京毎日新聞』、明治 42 年 6 月 17 日。

② 石橋湛山:「特殊と普遍、真と偽」『東京毎日新聞』、明治 42 年 6 月 17 日。

③ 文中在括号内对"无理想""无解决"的解释非常有理:"一是人生之中永远没有理想及解决之意,一是批判人生之时,不用既有的理想及解决办法。前者是一种受制于语言、不了解过去的理想或解决办法是作为生活方法而显现这一道理,误以为它就是全部的理想或解决办法想法……后者是这里所讲的态度问题,对于新兴文艺,它是具有重要意义的。"（石橋湛山:「人生と観照」『東京毎日新聞』、明治 42 年 6 月 21 日）

④ 石橋湛山:「人生と観照」『東京毎日新聞』、明治 42 年 6 月 21 日。

⑤ 石橋湛山:「人生と観照」『東京毎日新聞』、明治 42 年 6 月 21 日。

⑥ 岡崎一:「石橋湛山の文芸批評(明治期を中心に)——観照から実行へ、事実を再統一・改造してこそ」『自由思想』(第 123 号)、2011 年 8 月、65 頁。

以说,他的观点带有强烈的社会性趋向,与金子筑水、田中王堂的立场颇为相同。① 7 月的《旁观与实践》一文,则把讨论通过在态度、目的、方法上的对比进一步做了区分,说:"艺术非实践派"可以分为两种——"只是为了描写的完整性而采取旁观"的态度与"对于盲目地朝向人生的现象以回顾、观照人生为尊"的态度。因而,前者是为了做出一个好的艺术品,而接近"为艺术的艺术主义",后者是把观照人生作为唯一目的或第一义,而接近"为人生的艺术主义"。不过,二者的手段"都接近为艺术的艺术主义"、目的"都接近为人生的艺术主义"。"艺术实践论"也可以分为两种——"只是对人生有某种目的、理想"的态度与"没有目的、理想地追逐每一刹那地活着"的态度。前者是诸如政治家怀有理想的那般态度,后者是艺术家的态度。后者的追求是"我即人生、人生即我"。因而,无论是目的上,还是方法上,都是"为自己的艺术"。由此,文章具体地指出了两派的不同之处:一方视观照为第一义、视实践为第二义,另一方则不主张存在第一义与第二义的区别。一方认为人生与艺术是分离的,另一方则视自我、人生与艺术是"三位一体"。一方是二元论,另一方则是一元论、灵肉合一的思想。虽然,文章明确表示自己赞同后者,但仍在结尾处弱化了或者说中立了自己的观点:"这种艺术或人生上的议论,不应是相互争论的问题,而是个性问题。……不应是以有理无理来加以区别的问题。……这种根本性问题,只应双方相互信任,而不应是说明而使人动摇,也不应是论述而让人信服。"②

虽然,这两篇文章对"观照与实践"的探讨未必全面、明晰,但是,却促使加入"文艺与人生"论争的人们在继续谈论文艺与人生的关系之时,也不得不关注导致出现"文艺派"与"人生派"这种称呼的两个核心关键词——"观照"、"实践"。

在笔者看来,能全面反映评论家们对"文艺与人生"论争的认识走向深化的代表性文章有:岩野泡鸣的《实践文艺、外加数则》(3 月)、德田秋江的《文坛琐碎谈》《纠正岛村抱月的〈观照即是为人生〉(一)—(五):艺术的内容为何与现实人生相一致?》(3 月、5、6、7 月)、黑田鹏心的《现实人生与艺术的内容》(4 月)、相马御风的《自然主义论的最后检验》和《文艺讲话　艺术与人生》(7 月、12 月)、长谷川天溪的《艺术与实践》(8 月)、樋口龙峡的《艺术的世界与现实世界》(9 月)以及金子

---

① 有文章考察说:"王堂这种提倡以人生为中心、批判、改造文艺的人生的文艺理论几乎直接被湛山所吸收、消化。"(姜克实:「若き石橋湛山の文明時評——師田中王堂とのかかわり」『史観』(第 118 号)、昭和 63 年 3 月、23 頁。

② 松原至文:「傍観と実行」『新潮』(第 11 卷第 1 号)、明治 42 年 7 月、17 頁。

筑水的《观照与实践》、《观照的背景》(44 年 4 月)。①

其实，笔者是要选取分别代表"人生派"(或"实践派"，如岩野泡鸣、近松秋江)、"文艺派"(或"观照派"，如田山花袋、长谷川天溪、岛村抱月等)、"社会派"(指金子筑水、石桥湛山、田中王堂等)的文章，以比较各自的观点。

首先，实际上，"人生派"的观点似乎一经确立就没有再行发展：岩野泡鸣比较强调抱月的文艺理论是看重古典主义者及浪漫主义者所主张的"人生与艺术是不同的存在"，和王尔德所提倡的"人生全然归于艺术"的旧思想，而"根本不懂实践性文艺的意思"。② 近松秋江则是继在 3 月 21 日的《读卖新闻》上表示支持泡鸣的"艺术即实践论"的观点并提出"观念性实践"③之后，把实践论分为三种："甲：视艺术创作为观念性实践；乙：视艺术——或诗人——为站在时代潮头教诲社会的预言者的实践；丙：与手脚的实践相混同的实践。"④而且，他明确地解释说自己与泡鸣指的是"甲：视艺术创作为观念性实践"，从而，把"人生派"的"实践"限定在了文学家的创作层面。

接着，来看代表"艺术派"的长谷川天溪与相马御风的文章观点。天溪的文章意在对"实践"进行仔细梳理，以批判岩野泡鸣与近松秋江的"艺术即实践论"。1. 就有人说"进行艺术创作不也就是实践吗"的说法，天溪的说法是："这是过于无意义的论调。"2. 就泡鸣说"艺术里表现出来的行为就是作者在观念上逐渐实践的东西"的说法，天溪认为是"胡乱地拉出'实践'这个词"。而且，他补充说，"就算是在观念上，也有不发展到所谓的实践，而不断地进行冷静的观察"这种情况。因而，他认为"泡鸣的说法仅能对一小部分艺术而言"。3. 就"艺术与日常生

---

① 文章虽然是发表在明治 44 年，但笔者仍以为有必要把它放在考察与梳理的范围之内。一是因为，进入明治 42 年后半年之后，金子筑水就没有再以文章的形式加入论争，二是因为，自从金子筑水接替长谷川天溪入职《太阳》的文艺栏编辑(明治 43 年 7 月)，他本人就开始按照自己的视角对文坛现象进行了梳理。比如，明治 43 年 7 月的《自然主义论的分类》、8 月的《平凡生活》9 月的《排斥快乐主义的文艺》、10 月的《浪漫主义与自然主义的对照》、11 月的《文艺及思想的取缔》、明治 44 年 1 月的《世俗性要求》、4 月的《观照与实践》《观照的背景》、6 月的《近代文艺的两大种类》《文艺院的设立》、8 月的《颓败的风气与别开生面》、10 月的《科学精神与文艺》《科学人生观》等。也就是说，他按照自然主义与文艺思潮的自然发展顺序展开了考察。否则，很难理解，金子筑水在明治 44 年还去专门讨论业已成为历史现象的文艺思想的必要性。
② 岩野泡鸣：「実行文芸、外数件」『読売新聞』、明治 42 年 3 月 21 日。
③ 近松秋江：「文壇無駄話」『読売新聞』、明治 42 年 3 月 21 日。
④ 近松秋江：「文壇無駄話　何故に芸術の内容は実人生と一致するか(五)」『読売新聞』、明治 42 年 7 月 11 日。

活"的关系,天溪认为"根据看法不同,可以说成是一致,也可以说成是有区别。"他觉得"有区别"是毋庸置言,"一致"无非是因为"作家的人生观"。4. 就有人说"艺术里表现出来的意义,不久之后会显现于他人的实践之中,因而两者之间具有密切关系"的说法,天溪的说法是"这是把问题引向其他方面的行为","不如把讨论议题设置为艺术的实际效果更好。"从而,他认定说:"德田秋江主张把这种实际效果论与岩野泡鸣的观念上的实践说相结合,就是文艺上的实践论。"①虽然,天溪对每一说法进行否定时都没有展开具体叙述,但是这种针对某种具体情况以及言论进行阐述的做法,确实有利于避免"群声鼎沸"却又"不知所云"的混乱状况。不过,需要说明的是,他把"实践"一词界定为一般通用的说法:"在身体上所体现出来的行动"。从这种角度出发,认为"艺术与实践"是截然不同的存在,实在是不费吹灰之力。御风的两篇文章则堪称"艺术派"的权威发言。《自然主义论的最后检验》的内容分为五大部分:1. 自然主义思潮在经过"消极反抗期"、"激进主张期"之后进入了"批判考察期"。2. 就"'文艺与实践'或'艺术与现实生活'的问题",御风认为起因就在于"自然主义要打破因袭、摒弃空想、排除个人杂念,直接触碰现实生活的根本主张",从而产生了"艺术派"与"社会派"的看法,并不断产生误解。3. 批判金子筑水的"社会派"观点。(1)就筑水的"艺术绝非现实人生的对手",御风认为没有界定清楚何谓"艺术"、何谓"现实人生",而且,也否定不了艺术是现实人生的一部分这一点。(2)就筑水认为艺术就是让他人在感受到一种全新的人生滋味之后最终实践它的观点,御风驳斥说:"对人的心灵产生某种影响的艺术是否最终都必须是实践性的"。(3)就筑水以社会论的视角来讨论艺术与现实人生的问题,御风认为那样"大多具有一种陷入狭隘而寻常的理想论调的命运。"因而,他再次表明"文艺论"的立场:"文艺还是具有必须作为文艺本身来看待的一面。不,倒不如说,这一面是讨论艺术的根本。"②4. 辨析"艺术是为了自己"还是"艺术是为了人生"这种目的论。他的解释是:"并不是为了自己而创造艺术、为了自己而恋爱,而是创造艺术、要恋爱。不可加入'为了'这种间接修辞是真正的事实。……艺术作为人生之中的事实而存在,这岂不是无需加入'Why'的疑问而人人承认的事实吗?既然这个事实难以消除,那么,观察艺术是How(如

① 長谷川天溪:「文芸時評　芸術と実行」『太陽』(第15卷第11号)、明治42年8月、156—157頁。
② 相馬御風:「自然主義論最後の試練」『新潮』(第11卷第1号)、明治42年7月。引文出自:吉田精一・和田謹吾編:『近代文学評論大系』(第3卷　明治期Ⅲ)、角川書店、昭和57年5月三版、269頁。

何)产生的、如何存在的才是当务之急。"①5. 讨论"观照与实践"。(1)若有人认为"实践"应作广义讲,那么,人所做的事无一不是实践,"观照的实践"也能成立。(2)若有人认为"观照总会达到实践",那么,就与金子筑水的"社会派"的观点相同,宇宙万物皆为实践。(3)若有人认为创作不是观照而是"观念上的实践",那么,"就应该先把内容搞清楚。"(4)"观照与实践"、"艺术性的态度与实践性的态度"是怎样不同的,这是文艺论的根本,也是自然主义论的最后检验"。这篇文章是对自然主义思潮发展演变的一个比较准确的地位,也有力地反驳了金子筑水以"社会论"的视角来讨论"文艺与人生"的观点,②还比较清楚地对"实践"进行了分类探讨,最终给了"观照与实践"在自然主义文艺中作为"最后检验"的定位。至此,可以说,"艺术派"加入论争的观点已经在该文中全面呈现。

而到了明治42年12月,相马御风就"艺术与人生"总结性文章,可以说,对这场论争有了更清晰、更全面的认识。首先,为"观照与实践"找到了共通之处——我们的生活。御风认为"观照与实践"是"双方皆以不同的形式言说着相同的事情"。因为这二者都存在于我们的生活之中。进一步说,"把观照与实践分别对待的一方,是站在生活这一平等相之中看出了两个差别相,把观照与实践合而为一来看的一方,是从两个差别相中看到了平等相。"③其次,阐明不可混淆艺术和艺术品、艺术家的生活与艺术化的生活。尤其是,文章指出"艺术化的生活"并非艺术家的特权,而是广泛存在于人的生活的一个方面。通过对长谷川天溪和相马御风的文章进行考察,可以知道,他们通过对"实践"进行界定与批判,认定"观照"在生活与文艺中的必要性,从而保持了"文艺派"在"文艺与人生"论争过程中日益清晰的认识。

最后,再考察一下樋口龙峡与金子筑水的观点。樋口龙峡加入"艺术与人生"论争带着一种"居高临下"的姿态。他打比喻地说:"文坛的行星及彗星摆出一副

---

① 相馬御風:「自然主義論最後の試練」『新潮』(第11卷第1号)、明治42年7月。引文出自:吉田精一・和田謹吾編:『近代文学評論大系』(第3卷 明治期Ⅲ)、角川書店、昭和57年5月三版、270頁。另,文字上方的标注系原文所有。

② 其实,在批判"社会派"观点时,御风也在部分程度上承认了这种观点的合理性:"金子筑水所说的作为艺术品的艺术与人生的关系,即艺术与社会的关系,可以认可它具有真理的一面,但说'艺术绝非现实人生的对手'这一方面是我等绝对不可倾听的空谈。"(吉田精一・和田謹吾編:『近代文学評論大系』(第3卷 明治期Ⅲ)、角川書店、昭和57年5月三版、269頁。)

③ 相馬御風:「文芸講話＝芸術と人生」『新潮』(第11卷第6号)、明治42年12月、99頁。

是北斗以及太阳的架势,因而很滑稽。"①随后,他指出自己将就艺术世界与现实
世界,从四个方面进行了论述:艺术世界与现实生活合一;艺术世界与现实生活有
别;二者若有别,分界线是什么;艺术世界到底是什么。具体地说,第一点是针对
"艺术即实践说",后三点是针对"艺术非实践说"。首先,龙峡对泡鸣等的"艺术
即实践"分类解释道:(1)就认为文艺所描写的人生就是人们应该实践的人生这种
说法,指出这是"艺术化的生活"。(2)就艺术内容就是人的现实生活这种说法,
指出这是写实主义、自然主义的主张,没有必然重新放在新自然主义的阶段来宣
扬。(3)就不仅具有要客观、冷静地描写,还有在现实生活中遇到时去实践它的态
度与心情的这种说法,指出若近似于自然主义论者所主张的"主客观一致"、"主客
二体的融合",则实在没有必要称之为"文艺即实践"。(4)就泡鸣主张面对现实生
活、动用一体化的知情意而实现刹那自觉的才是艺术的这种说法,指出"这种说
法看上去一目了然,但是否是一种存在根据的议论?"然后,龙峡对"艺术世界与现
实生活有别"的观点,只有一个词:"消极的"。就文艺与现实生活的分界线,龙峡
的总结是:"客观的""超功利的"态度。他解释说:"主张客观主义文艺的人,如果
不承认这种境地,就等于是理论上的自杀。抱月在文艺与现实生活之间划一条
线,就是这个意思。不是什么崭新的说法,同时也是难以动摇的论述。自然主义
能在文艺上站住脚的原因之一就是立足于此种境界。我认可并同意真的自然主
义、觉醒的自然主义,也主要是因为这种客观的态度、超功利的态度。"②至于"艺
术世界到底是怎样",龙峡其实主要是对抱月所提出的"观照"进行批判。他分析
说:"文艺不单单是对特殊的人生现象进行观照,还是对整体人生的观照性批判",
又要"在文艺之中营造一个包括人生的三个方面,即知情意的整体图景,才能成为
真正的为了人生的文艺。"而以此作参照,龙峡便质疑抱月在文艺上的"观照"态度
所主张的"根据部分现实,冥想整体存在的意义"是什么,并认为这是只关注自我
而导致社会性共存意识缺失的体现,不能反映社会思潮、时代精神,而只能是"为
了浅薄的观照即人生的绝望呐喊"。也就是说,龙峡的文章既批判了岩野泡鸣的
"艺术即实践说",又部分否定了以抱月的"观照"态度为首的"文艺派"理论,认为
后者没有真正兼顾"知情意"的三位一体,缺失了以文艺反映社会、时代的部分。
金子筑水的文章虽然在开篇就告知是由于读到田山花袋的《远观之心》(明治44

---

① 樋口龍峡:「芸術の世界と実世界」『新小説』(第14年第9巻)、明治42年9月。引文出
自:樋口秀雄:『現代思潮論』、中央書院、大正2年11月、292—293頁。
② 樋口秀雄:『現代思潮論』、中央書院、大正2年11月、305頁。

年 3 月）而引发的讨论,但对我们考察"艺术与人生"论争总体结束 1 年多之后仍有意义。该文很明晰地界定了何谓"观照派"、何谓"人生派",又该如何认识。前者持有"尽可能远离现实人生地观察它"的态度,后者持有"在现实人生中行动"的态度。因而二者在纯艺术观上与纯人生观上产生分歧。文章解释说:

> 从纯艺术观上来看,"观照派"把文艺的本质定为"观照",不仅强制文艺避开观照之外的目的,还厌恶文艺为所有的小主观作出牺牲,而认为真正的文艺存在于尽可能客观、冷静地观照人生的真相之中。相反,人生派或实践派则认为,只要文艺是现实人生的一部分,就必然是为了人生的存在,"观照"终究是实践的手段,文艺最终也只不过是人生的必需品。进而,从纯人生观上来观察,"观照派"认为比起至今所做过的无谓努力及实践,沉静的、深深的观照是一种更理想、更深厚的生活。……相反,实践派则主张人生的根本,不在于观照,而终究在于实践。……没有事件的观照是无意义的……①

这段话确实是对"观照派"与"人生派"的主要思想作出的非常好的总结。不过,随之而来还有对二者进行的综合性评述:从纯艺术观上来说,"观照派"要求"作家要尽可能地摒弃小主观及实践法则,必要时,还要避开现实生活的烦扰,竭力冷静、客观地观照人生,是最符合文艺本质的方法。……然而,纯粹的观照或客观性的观照……本就是不可能有的。"②而"实践派"的弊端是"以实践为目的的文艺,最终都只不过变成道德小说或者一种训话。"从纯人生观上来说,"观照与实践,是人生的两个方面。没有观照,人生便不成立。与此相同,没有实践,人生也不成立。"由此,可以明白两点:1. 从艺术观上,以筑水为代表的"社会派"肯定"观照派"的创作方法与态度,只是不认为存在纯粹的观照。他明确承认:"我等绝非是排斥观照之辈。"2. 从人生观上,筑水认可艺术与实践都是为了人生。

至此,我们按照"实践派"、"观照派"、"社会派"的顺序考察了:岩野泡鸣与近松秋江在这一时期主张"观念性实践"。很明显,他们强调作家这一创作主体与现实人生的关系。长谷川天溪和相马御风强调了"观照"对于文艺的意义并厘清了涉及现实人生、作家以及文艺世界中的"实践"。樋口龙峡与金子筑水主张不要片面看待"观照"与"实践",应具有文艺给社会以影响的视角。但无论怎么说,这些文艺批评家都是在就"文艺与人生"这一话题,给出了各自的观点。这样的论争,

---

① 金子筑水:「文芸時評　観照と実行」『太陽』(第 17 卷第 5 号)、明治 44 年 4 月、12—13 頁。

② 金子筑水:「文芸時評 観照と実行」『太陽』(第 17 卷第 5 号)、明治 44 年 4 月、15—16 頁。

不管结果是不是不了了之,但对于拓宽当时的人们对于文艺的认识都是大有裨益的。

通过对这场"论争"的考察,笔者认为就"文艺与人生"涉及了多个方面及层面的问题。为了便于叙述,笔者作图如下:

图表12　"文艺与人生""观照与实践"的多重结构图①

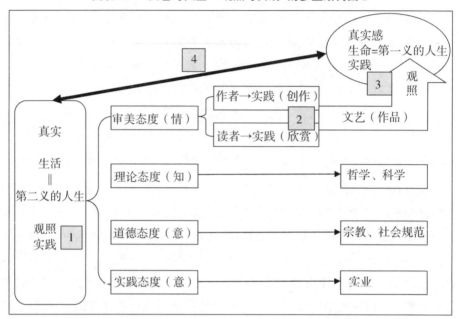

文艺与人生,到底应该是怎样的关系呢? 文艺如哲学、宗教、道德、实业一样,是人生的一个部分。但是,与哲学、科学的穷理,宗教、社会规范的追求道德与否,实业的看重功利与行动的特点不同,文艺要用真挚的情感打动人心。现实生活与人生是怎样的关系? 借用岛村抱月在《艺术与生活之间横亘的那条线》中的总结,可以知道:"狭义的人生就是生活"、"广义的生活就是人生"。现实生活丰富多彩而又纷繁复杂,它是狭义的人生,即"第二义的人生"。对于文艺来说,真正的人生还应包括通过"观照"而得来的"第一义人生"。"观照与实践",又应如何看待? 笔者以为,就此可以分为四个方面来看:①现实生活层面的"观照与实践"。生活中难道就只有一个又一个的"实践"吗? 很明显,答案是否定的。人会以实际行

---

①　该图的制作得益于《帝国文学》上《现实人生与艺术的内容》一文中两幅图表的启发。具体可参看:鹏心:「時評　実人生と芸術の内容」『帝国文学』(第15卷第4号)、明治42年4月。

动、道德规范、理论思索以及审美观照等各种态度面对眼前的生活。此时,生活中的"观照"就是"艺术化的生活"(相马御风、樋口龙峡)。②作家与读者层面的"观照与实践"。在岩野泡鸣与近松秋江那里,认为作者的创作就是一种"观念上的实践"。但这种说法遭致"观照派"及"社会派"的批判。而在樋口龙峡与金子筑水这里,认为读者在以审美的态度欣赏文艺作品之后总会有进行"实践"的时候,从而提醒人们要认识到文艺对社会的影响作用。但这种说法遭到了"观照派"的反对。他们认为虽然不能否认那种作用的存在,然而讨论文艺之所以文艺才是其根本任务及价值所在。因而,在这个层面上,为了避免错误理解,应把作者的创作定位为观察、把读者的欣赏定义为品味(即文艺对读者的实际效果)。(长谷川天溪、相马御风)③文艺作品层面的"观照与实践"。除了"实践派"不认同"观照"这一概念之外,"观照派"、"社会派"都对文艺作品需要审美"观照"这一点表示赞同。岛村抱月在《第一义与第二义》一文中说道:"倘若实践的目的是第一义的,也就是说,是要统一当前的实践的各种目的,视内心挣扎的这种意识状态为实践的话,就在从刹那间的心热脱离开来的同时,与我们在艺术观赏所称呼的'观照'趋近。"①从这种意义上来说,文艺作品层面只存在"观照"。而抱月在上述的文章中,却在有补充说明的情况下②使用了"第一义的实践"这种说法。④"第一义的人生"与"第二义的人生"层面的"观照与实践"。"社会派"主张玩味文艺之后终会发生"实践"的行动(石桥湛山)、文艺终究要反映时代大潮、社会现象、与社会建立密切关系(樋口龙峡),从而实现由文艺到现实生活的转化。而"观照派"主张捕捉某一个事实、透过认真的"观照"、营造一个由部分沉思整体人生的过程,也就是说,要经历从"第二义的人生"向"第一义的人生"提升。就此,通过本书的第4章第4节的考察,对体现岛村抱月的自然主义文艺思想的理论文章进行梳理得出的由"真实"到"真实感"的过程与由"观照"体味"完整人生"的解释这两者的有机结合,已经仔细地分析了由"第二义"到"第一义"的演变轨迹。

　　也就是说,这场"文艺与人生"论争涉及了生活之中的文艺材料的来源、文艺家的创作过程、文艺作品及其体现的人生、文艺世界与现实人生等多个层面的关系。"实践派"也好、"观照派"也好、"社会派"也好,它们彼此相互诘难、相互映照,为之后的日本文坛发展提供了多元视角与多种可能性。

---

① 『抱月全集』(第2卷)、天佑社、大正9年2月、180頁。
② 文中说:"我说了第一义的实践就是艺术的境界。但是,严格来说,这是非常有缺陷的说法。"(『抱月全集』(第2卷)、天佑社、大正9年2月、181頁。)

不过,需要指出的是,"文艺与人生"论争确实讨论了很多问题,但它的大前提确是日本自然主义发展这一文艺思潮。"实践派"与"观照派"恰恰是其内部的两种存在,意味着自然主义也在发展的过程中开始出现分化。明治 39 年,作为文坛新气象,代表了文艺思潮的新方向。明治 40 年,理论上的"新自然主义"迅速形成,又一代表性文学作品《棉被》的诞生、"人物原型问题"以及"文艺与道德"探讨的纷至沓来,使得自然主义在理论上、创作上及文艺思潮上迅速得势。明治 41 年,自然主义与非自然主义的"争锋相对"、"煤烟事件"及"龇牙龟事件"等的迅速发酵,在促使主张自然主义的人们思考他们的理论走向以及深层本质的同时,也迫使他们不得不接受来自文艺外部的评价与影响。明治 42 年,则在经受谩骂与遭受来自国家层面的文艺作品取缔频发的过程之中,把对于自然主义的探讨从确认作家的创作态度认真与否、作品道德与否、理论矛盾与否,扩展至文艺在人生中重要与否以及如何重要的层面。

第 5 节　岛村抱月的"观照"与"真实"①

在轰轰烈烈的自然主义进入明治 42 年之前,抱月其实已经完成了对文艺的总体认知、对自然主义在文艺发展史上的考察、对自然主义在日本文坛具有重大理论意义的阐析、对文艺在人生之中的崇高意义等方面的确认,从而令人信服地得出了文艺世界的最大特征是"观照"这样的说法。然而,我们对明治四十年代岛村抱月的自然主义文艺思想的考察还必须进入明治 42 年。因为,这一时期,他把纯粹的文艺理论与自身真实的内心体验结合起来,以阐析文艺与人生、现实与观照的具体关系。

---

① 本小节把明治 43 年岛村抱月的几篇文章也纳入考察范围的原因在于:1. 身体及家庭的原因。2 月因过于劳累不得不进行疗养。7 月开始,举家避暑疗养。加之,妻子的神经衰弱仍没有得到有效控制。2. 工作上的原因。5 月,担任早稻田大学校外讲习会讲师。9 月开始,担任英国文学专业一年级的文学概论、二年级的近世欧洲文艺史、三年级的美学与近世欧洲文艺史,哲学专业二年级的近世欧洲文艺史、三年级的美学,特别研究科的艺术问题研究与欧洲近期作品研究,报纸研究科的日本报纸研究,以及文艺协会的学习会演。3. 自身的文艺体系的原因。由于其代表性理论文章已经基本包含了其个人对于新文艺的全部见解,加之关于自然主义的论述逐渐退潮开始进入"后自然主义"时代,而抱月觉得作为文艺思潮的自然主义仍未得到全面深化,故而,只是发表了一些具有补充意义的文章。

　　先来回顾一下本章第 2 节中涉及的、抱月的两篇理论文章的主要内容。在《代序　论人生观上的自然主义》一文中,抱月以"人生观不就是意识到可视为实践人生的目的与总指挥的观念吗,不就是标榜所谓实践人生的理想或归结吗?……人生目的是什么? 我等应树立的人生理想是什么?"也就是说,以现实生活中并没有明确的人生目的和人生理想为起点,以知识也不能让自己真正拥有理想的人生观为理由,呈示了自己一个没有得到统一却又强烈渴望"第一义"的内心的真实状态,从而道出了"摒弃虚伪、忘却矫饰,深切地注视自己的现状"这一"人生观上的自然主义",并确认这种求而不得的人生观是从自己这里产生怀疑的一个方面。而在《怀疑与告白》一文中,抱月把自己的怀疑这把"利器"又纷纷投向了自我的内心深处、哲学、宗教,从而指认了内心的纷乱状态、哲学的过于理性化、道德信仰的流于理想化,点明文艺需要在真实的告白这一基础之上,探寻它的"不可知"、"神秘"、"第一义"。

　　真实的自我内心状态、超越知识界限的彻底怀疑、不虚伪、不矫饰的告白。在关于日本的自然主义文艺理论的讨论达到"文艺与人生"的层面之时,岛村抱月把最真实的现实——自己的内心与怀疑——"祭献"给了日本文坛。

　　那么,来看看岛村抱月在"文艺与人生"论争的漩涡之中是如何认识的。早在明治 41 年 9 月的《横亘于艺术与生活之间的那条线》一文中,抱月就认识到了艺术源于生活又高于生活、艺术在进入近代以后变得认真、努力以及艺术中"观照"态度的有无决定了其优秀与否等的问题,从而主张艺术要进入"大乘之境"——"为人生的艺术"。当明治 42 年"文艺与人生"论争又"战火重燃"时,抱月也持续地发表了个人意见。不出意料,很多文章纷纷受到其他文艺批评家的指责。① 他在这场论争中,始终以对"观照"的阐释为核心。

　　正如上一节里,就"文艺与人生"的分析那样,这场论争并不是说文艺与人生

---

① 德田秋江(「島村抱月氏の『観照即人生の為也』を是正す(一～五)——何故に芸術の内容は実人生と一致するか」『読売新聞』(5 月 16 日、6 月 13、20 日、7 月 4、11 日))等批判《观照即是为了人生》(5 月);安倍能成等(「『近代文芸之研究』を読む」『ホトトギス』、8 月;鵬心:「時評　島村抱月氏の人生観論を読む」『帝国文学』、10 月;無名氏:「吾等奈何に活くべき——抱月氏の懴悔文を読みて」『新潮』、10 月)批判包括《代序　论人生观上的自然主义》(6 月)一文的《近代文艺的研究》;石桥湛山(「観照と実行」『東京毎日新聞』6 月 10—15、17・18、20・21 日)批判《第一义与第二义》(6 月);黑田鹏心等(「時評　島村抱月氏の人生観論を読む」『帝国文学』、10 月;德田秋江:「『泡鳴論』と『懷疑と告白』」『文章世界』、第 4 巻第 13 号;恵美光山:「文芸上の第一義欲」『新小説』、10 月・11 月)批判《怀疑与告白》(9 月)等。

分属于两个毫不相干的领域。"实践派"、"观照派"、"社会派",在承认文艺与人生有莫大关系上没有任何分歧。他们只是因为立场与观点有所不同,就文艺如何与人生发生关系、在多大程度上与人生发生关系这种问题产生分歧。而判断他们之间分歧的方法就是"观照"与"实践"。可以说,明治42年,在有关"观照"的阐释上,抱月不遗余力。在此,有一点需要特别说明一下,笔者认为包括抱月在内的当时的文坛众人与后来的研究者们所惯用的"艺术与实践"这一称呼是不太合适的。比如,在现实生活中,与艺术处于同位概念的事物是什么呢?应该是经济、政治、法律、伦理、哲学、宗教等等,兴许没有人会把"实践"列入进来。因为,"实践"指的是方法、手段。故而,要说艺术的什么手段或特征与现实生活中的"实践"这一方法不同,那就应该是后来的文章里经常使用的"观照"一词。正是出于这个考虑,笔者采用了"文艺与人生"、"观照与实践"的说法。

《横亘于艺术与生活之间的那条线》通过解读托尔斯泰的《克莱采奏鸣曲》,为我们提供了作者、作品、读者的三维文艺视角,配合了从"为功利的艺术"到"为人生的艺术"的分析,证明了"那条线"——"观照"的决定性与重要性。明治42年1月的《促人实践的艺术与促人思考的艺术》、3月的《实践性的人生与艺术性的人生》以及5月的《观照即是为人生》则是分别以阐释、举例和批判的方式,确证了"观照"是什么、"观照"有多么重要以及没有"观照"的文艺是哪些。在上一节,笔者已经引用了《促人实践的艺术与促人思考的艺术》一文中的一大段,认为它讲到了浪漫主义(实践或促人实践的艺术)与自然主义(思考或促人思考的艺术)、实践与观照的关系。那么,"观照"是什么、怎么达到呢?对于作者来说,面对自己感兴趣、思考着的事物(真实且能调动情感的对象),把它置于自己的对面(不是想着去实践它,而是当作观察的对象),观察、沉思它是否是这样的(观照)。那么,"观照"如何具体发生作用呢?

> 我们口渴难耐,便喝清冽的山泉。这就是很好的实践性的人生。这时,甘甜的山泉通过焦渴难忍的咽喉,会有一种难以名状的舒爽。应该给它叫做"实践的意义"。然而,人生这个东西,却又另外一个不同的情致。也就是说,在山泉润喉这一实践性的人生背后,还有一种感觉,比如,难以抑制、世间少有、自我扩张等。如果这些词语都过于寻常的话,用更加不同的词语来说,当我们在炎炎夏日、旅途疲惫、口干舌燥之时,掬来山涧的清泉,当我们想象终可心安的这桩事时,除了啜饮山泉的喜悦之外,还有一种难以名状的、整体的情感。当然,那种情感因人、因事情的顺序而各不相同。总之,除了正在实践

的事情的情感之外,还有一种称作完整的人生、完整的体验、完整的命运与连续性的、背景式的、大大的感觉,仔细咀嚼、反思它,沉醉于那种情景之中。姑且称其为事物的妙趣。①

生活之中,口渴想喝水,于是喝到了它,这就完成了实践。而在喝水这一实践的背后,既有一种无以名状的喜悦,还有一种体现"完整"的人生与生命的妙趣。在这种意义上,"艺术性的人生"得以实现。而之所以能产生那种妙趣,就是因为这文艺上的"观照"——咀嚼、反思、沉醉。不过,有一点需要确认:虽然只是为了对比而举了两种情况——喝水前、喝水后,但其实涉及的却是三个方面——喝水前、喝水、喝水后。"喝水"是抱月这里所谓的"实践",它构成不了文艺。而"喝水前"与"喝水后"其实也都与"喝水"有关,前者是由于渴望解渴而拼命地要把渴望化为实践,可称之为"事前情感",后者是渴望得到实现之后的回味,可称之为"事后情感"。② 但二者都能成为艺术:"一种艺术是在实践面前,盼望实践性的人生的态度,另一种艺术是跨过实践,回过头来,深切回想实践性的人生的整体。……近代艺术属于后者。"结合前一篇文章,很明显,抱月在这里把前一种艺术的形式视为浪漫主义,后一种的则视为自然主义。他又在随后的文章中说:"观照……就是基于部分现实,直接冥想完整存在的境界。"③以此,他对岩野泡鸣与文艺革新会的理念进行了抨击,认为他们没有认真地进行"观照":"泡鸣等把'观照'直接理解为玩弄,越发是错误的。不加入这一境界(观照,笔者加)的人生,只能认为它作为艺术的价值很低、意义很浅。……处于国力发展的时机,因而当今的社会需要刚健、光明。……说这是为了共存的文艺、为人生的文艺。那么,这是多么肤浅的为人生的艺术!……在那个名为文艺革新会的一派人当中的二、三位,作何看法?"如此一来,以"观照"这条线所划分出来的文艺世界是为"为人生的文艺",是一种能够体验完整人生的态度与方法,是判定与同时代的其他文艺观不同之处的有效途径。最后,结合上一节中对"观照与实践"在四个层面的阐述,来看一下抱月的文艺思想中到底包括了哪几个。就其中的1、2、3,抱月的文艺思想之中是明确包括并认可它们各自的存在。比如,文中说:"这种观照的瞬间与实践的瞬间,无止境地、复杂地交错存在是现实人生的真实模样。现实人生中存在无数个美的

---

① 「実行の人生と芸術の人生」『抱月全集』(第1卷)、天佑社、大正8年6月、422页。

② 这就是抱月在《自然主义的价值》一文中阐述主观情感反应"四段论"中的第四段——他者的"情"——"事后情感、整体情感、混合情感"。

③ 「観照即人生の為めなり」『抱月全集』(第7卷)、天佑社、大正9年1月、309页。

火花,与此同时,也混杂着无数个妨碍美的实践因素,是无论如何也不能成为完整的、观赏美的境界。"①这是以"观照"的角度对"文艺性的人生"的肯定。"并非因为现实的烦闷而成就最好的艺术,而是因为现实的烦闷能够最好地营造观照人生的瞬间而成就最好的艺术。并非因为实践而成为艺术,而是因为存在实践之上的观照而成为艺术。在观照人生这一事实之中,既产生了创作艺术的动机,又包含着鉴赏艺术的目的。"②从而,也表达了抱月在创作文艺与欣赏文艺的层面对"观照"的认识。至于4,需要说明的是,在抱月这里,依然是主张以"观照"的态度主张由"第二义的人生"向"第一义的人生"发展的一面,却未提及实现了"第一义的人生"能否会对"第二义的人生"发生什么积极的影响的一面。不过,这倒也可以理解,因为文艺上的自然主义是把视角始终极力限定在文艺的范围之内的。

综上来看,从某种意义上,我们可以说:一方面,抱月的观点是正确的。他对人生以及文艺上的"观照"所发生的契机以及形成的过程都讲得非常清晰,无论是从作者的创作还是读者的赏阅这种角度,恐怕人们都会赞同确实存在这种不计功利、认真且又从容不迫地体味文艺性人生的情况。另一方面,抱月的观点又是容易招致反对者的声音的。他的主张是摒弃劝善惩恶式的功利主义文艺观,否定夸大自我情感的浪漫主义文艺观,强调基于事物以及事件存在、发生后的自然主义文艺观。很显然,从事或喜好传统文学的、关注或寻求强烈的个人情感抒发的、致力或追捧更全面的文艺认知或想要开拓新文艺形式的,各自都有反对它的理由与可能。尽管如此,笔者还是认同岛村抱月的这种自然主义文艺观的正确性与必要性。从各种文艺形式多元并存、高度繁荣的今天来看,主张"一家独大",着实是有失偏颇的。然而,我们还是要把目光还原在明治四十年代的语境之下。那是一个主张继哲学失序、宗教崩盘之后文艺需要担起"为人生"的重任、认可文艺具有高度自律性的年代,一个接受西方文艺思想启迪、极力寻找与调适日本文艺大发展的年代,一个自明治39年算起也仅仅只有四五年光景的自然主义新文艺迅速崛起的年代,一个道德上自我觉醒与文艺上自我变革"二潮交错"③年代。因而,我们应该客观地看待自然主义文艺理论在发展的道路上,为日本文坛带来的巨大变化,认可它的时代意义。只有在这一基础上,来看待岛村抱月的自然主义文艺思想才是客观而公正的。同时,我们可以清楚地知道,在这场"文艺与人生"论争的过程中,岛村抱月对"观

---

① 「第一義と第二義」『抱月全集』(第 2 卷)、天佑社、大正 9 年 2 月、181 頁。

② 「観照即人生の為めなり」『抱月全集』(第 7 卷)、天佑社、大正 9 年 1 月、309 頁。

③ 「二潮交錯」『抱月全集』(第 7 卷)、大正 9 年 1 月、317—320 頁。

照"的阐述是全面、透彻,而且是与他一直以来的文艺观保持一致的。

考察了艺术得以成为艺术的一大特征"观照"在抱月的自然主义文艺观之中是如何具体地得到体现之后,我们再来看一下自然主义文艺观的重要维度——现实、事实、真实。其中,最有代表性的是,抱月为介绍英美文坛而援引《哈泼斯杂志》(Harper's Magazine)记者奥尔登的著作观点的文章。该文的结尾处说:"对于我们,说的这些(奥尔登书中的内容,笔者注)并不新鲜。然而,我想至少是个很好的证明:与我国同等程度的问题,恰好在英美文坛也是最新问题。而且,解释最新问题的人⋯⋯所说的与日本文坛上代表先进方面的人们讲的是同等程度的事。"[①]很显然,抱月是要以此说明:日本文坛正在关注现实问题是有道理的,同时强调与英美文坛的同步使得"日本文坛上代表先进方面的人们"(当然包括抱月自己在内)所坚持的现实主义带有国际性的文学潮流的方向。其中,与现实主义有关的几个主要观点是:1. 树立现实主义的正确性。"现实主义就是现代的潮流。他说不仅仅是现在,不久的将来占统治地位的也是真正的现实主义。"[②]2. 现代的现实与过去不可同日而语,是深厚而内在的现实。"但凡有小说家之名的人,即便是古代,也必然会涉及现实人生。然而,那种现实是浅薄的现实、表面的现实。与之相反,现代所涉及的现实是深厚的现实、内在的现实。"[③]3. 现实主义就是一种文艺新价值的发掘。"说起这种新现实主义,就是把我们一度由高空带至地面,同时又把地面高高拉起,使迄今看似平凡的事物之中被置之不理的新价值发展下去。"由此可以看出,这里的现实主义已经不再是单纯追求现实本身、事实本身,而带有了探寻更深的真实的意味。其实,当时文艺杂志上就现实进行的讨论,也大多得出相似的结论。金子筑水认为:"现实的本体是复杂的自我的人格。"[④]白松南山说:"'现实'这个词,有时也能作为与所谓的经验同一范畴的存在而使用。"[⑤]

---

① 「最近英米文壇と現実主義の世界的傾向」『文章世界』(第 4 巻第 13 号)、明治 42 年 10月、7 頁。

② 「最近英米文壇と現実主義の世界的傾向」『文章世界』(第 4 巻第 13 号)、明治 42 年 10月、2 頁。

③ 「最近英米文壇と現実主義の世界的傾向」『文章世界』(第 4 巻第 13 号)、明治 42 年 10月、6 頁。

④ 金子筑水:「現実の本体と皮相的現実」、白松南山:「現実の語義と中味」、後藤宙外:「過現未を摂取したる我也」、石橋湛山:「空想も現実も共に現実也」(特集 = 現実とは何ぞや)『文章世界』(第 4 巻第 15 号)、明治 42 年 11 月、10—25 頁。

⑤ 白松南山:「現実の語義と中味」(特集 = 現実とは何ぞや)『文章世界』(第 4 巻第 15号)、明治 42 年 11 月、12 頁。

后藤宙外说:"把现实与我分离开来加以思考,是绝对不可能的。现实常在自我之中,而我又被置入现实之中。"①这说明,随着时代的发展,对已不再仅仅满足于眼前的现实存在这种最基础的对现实的理解了。因而,内心的不安、纷乱也成了人们注视内心的现实与真实。面对无名氏投稿质疑自己就人生观与告白发表的见解,抱月就坦言道:"倘若对于自己没有任何羞耻之处,那是最高境界。倘若能够控制心怀羞耻的自己,其间真得没有任何虚伪与寂寞,那也行。然而,倘若有人这两者皆不可得,那是不可得之人的过错吗?对于眼下的我,不可得是真实。"②自己不可能没有羞耻之处,也不能通过自我的内心控制使得自己仿佛没有羞耻之处一样,这是抱月的真实内心,也是自然主义给人心带来的最根本的革新,比如英雄的平民化、光明磊落与阴暗猥琐的共存、灵性与肉欲的不可分、理智与情感的纠葛等等。既然关于现实的理解,在走向内心深处,带上了经验及心理的色彩,那么,袒露内心的境况、对周遭产生根本性的质疑,这些不都是最真实的吗?在回顾明治42年之时,抱月最清楚不过地表达了自己的思考路径:"在评论家这里,也存在与此(现实化、自我内省化的倾向,笔者注)相同的情形。也就是说,似乎更加深切地感受到了观察、研究广义上的人生的现实这种兴致。人们开始变得认为把最近的现实即自我的研究作为其第一步。"③对抱月的文章中要阐明的观点表示理解与支持的声音是:"作为要求充实的生活、充实的人生这样的例子,可以举出岛村抱月的《怀疑与告白》。那是出于为现实生活赋予认真的意义、给自己的生活赋以价值的立场。如果率真地推动自己的思想,无论是谁,某个时间一定会有人产生那种想法。然而,即便是同样的想法,那时候,也会分为以理性为主的和以情感为主的。以情感为主的,就是岛村抱月这种人的做法"④。不得不说,惠美光山的这种论述,真正地读出了《怀疑与告白》一文中抱月袒露自己的怀疑与心声的真实动机。如此一来,抱月作为文艺批评家捕捉到的"现实"朝向内心深处拓展的趋势,既说明了自然主义文艺内部的一些重要组成部分在发生变化,也说明时代大潮以"时不我待"的"铁面无情"影响并改造着自然主义文艺。

---

① 後藤宙外:「過現未を摂取したる我也」(特集＝現実とは何ぞや)『文章世界』(第4卷第15号)、明治42年11月、18—19頁。

② 「島村抱月氏来書」『新潮』(第11年第4号)、明治42年10月、11頁。

③ 「現実的、自己内省的」(特集＝四十二年思想界の収穫)『文章世界』(第5卷第1号)、明治43年1月、113頁。

④ 惠美光山:「自然主義、儒教の復興」(特集＝四十二年思想界の収穫)『文章世界』(第5卷第1号)、明治43年1月、109頁。

　　以眼前的现实为一个真实的材料,为文艺提供人生的一个片段或剪影,经过
"客观化"的"观照",最终让人体味出一个"完整的人生"。这是自然主义文艺的
最简短叙述。

　　然而,历经四五年的发展壮大,日本的自然主义文艺理论已经走到了哪一步
呢? 其实,岛村抱月也给出了自己的观察与解释。首先,他觉得依然存在误解自
然主义的声音。对近松秋江的印象批评所涉及的言论,抱月就直接说道:"针对我
在《早稻田文学》上所写的'认可思想界在浪漫主义、宗教倾向、自然主义运动上的
三大变迁',德田秋江反驳说:'有必要慌慌张张地追赶潮流吗? 如果自然主义什
么的如烟雾般消散,又会怎样呢?'……连秋江都有勇气堂而皇之地把这些事实称
作如烟雾般消散的流行,着实不可思议。即便说印象批评很有意思,但如果内容
太不靠谱,也只能是一种逢场作乐吧。务请自重。"①应当知道,这可是抱月对当
时在文坛的一个知名栏目——德田秋江的《文坛琐碎谈》——进行的最直接的批
评与抗议。其实,新生代的评论家对抱月主张的自然主义进行攻击的言辞更为激
烈:"抱月是日本自然派的头领。但是,很抱歉,依我等所见,他有关自然主义的知
识,颇为浅薄、暧昧且又极为混乱。因而,其言论之中多有不彻底之处,不仅让人
苦于捕捉其主体大意,而且议论方式也以其特有的、狡猾的方式让人很难把
握。"②再加上本章第一节中提及的《新小说》的"寸铁"栏也时常对自然主义进行
猛烈攻击。虽然,对于后两者,抱月并没有一一予以回击,但是,对于这种误解自
然主义的方式与言论,在抱月这里,可以说,已经是无暇顾及了。其次,他看到文
坛的新动向以及自然主义文艺发生的一些积极变化。1. 认为文坛发生的不是自
然主义的策反而是积极的求变。明治 43 年"是平凡的一年。……这几年,自然主
义的倾向几乎风靡文坛的结果是,文坛变得有些过于统一色调了。与此相对应的
是,到处显现出一种与其说是策反,到不如说是追求变化、寻求复杂的气氛。"③2.
看到了自然派要在现实之中找出灵性。在一篇文章中,他总结说:"所谓的现实、
自我内省,其意义何在? ……就是要在现实之中发现最高级的灵性。可以说,这

---

①　「解放文芸」『読売新聞』、明治 42 年 1 月 10 日。此外,引文中提及在《早稻田文学》上发
　　表的文章,是抱月的记忆错误,应是在《文章世界》的《现实性的、自我内省式的》一文。

②　片山孤村:「抱月の偽自然主義」『東京朝日新聞』、明治 43 年 4 月 3 日。

③　「四十三年の文壇」『太陽』(第 16 卷第 16 号)、明治 42 年 12 月。引文出自:『抱月全集』
　　(第 2 卷)、大正 9 年 2 月、283 頁。

正预示着不久之后自然派的前途。一直误解自然派的人也会由此而一扫误解。"①3. 对自然主义的未来进行展望。"今后的自然主义艺术,前程广大。与此同时,不用说,努力地、更加自觉地揭示出从其内部发现第一义的真实、第一义的灵性、完整的意义这种东西来,是自然主义文艺发展的核心意义。……让自然主义日益成为具有灵性的自然主义,是这一派的前途。"②抱月还为将来的艺术观定下了现实的基调:"无论怎样,真正的战线都可以归于'现实'这一命题。体察并彻底达到灵感、生命、第一义、最深层的意识这些境界,是艺术本身的要求。……不用说,艺术观倾向于现实的一方。……倘若没有现实这一不可避开的力量作为保证,最终贯通整个自我的生命回想就不会具有深切性、永续性。"③这种对自然主义文艺的未来充满信心,是来自于抱月对它的一路考察与近代文艺的认知,是基于一个文艺批评家的视角。笔者以为,与其去讨论对与错,不如确认其站在何种角度、运用什么逻辑,以确认他在自然主义思潮中的位置与变化。最后,通过《解放文艺》(明治 42 年 1 月)《二潮交错》(明治 42 年 4 月)《描写文明思潮的文学》(明治 43 年 1 月)《祝福新文艺的将来吧》(明治 43 年 1 月)《自然主义运动的意义》(大正 5 年 10 月)等文章,来看一下岛村抱月对日本自然主义的回望与总结。明治 39 年 1 月,岛村抱月在复刊的《早稻田文学》第 1 期上发表了卷头文章《被囚禁的文艺》。这篇文章在明治 41 年 8 月被田中王堂重新提起:"他(岛村抱月,笔者注)称近世的文艺为被囚禁的文艺,这是事实。自论文发表只有两年有半。他如今频频地辩护且鼓吹自然主义。他把自然主义视作被囚禁的文艺呢,还是被解放的文艺。这是我必须要问问他的事。"④这其实可以从两个层面来理解王堂的用意:一是在追问"被解放的文艺"是什么,二是在暗讽自然主义是"被囚禁的文艺"。抱月以"总决算明治 41 年"的意志加以回顾与回应。(1)文章首先对《被囚禁的文艺》一文作出总括,说:"当时的打算就是:在'被囚禁的文艺'之后,以'被解放的文艺'为题,来说明一度从所有的'禁锢',也就是古典主义、现实主义、自然主义、象征主义之中解脱出来之后,最后又被再次禁锢。它就是神秘性的、宗教性的,且是应与之相结合的、东洋性的文艺。"⑤显然,这是一个文艺理论家对日本文

---

① 「現実的、自己内省的」(特集 = 四十二年思想界の収穫)『文章世界』(第 5 卷第 1 号)、明治 43 年 1 月、113 頁。

② 「新文芸の将来を祝福せよ」『読売新聞』、明治 43 年 1 月 2 日。

③ 「文壇観戦記」『国民新聞』、明治 43 年 3 月 21 日。

④ 田中喜一:「我国に於ける自然主義を論ず」(夏季附録号)『明星』、明治 41 年 8 月、95 頁。

⑤ 「解放文芸」『読売新聞』、明治 42 年 1 月 10 日。

艺作出的理想描述。因而,他说:"如果从那种立场来说,自然主义当然是被囚禁的文艺,同时,它也绝不是因袭新浪漫主义的学说。"①(2)理想的文艺与现实的日本文艺之间的鸿沟。理想终归是理想,日本文坛还有自己不得不面对的现实。因此,明治39年的核心意义就是"求新"。恰好此后不久,岛崎藤村的《破戒》摆在了文坛面前。国木田独步、田山花袋、小栗风叶等的文学纷纷得到认可,使得自然派的倾向日益显著起来。(3)暂时放下文艺的理想,助力自然主义发展日本文坛缺少的"现实性"。抱月意识到:"(日本的新文艺、新作家的,笔者注)内里尚未加入现实性的要求。弥补这种现实性是接下来的事。"于是,产生了"与其谈未来,不如先助力现今的新气象"的想法,成为自然主义运动的"后援军"。那么,发展到明治42、43年,自然主义又是怎样的状态呢? 在抱月看来,当时,两股大潮流交织在一起,推动者日本的文艺滚滚向前。一个是思想革命,它是一场"根本性的、道德性的、精神性的革命运动"——自本能满足主义开始而折射出"自我觉醒、个人觉醒";一个是艺术革命,它是一场"艺术上的自然主义运动"——"一旦在神经敏锐的青壮年的心田卷起自我觉醒的狂潮,便会波澜四起,并足以构筑起体现内心悲剧的大文艺。"②二者的关系则可视作:"一方需要在破邪上多加用力,一方则终于要登上显正之门。道德上的破坏性态度与艺术上的建设性态度、诅咒旧道德与讴歌新艺术、反抗甲与统治乙,但凡这些,相互结合也无妨,相分离也不足怪。"③而正如约好一般,就文明与文艺的思潮,抱月分别可以看作是结构相对应的文章。从人的文明思潮这一角度来看,经历了信仰的竞争、神人的矛盾和人性之中的灵肉纠葛:"刚开始全部笼罩宗教色彩而显现恶文明思潮之争,随着时代发展,慢慢走向下界化为神与人的矛盾,再往后,在我等现代人身上,就体现为一个人身上的灵与肉之争。……一方面是以我为中心,要名誉也要快乐……另一方面……也不是没有必须探求真理的灵性需求。"④这种对人的重新认识,其实无异于就是一种人在道德层面上的根本性革命。而把艺术世界所面对的人生分为三段来看的话,存在着三种世界:"把现实置于中间,有超越于其上的理想或空想的世界和再朝下走的感觉或瞬间感受的世界。"⑤于是,从艺术史上来说,就分别对应着浪漫主义、

---

① 「解放文芸」『読売新聞』、明治42年1月10日。
② 「二潮交錯」『早稲田文学』(第41号)、明治42年4月、24頁。
③ 「二潮交錯」『早稲田文学』(第41号)、明治42年4月、25頁。
④ 「文明思潮を描ける文学」『東亜の光』、明治43年1月。引文出自:『抱月全集』(第1卷)、天佑社、大正8年6月、496頁。
⑤ 「新文芸の将来を祝福せよ」『読売新聞』、明治43年1月2日。

自然主义与象征主义。三者的关系是：浪漫主义忘记了现实的根基而失败。自然主义为了不再犯同样的错误，而回到现实本身之中。有人说，继自然主义之后就是不堪现实重负而欲直接在感觉层面发现灵性的象征主义。然而，抱月结合日本文坛的现状，给出的判断是："原本，象征主义就有一种最适合诗与音乐的倾向，倒不如说，它似乎不适合小说及戏剧。……让自然主义日益成为具有灵性的自然主义，是这一派的前途。"①在日本自然主义发生过 10 余年之后，抱月竟然再次回望了它的意义。在开篇确认（1）自然主义被当时的人们误解近乎滑稽、（2）自然主义是日本文艺达到自觉与文艺思潮相接、与现实生活相接的开始、（3）自然主义反映了人们在精神上寻求变革而不得的状态这三点之后，自然主义运动的意义被确认为"真实"。"打破形式"、"描写丑恶"、"自我告白"便是自然主义追求"真实"的体现。当然，从"真实"一词本应包含"我如此相信"与"所信之物，在时间上超越过去现在与未来，在空间上超越自我与他人的绝对存在"这两点上，抱月确认了自然主义由此而生的、"狭隘、冰冷"的缺陷：（1）"仅仅是自己一个人的经验而狭隘"；（2）"以到此为止的经验而不能包含未来的需求"。而即便站在大正 5 年的时点上，抱月仍然确认"与这种狭隘的自我经验殊死搏斗、以当下如此为基础、又终究要在形式上忠实于自然，这些化为自然主义之外的文学艺术的血肉。无论当今何种倾向的艺术，几乎都无不曾受其洗礼。"②就这样，抱月确认了"真实"对于文艺的重要性，为明治四十年代的自然主义筑起了"历史的丰碑"。

小　结

随着自然主义文艺思潮的汹涌而来，一时间，"新自然主义"的论调占据了当时的文艺理论的最高点。在经历了诸多的理论质疑之后，《新小说》的"寸铁"栏和文艺革新会大有要为日本文艺的发展方向"改弦更张"的气势，然而，仔细分析其中的言论，也始终有"雷声大雨点小"的感觉。从而，既未能真正撼动自然主义的发展势头，也没能拿出像样的文艺理论。岛村抱月在这样的文坛语境中，一改以往以精致、严谨的文艺理论为自然主义增势的做法，而是用怀疑的方法，表露了自己真实的内心状态，考察了哲学、宗教等已然陷入颓势。此外，他还加入了沸沸扬扬的、关于是否需要设立文艺院的讨论，从而亮明了自己既不贸然否定又始终

---

① 「新文芸の将来を祝福せよ」『読売新聞』、明治 43 年 1 月 2 日。

② 原文出自：「自然主義運動の意義」『新潮』（第 25 巻第 4 号）、大正 5 年 10 月。引文出自：『抱月全集』（第 2 巻）、大正 9 年 2 月、天佑社、607 頁。

力争公正的文艺批评家的立场。最后,在"文艺与人生"、"观照与实践"的多元论争中,抱月又显示出较为全面的认识。而从即便是在经过不少时日的文章之中,依然可以感受到抱月对其文艺理论中的"真实"与"观照"这两个关键词的念念不忘。从而,显示出他的自然主义文艺思想并非一时跟风,也非漏洞百出,而是前后存在着较大一致性的。

结　语

"因为成绩好而招全校同学的妒忌"(弟弟佐佐山雅一)、"岛村五年前抛下五个孩子和我,离家出走……虽然现在突然遭遇不测,但一下子也哭不出来"(妻子市子)、"先生的工作尚未实现,因而为了先生,我也不能全然放弃"(情人兼事业上的知己松井须磨子)……家人眼中的他,聪明、绝情而执着。

"聪明、正直因而有些乖戾,温情、寡言、冷静,虽不勇敢但又明显骄矜,……观察上机敏、犀利,批判上最为明快、精确,情理兼备……我最看重的是他作为批评家的天资"(逍遥)、"比起鉴赏力,我更佩服他的注释与说明"(生田长江)、"岛村君的论文,八面玲珑,确实没有破绽。但是,……因为过于谨慎,而能看出始终苦心于不要被抓住把柄的痕迹"(内田鲁庵)、"他的批评是独创性的,并非跟在创作的后面喋喋不休,而是与创作同步,或是先其一步"(长谷川天溪)、"把自己的思想、情感、经历统统都体现在自己一个人身上的、了不起的艺术家"(田山花袋)……文坛大家眼中的他,学问上情理兼备、没有破绽、具有独创性。

"从学生时代到教授时代,都是一个带着一种狭隘,但又散发深刻的、透彻的理性之光之人,并非想着广阔的光明,毋宁说是对人性的弱点具有可怕的、深深的直觉之人"(筑水)、"从开始到结论,他的思想是直线式的、明快而透彻"(前辈兼友人纪淑雄)、"内心有着非常强烈的固执,一旦决定就无论如何都要实现的倔强劲儿,也会时不时地显露出来"(同学中岛半次郎)、"初次见面会觉得是个沉着、温厚、拘谨的人,……但也是个考虑周全、意志坚定而且奋斗精神极其旺盛的人"(同学后藤宙外)……前辈、同学眼中的他,偏爱追求人性的弱点、固执而倔强、看着拘谨却也奋斗欲望强烈。

"无论是写汇报,还是写评论,都经常被先生说'要诚实'"(学生片上天弦)、"抱月作为批评家的长处在于,能够全面地概括要点、以明快而风趣的笔触,表达自己的所思所感"(学生近松秋江)、"先生是个真正意义上的个人主义者"(学生本间久雄)、"提倡自然主义与成立艺术座是,岛村先生站在要兴起一场把日本的思想从过去的因袭之中解救出来的大运动这一点上而做的"（学生石桥湛山）……学生眼中的他，强调诚实、概括全面而又功不可没。

每一个生命，都是一个肉体凡胎，但也可能是一个无穷大的宇宙；可能是一位妻子或丈夫，也可能是一位母亲或父亲，还可能会是一个默默无闻的普通人或响当当的社会名人；可能拥有不为人知的耻辱或悲伤，但也可能受到来自不同人的赞扬或中伤……正是这样，一个人才会显得立体而丰富：不乏始终如一之处但也会矛盾多多。如果说这是进入近代以后对人的一种全新认识、或者说是抛弃了劝善惩恶的文学模式之后文学所追求的人的形象的话，笔者以为，无论是认识岛村抱月其人，还是他的自然主义文艺思想，均应秉持着这样的认识与论述前提。

至此，笔者认为，通过考察，本书在两个方面得出了结论。

（一）系统地梳理了明治四十年代自然主义文艺思潮的主要内容及内在逻辑，为更好地认识岛村抱月的自然主义文艺思想做出了仔细的语境还原。

对明治 30 年代小说界的变迁进行原典文献解读与总结，了解了当时文学的描写对象、题材选取、时代气息均已发生比较明显的变化。与此同时，对青年人具有烦闷倾向，官方的"文相训令"与文坛之间，却出现了前者要"堵"后者要"疏"的不一致之处。岛崎藤村的作品体现出作家在创作上的"认真"、夏目漱石的作品让人感到的"现实的观照"、国木田独步的作品散发出前所未有的"平凡"之感。这些积极的信号，促使岛村抱月在西方文艺、日本文艺与文艺本身这三者之间展开了自己的理论思考。

"自然派"是与写实派、俳谐派相对的名称，"新自然主义"则是指日本文坛出现积极态势之后，承接前期的自然主义而兴起的文艺思潮。继而在田山花袋的《棉被》引起"轩然大波"之后，岛村抱月终于大声说出了"我赞成自然主义"的"最强音"——"《棉被》的作者描写了丑陋的心而不是丑陋的事。"而接踵而至的关于人物原型以及更深层次的"文艺与道德"的探讨，都可以看作是对因《棉被》而起的问题的深化。正因如此，岛村抱月所赞成的自然主义才显得是有条件的：需要承认当前的事实；自然主义作品不行的道理何在；应该如何看待自然主义思潮；理想式的文学风气不会复兴；自然主义没有陷入穷途末路。与此同时，抱月在文艺理论上也是同步前行。他不仅阐述了"说理"与"鉴赏"的关系，还描述了生命因文艺中美的实现而能够获得增进与永续。简单地说，从思潮的角度来讲，抱月认为当时的自然主义是一种得势的、不可忽视的现实存在；从文艺理论的立场来看，自然主义将在文艺批评与生命与文艺之美中得到体现。

在考察了自然派与新自然主义二者关系的基础之上，需要进一步辨析自然主义与非自然主义的区别。至今,多用反自然主义的名称以示存在着很多与自然主义的主张有所不同的声音。但其实,这些声音至少可分为一开始就与自然主义不同、发展过程中看到自然主义的弊端以及自然主义之后的梳理总结这三种。这样的辨析有利于更好地认识自然主义与非自然主义之间可能存在的内在联系或实质性分歧分别是什么。继而,考察岛村抱月的自然主义文艺理论在"真"、"美"、"观照"这三个方面的叙述逻辑,以显示出其在自然主义内部的位置如何。与此同时,把文学特集与专著等的观点进行平行比较,更有利于进一步深化对其文艺思想的深层认识。最后,再集中阐述以岛村抱月为首的《早稻田文学》以及他本人自身的众多文章中所涉及的回应性内容,从而由回应质疑中解读他的文艺思想本质以及具体的与他人在主张上或叙述层次上的差异性。

自然主义发展到后期,由于是一种文艺思潮的性质,它自身的理论变得多元化、创作也陷入一定的模式化,开始需要寻找一些新的要素,为下一波思潮的到来做准备。因而,经受更多的质疑也在所难免。而恰恰是这些质疑,促使岛村抱月开始以自己的内心作为观察、怀疑与告白的对象,以阐述一个真正的近代人的内心深处的状态。当然,其时,加入关于是否有必要设立文艺院的讨论以及文艺是否需要进入现实人生的讨论,也能反映出岛村抱月作为文艺批评家的思想与立场。

(二)有效地确认与勾勒了岛村抱月"真实的观照"这一自然主义文艺理论体系,为更完整地认识岛村抱月的文艺思想夯实了基础。

以《被囚禁的文艺》为首的六篇理论性文章之间具有先后承接关系①,也集中代表了岛村抱月的自然主义文艺思想。

在《被囚禁的文艺》中,我们逐步考察了:抱月站在"知"与"情"并非绝对对立的立场上,勾勒出一条文艺受制于知识及道德而艰难地跋涉却又毅然决然的情感受囚之路。在此基础上,为当时的文艺梳理出一条由"哲理性的"到"神秘性的"再到"宗教性的"发展路线图。而如果有这样的发展演变,又足以让人在东西方文

---

① 《被囚禁的文艺》中关于欧洲文艺史的流变,在《文艺上的自然主义》中得到了更清晰的梳理与阐述。后者"在此省略以期他日"(附则,79 页)的说法就是《自然主义的价值》一文的主要任务。"'把我等憧憬的本体重新返回现实、返回现实生命。'自然主义也可视为此种呼喊"(十,127 页)则直接成为《横亘于艺术与生活之间的那条线》中的篇首语。而这篇文章结尾提及的"伺机想进而补充讨论人生观上的自然主义"则化作《近代文艺的研究》一书的序言(《代序 论人生观上的自然主义》)。随后,《怀疑与告白》中又明确说:它是"打算作为《代序 论人生观上的自然主义》的续篇来写"(上,183 页)。

艺的发展中发现视角融合的可能性。关于自然主义,我们也清楚地明白了:"写实"、"自然"、"自然主义"均非一般意义上的、饱受指责的那种概念。"写实"也可以包含理想,"自然"与浪漫主义对接,"自然主义"也并非一无是处。

在《文艺上的自然主义》中,我们厘清了:抱月认识到日本文坛已经切实兴起的一股"后期自然主义"之风对"时代风潮的觉醒、革新、繁荣"有利。接着,对欧洲文艺史按照古典主义、浪漫主义、自然主义、象征主义的变迁顺序指出了它们前后相继、异中有同的关系。关于自然主义,抱月指出:写实主义和自然主义之间存在似同实则迥异的关系,并以自然主义的结构为旨,从方法、态度、目的、题材四个方面对自然主义进行了形式与内容上的内部研究。

在《自然主义的价值》中,抱月采用了:首先以当时写实主义和自然主义的代表作品为例,再次从形式与内容上确认二者之间的不同;接着以主观情感反应"四段论"的建立机制确认了审美性同情或者说"移情说"的积极意义;随后又以"真实"与"真实感"处于不同层级,但它们均对实现文艺中的"美"有效,进而对实现"真实的完整人生"夯实基础。关于自然主义,抱月的核心思想是:"真"是内核,"美"是目标。没有内核,则流于矫饰;不达目标,则难称文艺。

在《横亘于艺术与生活之间的那条线》中,抱月以生活中有艺术、艺术中参人生的逻辑叙述了三者之间的关系。随后,对艺术要经过"无功利"、"为本能"、"为自己"这三个阶段,通过"观照"这一方法方能达至"为人生"的境界作出详细的阐释。关于自然主义,并没有明确的提及。不过,在具体叙述中,通过总结出当时罗斯金代表的"真即艺术"最符合时代呼声以及社会需要"充实感"等,可以知道,他依然是看重艺术上要有"真实"、"整体"。

在《代序 论人生观上的自然主义》与《怀疑与告白》中,抱月以推己及人的方式说明了要描写真实的人就必须承认内心的纷乱。进而指出,怀疑是当前呈显真实的有效方法。而有了怀疑产生真实做基础,才会有"欲知不可知"过程中由观照实现的充盈之感。关于自然主义,已经指的不再是文艺上的自然主义,而是一种提供第二义真实的自然主义。

由是,我们认为岛村抱月通过这一系列文章反复地且又是逐步地、呈螺旋上升式地构建了自己的"真实的观照"这一文艺理论体系。具体可图示如下:

图表 13　岛村抱月"真实的观照"理论体系

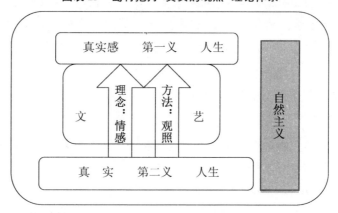

从这些文章中，我们可以知道，在抱月看来，现实中的生活、人生都是第二义的，杂乱无序同时却又真实无比：有光明有阴暗、有美好有丑陋、有喜悦有悲伤、有旧道德有新思想……一个真实的人，就是一条汇聚了众多关于过去、现在与未来的"经验之河"。此前，文学作品中大多有所选择地偏好光明美好的事物。然而，随着近代人的自我觉醒，阴暗、丑陋也成为不可否认的存在。既然如此，它们也有进入艺术殿堂的权利。因为，它们也是真实的。随着哲学的理性过于精致、宗教的本体日益没落，"艺术三姐妹"中的文艺凸显出既刻画真实又追求第一义的优越地位。文艺（主要指文学）创作皆应以真实的"情感"为永恒的理念，以真实的"观照"为切实的方法，促人在审美性同情中抵达第一义的人生，在主观意象中充实"完整的人生"。这样，就完成了"真实的观照"理论体系的建构。

而自然主义文学所处理的主题与材料，都正好把握了"真实的人"的另一半——阴暗、丑陋、性欲、平凡、根本性道德……而且，自然主义确实为明治四十年代的日本文坛注入了活力，再加上，抱月一直坚持广义的自然主义文学——与浪漫主义不绝对对立、与象征主义等思潮也不乏相通之处——真实而真诚。因而，通过仔细读解岛村抱月的系列自然主义理论文章，我们明确知晓：自然主义是广义的自然主义，是当时先进的文艺思潮，不排斥与其它文艺思想的融合。正是缘于此，岛村抱月才一直扮演了为自然主义"辩护"的角色。

以此，我们尽量客观地重塑了作为一个真实个体与文艺批评家的身姿，仔细入微地解读了他的文艺理论体系的内部肌理并以"真实的观照"称之，既以共时的视角，剖析了各家、各刊甚至各专著的主脉以体现日本自然主义文艺在内部与外部引起的共鸣或纷争，又以历时的推进方式，统观了明治四十年代日本自然主义文艺的起步、蓄势、爆发与自我批判，并以此为基础，具体地考察了岛村抱月为文坛新势力定下基调,提倡自然主义,建构自然主义文艺理论并接受来自各界的质疑,以及反观内心却又能联系文艺与人生,从而勾勒出其自然主义文艺思想以及他与文艺思潮产生的互动关系,确证了其作为明治时代文艺批评家的地位与意义。

遵照如实的现实	在るがまゝの現実に即して
呈示完整存在的意义	全的存在の意義を髣髴す
是为观照的世界	観照の世界也
是为尽情体味的人生	味に徹したる人生なり
此种心境乃称艺术	此の心境を芸術といふ

　　这是岛村抱月《近代文艺之研究》一书扉页上的烫金文字,也是至今矗立于杂司之谷陵园、供后人凭吊的碑文。这段文字充分诠释了明治四十年代岛村抱月的自然主义文艺思想:为了摒弃劝善惩恶式、功利主义的、追求强烈个人主观的文艺,一切要以"现实"为出发点,并循此显示作为"完整存在"的人生。而"艺术"的意义就在于,它可以通过"观照"这一不涉及任何利害关系地,促人进入沉思、"体味"人生的境界。

参考文献

日文部分

(一)岛村抱月著作(依照出版时间排序)

1. 明治 33 年 4 月　宙外、青々圍、抱月合著:『風雲集』、春陽堂。

2. 明治 35 年 5 月　島村瀧太郎:『新美辞学』、東京専門学校出版部。

3. 明治 39 年 1 月　島村抱月:『乱雲集』、彩雲閣。

4. 明治 39 年 7 月　島村瀧太郎:『滞欧文談』、春陽堂。

5. 明治 4 年 6 月　島村瀧太郎:『近代文芸之研究』、早稲田大学出版部。

6. 大正 3 年 6 月　島村瀧太郎:『懐疑と沈黙の傍より』、新潮社。

7. 大正 4 年 5 月　嶋村抱月:『文芸概論講話』(文学普及会講話叢書第十二編　文学普及会)、新潮社。(初出は早稲田文学社編『文芸百科全書』、早稲田大学出版部、明治 42 年 12 月)

8. 大正 8 年 6 月　島村抱月:『抱月全集』(第 1 巻)、天佑社。

9. 大正 9 年 2 月　島村抱月:『抱月全集』(第 2 巻)、天佑社。

10. 大正 8 年 8 月　島村抱月:『抱月全集』(第 3 巻)、天佑社。

11. 大正 8 年 9 月　島村抱月:『抱月全集』(第 4 巻)、天佑社。

12. 大正 8 年 7 月　島村抱月:『抱月全集』(第 5 巻)、天佑社。

13. 大正 8 年 11 月　島村抱月:『抱月全集』(第 6 巻)、天佑社。

14. 大正 9 年 1 月　島村抱月:『抱月全集』(第 7 巻)、天佑社。

15. 大正 9 年 4 月　島村抱月:『抱月全集』(第 8 巻)、天佑社。

16. 大正 14 年 4 月　宮島新三郎編:『抱月随筆集』(明治大正随筆選集 14)、人文会出版部。

17. 昭和 5 年 11 月　山本三生編:『現代日本文学全集』(第 28 巻　抱月・長江・臨川・伸・孤雁集)、改造社。

18. 昭和 29 年 3 月　片岡良一編:『島村抱月文芸評論集』、岩波書店。

19. 昭和 42 年 11 月　川副国基編:『明治文学全集』(第 43 巻　島村抱月・長谷川天溪・片上天弦・相馬御風集)、筑摩書房。

20. 昭和 47 年 2 月　吉田精一・和田謹吾編:『近代文学評論大系』(第 3 巻　明治期Ⅲ)、角川書店。

21. 昭和 47 年 6　稲垣達郎・佐藤勝編:『近代文学評論大系』(第 2 巻　明治期Ⅱ)、角川書店。

(二) 明治时代的报纸・期刊类

22.『読売新聞』、『東京日々新聞』『東京朝日新聞文芸欄』『東京二六新聞』、『国民新聞』等

23.『ホトトギス』(明治 40 ~ 42 年)

24.『帝国文学』(明治 39 年 ~ 43 年)

25.『明星』(明治 40 年 ~ 41 年)

26.『趣味』(明治 39 年 ~ 42 年)

27.『太陽』(明治 39 年 ~ 45 年)

28.『文章世界』(明治 39 年 ~ 44 年)

29.『新潮』(明治 39 年 ~ 43 年)

30.『新小説』(明治 38 年 ~ 43 年)

31.『早稲田文学』(明治 39 年 ~ 44 年)

32.『中央公論』(明治 39 年 ~ 43 年)

(三) 杂志特集与网站资料

33. 明治 42 年 2 月　『太陽』(増刊　明治史)、第 15 巻第 3 号。

34. 大正 7 年 12 月号　『早稲田文学』(第 157 号　島村抱月追悼号)

35. 昭和 2 年 6 月号　本間久雄・編輯兼発行者:『早稲田文学』(自然主義前後の研究)

36. 昭和 24 年 6 月　『明治大正文学研究』(第一輯　自然主義文学)

37. 昭和24年9月号　『文学』(特集・自然主义文学)・第17巻第9号

38. 昭和33年2月号　『国文学　解釈と教材の研究』(第3巻第2号　特集　自然主义文学の総合探求)

39. 昭和42年7月号　『国文学　解釈と教材の研究』(第12巻第9号　特集　自然主义文学の再検討)

40. 昭和43年9月　『国文学　解釈と鑑賞』(第33巻第11号　特集　自然主义と反自然主义)

41. 平成7年10月　『日本近代文学』(第53集　特集　＜自然主义＞の可能性)

42.「学生生徒ノ風紀振粛二関スル件」、『文部科学省・学生百年史　資料編』。日本文部科学省网站:http://www.mext.go.jp/b_menu/hakusho/html/others/detail/1317975.htm

43. 早稲田文学本間文庫古典籍データベース:http://www.wul.waseda.ac.jp/kotenseki/search.php・cndbn=%93%87%91%BA%95%F8%8C%8E&szlmt=30

44.「日本学士院　設置目的・沿革・予算」、http://www.japan-acad.go.jp/japanese/about/purpose.html

45. 植田彩芳子的硕士论文摘要部分的观点。可参看:http://art-history-ueda.cocolog-nifty.com/blog/2007/06/post-f973.html

（四）著作

46. 明治22年1月　内閣官報局:『法令全書』(明治5年)。

47. 明治35年5月　井田竹治:『学生風紀問題』、弘文館・六合館。

48. 明治40年12月　沼波武夫:『さくら貝』、修文館。

49. 明治41年7月　国木田独歩:『病床録』、新潮社。

50. 明治41年7月　長谷川誠也(天渓):「幻滅時代の芸術」『自然主义』、博文館。

51. 明治41年9月　後藤寅之助(宙外):『非自然主义』、春陽堂。

52. 明治41年10月　岩野美衛(泡鳴):『新自然主义』、日高有倫堂。

53. 明治42年6月　島村瀧太郎(抱月):『近代文芸之研究』、早稲田大学出版部。

54. 大正 6 年 6 月　田山花袋:『東京の三十年』、博文館。

55. 大正 7 年 8 月　夏目漱石:「文芸委員は何をするか」『漱石全集』(第 9 巻　小品・評論・雑篇)、漱石全集刊行会。

56. 大正 11 年 1 月　国木田独歩:『欺かざるの記』、春陽堂。

57. 昭和 4 年 2 月　夏目漱石:『漱石全集』(第 14 巻　評論雑篇)、漱石全集刊行会。

58. 昭和 7 年 7 月　正宗白鳥:『文壇人物評論』、中央公論社。

59. 昭和 7 年 7 月　図書週報編輯部編:『明治大正発売禁止書目』、古典社。

60. 昭和 11 年 5 月　後藤宙外:『明治文壇回顧録』、岡倉書房。

61. 昭和 11 年 6 月　土方定一:『近代日本文学評論史』、東西書林。

62. 昭和 28 年 4 月　川副国基:『島村抱月——人及び文学者として』、早稲田大学出版部。

63. 昭和 32 年 2 月　川副国基:『日本自然主義の文学およびその周辺』、誠信書房。

64. 昭和 34 年 12 月　川副国基:『近代日本文学論』、早稲田大学出版部。

65. 昭和 33 年 1 月　吉田精一:『自然主義の研究』(上・下)、東京堂。

66. 昭和 37 年 1 月　河内清編:『自然主義文学』、勁草書房。

67. 昭和 37 年 12 月　長谷川泉・編:『近代文学論争事典』、至文堂。

68. 昭和 38 年 6 月　宮川透・中村雄二郎・吉田光編:『近代日本思想論争』、青木書店。

69. 昭和 39 年 2 月　森鴎外:『ヰタ・セクスアリス』、新潮社。

70. 昭和 39 年 11 月　谷沢永一:『近代日本文学史の構想』、晶文社。

71. 昭和 40 年 3 月　岩野泡鳴:『岩野泡鳴集』(明治文学全集 71)、筑摩書房。

72. 昭和 41 年 5 月　河竹繁俊:『逍遥・抱月・須磨子の悲劇』、毎日新聞社。

73. 昭和 42 年 11 月　川副国基・編:『明治文学全集』(第 43 巻　島村抱月・長谷川天渓・片上天弦・相馬御風集)、筑摩書房。

74. 昭和 43 年 1 月　川村花菱:「人形の家」『随筆・松井須磨子』、青蛙房。

75. 昭和46年5月　谷沢永一:『明治期の文芸評論』、八木書店。

76. 昭和53年3月　早稲田大学大学史編集所:『早稲田大学百年史』(第1巻)、早稲田大学出版部。

77. 昭和53年3月　早稲田大学大学史編集所・編集:『東京専門学校校則・学科配当資料』、早稲田大学出版部。

78. 昭和54年4月　畑実:『自然主義文学断章——天渓・花袋・春雨・宙外』、公論社。

79. 昭和55年5月　伊藤整、亀井勝一郎他・編集:『日本現代文学全集』(第27巻　島村抱月・長谷川天渓・片上伸・相馬御風集)(増補改訂版)、講談社。

80. 昭和55年7月　稲垣達郎・岡保生:『座談会　島村抱月研究』、近代文化研究所。

81. 昭和55年10月　佐渡谷重信:『抱月島村瀧太郎論』、明治書院。

82. 昭和56年4月　吉田精一:『自然主義研究——抱月・泡鳴』(吉田精一著作集・第7巻)、桜楓社。

83. 昭和56年12月　相馬庸郎:『日本自然主義再考』、八木書店。

84. 昭和60年5月　平岡敏夫:「第二章　日露戦後文学『破戒』」『日露戦後文学の研究』(上)、有精堂。

85. 平成21年6月　岩町功:『評伝　島村抱月——鉄山と芸術座』(上巻)、岩見文化研究所。

86. 平成21年6月　岩町功:『評伝　島村抱月——鉄山と芸術座』(下巻)、岩見文化研究所。

87. 1975年10月　臼井吉見:「自然主義論争」『近代文学論争』(上)、筑摩書房。

88. 1975年11月　和田謹吾:『描写の時代——ひとつの自然主義文学論』、北海道大学図書刊行会。

89. 1986年8月　岩佐壮四郎:『世紀末の自然主義　明治四十年代文学考』(新鋭研究叢書)、有精堂出版。

90. 1989年4月　『新著月刊』(解説・総目次・索引)、東京:不二出版。

91. 1989 年 12 月　和田利夫:『明治文芸院始末記』、筑摩書房。

92. 1995 年　南景姫:『田山花袋における「伝統性」と「革新性」』、(国立国会図書館所蔵、1995 年度博士論文)

93. 1995 年 7 月　谷沢永一:『近代評論の構造』、和泉書院。

94. 1996 年 8 月　小森陽一解説:「近代国家の形成と文壇ジャーナリズム」『日本文壇史』(第 11 巻　自然主義の勃興期)、伊藤整著、講談社。

95. 1998 年 5 月　岩佐壮四郎:『抱月のベル・エポック　明治文学者と新世紀ヨーロッパ』、大修館書店。

96. 2002 年 5 月　日比嘉高:『〈自己表象〉の文学史――自分を書く小説の登場――』、翰林書房。

97. 2002 年 11 月　正宗白鳥:『自然主義文学盛衰史』・講談社。

98. 2003 年 12 月　千葉俊二・坪内祐三/編:『日本近代文学評論選　明治・大正篇』、岩波書店。

99. 2004 年 12 月　光石亜由美:「自然主義」『性の用語集』、関西性欲研究会編、講談社。

100. 2006 年 12 月　大東和重:『文学の誕生　藤村から漱石へ』、講談社。

101. 2009 年 1 月　岩佐壮四郎:『日本近代文学の断面　1890—1920』、彩流社。

102. 2009 年 6 月　柳田泉:『柳田泉の文学遺産』(第 3 巻)、右文書院。

103. 2013 年 5 月　岩佐壮四郎:『島村抱月の文芸批評と美学理論』、早稲田大学出版部。

(五)期刊

104. 明治 28 年 12 月　「第一期『早稲田文学』終刊の辞」『早稲田文学』(第 102 号)。

105. 明治 29 年 5 月　星月夜:『早稲田文学』(第一次第二期第 10 号)。

106. 明治 39 年 6 月　東基吉:「女學生風紀問題」『婦人と子ども』(第 6 巻第 6 号)。

107. 明治 41 年 5 月　井上哲次郎:「学生の風紀問題に就いて」『倫理と教育』。

108. 大正14年1月　坪内逍遙:「文芸協会研究所創立まで」『新演芸』。

109. 昭和2年3月号　中村星湖:「対墓庵時代の抱月先生」『文芸倶楽部』。

110. 昭和9年5月　仲賢礼:「島村抱月研究ノートからの覚書」『季刊　明治文学』(第2号)。

111. 昭和9年10月　仲賢礼:「評論家としての島村抱月」『季刊　明治文学』(第4号)。

112. 昭和13年11月　平野謙:「明治文学評論史の一齣――『破戒』を繞る問題」『学芸』。

113. 昭和24年6月　本間久雄:「島村抱月――その生活の一断面について」(特輯=自然主義文学)『季刊　明治大正文学研究』(第一輯)。

114. 昭和27年10月　本間久雄:「島村抱月――業績点描」『早稲田大学英文学会　英文学』(第4号)。

115. 昭和28年1月　鈴木幸夫:「島村抱月」『文学者』(第31号)。

116. 昭和28年6月　井上泰:「川副国基著『島村抱月――人及び文学者として』」『文芸研究』(第13号)。

117. 昭和28年8月　平野謙:「川副国基著『島村抱月』」『文学』(第21巻第8号)。

118. 昭和28年11月　長谷川泉:「川副国基著『島村抱月――人及び文学者として』」『国語と国文学』(第30巻第11号)。

119. 昭和33年6月　手塚昌行:「文芸革新会をめぐる反自然主義思潮――孤島・宙外・竜峡」『明治大正文学研究』(第24号)。

120. 昭和35年1月　山本正男:「明治の美学――美学と批判精神」『国文学　解釈と鑑賞』(第25巻第1号　特集増大号=明治文学史)。

121. 昭和37年10月　片桐禎子:「島村抱月と新体詩論」『国語・国文研究』(第23号)。

122. 昭和41年6月　山本正秀:「島村抱月の言文一致運動」『国語と国文学』(第39巻第6号)。

123. 昭和42年7月　畑実:「抱月『近代文芸之研究』の評価」『国文学　解釈と教材の研究』(第12巻第9号)。

124. 昭和42年12月　川副国基:「抱月と自然主義」(島村抱月五十年忌)『学苑』(第336号)。

125. 昭和43年9月　高田瑞穂:「反自然主義文学観の成立」、田中保隆:「非自然主義の動向」『国文学　解釈と鑑賞』(特集　自然主義と反自然主義)。

126. 昭和45年10月　山本昌一:「島村抱月初期の評論と美学」『研究報告』(第1号、東京工大附属高校)。

127. 昭和46年10月　藪禎子:「批評家抱月の世界」『日本近代文学』(第15集)。

128. 昭和48年3月　剣持武彦:「花袋・独歩・抱月とダンテ『神曲』」『イタリア学会誌』(第21号)。

129. 昭和49年1月　鎌倉芳信:「島村抱月の『芸術と実生活』」『日本文学研究』(第13号)。

130. 昭和54年3月　田村欽一:「島村抱月の自然主義」『国文神戸』(第3号)。

131. 昭和63年1月　岩町功:「有美孫(伊藤孫一)小伝——鴎外と孫一と抱月」『鴎外』(第42号)。

132. 平成12年9月　大西好弘:「啄木と自然主義」『徳島文理大学研究紀要』(第60号)。

133. 1939年7月　成瀬正勝:「前期自然主義文学理論の展開」『文学』(第7巻第11号)。

134. 1952年10月　本間久雄:「明治文学随筆　冬扇録——抱月の『文士無妻論』」『明治大正文学研究』第8号。

135. 1962年3月　川副国基:「島村抱月の幼少期その他——覚え書」『国文学研究』(第25集)。

136. 1964年3月　遠藤祐:「漱石主宰の『朝日文芸欄』(資料)」『岩手大学学芸学部研究年報』(第22巻第2部)。

137. 1972年9月　吉田精一:「島村抱月」(評論の系譜63)『国文学　解釈と鑑賞』(第37巻第11号)。

138. 1979 年 11 月　岩佐壮四郎:「岩町功著『評伝島村抱月』」『日本文学』（第 28 巻 11 月）。

139. 1982 年 10 月　「自然主義前夜の抱月——『思想問題』と『如是文芸』を中心に」『国文学研究』（第 78 号　特集＝早稲田と近代文学）。

140. 1986 年 2 月　森田信博:「近代遊戯理論の変遷——教育学的視点から」（上）、『秋田大学教育学部研究紀要　教育科学』（第 36 集）。

141. 1989 年 2 月　「島村抱月の自然主義評論(1)——明治三十九年～～明治四十年」『関東学院女子短期大学短大論叢』（第 80・81 号）。

142. 1991 年 3 月　岩佐壮四郎:「ウエスト・エンドの抱月——島村抱月の在英観劇体験について」『比較文学年誌』（第 27 号）。

143. 1991 年 7 月　牧野陽子:「ラフカディオ・ハーン:晩年の結実（一）」『成城大学経済研究』（第 113 号）。

144. 1992 年 10 月　野村孝夫:「ツルゲーネフとハムレット主義」『ロシア語ロシア文学研究』（第 24 号）。

145. 1993 年 7 月　岩佐壮四郎:「島村抱月の自然主義評論(2)——明治四十一年」『関東学院女子短期大学短大論叢』（第 90 号）。

146. 1997 年 3 月　岩佐壮四郎:「抱月伯林観劇録——島村抱月のベルリン観劇体験(1904～05)について」『比較文学誌』（第 33 号）。

147. 1998 年 3 月　斎藤光:「人々の世間的気分・出歯亀前夜」『京都精華大学紀要』（第 14 号）。

148. 2000 年 2 月　大東和重:「読むことの規制——田山花袋『蒲団』と作者をめぐる思考の磁場」『比較文学・文化論集』（第 17 号）。

149. 2001 年 3 月　大東和重:「技術批評を超えて:島崎藤村『破戒』・表層と深層」『比較文学・文化論集』（第 18 巻）。

150. 2004 年 9 月　久保田英助:「明治後期における学生風紀頽廃問題と徳育振興政策」『早稲田大学大学院教育学研究科紀要』（別冊　12 号—1）。

151. 2007 年 3 月　西悠哉:「綱島梁川の宗教観」『佛教大学大学院紀要』（第 35 号）。

152. 2009 年 2 月　王憶雲:「『『芸術と実行』論争の発端——明治四十一年の

長谷川天渓と岩野泡鳴との論争を中心に」『京都大学国文学論叢』(第20号)。

153. 2009 年 11 月　森田昭二:「近代盲人福祉の先覚者好本督——『真英国』と『日英の盲人』を中心に」『人間福祉学研究』(第 2 巻第 1 号)。

154. 2011 年 3 月　権藤愛順:「明治期における感情移入美学の受容と展開——『新自然主義』から象徴主義まで」『日本研究』(第 43 巻)。

155. 2011 年 10 月　王憶雲:「明治四二年の『芸術と実行』論争——岩野泡鳴の位置づけを再考する」『国語国文』(第 80 巻第 10 号)。

156. 2014 年 2 月　真杉侑里:「明治末期『上毛新聞』にみる私的売春イメージ——自然主義、出歯亀、出歯る人々」(小特集＝近現代日本の公権力と社会風俗)『立命館大学人文科学研究所紀要』(第 103 号)。

中文部分

(六)著作

157. 1983 年 7 月　(德)歌德:《浮士德》,董问樵译,复旦大学出版社。

158. 1985 年 11 月　(德)恩斯特·卡西尔:《人论》,甘阳译,上海译文出版社。

159. 1987 年 11 月　(德)尼采:《偶像的黄昏》,周国平译,湖南人民出版社。

160. 1988 年 8 月　柳鸣九主编:《自然主义》(西方文艺思潮论丛),中国社会科学出版社。

161. 1990 年 3 月　蒋孔阳主编:《十九世纪西方美学名著选》(英法美卷),复旦大学出版社,

162. 1991 年 6 月第 1 版　皮朝纲、董运庭:《静默的美学》,成都科技大学出版社。

163. 1994 年 5 月　(法)居友:《无义务无制裁的道德概论》,余涌译,中国社会科学出版社。

164. 2002 年 12 月第 2 版　(德)康德:《判断力批判》,邓晓芒译,北京:人民

出版社。

165. 2002 年 12 月　任继愈主编:《佛教大辞典》,凤凰出版社·江苏古籍出版社。

166. 2006 年 11 月第 1 版　(英)西蒙·特拉斯勒:《剑桥插图英国戏剧史》,李振前、李毅等译,济南:山东画报出版社。

167. 2009 年 7 月　(德)席勒:《审美教育书简》,张玉能译,译林出版社。

168. 2009 年 7 月　(德)弗里德里希·席勒:《审美教育书简》,冯至、范大灿译,上海人民出版社。

169. 2010 年 1 月第 1 版　(日)林巨树·主编:《现代日汉例解词典》,张继彤等译,外语教学与研究出版社。

170. 2010 年 12 月第一版　臧佩红:《日本近现代教育史》,世界知识出版社。

171. 2011 年 8 月　铃木贞美:《文学的概念》,王成译,中央编译出版社。

172. 2012 年 8 月　王向远译:《日本古典文论选译》(近代卷　下),中央编译出版社。

173. 2012 年 10 月　刘晓芳:《岛崎藤村小说研究》,北京大学出版社。

(七)期刊

174. 1987 年第 5 期　叶渭渠:"试论日本自然主义文学思潮",《日本问题》。

175. 2003 年第 3 期　叶秀山:"康德《判断力批判》的主要思想及其历史意义",《浙江学刊》。

176. 2003 年第 1 期　坚毅:"怀疑并不等于怀疑主义",《抚州师专学报》(第 22 卷第 1 期)。

177. 2012 年第 6 期　王向远:"日本近代文论的系谱、构造与特色",《山东社会科学》。

岛村抱月简略年谱与主要评论文章

※　年龄以实岁计。

※　年谱制作参考了以下资料：

1.《早稻田文学》《读卖新闻》《文章世界》《太阳》等原典资料。

2. 川副国基著：《岛村抱月——其人及文学》，早稻田大学出版社，1953 年 4 月初版；

3. 川副国基编：《岛村抱月·片上天弦·长谷川天溪·相马御风集》（明治文学全集　第 43 卷），筑摩书房，1967 年 11 月版。

4. 师井绢枝制作·本间久雄校阅·川副国基、岩佐壮四郎补遗：《近代文学研究丛书》（第 18 卷），昭和女子大学近代文化研究所，1976 年 2 月第 2 版。

5. 岩佐壮四郎编：《座谈会　岛村抱月研究》，近代文化研究所，1981 年 7 月版。

6. 岩町功：《评传　岛村抱月——铁矿山与艺术座》（下卷），石见文化研究所，2009 年 6 月。

明治 4（1871）年 0 岁	● 1 月 10 日，作为佐佐山一平家的长子出生，本名泷太郎。
明治 7（1874）年 3 岁	● 11 月 10 日，弟弟雅一出生。
明治 11（1878）年 7 岁	● 入读小国小学，家中极其贫困。4 月 8 日，弟弟宽一出生。
明治 14（1881）年 10 岁	● 5 月，举家搬至熊谷。转学至久佐小学。9 月 23 日，妹妹阿市出生。
明治 16（1883）年 12 岁	● 因家庭贫困辍学。听取一直在学业上帮助自己的医生桑田俊策的意见，在久佐小学毕业后，只身前往滨田町，成为药房见习生。与此同时，开始上小学高等科的夜校。
明治 17（1884）年 13 岁	● 2 月 15 日，弟弟义治出生，同年 5 月 10 日夭折。7 月 18 日，成为滨田支厅地方法院的勤杂事务员。

明治 19(1886)年 15 岁	• 10 月 6 日,日后的义父嶋村文耕赴任滨田支厅。 • 11 月 1 日,泷太郎后半生中事业与爱情的伙伴小林正子(即松井须磨子)出生。
明治 21(1888)年 17 岁	• 11 月 4 日,通过雇员考试,月薪 5 日元。
明治 22(1889)年 18 岁	• 2 月 17 日,妹妹阿春出生,同年 6 月 3 日夭折。是年春天,文耕向泷太郎提出希望后者成为养子的要求,并允诺可提供每月 5 日元的学费,以助其求学。生父一平强烈反对。
明治 23(1890)年 19 岁	• 2 月 11 日,赴东京求学。3 月,进入文耕指定的东京专门学校,就读政治专业。次月,退学。后为文耕所知,停止了学费支助,在饥饿与绝望之余,险些自杀。 • 9 月,东京专门学校开设文学专业。
明治 24(1891)年 20 岁	• 6 月 13 日,入籍为文耕的养子,改姓嶋村。 • 9 月,作为第 2 期学生,就读东京专门学校文学专业。
明治 25(1892)年 21 岁	• 学业优秀。开始以取自少年时代尤为喜爱的苏东坡《前赤壁赋》一诗中的雅号"抱月",写小说及评论等。
明治 27(1894)年 23 岁	• 6 月 11 日,提交的毕业论文《概论感觉的性质兼及美感的主要性质》获得甲等最高分。7 月毕业之后,经坪内逍遥的推荐,成为《早稻田文学》的记者。同时,担任文学专业讲义录讲师。 • 代表性评论:《侦探小说》(《早稻田文学》,8 月 10 日)、《〈新奇〉的快感与美学快感的关系》(同前,9 月 10 日)、《论审美意识的性质》(9 - 12 月,系修改后的毕业论文的内容)、《阅读小说之眼》(《读卖新闻》,8 月 26 日)等。
明治 28(1895)年 24 岁	• 4 月和 6 月,先是同窗兼挚友藤野古白饮弹自杀,后有伴武雄因结核病死。6 月,与嶋村泷藏的次女市子结婚。11 月,生母病故。 • 同年,《帝国文学》《太阳》《文艺俱乐部》等杂志相继创刊,抱月的评论渐渐受到重视。代表性评论:《西鹤的理想(答人书)》(1 - 2 月)《三种厌世观及其主要内容》(4 月)《气韵生动》(6 月)《作家与批评家》(7 月)《批评的三个方面》(8 月)《关于新体诗的形式》(11 - 12 月)

明治 29（1896）年 25 岁	• 代表性评论：《写实与理想》（4 月）《审美性研究的一个方法》（5 月）《关于近松研究》（《早稻田文学》，7 月）《近来的批评界》（10 月）《应该研究和汉的美学》（12 月）等。
明治 30（1897）年 26 岁	• 3 月 8 日，长女春子出生。4 月，与后藤宙外、伊园青青园、水谷不倒、小杉天外一起，5 人组成丁酉文社，创刊发行《新著月刊》。以此为契机，开始对创作小说感兴趣。 • 代表性评论：《修辞美学的根本》（《早稻田文学》，7 月）《〈多情多恨〉合评》（10 月）；《社会小说论》（《新著月刊》，4 月）等。
明治 31（1898）年 27 岁	• 1 月，经高田早苗、坪内逍遥推荐，成为读卖新闻第三版面的主笔记者（社会部部长），同时，主持文艺栏"周一附录"。同年 5、10 月，《新著月刊》《早稻田文学》相继废刊。 • 代表性评论：《关于小说的文体》（《读卖新闻》，5 月 5、9、10 日）《屈原论》（5 月 30、31 日，6 月 1、3、5、6、7 日）《人心的张弛与文学》（7 月 11 日）等
明治 32（1899）年 28 岁	• 2 月，辞去读卖新闻社会部长一职。9 月 23 日，次女君子出生。 • 代表性评论：《过去一年的思想界》（《读卖新闻》1 月 9、16、23 日）《所谓黑暗小说的功过》（5 月 22、29 日，6 月 5 日）《关于月光美的各种评论》（12 月 18、20、22 – 24、26、27、29 日）等
明治 33（1900）年 29 岁	• 4 月，出版《风云集》（与宙外、青青园合著）。担任课程包括：1 年级的《唐宋八大家文章》《中国文学史》（当时称作"支那文学史"）《修辞学》《哲学概论》；2 年级的《东洋伦理学史》；3 年级的《西方美学史》。9 月开始，担任早稻田中学教员。11 月 2 日，恩师大西祝（操山）病逝。 • 代表性评论：《文人无妻论》（《大帝国》，1 月）《鸥外渔史的末流论》（《读卖新闻》，2 月 5 日）等
明治 34（1901）年 30 岁	• 1 月 2 日 – 3 月 27 日，翻案小说《那个女人》（原著为格兰特·爱伦的《The Woman Who Did》）共分 56 回发表在《读卖新闻》上。10 月，被推荐为东京专门学校第 2 次海外留学生。 • 代表性评论：《文艺与道德》（《新声》，6 月）《言文一致的现在与未来》（《新文》，9 月）等

明治 35（1902）年 31 岁	• 1 月 5 日，长男震也出生。3 月 8 日，留学英德。5 月，《新美辞学》出版。9 月 2 日，东京专门学校改称早稻田大学。
明治 36（1903）年 32 岁	• 代表性评论：《思想问题》（《新小说》，2 月）等。
明治 37（1904）年 33 岁	• 9 月 5 日，义父文耕病故。
明治 38（1905）年 34 岁	• 1 月 7 日，生父因酒后火灾被烧死。9 月 12 日，结束留学回到日本。就任早稻田大学文学专业讲师，担任《美学》《英国文学史》《文学概论》《欧洲近世文学史》等课程。10 月开始，担任东京日日新闻"周一文坛"的编辑。 • 代表性评论：《如是文艺》（《东京日日新闻》，10 月 29 日、11 月 1、2、6、7、14、18 日）等
明治 39（1906）年 35 岁	• 1 月担任西方演剧研究、复刊的《早稻田文学》的杂志发行部主任。7 月，《滞欧文谈》出版。10 月，辞去东京日日新闻"周一文坛"的职务。10 月 2 日，次男秋人出生。 • 代表性评论：《被囚禁的文艺》（《早稻田文学》，1 月）《动态美学》（2 月）《评〈破戒〉》（5 月）《近代批评的意义》（6 月）《〈好色五人女〉中的思想》（12 月）；《近来的宗教倾向》（《东京日日新闻》，1 月 29 日）《问题文艺》（2 月 12 日）《文艺与党派》（3 月 19 日）《精神上的社会问题、个人的寂寥》（3 月 26 日）《新精神的倾向与教育》（4 月 9 日）《教育与精神革新》（6 月 11 日）；《英国戏剧与道德问题》（《新小说》，2 月）《新旧演剧的前途》（《趣味》，11 月）等。
明治 40（1907）年 36 岁	• 4 月，被选为早稻田大学维持员。9 月，就任英国文学教务主任。 • 代表性评论：《个人的寂寞、胜利的悲哀》（《早稻田文学》，2 月）《〈青春〉合评》（4 月）《现今的文坛与新自然主义》（6 月）《情绪主观的文学》（7 月）《理性的批评》（9 月）《美学与生命的妙趣》（9、10 月）《〈棉被〉合评》（10 月）《梁川、樗牛、时势、新自我》（11 月）《〈其面影〉合评》；《如今的写生文》（《文章世界》，3 月）等。

续表

明治 41(1908)年 37 岁	• 4 月 3 日,三子真弓出生。6 月,新设特殊研究科,担任托尔斯泰研究。 • 代表性评论有:《文艺上的自然主义》(《早稻田文学》,1月)《主观的谦逊、粉饰现实的悲哀》(3 月)《全情的批评》(3 月)《自然主义的价值》(5 月)《横亘于艺术与生活之间的那条线》(9 月);《近代文艺的特色一、二》(《文章世界》,3 月)《何谓描写人生》(9 月)《近世美学的特质》(11 月)《明治四十一年文坛回顾》(12 月);《自然主义与一般思想的关系》(《新潮》,5 月)《文艺不值得作为男人一生的事业吗?》(11 月);《驳论二三》(《读卖新闻》,6 月 21 日)《清醒的自己》(《东京二六新闻》,8 月 28、29 日)等。
明治 42(1909)年 38 岁	• 1 月 19 日,出席文部大臣邀请的文人会。3 月,文艺协会演剧研究科成立。5 月,被《太阳》投票评选为"新进二十五名家"。6 月,《近代文艺之研究》出版。7 月 29 日,四子夏夫出生。12 月,由抱月策划的《文艺百科全书》出版。 • 代表性评论有:《论欧洲近代的绘画》(《早稻田文学》,1月)《二潮交错》(4 月)《观照即是为人生》(5 月)《怀疑与告白》(9 月);《解放文艺》(《读卖新闻》,1 月 10 日)《第一义与第二义》(6 月 6 日)《艺术为何而存在》(《文章世界》,6 月)《特殊批评与统一批评》(9 月)《最近英美文坛与现实主义的世界性倾向》(10 月)《明治四十二年的文坛回顾》(12 月);《文艺取缔问题与艺术院》(《太阳》1 月)《宗教的三分化与文艺》(6 月);《实践性的人生与艺术性的人生》(《新潮》,3 月)等。
明治 43(1910)年 39 岁	• 2 月,因过度劳累去小田原疗养。7 - 9 月,举家于长野疗养。 • 代表性评论:《自我与分裂生活》(《早稻田文学》,7 月);《祝福新文艺的未来吧》(《读卖新闻》,1 月 2 日)《思想与实践的距离》(11 月 19 日)《托尔斯泰的艺术及思想》(11月 27 日);《四十二年思想界的收获》(《文章世界》,1 月)《何谓近代人》(7 月)《与现代青年书》(12 月);《描写文明思潮的文学》(《东亚之光》,1 月)《文坛观战记》(《国民新闻》,3 月 20、21 日)《四十三年的文坛》(《太阳》,12 月)等。

明治 44(1911)年 40 岁	• 2 月,文艺协会成为艺术团体。4 月,长女春子入读日本女子大学附属女学校。5 月,于帝国剧场举行文艺协会第 1 次公演。同月,被任命为文部省文艺委员会会员。10 月,以批评家的身份,当选《文章世界》评选的"文坛十杰"。11 月 29 日,三子真弓病死。12 月 14 日,三女聪子出生。 • 代表性评论有:《现实主义的分化、新动向及深化》(《早稻田文学》,9 月)《幸德秋水事件、玩偶之家》(12 月);《新文章论》(《文章世界》,4、5、6、8、9、12 月)《明治文学与德川文学的交替》(《东亚之光》,7 月)《妇女问题上的易卜生与斯特林堡》(《读卖新闻》,9 月 3 日)等。
明治 45 · 大正元 (1912)年 41 岁	• 4 月,次女君子入读日本女子大学附属女学校。3 月,于大阪的中座举行《玩偶之家》的公演。8 月 4 日,四子夏夫死亡。 • 代表性评论:《玛古达的禁止、选剧的理由与立场》(《读卖新闻》,5 月 21 日)《松井须磨子的特长》(《中央公论》,7 月)等。
大正 2(1913)年 42 岁	• 5 月,向坪内逍遥提出"陈情书"并递交辞呈。6 月,松井须磨子被文艺协会劝退。7 月,组成"文艺座"。 • 代表性评论:《妇女问题与新女性》(《趣味》,4 月)《近代文艺与妇女问题》(《中央公论》,7 月)《新道德的问题》(《新潮》,4 月)等。
大正 3(1914)年 43 岁	• 1 月,文艺座演出惨淡,面临生死存亡。3 月,上演《复活》,大受好评。剧中的《喀秋莎之歌》风靡一时。9 月,次女君子入读女子美术学校。
大正 4(1915)年 44 岁	• 后半年完成了长达三个月、涉及台湾、朝鲜、中国东北部、俄罗斯的国际大巡演。
大正 5(1916)年 45 岁	• 代表性评论:《自然主义运动的意义》(《早稻田文学》,10 月)等。
大正 7(1918)年 47 岁	• 11 月 5 日,罹患当时世界范围内大爆发的西班牙流感,引起肺炎并发症,病故。2 个月后的 1 月 5 日,松井须磨子追随抱月的脚步上吊自杀。